Glendy Vand

DANS LA FORÊT DES LARMES

Roman

Traduit de l'anglais (États-Unis)
par Laura Bourgeois

CHARLESTON

De la même autrice :

Là où les arbres rencontrent les étoiles, 2022

Titre original : *The Light Through the Leaves*

Traduit de l'anglais (États-Unis) par Laura Bourgeois

Note bibliographique : les vers du « Chant de la grand-route » page 205 sont extraits de la traduction de Louis Fabulet dans *Œuvres choisies : poèmes et proses* (2e éd.)/Walt Whitman, NRF, 1918.

76, boulevard Pasteur
75015 Paris – France
www.editionscharleston.fr

Maquette : Patrick Leleux PAO

ISBN : 978-2-38529-033-7

Charleston s'engage pour une fabrication écoresponsable ! Amoureux des livres, nous sommes soucieux de l'impact de notre passion et choisissons nos imprimeurs avec la plus grande attention pour que nos ouvrages soient imprimés sur du papier issu de forêts gérées durablement.

Pour suivre notre actualité, rejoignez-nous sur Facebook (Éditions.Charleston), sur Twitter (@LillyCharleston) et sur Instagram (@EditionsCharleston) !

À ma famille,

PROLOGUE

Les premiers mots qu'elle livra à la nature furent : « S'il te plaît, reviens ». Ellis avait neuf ans, et elle était assise sur les berges de la rivière dans la Forêt Sauvage – c'était Zane qui l'avait baptisée ainsi. Quand elle rentrait à la maison, les souliers maculés de boue et la tignasse emmêlée, il commentait parfois d'un « Tiens, le petit farfadet est allé faire un tour dans sa Forêt Sauvage ? » et elle répondait « oui », car la forêt était sauvage, et car c'était bien la sienne.

Seule Ellis s'aventurait dans les bois qui délimitaient le terrain des mobil-homes et s'étendaient loin de l'autre côté de la rivière. Les adultes n'accordaient pas d'intérêt à ce mince cours d'eau et à ses arbres. Ils n'en percevaient pas la beauté. Pour y pénétrer, il aurait fallu qu'ils sachent comment se faufiler à travers la barrière épineuse des buissons de rosiers et de mûriers. Il y avait un endroit précis, une fente dans laquelle Ellis se glissait comme par une porte magique.

Depuis plusieurs mois, elle se réfugiait dans la Forêt Sauvage en descendant du bus scolaire. Depuis que l'état de sa mère avait empiré. Elle aimait s'asseoir au bord de l'eau pour faire ses devoirs, mais ce jour-là, les problèmes de maths ne se résolvaient pas sur ses genoux. Elle restait hypnotisée par la rivière.

Avec les averses du printemps, le niveau était à son plus haut et diverses choses dérivaient à toute vitesse à la surface. Des feuilles, des bouts de bois, un gobelet en carton. Un tissu blanc neige – peut-être un T-shirt – ondoyait entre les rochers. Il fut freiné dans son élan par une branche submergée qui l'attrapa un temps, mais la rivière ne cessait de remuer, de tirer, et l'étoffe finit par lui échapper. Ellis se leva pour voir quel serait son prochain obstacle. Le T-shirt immaculé disparut, aspiré dans les profondeurs noires de l'eau par les courants tumultueux. Étrangement, elle eut l'impression de se noyer avec lui.

Elle arracha une page de son cahier et écrivit ces quelques mots : « S'il te plaît, reviens ». Elle les relut lentement, pendant très longtemps, puis en ajouta deux autres. « Signé, Ellis. »

Elle plia le bout de papier en deux et le jeta dans les flots gris. Le petit bateau navigua agilement sur la surface miroitante. Elle imagina ses mots, comme sept matelots prêts à braver les éléments pour transmettre son message, et les regarda voguer jusqu'à disparaître au tournant de la rivière.

Constatant au bout d'une semaine que sa lettre restait sans réponse, elle décida de se montrer plus précise dans sa requête. Par une journée venteuse d'avril, elle écrivit soigneusement : « Cher Monsieur le vent, pouvez-vous me ramener Zane ? Signé, Ellis. » Elle grimpa dans son arbre préféré pour se percher sur une branche en hauteur, et attendit la bonne bourrasque pour lâcher sa petite missive. Ce deuxième bout de papier disparut bien plus vite que le premier. Elle y vit un signe favorable.

Malheureusement, ce n'en était pas un, car le vent ne lui ramena pas Zane. Elle continua pourtant d'écrire à la forêt. Elle envoya de nouveaux mots par les flots et les rafales, cacha de minuscules notes entre les racines des arbres ou sous les rochers, et les plongea dans le bois mou des troncs pourris.

Elle persévérait, sans savoir pourquoi. Se livrer lui faisait du bien, et peut-être y avait-il un peu de ce que d'autres enfants trouvent dans leurs prières adressées à Dieu. Au bout d'un moment, on comprend qu'aucune réponse ne viendra. Et c'est encore mieux, en vérité. Parce qu'alors on peut avouer sans crainte tous ses secrets. C'était la seule chose qui comptait, épancher ses mots avant qu'ils ne débordent, afin de ne pas se noyer.

PREMIÈRE PARTIE

LA FILLE DE LA FORÊT SAUVAGE

1

Ellis repéra un trou sombre à la naissance des racines d'un chêne. L'endroit parfait pour y glisser un message.

Qu'allait-elle y écrire ? Comment mettre des mots sur ce qu'elle avait vu mais ne parvenait toujours pas à comprendre ?

Elle essaya d'imaginer comment la petite fille qu'elle avait été à neuf ans aurait formulé sa pensée. De manière concise, sur un morceau de papier, elle inscrivit : « Cher Monsieur l'arbre, Jonah me trompe. Je ne sais pas quoi faire. Signé, Ellis. »

Ce qu'elle aurait vraiment voulu écrire, c'était : « Que faut-il que je fasse ? » Mais depuis le jour où elle avait demandé au vent de lui ramener Zane, elle évitait les questions directes et les requêtes précises. Confier ses doutes sur un bout de papier était surtout sa manière de digérer les événements qui la perturbaient. Elle le faisait depuis des années et plus elle vieillissait, plus les messages s'allongeaient.

« Cher Monsieur le caillou, j'aimerais savoir où est parti Zane et si je lui manque. »

« Cher Monsieur l'arbre, Maman ne veut pas se lever et il n'y a plus rien à dans le frigo. Peut-être que je devrais aller demander à Edith de me préparer à manger. »

« Chère Madame la salamandre, aujourd'hui, dans le bus, Heather a dit devant tout le monde que mes vêtements étaient sales. Si seulement je pouvais vivre sous cette bûche avec toi. Toi au moins tu n'es pas obligée de te laver. »

Jasper et River s'étaient élancés loin devant. Ils avaient presque atteint la petite jetée qui surplombait l'étang de la forêt.

Il fallait qu'Ellis revienne au moment présent.

— Attention ! lança-t-elle. Ne vous approchez pas trop près de l'eau.

À quatre ans et demi, les garçons avaient déjà appris à barboter à la surface en classe de natation, mais elle se méfiait des bassins noirs et profonds.

Quand elle arriva sur le ponton, elle les trouva à plat ventre armés de filets, en quête de têtards. Elle posa à terre la nacelle où dormait le bébé et sentit aussitôt la tension se relâcher dans les muscles de ses bras et de ses épaules. Du sac qu'elle portait de l'autre main, elle sortit deux bocaux en verre qu'elle remit aux garçons.

— Le meilleur endroit pour en capturer, c'est le rivage, indiqua-t-elle.

Elle montra à ses fils où pêcher les têtards – dans l'eau boueuse le long de la rive. Paré de bottes en caoutchouc qui lui montaient jusqu'aux genoux, River se précipita dans l'eau devant Jasper. Il voulait être le premier à en attraper un.

Né trois minutes avant son frère, River avait toujours trois coups d'avance depuis. Jonah et Ellis s'amusaient en secret des jumeaux qui incarnaient leurs prénoms de manière trop littérale. River était aussi agité et impétueux que les eaux tumultueuses d'une rivière, et Jasper était aussi calme et patient qu'une pierre de jaspe.

Penser à Jonah lui donna la nausée. Elle s'assit par terre, à côté du bébé.

Le divorce : c'était une évidence.

Il la trompait probablement avec Irene depuis le début de sa grossesse. C'était à cette période qu'il avait commencé à suivre des cours. Pendant des mois, il s'était tapé sa prof de tennis au corps parfaitement tonique alors que sa femme enceinte de leur troisième enfant s'arrondissait. Et ce dossier délicat qui l'accaparait tant au cabinet d'avocats ? Probablement un mensonge. Comme tous ces samedis où il n'avait pas le temps d'emmener ses fils au parc. Il était sûrement avec Irene.

Ellis n'arrêtait pas de revoir Jonah, montant à bord du coupé sport blanc en sortant du bureau. Le baiser passionné. À onze heures trente du matin. Visiblement, ce n'était pas qu'au tennis qu'il devait sa pleine forme, ces derniers temps. Il s'entraînait tout aussi intensivement pendant ses longues pauses déjeuner.

Les garçons étaient dans le van avec Ellis lorsqu'elle avait été témoin du baiser. Si elle n'avait pas vite dit quelque chose pour les distraire, ils auraient pu le remarquer aussi. N'importe qui aurait pu le surprendre, même ses collaborateurs. Peut-être que certains amis du couple étaient déjà au courant de cette liaison. Ellis s'en sentit doublement trahie.

— J'en ai trouvé plein ! s'exclama River. Maman ! Viens voir !

Elle jeta un coup d'œil à Viola dans sa nacelle. Le bébé s'était assoupi pendant la marche chaotique à travers les bois. Ellis la laissa dormir au calme sur le ponton pour aller regarder les petits batraciens.

— Tu les vois ? demanda River. Maman ? Maman ?

— Oui, oui.

— Tu les écrases ! protesta Jasper. River, arrête !

— Non, c'est pas vrai ! Ils sont partis tout seuls.

— Maman, il est en train de tuer les têtards !

— Les garçons, du calme, d'accord ? Mettez un peu d'eau dans vos bocaux et essayez juste d'en attraper quelques-uns.

— Combien ? s'enquit Jasper.

— On n'a qu'à dire dix chacun. Vingt, c'est un bon nombre pour le gros aquarium, vous ne trouvez pas ?

— Je ne veux pas mélanger les miens avec ceux de Jasper, geignit River.

— Ils iront tous dans l'aquarium, trancha Ellis. Une fois qu'ils se transformeront en grenouilles, on les rapportera ici.

— Pourquoi ?

— Parce que c'est leur habitat naturel. Ils sont adaptés à cet environnement.

Comment les garçons allaient-ils s'adapter à la nouvelle vie qui les attendait ? Vivre entre deux parents, deux foyers ? Qui d'elle ou de Jonah allait garder la maison ? Allait-il falloir qu'elle trouve un travail ? Quel genre de poste pouvait-elle espérer décrocher avec sa licence de biologie végétale – surtout sans la moindre expérience depuis, autre que celle de la maternité ?

Elle retourna auprès du nouveau-né et replia le bord de la couverture sous son visage de chérubin. Malgré ses fossettes de bébé, on devinait qu'elle serait la première de sa famille à lui ressembler. Elle avait hérité de ses iris noirs, de son hâle et de ses boucles. Avec leur peau claire, leurs yeux bleus et leurs cheveux raides, les garçons tenaient de sa propre mère et de Jonah. Ellis supposait qu'elle-même avait les traits de son père. De lui, elle ne savait rien d'autre que le nom qui figurait sur son acte de naissance – une information qu'elle remettait en doute car la seule fois où elle avait répondu aux questions d'Ellis à ce sujet, sa mère lui avait affirmé qu'elle ignorait son identité.

Elle essuya un filet de lait au coin des lèvres du bébé. Viola réagit à la caresse de son doigt, tendant aussitôt la bouche pour téter dans son sommeil.

Même encore maintenant, plus de deux mois après l'accouchement, Ellis avait parfois du mal à croire que Viola était réelle, un autre être vivant qu'elle avait créé, une nouvelle petite personne qui dépendait d'elle. Alors qu'enfin elle s'était faite à sa routine avec Jonah et les garçons, au moment où elle avait presque accepté l'étrange avenir que les jumeaux surprise avaient projeté sur leur vie. Un passage express de la vie étudiante à la banlieue pavillonnaire. Les livres de botanique troqués contre des manuels de parentalité. Les fêtes remplacées par la garderie. Les formulaires de candidature en master enterrés sous les dossiers de présentation des écoles maternelles.

Ellis soupçonnait que la réalité soudaine de l'arrivée d'un troisième enfant avait été un choc identique pour Jonah. Peut-être était-ce la raison pour laquelle il avait cherché à fuir en la trompant avec Irene. Pourtant, c'était lui qui avait voulu recommencer. Alors que les garçons approchaient de leur quatrième anniversaire, qu'ils n'étaient plus si petits, Jonah avait exprimé l'envie d'avoir un bébé à la maison. Les biberons lui manquaient, et il espérait une fille.

Ainsi était née Viola, dont le soin incombait à Ellis. Mère exténuée aux seins débordant de lait, elle jonglait également avec l'éducation de jumeaux agités, le tout pendant que Jonah déployait l'énergie de ses vingt-neuf ans en discussions avec des adultes au travail, apéros après le boulot, et liaison flatteuse avec une magnifique jeune femme.

— Arrête ! s'écria River. Maman !

La pêche aux têtards n'était pas un franc succès. Rien ne l'était. Ellis s'était réfugiée dans les bois pour retrouver son calme, mais elle se sentait encore plus mal qu'à son arrivée en état de choc. À présent, la colère s'était emparée d'elle.

La culpabilité aussi, comprit-elle. Car ce pressentiment qu'elle avait depuis le début, celui qui lui soufflait qu'elle n'était pas censée passer sa vie avec Jonah, se vérifiait maintenant. Au bout de quelques mois de relation seulement, elle avait perçu une absence de passion chez lui, malgré ses nombreuses déclarations d'amour. Elle n'avait pas écouté ses doutes, supposant que ce manque de fougue – pour autant qu'il soit réel – était uniquement de son fait. Elle avait toutes les raisons de penser que le problème venait forcément d'elle. Sa mère n'avait pas voulu d'elle, pour commencer. Puis Zane l'avait abandonnée sans même lui dire au revoir. Ellis n'était pas normale. Elle était asociale et bizarre, pas le genre de femme auprès de qui l'on reste longtemps.

Il fallait qu'elle sorte de la forêt. Pour la première fois de sa vie, quelque chose clochait dans son environnement préféré. Comme si lui aussi l'avait trahie. Les arbres, les rochers, les eaux sombres murmuraient dans son dos, racontaient l'histoire de cette petite fille que personne n'avait jamais aimée et qui écrivait des messages dans le vent.

Elle accéléra la pêche. Les garçons protestèrent, mais au rythme auquel ils avançaient – Jasper avec deux têtards et River avec quatre – ils allaient y rester des heures. Ellis attrapa une pelletée de batraciens à l'aide du filet qu'elle avait emprunté à Jasper et les relâcha en vrac dans les récipients en verre. Quand elle essaya d'amorcer le départ, River se plaignit que Jasper en avait plus que lui.

— Ça n'a pas d'importance. Ils iront tous dans le même aquarium, expliqua-t-elle.

— C'est pas juste.

Elle replongea le filet pour ajouter une nouvelle poignée de créatures frétillantes dans le bocal de River, augmentant sa prise d'une bonne demi-douzaine. L'enfant afficha un sourire triomphant.

— Maman… commença Jasper.

— Ça suffit, trancha Ellis en revissant les couvercles.

Viola dormait encore. Ellis passa son bras sous l'anse de la nacelle, récupéra le sac et les filets, et se dirigea vers le sentier. Chaque pas la rapprochant du minivan lui donnait l'impression d'avancer droit vers le bord d'une falaise. Quand Jonah rentrerait à la maison, elle lui ferait part de sa décision. Il fallait qu'elle saute une bonne fois pour toutes dans ce précipice, qu'elle mette un terme à cette mascarade qu'ils appelaient un mariage.

Non, ce n'était pas elle qui y mettait fin. Jonah s'en était déjà chargé. Elle devait rester ferme dans sa tête sur ce point.

Un corbeau lança son croassement guttural depuis l'entrée du sentier. Quelque chose avait dû l'agacer, probablement un faucon près de son nid. En débouchant sur le parking, Ellis aperçut l'oiseau. Perché sur une branche au-dessus de son minivan, il sonnait l'alerte avec une drôle d'urgence, prêtant sa voix au désastre de sa propre situation. Elle aurait préféré qu'il se taise.

River et Jasper se disputaient déjà pour savoir qui des deux aurait la banquette du milieu. Tout en se détestant pour l'injustice de sa décision, Ellis défavorisa comme souvent Jasper, le plus docile des deux, afin de minimiser le conflit.

— Mais River était assis au milieu à l'aller, protesta Jasper.

— Ah bon ? dit Ellis. Allez, montez.

— Mais Maman, c'est pas juste ! C'est mon tour.

Il fallait que Jasper choisisse ce jour pour se rebeller. Cette preuve de caractère nouvelle attendrit tout de même Ellis.

— D'accord. River, à l'arrière.

— Je veux pas m'asseoir au fond !

— C'est Maman qui l'a dit !

— Mais d'abord elle a dit que j'allais au milieu !

Le corbeau ajouta ses *croâ ! croâ ! croâ !* rapides au brouhaha.

— En voiture ! cria Ellis.

River monta sur la banquette du fond. Jasper grimpa sur le siège du milieu. Ellis abandonna le sac avec les filets sur le plancher de la voiture et tint le bocal de Jasper pendant que celui-ci attachait sa ceinture.

Un mugissement de colère retentit à l'arrière.

— Mes têtards ! hurla River.

Ellis posa la nacelle du bébé par terre et se pencha à l'intérieur du minivan pour constater que le bocal de River s'était renversé, et qu'il n'y restait plus qu'un fond d'eau dans lequel frétillaient quelques batraciens.

— Qu'est-ce que tu as fait du couvercle ? demanda-t-elle.

— J'essayais... Je voulais enlever cet autre truc qu'il y avait à l'intérieur ! Le gros insecte qui fait peur ! chouina River.

Probablement une larve de libellule. L'insecte prédateur avait en effet de quoi effrayer.

— Maman, ils sont en train de mourir ! s'écria Jasper. Maman ! Aide-les !

L'appel de Jasper fit redoubler les pleurs bruyants de River.

Ellis fit vite le tour du minivan pour ne pas avoir à enjamber Jasper, et se pencha par-dessus la banquette du milieu pour essayer de ramasser les petits animaux gluants qui lui filaient entre les doigts.

Les deux garçons braillaient et le corbeau se joignait à leurs lamentations.

Récupérant un lange dans les affaires, Ellis balaya les têtards pour les rapatrier dans le bocal de Jasper. Beaucoup restèrent invisibles sur le tapis de sol noir. Elle en repéra un, piégé dans le pli du siège, mais renonça à l'extraire pour ne pas risquer de l'écraser. La vision d'un têtard mort dans le récipient bouleverserait plus encore les garçons. Ils protestèrent avec force quand elle revissa le couvercle.

— T'en as oublié ! s'indigna River.

— Il y en a un coincé dans le siège ! alerta Jasper. Il va mourir ! Maman, sors-le de là !

— On essaiera à la maison, répondit-elle.

— Mais il va mourir !

— Je veux retourner à l'étang ! Je veux encore des têtards ! dit River.

— Non ! Tu n'avais qu'à pas ôter le couvercle. On s'en va. Il t'en reste plein.

— On n'en a pas assez !

— Il y en a deux par terre ! s'écria Jasper.

— Maman !

Le corbeau croassait toujours en chœur avec les garçons lorsque Ellis démarra le minivan.

À la sortie du parking, River éclata en sanglots mélodramatiques.

— C'est pas grave, le consola Jasper. Peut-être qu'ils seront encore vivants à la maison.

— Non, ils vont mourir ! geignit River.

— Papa les sauvera, affirma Jasper.

Ellis percevait presque sur sa langue l'amertume de ses pensées. Qu'avait fait Jonah pour mériter d'être leur héros ? Comment sa présence si rare à la maison pouvait-elle lui valoir l'attribution de ces qualités supérieures ? Jasper n'idéaliserait pas autant son père s'il avait vu le salaud embrasser une autre femme ce matin-là.

Ellis en avait le vertige à force de penser à ce qu'il avait fait, à ce qu'il faisait encore dans son dos.

Les pleurs de River se tarirent au moment où le minivan s'engagea sur la route principale.

— Maman ? appela Jasper.

— Quoi ?

— T'as oublié Viola.

Ellis écrasa le frein et tourna la tête. Elle regarda fixement le siège vide à côté de Jasper. Impossible. Elle n'aurait pas oublié son bébé. Mais la nacelle n'était pas là. Dans le chaos de l'incident des têtards renversés, elle n'avait pas installé le couffin dans le minivan.

En elle, tout se figea. Comme si elle n'avait plus de corps. Elle ne sentait plus le volant sous ses doigts. Elle n'avait plus de visage, de bras, de jambes.

Malgré tout, la voiture fit mystérieusement demi-tour, et un poids écrasa l'accélérateur.

Tout va bien. Elle n'a pas bougé, elle dort encore. Ça va aller. Tout va bien se passer.

Elle appuya plus fort encore sur la pédale.

Elle avait suivi une routine normale. Elle n'avait pas encore pris l'habitude d'installer un troisième enfant à bord. Pendant plus de quatre ans, il n'y en avait eu que deux. C'était classique chez les jeunes parents. Elle avait entendu des histoires de bébés oubliés à la maison, dans la voiture, le temps de quelques minutes. Rien de grave. Tout allait bien se passer.

Les deux kilomètres cinq de la route sinueuse lui firent l'effet de dix.

Et si elle l'avait écrasée en sortant en marche arrière ? Elle l'avait peut-être tuée ! Quel genre de mère était capable d'une chose pareille ?

Elle ralentit à l'approche du panneau signalant la réserve naturelle et bifurqua sur le parking. Tout était calme, le corbeau s'était envolé. Deux voitures étaient garées, loin de l'endroit où se trouvait le minivan quelques minutes plus tôt. Ellis regarda fixement la place vide qui avait été la sienne.

Pas de nacelle. Pas de bébé.

L'espace d'une seconde, la pensée qu'elle n'avait jamais eu de troisième bébé la traversa. N'était-ce pas ce qu'elle ressentait parfois ? Comme si cette vie, ces trois enfants, n'était qu'un rêve ? Elle ferma les yeux, certaine que tout reviendrait à la normale, deux enfants ou trois, quand elle les rouvrirait.

— Maman ?

Elle ouvrit les yeux.

— Elle est où, Viola ? demanda Jasper.

Le bébé avait disparu. Quelqu'un avait enlevé sa fille.

2

LE CLIQUETIS DES ANNEAUX DE RIDEAU la réveilla. Ellis se redressa dans son lit, embrumée par le somnifère, incapable de déterminer l'heure jusqu'à ce que les volets roulants remontent. Elle se protégea de la lumière brutale avec son avant-bras.

— Qu'est-ce que vous faites ?

— Oh !

La femme ne s'était pas rendu compte de sa présence. Ellis plissa les yeux pour discerner la silhouette inconnue à la lumière douloureusement aveuglante.

— Excusez-moi, madame. On m'a demandé de faire le ménage dans cette chambre.

— Qui vous a demandé ça ?

— Mrs… euh… Bauhammer. Vous désirez que je m'en aille ?

Sans attendre la réponse d'Ellis, elle ajouta :

— On m'a dit de tout faire ici. La salle de bains. Changer les draps…

La femme avait peur de s'attirer les foudres de Madame l'épouse du sénateur, qui avait emménagé pour les « aider » à affronter cette crise.

Peu désireuse de créer plus d'ennuis à la femme de ménage qui devait déjà supporter Mary Carol, Ellis s'extirpa du lit. C'est alors que le deuxième couperet tomba. Le plus violent.

Son bébé avait disparu. Deux semaines. Presque plus aucun espoir de la retrouver désormais. Elle était peut-être morte. Victime d'abus sexuels. Tout ça parce que Ellis l'avait abandonnée sur un parking, à la merci d'une personne dérangée comme on sacrifie un agneau.

Elle s'effondra sous le poids de la réalité. Cette réalité qui la frappait encore et encore l'avait changée. Elle n'était plus que le fracas des brisures qui composaient autrefois Ellis Abbey Bauhammer, épouse de Jonah, mère de trois enfants, au train de vie parfaitement ordinaire d'une banlieue pavillonnaire tranquille.

Elle resserra les pans de son peignoir. Ses seins restaient endoloris, mais les montées de lait avaient presque cessé.

L'employée n'avait pas bougé et contemplait Ellis avec une expression à mi-chemin entre la curiosité et la compassion. Elle avait forcément entendu son histoire, comme la plupart des habitants de cette région de l'État de New York. Ellis ne supportait pas ce regard que posaient les autres sur elle.

— Faites donc, dit Ellis. Je vais aller ailleurs.

Une deuxième femme de ménage s'affairait dans la salle de bains des garçons. Elle allait devoir se rendre dans celle rattachée à la nursery de Viola.

Non, impossible. Elle ne pouvait plus franchir cette porte.

Au pied de l'escalier, deux autres employées s'occupaient de la poussière et de l'aspirateur. Ellis utilisa la salle d'eau du rez-de-chaussée, puis s'engouffra dans la cuisine où se trouvait déjà Mary Carol, ses cheveux teints en châtain, coiffés en un brushing mi-long parfaitement lisse, en jean et chemisier ajusté pour souligner sa silhouette. Postée aux fourneaux, elle préparait le petit déjeuner – ou était-ce le déjeuner ? Les garçons étaient installés à table, absorbés par leurs nouveaux gadgets électroniques – cadeaux de leur grand-mère.

Avant même que le moindre mot ne soit prononcé, la froideur redoutable de l'épouse du sénateur s'abattit sur Ellis sous la forme d'un regard écrasant d'accusations.

— Enfin debout ? fit remarquer Mary Carol.

— La femme de ménage m'a réveillée.

— Oh, vraiment ?

— Je n'ai pas fermé l'œil avant six heures du matin.

— Les cachets ne font pas effet ?

Une information qu'elle ne pouvait détenir que de Jonah. Mary Carol la toisa avec suffisance, comme pour confirmer que son fils se confiait désormais plus à elle qu'à son épouse.

Ellis alla voir les jumeaux et caressa des deux mains leur chevelure douce et brune.

— Bonjour, les garçons.

— Bonjour Maman, répondit Jasper en levant la tête.

— Salut, marmonna River en gardant les yeux rivés sur son écran.

Ses enfants ne voulaient même plus la regarder à présent, à cause de ce qu'elle avait fait.

Elle tenta de conjurer cette pensée en se persuadant qu'ils étaient trop accaparés par leurs jeux vidéo.

Elle se versa une tasse de café et se retourna pour affronter sa belle-mère.

— Je peux faire le ménage chez moi, vous savez, dit-elle calmement.

Mary Carol afficha un air blessé.

— J'essayais simplement de vous aider. Je vois combien c'est difficile pour vous de gérer le quotidien – vu les circonstances…

Pour preuve, elle ajouta :

— Les garçons se plaignaient qu'ils avaient faim. Je leur prépare des croque-monsieur. Vous en voulez-un ?

Ellis regarda dans la poêle les sandwichs en train de frire.

— Au jambon ? Vous savez très bien qu'on est végétariens dans cette maison !

— Jonah mange de la viande.

— Pas quand c'est moi qui cuisine. Et River et Jasper n'en mangent pas.

— Mais ce n'est pas vous qui cuisinez, n'est-ce pas ?

Le mince fil qui maintenait Ellis rattachée à la politesse se rompit. Elle attrapa le croque-monsieur qui grésillait dans la poêle et le jeta à la poubelle, remarquant à peine la brûlure sur sa main. Puis elle ouvrit le réfrigérateur et y trouva le jambon acheté à l'épicerie fine.

— C'est un produit d'exception, prévint Mary Carol.

— Je m'en fiche, décréta Ellis en enfonçant le paquet de chair animale dans la poubelle.

— Les garçons, je suis navrée de vous annoncer que votre déjeuner est parti à la poubelle, claironna Mary Carol.

Les jumeaux avaient interrompu leur partie. Ils semblaient presque effrayés par leur mère.

— Je vais vous préparer le même sans jambon, d'accord ?

— D'accord, répéta Jasper.

River ne prononça pas un mot. Il y avait cette nouvelle lueur dans ses yeux, cette rancœur qui donnait à Ellis l'envie de pleurer. Il lui en voulait d'avoir chamboulé son quotidien, la détestait à cause de toutes ces larmes, de la police, des inspecteurs. Tout le monde dans la maison était sur les nerfs, surtout depuis l'arrivée de Mary Carol. Presque chaque jour, des amis et voisins leur apportaient à manger, ou venaient simplement se lamenter avec eux. River ne supportait pas cette agitation. Il la détestait. Il la détestait d'avoir perdu Viola et d'avoir gâché sa vie parfaite.

Ellis se détourna des trois regards perçants. Étourdie par le manque de sommeil, le cœur au bord des lèvres, elle se mit à préparer des sandwichs au fromage fondu.

— Où est Jonah ? demanda-t-elle.

— Il a été appelé en urgence au travail, l'informa Mary Carol.

Un samedi. Il était plus vraisemblablement en train de se consoler dans les bras d'Irene. Parce qu'il ne trouvait aucun réconfort auprès de sa femme de plus en plus dérangée qui avait abandonné leur bébé dans les bois.

Mary Carol s'installa à table avec une tasse de café filtre sans sucre. Elle en buvait des litres à longueur de journée pour limiter son appétit. Faire attention à sa ligne – et à son apparence en général – était la principale occupation de la vie de Mary Carol, et ce depuis toujours. Ellis imaginait très bien ce que sa belle-mère pensait de son allure. Elle-même ne supportait plus de croiser son reflet dans un miroir.

Elle ajouta des quartiers de pomme au déjeuner des garçons, posa les assiettes devant eux, et s'assit en face.

— Rangez vos gadgets et mangez, dit-elle.

Les voyant continuer de jouer, elle insista :

— Maintenant.

River lui lança un nouveau regard noir. Ellis se demanda avec quelles paroles Mary Carol les empoisonnait lorsqu'elle n'était pas là – d'autant qu'elle n'était pas souvent présente, il fallait bien l'admettre. Elle essayait de garder pour elle, loin des jumeaux, son instabilité croissante. Elle savait ce que c'était que de voir sa mère perdre la tête.

— Demain, j'emmène les garçons prier pour Viola, annonça Mary Carol. Vous êtes la bienvenue si vous souhaitez vous joindre à nous. Si vous êtes réveillée, évidemment. L'office est à huit heures.

À ce niveau d'acharnement, on n'appelait plus ça *tirer sur l'ambulance.* Mary Carol vidait toutes ses cartouches sur elle.

Ellis posa sa tasse et plongea son regard dans les iris bleu acier de la femme qui l'avait un jour accusée d'avoir « piégé » son fils avec sa grossesse. Mary Carol et son époux s'étaient farouchement opposés au mariage de Jonah à une étudiante en botanique qui avait grandi dans un mobil-home – avec une mère camée et un père à l'identité inconnue, qui plus est. Ellis supposait que sa belle-mère la traitait de cas social, même si Jonah ne le lui avait jamais répété. Mary Carol avait mis en garde Jonah : une étudiante qui avait pris part aux manifestations de la Gay Pride risquait d'attirer l'attention des médias et d'entacher la réputation de son père, un sénateur conservateur présent sur la scène publique.

Ellis soutint le regard de défi de Mary Carol. Elle voyait clair dans son jeu. La femme qui avait mené campagne contre elle depuis le jour où Jonah lui avait annoncé leurs fiançailles ferait maintenant tout ce qui était en son pouvoir pour gagner la guerre.

Ellis se leva, prenant appui sur la table de ses bras tremblants.

— Ça vous ennuierait de venir discuter avec moi dans le bureau ?

— Le bureau de Jonah ? Il préfère que cette pièce reste privée.

— C'est ma maison, *mon* bureau !

Mary Carol haussa un sourcil devant l'emploi du possessif, sans doute pour rappeler à Ellis qu'elle et le sénateur avaient fait don à Jonah de l'apport qui avait permis d'acheter la demeure, en guise de cadeau de mariage.

Perturbés par le conflit, les jumeaux avaient cessé de manger.

— Vous me suivez pour avoir cette discussion en privé, oui ou non ?

Mary Carol regarda ses bras fébriles avec un air satisfait.

— Si vous insistez, dit-elle en se levant de son siège. Ne vous inquiétez pas, les garçons. Tout va bien.

Ellis ferma la porte derrière elle dans le bureau du rez-de-chaussée, et fit face à son adversaire.

— Je ne vous laisserai pas faire, décréta-t-elle.

— Faire quoi ?

— M'effacer du paysage.

Mary Carol semblait amusée.

— Je crois que vous avez un peu abusé des cachets, Ellis.

— Ah oui ? Pourquoi avez-vous offert des jeux vidéo aux garçons alors que cela va à l'encontre de nos principes éducatifs ? Pourquoi les nourrissez-vous de viande quand j'y suis opposée ? Pourquoi les emmèneriez-vous dans votre église en sachant pertinemment qu'ils ont déjà où aller ?

Mary Carol afficha une moue sceptique.

— Comment vous appelez ça ? La religion de l'univers unitaire ?

— La congrégation de l'universalisme unitarien.

— Les garçons m'ont rapporté ce qu'ils faisaient lors de ces soi-disant séances de catéchisme. On leur parle de Bouddha, des juifs, des musulmans… Jasper a même une icône d'un dieu éléphant dans sa chambre ! Vous n'allez pas me faire croire que c'est une Église. C'est d'une secte dont il s'agit !

— Vous n'avez pas intérêt à raconter ça à mes enfants. Jonah et moi avons pris cette décision d'un commun accord. Nous souhaitons qu'ils trouvent leur propre chemin vers la spiritualité.

— N'embarquez pas Jonah dans vos histoires. C'était votre idée, et vous le savez pertinemment. S'il avait épousé une bonne chrétienne, ces enfants reconnaîtraient l'existence du Seigneur Jésus comme leur unique et véritable Sauveur !

C'était vrai. Élevé par des parents aux croyances implacables, Jonah avait appris à se laisser porter. S'il avait épousé une femme aux convictions fortes désirant que ses enfants aillent à l'église – ou à la synagogue, ou à la mosquée, ou au temple –, il l'aurait laissée les y emmener. Son propre avis sur la question de la religion n'était pas clair, et il avait l'habitude qu'on le dirige.

— Ne voyez-vous donc pas ce que vous avez fait ? s'indigna Mary Carol.

Ellis voyait très bien ce qu'elle avait fait. Elle le revoyait une centaine de fois par jour. Un nouveau-né dans une nacelle, seul dans la forêt.

— Cette chose abominable s'est passée, car vous avez renié l'unique Dieu qui puisse épargner l'enfer à ces bébés ! Et vous avez entraîné Jonah dans votre impiété ! Dieu a enlevé Viola pour vous châtier tous les deux.

Des larmes, des vraies, s'accumulèrent sur les cils de Mary Carol.

— Dieu me punit aussi, ainsi que mon mari. Nous aurions dû nous battre pour empêcher Jonah de vous épouser. Nous ne reverrons jamais notre unique petite-fille. Ses souffrances ou sa mort nous tourmenteront à jamais. Nous sommes tous voués à endurer ce châtiment pour le restant de nos jours !

Ellis parvenait à peine à respirer.

Les yeux bleus de Mary Carol luisaient d'angoisse. Ellis ne l'avait jamais vu révéler une émotion à vif si ouvertement. Mais sa belle-mère se détourna rapidement pour rejoindre les garçons en pleurant.

Quand Ellis entra dans la cuisine, River et Jasper la regardèrent comme si elle était une méchante sorcière. Qui d'autre aurait pu plonger leur grand-mère si forte dans un tel état de sanglots ?

— C'est pas grave, Maman. Je veux bien aller à l'église avec Grand-mère, dit Jasper pour tenter d'atténuer le conflit. Elle dit qu'on doit prier pour ramener Viola.

— C'est n'importe quoi, se moqua River.

— River ! Il faut garder la foi ! le rabroua Mary Carol.

— Pourquoi ? Moi je ne veux pas qu'elle revienne. Je la déteste.

— C'est ta sœur ! cria Ellis. Comment peux-tu dire une chose pareille ?

Des petites lumières argentées scintillèrent devant ses yeux. Elle se pencha vers une chaise pour ralentir sa chute, mais sa tête frappa le rebord de la table. Assommée, elle plongea dans l'obscurité.

3

JONAH ENTRA À GRANDS PAS dans la chambre avec sa nouvelle prescription. Encore un sédatif. Il s'assit au bord du lit pour lui tendre le cachet et son verre d'eau.

— Je t'ai déjà dit que je ne voulais pas de ça, dit-elle.

— Le psychiatre a conseillé du repos et une alimentation suffisante. Tu dois diminuer le stress.

Ellis le regarda droit dans les yeux.

— Ce n'est pas un médicament qui va arranger la situation, et tu le sais.

La froideur de Jonah lui donna envie de pleurer. Elle essaya tout de même de comprendre son point de vue. Il portait tout autant qu'elle le deuil de Viola. Et c'était elle qui avait abandonné leur bébé dans les bois. Ce détail de l'histoire n'avait certainement pas échappé aux médias : « La petite-fille du sénateur Bauhammer enlevée après que sa mère l'a oubliée dans la forêt. »

Ellis tenta de s'imaginer à la place de Jonah, qui devait retourner à son cabinet tous les jours. Que pouvaient lui dire ses collaborateurs alors que sa propre femme avait perdu leur bébé ? Peut-être l'évitaient-ils, trouvant la compassion trop gênante.

Jonah lui tendait toujours le cachet.

— Prends-le. Et si tu t'étais évanouie au volant avec les garçons dans la voiture ? dit-il en désignant du menton le bandage qui couvrait sa tempe. Tu as eu de la chance que le choc ne soit pas plus violent.

— J'ai contrôlé ma chute. Je ne suis restée inconsciente que quelques secondes.

— D'après ma mère, c'était bien plus long.

— C'est ce qu'elle prétend pour justifier son appel aux secours. Ce n'était pas nécessaire d'en faire tout un drame !

— C'est elle que tu blâmes dans cette histoire ? répondit-il d'une voix qui laissait transparaître son incrédulité.

— Oui ! Ne vois-tu pas clair dans son manège ? Elle voudrait me dépeindre en femme incapable de s'occuper de sa maison et de ses enfants. Dis-lui de partir !

— Les garçons m'ont tout raconté. Tu as crié sur River. Tu as fait pleurer ma mère. Tu as jeté à la poubelle le repas qu'elle avait préparé. Qui est la méchante dans cette histoire, Ellis ? Toi ou elle ?

— J'hallucine ! Tu viens vraiment de m'appeler la « méchante » ?

Alors qu'il sortait tout juste du lit d'Irene. Ellis sentait encore le parfum de son amante sur lui, une fragrance qui flottait comme un nuage écœurant.

Son expression s'adoucit quand il vit les larmes qui lui montaient aux yeux.

— Je suis désolé. Je n'aurais pas dû utiliser un terme si fort.

— Alors quel mot tu choisirais ?

— Tout ce que je dis, c'est qu'elle avait tous les droits d'appeler les secours. Tu te comportais de manière irrationnelle, tu es tombée dans les pommes, et ton crâne pissait le sang. Les jumeaux étaient terrifiés.

— Elle les a effrayés plus encore en réclamant une ambulance.

Les yeux bleus de Jonah se glacèrent à nouveau.

— Elle ne fait qu'empirer les choses, renchérit Ellis. Tu savais qu'elle a l'intention d'emmener les garçons à son église demain ?

— Et alors ? Peut-être que c'est ce dont ils ont besoin en ce moment, de trouver du réconfort au sein d'une paroisse.

— Mais ils ont déjà une paroisse ! Et c'est à moi de déterminer les besoins de mes enfants. C'est moi, leur mère. Tu t'en souviens de ça, Jonah ? C'est moi leur mère !

La froideur qui figeait son expression la glaça profondément. Elle comprenait les implications. On ne pouvait pas lui faire confiance. Il estimait que les jumeaux étaient entre de meilleures mains auprès de Mary Carol.

— Fais-la partir, je t'en supplie, Jonah.

— J'ai besoin de son aide à la maison lorsque je suis au travail. Elle s'en ira quand tu seras de nouveau capable de t'occuper des garçons.

— Je le suis !

— Ce n'est pas ce que je vois, Ellis.

— Ça ne fait que deux semaines ! On vient à peine de nous dire qu'il est trop tard pour la retrouver. Laisse-moi le temps d'encaisser le choc.

— C'est exactement à ça que servent les médicaments. À t'aider à t'en remettre.

Elle contempla le petit cachet censé « l'aider à s'en remettre ». Deux semaines plus tôt, elle était certaine qu'elle et ses enfants ne se remettraient jamais de la trahison de Jonah. Et à présent, toute cette douleur était engloutie par un chagrin bien plus profond qui l'aspirait dans ses profondeurs et la coulait trop vite. Elle essayait de se raccrocher à quelque chose, n'importe quoi – même à lui, qui avait ouvert l'abysse.

— Tiens, dit-il en glissant la pilule entre ses lèvres.

Était-ce donc tout ce qu'il avait à lui offrir ? Pourquoi ne la prenait-il pas dans ses bras ? Pourquoi ne la serrait-il pas contre lui, pour lui donner le sentiment de sécurité dont elle avait tant besoin alors qu'elle sombrait manifestement ?

Elle sentit sur sa langue les larmes salées qui se mélangeaient à l'amertume du médicament. Si un cachet permettait d'anesthésier la douleur de sa trahison, elle le prendrait volontiers.

Il pressa le verre d'eau contre ses lèvres. Elle but, avala la pilule.

— Bien, dit-il en lui tapotant la joue comme à une enfant. Maintenant, dors un peu. On s'occupe du dîner. Les garçons préparent des pizzas avec ma mère.

— Sans viande ! Ne la laisse pas les forcer à manger des animaux, dit Ellis.

Il soupira et ferma la porte.

4

AVALER DES PILULES devint de plus en plus facile. Le traitement n'annihilait pas tant son angoisse qu'il la diluait. Les jours, auparavant d'une netteté brutale et photographique, se muèrent en tableaux d'impressionnistes. *Les pilules,* au pluriel, parce que lorsqu'elle ne trouva à nouveau plus le sommeil, on lui prescrivit un médicament supplémentaire.

L'association des deux fonctionna. Au bout d'une semaine, Ellis croyait en leur efficacité sans les remettre en question. Personne n'était censé endurer la douleur de l'existence.

Bien sûr, elle n'avait pas le droit de prendre le volant tant qu'elle restait sous traitement. Mary Carol et Jonah s'occupaient du quotidien. Parfois, l'éminent sénateur Jonah Bauhammer II leur rendait visite, débitant ses opinions intolérantes devant les jumeaux et attisant les tensions qui enflammaient la maison. Ellis perdait fréquemment patience avec lui, même en présence des enfants.

Jonah III la renvoyait alors dans sa chambre pour mettre fin au conflit. C'était ce qu'il faisait depuis des années : agir comme une barrière humaine entre elle et ses parents. Jamais il ne la soutenait ni ne s'élevait contre leur bigoterie.

Quel lâche faisait Jonah ! Lui qui avait si souvent confié à Ellis son soulagement d'être avec quelqu'un qui partageait ses croyances profondes, alors que ses parents ignoraient toujours qu'il n'adhérait pas à leurs opinions conservatrices. S'ils le découvraient un jour, ils accuseraient certainement Ellis de l'avoir corrompu.

Les semaines passèrent. Mary Carol emmenait les jumeaux à l'église tous les dimanches, leur donnait de la viande. Les femmes de ménage venaient sur une base hebdomadaire.

L'état d'Ellis ne s'améliorait pas. Elle le savait, car Jonah et Mary Carol ne la laissaient jamais seule avec les enfants, qui avaient perçu la passation d'autorité. De plus en plus souvent, c'était vers leur grand-mère que River et Jasper se tournaient lorsqu'ils avaient besoin de quelque chose. La souffrance et la rage étaient trop intenses. Ellis prenait de plus en plus de médicaments, y ajoutant des doses d'opioïdes prescrits pour ses douleurs lombaires. Ces douleurs étaient réelles – probablement causées par son alitement permanent –, mais elle les exagérait pour obtenir un renouvellement de son ordonnance.

Puis vint le jour où ses cinq traitements ne suffirent plus. Elle tenait à la discrétion lorsqu'elle buvait le matin. Mais dès que l'horloge sonnait dix-sept heures, elle ne ressentait plus le besoin de dissimuler les martinis et les old-fashioned. C'était dans ces moments que son humeur était la meilleure, et qu'elle s'occupait le mieux des garçons. Elle riait avec eux et participait aux jeux de société – même si elle planait trop pour suivre les règles correctement.

Ellis apprit à se couper du passé. À se dissocier des peurs de l'avenir. Elle parvenait même à s'évader du présent. Fantôme, elle errait dans une prison au parfum de parquet ciré et de spray dépoussiérant. Elle aurait juré que, parfois, sa main traversait les meubles lorsqu'elle tentait d'y prendre appui.

Jonah s'installa dans une autre chambre. Ellis le comprenait. Comme lui, elle avait horreur de s'endormir avec la personne qu'elle était devenue. Et l'amertume qu'elle entretenait à l'égard de Jonah avait enflé autant que son autodétestation. Depuis l'extrémité du matelas *king size,* sa présence lui paraissait intrusive, comme si elle partageait son lit avec un inconnu, un sale type qui trompait sa femme avec sa prof de tennis.

Presque six mois après qu'Ellis eut oublié son bébé sur le parking, l'affaire de l'enlèvement de Viola Abbey Bauhammer fut plus ou moins bouclée. L'inspecteur qui supervisait les opérations estima *très faibles* les probabilités de retrouver l'enfant.

Quand Jonah annonça cette nouvelle à Ellis, elle prit une dose supplémentaire de son analgésique pour le dos. Elle n'attendit pas dix-sept heures pour se servir un whisky avec des glaçons sous le regard lourd de reproches de son mari, auquel elle s'était désormais habituée.

— Tu en veux un ? lui proposa-t-elle. On dirait que tu en as bien besoin.

— Ce n'est pas ce dont j'ai besoin, Ellis, répondit-il avec amertume.

Il alla dans la cuisine annoncer à sa mère qu'il avait du travail et ne reviendrait pas à temps pour le dîner.

Visiblement, c'était Irene qu'il lui fallait.

— Bien sûr, mon chéri, dit Mary Carol. Ne t'inquiète pas, je m'occupe de tout ici.

Ellis noya ses glaçons fondus sous le whisky et regarda Jonah sortir sa voiture de l'allée. Elle ne garda presque aucun souvenir de la soirée qui suivit, à part quelques éclats de voix des enfants qui se disputaient la télécommande. Derrière la fenêtre de sa chambre, un corbeau faisait claquer ses ailes noires sur le ciel gris cendre. Elle serrait un flacon de comprimés dans sa main.

Elle se réveilla aux urgences. On lui apprit qu'elle avait fait une overdose.

Ce même psychiatre qui lui avait prescrit les cachets l'informa qu'il fallait désormais qu'elle les arrête. Elle répondit qu'elle en avait besoin. Elle supplia. Elle pleura. Mais on ne la laissa pas reprendre quoi que ce soit.

La douleur. Bon sang, quel supplice.

Deux jours plus tard, lorsqu'on l'autorisa à rentrer chez elle, Jonah la rejoignit au salon. En voyant l'expression sur son visage, Ellis comprit pourquoi Mary Carol avait emmené les garçons faire un tour. Heureusement, elle avait un verre à la main. Jonah n'avait pas trouvé la bouteille cachée dans la buanderie quand il avait vidé la maison de tout alcool ou médicament.

Il jeta un regard amer à sa boisson en approchant.

— Je ne vais pas tergiverser pendant des heures, dit-il. Je crois que nous savons tous les deux que cette situation ne convient à personne.

— Je suis d'accord, approuva-t-elle. Ta mère doit s'en aller. Elle est en train de couler notre famille. Ton père aussi. Allons leur dire qu'ils ont interdiction de remettre les pieds ici.

L'attitude ferme de Jonah s'émietta pour laisser place à la perplexité.

Ellis eut envie d'éclater de rire devant son désarroi, mais elle aurait alors gâché toute la drôlerie de la situation. Quel sale con. Il ne la pensait même plus capable de second degré.

— Je parle de nous deux, précisa-t-il.

— Je sais, renchérit-elle. Ils s'interposent dans notre couple. Il est temps de faire front.

— Ellis…

— Quoi ?

— Ce que j'essaie de te dire, c'est que je veux le divorce.

Elle s'autorisa enfin à éclater de rire. Un rire interminable. Elle avait conscience de l'air de folie que lui conférait son hilarité. Elle s'en fichait.

— Arrête.

— Quoi ? demanda-t-elle en essuyant ses larmes.

— Arrête de rire. Ce n'est pas drôle.

— Ce qui est drôle, c'est que justement tu ne comprends pas pourquoi c'est drôle. Si tu savais…

— Si je savais quoi ?

— Si tu savais que le jour où Viola a été enlevée, j'avais décidé de te faire une surprise et d'amener les enfants au cabinet pour déjeuner avec toi. J'avais prévu un pique-nique au parc, comme avant. Si tu savais que je t'ai vu monter dans la voiture d'Irene et l'embrasser. J'ai dû raconter une histoire aux garçons pour les distraire, et j'ai vite redémarré pour qu'ils ne te voient pas. Si tu savais ce que j'ai ressenti à ce moment, quand j'ai compris que tu étais avec cette femme depuis tout ce temps, même quand je hurlais de douleur pour accoucher de ton bébé.

Jonah resta muet, pétrifié.

— Si tu savais que c'est pour cette raison que je me suis réfugiée dans les bois ce jour-là. Pourtant, tu le sais, que lorsque je me sens mal, je me ressource dans la forêt. Pour réfléchir.

— Ellis, je...

— Silence ! Je n'ai pas terminé.

Il se tut.

— J'ai promis aux jumeaux qu'ils pourraient pêcher des têtards, car c'était le seul moyen de leur donner envie d'aller dans la forêt avec moi. Si tu savais qu'à ce moment-là, j'ai décidé de demander le divorce et que c'était la décision la plus difficile de toute ma vie. River a renversé les têtards dans la voiture, les garçons criaient dans tous les sens, et j'étais tellement bouleversée par ce que tu nous as fait que j'ai oublié le bébé.

Ellis se leva, soudain forte.

— Tu n'as rien compris, Jonah ! Tu n'imagines même pas ce que j'ai ressenti lorsque j'ai réalisé que j'avais oublié Viola. Tu ne te rends pas compte que j'ai voulu mourir quand j'ai vu que quelqu'un l'avait enlevée.

Jonah pressa ses paumes contre ses tempes, comme pour essayer d'extraire de son cerveau tout ce qu'il venait d'entendre.

— C'est *moi* qui demande le divorce ! cria-t-elle. Tu diras ça à ton avocate ! C'est moi qui te quitte, parce que tu as rompu nos vœux de mariage ! Je te quitte car tu es au moins pour moitié responsable de l'enlèvement de Viola. Je refuse de continuer à porter seule cette culpabilité ! Tu es tout aussi coupable que moi !

Jonah fondit en larmes. Ellis ne l'avait jamais vu pleurer, pas même le jour de la disparition de Viola.

Il sanglotait, le visage rouge, le nez dégoulinant, et elle fut frappée par l'intensité de l'amour qu'elle avait jadis éprouvé pour lui. Où était-ce seulement de sa beauté dont elle était tombée amoureuse ? De ses épais cheveux châtain clair, de ses yeux couleur de ciel limpide, de ses pommettes comme sculptées dans le marbre.

Elle espérait que son physique n'était pas la raison de son attirance. Mais la question valait la peine d'être posée ; qu'avait-elle aimé chez lui ? Sa douceur ? Son calme ? Était-ce seulement parce qu'il lui avait dit qu'il l'aimait, qu'elle avait cru l'aimer en retour ? Elle avait cru, fut un temps, aimer sa bonté de cœur, mais elle savait maintenant qu'il n'était pas foncièrement gentil. C'était ce qui la blessait le plus.

— Ell… Ell…, dit-il enfin. Je n'ai pas d'explication, je ne sais pas quoi te dire. Tu ne comprends pas… tu ignores pourquoi…

— Je sais ce que j'ai vu. Est-ce que tu essaies de le nier ?

— Non.

— Est-ce que tu continues de la voir ?

Il se tut, mais elle lut la réponse sur ses traits. La culpabilité flottait autour de lui comme un brouillard. Bien sûr qu'il fréquentait toujours Irene. Il était rarement à la maison. Il avait simplement laissé sa mère reprendre la main, exactement comme quand il était enfant.

Ellis se laissa lentement glisser sur le canapé, vidée de son élan de force éphémère.

— Je te quitte, Jonah. Et je veux la moitié de tout. Mais pas la garde des garçons. Ils ne peuvent pas rester avec moi.

Sous le coup de la surprise, il cessa de pleurer.

— Tu ne comptes pas me disputer la garde ?

— Tu sais ce que je vois sur leur visage lorsqu'ils me regardent ? Mes propres yeux posés sur ma mère. Je leur fais du mal. Telle que je suis, je ne leur apporte rien de bon.

— C'est faux ! Nous sommes tous encore en train de faire le deuil de Viola. Mais un jour, on s'en remettra. Et quand tu iras mieux, j'espère que nous pourrons partager la garde des garçons. Ils ont besoin de toi, Ellis.

— Et combien de temps faudra-t-il pour que je *m'en remette* ? Un mois ? Un an ? Trois ans ? J'ignore quand je parviendrai à surmonter ça. La seule chose dont je suis sûre, c'est que je suis devenue ma mère, mon pire cauchemar. Je dois couper les ponts pour cesser de leur infliger ce traumatisme. Je t'en supplie, sois véritablement toi-même avec nos enfants. Si tu parviens à l'être, je sais qu'ils deviendront des hommes bien.

5

LES PAPIERS DU DIVORCE furent signés dans la semaine. Jonah lui accorda des clauses qu'il n'aurait jamais imaginé lui céder si elle s'était battue. Il refusa de la laisser payer une pension alimentaire pour les garçons et lui versa un montant équivalent à la moitié de leurs possessions. Il s'engagea à procéder à un virement mensuel sur le compte en banque d'Ellis au lieu de lui donner la moitié de la vente de la maison. Il voulait continuer à y vivre. Avec Irene.

Ellis se plaisait à imaginer la rencontre entre Mary Carol et Irene. Les Bauhammer jugeraient probablement la prof de tennis comme Ellis : pas à la hauteur de leurs exigences.

Quand il apprit qu'Ellis avait l'intention de bivouaquer plutôt que de louer un pavillon, Jonah insista pour qu'elle prenne le SUV neuf qu'il avait troqué contre le minivan. Il la laissa également emporter tout l'équipement de camping. Elle l'avait pour l'essentiel acheté avant leur mariage.

Jonah ne contesta qu'un seul point. Il souhaitait garder contact avec Ellis, ce qu'elle refusait. Elle devait se couper de sa vie dans l'État de New York comme d'un cordon ombilical. Soit elle parviendrait à survivre sans Jonah, River et Jasper, soit elle échouerait. Il n'y avait pas d'entre-deux possible.

Sachant que Jonah serait tenté de la retrouver, Ellis décida de rediriger ses relevés bancaires vers une adresse qui lui était inconnue. Vers quelqu'un en qui elle avait pleinement confiance.

Ellis appela Dani à la toute dernière minute. Danielle Yoon, sa meilleure amie de la fac, avait sauté dans un avion pour lui apporter son aide quand elle avait appris la nouvelle de l'enlèvement via des connaissances communes. Elle travaillait aux côtés d'une des plus prestigieuses botanistes et généticiennes du pays, et seule une situation d'urgence extrême valait de laisser en plan ses études doctorales à l'université de Floride. Ellis s'en voulait énormément que sa propre erreur ait perturbé la vie de quelqu'un d'autre. Les étreintes de Dani, ses larmes et ses propositions répétées de l'aider à s'occuper des garçons, n'avaient fait que plomber davantage le moral d'Ellis.

Dani concentrait tous ses souvenirs d'avant Jonah : les labos de biologie végétale, les recherches sur le terrain, les conversations nocturnes du dortoir, les sessions de révision jusque tard le soir, le bivouac, la bière pas chère et les fous rires – toujours les fous rires, car elle ne connaissait pas plus drôle que Dani. Son amie n'avait pas sa place dans sa vie de mère au foyer. Elle n'avait rien à faire dans son immense maison cossue de banlieue pavillonnaire où l'on pleurait Viola. Sa présence ici – qui charriait avec elle tous ces souvenirs – ne faisait que remuer le couteau dans la plaie. Ellis s'était retrouvée à masquer stoïquement son deuil pour la pousser à partir. Dani était restée deux jours et, après son départ, Ellis s'était réfugiée sous la couette, exténuée par l'effort de prétendre qu'elle avait la force nécessaire pour surmonter la perte de sa fille.

Appeler Dani ne serait pas facile. Ellis avait ignoré ses messages, et Dani en avait sûrement été blessée.

Mais la banque réclamait une adresse fixe. Elle passa le coup de fil, plantée à côté de son SUV chargé.

Dani décrocha à la deuxième sonnerie.

— Ellis ! Comment vas-tu ?

— Ça va. Et toi ?

— J'étais si inquiète quand tu as cessé de répondre à mes SMS. Est-ce qu'il y a du nouveau dans les pistes pour retrouver Viola ?

— Non. Comment avancent tes recherches ?

— Très bien.

Après un silence, elle ajouta :

— Qu'est-ce qui se passe ? Il y a quelque chose, je le sens.

— Tu as raison. Je quitte Jonah… ou disons qu'on se sépare.

— Quoi ? Vous divorcez ?

— Oui.

— Ellis, non ! Vous êtes en plein deuil de la disparition de Viola. Vous avez essayé la thérapie de couple ?

Ni Jonah ni Ellis n'avaient souhaité suivre les conseils de leurs amis et consulter une psychologue. Ellis n'en voyait pas l'intérêt, puisque Jonah avait commencé à la tromper bien avant l'enlèvement. Et apparemment, Jonah n'avait aucune intention de mettre fin à sa liaison. Il ne restait plus rien à sauver de leur mariage.

Dani ne savait rien de l'infidélité de Jonah, et Ellis préférait qu'il en demeure ainsi. Elle ne pouvait pas supporter davantage de compassion. Cela ne faisait qu'ajouter à sa douleur.

— Oui, nous avons consulté une psy, mentit Ellis. Ça n'a pas marché.

— Mais c'est le pire moment pour prendre ce genre de décision. À peine six mois après l'enlèvement de votre bébé…

— C'est trop tard pour en parler, Dani. J'appelle parce que j'ai un immense service à te demander.

— Tout ce que tu voudras !

— Est-ce que je peux faire suivre mon courrier à ton adresse pendant quelque temps ?

— Pour quoi faire ?

— Je pars en road trip. Pour me changer les idées.

— Où ça ? Combien de temps ?

— Je ne sais pas.

— Tu vas laisser les garçons ?

— Je n'ai pas le choix. C'est compliqué.

— Il a obtenu la garde ?

— Oui.

— La garde exclusive ?

— Oui. Il faut que je me mette en route. Est-ce que je peux donner ton adresse à la banque ?

— Ellis, tu me fais peur. Il a dû arriver quelque chose de terrible pour que tu sois prête à laisser tes enfants. Est-ce que Jonah te reproche ce qui s'est passé ? Il n'a pas intérêt, sinon je…

— Non, pas du tout.

Encore un mensonge. Évidemment que Jonah – comme le reste du monde – la tenait pour responsable. Et elle le méritait.

— Il me faut une réponse, insista Ellis. Tout ce que tu auras à faire, c'est de conserver mon courrier dans une boîte. Il n'y aura pas grand-chose. Juste quelques relevés bancaires.

— Bien sûr que je peux garder ton courrier. Mais quand viendras-tu le chercher ?

— Je ne sais pas. Ton adresse n'a pas changé depuis que je t'ai envoyé le faire-part de naissance ?

— Non, c'est toujours la même.

— Merci. Il faut que j'y…

— Attends ! lança Dani. Tu seras toujours joignable à ce numéro ?

Des larmes ruisselèrent sur les joues d'Ellis. Se débarrasser de son portable revenait à couper le dernier cordon qui la liait à Jonah et aux garçons. Et à Viola.

— Non, je n'aurai plus de numéro pendant un moment.

— Ellis, qu'est-ce qui se passe ? Tu ne peux pas rester sans téléphone. J'ai besoin de savoir que tu vas bien !

— Je te tiendrai au courant quand j'aurai un nouveau numéro. Bisous.

Ellis raccrocha.

Son abonnement serait résilié à la fin de la semaine. Jonah avait insisté pour qu'elle le garde, il avait même proposé de le payer, mais Ellis avait besoin d'une coupure nette.

Les mains tremblantes, elle ouvrit un nouveau flacon de cachets et en glissa un dans sa bouche. Elle avait trouvé un médecin dans une petite clinique qui lui avait prescrit ce qu'elle voulait. Pour l'aider avec le stress de son divorce. Et l'enlèvement de son bébé. Elle était prête à déballer les détails glauques de sa vie pour obtenir ses cachets.

Elle entra dans la banque pour effectuer le changement d'adresse. Une maison à Gainesville, en Floride, dans un état lointain où elle n'avait jamais mis les pieds.

Au moment où elle sortit de la banque, le médicament commençait à faire effet. Mais aucun dosage ne suffirait à la préparer à la dernière chose qu'il lui restait à faire.

Elle roula jusqu'à la première vraie maison qui avait jamais été sienne. Elle n'allait pas lui manquer. La demeure lui avait toujours semblé ridiculement grande : quatre cents mètres carrés, quatre chambres et un bureau, quatre salles de bains et une salle d'eau, un garage pour trois voitures. La maison était entourée d'un terrain de quatre mille mètres carrés agrémenté de plantes qui nécessitaient trop d'arrosage, d'engrais, et d'entretien. Jonah avait voulu cette maison – il prétendait qu'ils avaient besoin d'espace pour accueillir des jumeaux – et Mme Bauhammer avait approuvé. L'apport avait été versé en secret, en guise de cadeau de mariage, si bien qu'Ellis n'avait pas eu son mot à dire sur l'achat.

Le SUV s'engagea sur l'allée. Ellis fut soulagée de constater que la voiture de Mary Carol n'était plus là. Elle avait prévenu Jonah qu'elle ne voulait pas la voir quand elle viendrait faire ses adieux aux garçons. Pour une fois, il lui avait laissé cette infime part de contrôle sur la situation.

Jonah la retrouva sur le bord de l'allée.

— Je leur ai annoncé que tu partais. Comme tu me l'as demandé.

Il avait évidemment besoin de lui rappeler que c'était son idée à elle, et pas à lui.

— Merci, se contenta-t-elle de dire.

— Ne fais pas ça.

— Tu sais que je n'ai pas le choix. Tu vois bien ce que je leur ai infligé.

Il ne nia pas.

— Pourquoi tu ne restes pas dans le coin ? Tu pourrais aller en cure de désintox.

— Et ils me rendraient visite dans une clinique et constateraient que je suis dans un si sale état qu'il a fallu me faire enfermer ?

— C'est mieux que de ne pas voir leur mère du tout.

— Vraiment ?

Elle songea à toutes ces fois où elle avait trouvé sa propre mère évanouie dans une flaque de vomi, ou pire.

— Bien sûr que c'est mieux ! s'écria-t-il. Et quand tu t'en seras remise, tu pourras acheter une maison pas loin et les voir autant tu voudras. Je te promets que je te laisserai passer du temps avec eux.

— Comme c'est magnanime de ta part.

— Ellis, arrête. Tu ne peux pas les abandonner.

— Si, et c'est ce que je vais faire. Je n'ai pas pu t'empêcher de foutre nos vies en l'air, mais j'ai bien l'intention de contrôler la fin de l'histoire. Hors de question que je vienne te supplier de voir mes garçons sous la supervision d'Irene et de Mary Carol. J'en ai déjà eu un aperçu, et toi aussi. Tous ces conflits pour l'éducation des jumeaux. Les nouveaux partenaires des divorcés qui s'en mêlent. Les enfants tiraillés entre leurs loyautés. Ils ne devraient pas être forcés à vivre un enfer parce que leurs parents ont commis des erreurs.

— Nous ne sommes pas obligés de leur faire vivre un enfer !

— Évidemment que c'en sera un. De ceux qui consument lentement. Et c'est presque pire. Je l'ai vécu. Je le sais.

— Bon sang, Ellis ! Ce n'est pas de ton enfance qu'il s'agit, c'est de la leur ! Tu as besoin de l'aide de spécialistes pour le voir !

Les larmes lui brûlaient les yeux. Elle s'était promis de ne pas pleurer. Pas devant les garçons. Pas pour le dernier souvenir qu'ils auraient d'elle.

Il approcha dans ce qui ressemblait à un élan de réconfort amorçant une étreinte, mais ses bras restèrent collés contre ses flancs, comme s'il ne savait plus comment serrer Ellis contre lui. Ou ne le voulait plus.

— Je suis désolé, je n'aurais pas dû élever la voix, s'excusa-t-il. S'il te plaît… ne pars pas. Tu vas le regretter, je le sais.

— Comme si j'avais besoin de toi pour me le dire ! s'écria-t-elle. J'ai perdu mon bébé dans les bois. Je sais très bien ce que ça fait d'abandonner son enfant. J'en ressens l'agonie à chaque instant.

— Ce n'est pas la même chose ! Rien ne t'oblige à abandonner tes fils pour te punir. Il faut que tu te pardonnes pour ce qui est arrivé à Viola.

— Et toi ? Tu m'as pardonné ?

Chaque seconde de silence qui suivit était un couteau qui s'enfonçait plus profondément dans sa poitrine.

— Oui, répondit-il. Et il faut que je me pardonne aussi. À présent que je connais ma part de responsabilité dans les événements de cette journée.

— Tu n'as pu me pardonner qu'à partir du moment où tu as découvert ton implication dans le drame ? Merci, Jonah. Merci pour le soutien inconditionnel envers la femme que tu as épousée.

Elle le bouscula pour passer et se dirigea à grands pas vers la porte.

Plantés dans le vestibule, les jumeaux l'attendaient quand elle franchit le seuil. Elle les soupçonna d'avoir observé la dispute depuis la fenêtre. L'anxiété se lisait sur leur visage. Le mal était déjà fait, et ce constat renforça sa conviction. Si elle partait maintenant, ils s'en remettraient.

— Coucou les garçons, dit Ellis en leur caressant les cheveux comme elle le faisait souvent.

— Bonjour Maman, répondit Jasper.

River resta muet, les lèvres si serrées qu'elles en étaient presque bleues. Il n'ouvrait pas la bouche de peur de fondre en larmes.

Elle s'agenouilla pour se mettre à leur niveau.

— Il est temps pour moi de partir. Je vous aime très fort pour toujours. Vous le savez, pas vrai ? Peu importe où je serai, je vous aimerai toujours.

— Où tu vas ? demanda Jasper.

— Dans des endroits jolis, pour me soigner. Et à chaque fois que je verrai quelque chose, je penserai à vous. Chaque petite fleur, arbre, oiseau. À chaque fois, je penserai à vous.

— C'est pas vrai, objecta River amèrement. Pas si on n'est pas là.

— Les gens qui s'aiment n'ont pas besoin d'être au même endroit pour rester ensemble. Ils sont réunis dans leur cœur.

— Un cœur c'est rien qu'un bout de viande moche dans notre corps. Mamie m'a montré le cœur de la dinde avant de la faire cuire pour Thanksgiving.

Ellis posa sa main sur la joue de River.

— Je suis désolée que tu aies dû voir ça. Souviens-toi que personne ne peut te forcer à faire quelque chose contre ta volonté. Si tu ne veux pas manger d'animaux, tu as le droit de dire non.

— Moi je ne mange pas les animaux, dit Jasper. Je n'ai pas voulu de dinde. J'étais triste pour la dinde.

Ellis le prit dans ses bras et le serra très fort. Son doux parfum d'enfant lui fit tourner la tête : il lui manquait déjà. Rien ne l'avait jamais autant fait souffrir. Le bout de viande moche dans son corps allait-il cesser de battre ?

— Je t'aime plus que tout au monde, chuchota-t-elle à son oreille.

— Moi aussi, répondit-il.

Quand elle se défit de leur étreinte, des larmes roulaient sur ses joues. Elles ruisselaient sur le visage de River aussi. Il semblait furieux.

Ellis tendit les bras vers lui. Il recula.

— River, je t'en prie, laisse-moi te faire un câlin.

— Non ! hurla-t-il. C'est débile ! Je te déteste ! Je te déteste !

Il s'enfuit, ses petits pieds martelant les marches.

Il voulait être celui qui partirait. Garder le contrôle, autant que possible.

Elle le comprenait. Oh oui, comme elle le comprenait.

Elle souffla un baiser au creux de sa paume et le déposa sur la joue mouillée de Jasper.

— Très fort et pour toujours, dit-elle.

Et elle sortit de la maison.

6

Ellis posa un paquet de bonbons goût butterscotch sur la tombe de Samuel Patrick Abbey, mais rien sur celle de son épouse – faute d'avoir su quoi lui apporter. Ellis ignorait tout de cette grand-mère morte bien avant qu'elle n'aille vivre chez son grand-père à treize ans, et dont il ne parlait jamais. Exception faite d'une photographie datant du jour de leur mariage, Margaret Anne Abbey, née Swanson, était complètement absente du petit appartement où Samuel avait vécu pendant les dix ans de son veuvage.

Ellis se demanda si elle cesserait de penser à ses enfants dans dix ans, s'ils seraient aussi absents de son monde que sa grand-mère l'avait été de celui de Samuel. C'était probablement différent quand la personne dont on est séparé est encore vivante. Peut-être est-il plus difficile de lâcher prise.

Mais pour ce qu'Ellis en savait, Viola avait disparu de la surface de la Terre.

Non, il fallait qu'elle croie que sa fille était encore vivante, pour empêcher les ténèbres de l'engloutir. On supposait que le bébé avait été enlevé par une femme – et Ellis doutait qu'une femme voulant un enfant ait pour objectif de le tuer.

Une femme – c'était la seule piste des inspecteurs. Un couple de randonneurs l'avait vue marcher hors des sentiers battus et disparaître rapidement derrière un ravin. Incapables de fournir une description détaillée, ils n'avaient pu témoigner que de son âge – moyen – et de sa coiffure – une queue de cheval blonde. Le couple avait également déclaré la présence d'une berline bleue sur le parking à son arrivée – véhicule qui n'était plus là lorsque Ellis était revenue chercher Viola. Malheureusement, elle avait été trop distraite pour prêter attention à la voiture quand elle avait émergé de la forêt avec les enfants.

Ellis sortit un bonbon du sachet. Elle suçota la saveur crémeuse et sucrée, se remémorant ce jour où son grand-père était venu la récupérer au commissariat à la mort de sa mère. Elle ne savait rien de lui à l'époque ; il avait coupé les ponts avec sa fille rebelle depuis longtemps. Du haut de ses soixante-dix ans, l'ancien ouvrier de chantier restait robuste, et d'autant plus intimidant qu'il parlait peu. Son premier vrai geste vers Ellis avait été de lui tendre un bonbon goût butterscotch pioché dans sa poche à la sortie du poste de police.

Durant les cinq années où Ellis avait vécu avec lui, la distribution de confiseries s'était poursuivie comme moyen de communication entre eux. Au début, Sam – il lui avait demandé de l'appeler par son prénom – marchait sur des œufs en sa présence, l'observait attentivement en silence, probablement par crainte qu'elle ne ressemble à sa fille. Mais en constatant qu'Ellis était réservée, avait des bonnes notes à l'école et aidait à faire le ménage à l'appartement, il s'était peu à peu adouci. Ellis sut qu'il l'avait acceptée quand il avait commencé à lui proposer de regarder le football américain et le base-ball avec lui. Malgré une vie passée à Youngstown, Ohio, où on suivait la progression de l'équipe d'Ohio State Buckeyes, Sam avait hérité de la loyauté de son père envers les Steelers et les Pirates de Pittsburgh.

Deux amis ouvriers de Sam, Mick et Harry, venaient souvent regarder les matchs à la maison. Voyant que Sam n'avait pas l'intention d'expliquer les règles à Ellis, ils avaient entrepris de le faire pour lui. Ellis aimait ces journées, assise sur le canapé avec les trois hommes devant la télévision. Mick plaisantait beaucoup, Harry faisait des remarques presque poétiques sur la vie, et Sam ponctuait le tout de commentaires laconiques et hilarants malgré lui.

Ellis n'avait jamais connu une telle camaraderie avec sa mère. En général, elle était trop ivre ou trop droguée pour partager un moment authentique avec Ellis, surtout au cours de ses dernières années. Elle alternait essentiellement entre le silence et les ruminations. Parfois, elle professait ce qu'elle croyait être des paroles d'une grande sagesse – mais qui n'en étaient pas. La plupart du temps, Ellis et sa mère avaient vécu dans deux mondes parallèles, sans lien.

La veille du départ d'Ellis pour l'université de Cornell où elle avait obtenu une bourse, Sam, Mick et Harry lui avaient organisé une petite fête d'adieux. Les trois hommes avaient plus de quatre-vingts ans. On avait diagnostiqué un cancer des poumons à Harry, et il devait bientôt quitter la ville pour aller habiter chez son fils. Le gâteau portait les emblèmes des Steelers et des Pirates, et Mick et Harry s'étaient cotisés pour offrir un modeste pécule à Ellis. Sam lui avait donné un peu d'argent pour ses études aussi, et lui avait fait cadeau d'une Chevy antique qu'elle pourrait emmener à Ithaca.

Ellis avait pleuré en étreignant les trois hommes, et pour la centième fois, Mick lui avait répété qu'il était impossible qu'une jeune fille si gentille soit de la même famille que ce vieux grincheux de Samuel Abbey.

Quand Ellis avait dit au revoir à Sam le lendemain, il avait déclaré, choisissant lentement chaque mot :

— Bon, eh bien… Il y a quelque chose que je voulais te dire… Quand tu es arrivée ici, je ne savais rien de toi. Vraiment rien. Mais j'ai vite vu. Tu es une personne bien, Ellis. Je suis fier de toi. Très fier. Et j'imagine que tu vas me manquer. Beaucoup.

Il s'agissait probablement du plus grand nombre de mots sortis de sa bouche en si peu de temps. Et du plus grand témoignage verbal de son affection. Il n'avait jamais été si proche de lui dire qu'il l'aimait. Mais Ellis ne prononçait pas ce mot non plus.

Pourtant, elle savait qu'elle l'avait aimé. Comme elle avait également aimé Mick et Harry. Elle regrettait de n'avoir pas su le leur dire. Tous les trois étaient morts à présent.

Ellis ravala une dernière gorgée de salive au goût caramel.

— Je t'aime, Sam, chuchota-t-elle à la tombe.

Mais tu avais raison de ne pas me faire confiance dès le début. Pardon de ne plus pouvoir te rendre fier. Je suis désolée.

Elle se détourna de Sam et regagna sa voiture sous la neige légère qui commençait à tomber. Le besoin d'un verre se faisait sentir, mais elle se le refusait tant qu'elle ne serait pas arrivée sur le terrain de camping. Elle ne conduisait jamais ivre. Elle ne pouvait pas risquer un accident qui coûterait la vie de quelqu'un d'autre. Un bébé, une mère, un grand-père. Elle en avait déjà assez fait.

7

— BONSOIR ? Il y a quelqu'un ? lança une voix. Un homme se trouvait sur sa parcelle. Près de sa tente.

— Hé oh ? tenta-t-il à nouveau.

Ellis se tira de la torpeur qui la paralysait depuis trois jours. Ou était-ce quatre ?

— S'il y a quelqu'un à l'intérieur, répondez, insista l'inconnu.

— Oui, oui, il y a quelqu'un.

Elle chercha à tâtons le couteau de chasse qu'elle avait hérité de Sam, qui le tenait de son père à lui. Elle le conservait dans son fourreau, à l'intérieur du sac de couchage dans lequel elle dormait.

— Je suis ranger dans le parc naturel, expliqua l'homme. Êtes-vous consciente que vous n'avez pas réglé la location de l'emplacement depuis trois jours ?

Cela signifiait qu'elle était ici depuis quatre jours. Elle avait payé pour une nuit à son arrivée.

Ellis garda le couteau en main, au cas où. Elle fit descendre la glissière de la tente, juste assez pour leur permettre de se voir. L'homme était grand, aux yeux sombres, tout juste trentenaire, il portait en effet un uniforme de ranger.

— Navrée, dit-elle. Je vais payer. Je n'essayais pas de vous arnaquer.

Le ranger hocha la tête.

— Je suis soulagé de savoir que vous allez bien. Comme vous ne répondiez pas la première fois que je suis passé, je craignais que… bref, pas besoin d'entrer dans les détails. Peu de gens se hasardent à camper ici en hiver.

C'était précisément une des raisons pour lesquelles Ellis adorait cette saison. Elle avait découvert ses joies en randonnant dans les Adirondacks, puis avait embarqué Jonah dans son aventure aux débuts de leur relation. Rien de tel que le bivouac par temps glacial avec un amant. Se pelotonner sous les couettes alors que la neige tombe à l'extérieur. Bien au chaud sous la tente aux parois souples comme une bulle, un univers formé de leurs deux corps. Faire l'amour en pleine nature l'hiver avait quelque chose de délicieusement animal.

Le ranger ne partait pas. Elle enfila son manteau et ses bottes, fit descendre complètement la glissière, et sortit dans le froid et la grisaille du matin. Elle rabattit sa capuche pour dissimuler sa tignasse emmêlée.

L'homme l'observait avec attention. Elle ne devait pas avoir fière allure, car il semblait inquiet. Du moins, c'était ainsi qu'elle interprétait son regard.

— Vous voulez que je vous règle maintenant ?

— Non. Je relèverai la boîte plus tard dans la journée.

— Je ne comptais pas m'attarder. Je déposerai une enveloppe en partant.

— Parfait.

Il se dirigea vers son pick-up, mais fit volte-face à mi-chemin.

— Ça vous dit, un café ? J'ai une Thermos pleine là-dedans.

— Oh… non, merci. C'est gentil.

— Je vais vous en apporter. Je vous assure que la tasse est propre.

Il s'éloigna rapidement, sans lui laisser le temps de refuser à nouveau.

Elle le soupçonnait de vouloir vérifier qu'elle allait bien. Peut-être cela faisait-il partie de sa formation : *un campeur solitaire en hiver, ce n'est pas anodin. On peut avoir affaire à un fugitif. Ou quelqu'un avec des idées noires. Gardez un œil sur eux.*

— Du sucre ? proposa-t-il.

Pourquoi ne pas accepter une tasse de café ? Elle en mourait d'envie. Et s'il fallait qu'il coche sa BA de la journée, elle n'allait pas l'en empêcher.

— Oui, répondit-elle en le suivant.

— Par ici, dit-il en désignant la table de pique-nique de son emplacement de camping.

À mains nues, elle balaya les deux centimètres de neige qui tapissaient la surface en bois, et il y installa la Thermos et deux tasses. Puis il lui sortit plusieurs petits sachets de sa poche, qu'il lui tendit.

— Merci, dit Ellis.

Il sourit en la regardant touiller le café sucré avec son index. Elle déblaya un autre coin de table et s'y assit, posant ses bottes sur le banc enneigé. Puis elle serra la tasse chaude entre ses mains pour réchauffer ses doigts engourdis.

Le ranger s'installa à côté d'elle.

— Je vois que vous venez de l'État de New York, constata-t-il en désignant les plaques de son SUV.

— Oui.

Il sirota une gorgée de café en attendant qu'elle ajoute quelque chose.

— Vous êtes de passage dans l'Ohio ?

— Oui, répéta-t-elle.

Ils burent en silence pendant une minute.

Il lui fit face.

— Loin de moi l'idée de me mêler de ce qui ne me regarde pas, mais est-ce que tout va bien ? Je n'ai jamais vu de femme camper ici pendant quatre jours de suite en hiver. Seule, je veux dire, précisa-t-il.

— Oh, vous avez plutôt des groupes d'ordinaire ? Elles viennent ici pour une folle virée entre copines ?

Il sourit.

— Non.

Il avait l'air d'un type bien, qui méritait qu'elle soit plus gentille avec lui, qu'elle le rassure.

— Je n'avais pas l'intention de passer quatre jours ici. Je suis venue en Ohio pour me recueillir sur les tombes de mes proches. Après la première... J'imagine que j'avais besoin de souffler un peu. Avant de me rendre sur la suivante.

La suivante était celle de sa mère, à quelques villes de là.

— Je suis désolé.

Elle hocha la tête et se concentra sur son café.

— C'est curieux, de privilégier le bivouac aux hôtels.

Il jugeait probablement bizarre qu'une personne choisisse de passer la nuit dehors alors que son super SUV flambant neuf et sa tente de luxe évoquaient une certaine aisance. Ellis avait acheté son équipement avec les petites sommes dont son grand-père lui avait fait cadeau au cours de ses études. Elle avait réussi à en trouver de bonne qualité en solde. Elle se demanda si le ranger lui aurait proposé du café si elle avait dormi sous une tente pourrie près d'une voiture délabrée.

— Je n'aime pas les hôtels, expliqua-t-elle. Je préfère les bois.

— Oui, ça se voit. Mais faites attention. On y croise de drôles de gens.

Elle entendait ces mises en garde depuis qu'elle avait commencé à camper seule durant ses années à l'université. Sa première coloc lui répétait son laïus à chaque fois qu'Ellis découchait pendant le week-end. Mais Ellis ressentait un besoin impérieux de s'éloigner des autres, parfois. Petite, elle avait eu sa Forêt Sauvage. Pendant les années où elle avait vécu avec son grand-père, elle s'était réfugiée dans un parc à proximité pour avoir sa dose de verdure.

Elle se laissa glisser au sol et rendit sa tasse au ranger.

Il lui sourit.

— Vous avez déjà l'air plus éveillée.

— Je le suis. C'était du bon café.

— Je mouds moi-même les grains tous les matins.

Il lui tendit sa main gantée.

— Je m'appelle Keith Gephardt.

Elle la serra et répondit :

— Enchantée.

Mais ne lui donna pas son nom.

Il comprit le message.

— Je ferais mieux d'y aller, dit-il.

Il tira son portefeuille de la poche arrière de son pantalon et en sortit une carte.

— Voici mon numéro. Au cas où vous auriez besoin de parler après la visite de cette deuxième tombe.

Elle essaya de formuler une réponse adéquate. Cela faisait une éternité qu'un homme ne lui avait pas donné son numéro. Elle n'avait aucune idée de ce que cela impliquait dans ces drôles de circonstances. Le lui proposait-il en sa capacité de garde-chasse du parc naturel qui s'inquiétait pour une randonneuse, ou en tant qu'homme espérant un verre avec elle ?

Elle avait l'impression de l'avoir regardé dans les yeux trop longtemps. Non pas à cause de la jolie couleur marron de ses iris, mais pour la lueur chaleureuse qu'ils dégageaient.

Elle prit la carte et se détourna.

— Faites bien attention à vous, conseilla-t-il.

— D'accord, lança-t-elle à sa silhouette qui s'éloignait.

Il lui fit un dernier signe avant de monter à bord de son pick-up.

Au son du véhicule qui cahotait, Ellis s'engouffra dans sa tente pour faire une toilette de chat avec la serviette, le savon, et l'eau qu'elle conservait dans un broc. Elle entreprit de démêler ses cheveux de son mieux. Pendant tout son mariage avec Jonah, elle avait gardé la coiffure à la garçonne qu'il aimait. À présent, elle avait décidé de les laisser repousser. Elle ne les avait pas coupés depuis le début de sa grossesse, et ils lui tombaient déjà aux épaules. Mais ils étaient épais et touffus, trop difficiles à entretenir en bivouac. Mieux valait les raccourcir.

Non. Elle les voulait longs, pour ne plus voir la femme qui avait été trompée par Jonah à chaque fois qu'elle se regarderait dans le miroir.

Elle sortit pour aller au robinet de son emplacement et s'y lava les cheveux. Dehors, la température était passée sous le zéro, et l'eau froide lui fit l'impression d'un étau glacial autour de sa tête. Mais le choc était curieusement satisfaisant. Revigorant.

Elle était prête à retourner chez elle.

8

La dernière fois qu'Ellis avait posé les yeux sur le terrain loti de Forest View Trailer Park, c'était le jour où elle avait dispersé les cendres de sa mère dans la rivière, derrière leur mobil-home. Sam s'était tenu à l'écart pour l'observer, en silence comme toujours, et son expression crispée ne trahissait en rien ses émotions devant la mort de sa fille. Après coup, ils étaient montés à bord du pick-up déjà chargé des quelques affaires d'Ellis, et avaient mis les voiles pour Youngstown.

La fin de son trajet reproduisait celui du car scolaire de l'époque. Elle connaissait la route par cœur, mais le paysage avait beaucoup changé. Une nouvelle station essence. Un centre commercial en préfabriqué, à la place d'une parcelle boisée. Son glacier transformé en bar à ongles.

Elle immobilisa la voiture là où l'entrée du terrain pour caravanes aurait dû se trouver. Un trottoir récemment ravalé comblait l'allée crevassée de son enfance.

Trois immeubles résidentiels s'élevaient derrière un arrêt de bus doté d'un abri en verre.

Ellis poursuivit sa route jusqu'à tomber sur une entrée. « Résidence River Oaks. Studios, T2 et T3 disponibles. Belle vue sur rivière. Animaux de compagnie acceptés. Venez visiter votre prochain chez vous ! »

Elle voulait croire qu'elle s'était trompée d'endroit. Le lieu ne pouvait pas avoir changé à ce point.

Elle fit le tour du pâté d'immeubles, suivant la courbe d'une voie qui débouchait sur un parking d'asphalte assigné au Bâtiment 1. Où était passé l'emplacement de son mobil-home ? Où était la forêt ?

Derrière un vaste gazon tondu, elle aperçut au loin quelques chênes sans feuilles qui longeaient une ligne sinueuse. Probablement ce qui restait de la rivière.

Elle roula jusqu'au bout du parking, se gara et sortit. La zone était délimitée par quelques jeunes arbres attachés avec des cordes et des piquets. Forest View avait disparu. Sa forêt aussi. Ainsi que la caravane d'Edith et Ed, qui nourrissaient Ellis lorsqu'elle avait trop faim. Celle de Libby et ses deux petits garçons. Et le mobil-home équipé d'une rampe pour le fauteuil roulant de Larry, vétéran de la guerre du Vietnam. Le vieux militaire versait un saladier entier de bonbons dans le sac d'Ellis pour Halloween chaque année. Qu'étaient-ils tous devenus ?

Elle posa un pied sur la pelouse plate saupoudrée de neige. Il fallait qu'elle voie la seule chose qu'on ne pouvait pas rayer de la carte. La rivière.

Elle traversa le long terrain d'herbe tondue sans comprendre pourquoi on en avait rasé la végétation. De grands espaces verts coûtaient pourtant cher à entretenir. Mais les promoteurs avaient dû estimer que des bois avaient l'air trop sauvages. Trop effrayants. Un refuge pour les serpents. Un endroit où les criminels pourraient se tapir.

Ellis manqua de fondre en larmes en voyant les rares arbres épargnés autour de l'eau. On avait élagué sur la rive opposée. Toujours plus de pelouses, de parkings et d'immeubles résidentiels, d'une couleur différente – probablement érigés par un autre constructeur.

La rivière semblait bien plus étroite que dans son enfance, il n'en restait presque plus qu'un ruisseau. Elle était peu profonde, comme souvent en hiver. Entre les berges asséchées, l'eau s'écoulait faiblement sur les cailloux dans un clapotis triste. Comme si la rivière pleurait ses pertes.

Ellis descendit dans le lit de la rivière. Les déchets s'y accumulaient plus encore qu'à l'époque où elle vivait ici. Bouteilles et canettes de bière. La pollution avait fait croître les algues sur les rochers. Elle suivit le courant, espérant retrouver l'endroit où elle avait dispersé les cendres de sa mère. Un coude vers la gauche, un large rondin.

Elle s'enfonça jusqu'aux chevilles dans l'eau, la laissant envahir ses bottines de randonnée. La morsure glaciale sur sa peau lui fit du bien. Elle était dans son élément.

Le ruisseau représentait les bras d'un père. Elle avait nommé son premier-né en référence à celui-ci. River, comme la rivière. Jonah ne connaissait pas les raisons d'Ellis dans le choix des prénoms des garçons. Il n'aurait pas compris. Jasper tenait le sien de la seule mère qu'Ellis estimait véritablement sienne, la terre boisée qui entourait la rivière, et les pierres qui en tapissaient le lit. Elle avait si souvent touché, collectionné et médité sur les couleurs nuancées de ces pierres de jaspe.

Ellis marcha un peu, avec l'espoir de revoir ses plantes préférées qui auraient survécu aux premières gelées de l'année. Elle voulait surtout retrouver les feuilles en forme de cœur des variétés de violettes qui poussaient là. Il y en avait des mauves, des lavande, des blanches et des jaunes. À la fac, elle avait appris que toutes ces variétés appartenaient au genre *Viola*, un mot latin – le seul prénom qu'elle ait envisagé pour sa fille.

Jonah avait approuvé ce prénom, l'attribuant à l'héroïne de *La Nuit des rois*, une de ses pièces préférées de Shakespeare. Il avait volontiers délégué à Ellis la responsabilité de trouver un prénom aux garçons. Ses parents voulaient que le premier-né s'appelle Jonah, quatrième du nom, pour perpétuer la tradition familiale, mais Ellis et Jonah III n'avaient pas souhaité qu'un autre enfant porte l'héritage d'intolérance associé aux deux premiers Jonah de la lignée. Quand Ellis avait choisi River et Jasper, les Bauhammer s'étaient indignés. Mary Carol avait même provoqué un esclandre à l'hôpital le jour où Ellis avait rempli les formulaires d'acte de naissance. Elle prétendait qu'Ellis avait forcé son fils à abandonner la tradition familiale pour des « noms ridicules de hippies ». Ellis n'avait pas eu de mal à endosser cette responsabilité. Elle avait rétorqué à Mary Carol : « Si vous n'êtes pas contente, vous savez où se trouve la porte. » Une infirmière lui avait topé la main lorsque Mary Carol était sortie à grands pas de la chambre.

Les violettes avaient disparu. Elles étaient en dormance pour l'hiver ou avaient péri avec la destruction de la forêt.

Ellis arriva au niveau d'un coude de la rivière tournant vers la gauche. Elle était sûre qu'il s'agissait de celui où elle avait dispersé les cendres de sa mère, même si le rondin qui marquait l'emplacement manquait. Elle s'assit sur un petit rocher et récupéra quelques pierres entre ses doigts. Face au virage, elle repensa à son premier message charrié par les eaux. « S'il te plaît, reviens. »

Elle songea à Viola, qui ne réapparaîtrait jamais. Elle ne reverrait jamais sa fille. Personne ne revenait jamais après avoir passé ce tournant de la rivière. Zane avait été le premier à le lui prouver. De Zane, elle avait appris à modérer l'amour qu'elle portait aux autres.

Elle ne se souvenait pas de grand-chose de sa vie avant Zane. À l'âge où elle n'allait pas encore à l'école, il leur rendait visite dans le mobil-home, mais ne restait jamais dormir. Il était chef cuistot dans le *diner* où travaillait sa mère. Mais à l'époque, Ellis le voyait surtout comme son baby-sitter préféré. Un groupe d'amis – six ou plus – s'occupaient d'Ellis pendant les services de sa mère, mais Zane était le seul capable de faire s'opérer la magie.

— Quel est le programme du jour, ma reine ? demandait-il quand sa mère partait au restaurant.

— Je sais pas.

— Tu ne sais pas alors qu'il y a un milliard de trucs cool à faire ?

— Quels trucs cool ?

— On pourrait vivre sous une tente dans le désert du Sahara. Ou organiser un safari à dos de zèbre. On pourrait naviguer en pleine tempête sur l'Atlantique…

— Oui ! répondait Ellis.

— Oui pour quoi ?

— Pour tout !

Alors ils avaient tout fait : le Sahara sous une tente de draps suspendus dans la cour. Le safari à dos de zèbre – en réalité une balade sur ses épaules dans le voisinage pour observer les oiseaux et les écureuils. Et la tempête sur l'Atlantique – une course de petits bateaux qu'ils fabriquaient et faisaient flotter sur l'eau de pluie qui s'accumulait dans le gros fossé devant le mobil-home.

Sa mère était toujours en colère quand, en rentrant le soir, elle retrouvait Ellis couverte de boue.

— Qu'est-ce que vous avez fichu, Zane ? Je suis morte de fatigue et c'était sa dernière tenue propre. Maintenant, il va falloir que j'aille à la laverie.

Ellis ne comprenait pas pourquoi elle disait cela. D'habitude, elle la laissait porter ses vêtements sales pendant des semaines.

— Je vais m'occuper de la lessive, proposait Zane.

Sa mère allumait une cigarette et aspirait une longue et profonde bouffée.

— Je suis sûre que tu as mieux à faire sur ton jour de congé que de surveiller ma gosse.

Il s'approchait d'elle, comme souvent.

— Non, disait-il. Et à mon retour, j'apporterai de la pizza pour nous tous. Va te reposer.

Sa mère s'affalait sur le canapé avec un verre de whisky et, craignant sa mauvaise humeur, Ellis attendait Zane sur les marches. Car lorsqu'il revenait, il rendait sa mère heureuse. Il lui disait « viens par là, beauté » et massait ses pieds enflés devant la télé. Parfois, elle ôtait son chemisier et il lui massait le dos.

La première fois que Zane avait passé la nuit au mobil-home, Ellis était en maternelle. C'était alors qu'il avait commencé à dire « je t'aime, bébé » à sa mère. Rien ne ravissait plus Ellis, parce que ces mots signifiaient qu'il comptait rester. Il les emmenait manger des glaces ou nager au grand lac. Parfois, il emmenait Ellis dans des endroits amusants quand sa mère travaillait, comme le soir où ils étaient allés à la fête foraine et avaient fait un tour de grande roue.

Il avait commencé à faire de plus en plus de choses au mobil-home. Quand il allait faire les courses, il laissait Ellis remplir le Caddie d'aliments interdits.

— Alors comme ça c'est chips et céréales pour le dîner ?

— S'il te plaît, on peut acheter des Cap'n Crunch ?

— Pourquoi pas ? Du salé, du sucré, on a un repas équilibré.

C'est lui qui l'accompagna à l'école pendant toute la maternelle, parce qu'il la trouvait trop petite pour prendre le car scolaire. Un matin, Ellis entendit une institutrice demander à la sienne « c'est qui celui-là ? », quand Zane la déposait. Sa maîtresse avait répondu : « C'est plus ou moins son père. »

Ça avait été un des meilleurs moments de sa vie. De savoir que quelqu'un d'autre voyait Zane, l'adorable et drôle Zane, comme plus ou moins son père. À partir de ce jour, c'était ce qu'il était devenu. Presque son père. Et c'était plus qu'assez pour Ellis.

Mais tout avait changé après l'accident. Quand Ellis avait six ans et demi, sa mère s'était cassé la cheville et blessé au dos dans l'escalier du restaurant. Le manager du *diner* l'avait licenciée et lui refusait ses indemnités compensatoires, prétendant qu'elle était tombée parce qu'elle se droguait. La mère d'Ellis avait engagé un avocat, qui lui arguait qu'elle devait sa chute à des dangereuses conditions de travail. Elle portait des plateaux très lourds dans un escalier trop étroit et raide.

L'avocat avait obtenu gain de cause, et sa mère avait touché une petite somme d'argent. Elle pouvait désormais passer toute la journée au mobil-home si elle le souhaitait. Au début, Ellis avait cru à une bonne nouvelle. Mais au bout de quelques mois, la situation s'était détériorée. Sa mère buvait davantage et se droguait encore plus quand elle n'était pas obligée de rester sobre pour le travail. Elle et Zane se disputaient plus que d'habitude.

— Qu'est-ce que tu as fait de ta journée, hier ? lui demanda-t-il en triant le linge, en quête d'un pantalon propre pour Ellis.

— Tu sais bien que j'ai trop mal pour porter le panier de linge à la laverie.

— Mais ton dos ne te dérange pas pour prendre le volant et aller racheter de l'alcool ?

— Tu me traites de menteuse ?

— Elle n'a plus une seule fringue propre, bon sang ! Tu es à la maison toute la journée. Moi je sors de cinq doubles services à la suite.

— Je ne t'ai jamais demandé ton aide.

— Je sais. Tu te contentes de faire peser sur moi toutes ces responsabilités à la con comme si j'étais son père.

Ellis avait envie de pleurer. Mais si elle commençait, il serait encore plus contrarié de voir qu'il l'avait rendue triste. Et il risquait de partir pour toujours. Elle contracta chaque muscle de son corps pour retenir ses larmes.

— Tu n'as qu'à te barrer si ça ne te plaît pas ! cria sa mère. Vas-y, casse-toi et ne reviens pas !

— Peut-être que c'est ce que je vais faire ! hurla-t-il. J'en ai ma claque de ces conneries !

Ces menaces donnaient toujours l'impression à Ellis que son cœur tombait de sa poitrine. Elle récupéra un legging sale sous son lit et le brandit.

— J'en ai trouvé un propre, Zane ! Tu veux bien me conduire jusqu'à l'arrêt de bus ?

— Ta mère vient de me dire de partir.

— Ne pars pas ! supplia Ellis en tirant le legging sale pour le remonter sur ses jambes. Je suis prête. On peut y aller.

Il interrogea sa mère du regard.

— Vas-y, emmène-la, marmonna-t-elle.

Elle préférait se droguer plutôt qu'accompagner sa fille à l'arrêt.

Au début, sa mère gardait Zane sous sa coupe avec la menace de le quitter. Alors il s'excusait, lui faisait des câlins, et restait. Mais après l'accident, plus sa mère se droguait et criait, plus Zane prenait volontiers la porte. Une fois, il partit pendant neuf jours. Mais il finit par revenir en disant « je t'aime, bébé » dans le creux son oreille, comme toujours, et ils s'enfermèrent dans la chambre. Ellis les entendit rire et faire ces autres bruits, ce qui la soulagea parce qu'ils signifiaient que Zane allait rester.

Ellis avait huit ans quand sa mère commença à prendre une nouvelle drogue qu'elle s'injectait dans le bras à l'aide d'une aiguille. Ça ne plaisait pas à Zane, et leurs disputes n'allaient qu'en empirant. Ellis avait peur que Zane ne parte pour de bon. Il avait arrêté de dire « je t'aime, bébé ».

— Il faut que tu te fasses aider, dit Zane quand il la trouva inerte et hébétée sur le lit.

— De l'aide pour quoi ? demanda sa mère.

— Tu sais pourquoi ! Tu es en train de te tuer avec cette merde ! Et tu ne fais même plus semblant de t'occuper d'Ellis.

Elle se redressa en titubant.

— Barre-toi si tu n'es pas content.

— Non, ne pars pas, supplia Ellis en tirant Zane par la main. Je peux m'occuper de moi toute seule. J'ai préparé du Jell-O à la fraise et j'ai mis des pêches dedans. Viens voir.

Il était trop contrarié pour venir voir. Il lui prit la main et lui dit :

— Allez. On va manger un hamburger.

— Je ne t'ai pas donné l'autorisation d'emmener ma fille, lança sa mère alors qu'ils passaient la porte.

Zane marmonna des gros mots. Il n'essaya pas de rassurer Ellis, comme il le faisait d'habitude. Il se contenta de rester mutique et d'aller récupérer un hamburger au drive-in du fast-food.

— Zane ?

— Quoi ?

— Tu viens voir mon spectacle à l'école demain ?

Il paya l'employée par la fenêtre du drive-in, mais ne répondit pas.

— Je joue une fleur qui explique aux gens pourquoi il faut faire du compost. Dis, tu viens ?

— Je ne sais pas, Ellis.

— S'il te plaît ?

Son long soupir pesa lourd sur le cœur d'Ellis.

— Je vais essayer, dit-il.

Le lendemain, Ellis fut quasiment incapable de réciter son texte quand elle se rendit compte que Zane n'était pas dans le public. Elle se fichait du spectacle. Elle avait peur que Zane soit parti pour de bon, et elle avait très envie de pleurer. Sa mère ne faisait pas partie de la foule de parents souriants non plus. Mais ce n'était pas une surprise.

Zane resta dans les parages encore un mois. Quelques jours après le neuvième anniversaire d'Ellis, une énorme dispute éclata entre eux, Zane partit et ne revint jamais. Il ne fit pas ses adieux, ni à Ellis, ni à sa mère. Il disparut simplement. Ellis dut alors écouter sa mère le traiter de tous les noms. Ellis ne voulait pas entendre ses reproches horribles, mais sa mère ne cessa de le détester jusqu'à sa mort.

Elle mourut quand Ellis était en cinquième. Par un dimanche de mai, le plus beau des mois dans la Forêt Sauvage. C'était à ce moment de l'année que les fleurs s'épanouissaient et que les feuilles, les oiseaux, les grenouilles et tout le reste revenait. Ellis avait emporté un sachet de céréales à grignoter au bord de la rivière en guise de petit déjeuner. Alors que les nuages de l'averse nocturne s'éloignaient, le soleil projeta ses premiers rayons à travers le feuillage fraîchement poussé sur les branches, déployant ses faisceaux de lumière dans toute la forêt. Ellis était trop grande pour croire encore à la magie, mais cet instant lui rendit la foi. Assise très droite, immobile, elle se concentra. Elle voulait créer une photographie mentale de ces rayons dorés. Ce moment était trop parfait pour l'oublier. Quand elle rentra à la maison une heure plus tard, sa mère n'était toujours pas levée. Ellis passa la tête dans l'entrebâillement de la porte de la chambre pour lui proposer d'allumer la cafetière. Sa mère gisait, le teint grisâtre, dans son lit. Morte. À côté d'elle, une seringue vide d'héroïne scintillait dans la flaque de soleil qui se déversait par la fenêtre.

Ellis triait les cailloux de la rivière tout en réfléchissant. Celui au creux de sa paume ressemblait à un visage. Une vieille femme rabougrie aux yeux enfoncés dans les plis de ses rides, avec le nez protubérant du grand âge. Ellis reposa précautionneusement la vieille bique, une des nombreuses pierres qui marquaient l'endroit où elle avait dispersé les cendres de sa mère.

Elle se leva et retourna à la réalité de la forêt évaporée. Sa terre natale et maternelle l'avait quittée, avait disparu à l'angle du cours d'eau, comme tout le reste. Comme les cendres. Comme les mots griffonnés sur des bouts de papier. Comme Zane et tout le monde.

La Forêt Sauvage ne reviendrait jamais, et peut-être même la *Viola striata* non plus, une variété commune de fleur blanche aux pétales ornés de délicats petits traits violets – sa préférée. Il ne restait plus que la rivière et les pierres. Elle avait bien choisi les prénoms de ses fils. Des persistants, ils survivraient sans elle.

Ellis avait un dernier message pour sa forêt. Elle sortit son téléphone de sa poche. Son intention première était de l'enterrer sous un rondin ou un rocher, là où elle avait versé les cendres de sa mère. Mais il ne restait ni rondins, ni rochers.

Ellis ouvrit son dossier « images ». La photo la plus récente représentait le visage de Viola, de près. Âgée de deux mois. Avant cela, Viola dans les bras de Jonah. Puis une autre, où le bébé était calé entre River et Jasper sur le canapé.

Il fallait qu'elle arrête. Si elle continuait à s'infliger cette souffrance, elle finirait par se laisser engloutir trop profondément. Elle-même risquait de vouloir disparaître dans les flots.

Une pression du doigt et l'écran devint noir. Le verre refléta son visage entouré des quelques arbres qui restaient témoins de son dernier message. Elle choisit une large pierre dans l'eau qui ruisselait autour d'elle. Elle la déterra et enfonça à sa place le téléphone, dans le lit de la rivière. Elle regarda l'eau l'immerger, les petites bulles danser comme des étoiles sur la nuit noire de l'écran. Puis elle lâcha la pierre, et tout disparut.

En temps normal, Ellis n'était pas du genre à polluer les cours d'eau, mais elle ne voyait pas les choses de cette façon. C'était un tombeau. L'enterrement de sa famille. De son passé. De l'avenir qu'elle imaginait. Tout ce qu'elle avait perdu était pour toujours concentré dans ce petit bout de terre qu'elle avait tant aimé. Même son amour pour ce lieu était maintenant enfoui là.

Elle remonta sur la rive, pleinement consciente de l'absence en elle de la personne qu'elle avait été, et de ce vide viscéral, nauséeux, qui enflait avec chaque pas qui l'éloignait du ruisseau. Elle était comme le tronc creux d'un arbre qui pourrissait de l'intérieur.

Une femme, dans les quarante ans, affublée d'un béret bleu, marchait à pas vifs dans sa direction, avec son chien en laisse.

— Je vous ai vue remonter de la rivière, expliqua-t-elle, à bout de souffle.

— Oui, je me promenais, confirma Ellis.

— Vous avez entendu parler de leur projet ? Ils veulent ériger une clôture entre nous et la rivière.

Ellis supposa que le *nous* renvoyait aux habitants des immeubles résidentiels.

— Une idiote du Bâtiment 2 a laissé son gosse sans surveillance, et il est tombé dans l'eau. Alors elle est venue se plaindre que la rivière représentait un danger pour le voisinage. Moi, on m'a dit que le garçon était tombé dans soixante centimètres d'eau, même pas. Rien de dramatique.

Ellis n'avait plus de mots.

— Vous saviez, pour la clôture ? demanda l'inconnue.

— Non.

— On est quelques-uns à s'y opposer. Vous devriez venir aux réunions. Il y a un prospectus disponible dans le hall d'entrée de chaque bâtiment.

Puisque Ellis se taisait, la femme poursuivit :

— Ils n'ont pas le droit de nous priver de la rivière. L'accès à des espaces naturels est essentiel pour la santé. Vous devez probablement le savoir, puisque vous vous promenez dans le coin.

— Oui, répondit Ellis.

— La rivière et les arbres sont importants pour nous autres, amoureux des chiens.

La femme caressa la tête de sa chienne.

— Mimi ne peut pas faire ses besoins à la vue de tout le monde. Il lui faut son intimité. Elle court droit vers les arbres dès que j'ouvre la porte. C'est une des raisons pour lesquelles je loue un appartement ici. Pour la sortir le long de la rivière.

Ellis craignait vaguement d'éclater en sanglots devant cette inconnue, mais elle était trop vide à l'intérieur pour que des larmes viennent.

— D'ailleurs, en parlant de ça, elle s'impatiente, s'excusa la femme avec un sourire avant de laisser Mimi l'entraîner vers la rivière.

Ellis fit rapidement demi-tour. Elle ne voulait pas que sa dernière image des bois et de la rivière soit associée à cette femme et à ses petites habitudes dictées par le transit de sa chienne. Mais elle supposa que c'était trop tard pour ça.

Elle retourna dans la voiture et ouvrit un flacon de cachets.

9

LE CACHET FIT EFFET SUR LA ROUTE qui traversait sa ville natale. Ellis n'avait pas eu d'autre choix que de le prendre pour trouver la force de manœuvrer le véhicule – une dose juste suffisante pour étouffer la conscience de l'abysse qui la creusait. Elle estimait qu'il était moins dangereux de conduire sous l'influence du médicament que sans.

Elle ne voyait presque rien autour d'elle, parce que le paysage ne l'intéressait pas. Son objectif était d'atteindre une boutique de téléphonie mobile qu'elle avait aperçue à l'aller. Elle comptait conserver un portable chargé dans le SUV, pour appeler une dépanneuse, ou en cas d'urgence…

Et peut-être…

Peut-être le ranger. L'idée lui était venue en quittant River Oaks Apartments. Le vide creusé en elle l'avait presque totalement absorbée, au point qu'elle ne sentait plus ses membres en manœuvrant la voiture. Curieusement, elle avait pensé au ranger et avait imaginé ses mains sur elle. Pas d'une manière sexuelle – il ne l'avait pas regardée ainsi. Il l'avait regardée… avec douceur. Oui, c'était ainsi qu'Ellis aurait décrit la chaleur de son regard. Et s'il pouvait la toucher de la même manière – une main douce sur la sienne, rien qu'un frôlement accidentel –, peut-être que les sensations reviendraient dans son corps.

Elle savait que ces projections n'existaient que de son côté. Elle ne se fiait pas à sa capacité de décrypter les hommes ces derniers temps. Peut-être avait-elle seulement lu l'absence de tout reproche dans le regard du ranger. Depuis l'enlèvement, elle s'était habituée à ce qu'on la toise en la jugeant.

Elle acheta un téléphone portable et quitta la ville aussi vite que possible. L'idée d'appeler Keith Gephardt lui resta en tête. Elle était la première surprise d'avoir envie de proposer à un inconnu de se revoir, mais elle ne trouvait pas de raison de s'en dissuader. Son mariage était terminé depuis bien plus de deux semaines. Il avait pris fin avant qu'elle n'en ait conscience. Appeler un homme pour l'inviter à prendre un verre n'avait rien de si incongru. Et on ne pouvait pas parler de transition rapide, dans la mesure où elle n'avait pas fait l'amour depuis plus d'un an. Juste un verre. Elle en avait bien besoin.

Ellis attendit le coucher du soleil – relativement tôt dans le nord, en hiver. Après un plein d'essence, elle s'assit dans le parking de la station-service et, tout en buvant de l'eau, contempla la carte du ranger.

Elle déballa son téléphone de sa boîte. Ellis Rosa Abbey avait un nouveau numéro. Une nouvelle adresse de facturation. Elle avait même abandonné son nom d'épouse Bauhammer – il ne lui avait jamais correspondu.

Elle alluma l'appareil. Aucun contact dans le répertoire. Pas d'historique des appels. Pas de photos dans l'album. Son passé était enfoui, très loin, au fond d'une rivière.

Elle pouvait faire ce qui lui chantait. Elle pouvait téléphoner au ranger aux yeux si gentils, sans culpabiliser.

Elle composa son numéro sur le clavier. Au moment où elle se disait qu'il n'allait pas répondre, il décrocha :

— Allô ?

Elle regretta de ne pas avoir préparé sa première phrase en amont.

— Allô ? répéta-t-il.

— Alors, dites-moi, où est-ce qu'on peut boire un verre correct, dans le coin ?

Après quelques secondes, il demanda :

— On se connaît ?

— La randonneuse bizarre.

Un nouveau silence, puis :

— Je n'ai jamais prétendu que vous étiez bizarre.

— Mais vous l'avez probablement pensé.

— Est-ce que la randonneuse bizarre a un nom ?

— Ellis.

— C'est un nom de famille ?

— Non, un prénom.

— Pas de patronyme ?

— Pas tant que je ne connais pas votre avis sur la proposition d'aller boire un verre avec une randonneuse bizarre.

— En toute franchise, ce serait une première. Mais je suis curieux de nouvelles expériences.

— Mon nom de famille est Abbey.

— Je crois que l'infirmière s'est trompée dans l'ordre des deux en remplissant votre acte de naissance.

— On m'a déjà fait la blague.

— Mince, et moi qui me trouvais drôle.

— Vous ferez mieux la prochaine fois.

— Alors j'en déduis que la visite de la deuxième tombe ne s'est pas très bien passée ?

— C'était aussi abominable que ça pouvait l'être.

— J'essaie d'imaginer ça. Est-ce que vous avez été chassée du cimetière par des zombies ?

— C'est une assez bonne métaphore de la réalité.

— Que s'est-il passé ?

— Je ne peux pas en parler avant d'avoir au moins un verre d'alcool dans le sang.

— Où êtes-vous ?

— Quelque part entre la dernière fois que je vous ai vu et la deuxième tombe.

— Ça ne m'aide pas, Ellis.

Elle aimait l'entendre prononcer son prénom.

— Je peux vous retrouver où vous voulez.

— OK, alors le Pink Horses ?

— Pink Horses ? « Les chevaux roses » ?

— C'est bien ça.

— Par pitié, dites-moi que vous n'êtes pas un de ces tordus qui collectionnent les jouets Mon Petit Poney.

— En quoi ce serait tordu ?

— Peut-être que je ferais mieux de revoir mon programme de la soirée.

Il eut un rire doux.

— Le Pink Horses est une taverne. Juré. Ce n'est pas en ville… C'est un peu à l'écart, dans les champs de maïs. Vous aurez peut-être un peu de mal à la trouver, mais je peux vous envoyer les directions par SMS.

— D'accord. À quelle heure ?

— Je peux vous y retrouver à dix-neuf heures. C'est trop tôt ?

— Pas s'ils servent à manger.

— Ils servent des trucs qui ressemblent vaguement à des plats.

— Ça suffira.

— Très bien, à ce soir.

Quelques minutes plus tard, Keith lui envoya par message les indications pour trouver la taverne. C'était plus loin que ce qu'elle pensait. À une heure de route. Mais si elle partait dès maintenant, elle serait en avance. Elle s'engouffra dans les toilettes de la station-service pour se préparer. Elle troqua son pantalon de randonnée pour un jean, enfila un T-shirt propre, mais garda la même chemise en flanelle par-dessus. Elle ne voulait pas alourdir son sac de linge sale. Ses chaussures avaient séché, mais elle changea de chaussettes.

Elle se brossa les dents devant le miroir. Ses yeux brillaient d'excitation. Peut-être y avait-il aussi l'influence des médicaments. Elle se trouva une meilleure mine que d'habitude, ou du moins que ces derniers temps. Ses cheveux fraîchement lavés du matin se déployaient désormais en belles ondulations. Elle n'avait pas emporté de maquillage en quittant l'État de New York. Le ranger n'aurait pas droit à mieux que ce qu'il avait déjà vu.

Dans la voiture, Ellis chercha les différents sites de camping autour du Pink Horses. Il fallait qu'elle sache où dormir, à quelle distance, et en quelles quantités elle pouvait boire. L'emplacement où elle avait rencontré le ranger se trouvait à quarante minutes de la taverne. Elle ne voulait pas y retourner. Il y en avait un autre, plus petit, au bord d'un lac de pêche à une quinzaine de kilomètres du Pink Horses. Le trajet se limiterait sûrement à une route de campagne, probablement déserte en semaine l'hiver. L'idéal.

Elle reprit doucement le volant. Une neige légère tombait maintenant. Autour d'elle se déployait un paysage rural de maisons décorées de guirlandes qui scintillaient dans la pénombre comme des bijoux. Chacune de ces habitations ajoutait un poids sur son cœur. Elle songea à River et Jasper. Ils avaient fêté leur cinquième anniversaire sans elle. Et à présent, Viola avait neuf mois. La femme qui l'avait enlevée célébrait-elle Noël ? Qu'allait-elle offrir à son bébé ?

Elle n'aurait pas dû laisser ses pensées divaguer. Toute spéculation concernant la ravisseuse de Viola menait invariablement à des visions de violence. Ellis fut saisie de nausée, au point qu'elle dut presque s'arrêter. Elle s'efforça de les remplacer par des images positives, imagina Viola en train de crapahuter, de gazouiller, d'appuyer sur les touches d'un piano pour tout petits comme celui que les jumeaux avaient reçu pour leur deuxième Noël.

Les larmes roulèrent sur ses joues. Le manque viscéral de son bébé la surprit par sa puissance. Elle monta le volume de la radio pour noyer le bruit de ses pensées.

En arrivant devant la taverne parée de guirlandes lumineuses, elle se sentait aussi vide qu'au moment de quitter la rivière. Il lui fallait un nouveau cachet.

Elle contempla le vieux néon de l'enseigne ornée de deux chevaux rose pâle cabrés en équilibre sur leurs pattes arrière, encadrant les mots en magenta : « Pink Horses ». Que faisait-elle ici ? Qu'est-ce qui lui avait pris d'envisager de retrouver un homme dans son état ? Il lui poserait des questions auxquelles elle serait incapable de répondre. Il allait vouloir coucher avec elle, alors qu'elle n'était pas prête. Mieux valait qu'elle s'en aille.

Une taverne sombre. La perspective d'un verre. Son premier vrai repas de la journée. Un homme suffisamment gentil pour lui proposer du café et de la compagnie quand elle en avait eu besoin.

Elle se rendit compte qu'elle désirait cette compagnie, plus encore que l'alcool. Et ça, c'était une surprise.

Elle lissa ses cheveux dans le rétroviseur. Même à l'intérieur de l'habitacle, elle entendait le concert de musique country. Le parking était bondé – une sacrée foule pour un soir de semaine.

Dans la taverne, l'odeur intense de l'alcool la fit saliver. Elle parcourut la salle sombre du regard : des billards à sa gauche, un long bar devant elle, et deux hommes et une femme qui se produisaient sur la scène à sa droite. Ellis scruta les tables en bois éparpillées. Keith Gephardt était installé en face de l'entrée. Il l'observait, et sourit quand elle croisa son regard. Elle constata avec soulagement qu'il avait choisi une place loin de la musique. Cela signifiait qu'il voulait bavarder.

Elle se dirigea vers lui tout en baissant la glissière de sa doudoune.

— Comment ça va ? demanda-t-il.

— Bien.

Il était habillé comme elle en jean, chaussures de randonnée et chemise en flanelle bleu clair ouverte sur un T-shirt blanc. Ses cheveux châtains coupés court étaient coiffés avec plus de soin qu'au matin. Mais ses yeux sombres restaient les mêmes, chaleureux et avenants.

Elle suspendit son manteau à la chaise voisine, autour de la table carrée. En s'asseyant, elle remarqua un cheval en plastique turquoise Mon Petit Poney posé à côté de sa bouteille de bière.

— Mais non ! s'exclama-t-elle.

Il regarda à son tour le poney.

— Quoi ? Je ne m'en sépare jamais.

— Vous aviez promis que vous n'étiez pas un type tordu.

— Absolument pas.

Elle souleva le jouet. Il était vieux, poussiéreux et ébouriffé.

Il lui adressa un grand sourire et prit une gorgée.

— Ça fait des années que je n'en avais pas vu, dit-elle. Où l'avez-vous trouvé ?

— On l'a acheté pour la fille de ma copine dans un vide-greniers. Ex-copine, précisa-t-il.

— À quand remonte la rupture ?

— Il y a trois mois.

Eh bien, si elle voulait de l'honnêteté, elle était servie.

Elle replaça le poney sur la table.

— Je peux vous poser une question personnelle ?

Il la sonda d'un regard interrogateur.

— Avez-vous dit au revoir à sa fille au moment de la séparation ?

— Évidemment. Je suis resté près de deux ans avec sa mère.

— Vous la voyez encore ?

— J'aurais voulu, mais elles ont déménagé. Elles vivent dans le Missouri à présent.

— Vous devriez l'appeler. Lui dire qu'elle vous manque.

— Ça m'étonnerait que ça fasse plaisir à sa mère et à son nouveau copain.

Il prit une longue gorgée de bière.

— On peut dire que vous n'avez pas peur de creuser hors des sentiers battus, n'est-ce pas ?

Elle désigna le poney.

— Il ne fallait pas l'apporter si vous ne vouliez pas en parler.

— C'était pour la blague.

— Vraiment ?

Il se pencha vers elle.

— Ellis Abbey, vous avez besoin d'un verre. Ces tombes vous ont rendue bien trop sérieuse.

— Je pense que vous avez raison.

Il leva le bras pour héler une serveuse qui passait par là.

— Mon amie est prête à commander.

La femme lui répondit avec un clin d'œil. Ils se connaissaient.

— Qu'est-ce qui vous ferait plaisir ? demanda-t-elle à Ellis.

— Un old-fashioned ? Et pourriez-vous m'apporter la carte, s'il vous plaît ?

— Bien sûr.

Keith prit une gorgée de bière, sans se formaliser du blanc dans la conversation.

— Vous avez dit au téléphone que vous ne me raconteriez cette visite sur la tombe que devant un verre, alors j'imagine que je vais devoir attendre encore un peu.

— Vous êtes toujours aussi impatient ?

Il croisa les bras sur sa poitrine et se carra contre le dossier de sa chaise.

— La patience est ma plus grande qualité, en réalité.

Il fit mine d'observer les autres clients de la taverne pour passer le temps.

— Si vous tenez vraiment à le savoir…

Il se pencha vers elle pour mieux l'écouter, coudes sur la table.

— Tout a disparu, déclara-t-elle.

— La tombe ?

— Il n'y avait pas vraiment de tombe à l'origine. C'était une forêt et une rivière à côté desquelles j'ai grandi. J'y ai dispersé les cendres de ma mère quand j'avais treize ans. Mais tout a été détruit et remplacé par un lotissement d'immeubles résidentiels.

Le dire à voix haute à quelqu'un en allégeait quelque peu le poids.

Il posa sa main sur la sienne, aussi doucement qu'elle l'avait imaginé.

— Je suis vraiment désolé. Je crois que j'aurais dû vous laisser boire ce verre avant d'aborder le sujet.

— J'ai eu quelques heures pour digérer la nouvelle. Mais ça fait encore bizarre.

— Quand y étiez-vous pour la dernière fois ?

— Le jour où j'ai dispersé ses cendres. Je suis allée vivre chez mon grand-père à Youngstown tout de suite après. C'est sa tombe que je suis allée voir en premier.

La main de Keith Gephardt était toujours sur la sienne, et il la pressa légèrement pendant quelques secondes avant de la retirer.

— Et vous avez prévu de remonter dans l'État de New York maintenant ?

— Non, je pars à l'Ouest.

— Vers ?

— Là où le vent me portera.

— Vraiment ? Avec votre tente ?

Elle acquiesça.

— Pas de travail qui vous attend ?

— Non.

— De famille ?

— Non plus.

— Combien de temps comptez-vous vadrouiller ?

— Je ne sais pas.

Il se redressa dans son siège et la regarda fixement.

— Vous trouvez ça bizarre ? demanda-t-elle.

— Je trouve ça courageux, intrigant et… oui, j'imagine un peu bizarre pour une femme de randonner seule.

— Et si un homme faisait la même chose ?

— Ça resterait intrigant.

— Mais ni courageux ni bizarre ?

— Moins, disons.

Elle hocha la tête.

— Pas de sermon sur le sexisme ? demanda-t-il.

— Non, vous avez raison. Je reconnais qu'il est plus dangereux pour une femme de voyager dans des coins isolés. Les femmes ont perdu à la loterie de l'évolution pour ce qui est de la force physique. Dans la plupart des situations, les hommes les dominent physiquement. Et l'anatomie des parties génitales humaines accentue ce déséquilibre.

— Vous abordez souvent ce genre de sujets avec les gens que vous venez tout juste de rencontrer ?

— Désolée, la faute à mes études de biologie. Je ne peux pas m'en empêcher.

— Vous êtes biologiste ? demanda-t-il.

— J'étais censée le devenir.

— Que s'est-il passé ?

— La vie.

Elle n'avait pas l'habitude de recourir à ce type de repartie clichée, mais la réponse eut l'effet escompté : il ne chercha pas à en savoir plus.

Son cocktail et la carte arrivèrent, et il leva sa bière pour trinquer.

— À la plus intéressante des randonneuses bizarres que j'aie jamais rencontrée.

Elle fit tinter son verre contre sa bouteille.

— Au plus sympa des fanatiques tordus de Mon Petit Poney.

Il récupéra le jouet et lui chuchota à l'oreille :

— Ne sois pas jalouse, chérie. Tu restes ma préférée.

Elle aimait son sens de l'humour. Il lui rappelait les étudiants de biologie que Dani et elle fréquentaient à Cornell.

Elle avait déjà goûté de meilleurs cocktails, mais il avait le mérite de son ingrédient essentiel : une bonne dose de bourbon. Elle le buvait trop vite. Il fallait qu'elle remplisse un peu son estomac.

Elle commanda une salade et un *grilled cheese.* Il demanda une autre bière, et elle un deuxième old-fashioned.

— On dirait que vous aviez bien besoin de ce verre, commenta-t-il.

Plus qu'il ne l'imaginait. Elle se sentait bien, portée par le mélange de cachets et d'alcool. Et le ranger s'avérait plus sympathique encore qu'elle ne l'avait espéré. Elle était heureuse de ne pas boire seule dans sa tente sur le site de bivouac.

— Normalement, je n'ai pas l'habitude de proposer ça si vite, mais puisqu'on a déjà discuté de parties génitales, je suppose qu'on se connaît maintenant assez pour un slow.

— Ce n'était pas vraiment une discussion, nuança-t-elle.

Il se leva et lui tendit la main.

— On pourra en parler davantage en dansant. Allez, viens… j'aime beaucoup cette chanson.

Ellis n'était pas du genre à danser, mais elle accepta la main qu'il lui tendait et se laissa entraîner. C'était pour la douceur de cette main qu'elle l'avait invité à sortir, après tout.

Il l'incita à s'approcher, mais ne se colla pas à elle. Elle appréciait la chanson, sans la connaître. Le bourbon lui montait vite à la tête. Elle s'autorisa à se détendre et à s'abandonner à l'étourdissement, à la musique, au mouvement, et à lui. Il sentait bon, un parfum très différent de celui de Jonah. Elle s'imagina lui faire l'amour.

Comme lisant dans ses pensées, il l'attira contre lui. Quand la chanson termina, elle crut qu'ils allaient s'embrasser. Mais c'était trop tôt. Il posa une main sur sa joue et lui sourit.

Ellis retourna à leur table aussi ivre de cette intimité inhabituelle que du whisky. Elle but son deuxième cocktail et mangea son dîner. Pour la première fois depuis des mois, elle n'eut pas l'impression de gaver son corps contre son gré. Elle avait presque faim.

— Où est-ce que tu as étudié la biologie ? demanda-t-il.

— Cornell.

— Pourquoi ce choix d'université ?

— C'était la plus prestigieuse de celles qui me proposaient une bourse couvrant tous mes frais de scolarité.

— Impressionnant. Tu dois vraiment être futée.

— La dotation portait plus sur des critères financiers que scolaires. J'ai toujours été pauvre, ma mère est morte quand j'étais enfant, et je vivais avec mon grand-père qui percevait une retraite minuscule.

— Tu n'es donc pas si maligne ? demanda-t-il avec un sourire.

— Je suis en train de boire un verre avec un inconnu qui se balade avec son poney en plastique. À ton avis ?

— Je ne suis pas tout à fait un inconnu. On s'est rencontrés, tu m'as vu en uniforme, et tu sais où je travaille. Tu es plus futée que tu veux bien le montrer.

— Et le poney ?

Il plaça un doigt sur ses lèvres.

— Ne parlons pas de lui, il pourrait nous entendre.

— Dans ce cas, parlons de toi. Comment devient-on ranger ? C'est une formation spécifique ?

— J'ai un diplôme de sciences environnementales, mais il y a d'autres passerelles.

— Tu as toujours su que c'était le bon métier pour toi ?

Il acquiesça.

— Petit, je voulais être policier – parce que mon grand-père était chef de la police. Mais ce qui me rendait vraiment heureux, c'était de jouer dans les bois et au bord du ruisseau du verger de mes parents. Ils étaient producteurs de pommes. J'ai trouvé un compromis en devenant ranger.

— Tu as grandi dans un verger ? Le rêve !

— Ça l'était, je crois.

— Où ça ?

Il termina sa bière.

— Dans une petite ville de Pennsylvanie. Ça m'étonnerait que tu en aies entendu parler.

— De Pennsylvanie ? Un fan des Steelers ?

— Évidemment. Toi aussi ?

— Pas le choix, en ayant grandi avec mon grand-père. Son père, originaire de Pittsburgh, était un fondu de football américain.

— Ahhh… maintenant je comprends mieux. C'est de cette branche-là que tu tiens ton intelligence.

Ellis sourit, mais ne s'étendit pas sur ce côté de sa famille. Elle ne savait pas pour l'intelligence, mais ils lui avaient définitivement transmis une prédisposition à l'addiction.

Elle termina son assiette. L'envie de commander un troisième verre se heurtait à la crainte de ce qu'il penserait d'elle. Et il y avait cette histoire d'alcoolémie au volant. Un ranger était plus ou moins un représentant de la loi, non ?

Elle relégua son dilemme à plus tard quand il lui proposa :

— Ça te dit de retourner sur la piste ?

Elle accepta, car le groupe jouait à nouveau un slow.

Ils dansèrent plus près l'un de l'autre cette fois-ci. Au fil de la chanson, il approcha timidement son visage de son cou. Elle n'avait jamais rien ressenti d'aussi délicieux. Elle inclina la tête pour lui offrir sa nuque. Quand le morceau toucha à sa fin, il l'embrassa. C'était plus intense qu'elle l'aurait cru. La salle, la foule, la musique, tout disparut. Tout, sauf lui.

Quand ils se séparèrent, il la regarda dans les yeux. Ses iris étaient sombres, ses pupilles comme deux éclipses de lune.

— Un cognac chez moi, ça te dit ? demanda-t-elle.

Il sourit.

— Chez toi ? Et ce serait où précisément ?

— Je ne me souviens plus du nom. Une histoire de lac, pas très loin. Tu peux boire un cognac pendant que je monte la tente.

— Je vois de quel site tu parles. Tu ne préfères pas venir chez moi ?

— Non.

— Il neige.

— Je sais.

Il ne la lâcha pas des yeux.

— Pourquoi ai-je l'impression qu'une magnifique ensorceleuse essaie de m'attirer dans les bois sombres ?

— Super, ça signifie que mon sortilège fonctionne.

Elle lui prit la main et l'entraîna vers leur table en lui disant :

— À tes risques et périls.

Il la suivit. Ils réglèrent l'addition, enfilèrent leur manteau et sortirent dans la neige.

— Tu es sûre de ne pas vouloir venir chez moi ? insista-t-il. J'ai du chauffage. Et l'électricité. Ainsi que des meubles confortables, des toilettes avec chasse d'eau…

— Et du cognac français ?

— Malheureusement, je crois que je suis en rupture.

— As-tu déjà dégusté un bon cognac français dans la forêt enneigée, la nuit ?

— Laisse-moi réfléchir…

— Moi non plus. Allons-y.

— Suis-moi, dit-il. Je connais le meilleur coin où camper dans la région.

Soulagée de ne pas avoir à se soucier de l'itinéraire, elle le suivit sur les routes enneigées, alors que ses essuie-glaces combattaient les flocons. À l'entrée du site de camping, Keith descendit de voiture et paya la place. Il poursuivit ensuite sur une route sinueuse et s'arrêta au niveau d'un espace de bivouac qui avait sûrement vue sur le lac, sauf qu'Ellis ne distinguait rien au-delà des arbres, avec toute cette neige.

Elle se mit machinalement à installer le campement. Elle alluma deux lanternes, trouva l'emplacement malgré la neige, et y déposa le tapis de sol étanche. Elle déplia la tente par-dessus. Keith voulut lui prêter main-forte, mais Ellis estima qu'elle serait plus rapide sans son aide. Elle monta la tente prestement et la garnit vite de couvertures, oreillers, sac de couchage, et autres éléments indispensables.

Elle sortit deux gobelets de sa boîte d'ustensiles de cuisine, et déterra le cognac du fond de sa réserve alimentaire. Elle avait réservé cette bouteille onéreuse pour une grande occasion. Elle était tombée sur la cachette d'alcools de Jonah en empaquetant les rares affaires qu'elle voulait conserver de la maison. Il avait rangé son stock dans la penderie de leur chambre, et elle n'avait eu aucun scrupule à emporter quelques grands crus.

Elle éteignit une lanterne et installa la deuxième à l'intérieur de la tente pour tamiser sa lumière. Puis elle tendit à Keith un gobelet rempli de cognac.

— À quoi devrions-nous trinquer, cette fois ? demanda-t-elle.

— Aux superbes ensorceleuses qui attirent les hommes dans les forêts sombres la nuit ?

Elle leva son verre.

— Aux belles ensorceleuses et à leurs tout aussi séduisantes proies.

Il fit tinter son gobelet en métal contre le sien.

Dans ce contexte, l'eau-de-vie froide et puissante prenait des airs de potion, un mélange magique de mélasse noire de la nuit, de sucre poudreux de la neige, relevé par une touche épicée d'étoile dissimulée derrière la tempête.

— Il est bon ? demanda-t-elle.

— Très.

Il l'embrassa, et elle sentit à nouveau cette douceur sur ses lèvres.

Ils burent, s'embrassèrent, burent, s'embrassèrent, jusqu'à vider leur verre.

— Un autre ? proposa-t-elle.

— Il ne vaut mieux pas. Les conditions de conduite sont déjà suffisamment dangereuses.

— Tu pars ?

Plutôt que de répondre, il lissa la chevelure d'Ellis, que la neige avait transformée en torsades mouillées.

— J'adore tes cheveux. Ils sont aussi libres que toi.

— Je les laisse pousser.

— Ce sera magnifique. Tu es trempée. Tu n'as pas froid ?

— Pas encore. Et toi ?

— Non plus.

— Keith ?

— Oui ?

— Il faut que tu saches… si on entre sous la tente, je compte quand même repartir demain.

— J'imagine que c'était le deal dès le départ, dit-il, une note de mélancolie dans la voix.

La neige, qui assourdissait la forêt, leur offrait plus que les mots qu'ils ne pouvaient pas prononcer.

— Tu t'en vas ? demanda-t-elle.

— Ce serait plus sage.

— Je comprends.

Il la prit dans ses bras et la serra contre lui.

— Qu'est-ce qui t'a fait devenir comme ça ?

— Comme quoi ?

— À la fois présente et absente. Comme cette neige que je ne peux pas toucher sans qu'elle fonde sur ma paume.

— L'alcool te transforme en sacré poète, dis-moi.

Il s'écarta pour la regarder dans les yeux.

— Qu'est-ce qui t'est arrivé pour te forcer à faire ça ?

— À faire quoi ?

— À bivouaquer seule dans les forêts au plein cœur de l'hiver.

— Pourquoi faut-il que quelque chose me soit arrivé ?

— C'est la première chose que j'ai vue ce matin. Ta tristesse. Si profonde.

— Est-ce que tout le monde ne porte pas un peu de tristesse en soi ?

— Je ne sais pas. Peut-être.

La neige tombait entre eux.

Elle déposa un baiser sur la peau froide et humide de sa joue où repoussait une légère barbe.

— Je suis très heureuse d'être avec toi ce soir. C'est un pas plus important pour moi que tu ne l'imagines.

— Content que tu m'aies appelé.

Elle l'embrassa à nouveau, furtivement, cette fois sur les lèvres.

— Je vais dans la tente. Je commence à avoir froid.

Elle s'éloigna.

— Au revoir, Ellis.

Pendant qu'elle baissait la glissière de la tente et ôtait ses bottes, il s'enfonça dans l'obscurité enneigée. Elle referma l'ouverture avant qu'il ne disparaisse complètement, puis se déshabilla pour enfiler des sous-vêtements thermiques, un pantalon de jogging, un pull en polaire et des chaussettes en laine. Il fallait attendre que ses cheveux sèchent un peu pour les recouvrir d'un bonnet. Elle se glissa dans son sac de couchage et éteignit la lanterne.

Elle voulait dormir, tout de suite, et certainement pas rester allongée là, brûlante de désir pour Keith, ni repenser à River Oaks Apartments ou à son téléphone contenant toutes les photos de ses enfants noyé dans la rivière.

Mais ce n'était pas ainsi que les choses fonctionnaient pour elle désormais. En général, elle devait prendre un somnifère. Elle chercha à tâtons le flacon de comprimés et de l'eau.

— Ellis ?

Il était planté près de la tente. Exactement comme lorsqu'il l'avait réveillée au matin.

— Tant pis, si je ne te revois jamais, déclara-t-il. Je veux être avec toi cette nuit. Si c'est ce que tu veux aussi.

Elle ouvrit la glissière de la tente.

— C'est ce que je veux, répondit-elle. Je te laisserai même apporter le poney.

10

Ellis sortit le poney de sa poche et le posa sur un rocher, devant le paysage de montagnes aux sommets enneigés. Au lendemain de sa nuit avec Keith Gephardt, elle l'avait retrouvé dans la poche zippée de sa doudoune. Le ranger l'y avait caché avant son départ.

Ellis l'avait baptisé *Gep*. Au début, le poney s'appelait *Gephardt*, mais comme tout dans sa vie, au fil des semaines et des mois, son nom s'était trouvé réduit au minimum.

— Qu'est-ce que tu en dis, Gep ? demanda-t-elle au poney. On est arrivés en haut. Sympa, la vue, pas vrai ?

Le poney contempla en silence les montagnes. Ellis sortit sa bouteille d'eau et la leva pour trinquer.

— À mes dix jours d'abstinence, dit-elle avant de prendre une gorgée. T'en penses quoi ? Tu crois que je vais réussir cette fois ?

Le sourire du poney était plus sardonique qu'encourageant.

Elle avait presque tenu deux semaines avant d'échouer à sa première tentative d'arrêter l'alcool dans les montagnes du Nouveau-Mexique. L'ascension n'était pas tout à fait compatible avec l'ivresse ou le brouillard médicamenteux. Cela signifiait que deux possibilités s'offraient à elle : se terrer dans sa tente et regarder les montagnes d'en bas avec mélancolie tout en se saoulant, ou se sevrer et grimper. Mais même lorsqu'elle grimpait, de retour au campement le soir, elle finissait par boire beaucoup.

Sauf que cette fois, elle était animée d'une détermination nouvelle. Si elle parvenait à passer la journée sans cachet ni alcool, peut-être serait-elle assez forte pour rester sobre.

Elle dit au poney :

— Devine quel jour on est ?

Gep sourit.

— Aujourd'hui, ça fait pile un an que j'ai abandonné mon bébé dans la forêt.

Le sourire bleu resta figé.

— Vraiment. Je l'ai posé par terre dans le parking, et je suis partie. Je l'ai abandonné à la première folle qui est passée par là.

Deux hommes et deux femmes apparurent sur le sentier. Ils la toisèrent bizarrement ; peut-être l'avaient-ils entendue parler à voix haute. Ellis se souvint du poney, mais il était trop tard.

— J'avais le même quand j'étais enfant, commenta la femme affublée d'une casquette à oreillettes.

— Ça va faire une photo géniale, approuva la deuxième. C'est pour l'envoyer à une petite fille ?

— Oui, mentit Ellis.

Elle retira Gep du rocher et le fourra dans sa poche.

Maintenant que le poney avait disparu du champ, les deux couples prirent la pose contre le rocher. Ellis remballa ses affaires et amorça la descente du sentier.

À un quart de la route en lacet, Ellis porta la main à sa poche et, découvrant la fermeture Éclair ouverte, se mit à paniquer instantanément. Gep était sa seule possession irremplaçable. Elle plongea la main dans sa poche et sentit sa crinière lisse. Elle ferma soigneusement la glissière.

Ellis avait couché avec deux hommes depuis Keith, et aucun n'arrivait à la cheville du ranger. Elle trouvait ça ironique. Les partenaires rencontrés en randonnée étaient en théorie bien plus compatibles avec elle. Ils n'attendaient que du sexe, avec le moins d'attaches émotionnelles possible. Keith était l'inverse. Il aspirait avant tout à de l'intimité, un lien. Il n'était pas venu à la taverne dans l'espoir de coucher avec elle. Il avait même refusé dans un premier temps.

Un corbeau crailla depuis les arbres quand elle atteignit le campement. Elle haïssait toujours ce son. Mais d'autres bruits vinrent la distraire. Un groupe de six randonneurs avaient monté trois tentes sur les deux emplacements voisins du sien. Ils étaient jeunes et agités. Des rires constants et des effluves d'herbe flottaient jusqu'à elle.

Elle avait déjà campé dans de bien pires conditions. Ellis aurait pu se retrouver parmi eux, jeune et pleine de vie, si son existence avait pris un tour différent. C'était surtout le bruit qu'elle leur reprochait, car elle aurait voulu une nuit calme à la date anniversaire de l'enlèvement de Viola.

Elle alluma un feu et réchauffa un dîner léger. Un jeune de l'emplacement voisin passa devant elle et lui fit signe. Elle leva la main pour le saluer en retour, mais évita de croiser son regard.

Ellis s'assit sur un rondin pour manger et se laissa hypnotiser par le mouvement des flammes. Près du brasier, l'appel du whisky se faisait davantage sentir, par habitude, mais elle essaya de chasser cette pensée, ainsi que ses spéculations sur l'endroit où se trouvait Viola, ou sur le quotidien de River et Jasper à l'autre bout du pays. Ils entreraient en maternelle à la rentrée. Tout se passerait bien pour eux. Peut-être quelques accrocs du côté de River si on lui attribuait une maîtresse trop stricte, mais Ellis espérait que Jonah ferait en sorte que ça n'arrive pas. Mary Carol n'était pas du genre à prêter attention à ce genre de détails chez les institutrices. Ou était-ce Irene, leur nouvelle figure maternelle à présent ?

Le crépuscule s'était infiltré en elle. Une morosité viscérale. Pourquoi s'était-elle autorisée à penser à ses enfants ? Elle reposa son bol, incapable de manger davantage.

Elle avait désespérément besoin d'un verre. Mais elle avait marché sur un sentier pendant deux jours avant de planter sa tente, afin de s'assurer qu'elle n'aurait pas accès facilement au coffre de sa voiture. Comment avait-elle pu croire qu'elle parviendrait à survivre à cette journée sans béquille ?

Elle ouvrit sa poche gauche et sortit Gep.

Il lui adressa un sourire radieux.

— Ton optimisme à toute épreuve me donne envie de te jeter au bûcher, lui dit-elle.

Elle imagina le poney fondre dans une flaque de plastique bleu, léché par les flammes orange. Parfois, elle se disait qu'elle ferait vraiment mieux de s'en débarrasser, pour se sevrer de cette drôle d'addiction.

Mais il y en avait des plus néfastes. Elle lissa la crinière au violet décoloré. Comme Keith l'avait fait avec ses cheveux sous la neige.

— Salut ! lança quelqu'un.

Ellis leva la tête. C'était le jeune qui était passé près de son emplacement un peu plus tôt. Elle glissa Gep dans sa poche et referma le Zip.

— Tu veux un joint ? proposa-t-il.

— Non, merci.

Elle sentit une boule dans son ventre quand l'homme sortit une flasque de sa veste.

— Un verre, peut-être ?

Elle songea à ce qu'elle avait dit à River et Jasper. « Je vais dans des endroits jolis, pour me soigner. »

Mais quelle importance avait cette promesse faite à ses fils, puisqu'elle ne les reverrait jamais ? Elle avait besoin d'un verre. Juste ce soir. Pour l'aider à surmonter la date anniversaire.

L'homme approcha du feu. Il tendit une main vers elle, l'autre tenait la flasque.

— Moi c'est Caleb.

— Ellis, dit-elle en lui serrant la main.

— Ellis ?

— Oui.

— T'en veux ? proposa-t-il en inclinant la flasque vers elle.

— Non, répondit-elle avec une fermeté qui la surprit.

— Promis, y a rien de louche dedans.

Il dévissa le bouchon, prit une gorgée, et pointa ensuite le récipient ouvert dans sa direction.

— J'ai dit non.

La colère perçait dans sa voix.

— Okaaaaay.

Il rangea la flasque dans sa poche.

— Ça te tente de te joindre à nous ? On bavarde et tout.

C'était le « et tout » qui l'inquiétait. Elle ne se faisait pas confiance.

— Merci, mais je suis fatiguée. Je ne vais pas tarder à aller me coucher.

Il jeta un coup d'œil à sa petite tente de randonnée.

— T'es toute seule ?

On lui posait souvent cette question, depuis l'époque où elle était encore étudiante. Mais elle ne s'y habituait toujours pas. Elle répondit comme toujours :

— Pourquoi ?

— Pour rien, c'est juste que j'ai aperçu une belle femme assise là, et je me demandais si elle était avec quelqu'un. J'ai supposé que oui. Sauf que je n'ai vu personne. Alors je suis venu me ridiculiser. Désolé. Je vais te laisser.

Il s'éloigna.

Soudain, la peur de devenir comme sa mère la saisit. Une personne misérable qui empoisonnait son entourage avec son humeur toxique.

— Je ne voulais pas être malpolie.

Il fit volte-face.

— Je passe une mauvaise soirée, précisa-t-elle.

— Ah oui ? Pourquoi ça ?

— C'est la date anniversaire de la mort de quelqu'un.

Elle n'avait aucune idée de pourquoi elle l'avait formulé ainsi. Mais ce n'était pas un mensonge. Un an plus tôt, l'ancienne Ellis était morte. Peut-être que son bébé aussi.

Caleb plongea son regard dans le sien.

— Merde. Tu veux en parler ?

— Je ne peux pas.

Il revint et s'assit en tailleur à côté du rondin.

— Tu préfères *ne pas* en parler ?

— Ce serait mieux. Mais pas d'alcool. J'essaie d'arrêter.

— Oh purée. Quel con.

— Tu ne pouvais pas savoir.

Il la regarda avec une sollicitude sincère. Il était mignon. Des boucles épaisses, des yeux foncés, des traits anguleux. Jeune.

— T'es dans le parc depuis combien de temps ?

— Deux jours. Et toi ?

— Nous ça fait quatre jours. En vacances ?

— Non.

— Alors… tu vadrouilles ? demanda-t-il.

— On peut dire ça.

— J'en étais sûr. Je savais que toi et moi on avait ça en commun, dès que je t'ai vue. Ça fait combien de temps que tu voyages ?

— Depuis décembre.

— Et tu es allée où ?

— Trop d'endroits pour les énumérer. Je suis partie de l'État de New York pour rejoindre le Nouveau-Mexique, ensuite la Californie, puis ici… et je suis passée par tous les États entre.

— Génial. Moi je bouge depuis que j'ai dix-neuf ans.

— Ça fait combien de temps ?

— Trois ans. Je n'imagine pas vivre autrement. Personne n'est fait pour la sédentarité. Mais ce n'est pas à toi que je vais l'apprendre. L'agriculture a fait de nous des captifs. On n'a jamais voulu faire pousser des champs et se cloîtrer dans des maisons. On était des nomades depuis des millions d'années.

Il se décala en face d'elle.

— Tu connais cette sensation d'enfermement, quand tu vis trop longtemps entre quatre murs ? Peu importe la surface, ça pourrait être un appartement, une maison ou un château. À un moment, tu la ressens. Tu vois de quoi je parle ?

Elle acquiesça. Elle l'avait déjà ressentie.

— C'est ta mémoire génétique qui te fait voir, entendre, sentir et regretter le mode de vie des centaines de générations qui nous ont précédés. Au fond, on est encore une espèce nomade. Tout le monde porte cette sensation en soi, mais en général, les gens ne font pas le lien et ne comprennent pas ce qui les pousse à désirer ce qui est hors d'atteinte. Alors ils achètent des voitures toujours plus chères, des baraques toujours plus grosses, sans jamais trouver d'apaisement. Ils continuent de sombrer dans la dépression jusqu'à la mort.

Ce type se révélait plus intéressant qu'elle ne l'aurait cru. Une très bonne distraction pour l'empêcher de penser à Viola.

Il posa la main sur son genou.

— Désolé. Je ne devrais pas plomber l'ambiance alors que tu n'as déjà pas le moral.

— Pas de problème, le rassura-t-elle.

Il ôta sa main de son genou et sortit un livre de sa poche. C'était un exemplaire en piètre état de *Feuilles d'herbe*, de Walt Whitman.

— Tu connais le « Chant de la grand-route » ?

— Un peu.

— Si ça te tente, je pourrais te le lire ? Ce poème me remonte toujours le moral quand je déprime.

Avec ses yeux sombres et mélancoliques, Caleb lui apparaissait de plus en plus intrigant. Comment dire non à un bel homme qui voulait lui lire de la poésie ? Et peut-être davantage…

Mais Caleb avait l'air un peu crasseux sous ses couches de vêtements.

— J'aimerais beaucoup t'écouter, dit-elle. Mais maintenant qu'il fait nuit, je comptais aller faire trempette dans le ruisseau. Tu veux venir ?

Il sourit. Ellis avait ajouté une bûche sèche à son feu de camp. Ses yeux s'étaient embrasés.

— Grave. J'adore les bains glacés dans les rivières de montagne. Surtout en compagnie d'une si belle femme.

— Et après ça, la « Grand-route ».

Il prit les mains d'Ellis entre les siennes.

— « À jamais vivants, à jamais de l'avant. »

Ces mots avaient plus de sens pour elle qu'il ne l'imaginait. Elle eut soudain l'intuition que la nuit qu'elle redoutait tant ne serait pas si abominable. Peut-être pouvait-elle même être agréable.

Caleb lui tint la main sur tout le chemin vers la cascade. Le bruit des chutes d'eau couvrait tous les autres sons de la forêt. Pour la première fois en un an, Ellis eut l'impression d'avancer dans la bonne direction.

DEUXIÈME PARTIE

LA FILLE DU CORBEAU

1

Mama serait bientôt là, Raven le sentait. Mais elle n'arrivait pas à deviner son humeur. L'humeur de Mama changeait aussi vite que la météo au printemps : un jour le temps était glacial, le lendemain il faisait assez chaud pour marcher pieds nus.

Mama avait quitté la maison d'humeur silencieuse, orageuse. Elle lui évoquait de grosses volutes de nuages noirs dans ces moments-là. Avant de sortir se promener, elle avait enjoint Raven de faire ses devoirs. *Tous ses devoirs.*

Raven résolut le dernier problème de maths. 10 + 12 = 22. Facile. Elle rangea ses leçons en piles bien nettes suivant l'ordre dans lequel elle les avait terminées : lecture, biologie, histoire, géographie et maths.

Par la fenêtre, l'après-midi était grise et pluvieuse. Oui, Mama allait bientôt rentrer. Il était encore temps d'essayer d'influer sur son humeur.

Munie de ses bottes en caoutchouc et de son imperméable, Raven s'aventura dans les bois. Pendant un instant, elle s'immobilisa et ferma les paupières pour visualiser les enseignements de Mama. Elle imagina Mama, franchissant la porte avec le sourire. Contente. Bavarde. Quand l'image fut assez nette, elle ouvrit les yeux. Elle se mit en marche doucement, attendant que la terre lui montre comment faire en sorte que ses désirs deviennent réalité.

C'était ainsi que Mama l'avait trouvée. Mama avait désiré un bébé de tout son cœur et de toute son âme, si fort qu'elle avait demandé à la terre de la guider. Mama était douée pour le Vœu. Elle le pratiquait depuis des années. Mama avait répété son Vœu, encore et encore et encore, jusqu'au jour où la terre lui avait fait don d'une petite fille aux iris noirs, exactement comme elle voulait. C'était un corbeau qui avait amené le bébé jusqu'à Mama. L'esprit de l'oiseau lui avait donné naissance. Pour rendre hommage à cette paternité, son nom naturel était « Fille du Corbeau ». Mais on l'appelait *Raven,* qui signifiait « corbeau » en anglais.

Le regard de Raven tomba sur un bâton qui formait la lettre M écrasée. C'était un signe. M comme Mama. Elle ramassa la petite branche et se mit en quête d'autres indices. Elle repéra une pierre un peu verte. Le vert, la couleur préférée de Mama. Puis une petite plume blanche. Mama adorait les oiseaux.

Quand elle aperçut une petite fleur qui poussait, prête à éclore, elle sut qu'il s'agissait du bon endroit pour son Vœu. Mama disait qu'elle saurait qu'elle avait trouvé le lieu parfait en écoutant son corps. Le lieu parfait pour pratiquer un Vœu la ferait se sentir éclairée de l'intérieur, comme le crépitement d'un feu.

À présent, il fallait qu'elle formule son souhait de la meilleure manière possible. Le seul moyen de s'améliorer était de s'entraîner. À nouveau, elle visualisa l'image désirée : Mama qui rentrait à la maison, contente.

Raven laissa la terre guider son Vœu. Elle plaça le bâton en forme de M près de la fleur. Puis elle sentit que c'était au tour de la plume, mais celle-ci, collée à sa peau par la pluie, ne voulait pas tomber. Elle la détacha de son doigt à l'aide de la pierre verte. Elle déposa ensuite délicatement le caillou et la plume pour former un V avec la fleur et le bout de bois. Accroupie, elle observa son Vœu. Il était beau. Elle avait l'impression qu'il était comme il fallait. Mama disait qu'elle le saurait, si elle écoutait son corps.

Elle se leva et rentra à la maison.

Mama était revenue de sa promenade. Ses deux tresses dégoulinaient d'eau de pluie alors qu'elle se penchait pour ôter ses bottes sur le pas de la porte arrière. Quand elle aperçut Raven, elle sourit, ouvrit grand les bras et l'appela :

— Viens, Fille chérie.

2

RAVEN ET MAMA FAISAIENT FRIRE des lamelles de venaison quand les alarmes retentirent. Lorsque la sonnerie stridente signalait l'arrivée d'un intrus sur leur route privée, le cœur de Raven se mettait à battre à toute allure. Mama disait qu'un jour, quelqu'un risquait de vouloir l'emmener. La société de nos jours ne comprenait plus les miracles de la terre. On arracherait Raven des bras de Mama et on la forcerait à vivre avec des gens qui ne pratiquaient plus les traditions ancestrales.

Mama se précipita sur les écrans de surveillance, et Raven courut rejoindre sa cachette derrière une grille en fer qui ressemblait à une bouche d'aération. Elle se tapit dans le petit espace et referma la grille après elle.

— Mince ! pesta Mama en consultant les caméras de sécurité.

Le cœur de Raven se mit à battre plus fort. Est-ce que les méchants venaient la chercher ?

Mama éteignit les alarmes. On frappa fort à la porte d'entrée, puis les pas de Mama approchèrent de la grille.

— Tu peux sortir, Raven, dit-elle. C'est ta tante.

Raven était soulagée, mais à présent il fallait qu'elle se prépare pour la dispute qui éclatait à chaque visite de tante Sondra. Raven avait horreur des conflits. Mais elle détestait encore plus la façon dont Mama changeait quand sa grande sœur venait à la maison. Elle ne semblait jamais aussi sûre d'elle en présence de tante Sondra.

Raven rampa hors de sa cachette et referma soigneusement la grille derrière elle. Sa tante ne devait jamais connaître l'existence de la cachette. Tout comme elle ne devait jamais savoir que l'enfant de sa sœur était la fille de l'esprit du corbeau. Elle était de ceux qui ne croyaient pas aux pouvoirs de la terre. Il fallait raconter aux gens du monde extérieur que Raven était sortie du corps de sa mère, comme la plupart des enfants. C'était pour cette raison que Raven devait dire aux autres qu'elle portait le même nom de famille que Mama, et qu'elle s'appelait *Raven Lind*.

— Le docteur est avec elle, la prévint Mama.

Ça signifiait encore des piqûres. Le Dr Pat venait souvent avec tante Sondra. Le Dr Pat était pédiatre – une personne qui étudie les enfants, d'après Mama. Elle voulait toujours mettre des médicaments dans le bras de Raven avec des aiguilles. Mama protestait, mais tante Sondra et le Dr Pat insistaient jusqu'à ce qu'elle cède.

— Tu connais les règles, lui rappela Mama avant de se diriger vers la porte d'entrée.

— Oui, affirma Raven.

Mama débloqua les trois verrous et ouvrit le battant.

— Bonjour, Audrey, dit tante Sondra à Mama.

— Qu'est-ce que tu fais ici ?

Tante Sondra l'ignora et entra de force dans la maison avec le docteur. C'était une grande femme avec un corps mou. Son visage ressemblait un peu à celui de Mama, et elle avait la même peau laiteuse et les cheveux blonds. Elle les coupait court, alors que Mama coiffait les siens en deux longues tresses. Tante Sondra avait les yeux bleus, d'un bleu normal. Ceux de Mama étaient bleu-blanc. Raven aimait penser que les iris de Mama avaient un jour été bleu ciel comme ceux de sa sœur, mais qu'à cause du temps passé dans le monde des esprits, ils avaient pris une couleur de lumière d'étoile.

Tante Sondra portait deux sacs en papier kraft. Le docteur avait sa mallette en cuir noir. C'était là qu'elle rangeait ses seringues.

Tante Sondra et le docteur regardèrent Raven de la même manière que d'habitude. Comme si elles s'attendaient à ce qu'elle aille très très mal.

— Comment te sens-tu, Raven ? demanda tante Sondra.

— Je vais bien, répondit Raven.

— Tu as l'air en forme, constata le Dr Pat avec un sourire. Tu as bien grandi depuis la dernière fois qu'on s'est vues.

— On est en semaine, fit remarquer tante Sondra. Je suis surprise que tu ne sois pas à l'école.

Des nuages commençaient à se former autour de Mama. Pour en finir au plus vite, Raven releva sa manche droite jusqu'à l'épaule et tendit son bras nu au docteur en disant :

— Allez-y, faites vos piqûres. Mama et moi on veut terminer de préparer à manger, et vous devez partir.

Mama eut un petit rire et plaqua sa main sur ses lèvres.

— Ce n'est pas drôle, la rabroua tante Sondra. C'est toi qui lui apprends à dire ce genre de choses ?

L'orage se reforma aussitôt dans les yeux de Mama.

— Ma fille pense par elle-même, répliqua-t-elle.

— Pourquoi n'est-elle pas à l'école ? Quand Patricia lui a fait ses vaccins, il était entendu qu'elle devait être intégrée à un cursus scolaire normal.

— Il n'y a jamais eu d'entente qui vaille, rétorqua Mama.

— Elle a déjà loupé la maternelle et le CP, continua tante Sondra. Ça fait deux ans de retard sur les enfants de son âge.

— C'est faux, protesta Mama. Mes leçons sont bien plus instructives que celles de n'importe quelle école.

— J'étudie la lecture, l'orthographe, les mathématiques, la biologie, l'histoire et la géographie, affirma Raven.

Tante Sondra ne lui accorda pas même un regard.

— L'importance de l'école ne se limite pas aux leçons. Patricia et moi te l'avons déjà expliqué la dernière fois. Il faut qu'elle puisse jouer avec d'autres enfants. Elle a besoin d'être sociabilisée.

— On va à la bibliothèque, dit Mama. Elle voit d'autres enfants, là-bas.

— Elle *voit* ? Est-ce qu'elle est invitée à des goûters ?

— Et pourquoi pas à prendre le thé ! ricana Mama. Je ne me rappelle pas avoir jamais eu d'amies chez qui aller à son âge.

— Précisément, dit tante Sondra.

Raven ne comprenait pas pourquoi Mama avait soudain l'air au bord de l'explosion.

— Sortez de chez moi ! Arrêtez de vous immiscer dans la vie de ma fille ! cria-t-elle.

Raven et le Dr Pat reculèrent devant l'orage dans les yeux de Mama, mais tante Sondra, comme toujours, maintint sa position sans crainte.

— M'immiscer ? Et qu'est-ce que tu comptes faire la prochaine fois qu'elle aura une poussée de fièvre ?

Mama ne dit rien.

— C'est toi qui m'as intégrée à la vie de cette enfant ! dit tante Sondra en désignant Raven. Je n'aurais même pas eu connaissance de son existence si tu ne m'avais pas téléphoné le jour où elle est tombée gravement malade. Tu t'en souviens de ça, Audrey ? Tu te souviens comme tu m'as suppliée de venir ?

Mama se ratatina comme une fleur dans un bocal asséché.

— Et quand à peine un an plus tard tu m'as rappelée parce qu'elle n'arrêtait pas de vomir ? Tu sais ce que ça fait de recevoir ces coups de fil ? De penser que ma nièce risque de mourir parce sa mère est trop bornée pour l'emmener chez le médecin ? De devoir tout lâcher pour me précipiter en urgence ici ? Tu sais combien je paie pour faire venir Patricia en avion depuis Chicago ?

— Navrée de t'avoir coûté quelques-uns de tes millions de dollars, rétorqua Mama. À moins que ce ne soit des milliards, désormais ?

— Ce n'est pas parce que j'ai de l'argent qu'il faut le jeter par les fenêtres.

— Je peux prendre en charge les honoraires de Patricia, si c'est un si grand sacrifice pour toi, dit Mama.

— Pourquoi ne pas l'emmener chez un pédiatre du coin ?

— Je préfère garder ma vie séparée de cette communauté.

— Pourquoi, puisque tu t'es installée ici ? Si tu peux aller à la bibliothèque, tu peux prendre rendez-vous chez le médecin. Il y a forcément un cabinet médical en ville.

— Je n'ai pas besoin de médecin, dit Mama.

— Tu en auras besoin un jour. Et vous devriez toutes les deux aller chez le dentiste. Vous n'êtes pas reliées à l'eau courante, ce qui signifie que vous n'avez pas l'apport en fluor dont elle est enrichie en ville. L'eau de votre puits n'en contient pas naturellement. La petite a besoin d'un traitement au fluor, sans quoi ses dents vont pourrir.

Mama ferma les yeux et plaqua ses mains de part et d'autre de sa tête. Elle serra fort comme pour en extraire une intense douleur. D'habitude, elle faisait ça avant de sombrer dans une de ses mauvaises humeurs. Raven le savait très bien. Et tante Sondra aussi, parce qu'elle eut l'air soudain inquiète.

— Audrey, je veux seulement son bien, tempéra-t-elle d'une voix douce. Je me sens responsable. C'est ma nièce.

Mama n'ouvrit pas les yeux et ne bougea pas ses mains de sa tête.

Il fallait que Raven fasse quelque chose. Quelque chose qui rendrait Mama heureuse. Elle déclara :

— Tante Sondra, viens voir mes leçons.

Mama lui avait dit qu'elle pouvait faire ça. Qu'il fallait montrer à tante Sondra qu'elle n'avait pas besoin d'aller à l'école. C'était pour cette raison que Raven et Mama travaillaient si dur à ses leçons depuis que sa tante avait commencé à les embêter avec cette histoire.

— J'aimerais beaucoup voir tes leçons, dit sa tante. Allons regarder ça ensemble.

Raven savait pourquoi elle était toute gentille, d'un coup. Elle aussi essayait d'arrêter la mauvaise humeur de Mama. Elle conduisit sa tante à son nouveau pupitre à la fenêtre derrière laquelle se déployaient les prés et la forêt. Elle récupéra ses leçons sur les étagères qui avaient été livrées en même temps que son bureau.

Alors que tante Sondra prenait les cahiers, le Dr Pat entra dans la pièce avec Mama, qui semblait aller mieux.

— Pose-lui n'importe quelle question à partir de ses leçons, dit Mama. Je te garantis qu'elle en sait plus que les élèves de CP scolarisés dans le public.

Tante Sondra feuilleta les cahiers de Raven.

— Combien font onze plus dix ? demanda-t-elle.

— Vingt et un, répondit Raven.

— Combien font trois fois trois ?

Raven n'avait aucun mal à visualiser l'addition de 3 + 3 + 3.

— Neuf, répondit-elle.

— Impressionnant ! approuva le Dr Pat.

Tante Sondra continua à écumer les leçons.

— Ton écriture est très soignée, fit-elle remarquer.

— Mama dit que j'ai aussi une très bonne orthographe, se vanta Raven.

Elle hocha la tête, feuilletant toujours les cahiers.

— Dans quel État vis-tu ?

— Dans l'État de Washington, récita Raven. La capitale de l'État de Washington est Olympia. Et au sud se trouve l'État de l'Oregon, dont la capitale est Salem.

— Très bien, la félicita le Dr Pat.

Tante Sondra étudia la liste des livres qu'avait déjà lus Raven.

— Tu as vraiment lu tous ces livres ?

— Oui. Mais les livres du Dr Seuss sont pour les bébés. Je peux en lire des plus difficiles.

Tante Sondra sourit. Elle passa aux leçons de sciences naturelles.

— Je vois ici que tu as appris le chapitre sur l'évolution la semaine dernière. Est-ce que tu peux m'expliquer ce que c'est ?

— Sondra… intervint le Dr Pat.

— Quoi ?

— Même si elle a écouté la leçon, restituer un tel concept est trop compliqué pour son âge.

— Si je peux ! protesta Raven. L'évolution s'est passée il y a beaucoup d'années…

Quel était ce mot ?

— Des millénaires ? demanda-t-elle à Mama.

Mama hocha la tête.

— Les plantes et les animaux ont quelque chose à l'intérieur d'eux qui s'appelle l'ADN, continua Raven. Et dans les millénaires, l'ADN change tout le temps et les rend meilleurs pour qu'ils restent en vie. C'est l'évolution. C'est comme ça que les amibes sont devenues des personnes depuis le big bang.

Tante Sondra et le Dr Pat sourirent. Mais surtout, Mama s'illumina. Elle était contente des réponses de Raven.

Tante Sondra reposa les cahiers sur le bureau. Elle s'accroupit pour se mettre au niveau de Raven et plaça sa main sur sa joue.

— Tu es très douée, Raven. Je pense que l'école te plairait. J'espère que ta mère et toi y songerez pour l'an prochain.

Raven lui en voulait d'avoir dit ça. Mama avait de nouveau l'air contrariée.

— Je suis désolée d'avoir loupé tes sept ans. Est-ce que je peux te prendre dans mes bras pour te souhaiter un joyeux anniversaire ?

Raven approcha pour un câlin. Tante Sondra sentait fort la fleur, pas du tout comme Mama.

— J'ai un cadeau pour toi. Tu veux l'ouvrir ? proposa tante Sondra.

Raven se tourna vers Mama. Elle hocha la tête.

Elles retournèrent à l'endroit de la maison où tante Sondra avait posé ses sacs en papier violet et bleu. À l'intérieur du bleu se trouvait plein de papier mauve froissé. Et en dessous, un livre sur les planètes et les étoiles. Il y avait un autre ouvrage avec pour titre *L'école c'est chouette !* qui ressemblait beaucoup à *Mon premier jour en maternelle* – un livre pour bébés que tante Sondra lui avait offert.

— Et c'est toi qui m'accuses de lui laver le cerveau, dit Mama.

Tout au fond du sac se trouvait un petit cartable décoré d'oiseaux bleus, verts et jaunes.

— Si tu décides d'aller à l'école, tu pourras emporter tes cahiers et tes livres dedans, expliqua tante Sondra.

Mama croisa les bras et pinça les lèvres.

Raven espérait ne pas découvrir plus d'affaires d'école dans le sac violet. Elle en sortit le papier turquoise froissé. En dessous se trouvait une jolie paire de bottes en daim avec écrit « UGG » dessus. Ainsi qu'un legging bleu foncé et un chandail bleu clair. Quand elle déplia le pull, elle vit qu'il était orné d'un grand oiseau noir à l'avant.

— Un corbeau, expliqua tante Sondra. Je l'ai fait tricoter exprès pour toi.

Raven l'adora aussitôt, mais craignait de le dire avant de connaître l'avis de Mama.

— Il est très joli, dit Mama.

— Oui, confirma Raven en le serrant contre son cœur. Merci, tante Sondra.

— De rien. Je l'ai pris un peu grand parce que j'ignorais ta taille actuelle. J'ai posé la question par mail à ta mère, mais elle n'a pas pris la peine de répondre.

— Je n'utilise plus les mails, dit Mama.

— C'est dommage. J'aimerais rester en contact avec toi et Raven.

Mama se tut.

— Moi aussi j'ai un cadeau pour toi, dit le Dr Pat.

Elle ouvrit sa mallette noire de docteur et remit à Raven une petite boîte emballée.

Raven en ôta le papier. À l'intérieur se trouvait un collier de pierres lisses et colorées.

— Joli, dit Mama.

— Je l'aime bien, dit Raven. Merci, Dr Pat.

Mama lui sourit, contente de ses bonnes manières.

— Est-ce que je vais avoir les piqûres maintenant ? demanda Raven en voyant le Dr Pat sortir son stéthoscope de sa mallette.

— Non, ma puce. Tu es à jour dans tes vaccinations.

Elle était soulagée. Pas parce qu'elle avait peur des piqûres – elles ne lui faisaient pas si mal. Mais parce que Mama était toujours contrariée quand il y avait des médicaments.

— Je vais simplement t'ausculter pour vérifier que tout va bien, dit le Dr Pat. Si ta maman et toi êtes d'accord.

Elle regarda Mama.

— Comme vous pouvez déjà le constater, elle est en pleine forme. Mais allez-y, puisque vous insistez.

Le Dr Pat conduisit Raven vers le canapé. Tante Sondra suggéra que Mama quitte la pièce « pour accorder au docteur et à Raven un peu d'intimité ». Mama se laissa entraîner à l'autre bout de la pièce, mais refusa d'en sortir.

La pédiatre demanda à Raven de se mettre en sous-vêtements. Raven croisa les bras sur son torse nu. Elle avait un peu peur. Elle espérait que le docteur la trouverait « en pleine forme », parce que c'était ce que Mama avait dit.

— C'est une merveilleuse petite fille, dit tante Sondra à voix basse à Mama. Et elle a l'air en bonne santé. Est-ce qu'elle aime bien se balader sur le domaine avec toi ?

Mama ne quitta pas des yeux Raven alors que le docteur auscultait son cœur à l'aide du stéthoscope.

— Oui, répondit-elle.

— Audrey… dit tante Sondra d'une voix douce.

Raven tendit l'oreille.

— Tu fais un travail fantastique avec son éducation. Je suis fière de toi, mais…

Le Dr Pat remarqua que Raven écoutait, et elle lui demanda si elle aimait jouer dehors.

— Oui, répondit Raven sans décrocher son attention de la conversation qui se déroulait de l'autre côté de la pièce.

— Je t'en prie, ne lui transmets pas tes lubies, implora tante Sondra.

Mama se tourna vers elle.

— Quelles lubies ?

— Tu sais de quoi je parle, chuchota tante Sondra. Les trucs de magie, ou je ne sais comment tu appelles ça.

— Je n'ai jamais appelé ça de la magie.

— Ta religion, ton obsession… je ne sais pas ce que c'est, ni d'où tu sors ces idées, mais s'il te plaît ne l'entraîne pas dans ces histoires. Grandir isolée comme ça sera déjà suffisamment difficile pour elle.

Le Dr Pat parlait, pour essayer de l'empêcher d'écouter, mais Raven l'ignora. Elle utilisa l'ouïe fine de son père le corbeau pour rester concentrée sur ce que disait Mama.

— Comment ça « difficile pour elle » ? s'insurgea Mama.

— Tu vois très bien où je veux en venir ! Elle ne trouvera sa place nulle part. Tu es bien placée pour le savoir ! Ne souhaites-tu pas qu'elle se sente bien et intégrée dans le monde qui l'entoure ?

— Je me sens très bien dans mon monde, affirma Mama. Et ce depuis que j'ai cessé d'essayer de plaire à Père ou à toi. Mère était la seule qui me comprenait, qui me laissait être moi-même.

— Et tu comptes laisser Raven être qui elle est ?

Raven eut une drôle de sensation au genou quand le Dr Pat frappa un petit coup avec le marteau en caoutchouc, mais elle garda son attention fixée sur tante Sondra et Mama.

— Tous les parents guident leurs enfants, dit Mama. C'est ce que tu as fait avec Josh. Tu l'as emmené au catéchisme et à l'église. Tu lui as donné une éducation en accord avec tes principes. Tu l'as conditionné pour qu'il intègre le conseil d'administration de l'entreprise de notre père. En quoi mon degré d'implication dans l'éducation de ma fille serait-il différent ?

— Je n'ai pas conditionné mon fils pour qu'il intègre l'entreprise familiale, nuança tante Sondra. Il a témoigné très jeune d'un intérêt pour les affaires.

— Es-tu sûre de ne pas l'avoir endoctriné dans ton obsession pour l'entreprise de Père – dans ta magie, ta religion, ou je ne sais comment tu appelles ça ?

Tante Sondra la regarda avec des éclairs dans les yeux.

Raven sourit. Mama avait gagné. Cette fois, tante Sondra ne l'avait pas transformée en cette personne faible que Raven ne reconnaissait pas.

Mama approcha et aida Raven à se rhabiller.

— Elle est en aussi bonne santé qu'on puisse l'être, conclut le Dr Pat.

— Vous restez déjeuner avant de partir ? demanda Mama au docteur. J'avais presque fini de cuisiner quand vous êtes arrivées.

— Ça sent délicieusement bon, dit le Dr Pat.

— C'est la biche, dit Raven. On l'a découpée nous-même.

Tante Sondra grimaça.

— Tu chasses les biches sur ton domaine ? demanda-t-elle à Mama.

— Raconte-leur, Raven, dit Mama.

— Elle a été renversée par une voiture, expliqua Raven.

Maintenant, le docteur et sa tante avaient l'air inquiet.

— Vous mangez des cadavres d'animaux écrasés ? releva tante Sondra.

— Elle était encore vivante, et la personne qui l'a blessée est partie, précisa Raven. Quand elle est morte, on l'a ramenée à la maison avec le pick-up. On l'a installée à l'arrière du jardin, et Mama m'a montré comment la découper. Maintenant, elle est dans le grand congélateur.

— Tu n'as pas trouvé ça dégoûtant de dépecer une biche ? demanda tante Sondra.

— J'étais triste parce qu'elle est morte jeune, dit Raven. Mais la découper ne m'a pas dérangée. Il vaut mieux manger la viande que la gâcher. Et Mama a nommé toutes les parties de son corps. C'était la leçon de biologie.

— Comment as-tu appris à dépecer une biche ? demanda tante Sondra à Mama.

— Tu ignores nombre de mes talents.

Mama échangea avec Raven un regard complice. Parce qu'elles seules savaient que Mama pouvait réclamer un bébé à la terre et l'obtenir.

— Un sandwich de venaison avant de partir ? proposa Mama aux deux femmes.

— Non merci, répondirent-elles quasiment en chœur.

Mama les raccompagna à la porte. Après avoir refermé tous les verrous, elle s'agenouilla et prit doucement les deux longues tresses de Raven entre ses mains.

— Tu as été sage, Fille du Corbeau. Je suis très fière de toi. Après manger, on ira se balader sur le sentier de la colline.

— Est-ce qu'on fera un Vœu ?

— Qu'est-ce que tu aimerais demander ?

— Que tante Sondra ne revienne jamais, décréta Raven.

Mama éclata de rire et tira gentiment sur ses tresses.

— Non, ma Fille. On ne demandera pas ça à la terre. Ma sœur tient beaucoup à toi, même si elle a tort de s'immiscer dans ton éducation. Il faut faire attention à ce que l'on souhaite. Et si tu avais besoin d'elle un jour ?

— Pourquoi j'aurais besoin d'elle ?

— S'il m'arrive quelque chose, tu auras besoin d'elle, prédit Mama d'une voix grave.

— Qu'est-ce qui va t'arriver ?

— Toute chose vivante rejoint un jour les esprits de la terre. Tu le sais.

Le cœur de Raven se serra à cette pensée.

— Il ne t'arrivera rien. Et s'il t'arrivait quelque chose, je n'aurais pas besoin de ma tante. J'appellerais mon père.

Mama sourit.

— Ah oui ? Tu invoquerais l'aide d'un grand et mystérieux esprit corbeau ?

— Oui. Et il me répondra, parce que je suis une petite fille très sage.

— Ça, c'est bien vrai, dit Mama en la serrant dans ses bras.

3

RAVEN S'INSTALLA AU CENTRE de son tipi de haricots à rames et contempla son premier potager. Le terrain autrefois marron avait verdi. Planter des graines et regarder les plantes pousser était presque aussi miraculeux que ce qu'avait fait Mama en demandant un bébé à la terre.

Elle s'allongea à plat ventre et observa un scarabée escalader une feuille de laitue. Des fourmis s'activaient, pareilles aux piétons qu'elle voyait en ville. Un papillon blanc flottait par-dessus le potager, comme un nuage.

— Raven, l'appela Mama. Viens me voir.

Raven se leva et alla à la rencontre de Mama qui émergeait des bois, de retour de promenade. Elle tenait quelque chose entre ses mains. Mama déplia ses doigts, et là, au creux de sa paume, apparut un bébé oiseau tout nu, à part pour son léger duvet.

— C'est un geai de Steller, annonça Mama. Un corbeau a tué tous les oisillons sauf celui-ci. Il était tombé par terre sous le nid.

— Est-ce qu'on va le nourrir comme le bébé merle ?

— C'est toi qui vas t'en occuper. Parce qu'un des tiens a privé cet oiseau de sa famille et de sa maison, tu dois réparer cette injustice.

— Mais mon père ne va pas être en colère si je l'aide alors qu'un des siens comptait le manger ?

— J'y ai songé avant de lui venir en aide. Mais le corbeau m'a longuement regardée pour me transmettre un message. Je crois qu'il souhaitait que je te rapporte cet oiseau. T'occuper de lui sera comme recevoir un apprentissage des tiens. Les corbeaux et les geais appartiennent à la même famille. Tu te souviens de son nom ?

— Les *Corvidae,* répondit Raven.

Mama acquiesça.

— Peut-être que le corbeau voulait que tu comprennes le cycle de vie d'un oiseau, pour que tu te sentes plus proche des tiens.

Elle referma ses doigts autour de l'oisillon.

— C'est une fille, précisa Mama. Elle doit rester au chaud jusqu'à ce que ses plumes poussent. En temps normal, elle se pelotonne contre les autres oisillons auprès de ses parents.

— Je vais chercher la pochette.

Elle se précipita à l'intérieur pour récupérer le « nid » qu'elles avaient utilisé pour le merle – une aumônière en tissu dont le fond en mousse était tapissé de chutes de flanelle que l'on pouvait ôter pour les laver. Elle passa la lanière de la pochette autour de son cou, enfila ses chaussures de randonnée, et retourna dehors.

Mama déposa délicatement le geai dans la bourse en tissu. Raven tira sur les ficelles qui permettaient de la refermer, laissant un petit trou. L'œil noir et perçant du geai la regarda à travers l'ouverture.

— Elle a peur de moi. Je crois qu'elle sait que je suis Fille du Corbeau.

— La peur et la sidération sont ses deux mécanismes de survie en présence d'un prédateur. Tu vas devoir gagner sa confiance et l'alimenter. Tu sais quoi chercher ?

— Des insectes. Presque tous les oiseaux nourrissent leurs petits avec parce qu'ils contiennent beaucoup de protéines.

Elle ne savait pas ce qu'étaient les protéines. Elle savait seulement que les gens et les oiseaux devaient en absorber pour survivre.

— Et de quoi d'autre auras-tu besoin ? demanda Mama.

— D'un bec.

— Et comment vas-tu en trouver un ?

— Je vais le fabriquer avec un bâton.

— Tu as ton canif ?

Raven sortit son couteau pliable de la poche de son pantalon et glissa soigneusement la bourse sous son T-shirt, au plus près de la chaleur de sa peau.

Mama lui tapota la joue.

— Allez, file, petite maman corbeau. Je ne veux pas te revoir avant la nuit tombée. La mère d'un oiseau l'alimente jusqu'au dernier rayon du soleil.

Raven pénétra dans la forêt avec cette mission. Elle devait chasser de la nourriture pour sa petite et la maintenir au chaud, sans quoi elle risquait de mourir.

Mais pour ce faire, il lui fallait un bec. Elle dégota un mince bâton et le tailla en pointe. Puis elle fit rouler une branche pourrie sur le sol. En dessous se trouvait un mille-pattes. Peut-être toxique. Elle n'allait pas donner ça à manger à sa petite. Elle retourna d'autres rondins, fouilla dans les feuilles mortes, et finit par capturer un gros grillon qu'elle écrasa entre ses doigts. *Pardonne-moi d'avoir rendu ton esprit à la terre.*

Elle s'assit sur le tapis de feuilles et planta la partie molle du grillon sur la pointe de son bâton. Quand elle dénoua la pochette, l'oisillon s'égosilla de terreur.

— Je suis ta maman. N'aie pas peur.

Elle se souvint de la manière dont il avait fallu nourrir le merle les premières fois. Elles avaient forcé l'oisillon à ouvrir son bec en le pressant doucement des deux côtés.

Elle colla le bâton et son grillon empalé contre le bec de la petite. Il refusait de s'ouvrir. Le grillon ne cessait de tomber du bâton. Elle essaya, encore et encore.

— Je ne vais pas abandonner, Petite, dit-elle. Il faut que tu manges.

L'oisillon ne comprenait pas ses mots. Raven essaya de faire des bruits de bisous avec ses lèvres comme Mama quand elle voulait que les petits oiseaux ouvrent leur bec. Mais la petite était trop effrayée pour manger.

Quand enfin l'oiselle ouvrit suffisamment son bec, Raven enfonça le grillon vers sa gorge. L'oiselle l'avala. Raven sourit. La petite avait l'air surprise d'avoir été nourrie par la grande fille terrifiante. Elle rangea la pochette sous son T-shirt et partit en quête d'autres insectes.

Elle erra sur les terres qu'elle parcourait avec Mama depuis aussi loin qu'elle s'en souvienne. La maison qu'avait construite Mama quand Raven était encore bébé se trouvait au milieu de trente-six hectares de forêt et de prés. Il y avait des collines boisées à gravir, des clairières et un ruisseau peuplé de saumons.

Quand Raven atteignit le cours d'eau, le geai avait déjà mangé cinq ou six fois. Elle n'ouvrait pas le bec pour réclamer, mais elle ne résistait plus autant. Raven faisait des bruits de bisous pour lui annoncer que la nourriture arrivait. Bientôt, la petite reconnaîtrait ce son comme étant le langage de sa nouvelle maman.

Des rires et des voix détournèrent son attention de la quête d'insectes. Elle se faufila entre les buissons épais et les fougères jusqu'à voir qui se trouvait là. Trois garçons – deux grands, un plus petit. Ils marchaient dans le ruisseau, en short et chaussures de sport. Le plus âgé, à la peau très blanche et aux cheveux orange, avait enlevé son T-shirt.

— Ça s'est passé quand ? demanda le garçon sans T-shirt.

— Il est venu à son premier entraînement il y a deux jours, répondit l'autre grand garçon.

— Je te crois pas. Chris est du genre basket et foot.

— Je te jure qu'il est aussi très fort au base-ball. Je l'ai enfin convaincu de participer.

— Il va jouer en quelle position ?

— Probablement en troisième base. Il a un super lancer.

— Et il est génial avec la batte, renchérit le plus jeune. Il a marqué deux *home runs* pendant l'entraînement.

— Notre meilleur lanceur avait peur de lui, confirma le grand garçon brun.

Celui aux cheveux orange éclata de rire.

Raven regrettait de ne rien comprendre à ce qu'ils racontaient.

Les garçons avaient atteint un bassin profond du ruisseau. Ceux qui portaient un T-shirt l'enlevèrent et le jetèrent sur la rive.

Ils plongèrent tous sous l'eau et en ressortirent en s'ébrouant.

— Ooooh, ça fait trop de bien ! s'écria un des plus âgés.

— Heureusement que le loup-garou est mort, fit remarquer l'autre.

— Que son âme féroce repose en paix.

— Qu'est-ce qui vous dit qu'il est mort ? s'enquit le plus jeune.

— Tu as peur ? lui demanda le garçon aux cheveux orange.

— Non. Je dis juste qu'on n'est pas sûrs.

— Si, tu as peur !

— La ferme.

Le plus jeune ne savait pas que l'autre garçon avait plongé pour lui attraper les jambes. Il hurla de surprise. Le garçon encore debout éclata de rire et cria :

— Le loup-garou t'a bien eu, Jackie !

Jackie fut entraîné sous l'eau dans une lutte avec le garçon plus âgé.

Raven ne comprenait rien à ce qui se passait. Elle sortit de sa cachette pour aider le plus jeune garçon, sans savoir quoi faire.

Les deux garçons revinrent à la surface, le premier en riant, le second en criant :

— Crétin !

Il éclaboussa le grand. Les trois se mirent à s'arroser, hilares. Le grand garçon n'avait pas fait de mal au plus petit, comprit alors Raven.

Le plus jeune qui s'appelait Jackie repéra Raven sur la rive. Il écarquilla les yeux. Quelques secondes plus tard, les deux autres la remarquèrent à leur tour. Personne ne parla pendant un long moment.

— *Yo*, dit le grand garçon avec la peau hâlée et les cheveux bruns.

Elle ne savait pas ce que « yo » signifiait.

Il pataugea vers elle.

— Désolé, on est dans ton ruisseau.

— Oui, désolé, dit le garçon aux cheveux orange. On va s'en aller.

Raven ne voulait pas qu'ils partent. Mais les deux grands garçons, soudain sérieux, se rhabillèrent. Celui avec les cheveux orange avait de jolis yeux bleus.

Jackie pataugea jusqu'à la rive et enfila son T-shirt. Il la regardait avec le même air que les deux plus âgés. Il fallait qu'elle dise quelque chose, sans quoi ils partiraient.

— Ce n'est pas mon ruisseau, dit-elle.

— Oh, fit le grand garçon aux cheveux bruns. Tu n'es pas la fille qui vit avec la dame riche et divorcée ?

Parlait-il de Mama ? Raven ignorait ce que signifiait « divorcée ». Mais elle savait que « riche » impliquait beaucoup d'argent, et elle supposait qu'en effet, Mama en avait beaucoup. C'était ce qu'elle en avait déduit de la dernière visite de sa tante.

— J'habite ici, précisa Raven. Mais ce n'est pas *mon* ruisseau. Il n'appartient à personne d'autre qu'à lui-même.

Les grands garçons sourirent.

— Alors, d'après toi, la terre ne peut appartenir à personne, c'est ça ? demanda celui aux cheveux orange.

Elle opina.

— Il faut vraiment que sa mère rencontre la tienne, commenta le garçon aux cheveux orange.

— Oui, confirma l'autre grand garçon.

Après un moment de silence, il ajouta :

— On ferait mieux d'y aller.

— Vous pouvez nager, si vous voulez.

Les garçons ne dirent rien. Ils ne voulaient pas nager devant elle. Il aurait fallu qu'elle s'en aille pour les faire rester, mais elle n'en avait pas envie. Curieusement, elle aimait bien les regarder. Et elle avait aimé les écouter quand ils ne savaient pas qu'elle était là. Elle regrettait d'avoir quitté sa cachette.

À présent, elle comprenait qu'ils s'attendaient à ce qu'elle dise quelque chose. Peut-être que si elle leur parlait, ils resteraient.

— Moi aussi j'aime bien nager ici, dit-elle. Mais aujourd'hui je dois chercher des insectes.

— Des insectes ? releva le garçon aux cheveux orange.

— Je nourris un oisillon.

Elle sortit la pochette-nid de son T-shirt. Les garçons approchèrent alors qu'elle dénouait les ficelles pour révéler le bébé geai.

— C'est quelle espèce ? s'enquit le grand garçon brun.

— Un geai de Steller.

— Tu le gardes sous ton T-shirt pour lui tenir chaud ?

— Oui.

— Pourquoi tu l'as enlevé de son nid ? demanda le garçon aux cheveux orange.

— Un corbeau a tué tous les petits, sauf elle.

— Satanés corbeaux, pesta-t-il.

Elle n'était pas ravie de l'entendre insulter son père, mais elle ne pouvait rien dire à ce sujet devant quelqu'un de l'extérieur. Elle en avait fait la promesse à Mama.

Jackie tendit le doigt vers l'oisillon. Quand celui-ci ouvrit le bec, il retira vivement sa main.

— C'est la première fois qu'elle fait ça ! s'émerveilla Raven. Elle te demandait à manger.

— Vraiment ?

— Il faut qu'on trouve un insecte pour la récompenser.

— Où ça ?

— N'importe où.

Jackie émergea complètement du ruisseau pour l'aider. Raven rangea l'oiselle sous son T-shirt et lui montra les meilleurs endroits où chercher. Les deux autres garçons les rejoignirent.

— Tiens, j'ai un papillon de nuit, dit le garçon aux cheveux orange.

Il l'apporta à Raven en pinçant ses ailes.

Raven sortit la bourse. Elle prit le bâton à bec dans sa poche. Quand elle récupéra le papillon et l'écrasa doucement, les garçons grimacèrent. Puis elle en arracha les ailes et planta son corps sur la pointe du bâton.

— Jamais vu une fille faire ça, commenta le garçon aux cheveux orange.

Raven prit le nid dans le creux d'une main et approcha l'insecte du bec de l'oisillon. La petite semblait avoir peur de tous ces gens autour d'elle. Raven fit le bruit de bisous du bout des lèvres. L'oisillon ouvrit son bec, et elle en profita pour enfoncer l'insecte. L'oisillon avala le papillon, puis se recroquevilla au fond du nid.

— Trop cool. Moi j'ai une chenille ! s'écria Jackie en brandissant l'insecte brun du bout des doigts.

— Tu veux la nourrir ?

— Avec mes doigts ?

— Elle n'est pas encore assez grande pour ça.

— Vas-y, fais-le, toi, dit Jackie en lui tendant la chenille.

Le garçon aux cheveux orange éclata de rire.

— Il a peur de l'écraser.

— Ah ouais ? Ben t'as qu'à le faire puisque t'es si malin, dit Jackie.

— Non merci, rétorqua le garçon aux cheveux orange.

Raven tua la chenille, l'empala et proposa le bâton à Jackie.

— Prépare-toi, dit-elle.

Jackie approcha l'en-cas près du bec pendant que Raven faisait le bruit de bisous. L'oisillon ouvrit légèrement le bec, mais Jackie était trop lent et la chenille tomba dans le nid.

— Oh non, se lamenta Jackie.

— Ça arrive, dit Raven.

Elle récupéra le bâton, le planta dans la chenille, fit ouvrir le bec de l'oiseau et enfonça l'insecte dans son gosier.

— OK, je crois que j'ai vu assez d'insectes écrasés pour toute une journée, décréta le garçon aux cheveux orange.

L'autre garçon sourit.

— Comment tu t'appelles ? demanda Jackie.

— Raven. Ça veut dire « corbeau » en anglais, expliqua-t-elle.

Mama répétait qu'elle n'avait pas le droit de révéler son nom naturel aux autres, parce qu'elle ne devait jamais dévoiler qu'elle était la fille d'un esprit corbeau.

— Tu plaisantes ? dit le garçon brun.

— Non.

— Une fille avec un prénom d'oiseau, qui élève un oiseau, dit le garçon aux cheveux orange avec un grand sourire. Ça se tient. Si tu étais un super-héros, on t'appellerait Bird Girl.

— Moi, c'est Jack.

— Mais tout le monde l'appelle Jackie, précisa le garçon brun en lui ébouriffant les cheveux.

Jackie se débattit.

— Moi, c'est Huck, je suis le frère de Jackie, dit le garçon brun. Et lui, c'est Reece.

— Enchantée, dit-elle comme Mama le lui avait enseigné.

— Je te serrerais bien la main, dit Reece, mais les tiennes sont couvertes de sang d'insecte.

Raven sourit devant leur hilarité. Maintenant elle comprenait pourquoi tante Sondra voulait qu'elle joue avec d'autres enfants. C'était amusant.

— T'as quel âge ?

— Sept ans, répondit-elle.

— Ah bon ? J'aurais cru plus. Moi j'ai huit ans.

Raven se tourna vers Huck.

— Reece et moi, on a dix ans. On est de corvée de baby-sitting aujourd'hui.

— La ferme, dit Jackie.

— C'est vrai. Maman a dit de te sortir.

— Je peux très bien sortir tout seul.

— Ta maman te laisse marcher jusqu'ici sans elle ? demanda Reece à Raven.

— Oui.

— Tu n'as pas peur ?

— De quoi ?

Les garçons échangèrent un regard.

— Ta mère ne t'a jamais dit de faire attention aux inconnus et tout ? demanda Huck.

Si, évidemment. Mais Raven ne pouvait pas leur dire que Mama protégeait son domaine grâce à sa communication avec les esprits de la terre. Selon elle, ils veillaient sur la Fille du Corbeau, et Raven savait que c'était vrai. Avant, elle avait peur quand Mama quittait le monde réel pour entrer dans celui des esprits, mais ils n'avaient jamais rien laissé lui arriver de mal lorsqu'elle était ailleurs. Si les garçons se trouvaient sur le domaine de Mama, alors les esprits avaient dû les y guider pour une bonne raison. C'est pour ça que Raven n'avait pas fui en les voyant. Les seules fois où Raven avait peur, c'était lorsque les alarmes d'intrusion retentissaient.

— Elle devrait avoir peur du loup-garou, dit Jackie.

— Qu'est-ce que c'est que ça ? demanda Raven.

— Le chien de Hooper, précisa Huck.

— Hooper ?

— Le type qui habite sur la propriété à côté de la tienne, dit Reece.

— Son chien ressemble comme deux gouttes d'eau à un loup, expliqua Huck. Avant, il nous poursuivait quand on essayait de traverser son domaine pour nager ici. Jackie et moi, on vit de l'autre côté de chez Hooper, mais on n'a pas de ruisseau à nous.

— Personne ne possède de ruisseau, lui rappela Reece. Le ruisseau s'appartient.

Raven sourit, parce qu'elle comprit qu'il la taquinait.

— Pourquoi tu ne vas pas à la même école que nous ? demanda Jackie.

Raven avait lu dans *Mon premier jour en maternelle* et *L'école c'est amusant* que les autres enfants apprenaient leurs leçons dans une classe avec une maîtresse.

— Je fais mes leçons à la maison.

— Ah, tu fais partie de ces gens, dit Reece.

— Reece… dit Huck.

— Quoi ? Elle comprend l'humour, pas vrai ?

Raven, qui ne savait pas comment répondre, se contenta de dire oui.

— Tu vas suivre l'école à la maison pour toujours ? demanda Huck.

— Je ne sais pas.

— Tu ne veux pas venir dans notre école ? demanda Jackie.

— Euh… si.

Le mot était venu de nulle part. Elle ne savait même pas pourquoi elle avait dit ça. Mama ne serait pas contente.

— Dans ce cas il faut que tu viennes, dit Jackie.

Elle ne savait pas quoi leur dire. Elle ne pouvait pas se permettre de mentionner un jour l'école devant Mama. Ça la mettrait en colère comme quand sa tante en parlait.

Huck la regarda droit dans les yeux.

— C'est ta maman qui ne veut pas ?

Raven resta silencieuse.

— Notre maman, c'est la maîtresse de CM2. Elle pourrait parler à la tienne.

— Huck va avoir notre maman comme maîtresse à la rentrée, dit Jackie.

— Moi aussi, renchérit Reece. Et ça va être cooooooool !

— Ce sera nul, protesta Huck. Elle va être plus sévère avec nous qu'avec tous les autres.

— Pas avec moi. Elle m'adore.

— Dans tes rêves ! C'est comme si tu faisais partie de la famille, ça va être aussi nul pour toi que pour moi.

— Zut.

Raven aimait la façon qu'ils avaient de discuter, de rire et de grimacer entre eux. Elle ne voulait pas qu'ils s'en aillent. Mais l'oisillon s'agitait dans son nid. Le geai réclamait de nouveaux insectes, mais Raven souhaitait que les garçons restent.

Huck dit à Jackie :

— En parlant de Maman, on ferait bien d'y aller. Elle a dit qu'il fallait qu'on rentre tôt pour le dîner.

— Qu'est-ce que vous mangez ce soir ? demanda Reece.

— Des enchiladas.

— Je peux manger chez vous ? demanda Reece.

— Des enchiladas *vegan*, précisa Huck.

— Je sais. Ta maman cuisine trop bien. Chez moi il n'y a que des pizzas surgelées.

Raven remarqua le regard que Huck posait sur Reece, comme s'il était désolé pour lui.

— Oui, viens manger chez nous. Ça fera plaisir à Maman.

— Parce qu'elle m'adore, se vanta Reece.

Raven observait Jackie. Il avait de jolis yeux, grands, avec plein de couleurs mélangées à l'intérieur. Vert, jaune, marron, peut-être même un peu d'orange. Mais ce qu'elle aimait, c'était la façon joyeuse qu'il avait de poser les yeux sur elle. C'était sûrement ainsi que quelqu'un devait regarder un ami. Raven n'avait jamais eu d'ami auparavant.

— Il faut qu'on y aille, dit-il.

Raven voyait bien qu'il n'avait pas envie de partir. Elle éprouvait la même réticence.

— Je peux vous revoir ? demanda-t-elle.

Les yeux de Jackie s'illuminèrent.

— Carrément.

— Quand ?

Jackie regarda son frère, qui haussa les épaules.

— Vous pouvez nager ici quand vous voulez, ajouta-t-elle.

Mais elle se demandait comment Mama réagirait en croisant les garçons pendant sa promenade quotidienne. Le ruisseau était l'un de ses endroits préférés.

— On reviendra, affirma Jackie. Ou peut-être que tu pourrais venir nous voir, un jour. Chez nous.

Raven vit que Reece et Huck échangeaient un sourire, mais elle ne savait pas ce que cela signifiait. Elle avait peur d'aller dans la maison de Jackie et se doutait que ça ne plairait pas à Mama. Mais les garçons ne semblaient pas se rendre compte du tout qu'elle était la fille d'un esprit corbeau. Tant qu'elle taisait son secret, où était le mal à aller chez eux ?

Huck et Reece se mirent en marche.

— Allez viens, Jackie, l'appela Huck.

Reece se retourna et lança :

— C'était chouette, Bird Girl !

— Oui, renchérit Jackie. À plus !

— Au revoir, dit-elle en imitant son geste de la main.

Les garçons pataugèrent dans le ruisseau, car les rives étaient trop encombrées par les buissons épais pour s'y aventurer. Elle les regarda disparaître au tournant.

C'était triste, mais aussi exaltant – parce que tout ce qu'ils avaient dit et fait resterait avec elle.

4

RAVEN N'AVAIT RIEN DIT à Mama pour les garçons. Le poids du secret lui pesait.

Mais elle se sentait aussi plus légère quand elle pensait à eux. Rien qu'imaginer leurs visages la rendait heureuse.

Elle avait ouvert le grand dictionnaire ce soir-là et cherché certains des mots que les garçons avaient prononcés. Elle était très frustrée de ne pas y trouver l'« ougarou » ni « vaiganne ». Elle avait compris qu'elle épelait mal « divorsé » en tombant sur « divorce ». Il y avait deux définitions : « Rupture légale du mariage civil » et « Séparation d'intérêts ». Raven ne comprenait pas la première. Elle supposa que les garçons parlaient donc de la seconde quand ils lui avaient demandé si elle était la fille de la dame riche et divorcée. Mama était séparée des autres parce qu'ils ne s'intéressaient pas aux secrets de la terre.

Mais comment le savaient-ils ? Cette question l'inquiétait un peu.

Le lendemain, Mama la réveilla aux premières lueurs du matin, car c'était à cette heure que les mamans oiselles nourrissaient leurs petits. Raven était contente d'avoir une excuse pour sortir de la maison et échapper à ses leçons. Alors que le jour se réchauffait et que le ventre du geai se remplissait, Raven se dirigeait vers le ruisseau. Elle espérait que les garçons reviendraient y nager. L'après-midi venue, il fit assez chaud pour s'y baigner.

Mais ils ne revinrent pas ce jour-là. Ni le suivant. Au troisième jour de leur absence, Raven décida qu'il était temps de faire un Vœu. Elle le plaça juste à côté du ruisseau. C'était forcément le meilleur endroit pour obtenir ce qu'elle voulait.

Sous un cèdre qui surplombait l'eau, elle arrangea quatre feuilles de différentes couleurs pour former une fleur. Vert, jaune, marron, orange : les couleurs des yeux de Jackie. À côté de la fleur « œil », elle posa un champignon orange pour les jolis cheveux de Reece. De l'autre côté de l'œil de Jackie, elle plaça une pierre brune pour évoquer les yeux sombres et la carrure solide de Huck.

Elle observa son Vœu. Quelque chose manquait. Mais quoi ?

Elle-même ! Évidemment.

Raven sortit son canif et sectionna une mèche au bout de sa tresse, qu'elle saupoudra par-dessus les trois garçons pour se lier à eux. Elle avait un bon pressentiment. Très bon. Ils reviendraient le lendemain ou le jour suivant.

Petite, du nom que Raven avait donné à l'oisillon, pépiait pour réclamer à manger. Elle avait complètement accepté Raven comme maman.

Alors que le soleil plongeait derrière les collines boisées, Raven reprit le chemin de la maison, toujours à l'affût des insectes.

— Regarde comme ta petite a grandi ! s'écria Mama quand elle rentra. Tu t'en occupes très bien. Tu dois être affamée toi aussi.

Elle l'était. Mama lui donnait un en-cas à emporter pour le déjeuner en sachant qu'elle passerait la journée dehors pour nourrir l'oisillon, mais son appétit n'avait pas de fin.

Raven nettoya le nid de Petite et l'installa sur une chaufferette pour la nuit. Mama posa un grand plateau garni sur la table. Jambon, pommes de terre au four, courge et haricots verts. La livraison de l'épicerie était arrivée ce jour-là. Mama sortait rarement faire les courses dans les magasins.

Elles s'assirent face à face à table.

— Qu'as-tu vu et appris aujourd'hui ? demanda-t-elle.

— J'ai appris qu'un oisillon a toujours faim.

— Tu sauras maintenant apprécier le travail monumental qu'accomplit un oiseau. Et imagine, il y en a normalement plus d'un dans le nid.

— Ça doit être très fatigant !

— Qu'as-tu vu d'autre ?

— J'ai vu un coyote. Et une biche avec son faon. Et plein d'oiseaux. J'ai vu un corbeau et je lui ai dit que je prenais bien soin de la petite qu'il m'a donnée.

Mama sourit et hocha la tête.

— J'ai trouvé une fleur blanche que je n'avais jamais vue avant. J'ai vu des fourmis manger un serpent mort. Oh, et ce matin, il y avait une toile d'araignée qu'on aurait dit décorée de tous petits morceaux de verre. Elle était très jolie.

— Merveilleux.

Raven baissa les yeux sur son assiette. Elle s'en voulait de cacher son Vœu à Mama. Mais elle avait trop peur de s'entendre dire qu'elle ne pourrait plus jamais revoir les garçons. Raven ne pouvait pas prendre ce risque.

Plus tard, Mama la borda dans son lit et déposa un baiser sur sa joue.

— Bonne nuit, Fille du Corbeau, mon miracle chéri.

— Bonne nuit, Mama.

À l'heureuse perspective de revoir les garçons le lendemain, Raven eut du mal à fermer l'œil.

Mais ils ne vinrent pas. Son Vœu était toujours en place à côté du cours d'eau.

Le jour suivant, elle fila droit au ruisseau pour chasser les insectes. Quand le soleil atteignit son zénith et que Petite s'endormit, Raven engloutit l'en-cas que lui avait préparé Mama. Puis elle s'allongea, les mains sous la tête, et contempla les rayons dorés qui dansaient à travers les branches du cèdre.

Elle se redressa d'un bond en entendant quelqu'un lancer :

— Salut, Raven !

Jackie et son frère marchaient à grandes enjambées dans le ruisseau.

— Comment va l'oiseau ? demanda Jackie en approchant.

— Elle grandit.

Raven brandit Petite pour que Huck puisse la voir. Le mouvement réveilla Petite, qui réclama à manger.

— Elle a beaucoup plus de plumes, remarqua Jackie.

— Elle accepte tous les insectes maintenant. Elle pense que je suis sa maman.

Huck lança à Raven un regard curieux.

— Tu nous attendais ?

— Oui.

— Depuis combien de temps ?

— Je suis revenue tous les jours.

— Je te l'avais bien dit ! s'écria Jackie.

— Où est Reece ? demanda-t-elle.

— Il aide sa mère aujourd'hui, répondit Huck.

Petite réclama à manger.

— Tu veux que je t'aide à trouver quelque chose pour la nourrir ? demanda Jackie.

— Oui.

Huck s'assit au bord du ruisseau.

— Je te préviens, je ne reste pas longtemps, Jackie.

Il n'était pas d'humeur aussi gentille que la dernière fois. Mais ce n'était pas grave. Raven avait l'habitude avec Mama.

— Il fait un peu la tête parce qu'il ne voulait pas venir, chuchota Jackie à l'oreille de Raven alors qu'ils s'éloignaient.

— Pourquoi ?

— Je sais pas. Je crois que c'est parce qu'il n'y a pas Reece ni ses autres amis. Il n'arrêtait pas de dire que tu ne serais pas là, mais moi j'étais sûr que si.

Raven sourit. C'était son Vœu qui l'avait appelé. Elle avait Jackie en tête pendant son Vœu, alors il était logique qu'il soit venu malgré tout.

Ils nourrirent Petite avec une tipule, quelques grillons et une chenille, puis profitèrent d'une sieste de l'oisillon pour s'asseoir sur une bûche. De là, ils voyaient Huck allongé sur le dos près du ruisseau, mais lui ne pouvait pas les entendre.

— C'est loin de ta maison, ici ? demanda Jackie.

— Un peu, mais pas si loin.

— On ne la voit pas depuis la route quand on passe devant le portail.

Il se tut et entreprit de gratter l'écorce d'un bâton. Quelque chose lui soufflait qu'elle était censée parler, mais elle ne savait pas quoi dire.

Après un petit moment, il reprit la parole :

— Hier, quand on est passés devant ton portail, j'ai demandé à Maman si elle avait déjà vu ta maison. Elle a dit que non, mais qu'on lui avait rapporté qu'elle était très belle.

Il la regarda et ajouta :

— Je ne sais pas comment elle sait ça. Peut-être qu'elle le tient des gens qui l'ont construite. Les gens parlent beaucoup dans le coin.

Raven n'avait jamais pensé aux voisins. Pas avant de rencontrer les garçons.

— Ma maman dit que la tienne a fait démolir la vieille maison qui était là avant. Tu ne t'en souviens probablement pas parce que tu étais encore bébé. Vous viviez dans une caravane en attendant que la nouvelle soit construite.

— C'est quoi une caravane ?

— Une maison sur roulettes.

Elle tenta d'imaginer ça.

Il jeta le bâton dont il avait gratté l'écorce.

— Mes parents sont divorcés comme les tiens, précisa-t-il.

— J'ai cherché ce mot dans le dictionnaire.

— Divorcés ?

Elle opina.

— J'ai pas compris pourquoi tu as dit ça.

— Tu ne sais pas ce que c'est ? Je croyais que ta maman était divorcée ?

Elle avait peur de dire quoi que ce soit au sujet du divorce de Mama d'avec le monde extérieur.

— Ça signifie que ta maman et ton papa sont séparés. Ils n'habitent plus ensemble. Ta maman ne t'a pas expliqué où ton papa était parti ?

Elle ne pouvait rien dévoiler à ce sujet, alors elle fit non de la tête.

— Tu le vois, parfois ?

Même si elle avait eu la permission d'en parler, la réponse était impossible à formuler. Elle voyait des corbeaux presque tous les jours, mais ces oiseaux n'étaient pas son père. Ils étaient l'*incarnation* de son père, disait Mama. Raven ne comprenait toujours pas ce mot.

Il interpréta son silence comme un non.

— Moi non plus je ne vois jamais mon père. Il a arrêté de venir quand j'étais petit. Je ne me souviens même plus de lui.

Une idée surgit : était-il possible que Jackie et Huck soient nés d'esprits de la terre, eux aussi ? Était-ce pour cette raison qu'ils vivaient au même endroit et qu'ils n'avaient pas de père à la maison ?

— Qu'est-ce que tu sais de ton père ? demanda-t-elle.

— Pas grand-chose. Ma mère n'aime pas parler de lui. Huck non plus.

— À quoi ressemble-t-il ?

Il resta songeur un instant.

— À Huck, un peu.

Raven ressemblait un peu à son père, elle aussi. Yeux noirs, cheveux noirs. Sa peau avait pris un peu de sa couleur aussi, disait Mama.

— Comment tu sais de quoi il a l'air ? demanda-t-elle.

— Les photos. Ta mère n'en a pas gardé ?

Raven secoua la tête.

— Elle doit vraiment le détester.

Raven supposa que Jackie n'était finalement pas le fils d'un esprit de la terre s'il avait des photos de son père et que Huck lui ressemblait. Mais l'idée lui avait plu. Elle aurait aimé pouvoir parler à quelqu'un d'autre comme elle.

Jackie se leva du rondin.

— Tu veux voir un truc cool ?

Il avait déjà utilisé le mot « coule », et elle avait l'intuition qu'il n'avait pas grand rapport avec le verbe « couler ».

Alors qu'ils retournaient vers le ruisseau, il ajouta :

— Enfin, c'est plus drôle que cool.

Huck se redressa quand Jackie mit un pied dans l'eau.

— Où tu vas ?

— Je veux lui montrer l'Aconit, dit Jackie. Raven, tes chaussures seront toutes mouillées, mais faut les garder pour marcher dans ce ruisseau. Les cailloux font trop mal aux pieds.

Elle le savait et se fichait complètement de tremper ses bottines de randonnée. Elles prenaient déjà la rosée tous les matins. Mais Raven se demandait ce qu'était « la conite ».

Huck les suivit dans le ruisseau.

— Et si elle rapporte tout à sa mère ? demanda-t-il.

— Elle dira rien, répondit Jackie.

— C'est sur sa propriété.

Jackie cessa d'avancer et regarda Raven.

— Tu ne répéteras rien à ta maman, pas vrai ?

— Non.

— Elle sait qu'on nageait dans votre ruisseau ? demanda Huck.

— Non.

— Tu vois ? dit Jackie à son frère.

— Tu ne lui as pas du tout parlé de nous ? insista Huck.

Elle secoua la tête.

— Nous non plus, on n'a rien dit à Maman, affirma Jackie. Elle ne serait pas contente de savoir qu'on va si loin chez les gens.

Ainsi les autres enfants cachaient aussi des choses à leur mère. La culpabilité de Raven s'envola.

Alors qu'ils descendaient le ruisseau, elle comprit pourquoi les garçons pataugeaient dans l'eau pour atteindre le bassin. Les deux rives étaient couvertes d'épais buissons et de ronces, si bien qu'il était impossible marcher sur la terre ferme. Elle ne s'était jamais aventurée si loin.

Après une longue étendue d'eau qui ruisselait sur le lit de cailloux, puis un tournant plus profond, Raven s'immobilisa en voyant une drôle de chose. Les garçons sourirent devant sa surprise.

Au milieu du cours d'eau redevenu superficiel étaient empilés un assortiment d'objets surmontés d'une petite statue.

— C'est mieux de l'autre côté, dit Jackie.

Elle suivit les garçons qui contournaient la chose que Jackie avait appelé « la conite ». Au milieu du ruisseau étaient posées deux cagettes à lait en plastique, une bleue, une rouge, sous une sorte de gros cube gris avec un pan en verre cassé. Une télé, devina-t-elle, car elle en avait vu dans les illustrations des livres. À l'intérieur de la télé cassée, il y avait le crâne d'un cerf, avec un seul bois. Par-dessus la télé, un vieux micro-ondes noir rouillé avec une porte en verre brisée. Et pour surmonter le tout, une dame en pierre. Elle était sculptée avec une robe qui recouvrait ses cheveux et tombait jusqu'à ses pieds nus. Elle avait les bras tendus, paumes vers le ciel, mais un des deux était cassé au niveau du coude. Il manquait un morceau à l'autre épaule. La femme, à l'origine grise, était maintenant surtout verte, recouverte par la mousse.

— C'est nous qui l'avons fait avec Reece et Huck l'an dernier, dit Jackie. Pour faire peur au loup-garou. Reece l'appelle *Aconit* parce que c'est le truc dans les films qui fait fuir les loups-garous.

— C'est pas un *truc*, corrigea Huck. L'aconit est une plante.

Raven ne comprenait rien à ce qu'ils racontaient. Elle se sentait petite en présence de la pile qui s'élevait au-dessus de Huck, et elle était incapable de détacher son regard du visage vert de la dame en pierre.

— Le chien nous suivait dans le ruisseau. On a couru jusque là-bas, dit Jackie en désignant les bois, et on a trouvé une sorte de décharge. On s'est cachés dans une vieille voiture jusqu'à ce que le chien s'en aille.

Raven ne voyait ni voiture ni décharge.

— C'est là que commencent les terres de Hooper et que s'arrêtent les tiennes, dit-il. On a construit ça ici pour porter malheur au chien et le tenir à l'écart de l'endroit où on va nager.

— Reece et moi on l'a construit, rectifia Huck. Parce que tu étais terrorisé et tu voulais rentrer à la maison. On était obligés de faire quelque chose pour te rassurer.

— J'avais même pas peur, protesta Jackie.

— Si, t'avais peur ! s'esclaffa Huck. Tu as failli faire pipi dans ton pantalon.

— La ferme !

— C'est normal, continua Huck. Ce chien fait peur à tout le monde.

Raven approcha de la dame en pierre pour mieux la regarder. Elle avait les yeux tournés vers le bas et les paupières presque fermées.

— C'est Reece qui a trouvé la Vierge Marie dans le dépotoir, dit Jackie. C'est comme ça qu'il a eu l'idée de fabriquer l'Aconit, parce qu'elle fait peur aux mauvais esprits.

Raven désigna la femme verte.

— Elle s'appelle Marie ?

Huck sourit.

— Tu ne sais pas qui est la Vierge Marie ?

— Non.

— C'est la mère de Jésus. Ne me dis pas que tu ne sais pas non plus qui est Jésus.

Elle secoua la tête.

— J'hallucine, dit-il.

— Fais pas attention à lui, la rassura Jackie.

Impossible de l'ignorer. Il y avait tant de choses qu'elle ne comprenait pas. Et elle ne pouvait pas poser la question à Mama parce qu'elle n'osait pas lui parler des garçons.

— Ça te plaît ? demanda Jackie.

Elle évalua du regard la pile d'objets, depuis les cagettes, le crâne de cerf, jusqu'à la Vierge Marie. Ça ne lui plaisait pas plus que ça ne lui déplaisait. C'était bizarre, peut-être un peu effrayant.

— Je pense que c'est efficace pour faire peur à quelque chose, dit-elle.

— Pas vrai ? s'enthousiasma Jackie. On n'a jamais revu le loup-garou depuis qu'on l'a fabriqué. Ça marche !

— À mon avis, le loup-garou est mort, dit Huck. Ça faisait deux ans qu'il nous poursuivait avec Reece, et d'un coup il a disparu.

— Grâce à l'Aconit, confirma Jackie.

C'était un peu comme un Vœu, comprit alors Raven. En sachant cela, elle l'apprécia davantage.

— Je rentre, annonça Huck.

Les pépiements de Petite se faisaient de plus en plus insistants.

— Tu viens ? demanda Huck.

— Je vais d'abord l'aider à capturer des insectes pour l'oiseau, répondit Jackie.

— Ne reste pas trop tard. Si Maman me pose des questions, j'expliquerai que tu es sorti dans le jardin.

Mais si elle se rend compte que tu n'y es plus, ce sera ton problème.

Jackie et Raven chassèrent pour nourrir Petite. Au début, ils ne discutèrent guère. Mais craignant qu'il ne s'en aille à cause du silence, elle lui demanda pourquoi il n'était pas à l'école. Il lui expliqua alors le principe des vacances d'été, étonné qu'elle n'en ait jamais entendu parler.

— Ta maman ne te raconte pas grand-chose, pas vrai ?

Mama lui en disait bien plus qu'il ne l'imaginait. Elle lui parlait d'un monde qu'il ne pouvait voir. Mais Raven commençait à comprendre qu'elle ne savait rien de l'univers de Jackie.

Ils marchèrent jusqu'à la décharge sauvage et regardèrent partout. Ils dénichèrent un vieux cheval à bascule, un vélo à une seule roue, et deux ordinateurs cassés. Il y avait beaucoup de canettes, de bouteilles et de pneus. D'après Jackie, la décharge se trouvait sur la propriété de Mama, mais elle avait probablement été constituée par Hooper ou par quelqu'un qui vivait sur un des deux domaines avant. D'après lui, certaines choses dans le dépotoir étaient très très vieilles. Reece lui avait dit que la télévision de l'Aconit était une *antiquité.* La voiture rouillée datait des années 1950, et il l'appelait *Invicta.* Jackie la fit entrer dans le véhicule et lui montra le tableau de bord. Il n'arrêtait pas de dire que tout dans la voiture était trop « coule ».

Après avoir exploré la décharge, ils cherchèrent de nouveaux insectes pour Petite. Ils aperçurent un martin-pêcheur et tentèrent de localiser son nid sur les rives. C'était l'idée de Raven, et Jackie l'avait trouvée bonne.

Ils savaient tous les deux qu'il était resté au ruisseau trop longtemps quand la lumière prit une teinte dorée.

— Il faut que je rentre, dit-il. Huck me couvre, mais ma maman pourrait remarquer que je suis parti.

— Elle va se mettre en colère ?

— Non, mais elle va s'inquiéter. Ta maman ne s'inquiète pas quand tu disparais pendant des heures ?

— Elle aime bien que je sois dehors.

Elle ne pouvait pas lui expliquer que Maman voulait qu'elle se sente proche des siens en apprenant à nourrir un oisillon. Mama ne l'attendait pas avant la tombée de la nuit, l'heure à laquelle les oiseaux se perchent dans les arbres.

— La mienne veut aussi qu'on joue à l'extérieur, dit-il. On n'a pas le droit au téléphone ni aux jeux vidéo. Ni de regarder beaucoup la télé. Et toi ?

— Moi non plus.

Elle ne savait pas ce qu'était un jeu vidéo. Il n'y avait pas de télé à la maison, mais Mama possédait un téléphone et un ordinateur qu'elle utilisait pour commander les choses dont elles avaient besoin. Raven n'avait pas le droit d'y toucher.

— Tu veux qu'on se revoie ? demanda Jackie.

Elle sentit une sensation gonfler dans sa poitrine et dans son ventre, comme si le soleil irradiait en elle.

— Oui.

— Tu ne peux pas m'attendre là tous les jours, dit-il en souriant. Et si on disait rendez-vous à l'Aconit dimanche, vers midi ?

— D'accord.

— N'oublie pas.

— Promis.

— Salut.

— Salut.

Le voir disparaître au tournant du ruisseau lui serra le cœur plus fort encore que la première fois. Elle ressentit la solitude d'une manière douloureuse et inédite. Quand le ciel devint gris et que l'heure arriva pour les oiselles de se percher dans les arbres, elle retourna à la maison. Mama était de bonne humeur. Cela faisait plusieurs jours de suite.

Au dîner, Mama l'interrogea sur ce qu'elle avait vu ou appris. Après son récit – dont elle exclut Jackie et Huck –, Raven rassembla son courage pour poser une question.

— Est-ce que tu as déjà vu un chien près du ruisseau ?

La surprise qu'elle lut dans les yeux de Mama lui confirma que oui.

— Pourquoi, tu y as vu un chien ?

— Oui.

— L'été dernier ?

— Oui.

— Je ne m'étais pas rendu compte que tu te promenais si loin l'an passé.

Ce n'était pas le cas, mais Raven se tut.

Mama posa sa main sur celle de Raven.

— Ne t'inquiète pas, dit-elle. Ce chien ne viendra plus t'effrayer.

— Pourquoi ?

Dans sa tête, Raven revit l'esprit du cerf dans la télé, le micro-ondes, et la Vierge Marie verte qui tenaient le loup-garou à distance.

— Il m'a attaquée à deux reprises. Je craignais pour la sécurité de ma fille, alors pour la protéger, j'ai dû rendre l'esprit du chien à la terre.

— Comment ? s'enquit Raven.

— Avec un pistolet.

— Quand ?

— Vers la fin de l'été dernier.

Raven s'efforça de masquer sa réaction. Elle ne savait pas quoi penser du fait que Mama avait tué le loup-garou.

Si elle ne l'avait pas fait, peut-être que les garçons ne seraient pas venus jusqu'au bassin.

Mais Jackie croyait que c'était l'Aconit qui avait éloigné le loup-garou. Et cette certitude le rendait très heureux. Raven décida de ne jamais lui révéler la vérité. Parce qu'elle voulait que Jackie reste toujours heureux.

5

PETITE APPELA RAVEN ET JACKIE depuis la cime de l'érable. Un rapace l'entendit et l'attaqua. Petite s'envola hors de vue pour lui échapper.

— Elle va s'en sortir ? demanda Jackie d'un air inquiet.

Raven lui disait parfois qu'il était le père de Petite, tant il se sentait concerné.

— J'espère.

— Est-ce que les autres oiseaux vont finir par s'habituer à elle ?

— Je ne sais pas.

Mama lui avait expliqué que normalement, un oiseau bénéficie de la protection du territoire de ses parents. Sauf que lorsque Petite suivait Raven sur le domaine, elle traversait le territoire de nombreux autres oiseaux, qui s'en prenaient à elle. Raven était triste de la voir pourchassée et rejetée. Pire encore, un faucon l'avait déjà attaquée. Raven ne cessait jamais de s'inquiéter pour elle. Mais Mama disait qu'il en allait ainsi pour toutes les mères.

Sans imperméable sous le crachin, Raven était trempée jusqu'aux os.

— Tu veux venir chez moi ? proposa Jackie.

Ils se donnaient rendez-vous à l'Aconit depuis trois semaines, mais c'était la première fois qu'il l'invitait.

Il leva les yeux vers les nuages gris et bas.

— C'est pas près de s'arrêter, remarqua-t-il.

— Et ta maman ?

Elle avait pris l'habitude de dire « maman » en présence de Jackie, même lorsqu'elle parlait de Mama.

— Ma maman est super gentille. Ça ne l'embêtera pas.

— Tu disais qu'elle serait en colère si elle apprenait que tu viens ici.

— On n'aura qu'à lui faire croire qu'on s'est rencontrés plus près de ma maison.

Raven ne savait pas quoi dire. Elle n'avait jamais quitté la propriété sans Mama. Serait-elle encore en sécurité ? Et si Mama s'en rendait compte ?

— Allez, viens, insista-t-il. On a plein de jeux. Attrap'Souris, Serpents et Échelles, Qui est-ce ? Lequel tu préfères ?

Comme toujours, elle ne comprenait rien, mais il avait fini par déduire la signification de ses silences.

— Tu n'as jamais joué à ces jeux ? devina-t-il.

— Non.

— Je t'apprendrai.

La pluie s'intensifiait. Ils commençaient à avoir froid. Ils pouvaient soit aller chez lui tous les deux, soit rentrer chacun chez soi.

Elle ne voulait pas le quitter.

— OK, concéda-t-elle.

Le sourire de Jackie était immense. Elle le suivit dans le ruisseau. Passer devant l'Aconit et traverser les terres de Hooper lui fit un drôle d'effet. C'était une première. Elle fit volte-face et regarda la Vierge Marie. Ses bras tendus semblaient lui dire : « Oui, va, n'aie crainte. Pars. »

— Petite nous suivra ? demanda Jackie.

— Je ne sais pas.

Ils restèrent sur le lit caillouteux du ruisseau pour traverser la propriété de Hooper. Les rives étaient encore couvertes de ronces à ce niveau. Quand le cours d'eau tourna vers la gauche, Jackie revint au sec. Ils sillonnèrent un fourré d'aulnes à l'écorce blanche et empruntèrent un sentier qui les mena dans un pré.

— C'est ma maison, là-bas, annonça-t-il.

Il désigna la maison de l'autre côté de la clôture en bois. Elle avait un toit en fer comme celle de Mama, mais elle était plus petite. La maison de Mama avait des murs en rondins naturels à l'extérieur ; celle de Jackie était faite comme de planches en bois jaune très pâle.

Ils se glissèrent entre les lattes de la palissade. Raven avait un peu mal au ventre. Elle espérait que la mère de Jackie ne serait pas en colère. Jamais Raven n'oserait inviter quelqu'un à la maison. Les réactions de Mama étaient imprévisibles.

Ils traversèrent un pré d'herbe et entrèrent par la porte arrière de la maison, comme faisait Raven chez elle. La porte débouchait sur une buanderie attenante à la cuisine. Ils enlevèrent leurs chaussures trempées et les abandonnèrent sur un tapis.

Elle entendit des rires de garçons dans la pièce voisine.

— Huck a invité ses copains, expliqua Jackie.

Elle lui trouvait un air curieusement nerveux.

— Allons dans ma chambre, dit-il.

Il la conduisit vers l'escalier, marchant très vite dans le salon où Huck, Reece et un autre garçon regardaient la télé. Mais ils furent repérés.

— C'est Bird Girl ! s'exclama Reece.

— Où est-ce que vous filez comme ça ? demanda Huck.

Jackie s'immobilisa.

— On va dans ma chambre.

Reece et Huck sourirent. Le garçon avec les boucles noires très frisées et la peau brune posait un drôle de regard sur Raven.

— C'est Raven, lui dit Huck. Et voici Chris.

Elle se souvint que les garçons avaient parlé de quelqu'un du nom de Chris la première fois qu'elle les avait vus.

— Enchantée, Chris.

Chris se contenta d'un bref signe de tête. Raven se demanda pourquoi sa mère ne lui avait pas appris quoi dire quand on rencontrait de nouvelles personnes.

— Où est ton oiseau ? s'enquit Reece.

— Dehors, dit-elle.

— Vraiment. Il peut voler maintenant ?

— Oui.

— Tu chasses toujours des insectes ?

— Parfois. Je lui donne surtout des cacahuètes le temps qu'elle apprenne à trouver sa propre nourriture.

C'était l'idée de Mama. Elle avait fait livrer des cacahuètes non salées et non décortiquées à la maison.

— Allez, viens, insista Jackie en faisant un geste vers l'escalier.

— Jackie… appela une voix.

Une femme était entrée dans le salon, les bras encombrés par un panier de linge sale. Elle regardait fixement Raven.

Raven sentit comme des petites ailes frétiller dans sa poitrine. C'était forcément la mère de Jackie. Il lui ressemblait beaucoup.

— Je ne savais pas que tu avais invité une amie, dit-elle.

Elle posa le panier sur une chaise et approcha. Son visage était agréable à regarder, comme celui de Jackie. Elle avait la même peau légèrement hâlée, les cheveux châtains coiffés en queue de cheval. Elle portait un jean et une chemise bleue aux manches retroussées sur les coudes. Ses yeux étaient marron-vert, découvrit Raven quand elle arriva tout près.

— C'est Raven, dit Jackie.

— Bienvenue, Raven. Je suis la maman de Jackie, Ms Taft.

— Enchantée, Ms Taft.

— Comment es-tu arrivée jusqu'ici ? demanda-t-elle gentiment.

— Elle se promenait dans la forêt, expliqua Jackie. On s'est rencontrés au bout du jardin.

Huck et Reece échangèrent un sourire complice devant ce mensonge, mais Raven ne comprenait pas ce qu'il y avait de si drôle.

— Alors tu habites dans les environs ? s'enquit la mère de Jackie.

— Oui, dit Raven.

— Elle vit de l'autre côté de chez Mr Hooper, précisa Jackie.

— Est-ce que ta maman sait que tu es ici ?

— Elle n'a pas besoin de savoir, dit Raven. Elle aime bien que je sois dehors pour explorer.

— Mais peut-être que tu devrais l'appeler pour lui dire où tu es, suggéra Ms Taft.

— Impossible, dit Raven.

— Pourquoi ?

— Elle n'utilise jamais le téléphone, sauf pour commander des choses.

— Tu connais son numéro ?

Raven secoua la tête.

Ms Taft regarda Jackie et haussa légèrement les sourcils.

— C'est pas grave, dit Jackie. On voulait juste se mettre au sec une minute.

— Je vois ça, dit-elle en regardant les flaques formées à leurs pieds par leurs vêtements trempés.

Mama n'aurait pas aimé voir la même chose sur son parquet.

— Je vais nettoyer, proposa aussitôt Raven. Il y a une serpillière dans la cuisine ?

— Ne t'inquiète pas pour ça, dit Ms Taft. Je vais te chercher une nouvelle tenue. Ça ne te dérange pas de porter des affaires de Jackie le temps que je mette les tiens au sèche-linge ?

Raven ne voulait pas enlever ses vêtements dans une maison qu'elle ne connaissait pas. Mais elle était trempée, et ne pouvait s'asseoir nulle part sans tout salir.

— Je vais te montrer où se trouve la salle de bains, dit Ms Taft. Tu pourras te changer là-bas.

Raven enfila un pantalon de jogging gris et un T-shirt bleu foncé qu'elle avait déjà vu Jackie porter. On pouvait y lire « Mount Rainier National Park » au-dessous d'un dessin de montagne. Elle dénoua ses nattes et étala ses mèches ondulées sur ses épaules pour mieux les faire sécher. Jackie lui dit qu'il aimait bien ses cheveux comme ça.

Ms Taft leur apporta des sandwichs au houmous, avocat et légumes. Elle expliqua à Raven qu'on mangeait *vegan* dans cette maison, de la nourriture entièrement végétale. Le houmous avait un goût bizarre, mais Raven l'avala pour faire plaisir à Ms Taft.

Après leur goûter, ils montèrent dans la chambre de Jackie. Sa chambre était plus petite que la sienne, mais jolie avec ses murs bleus, ses étoiles au plafond, et les images des choses que Jackie aimait bien. On y voyait des dinosaures, des planètes et des personnages de *Star Wars*. Il y avait quelques posters sur lesquels on pouvait lire Seattle Seahawks, l'équipe de football américain préférée de Jackie. Il ferma les stores et éteignit les lumières pour lui montrer les étoiles qui luisaient comme de vraies constellations dans le ciel.

Puis il lui apprit les règles de Serpents et Échelles. Elle aimait tant ce jeu qu'ils en firent deux tours avant de passer au Jeu de l'oie. Puis à Attrap'Souris, son préféré. Huck entra pour leur proposer une partie de foot. La pluie avait cessé de tomber et les rayons du soleil perçaient les nuages.

Après s'être à nouveau changée dans ses vêtements fraîchement séchés, Raven suivit Jackie sur la pelouse derrière la maison, où les garçons lui expliquèrent les règles du foot. Ils désignèrent Jackie, Raven et Huck dans la même équipe, contre Reece et Chris. Ça ne fonctionnait pas très bien, car il n'y avait personne pour garder les buts. Raven aimait bien jouer, mais elle n'arrivait pas à leur prendre le ballon. Jackie y parvenait rarement, mais il le lui envoyait alors aussitôt.

Après le foot, les garçons lui apprirent à jouer au softball. Après la deuxième manche, alors que c'était au tour de Raven de lancer, Petite vint se poser sur son épaule pour lui réclamer à manger. Les garçons se rassemblèrent autour d'elles et lui donnèrent à tour de rôle ses cacahuètes. Ils dirent de Petite qu'elle était « cool » et « super ». Huck et Chris se mirent à imiter Reece et surnommer Raven « Bird Girl ». Toute cette attention plaisait à Raven, même si elle rendait Petite un peu nerveuse.

Ms Taft appela tout le monde à table. Raven s'amusait tant à écouter les plaisanteries et les taquineries des garçons qu'elle n'avait pas remarqué que la journée – la meilleure de toute sa vie – touchait à sa fin.

Après le dessert, Jackie entraîna Raven dans le salon et annonça :

— On organise une soirée pyjama avec Reece et Chris, et ma maman dit que si tu veux, tu es invitée aussi.

— Une soirée pyjama ?

Jackie avait maintenant l'habitude de toutes ces choses qu'elle ne savait pas. Il n'était même plus surpris.

— Ça veut juste dire que tout le monde dort ici.

Elle était *invitée*. Raven se souvint de tante Sondra, qui parlait de la nécessité pour les enfants d'être invités à des goûters. De se socialiser.

— Ce sera drôle, dit-il. On va jouer à des jeux, regarder un film et se coucher très tard.

Ms Taft approcha.

— Tu veux rester pour la soirée pyjama ?

— Oui, mais... hésita Raven.

Elle n'avait jamais rien souhaité si fort. Mais Mama serait contrariée si elle ne rentrait pas à la maison.

— Allons demander la permission à ta mère, proposa Ms Taft. Je vais te reconduire.

Elle avait les clés de sa voiture dans sa main.

Raven ne pouvait pas la laisser parler à sa mère. Les alarmes allaient se déclencher, ce qui énerverait Mama, et elle entrerait dans une colère noire quand elle apprendrait que Raven était allée chez Jackie.

Ms Taft perçut l'inquiétude de Raven.

— Je ne peux pas te laisser dormir ici sans sa permission, insista-t-elle. Je crois que c'est mieux si je la rencontre. Il est normal qu'elle sache où tu as passé ta journée.

— Il faut que je rentre, dit Raven.

— D'accord. Je vais te raccompagner en voiture.

— Non. Je vais marcher.

Jackie, Huck, Reece et Chris la dévisagèrent avec un air ébahi.

— Il commence à faire nuit, dit Ms Taft. Hors de question. Je ne peux pas te laisser rentrer à pied si loin toute seule.

« Hors de question. Je ne peux pas te laisser rentrer seule. » Ces mots firent peur à Raven. Elle regarda Jackie. Elle craignait de ne jamais le revoir, mais elle n'avait pas d'autre choix.

— Tu viens avec moi ? demanda Ms Taft.

— Non. Je rentre à la maison.

— Raven… ma puce, tu ne peux pas…

La porte d'entrée était la sortie la plus proche. Raven détala, l'ouvrit à la volée et se précipita sur les marches du perron. Elle était à mi-chemin vers la palissade quand elle entendit Reece lancer :

— Hé oh ! Cendrillon ! T'as oublié tes chaussures !

Elle fonça à travers les lattes de la clôture et poursuivit sa course.

6

LE LENDEMAIN, Raven se rendit à l'Aconit et y attendit Jackie un long moment. Ne le voyant pas arriver, l'envie de pleurer commença à monter. Elle avait tout gâché. Elle se souvint de l'expression de Ms Taft et des garçons juste avant sa fuite. Comme s'ils regardaient un animal d'une espèce très différente.

Semblant comprendre que Raven avait besoin de réconfort, Petite lui tint compagnie plus longtemps que d'habitude.

Raven aurait dû rester avec les siens, la terre et les oiseaux, plutôt que de vouloir se mêler aux humains. Elle se sentait corbeau en leur présence. Toujours perplexe devant ce qu'ils faisaient, toujours à l'affût du moindre mouvement, prête à s'envoler. Même Mama lui faisait cet effet lorsqu'elle changeait d'humeur.

Elle contempla l'Aconit en pensant à Jackie. Il était la seule personne auprès de qui elle ne restait pas sur ses gardes au cas où elle aurait besoin de s'enfuir. Elle supposa que c'était à la partie humaine en elle qu'elle devait son affection pour lui.

Mais elle aurait préféré ne pas l'apprécier autant. C'était trop douloureux.

— Allons te trouver un insecte, dit-elle à Petite.

Elle s'éloigna en courant de l'Aconit, feignant de voler, et Petite la suivit dans les airs.

Quand elle arriva à la maison, Mama était allongée sur le sol à l'arrière du jardin. Ses yeux ouverts contemplaient le ciel. Raven avait presque plus peur de ses moments de tristesse que de ceux de colère.

Raven s'agenouilla à côté d'elle.

— Je suis rentrée, Mama.

— Je suis une mauvaise mère, dit Mama sans la regarder. J'aurais dû te laisser dans la forêt.

— Tu as fait le vœu de m'avoir. J'étais là pour toi. Tu étais censée me garder.

— Oui, c'est vrai. J'ai demandé à la terre ta venue.

Les larmes s'accumulaient sur ses cils, et quand elle ferma les paupières, elles s'écrasèrent pour s'écouler en deux petits ruisseaux sur son visage.

— Tu es une bonne mère, affirma Raven en embrassant ses deux joues. Je vais préparer à manger.

Mama demeura silencieuse, les yeux fermés. Raven prit peur. À chaque fois que ça arrivait, elle craignait que Mama ne les rouvre jamais.

Elle entra dans la maison et réchauffa un reste de ragoût dans le micro-ondes. Quand elle ressortit pour prévenir Mama que le dîner était prêt, le soleil était caché par les arbres et les collines.

— Mama, je vais t'aider à te relever, d'accord ? Il faut rentrer maintenant.

Elle tenta de soulever Mama par le bras, mais son corps refusait de bouger. Raven s'engouffra dans la cuisine et se servit une portion de ragoût dans une assiette. Elle versa du lait dans un verre et alla s'asseoir auprès de Mama pour manger dans la pénombre.

Après avoir rangé la vaisselle, elle essaya à nouveau de lever Mama, en vain. Raven alla chercher deux oreillers et une couverture. Elle souleva la tête de Mama pour y glisser un oreiller et déploya la couverture sur son corps. Puis elle-même se coucha, serrant Mama dans ses bras. Une chouette rayée hulula pendant un moment, lui assurant que tout irait bien.

Raven se réveilla dans l'obscurité, trempée de rosée. Elle posa la main sur la joue de Mama. Sa peau était froide.

— Mama, il faut rentrer à l'intérieur. Mama, Mama…

Elle persévéra jusqu'à ce que Mama s'asseye enfin. Raven la prit par le bras pour l'aider à se relever et la fit marcher. Elle la guida jusqu'au lit, l'enveloppa dans une robe de chambre, et enfila des chaussettes à ses pieds.

— Je vais te préparer le petit déjeuner, dit Raven.

— Non, s'opposa Mama, le regard dans le vide.

Raven se demandait toujours ce que Mama voyait lorsque ses pupilles étaient fixes. Sans doute quelque chose en rapport avec les esprits de la terre. Raven craignait qu'un jour ils ne l'attirent trop profondément dans leur univers. Ils la réclamaient de plus en plus à mesure qu'elle apprenait à les connaître.

Raven passa la journée à maintenir Mama dans le monde des humains. Elle lui parla, lui apporta à boire et à manger, l'accompagna aux toilettes. Elle fit ses devoirs à voix haute à côté du lit de Mama. Elle lui lut des livres.

À plusieurs reprises, Raven sortit nourrir Petite.

— Mama est avec les esprits, lui expliqua Raven. Je ne peux pas rester avec toi aujourd'hui.

Petite s'envola de l'arbre pour se percher sur la clôture qui protégeait le potager des lièvres et des biches.

— C'est dommage que tu ne puisses pas parler ma langue, regretta Raven. Je t'aurais demandé d'aller à l'Aconit pour voir si Jackie y est, et alors tu aurais pu le prévenir que je ne peux pas venir, pas tant que Mama ne sera pas revenue.

Petite pencha la tête et regarda Raven, ses yeux noirs brillant avec gravité, comme si elle la comprenait. Elle déploya ses ailes et décolla de la clôture.

— Dis-lui que je suis désolée, lança Raven alors que le plumage bleu disparaissait dans les feuillages.

7

MAMA PASSA PRESQUE DEUX JOURS dans le monde des esprits. Elle en revint triste et fébrile. Le retour dans le monde des humains s'accompagnait toujours d'une transition difficile.

Le lendemain matin, Raven se rendit à l'Aconit. Jackie n'était pas là. Petite s'envola pour se percher sur un arbre de la rive côté Hooper, et l'appela. Raven crut qu'elle voulait l'entraîner jusqu'à la maison de Jackie. Elle la suivit dans le ruisseau, dépassa l'Aconit, tout en expliquant à Petite :

— Je ne peux pas y retourner. Je me suis enfuie devant sa mère.

Petite continuait de l'appeler.

— Non, décréta-t-elle.

Elle fit volte-face. Immédiatement, elle le vit : un bout de papier bleu planté sur le bois du cerf à l'abri dans le poste de télévision « d'antiquité ». Une écriture était visible sur le papier. Elle le récupéra. Les lettres de

Jackie étaient plus grosses et plus tremblantes que les siennes. « Rendez-vous à midi dimanche. »

Petite se posa sur son épaule.

— C'est pour ça que tu as volé jusqu'ici ? Pour me montrer ça ?

Petite émit un doux son et battit des ailes.

— Merci.

Elle récompensa l'oiseau d'une cacahuète.

Raven n'avait pas fait attention aux dates cette semaine. Elle espérait ne pas avoir manqué le dimanche. Elle froissa le papier et le dissimula sous un rondin sur le chemin de la maison.

Mama cuisinait et Raven fut heureuse de ce retour à la normale.

— Tu as fait une belle balade ? s'enquit Mama.

— Oui.

Elle ne pouvait pas lui dire que sa journée était merveilleuse car Jackie lui avait écrit un mot et voulait la revoir.

Raven se dirigea vers le calendrier suspendu au mur sur lequel Mama lui faisait cocher les cases pour lui apprendre les jours, les semaines, les mois.

— J'ai oublié de tenir le calendrier, avoua-t-elle. On est quel jour ?

— Je ne sais plus. Attends, je vais regarder.

Mama entra dans son bureau pour consulter son ordinateur.

— Aujourd'hui, nous sommes samedi, annonça-t-elle en tapotant la case correspondante.

Raven raya les jours qu'elle avait manqués. Elle aurait voulu pouvoir voler comme un petit oiseau jusqu'au lendemain et voir Jackie tout de suite.

Elle passa le reste de la journée à la maison, à s'occuper du jardin et à aider Mama avec la lessive et le ménage.

Elle avança bien dans ses devoirs pour s'assurer que Mama ne la forcerait pas à rester à la maison. Au lit, elle pensa à Jackie et à tous les jeux qu'il lui avait montrés. Elle contempla le plafond lambrissé et regretta de ne pas y voir d'étoiles phosphorescentes.

Le lendemain, elle sortit avant que Mama ne rentre de sa balade du matin avec les esprits, pour ne pas courir le risque qu'elle lui demande de faire plus de leçons ou de corvées.

Raven attendit longtemps, assise au milieu des cailloux du ruisseau près de l'Aconit. Quand la température monta, elle ôta ses chaussures de randonnée et trempa ses pieds dans l'eau. Petite était venue chercher à manger à la maison à l'aube, mais n'avait pas encore réapparu. Raven espérait qu'elle allait bien.

Leurs regards se croisèrent alors que Jackie passait le tournant du cours d'eau. Il sourit. Il tenait ses bottines abandonnées à la main. Elle se leva.

— Salut, dit-il. Tu as trouvé ma lettre ?

— Oui.

— Tiens, tes chaussures.

Il regarda les chaussures de randonnée qui gisaient sur la rive.

— On dirait que tu n'en avais pas besoin.

— J'en ai plein.

Mama lui en achetait beaucoup pour être sûre qu'elle en avait toujours une paire sèche à disposition pour aller se promener.

Il posa la première paire à côté de la deuxième.

— Ma mère dit qu'elles coûtent très cher.

Raven n'avait aucune idée de ce que cela signifiait. Mama commandait des choses, et elles arrivaient devant le portail dans des cartons.

Jackie regarda autour d'eux.

— Où est Petite ?

— Je ne sais pas.

Raven perçut sa nervosité. Il n'avait jamais été comme ça avec elle.

— Je suis désolée de m'être enfuie, dit-elle.

— C'est pas grave.

— Ta maman est en colère après moi ?

— Non, pas du tout.

Il ramassa un galet et l'observa.

— C'est plus qu'elle s'inquiète.

— Pourquoi ?

Il leva la tête.

— Pour toi. Et pour ta maman et tout.

Sa maman *et tout*. De quoi parlait-il ? Sa mère avait-elle deviné que Raven était la fille d'un esprit de la terre ? Les garçons ne se comportaient jamais comme s'ils étaient au courant, mais peut-être qu'une adulte avait pu voir quelque chose que Raven aurait dû cacher.

— Ma maman ne comprend pas pourquoi tu ne veux pas qu'elle rencontre la tienne.

— Ma maman n'aime pas rencontrer des gens.

— Pourquoi ?

Elle n'avait pas de réponse à lui donner. En tout cas aucune qu'il aurait pu comprendre.

— Le papa de Reece est mort et sa maman boit beaucoup. C'est pour ça qu'il est tout le temps chez nous.

Raven ne savait pas ce que ça signifiait.

— Tu sais, ma maman comprendrait s'il se passait quelque chose comme ça avec la tienne, dit-il.

Ms Taft ne comprendrait rien de Mama. Elles vivaient presque dans deux mondes différents.

Il lui tendit le galet qu'il gardait au creux de sa paume.

— Regarde, les lignes blanches font un R comme Raven.

Elle prit le caillou. Il y avait bien un R dessus. Elle le lui rendit, mais il lui dit :

— Garde-le.

Le galet était certainement un message des esprits de la terre. Mais Raven ignorait ce qu'ils essayaient de lui dire. Elle glissa le caillou dans la poche de son short.

— Sinon… ma maman m'a demandé de t'inviter à la maison, dit-il.

— Elle sait que tu es ici ?

— Pas *ici*, exactement. Elle m'a dit de t'inviter si je te revois. C'est pour ça que je te cherchais.

Raven sentit deux oiseaux très distincts en elle. Le premier, heureux à l'idée de se rendre chez Jackie, voltigeait et lui provoquait de drôles de sensations dans le ventre. L'autre lui donnait l'impression que son cœur avait plongé dans les ronces pour échapper à un prédateur. Raven craignait que Ms Taft tente à nouveau de voir Mama. Si Mama venait à découvrir qu'elle discutait avec Jackie, elle risquait de fermer les paupières pour ne jamais les rouvrir.

Comme s'il entendait ses pensées, il déclara :

— Ma maman dit qu'elle n'est pas obligée de parler à ta maman. Elle veut juste vérifier que tu vas bien.

— Je vais bien.

— Je sais. Mais passe à la maison pour rassurer ma maman. Elle s'inquiète pour toi.

Raven n'aimait pas l'idée que Ms Taft s'inquiète à son sujet. Mama avait raison au sujet des autres. Ils ne comprenaient rien à rien. Ils ne voyaient pas ce qui avait de l'importance et lui cherchaient des noises.

— D'accord, dit-elle.

— Tu vas venir chez moi ?

— Oui.

Elle irait et prouverait ainsi à Ms Taft qu'il ne fallait pas s'inquiéter pour elle. Elle était Fille du Corbeau. Son père était un puissant esprit de la terre. Sa mère traversait le monde des esprits, que peu de gens pénétraient – faute de connaissances ou de courage.

Elle enfila ses bottines mouillées et laissa la paire que Jackie lui avait rapportée sur les galets près de l'Aconit. Quand ils commencèrent à avancer dans le ruisseau, Petite plongea et vint se percher sur son épaule.

— Ah, te voilà ! Où étais-tu passée ?

Jackie caressa d'un doigt le dos de Petite, et elle réclama à manger. Raven lui tendit une cacahuète pour la nourrir, et elle s'envola.

— Reece est à la maison, l'informa Jackie. Il m'a demandé où tu étais passée, lui aussi.

— Pourquoi ?

— Il t'aime bien.

— Pourquoi ?

Jackie lui sourit.

— Je ne sais pas. Tout le monde t'apprécie. Ma maman dit que tu as *une présence charismatique.* Je ne sais pas trop ce que ça signifie, mais elle t'aime bien.

Raven ne comprenait pas trop ce que Ms Taft entendait par là, mais le mot « charismatique » l'inquiétait. Peut-être Ms Taft avait-elle perçu la part d'esprit qui résidait en elle. Raven allait devoir s'assurer qu'elle se comporterait comme une petite fille normale devant elle. Peut-être fallait-il lui réciter toutes les leçons qu'elle connaissait.

Ils marchèrent avec pour seul bruit celui des éclaboussures de leurs pas. En arrivant près des aulnes, Raven demanda :

— Pourquoi tu dis que la mère de Reece *boit beaucoup* ? Qu'est-ce qu'elle boit ?

— D'après Reece, elle est alcoolique.

— C'est quoi ?

— Une personne qui boit trop de bière et de whisky et de choses comme ça. Elle prend de la drogue, aussi.

— Pourquoi Reece reste souvent dormir chez toi ?

— Parce que sa maman est bourrée tout le temps. Elle ne s'occupe pas bien de lui.

— Bourrée ?

— Saoule. Foncedée. Tu n'as jamais vu des gens comme ça ?

— Non.

Il resta silencieux, puis déclara :

— J'imagine que ma maman n'a pas besoin d'avoir peur que ta mère le soit, alors.

Raven ne comprenait rien à ce qu'il racontait, mais ne posa pas plus de questions. La maison de Jackie se dessinait au loin. Il fallait qu'elle se comporte comme une petite fille normale.

8

HUCK FIT UNE PASSE COURTE À RAVEN. Elle attrapa la balle en mousse et s'élança vers la zone de but. Alors qu'elle approchait de la ligne de démarcation, Reece bondit pour la doubler, mais il perdit l'équilibre et s'écrasa sur elle. Juste derrière dans la course, Chris vint s'empiler sur Reece et Raven. Malgré une légère douleur, Raven trouva la sensation de leur poids étrangement agréable. Elle aimait leur odeur de terre et de sueur, leur empressement à vérifier qu'elle allait bien, et leurs éclats de rire quand ils s'émerveillèrent de sa résistance.

Ms Taft accourut depuis son parterre de fleurs.

— Ça va, Raven ?

— Elle n'a rien ! lança Reece en tirant Raven par le bras pour la relever.

— C'était censé être du foot, pas du rugby, Reece.

— J'ai pas fait exprès.

Ms Taft le fusilla du regard tout en époussetant l'herbe et la terre dont Raven était couverte.

— Je vais bien, la rassura Raven. Je n'ai pas peur des plaquages.

Tous les garçons sourirent. Ils étaient sept en tout – le plus grand nombre d'invités jamais reçus simultanément chez les Taft. Deux copains de Jackie et trois copains de Huck. C'était une soirée pyjama – les « obsèques de l'été », proclamait Reece, car l'école recommençait dans quelques jours.

— Super réception, la félicita Huck.

Il leva la main, et Raven tapa dedans.

— Penalty pour les Rex, annonça Jackie. À mi-distance du but.

Les Dac – diminutif de « ptérodactyles », pour la fille à l'oiseau – marquèrent, mais les T-Rex remportèrent tout de même le match.

Ils rentrèrent dîner et préparèrent chacun leurs propres tacos et burritos à partir des nombreux bols d'ingrédients qu'avait sortis Ms Taft. Au début, Raven fut surprise de voir du bœuf émincé, mais Jackie lui expliqua que c'était de la fausse viande, fabriquée à partir de plantes. Raven s'était habituée à l'alimentation vegan, et y prenait même goût.

Les garçons lancèrent un film qui parlait de personnes capables de produire de la magie avec des bâtons qu'ils appelaient baguettes. Ce que Raven préférait, c'était être écrasée sur le canapé entre Jackie et Chris, au milieu de tous ces garçons qui faisaient des blagues, rotaient et pétaient. Raven arrivait à roter aussi fort qu'eux quand elle buvait du soda.

— Raven… prévint Ms Taft. Il commence à se faire tard.

Raven avait redouté ce moment toute la journée. La fête était vraiment un enterrement. Celui du plus magique de tous les étés. Ses amis allaient retourner à l'école et elle ne pourrait plus les voir quand elle le voulait.

Même Ms Taft ne serait plus à la maison, car elle devait faire classe. Jackie et Huck restaient à l'étude jusqu'à ce qu'elle ait fini de travailler. Jackie disait qu'il faisait déjà nuit quand ils rentraient en hiver. Cela signifiait que Raven ne les verrait pas du tout pendant les jours où il y avait école. Ms Taft ne l'autorisait pas à traverser les bois après la nuit tombée. C'était sa seule règle immuable.

Quand Raven se leva du canapé, un des garçons lança :

— Tu ne restes pas dormir ?

— Non.

— Pourquoi ?

Reece expliqua :

— Son carrosse et ses chevaux se transforment en citrouille et en souris si elle ne rentre pas à la tombée de la nuit.

Il disait plein de choses mystérieuses comme ça depuis qu'elle s'était enfuie sans ses chaussures de randonnée. Quand le soleil plongeait derrière les arbres, il déclarait souvent « Tu ferais mieux de filer, Cendrillon » ou « Ton carrosse t'attend, Cindy ».

— Non, en vrai c'est une vampiresse, et il est l'heure pour elle de se nourrir, rectifia Huck.

— Je croyais qu'elle était loup-garou ?

Toutes ces blagues servaient à lui épargner l'explication aux nouveaux garçons des véritables raisons de son départ précipité. Raven les aimait tous si fort. Elle ne voulait pas partir. Elle ne voulait pas que l'école reprenne.

Jackie se leva.

— Je te raccompagne à la barrière.

C'était ce qu'il faisait en général, mais cette fois Ms Taft intervint :

— Non, je m'en occupe. Reste pour regarder le film.

À son ton ferme, Jackie répondit « OK » et se rassit.

— Salut, conclut Raven.

Tous les garçons lui dirent au revoir.

Le soleil était déjà caché derrière les arbres, et les nuages se paraient joliment de nuances de rose et de violet.

— Ta maman ne te demande jamais où tu es quand tu viens nous voir ? s'enquit Ms Taft alors qu'elles se dirigeaient vers la barrière.

Raven ne savait pas quoi répondre. Mama avait pris l'habitude que Raven disparaisse toute la journée pendant les semaines où elle avait dû nourrir Petite, et cela avait rendu les visites secrètes chez Jackie plus faciles. Un jour, alors que Petite se nourrissait déjà seule, Mama lui avait fait remarquer :

— Tu es bien plus à l'aise dans les bois depuis que tu as élevé le geai. Tu dois vraiment apprécier ces moments parmi les tiens.

Raven avait acquiescé, mais elle avait senti dans son ventre se former un nœud, comme deux des planches de bois. Car elle était rarement seule, toutes ces fois où elle échappait au regard de Mama.

Mama, qui n'avait pas remarqué son élan de culpabilité, rayonnait en posant la main sur la joue de Raven.

— Moi aussi, j'avais à peu près ton âge quand j'ai découvert la joie d'être seule avec la terre. Je suis très heureuse de voir que tu te lies avec les esprits. S'occuper de l'oisillon était une leçon très importante.

Ms Taft n'attendait pas de réponse. Comme Jackie, elle avait fini par comprendre qu'il ne fallait pas insister lorsqu'il était question de Mama.

— As-tu réfléchi à ce dont nous avons discuté la dernière fois ? demanda-t-elle. Pour l'école ?

— J'y pense souvent, dit Raven.

— Et tu en as parlé avec ta mère ?

— Non.

Elle cessa de marcher et fit face à Raven.

— J'ai évoqué le sujet avec la directrice. Je ne sais pas si tu te souviens, c'est la personne qui prend les décisions…

Raven hocha la tête.

— Je lui ai parlé de toi, du niveau très avancé de tes leçons à la maison, et elle est d'accord pour te laisser entrer directement en CE1. Tu n'aurais qu'à réussir quelques tests très faciles pour montrer que tu peux suivre en classe avec les autres élèves.

— Est-ce que je serais avec Jackie ?

— Il a un an de plus que toi, et il passe en CE2 cette année. Tu seras avec des enfants de ton âge.

— Mais je pourrais le voir ?

— Tu le verrais dans la cour de récré. Ainsi que Huck, Reece et Chris, expliqua gentiment Ms Taft. Il n'y a pas beaucoup de filles capables de s'intégrer à une bande de garçons plus âgés comme tu l'as fait aujourd'hui, tu sais. Je suis certaine que tu trouverais ta place en classe.

Raven avait vraiment envie d'aller à l'école. Elle voulait s'amuser dans la cour de récré. Même s'il fallait pour ça subir les lectures difficiles, les leçons de maths et les contrôles dont se plaignaient les garçons. Elle voulait montrer à tout le monde qu'elle était intelligente.

— Si tu veux, je peux en parler à ta mère, proposa Ms Taft.

Raven n'était plus inquiète à l'idée que Ms Taft aille trouver Mama. Elle l'avait laissée venir chez elle tout l'été sans dévoiler son secret. Mais cette rencontre ne pouvait pas avoir lieu. Rien que passer le portail poserait problème. Et les alarmes. Et la surprise de Mama lorsqu'elle découvrirait que Raven était amie avec Ms Taft. Parfois, elle se disait que Ms Taft la connaissait mieux que Mama. C'était douloureux et agréable à la fois.

— D'accord, je vois bien que tu ne veux pas que je lui parle, dit Ms Taft. Mais essaie de ton côté.

Devant le silence de Raven, elle ajouta :

— Je sais que c'est ce que tu souhaites, Raven. Tu es jeune, mais tu as le droit de demander ce que tu veux.

« Demande ce que tu veux. » Raven sut ce qu'il fallait faire. Elle allait placer un Vœu. Elle demanderait aux esprits de la terre de l'aider. Si Mama pouvait réclamer un bébé et le recevoir, pourquoi sa fille ne pourrait-elle pas réclamer l'école et y aller ?

— Il commence à faire sombre. Tu ferais mieux de filer, conseilla Ms Taft.

Elle raccompagna Raven sur les derniers mètres qui les séparaient de la barrière. Depuis le salon, on entendit les éclats de rire des garçons. Raven contempla la lumière dorée qui brillait aux fenêtres de la petite maison jaune. Elle se demanda ce qui avait été dit de si drôle, et par qui. Probablement Reece. Il savait toujours amuser les autres.

— Un jour, toi aussi tu pourras rester à la soirée pyjama, la rassura Ms Taft.

Raven ne voyait pas par quel miracle cela pourrait arriver.

Ms Taft la prit dans ses bras et la serra contre elle. Elle faisait ça de temps en temps, depuis qu'elles avaient appris à se faire confiance. Raven l'étreignit fort en retour, inspirant les dernières bouffées de son parfum sucré et de celui de la maison.

— Ms Taft…

— Oui ?

— Parfois je me dis que j'aurais bien voulu habiter ici.

Ms Taft s'accroupit au niveau de Raven pour la regarder en face. Des larmes colorées par la lumière rose du ciel lui mouillaient les yeux.

— Il n'y a pas de mal à penser ça. Parfois, moi aussi je regrette que tu n'habites pas ici.

Raven avait mal dans la poitrine. Comme si quelque chose appuyait trop fort sur son cœur. Elle se glissa entre les lattes de la palissade et s'enfuit en courant. Elle était déjà loin quand elle se rendit compte qu'elle avait oublié de dire au revoir.

9

JACKIE ET HUCK ne pouvaient plus jouer avec elle. Le lendemain de la soirée pyjama, ils se rendirent chez le docteur, puis firent les magasins pour acheter des nouveaux vêtements et du matériel scolaire. Le jour suivant, ils accompagnèrent leur maman à l'école pendant qu'elle préparait sa salle de classe.

Raven fit la cuisine et le ménage avec Mama. Elles discutèrent des leçons et se promenèrent comme d'habitude. Mama ne semblait pas remarquer qu'elle restait plus longtemps à la maison depuis peu. Même lorsqu'elle était dans la même pièce que Raven, elle vivait en partie dans un autre monde. Raven se sentait plus seule qu'avant lorsque Mama partait avec les esprits. Elle n'avait jamais pris conscience qu'il manquait quelque chose à ces heures solitaires jusqu'à rencontrer les garçons. Leur absence creusait un vide douloureux. Cela renforça la détermination de Raven pour faire le Vœu d'aller à l'école.

Pendant ses promenades, elle interrogeait Mama pour s'assurer qu'il n'y avait pas plus de choses à connaître sur la manière de procéder pour le Vœu. Mama disait qu'elle devait ressentir une puissante conviction et une confiance en ce qu'elle souhaitait. Ce ne serait pas un problème. Raven voulait aller à l'école avec les garçons et Ms Taft plus que tout au monde.

D'après Mama, une fois qu'elle saurait de toute son âme ce qu'elle désirait, la partie la plus importante du Vœu reposait dans une profonde connexion à l'énergie de la terre, que Raven possédait déjà. Mama avait commencé à emmener Raven dans les bois quand elle était encore bébé. Elle avait placé des cailloux dans ses minuscules poings pour lui donner goût à leur pouvoir élémentaire. Elle l'avait portée dans les montagnes pour lui permettre de respirer l'odeur des nombreux esprits qui les peuplaient. Elle l'avait posée sur la terre et avait laissé les esprits des arbres lui chanter leur berceuse.

— Les autres emprisonnent leurs bébés dans des petites cages qu'ils appellent des couffins et des parcs à jeu, lui avait expliqué Mama. Ils les enferment à clé dans leurs maisons. Mais toi, tu as eu pour couffin et pour parc à jeu les bois, les ruisseaux et les prés. Ton seul berceau était mes bras – mais seulement jusqu'à ce que tu puisses marcher. Ensuite, quand tu es devenue assez grande, je t'ai rendu ta liberté.

— Je suis allée seule dans les bois quand j'étais bébé ? demanda Raven.

— Non, ma Fille. Tu avais besoin de nombreuses leçons avant d'évoluer seule. Je t'ai guidée dans la nature, je t'ai enseigné ce qui était dangereux et ce qui était bénéfique. Mais tout en t'inculquant ces leçons, je te laissais libre de tes mouvements. Je te testais tous les jours pour m'assurer que tu étais capable de retrouver la maison.

— Quand suis-je sortie seule pour la première fois ?

— Juste avant ton sixième anniversaire. Ne te souviens-tu pas de ce jour ?

— Celui où je suis partie tôt le matin alors que tu dormais ?

— Oui, répondit Mama avec fierté. Te rappelles-tu ce que tu m'as rapporté en rentrant ?

— Un crâne de raton laveur.

Elle hocha la tête.

— Les esprits de la terre me parlaient à travers ce cadeau. Ils me disaient que ma Fille du Corbeau était prête à évoluer seule dans la nature comme un raton laveur audacieux et malin.

Mama conservait toujours ce crâne sur la table des ossements. C'était là qu'elle exposait les crânes, os, dents, carapaces et coquilles dont elle se servait pour enseigner à Raven son savoir sur les animaux.

Au deuxième jour suivant la soirée pyjama chez Jackie, Raven fit son premier Vœu pour l'école. Elle le pratiqua sur la rive du ruisseau, là où elle avait rencontré Jackie, Huck et Reece. C'était là aussi qu'elle avait formulé son Vœu pour le retour des garçons, et il avait été parfaitement exaucé.

Le lendemain, Raven renouvela son Vœu. Cette fois, plus près de la maison pour rester proche de Mama qui préparait le déjeuner, avec l'espoir que sa proximité lui insuffle plus de force. Elle mit toute sa volonté dans le Vœu. Jackie et les garçons reprenaient l'école le lendemain. Il fallait qu'elle parle à Mama le soir même.

Heureusement, Mama était de bonne humeur. Raven l'aida à récolter les légumes du potager et à les cuisiner pour le dîner. Mais elle parvint à peine à manger tant son ventre frémissait.

Elles avaient presque fini leur repas quand elle demanda :

— Mama… ?

Mama vit la peur sur son visage. Ses yeux couleur d'étoile semblaient lire droit à travers le cœur de Raven.

— Tu as quelque chose à me dire, Fille du Corbeau ?

Son ton était déjà presque agacé. Comme si elle savait, avant même que Raven ne prononce les mots.

Raven pensa à Ms Taft, qui lui avait dit : « Tu es jeune, mais tu as le droit de demander ce que tu veux. »

— Je veux aller à l'école, avoua Raven.

Les yeux de Mama s'assombrirent.

— Je te fais déjà l'école. À la maison.

— Je veux aller là où vont les autres enfants.

— Pour quoi faire ? Mes leçons ne te suffisent-elles pas ?

— Elles sont cool ! J'en sais déjà plus que la plupart des enfants de mon âge.

Mama bondit.

— Qui t'a dit ça ? À qui as-tu parlé ?

Raven se figea, muette. Les yeux de Mama. Ils étaient si froids, couleur de glace plutôt que d'étoile.

— À qui as-tu parlé ? cria Mama.

— Je n'ai pas…

— Ne me mens pas ! Je ne t'ai jamais entendue dire le mot « cool » avant ! Où l'as-tu entendu ?

Raven pensa à Jackie. Elle ne laisserait pas Mama l'empêcher de le voir.

Elle se leva.

— J'ai rencontré un garçon.

— Un garçon ! Où ça ?

— Il est venu nager dans le grand bassin du ruisseau.

— Quand était-ce ?

— Je ne sais pas. Quand je portais Petite autour de mon cou.

— Est-ce que ce garçon était avec un autre ?

— Deux autres.

— Est-ce que l'un d'eux avait les cheveux roux ?

— Oui.

— Je les ai vus l'été dernier, dit Mama. Je les ai laissés faire, car ils ont tout autant droit de jouir des cadeaux de la terre que nous. Tu aurais dû les éviter toi aussi. Je t'avais prévenue !

— Tu ne m'as jamais interdit de discuter avec des gens. Tu m'as seulement dit de ne pas leur parler des esprits de la terre et de mon père.

— Et ce n'est pas ce que tu as fait ?

— Je ne suis pas bête, Mama !

— Combien de temps leur as-tu parlé ? Pourquoi te diraient-ils d'aller à l'école ?

— Ce sont mes amis maintenant. C'est pour ça qu'ils veulent que je vienne avec eux à l'école.

Mama se rapprocha d'un pas, le regard si froid que Raven en eut la chair de poule.

— On ne devient pas amis en un jour.

— Ça ne s'est pas passé en un jour. Je voulais les revoir. Je voulais tellement les revoir que j'ai fait un Vœu.

Elle écarquilla les yeux.

— Un Vœu !

— Oui, et j'ai utilisé mes cheveux. L'ingrédient le plus puissant. Et ça a marché ! Ça les a liés à moi.

Mama avait la bouche béante.

Sa surprise renforça la détermination de Raven.

— Je vais chez eux parfois, ajouta-t-elle. Je suis amie avec leur maman maintenant. Elle est maîtresse à l'école.

Elle m'a dit que j'étais très avancée dans mes leçons et que je pouvais entrer en CE1.

L'orage dans les yeux de Mama n'avait jamais été aussi foudroyant.

— Tu es allée chez eux et tu as parlé à leur mère ? cria-t-elle. C'est complètement irresponsable ! Elle aurait pu t'enlever et te forcer à vivre avec des personnes abominables !

— Mais elle ne sait pas pour les esprits. Personne ne sait ! Comme tu avais dit !

— Oui, et tu vas devenir l'une des leurs ! Tu ne voudras plus jamais rien d'autre que regarder la télé et jouer aux jeux vidéo ! Ils vont détruire tous mes enseignements !

— C'est pas vrai ! Je suis très douée pour faire tout ce que tu m'as montré. Je m'entraîne très dur. Hier et aujourd'hui j'ai fait des Vœux !

— Et qu'est-ce que tu as demandé deux fois ?

— D'aller à l'école.

— Tu as imploré la nature de m'influencer pour que je te laisse aller à l'école ?

— Oui.

— Tu as osé te servir de mon savoir spirituel contre moi ? hurla-t-elle.

Le cœur de Raven battait si fort que tout son corps tremblait. Elle avait envie de s'enfuir en courant, loin de la fureur de Mama. Mais elle pensa à Jackie et tenta de rester forte.

— Mama… tu disais que je devais m'entraîner. Tu disais que quand je saurais avec toute mon âme ce que je souhaitais, je pourrais pratiquer un Vœu.

— Tu es une enfant ! Tu ignores ce que veut ton âme ! vociféra-t-elle. Pire encore, tu me mens depuis des jours ! J'ai bien remarqué que quelque chose avait changé, mais je croyais que c'était la maturité. Alors que pendant tout ce temps, il s'agissait de ces crétins de garçons !

— Ce ne sont pas des crétins ! Ils sont intelligents et gentils !

— Hors de ma vue ! ordonna-t-elle. Va-t'en ! Je ne veux plus te voir !

Elle ne lui avait jamais dit ça. Pas même dans la pire de ses humeurs. Les larmes semblaient jaillir du cœur serré de Raven pour remonter jusqu'à ses yeux.

— J'ai dit, va-t'en ! répéta Mama.

Raven s'enfuit à toute vitesse de la maison. Elle fila jusqu'au ruisseau. La lumière de la lune l'éclairait.

Elle cessa de courir quand ses pieds se mirent à la piquer à force d'écraser les cailloux et les bouts de bois. Elle était en chaussettes. Elle marcha jusqu'au cours d'eau et s'assit sur la rive, les genoux remontés sous son menton.

Comment deux Vœux réalisés avec toute son âme avaient-ils pu si mal tourner ? Mama ne lui avait rien donné du tout. Pas la moindre miette de ce qu'elle voulait. C'était incompréhensible. Elle était la fille d'un puissant esprit de la terre. Pourquoi ne l'avait-il pas aidée ?

Elle se leva et retourna sur les traces de son premier Vœu d'aller à l'école. La lueur de la lune éclairait la disposition méticuleuse des cailloux, des fleurs et des feuilles. D'un coup de pied, elle dispersa l'ensemble.

Elle s'enfonça dans le ruisseau et descendit le courant. L'eau froide lui engourdissait les pieds. Quand elle arriva au niveau de l'Aconit, elle se planta face à lui. Sous les réverbérations de la lune, le crâne de cerf à l'intérieur de la télévision se démarquait par sa blancheur et par le trou noir de ses yeux effrayants dans la nuit. Raven songea que l'esprit du cerf lui en voulait peut-être de s'être servie du savoir spirituel de Mama contre elle.

Le visage de la Vierge Marie était trop assombri par la mousse pour qu'elle puisse en discerner les traits. Raven ôta sa chaussette trempée et s'en servit pour gratter délicatement la mousse jusqu'à voir les traits de la dame. Quand ce fut terminé, son front luisait d'un gris pâle. L'eau du ruisseau brillait sur ses joues comme des larmes. Elle avait l'air aussi triste que Raven.

— Je voulais juste aller à l'école comme tout le monde, se justifia Raven. Je croyais que Mama comprendrait que je voulais aller à l'école aussi fort qu'elle avait voulu un bébé.

La Vierge Marie n'avait pas de réponse à lui apporter.

Le ruisseau était le seul esprit de la forêt qui parla en retour. Son eau clapota comme toujours, pressée de poursuivre sa course. Il ne semblait pas lui reprocher quoi que ce soit, mais il ne la réconforta pas non plus. L'eau du ruisseau avançait trop vite pour se soucier de ce qu'elle dépassait.

Un chien aboya au loin, dans la direction de la maison de Jackie. Raven pensa au loup-garou. Depuis qu'elle avait rencontré les garçons, elle avait appris qu'un loup-garou était une personne qui se transformait en loup les soirs de pleine lune. Ce n'était qu'une histoire inventée, disaient les garçons. Mais s'ils n'y croyaient pas vraiment, pourquoi avaient-ils construit l'Aconit pour le faire fuir ?

Le chien continua d'aboyer. Raven voulait retrouver son lit. Elle était frigorifiée. La chaleur de l'été avait disparu avec les garçons.

Mama lui avait dit de partir, hors de sa vue. Raven ne pouvait pas faire demi-tour.

Elle se mit en marche vers chez Jackie. Quand elle arriva au niveau de la palissade qui séparait les terrains de Hooper de celui des Taft, elle s'assit dans les herbes hautes. Elle resta côté Hooper, observant entre les lattes les fenêtres illuminées de la maison de Jackie.

Elle se réveilla tremblante de froid. Ses dents claquaient de manière incontrôlable. Sa mâchoire s'agitait au rythme d'un pivert martelant le bois.

La maison était plongée dans l'obscurité. Seul le perron était encore éclairé. Raven imagina Jackie endormi dans son lit, sous le plafond d'étoiles phosphorescentes. Elle imagina se glisser sous sa couette, bien au chaud contre lui. Elle l'imagina lui dire :

— Ça va aller, Raven. Tout va s'arranger.

Elle se faufila entre les lattes de la clôture. Transie de froid, aucune autre solution ne lui apparaissait. Sa seule option était de se réfugier chez Jackie.

À la lueur de la lune, la petite maison jaune semblait sortir d'un joli livre d'illustrations. Raven se dirigea discrètement vers la porte arrière. La trouvant verrouillée, elle récupéra le trousseau de secours sous la statue en forme de coq. Sa main tremblait tant qu'elle parvint à peine à insérer la clé dans la serrure.

La chaleur de la maison lui fit du bien. Raven se dirigea vers l'escalier en tâchant de ne pas faire craquer le vieux parquet. Ms Taft dormait dans la grande chambre du rez-de-chaussée. Jackie et Huck occupaient les deux petites à l'étage. Raven arriva au pied de l'escalier sans faire de bruit, mais les marches grincèrent à plusieurs reprises durant son ascension.

La porte de Jackie était ouverte et une lumière douce s'échappait de la salle de bains qu'il partageait avec Huck. Elle se réfugia dans la chambre de Jackie et ferma discrètement la porte derrière elle.

— Jackie, chuchota-t-elle en lui touchant le bras.

— Quoi ? répondit-il d'une voix ensommeillée.

— J'ai froid.

Il s'assit et la dévisagea.

— Raven ?

— Chuuuut !

— Qu'est-ce que tu fais là ?

— J'ai demandé à ma mère si je pouvais aller à l'école.

— Qu'est-ce qui s'est passé ?

— Elle s'est mise en colère. Elle m'a dit qu'elle ne voulait plus me voir.

Il la regarda fixement, livide à la lueur de la lune.

— J'ai froid. Je peux venir sous la couette ?

— Tu es restée dehors toute la nuit ?

— Oui.

— Il faut prévenir ma maman !

— Non ! Elle va me ramener à la maison ! Et il y aura une grosse dispute !

— Raven…

— S'il te plaît, ne lui dis pas ! Je veux juste me réchauffer un peu, après je repars.

Il recula dans le lit et souleva la couette. Elle ôta ses chaussettes trempées et s'allongea dos à lui. Il laissa tomber la couette sur elle. Enfin au chaud.

— Tu es toute mouillée, fit-il remarquer.

— C'est à cause du ruisseau et de l'herbe.

— Tu trembles ?

— Oui.

Il passa un bras sur elle.

— C'est mieux ?

— Oui.

Ils restèrent ainsi en silence pendant un long moment, jusqu'à ce qu'elle cesse de frissonner.

— Pourquoi tes étoiles ne brillent pas ? demanda-t-elle.

— Elles absorbent la lumière le jour et la perdent au bout d'un moment la nuit.

— Pourquoi ?

— Je ne sais pas.

Heureusement que les vraies étoiles ne perdaient pas leur lumière.

— Qu'est-ce qu'on va dire demain matin ?

— Ta maman ne me verra pas. Je partirai avant.

— On devrait lui dire.

— Non.

Le doux ronronnement du chauffage qui soufflait dans la pièce la berçait.

— Finalement tu l'as eue, ta soirée pyjama, dit-il.

— Je voulais qu'on s'amuse, dit-elle, au bord des larmes.

Il la serra un peu plus fort.

— Mais, c'est quand même cool… que tu sois là.

— C'est vrai ?

— Oui. À chaque fois je voulais que tu restes dormir.

Cela n'arriverait certainement jamais plus. Il fallait qu'elle fasse comme les étoiles au plafond, et qu'elle absorbe toute la lumière de ce moment, tant qu'il durait. Après ça, tout deviendrait sombre. Probablement pour toujours.

Elle s'endormit avant d'avoir eu le temps d'absorber assez de la présence de Jackie, de sa chambre, de cette nuit. Elle fut réveillée par l'odeur du café et le bruit de la vaisselle que disposait Ms Taft au rez-de-chaussée. Le soleil rendait déjà le ciel gris.

Elle sortit du lit et passa une tête dans l'escalier. Elle était coincée. Ms Taft la verrait forcément si elle tentait de s'échapper. Elle retourna dans la chambre de Jackie et s'assit sur le pouf à billes pour le regarder dormir. Ses chaussettes avaient un peu séché.

L'escalier grinça. Ms Taft montait. Raven se réfugia dans le placard et ferma la porte.

Elle entendit Ms Taft dans la chambre de Huck :

— C'est l'heure de se réveiller, Huck. C'est la rentrée. Tu vas avoir une super maîtresse cette année.

Huck répondit par un grognement ensommeillé. On aurait pu croire qu'il ne voulait pas de sa mère comme institutrice, mais Raven avait compris que Reece et lui étaient en réalité très contents. Raven aurait tout donné pour que Ms Taft lui fasse classe.

Ms Taft passa à la chambre de Jackie.

— C'est l'heure de se lever, Jackie. Premier jour d'école, mon cœur.

Jackie avait dû sortir du lit en toute vitesse parce qu'elle ajouta :

— Dis donc, quel enthousiasme ! Tu sais comment tu veux t'habiller ?

— Oui.

Quand Raven entendit la porte se refermer, elle jeta un coup d'œil hors du placard. Jackie la regarda avec un air ébahi.

— Je me suis levée trop tard, expliqua-t-elle. Est-ce que ta maman va remonter ?

— Non, sauf si Huck ne sort pas du lit.

— Va le réveiller.

— Il l'est probablement déjà. D'habitude il se prépare plus vite que moi.

La porte s'ouvrit trop brusquement pour laisser à Raven le temps de se cacher.

— À qui tu parles ? demanda Huck en déboulant dans la pièce.

Il resta bouche bée en voyant Raven.

— Chuut ! Ferme la porte ! ordonna Jackie.

Huck obtempéra.

— Qu'est-ce que tu fais là ? chuchota-t-il.

— J'avais froid, répondit-elle.

— Sa maman l'a forcée à partir de chez elle hier soir, expliqua Jackie. Elle était en colère parce que Raven a demandé si elle pouvait aller à l'école.

— Oh là là, dit Huck. Elle t'a tapée ?

Raven secoua la tête.

— Le dis pas à Maman, prévint Jackie.

— Si elle l'apprend, elle appellera probablement la police, fit remarquer Huck.

— La police ! s'écria Jackie.

— Ouais. C'est pas légal de traiter son enfant comme ça.

Raven avait soudain la nausée et les jambes en coton.

Huck devina sa peur.

— Je ne dirai rien, promit-il.

Il jeta un coup d'œil dans le couloir pour s'assurer que leur mère était toujours en bas.

— Reste ici pendant le petit déj, et tu pourras partir après nous. Passe par la porte arrière et ferme bien derrière toi. La clé est cachée sous le coq.

— Je peux m'habiller dans ta chambre ? demanda Jackie.

Huck sourit.

— Pas de problème.

Jackie emporta ses vêtements et son cartable. Raven s'assit dans le placard, au cas où Ms Taft reviendrait. Les garçons descendirent pour le petit déjeuner, et au bout d'un moment, Huck remonta et chuchota :

— Raven !

Elle passa la tête hors du placard.

Il lui tendit un bol.

— Tiens, je t'ai pris un truc à manger.

C'était des flocons d'avoine au lait de soja avec des framboises.

— Pense à rincer le bol avant de partir, sinon elle risque de se douter de quelque chose, dit-il.

— D'accord.

— Tu comptes rentrer chez toi après ?

— Je sais pas.

— Ne fugue pas ni rien. Ma maman t'aidera.

Raven n'en doutait pas, mais elle craignait que son intervention ne fasse qu'empirer les choses.

— Huck, c'est l'heure ! appela Ms Taft dans l'escalier.

— À plus, dit-il.

— À plus.

Quand elle entendit la voiture sortir de l'allée, elle s'installa correctement pour manger sa bouillie de flocons d'avoine. Mais sans eux, la maison vide était trop triste. Il fallait qu'elle quitte ce terrible silence. Elle jeta le porridge dans les toilettes, rinça le bol et le rangea dans le placard. Puis elle partit et ferma la porte avant de replacer la clé sous la statue en forme de coq.

Elle se dirigea vers sa maison, parce qu'elle avait froid et nulle part où aller. Dans la matinée fraîche et grise, les feuilles commençaient à jaunir. Les esprits de la terre lui signifiaient que tout était en train de changer.

Elle pataugea en chaussettes dans le ruisseau et s'arrêta devant l'Aconit. À la lumière du jour, Marie avait l'air très différente sans la mousse sur son visage pâle et arrondi, entouré de verdure. Comme si la lueur astrale de la veille l'avait transformée en un esprit de la forêt aux traits lunaires.

S'il te plaît, Vierge de la Lune, fais que Mama ne me dise pas de partir encore aujourd'hui. Je n'ai nulle part où aller.

10

À L'APPROCHE DE LA MAISON, elle ralentit le pas. Elle ne savait pas pour combien de temps Mama ne voulait plus la voir. Peut-être plus jamais.

Elle jeta un coup d'œil entre les arbres et aperçut Mama assise sur les marches du porche. Avec sa vue perçante, il ne fallut que quelques secondes à Mama pour la repérer.

— Raven, viens ici, l'appela-t-elle en se levant. N'aie pas peur.

Raven sortit du bois. Elle s'étonna lorsque Mama courut presque à sa rencontre pour la prendre dans ses bras.

— Oh, mon miracle ! Fille du Corbeau chérie ! J'étais si inquiète.

Quand elle relâcha enfin son étreinte, des larmes roulaient sur ses joues pâles.

— Pourquoi n'es-tu pas rentrée à la maison ? demanda-t-elle.

— Tu m'as dit que tu ne voulais plus me voir.

— C'était sur le moment ! Tant que j'étais en colère.

— Tu n'es plus en colère ?

— Je suis très déçue. Tu m'as menti. Tu es allée chez ces gens et tu me l'as caché.

Elle souleva le menton de Raven du bout des doigts.

— Qu'est-ce que tu as à me dire ?

— Pardon, Mama.

— Bien. Maintenant, rentrons. Une longue discussion nous attend.

À l'intérieur, Mama la fit enfiler des vêtements propres. Elle ordonna à Raven de s'asseoir sur le canapé du salon et se planta devant la cheminée en pierre.

— Dis-moi, pourquoi veux-tu aller à l'école ? Est-ce que ce sont les leçons, ou ces garçons que tu as rencontrés ?

Raven n'osa pas mentir à nouveau.

— Les garçons.

— C'est bien ce que je pensais, dit-elle avec amertume. Tu apprendras bien assez vite, ma Fille, que la fréquentation des gangs d'enfants à l'école n'a rien de désirable. Ils verront à quel point tu es différente et ils te feront du mal.

— Jamais ils ne me feraient du mal.

— Peut-être pas eux, mais d'autres oui. Et une fois là-bas, tu seras piégée. Tu seras l'enfant du corbeau emprisonnée dans une cage. Tu te sentiras comme l'oiseau qui se débat, piégé derrière une vitre, désespérant de s'échapper. Tu souffriras de ne plus jouir de ta liberté actuelle, lorsque tu verras la tentation des arbres et de l'herbe depuis les fenêtres de l'école.

— Ça veut dire que j'ai le droit d'y aller ?

Mama soupira et se tut pendant un temps.

— C'était aujourd'hui la rentrée.

— Je sais, confirma Mama à la grande surprise de Raven.

Mama fit les cent pas devant la cheminée. Elle s'immobilisa et déclara :

— J'ai décidé qu'il me fallait faire confiance à l'instinct de la Fille du Corbeau. Comme je te l'ai dit, tu seras un jour plus douée que moi pour communiquer avec les esprits de la terre. Parce que tu es toi-même à moitié esprit. Tu es un don de ce monde, et je dois écouter les souhaits que les esprits expriment à travers toi.

Elle approcha, et ses yeux bleus couleur d'étoile se remplirent de larmes.

— Les esprits m'ont punie la nuit dernière en te ravissant à moi. Ton absence était une souffrance. Je craignais qu'ils ne te rendent jamais.

La culpabilité embrasa les joues de Raven. Elle avait passé la nuit avec Jackie, pas avec les esprits. Mais elle se sentit mieux en comprenant que les esprits étaient derrière tout ça. Ils l'avaient envoyée dans le froid et l'eau glaciale, puis l'avaient guidée vers la petite maison jaune pour qu'elle s'y réchauffe.

Mama dit :

— Je demande leur aide aux esprits pour cette difficulté récurrente depuis tes cinq ans. Je crois que ta proximité avec les esprits a fait le lien avec ma quête de réponses. Tes trois Vœux – celui qui t'a liée aux garçons, et les deux qui ont exprimé ton désir d'aller à l'école – m'ont montré comment réagir face à ce problème.

— Quel problème ? demanda Raven.

— Quand tu t'es incarnée sur Terre, tu n'avais pas d'acte de naissance – un document indispensable pour le monde des humains. Les autres ne savaient rien de ton existence. Mais ma sœur et le Dr Pat ont insisté pour que ton existence soit répertoriée quelque part. J'ai vu la sagesse de cette précaution, et j'ai laissé le docteur officialiser ta naissance.

— Je croyais qu'il ne fallait jamais parler du miracle aux autres.

— En effet. Mais ne pas avoir d'acte de naissance aurait pu attirer davantage de suspicions. Les informations que j'ai données à l'administration sont une fausse version. J'ai déclaré que ton père était un inconnu. Le document comporte une heure et des dates qui ne correspondent pas à la réalité.

— Tu vas avoir des ennuis parce que tu as tout inventé ? C'est ça le problème ?

— Le problème, c'est que ton existence est à présent connue dans le monde extérieur. C'était inévitable. Je ne pouvais pas te cacher pour toujours. Une fois qu'une enfant est reconnue dans ce pays, elle a l'obligation d'être scolarisée. Et le gouvernement supervise la scolarisation, même si le parent préfère qu'elle ait lieu à la maison. Ces derniers mois, ma sœur m'a alertée de nombreuses fois à ce sujet. Elle m'a envoyé des documents du gouvernement. Ils disent que je dois prouver mes qualifications pour enseigner. Que je dois établir un programme scolaire qui sera validé. Ils viendront ici et mettront leur nez dans ma maison et ma façon de t'éduquer. Ils risquent même de me juger incapable d'être ta professeure.

— Mais tu es une bonne professeure !

— Ils suivent leurs propres règles, ma Fille. Dans le monde des autres, une terrible machine administrative souhaite contrôler tout un chacun, et à présent tu es dans son viseur. Ils te forceront à être scolarisée à leur façon, à remplir des documents pour tout ce que tu feras, à payer des impôts. Acheter ce domaine et construire cette maison était un enfer administratif, tu n'imagines pas la puissance de cette machine gouvernementale.

Elle ne pouvait pas imaginer. Elle ne voulait pas imaginer. Elle voulait seulement penser à l'école. Mama allait-elle vraiment l'autoriser à y aller ?

— Alors j'ai le droit d'aller à l'école aujourd'hui ?

— Pas aujourd'hui. Mais tu iras, oui. Je ne peux pas me permettre de laisser le gouvernement mettre son nez dans nos affaires. Les événements récents sont un avertissement. Lorsque les esprits t'ont emmenée hier soir, ils me montraient ce qui adviendra si tu ne vas pas à l'école. Tu dois faire semblant d'être une enfant humaine pour nous protéger toutes les deux.

Excitée comme une puce, Raven ne tenait plus en place. Elle se leva du canapé.

— J'y vais quand ? Demain ?

— Je te vois très pressée, en dépit de mes avertissements. Tu veux aller à l'école à ce point ?

— Oui !

Mama avait une drôle de lueur dans les yeux.

— Assieds-toi, Raven. Il y a autre chose.

Raven obéit et joignit ses mains sur ses cuisses.

— J'ai pris deux décisions contingentes à l'autorisation de t'envoyer à l'école. Les esprits m'ont guidée dans ce jugement.

Raven lut à son regard acéré qu'elle n'allait pas aimer ces nouvelles.

— Tout d'abord, j'ai décidé que nous passerons nos étés ailleurs, dorénavant.

Raven sentit un vide dans sa poitrine.

— Pour aller où ?

— Mes parents possédaient un grand ranch dans le Montana. À leur mort, ma sœur et moi en avons hérité. Sondra a gardé la maison de maître, et moi le chalet. Ce refuge se trouve loin de la demeure principale, en plein milieu de la nature, juste à côté d'une rivière, avec vue sur les montagnes.

Elle s'assit à côté de Raven et prit ses mains dans les siennes.

— Je t'assure qu'en tant que Fille du Corbeau, tu y seras très heureuse. Ma propre mère a commencé à m'emmener dans le chalet quand j'avais à peine quelques années de plus que toi. La vie dans la grande ville de Chicago me rendait malade. Mais je reprenais toujours des forces au chalet. J'y passais mes étés et mes convalescences en compagnie de ma mère. C'est là-bas que j'ai appris à communiquer avec les esprits.

Raven doutait d'aimer un jour le Montana autant qu'elle avait aimé son été avec les garçons.

Mama lâcha la main de Raven.

— Ma deuxième décision est en lien avec une promesse que je veux que tu me fasses. Tu es d'accord ?

— Quelle promesse ?

— Celle que tu ne mettras plus jamais un pied sur les terres de cette maîtresse d'école et de ses garçons.

Les larmes lui montèrent aux yeux.

— Mama… pourquoi ?

— Je refuse de les laisser t'influencer, te distraire de ton lien avec les esprits de la terre. Je refuse que cette institutrice vienne fouiner dans nos vies. Je suis certaine qu'elle t'a déjà posé des questions sur moi.

Ms Taft lui avait en effet posé des questions. Elle voulait surtout savoir si Mama lui avait déjà fait du mal.

— Ai-je raison ? demanda Mama.

Raven hocha la tête, et les larmes ruisselèrent sur ses joues.

— J'en étais sûre, dit Mama d'une voix furieuse. Tu es trop jeune pour identifier les dangers. Si tu t'aventures trop loin dans le lien avec ces gens, tu vas finir par croire qu'ils sont dignes de confiance et tu leur parleras de ton père.

— Non, c'est pas vrai !

— J'ai parlé aux esprits, et ils m'ont confirmé le danger. Tu ne peux plus y retourner. Quand tu verras ces garçons à l'école, tu leur annonceras que je ne veux plus qu'ils enfreignent les limites de ma propriété. Préviens-les que je suis armée.

Les larmes de Raven affluèrent plus vite encore.

Mama les essuya avec ses doigts.

— Tu les verras tous les jours à l'école. Il faudra t'en contenter.

Arriverait-elle à s'en satisfaire ? Raven songea aux garçons serrés autour d'elle sur le canapé, aux jeux, aux blagues, aux rires. Mais Raven ne les aurait retrouvés que les week-ends maintenant que l'école avait repris. Si elle-même allait en classe, elle verrait les garçons et Ms Taft cinq jours par semaine.

— Tu veux commencer l'école demain ? s'enquit Mama.

— Oui.

— Alors je vais les appeler. Mais d'abord, je veux t'entendre me jurer que tu n'iras plus jamais dans cette maison. Tu promets ?

Raven se sentit piégée par les esprits. Elle allait obtenir ce qu'elle leur avait demandé avec toute la force de son âme. L'école. Mais ce qu'elle perdrait en retour lui fit regretter son Vœu.

— Raven, je veux t'entendre prononcer cette promesse à voix haute, insista Mama d'une voix énervée.

— Je promets que je n'entrerai pas dans la maison des garçons.

— Et que tu ne poseras pas un pied sur leur propriété.

— Pas un pied.

Mama se leva.

— Les esprits t'auront à l'œil, Fille du Corbeau. Ils me préviendront si tu romps ce serment.

En cet instant, Raven haïssait son père. Elle avait envie de jeter une pierre en direction de tout corbeau qui l'épierait.

À cette pensée, elle fut saisie d'une terreur inédite.

TROISIÈME PARTIE

LA FILLE DE LA FORÊT SAUVAGE

1

En quittant les montagnes de l'Ouest, Ellis eut l'impression qu'on l'arrachait à son foyer. Pendant un an et demi, elle avait escaladé leurs sommets, s'était abreuvée à l'eau claire de leurs rivières, s'était baignée sous leurs cascades, avait médité dans leurs clairières flamboyantes de fleurs alpines, et avait passé des heures et des heures à observer les marmottes, les pikas, les élans, les wapitis, les ours, les geais, les cincles et les colibris. Les montagnes de l'Ouest formaient comme les pièces d'une grande maison accueillante et familière.

Mais elle ne voulait pas d'une maison.

« Allons ! il ne faut pas s'arrêter ici.
Quelque parfumés que soient ces trésors tenus en réserve, quelque commode cette demeure nous ne pouvons rester ici… »

Ces vers la ramenaient toujours à cette soirée où Caleb lui avait fait découvrir le « Chant de la grand-route ». Il le lui avait lu à la lumière de la lanterne sous sa tente, après leur bain de minuit dans la rivière montagneuse et après l'amour, d'abord engourdis et dégoulinants d'eau glaciale, mais très vite ruisselants d'une sueur qu'il avait fallu rincer, cette fois dans les mots de Whitman.

Elle avait déniché un vieil exemplaire poche de *Feuilles d'herbe* dans une librairie du Montana, un mois après sa nuit avec Caleb. La couverture était la même. Elle en parcourait souvent les poèmes pour s'endormir sous sa tente – une manière plus saine de s'apaiser que le whisky.

Elle s'engagea sur une nouvelle autoroute. Depuis deux semaines, elle se dirigeait progressivement vers l'Est, d'un campement à l'autre. Il fallait qu'elle quitte l'Ouest, au moins pour un temps. Elle ne voulait pas risquer d'y prendre ses repères. « À jamais vivants, à jamais de l'avant », avait récité Caleb.

Elle rêvait de revoir les forêts de son enfance et de sa vie étudiante. Une conversation avec des randonneurs rencontrés dans le Colorado lui avait donné l'idée de gravir les montagnes des Appalaches au moment de la floraison printanière. La claytone de Virginie, le phlox bleu, le trillium, l'orchidée, le bleuet… elle n'avait pas vu ces fleurs sauvages typiques de l'Est depuis longtemps. Depuis presque deux ans. Depuis l'enlèvement de Viola.

Mais elle ne pouvait pas se permettre d'y penser, pas en s'apprêtant à traverser le fleuve Mississippi dont le pont se dressait devant elle.

Elle avait le pied sur le frein, sans savoir pourquoi. Faire demi-tour. Retourner à l'Ouest. Tous ses fantômes étaient encore là, ils l'attendaient de l'autre côté du Mississippi.

Elle sentait de plus en plus leur présence à mesure que se rapprochait le pont. Le doux parfum d'un bébé emmailloté dans une serviette au sortir du bain. Jasper grimpant sur ses genoux pour s'y endormir. La caresse des boucles de ses garçons. Le poids du petit corps de Viola lorsqu'elle allaitait. Les deux taches de rousseur sur le nez de River. « Mes petites éphélides adorées », disait Ellis en les tapotant délicatement.

Non. Elle refusait de laisser une trajectoire, la simple direction vers l'Est, la mettre dans cet état. Elle allait mieux. Bien mieux. Elle était sobre depuis trois mois – un record. Elle avait repris du muscle à force d'escalader des montagnes. Elle était capable de se rendre à l'Est si elle en avait envie. Rien ne pouvait l'arrêter.

— Regarde un peu ce pont, dit-elle à Gep. Plutôt cool, non ?

Le poney turquoise voyageait à côté du volant depuis l'été passé. Par crainte de le perdre à chaque levée de camp, elle l'avait fixé au tableau de bord avec des petits morceaux de gros Scotch sous chaque sabot. L'exposition quotidienne au soleil avait délavé le bleu du plastique, mais rien ne pouvait effacer son perpétuel sourire.

Ellis prit une profonde respiration en arrivant sur la rive est du fleuve.

— Te voilà de retour sur les terres de tes premières cavalcades, dit-elle au poney.

Le sourire de Gep suggérait qu'il en était plus heureux qu'elle.

Elle parlait trop au poney. Comme avant que son état ne s'améliore. Il fallait qu'elle se repose. Levée aux aurores, Ellis avait marché pendant quatre heures le matin même, et elle conduisait depuis plus longtemps que prévu à cause des embouteillages. Son but était de rejoindre la zone de bivouac d'un parc naturel national doté d'une rivière dans laquelle elle pourrait se laver.

Elle arriva à destination au crépuscule et fut soulagée de trouver le site désert. Les randonneurs s'aventuraient rarement en semaine par temps froid dans ce parc rendu difficile d'accès par des routes sinueuses et caillouteuses. Sa principale crainte portait plutôt sur les chasseurs de dindons sauvages. Ce n'était pas qu'elle ne leur faisait pas confiance… mais elle évitait de manière générale les hommes armés et enivrés sur les sites de bivouac isolés. À plusieurs reprises par le passé, elle avait été saisie d'un mauvais pressentiment.

Elle monta la plus petite de ses deux tentes et se mit au lit avec un livre. La lecture, le soir, avait remplacé l'alcool. Elle ne pouvait plus dormir avant d'avoir feuilleté au moins quelques pages. Si elle était trop fatiguée pour se plonger dans un roman, elle lisait de la poésie.

Elle dormait depuis plusieurs heures quand des claquements violents de portière la réveillèrent. Un homme pesta contre le froid.

— T'as qu'à prendre une chambre au Hilton, lui rétorqua un autre.

Elle regarda discrètement dehors. Les hommes, probablement des chasseurs, n'étaient qu'à quelques emplacements du sien.

Le chahut se calma progressivement, et elle se rendormit. Elle se réveilla avec le soleil, mangea, puis prépara son nécessaire de toilette dans un sac à dos et se dirigea vers le sentier de randonnée.

Des nuages chargés de toutes les nuances de gris pesaient sur la forêt. La rivière était magnifique. Ses promontoires rocheux abritaient des bassins à l'eau claire et profonde. Quand elle s'estima assez loin de la zone de bivouac, elle se lava avec un savon végétal pour ne pas perturber l'écosystème. Une fois sèche, elle enfila des vêtements propres avec une rapidité experte. Puis elle lava ses vêtements sales et les rangea, mouillés, dans un sac en plastique qu'elle fourra dans son sac à dos.

Elle appliqua un baume démêlant sur ses mèches et s'installa sur un rocher pour en défaire les nœuds. Ses boucles rebelles tombaient sous ses épaules à présent. Elle n'avait pas eu les cheveux si longs depuis des années. Depuis l'époque où Zane l'appelait *Sa Majesté la Lionne* et la poursuivait en grognant. Depuis l'époque où Mick disait de sa tignasse qu'il avait vu un oiseau y faire son nid.

Ellis s'était coupé les cheveux à la rentrée de sa dernière année à Cornell, avec l'idée que le court lui donnerait l'air plus professionnel. Plus adulte. Mais en se regardant pour la première fois dans le miroir du salon de coiffure, la tête fraîchement tondue, c'était un homme qu'elle avait vu. Elle qui était déjà complexée par ses petits seins et son absence de formes depuis le lycée se sentait encore moins féminine sans ses longues mèches. Elle avait pleuré en rentrant au dortoir. Dani avait affirmé que ça lui allait très bien, qu'on ne voyait que ses yeux et ses pommettes magnifiques maintenant que ses cheveux ne leur volaient plus la vedette.

Peut-être était-ce cette coupe à la garçonne qui avait changé sa vie et l'avait précisément menée dans cette forêt montagneuse, car le lendemain, Dani avait traîné Ellis à une fête de Halloween pour lui remonter le moral. La soirée à laquelle elle avait failli refuser d'assister était celle où elle avait rencontré Jonah.

Ellis était déguisée en nuage – un costume qu'elle avait confectionné en trente minutes en collant à la super-glu du rembourrage de coussin sur une mini-robe blanche que Dani avait l'intention de donner aux bonnes œuvres. Jonah incarnait Zeus, tout en toge, sandales et barbe – tenue complète louée dans un magasin spécialisé. À chaque fois qu'il approchait d'elle, il piquait la pointe de son éclair dans les volutes de sa robe nuage.

— J'essaie de fabriquer de la foudre, s'était-il justifié.

— La symbolique n'est pas très subtile, tu ne trouves pas ?

— Je ne vois pas du tout de quoi tu parles, avait-il répondu avec un grand sourire.

À la troisième taquinerie, elle lui avait volé son éclair et l'avait accroché sur sa robe. Affirmant que ça lui allait bien, il l'avait d'abord laissée le garder, avant de venir le réclamer plus tard dans la soirée, à un moment où tous deux étaient ivres. Après une longue conversation, il l'avait embrassée.

Ce baiser était une sacrée surprise. Elle se sentait ridicule et pas du tout sexy dans ce costume qui dissimulait tant bien que mal son absence de poitrine derrière l'épaisseur du nuage, pour ne dévoiler que ses jambes interminables – son plus grand atout, jugeait-elle.

Jonah était tombé amoureux au bout de deux mois de relation, et Ellis avait gardé sa coupe à la garçonne. Elle avait commencé à porter des vêtements ajustés pour mettre en valeur la silhouette mince et élancée qui avait attiré ce séduisant étudiant en droit.

Mais ses formes avaient très vite changé. Au bout de huit mois de relation, sa poitrine avait enflé, et de nouvelles rondeurs étaient apparues. Elle était enceinte de quatre mois, et mariée depuis un. Ils avaient prêté serment à la mairie avec pour seuls témoins leurs meilleurs amis. Le sénateur Bauhammer et son épouse avaient décliné l'invitation de Jonah.

Ellis rangea son peigne dans son sac à dos et descendit du rocher. Il fallait qu'elle bouge pour se réchauffer. Elle escalada un promontoire et contempla le ravin sous ses pieds. Les feuilles commençaient à peine à pousser sur les arbres. La teinte vert chartreuse du début du printemps la ramena à la Forêt Sauvage. Mais elle ne s'y attarda pas. *À jamais de l'avant,* décréta-t-elle.

Elle suivit le sentier pour rentrer au camping, et se figea à l'approche de sa tente. Son pouls manqua un battement, puis s'affola au point de lui donner le tournis. Deux hommes se trouvaient sur son emplacement. Le premier faisait le guet tandis que le second forçait la portière de sa voiture.

L'homme qui faisait le guet la repéra aussitôt. Elle fit volte-face et fonça dans la forêt, sans réfléchir. Elle jeta un coup d'œil derrière elle en courant, et sentit son ventre se nouer en les voyant lancés à sa poursuite. Pourquoi la prendre en chasse au lieu de détaler, alors que c'était elle qui était témoin de leur tentative de cambriolage ?

Peut-être avait-elle eu tort de s'enfuir. Ils avaient dû croire qu'elle transportait un objet de valeur dans son sac à dos. Un appareil photo. Des jumelles.

Elle avait bien des jumelles dont elle n'hésiterait pas à se séparer. Le sac à dos la ralentissait. Elle le fit glisser de ses épaules et l'abandonna sans cesser de courir. Elle gardait toujours son couteau de chasse sur elle, dans un fourreau attaché à la ceinture de son pantalon de randonnée. Elle le dégaina au cas où et voulut le planquer dans sa poche, mais l'étui n'était pas assez discret. Elle le détacha et le laissa tomber pour ne conserver que la lame.

Quelques secondes plus tard, un des hommes l'attrapa. La violence du plaquage la projeta face contre terre, écrasée. Il se redressa rapidement pour faire peser tout le poids de son corps dans sa botte, logée sur ses reins. Ce geste confirma toutes ses peurs. Elle fut saisie d'une envie vomir.

— Je l'ai eue, annonça-t-il, à bout de souffle.

— Elle court vite, celle-là, commenta l'autre homme en arrivant.

Il fallait qu'elle se relève. Au sol, elle était dans une posture trop vulnérable. Elle s'efforça de mobiliser son corps fébrile, roula sur le côté pour échapper à la botte dans son dos et bondit sur ses pieds. Les hommes ne tentèrent pas de l'en empêcher.

Elle se planta face à eux. Ils devaient approcher de la trentaine, tous les deux avaient une corpulence imposante. Le plus grand, à la barbe brune, courte, et aux yeux marron, devait sa bedaine à un excès de bière. Il respirait difficilement, après cet effort physique, et tenait le sac à dos qu'elle avait abandonné. L'autre, celui qui lui avait écrasé sa botte dans le dos, avait une repousse de barbe blond-roux d'un jour ou deux. Il était plus en forme que son complice, et Ellis fut saisie d'un haut-le-cœur en croisant son regard bleu-gris à la lueur étrange. Comme si la traque l'avait excité.

— Ben alors, pourquoi on court comme ça ? demanda-t-il en se grattant le crâne pour feindre la perplexité.

— Tu sais très bien pourquoi. Je t'ai vu faire.

Il sourit.

— Ah ouais ? Et qu'est-ce que je faisais ?

— Tu cambriolais ma voiture. Vas-y. Prends tout. Même le SUV. Les clés sont dans le sac à dos.

— Je prends tout ?

Il jeta un coup d'œil à l'autre.

Elle avait envie de pleurer, mais ne pouvait pas se permettre de montrer le moindre signe de faiblesse. Elle plaqua son bras contre son flanc. Le couteau était toujours dans sa poche.

— On peut partir chacun de son coté, d'accord ? tenta-t-elle. Je n'ai pas de téléphone sur moi. Je ne peux pas appeler la police.

Elle se détourna légèrement pour s'éloigner.

— Je m'en vais. Prenez la voiture.

Le blond-roux l'attrapa par le bras.

Elle se dégagea. Il la laissa faire.

— Arrête. Laisse-moi partir tranquille.

— Je ne peux pas laisser une femme partir seule dans la forêt, dit-il. Ça ne serait pas correct. Tu devrais savoir que c'est dangereux de traîner dans le coin toute seule.

La situation était pire que ce qu'elle avait cru. Elle s'efforça de feindre l'assurance malgré sa terreur étourdissante.

— Je ne suis pas seule, affirma-t-elle. Je suis chercheuse en biologie, et mes collègues me rejoignent bientôt. Vous feriez mieux de partir avant qu'ils n'arrivent.

— T'entends ça ? lança l'homme à son ami. Ses *collègues* arrivent.

L'homme à barbe sourit.

— Moi je crois que tu bluffes, dit le blond à Ellis. Pourquoi une chercheuse dormirait seule dans le froid, dans la forêt ?

— Les chercheurs qui étudient les spécimens de la forêt campent dans les bois en toutes saisons.

— Et quels *spécimens* tu étudies ?

— Le caryer, dit-elle parce qu'il y en avait un juste derrière lui.

— Qu'est-ce que tu cherches précisément ?

Elle espéra que son regard ne trahissait pas le tumulte intérieur qui l'agitait.

— Ça suffit avec ces questions, dit-elle en mobilisant toute son audace.

Elle tenta de le contourner, mais il lui barra le passage.

— J'ai dit que je voulais en savoir plus sur ces histoires d'arbres. La bio a toujours été ma matière préférée.

Son acolyte ricana, et quand le blond lui adressa un sourire complice, Ellis plongea sa main dans sa poche. Elle palpa le manche du couteau.

Le blond frotta sa main sur l'avant de son jean.

— J'ai une sacrée branche là-dedans, qui voudrait que tu t'intéresses à elle. C'est bien la première fois que je vois une jolie biologiste.

Il plissa les yeux en direction de son ami, qui ne s'était pas départi de son sourire. Ellis comprit qu'il s'agissait d'un signal entre eux. Elle serra fermement le manche du couteau. Il fallait qu'elle reste calme, affûtée, mais son cerveau, englouti par un afflux d'adrénaline, lui hurlait de fuir.

— Et si on prenait un moment pour étudier quelques arbres ? dit le blond-roux.

Les deux hommes plongèrent sur elle. Ellis brandit son couteau en direction du torse du blond. Il l'esquiva et la saisit par le bras. Elle le frappa de l'autre, et lui donna un coup de genou dans l'entrejambe. L'homme à la barbe la saisit par le bras gauche pour l'éloigner du blond. Elle sentit un craquement dans son poignet, indolore. Elle hurlait et se débattait de toutes ses forces.

Mais ce qu'elle redoutait arriva, comme toujours dans ces situations. Comme toujours depuis des milliers d'années. Ils parvinrent à la maîtriser au sol. Le blond s'assit à califourchon sur ses jambes. Le barbu maintint ses bras au-dessus de sa tête. Du sang s'écoulait à flots de ses narines. Ses lèvres, enflées, avaient un goût de sel. Elle sentait son pouls battre dans sa joue gauche.

Le blond brandit son couteau au manche en bois de cerf, feignant de l'examiner avec attention.

— C'est un joli couteau de chasse que tu as là. Et un vieux.

Il la regarda dans les yeux.

— Tu sais t'en servir ? Tu chasses ?

Elle détourna la tête.

— Je prends ça pour un non. Tu ne devrais pas faire joujou avec des armes dont tu ne sais pas te servir.

Après une longue pause, il déclara :

— Et si je t'apprenais ?

Elle ferma les yeux. Elle refusait de le regarder. Elle ne pouvait pas.

— Je suis un as de l'anatomie. Biches, opossums, humaines. Je sais exactement où insérer une lame pour faire mal sans tuer. Je te veux vivante pendant qu'on s'occupera de toi. Mais tu mérites une punition pour ta stupidité. On ne menace pas d'un couteau un homme qui sait comment s'en servir.

Il releva le T-shirt d'Ellis, découvrant son ventre, et tira brutalement sur la taille de son pantalon pour l'abaisser. Il fit tourner la pointe du couteau sur son flanc gauche.

Elle serra fort les paupières. Pouvait-on mourir de terreur ? Elle aurait préféré. Ou au moins perdre conscience.

— Juste ici, dit l'homme. Je peux percer juste ici, et passer entre tous les organes vitaux. Ce ne sera que de la douleur. Promis. Tu ne vas pas mourir.

— Attends, lui dit le barbu. Tu ne vas quand même pas…

La lame s'inséra en elle. Brûlante. Elle était brûlante. Ellis hurla.

— Putain ! dit le barbu.

Le blond s'esclaffa.

— Ne vomis pas. Ou alors ailleurs. Pas envie de sentir ça quand je m'occuperai d'elle.

Ellis les entendait, mais les mots ne percutaient pas. Elle avait l'impression d'être dans une pièce sombre. Une petite pièce sombre sans air. La douleur remplaçait l'air, et on ne peut pas respirer de la douleur. Elle agonisait. Il avait dit qu'elle ne mourrait pas, mais elle était forcément en train de mourir.

— Tu peux la lâcher, dit le blond.

Elle sentit le poids des deux hommes s'alléger. De ses mains désormais libres, elle saisit instinctivement le manche du couteau qui dépassait de son abdomen.

Le blond lui attrapa les mains.

— Non non non, il reste là. Si tu essaies de l'extraire, je trouverai un nouvel endroit pour lui. Reste immobile et ça fera moins mal.

Il avait raison. Elle avait moins mal lorsqu'elle ne bougeait pas.

Mais il lui enlevait ses bottes. Et son pantalon.

Il n'allait pas faire ça.

Non. Malgré la douleur, son esprit s'éclaircit soudain. Cette fois, il fallait qu'elle se montre plus stratégique. Elle n'aurait droit qu'à une chance. Une seule. Il fallait qu'elle saisisse le moment parfait.

— Ça va là-dessous ? demanda-t-il.

Planté au-dessus d'elle, il détachait sa ceinture.

Elle sanglota. Il fallait lui faire croire qu'elle avait renoncé à tout espoir. Mais elle restait à l'affût du moindre mouvement, elle se préparait.

Il ouvrit sa braguette et baissa son jean à mi-hauteur de ses cuisses. Tant mieux. Ses jambes seraient ainsi entravées.

— Reste immobile pour que je ne cogne pas le manche, la prévint-il.

Elle se prépara. Une chance. Une seule. Elle se mit à gémir comme un chiot blessé, mais intérieurement calcula comment l'égorger.

Elle avait raison. Garder son jean était une erreur. Sa position le forçait à faire peser tout son poids sur ses bras pour trouver un équilibre. Ellis arracha le couteau de son flanc et le planta face à elle dans le torse de son agresseur. Ou son ventre. Elle n'avait aucune idée de l'endroit où il s'était logé, mais elle appuya de toutes ses forces – ce dont elle ne manquait pas après ces mois de randonnée en montagne chargée d'eau. La lame s'enfonça profondément.

Elle entendit à peine ses hurlements, tant elle ne pensait qu'à fuir. Elle le repoussa, et il tomba sur son flanc regardant, les yeux écarquillés, le couteau qui dépassait du côté droit de son ventre. Son couteau à elle. Le couteau de chasse de son arrière-grand-père que son grand-père lui avait donné.

Ellis se redressa tant bien que mal et arracha le couteau de la plaie. L'homme gémit.

— Je sais comment me servir d'un couteau de chasse ! hurla-t-elle. Je sais faire !

Le barbu lui balança son poing dans le visage, encore. Sa joue gauche et son œil droit explosèrent. Elle vit du sang gicler, des étoiles blanches, puis elle tomba au sol.

Le blond respirait difficilement, du sang suintait de son ventre.

— Dean ! Viens m'aider ! cria-t-il. Porte-moi dans le pick-up !

Ellis détala au milieu des arbres, s'enfonçant toujours plus profondément dans la forêt.

Elle ne s'arrêta qu'au moment où elle percuta un rondin. Elle trébucha et resta étalée sur les feuilles mortes, la respiration hachée. Elle respirait.

Les oiseaux lui dirent de se lever. Ils pépiaient au-dessus d'elle. Des mésanges. Eux-mêmes connaissaient la violence brutale des prédateurs de la forêt. Mais une fois la menace écartée, ils se remettaient à voler.

Elle prit le risque de froisser les feuilles mortes. En se redressant, elle prit conscience de ses blessures. La douleur vive sur son flanc gauche. Son poignet gauche foulé, peut-être cassé. Son œil déjà trop enflé pour ouvrir la paupière. Elle sentait son pouls battre dans ses joues, son nez et sa bouche pâteuse de sang. Ses jambes nues et ses pieds engourdis par le froid avaient été lacérés par les branches et les ronces dans sa course ; son poing droit serrait encore le couteau ensanglanté. Elle raffermit sa prise au cas où les hommes seraient encore dans les parages.

Il lui fallut une minute pour se repérer. Elle avait dévalé la colline. À présent, elle devait la remonter. L'ascension était ardue. Plus difficile que lorsqu'elle avait gravi sa première montagne. Mais elle y parvint. Pas à pas.

Une fois au sommet, elle resta immobile un instant en silence, couteau en main, guettant le bruit des hommes. Elle crut apercevoir la zone de bivouac au loin, un vide au milieu des arbres. Quand elle arriva au niveau des emplacements, le pick-up de la veille avait disparu. Elle revint sur ses traces pour récupérer son sac à dos, ses bottes et son pantalon. Le fourreau de son couteau.

Elle s'habilla et regagna son campement, la main appuyée sur la blessure suintante de son flanc. Il fallait qu'elle arrête le saignement. Elle sortit sa trousse à pharmacie de l'arrière du SUV et versa de l'alcool à quatre-vingt-dix sur la plaie, étouffant un cri, puis étala une pommade antibiotique sur l'entaille, appliqua une compresse et la fixa à l'aide de gros Scotch.

Par précaution, elle fit passer la bande de ruban adhésif tout autour de sa taille. Puis elle avala trois cachets d'ibuprofène avec de l'eau.

Ellis s'assit par terre, les yeux fermés, en attendant que le médicament fasse effet. Elle essaya de réfléchir à la suite. Elle n'avait pas d'assurance maladie. Si quelqu'un découvrait qu'elle était blessée, on l'emmènerait de force à l'hôpital. Les médecins lui poseraient des questions. Elle avait poignardé un homme, peut-être l'avait-elle tué. La police s'en mêlerait. Son histoire referait surface. Ils la relieraient à Jonah et au sénateur Bauhammer. Les garçons en entendraient parler.

Le chaos rejaillirait, comme au jour de l'enlèvement de Viola.

Et en plus, évidemment, les médecins lui administreraient de la morphine. Elle ne pouvait pas se le permettre. Elle ne pouvait pas mettre en péril sa sobriété. On ne lui laisserait pas le choix, et on la placerait sous anesthésie générale pour suturer la plaie. À son réveil, Jonah l'attendrait dans sa chambre d'hôpital, avec ce même regard dans les yeux. Le reflet de ce qu'il voyait : une mère abominable. Une ratée. Une moins-que-rien.

Il n'y avait pas d'urgence à se rendre à l'hôpital. L'homme qui l'avait poignardée n'avait touché aucun organe vital et avait assuré qu'elle n'en mourrait pas. Si elle parvenait à garder la plaie propre, elle guérirait.

Restait maintenant à espérer que son poignet ne soit que foulé, et pas cassé. Elle tenta de le bouger un peu. Ça irait. Tout allait bien se passer. Elle avait juste besoin d'un endroit en sécurité où se réfugier pour quelques jours. Pas un camping. Un motel, où elle pourrait prendre une douche et dormir dans un vrai lit.

Quand l'ibuprofène commença à atténuer la douleur, elle leva le camp. Mais ramasser des objets et les soulever lui donnait l'impression que ses entrailles sortaient d'elle. Il fallait qu'elle ralentisse, doucement. Une fois la tente démontée, elle utilisa de l'eau et des torchons pour laver le sang de son visage et referma son manteau jusqu'au menton pour cacher son T-shirt et son pantalon ensanglantés.

Elle monta dans la voiture et démarra le moteur.

Gep souriait sur le tableau de bord. Tout allait bien se passer.

2

LA VISION DU DAIM MORT LA HANTAIT.

Zane, ainsi qu'un autre chef cuistot du nom de Rocky, l'avait apporté pour le montrer à sa mère quand Ellis avait huit ans. C'était la première fois que Zane chassait, et Rocky n'était pas un as de la gâchette non plus. Ce qui expliquait que le ventre de l'animal avait été *gâché*, disait Zane, par une balle mal logée.

Tandis que les adultes plaisantaient sur la boucherie qu'avait été l'abattage du daim, Ellis contemplait le cadavre affaissé sur le plateau du pick-up. Ellis n'avait jamais rien vu de si beau que ce daim, avec ses immenses bois. Elle avait déjà aperçu des biches dans la Forêt Sauvage, mais jamais de si près. L'animal avait les yeux ouverts, la langue pendante.

Elle se souvenait encore du trou sanguinolent de son ventre. Elle avait eu envie de pleurer en songeant à la douleur du daim, mais sa mère se serait moquée d'elle. Alors elle s'était tue et avait ravalé ses larmes.

Ellis posa la main sur la blessure de son propre flanc et s'extirpa tant bien que mal du lit. Elle parvint juste à temps à atteindre la salle de bains. Après avoir vidé le contenu de son estomac, elle resta allongée au sol, à côté des toilettes, profitant du carrelage froid au contact de sa peau fiévreuse.

Elle n'aurait pas dû penser au daim. C'était ce qui lui avait donné envie de vomir. Mais la fièvre lui faisait voir et penser des choses malgré elle.

Elle reprit connaissance sur le carrelage, frissonnante, et parvint difficilement à se relever. Elle installa la poubelle à côté du lit pour ne pas avoir à courir à la salle de bains la fois suivante. Elle reprit de l'ibuprofène, but de l'eau et sombra à nouveau dans un sommeil sans repos.

Elle se réveilla en feu. Pourquoi le médicament n'avait-il pas fait baisser sa température ? Peut-être que la fièvre avait un rapport avec son poignet. Il avait doublé de volume et la lançait violemment malgré sa forte dose d'ibuprofène. L'entaille dans son abdomen était plus douloureuse encore. Elle souleva les draps et son T-shirt. Puis elle décolla le Scotch pour regarder sous la compresse. La plaie avait pris une apparence inquiétante, violette et bordée de rouge.

Il lui fallait de l'aide. Quelqu'un en qui elle pouvait avoir confiance.

Elle se leva, tituba jusqu'à sa voiture garée devant la porte de sa chambre, sur le parking du motel. Au seul sourire de Gep, elle se sentit un peu mieux. Elle l'arracha du tableau de bord et rentra se réfugier avec lui sous la couette.

— Tu crois que je devrais appeler Keith ? lui demanda-t-elle.

Elle ne pouvait pas le voir, mais savait qu'il souriait.

Gep avait raison. Keith l'aiderait. Il lui apporterait des antibiotiques.

Elle récupéra son téléphone portable sur la table de nuit et ouvrit la messagerie. Il n'y avait qu'une seule conversation, datant de deux hivers plus tôt. D'abord, les indications pour se rendre au Pink Horses, puis cinq SMS à sens unique :

28 décembre : Comment ça va ? J'espère que tu t'es enfuie du Midwest avant la tempête. Donne-moi des nouvelles à l'occasion. (Au fait, c'est Keith.)
10 janvier : Tu es où en ce moment ? Qu'est-ce que tu vois de beau ?
24 janvier : Salut Ellis. Tu pourrais m'envoyer juste un mot pour que je sache que tu es encore en vie ?
2 février : Juste un mot. Ou même des lettres au hasard.
2 février, une minute plus tard : Bises au poney.

Elle posa ses doigts au-dessus du clavier. Le seul appel personnel jamais passé sur ce téléphone avait été pour lui. Elle appuya sur la touche. La sonnerie dans son oreille résonnait presque plus dans sa tête que dans l'appareil.

Il décrocha à la troisième sonnerie.

— Ellis ?

— Tu te souviens de moi ?

— Évidemment.

Elle fondit en larmes.

— Qu'est-ce qu'il y a ? demanda-t-il. Parle-moi. S'il te plaît, respire et parle-moi. Qu'est-ce qui se passe ? Est-ce que tu as besoin d'aide ?

— Oui. Oui, sanglota-t-elle.

— Où es-tu ?

— Au Sweet Dreams Motel. Chambre 133.

— Où ça ? Dans quelle ville ?

— Je ne sais pas.

— Quel État ?

— Pas loin. Je crois que j'essayais de te retrouver après ce qui s'est passé… mais j'avais peur, alors je me suis arrêtée ici et maintenant je ne peux plus bouger.

— Je ne comprends pas. Qu'est-ce qui s'est passé ? De quoi as-tu peur ?

— J'ai besoin d'antibiotiques. Est-ce que tu peux m'en apporter ?

— Tu es malade ?

— Oui.

Ses larmes redoublèrent.

— Tout va bien se passer. J'arrive. Si je trouve le motel, j'arrive aussi vite que possible.

— C'est vrai ?

— Oui. Attends une seconde. Laisse-moi regarder sur l'ordinateur.

Elle attendit. Elle craignait d'être en plein délire fiévreux. Avait-il réellement dit qu'il viendrait ?

— Trouvé ! dit-il. Sur Long Lake Road ?

— Je ne sais pas. Oui, je crois. Tu vas vraiment venir ?

— Bien sûr que je vais venir.

— Avec des antibiotiques ?

Après un temps, il répondit.

— Oui, aussi.

— Keith ?

— Oui ?

— Promets-moi que tu n'appelleras pas la police.

— Qu'est-ce qui s'est passé ? Pourquoi tu dis ça ?

À son ton alarmé, Ellis prit peur.

— Promets-moi, sinon ne viens pas !

— D'accord, d'accord, c'est promis. J'arrive. Ne bouge pas.

— D'accord.

— Je sors de chez moi. Je suis en route.

La communication fut coupée. Ellis ne quitta pas le téléphone des yeux avant que l'écran ne s'éteigne.

Elle serra Gep contre sa poitrine et tenta de trouver le sommeil. Quelques minutes plus tard, elle vomit dans la poubelle, puis se rendormit.

Des feuilles brunes tourbillonnaient furieusement. Elle courait à toute vitesse dans une forêt. Des cris. Des cris dans ses oreilles.

Des coups violents, martelés. Encore. Le silence. Puis de nouveau le bruit des coups.

— On ouvre la porte, prévint quelqu'un.

Ellis ouvrit les yeux.

Le plafonnier s'illumina, et Keith se précipita à l'intérieur. Trop de lumière. Des lumières vives scintillaient autour de lui, et elle dut plisser les yeux pour le regarder. Un autre homme était posté sur le palier.

— Ellis ! s'écria Keith. Cet homme dit que tu as eu un accident de voiture. C'est vrai ?

Elle avait menti au réceptionniste en réglant sa chambre, par peur qu'il appelle la police en voyant son état.

— Tu es brûlante !

— Je… sais.

Elle avait tant de difficultés à parler.

— Les médicaments ? articula-t-elle.

— Ce ne sont pas des blessures d'accident de voiture. Qui t'a fait ça ?

Keith tira sur les draps pour l'examiner. Il remarqua Gep serré dans son poing et regarda fixement le poney pendant quelques secondes.

— Qui t'a fait du mal ?

— Je ne sais pas.

— Pourquoi as-tu du Scotch sur le ventre ?

Elle tenta de cacher son bandage sous son T-shirt.

— Laisse-moi voir. S'il te plaît.

Il souleva délicatement le vêtement et décolla le Scotch et la compresse.

— Quelle horreur, chuchota-t-il. C'est une blessure au couteau. Elle s'est infectée. Il faut t'emmener à l'hôpital en urgence.

— Non ! protesta-t-elle avec une ferveur soudaine. Tu as promis !

— Je n'ai jamais promis de te laisser mourir !

— Pas la police !

Elle avait poignardé un homme. La police lui poserait un milliard de questions. Elle voyait d'ici le jugement dans leurs yeux quand on apprendrait qu'elle campait seule, isolée dans la nature. Elle ne pouvait pas supporter plus d'accusations que celles déjà subies après Viola.

Keith la souleva dans ses bras.

— Où sont tes papiers ? Ellis, où est ton portefeuille ?

— Sac à dos, répondit-elle.

— Vous voulez bien prendre son sac à dos ? demanda-t-il au réceptionniste. Et ne touchez pas à la chambre. Gardez-la à son nom.

— Compris, dit le jeune homme.

Keith l'installa sur la banquette arrière et l'emmitoufla dans son manteau. Quand il passa son bras dans la manche, elle dut lâcher Gep.

— Tu peux le ranger dans mon sac ?

— C'est un garçon maintenant ? dit-il avec le sourire. Je n'arrive pas à croire que tu l'aies gardé.

— Il porte chance, expliqua-t-elle.

Keith semblait dubitatif sur son efficacité.

— Mon état n'a rien à voir avec le poney, le défendit-elle.

— Alors avec quoi ça a à voir ? Dis-moi qui t'a fait ça.
— Pourquoi ? Qu'est-ce que ça va changer ?
— Cette personne mérite d'être traînée en justice !
— Je me suis fait ça toute seule.
— Comment ça ?
Elle se recroquevilla sur le siège, tremblante.

3

FRACTURE AU NEZ ET AU POIGNET. La blessure au couteau s'était infectée, mais ne nécessitait aucune intervention chirurgicale. D'après le médecin, l'entaille profonde avait manqué de peu son ovaire et son intestin. Il avait estimé Ellis très chanceuse.

Presque tout ce qu'Ellis redoutait s'était passé. Des soins médicaux onéreux alors qu'elle n'avait pas de couverture santé pour les rembourser. Une intraveineuse et de la morphine qui la rendaient folle.

Mais elle avait réussi à les empêcher d'appeler ses proches. Elle leur avait fait croire qu'elle n'avait pas de famille, et ils n'avaient pas cherché plus loin. Jonah, les garçons, le sénateur Bauhammer et son épouse ne sauraient rien de sa dernière bourde.

Une heure après son admission aux urgences, deux policiers avaient débarqué.

— Alors comme ça vous ne vous souvenez pas d'avoir été poignardée ? demanda un des hommes. Ni le lieu, ni le visage de votre assaillant, rien du tout ?

Ellis sentit la douleur brûlante du couteau dans son flanc. Elle revit le blond-roux planté au-dessus d'elle. L'excitation animale dans ses iris bleus alors qu'il ouvrait sa braguette.

Elle tenta de réprimer les larmes qui lui picotaient les yeux.

— Vous le connaissez, pas vrai ? demanda l'autre policier. C'est votre petit ami, un membre de la famille ?

— Non ! protesta-t-elle.

— Si vous savez que ce n'est pas l'un de vos proches, c'est donc que vous vous souvenez de l'agression, dit le policier.

Elle n'aurait pas dû répondre. Mais elle était si fatiguée. Si malade.

Elle ressentait presque physiquement l'inquiétude de Keith. Il devinait qu'elle mentait, à cause de ce qu'elle lui avait dit dans la voiture

Ellis s'imagina tout lui raconter. L'assaillant blond était probablement mort. Son ami avait dû l'enterrer là où personne ne le retrouverait, avant de prendre la fuite. Les deux hommes avaient définitivement disparu de la circulation, et ce serait à Ellis de payer pour leurs crimes. Exactement comme lors de l'enlèvement de Viola.

On lui dirait à nouveau que tout était sa faute. Après tout, ne l'avait-on pas prévenue depuis des années qu'il était trop dangereux pour une femme de randonner seule ?

Elle éclata en lourds sanglots.

— Elle a besoin de repos, dit Keith aux policiers. Allons discuter à l'extérieur.

Il les attira hors de la chambre, et Ellis ne les revit plus jamais.

Elle insista pour quitter l'hôpital après moins d'un jour. Lorsqu'ils apprirent qu'elle n'avait pas d'assurance maladie, ils ne la retinrent pas. Mais elle n'était pas en état de conduire et dépendait de Keith.

Il l'installa sur la banquette arrière avec des couvertures et des oreillers. Dans son état de somnolence, il lui fallut plusieurs minutes pour comprendre qu'il s'agissait de son propre SUV.

— Où est passée ta voiture ? demanda-t-elle.

— Ne t'inquiète pas. Elle est garée à l'abri. J'ai récupéré toutes tes affaires au motel.

— Où va-t-on ?

— À la maison.

— La tienne ?

— Tu as besoin de te reposer, dit-il. Le médecin a dit qu'il fallait dormir le plus possible pour les prochains jours. C'est tout ce dont tu dois te préoccuper. Dormir.

C'était tout ce qu'elle voulait.

— Dors, maintenant. Il va bientôt faire noir et la route sera longue.

— Combien de temps ?

— Tu es en sécurité, Ellis. Tout va bien se passer.

Elle se laissa bercer et sombra dans un profond sommeil. À son réveil, provoqué par une envie pressante, il faisait nuit. Keith l'aida à utiliser les toilettes d'un McDonald's, et lui donna un antalgique.

Une fois qu'il eut fait le plein d'essence, elle lui demanda :

— Il reste combien de temps avant d'arriver chez toi ?

— Encore un moment. Tu peux te rendormir.

L'antidouleur fit effet. Tant pis pour sa sobriété. Tout ce qu'elle voulait, c'était anesthésier le souvenir du camping.

Il faisait encore nuit quand elle fut à nouveau réveillée par sa vessie. Elle était incapable d'estimer le temps passé dans la voiture.

— Pourquoi c'est si long ? demanda-t-elle.

— On a dû faire un petit détour, expliqua-t-il. Comment va la douleur ?

— Elle revient.

— Tu devrais reprendre un antalgique avec ton antibiotique.

Elle accepta le cachet. Avec beaucoup trop d'empressement. Elle commençait à reprendre goût à cette sensation.

Quand le soleil se leva, elle était encore dans la voiture.

— Pourquoi fait-il jour ? demanda-t-elle.

— En général, c'est ce qui se passe après la nuit, répliqua-t-il.

— Je suis sérieuse. Qu'est-ce qu'on fait ? On roule depuis bien trop longtemps.

— C'est une bonne manière de te reposer.

Il avait conduit toute la nuit pour la laisser dormir ? Ellis faisait ça parfois avec les garçons. Quand ils s'endormaient dans la voiture, elle continuait de rouler. Elle ne voulait pas les réveiller, et elle appréciait ce silence. Elle n'avait jamais eu besoin de ce stratagème avec Viola. Viola avait été une dormeuse paisible, même lorsqu'on la sortait de la voiture. Ellis se demanda si elle l'était toujours.

Ils se trouvaient dans une ville, quelque part. Le véhicule ne cessait de marquer des arrêts.

Ellis vit passer un palmier par la fenêtre. Puis un autre. Comment pouvait-il y avoir des palmiers dans l'Ohio ?

— On est presque arrivés, annonça-t-il.

— Où sommes-nous ?

— Tu ne reconnais pas ? demanda-t-il en la regardant dans le rétroviseur central.

Elle jeta un coup d'œil autour. Des palmiers. Des panneaux avec des alligators. Tous les commerces avaient des enseignes à jeu de mots comportant « Gator ». La météo ne correspondait plus au début du printemps. Plutôt à l'été.

Un camion passa, portant l'inscription d'un fleuriste de Gainesville.

— C'est quoi cette histoire ? demanda-t-elle.

— Je te ramène chez toi.

— Ce n'est pas chez moi ici !

— On est bientôt à la maison.

— Arrête de dire ça ! Arrête la voiture ! Arrête !

— On y est presque. On en parlera chez toi.

Elle n'arrivait pas à y croire. Elle lui avait fait confiance. Complètement. Et il l'avait trahie. Il l'avait mise dans sa voiture, l'avait droguée, lui avait menti, tout ça pour la conduire jusqu'en… Floride ?

Il s'engagea sur l'allée d'une maison en parpaings bleu ciel avec des faux volets blancs. Ellis reconnut le nom de la rue. C'était l'adresse qu'elle avait donnée à la banque, celle de Dani.

La dernière fois qu'Ellis avait vu Dani, c'était quand son amie essayait de la remettre sur pied après la disparition de Viola. Ellis ne pouvait pas se montrer dans cet état. Pas à nouveau. Aucune amie ne devrait avoir à gérer des bourdes d'une telle ampleur.

Keith gara la voiture et coupa le moteur.

— Comment as-tu pu me faire une chose pareille ? demanda Ellis.

Il se tourna pour la regarder.

— J'en déduis que tu reconnais la maison ?

— Je ne l'ai jamais vue de ma vie ! Je n'habite pas ici !

Il sembla soudain inquiet.

— J'espère que tu plaisantes.

— Absolument pas !

— Merde ! dit-il.

Il passa ses mains dans ses cheveux.

Elle vit à quel point il était épuisé. Des cernes assombrissaient ses yeux, et il ne s'était pas rasé depuis au moins deux jours.

— Il faut que je me dégourdisse les jambes, déclara-t-il.

Il sortit, claquant brusquement la portière.

Elle se délogea du couchage moelleux qu'il avait aménagé pour elle, et émergea de la voiture.

Planté devant l'allée, il regardait la maison.

— C'est l'adresse qui figure sur ton permis de conduire. C'est celle que tu as donnée à l'hôpital. Et pour être bien sûr, j'ai demandé aux policiers de vérifier qu'elle correspondait bien à ta plaque d'immatriculation.

— Comment as-tu osé faire une chose pareille ?

— Il y a eu un crime ! Tu as été agressée et poignardée. Ils avaient besoin de vérifier que ça ne cachait pas autre chose.

— Comme quoi ?

— Je ne sais pas, moi !

Il avança à grands pas vers elle.

— Tu n'as pas de famille. Pas de travail. Pas d'assurance maladie. Et pour une raison qui m'est complètement obscure, tu vis dans des campings. Mais tu ne peux plus faire ça. Pas dans ton état. Je savais que tu serais trop bornée pour l'admettre, mais je ne pouvais pas t'amener chez moi. Je ne vis plus seul maintenant. Je n'avais pas d'autre choix que de te conduire ici. Je pensais qu'il y aurait quelqu'un pour t'aider.

Trop épuisée pour retenir ses larmes, elle se détourna pour les cacher, mais il la prit dans ses bras. Son corps dégageait une odeur puissante après deux jours de voiture, mais elle lui plaisait et lui rappela la fois où ils avaient fait l'amour sous sa tente.

— Ne pleure pas, fredonna-t-il. On va trouver une solution.

— Alors comme ça, tu as une copine maintenant ?

Il la regarda en face, souriant.

— Ne me dis pas que c'est pour ça que tu pleures ?

— Non, je vais m'en remettre. Mais elle ne va pas mal le prendre que tu me consacres tout ce temps ?

— Elle n'est pas là en ce moment – elle est en week-end chez ses parents dans le Michigan. Je l'ai prévenue que je devais aider une amie. Elle sait que je suis là avec toi.

— Elle a de la chance de t'avoir.

Elle s'essuya le nez d'un revers de poignet – celui qui n'était pas plâtré.

— Je suis désolée de me comporter comme ça après tout ce que tu as fait pour moi.

— Pas grave, dit-il en regardant la maison. Est-ce que tu connais quelqu'un au moins ici ?

— Une amie. On partageait la même chambre à Cornell.

— Peut-être peut-elle t'aider ? Elle doit bien savoir que tu utilises son adresse.

— Oui.

— Pourquoi faire ça alors que tu n'as jamais mis les pieds ici ?

Elle ne répondit pas.

— Pourquoi n'as-tu pas porté plainte tout de suite après l'agression ? Pourquoi agoniser dans un motel au lieu d'appeler à l'aide ? Je ne comprends pas.

— Moi non plus.

Elle était sincère. Elle avait l'impression d'être un de ses mots inscrits sur des bouts de papier à la dérive dans la rivière depuis qu'elle avait découvert qu'elle était enceinte des jumeaux. Elle avait laissé le courant l'emporter et la jeter où bon lui semblait.

— Je ne me sens pas très bien.

— Elle marcha jusqu'à la pelouse et s'assit.

Keith s'accroupit et posa la main sur son front.

— C'est la fièvre qui monte.

La porte d'entrée de la maison s'ouvrit, et un jeune homme sortit sur le perron en ciment.

— Tout va bien ? Vous avez besoin d'aide ? demanda-t-il.

Il avait dû les observer depuis la fenêtre.

— Est-ce que Dani est là ?

— Oui. C'est de la part de qui ?

— Ellis.

L'homme disparut à l'intérieur. Quelques secondes plus tard, Dani déboula, visiblement au saut du lit. Elle était pieds nus, portait un short large et un T-shirt, et ses cheveux noirs mi-longs étaient ébouriffés.

— Ellis ! Qu'est-ce qui s'est passé ? Qu'est-ce qui t'arrive ?

Ellis se releva avec l'aide de Keith.

— J'ai eu un petit souci, dit Ellis.

— Un petit souci ! Je peux te serrer contre moi ? J'ai peur de te faire mal.

Ellis ouvrit grand les bras.

Dani l'étreignit délicatement. Elle dégageait des parfums qu'Ellis avait oubliés. Un shampooing floral, le savon Dove, la lessive, les plats mijotés.

— J'étais tellement inquiète pour toi, lui glissa Dani à l'oreille. Ce jour où tu m'as appelée… j'ai flippé. Et ensuite Jonah m'a contactée.

Ellis se dégagea de son étreinte.

— Quand ça ?

Dani jeta un coup d'œil à Keith.

— Juillet dernier.

— Qu'est-ce qu'il a dit ?

— Il m'a demandé si je savais où tu étais. Je lui ai répondu que non.

Dani coulait des regards curieux vers Keith.

— Dani, je te présente Keith Gephardt, dit Ellis. Keith, voici Danielle Yoon.

— Tu peux m'appeler Dani, dit-elle en tendant la main. Enchantée.

Dani se tourna vers Ellis, attendant plus d'informations.

— Keith a eu la gentillesse de me conduire jusqu'ici, précisa Ellis.

Ellis détecta une lueur d'amusement dans les yeux de Keith.

— C'est un ami, ajouta-t-elle. Et maintenant on doit résoudre la question de comment il va pouvoir rentrer en Ohio.

— Je vais louer une voiture, dit-il. Il me suffit de commander un taxi qui me déposera à l'agence de location la plus proche.

— Je peux t'y conduire, proposa Dani.

— Ce n'est pas nécessaire.

— Certes, mais on est dimanche – le jour des lessives et du ménage –, et je suis le genre de coloc prête à saisir n'importe quelle excuse pour y échapper.

— Tu as roulé toute la nuit, protesta Ellis. Il faut d'abord que tu te reposes.

— C'est vrai, admit-il.

— On a une chambre d'ami, si tu veux, proposa Dani. Une des colocs a emménagé chez son copain, mais elle nous a laissé son lit. Je peux mettre des draps propres.

— Garde plutôt le lit pour Ellis. Si tu as un canapé sur lequel je peux me reposer quelques heures, ça m'ira très bien.

— Parfait. Maintenant, j'ai une bonne raison de ne pas passer l'aspirateur dans le salon, approuva Dani. Vous avez faim ?

Ellis secoua la tête, mais le silence de Keith valait probablement pour confirmation.

— Tu manges du bacon et des œufs ? demanda Dani.

— Oui. Mais je ne veux surtout pas t'embêter.

— Tu peux m'embêter autant que tu veux. Tu as ramené Ellis.

Elle passa un bras autour des épaules d'Ellis et déposa un baiser sur sa joue.

— Venez à l'intérieur. Ellis pourra se mettre une pince à linge sur le nez pendant que je fais cuire le bacon.

Keith demanda où se trouvaient les toilettes, et Dani lui indiqua les plus proches, avec un avertissement :

— Je décline toute responsabilité quant à l'état de cette salle de bains. C'est celle de Brad.

Brad émergea de la cuisine avec un bol de céréales.

— Il s'en fiche, Dani. C'est un mec.

Il tendit la main à Keith et se présenta, puis s'efforça de ne pas fixer le visage contusionné d'Ellis en lui serrant la main.

— Si tu voyais l'état du type en face, fit Ellis.

— J'espère que tu l'as défoncé, dit Brad.

Keith jeta un regard pénétrant à Ellis avant de s'engouffrer dans la salle de bains.

— Je peux te parler une minute ? demanda Ellis à Dani.

Dani l'entraîna dans sa chambre et ferma la porte.

— C'est vraiment un homme qui t'a fait ça ?

— La version officielle, c'est que je ne me souviens de rien.

— Qu'est-ce que tu racontes ?

— Rien, dit Ellis en baissant la voix. S'il te plaît, ne mentionne rien d'autre au sujet de ma famille devant Keith.

Elle écarquilla les yeux.

— Tu couches avec lui et il ne sait même pas que tu as été mariée et que tu as des enfants ?

— Je ne couche pas avec lui. Je le connais à peine. C'est pour ça que je ne veux pas l'impliquer dans ces histoires.

— Tu le connais à peine, mais il t'a conduite ici depuis l'Ohio ?

— C'est un gentil.

— Ellis, qu'est-ce qui se passe ? Pourquoi tous ces secrets – Jonah qui appelle pour savoir où tu es, toi qui réapparais dans cet état avec un type que tu ne connais soi-disant pas ? Est-ce que tu as des ennuis avec la police ?

— Non. Je suis la seule responsable de tous mes ennuis.

— Tu veux bien arrêter avec tes énigmes ? On est amies ! À une époque, on se disait tout !

Elle se trompait à ce sujet. Elle ignorait l'ampleur de tout ce qu'Ellis lui avait caché. Dani savait qu'elle avait été élevée par son grand-père à Youngstown, mais Ellis ne lui avait jamais parlé du parc à caravanes, de sa mère morte d'une overdose, ni de son père inconnu. Elle n'avait pas voulu que ses amis de la fac soient au courant de tout ça. Elle ne s'était confiée qu'à Jonah, et lui avait fait jurer de garder le secret. Les Bauhammer l'avaient découvert quand le sénateur avait embauché un détective privé pour fouiller dans son passé – cadeau pour célébrer sa première grossesse.

— Promets-moi que tu ne diras rien à Keith de Viola ou du reste.

— Quelle importance, puisque tu le connais à peine ?

— Tu aimerais que les gens le sachent si tu avais perdu ton bébé dans la forêt et abandonné tes fils ?

Elle était au bord des larmes.

— Ellis…

— Promets-moi que tu ne lui diras rien !

— D'accord, d'accord, c'est promis.

— Il faut que je m'allonge. Ma fièvre monte.

— Pourquoi tu as de la fièvre ?

Ellis n'estima pas nécessaire de mentionner la blessure au couteau. Inutile de l'inquiéter davantage.

— Je ne sais pas, mentit-elle. Peut-être à cause de mon poignet cassé.

Sans laisser le temps à Dani d'ajouter quoi que ce soit, Ellis ouvrit la porte et alla dans la cuisine. Les deux hommes parlaient de la thèse de Brad sur la préservation des tortues de mer.

— Tu es chercheur toi aussi ? demanda Dani à Keith.

— Ranger dans un parc naturel.

— J'imagine que ça explique comment tu connais Ellis. Elle adore le bivouac.

— Personne ne pourra dire le contraire.

Dani semblait vouloir l'interroger davantage, mais un coup d'œil d'Ellis suffit pour qu'elle garde le silence.

Ellis savait que Dani ne poserait pas de questions indiscrètes sur leur relation et qu'elle ne parlerait pas à Keith de Viola ou de ses fils. Dani était le genre de personne capable d'emporter les secrets de ses amies dans la tombe. Ellis pouvait lui faire confiance et la laisser en compagnie de Keith pendant qu'elle dormait. Et si Keith lui parlait de la blessure au couteau et de ce qui s'était passé au motel, tant pis. Il fallait de toute façon qu'elle quitte la cuisine avant de s'effondrer.

— Si je dors encore quand tu seras prêt à repartir, réveille-moi, dit-elle à Keith.

Dès qu'elle ferma les yeux, la scène récurrente l'enveloppa. Deux monstres qui la poursuivent et l'entravent comme un veau que l'on s'apprête à marquer au fer. « Tu devrais savoir que c'est dangereux de traîner dans le coin toute seule. » La pointe de la lame qui vrille sur la peau douce de son ventre. « Je sais exactement où insérer un couteau pour faire mal sans tuer.»

Elle posa l'oreiller sur son visage et appuya très fort, pour étouffer le souvenir.

Un coup léger frappé à la porte la tira difficilement des méandres du sommeil.

— Oui ?

Keith s'assit au bord du lit. Il tenait un verre d'eau et des cachets à la main.

— On a dépassé l'horaire pour les trois, dit-il en lui tendant l'antibiotique, l'ibuprofène et l'antalgique.

Ce moment lui rappela la fois où Jonah l'avait forcée à prendre le premier sédatif.

— Je ne veux plus d'antidouleur, dit-elle.

— Pourquoi souffrir quand il suffit d'un cachet ?

— Je n'en veux pas, c'est tout.

Il la sonda du regard.

— Est-ce que tu es en sevrage ? D'une addiction aux médicaments ?

Elle ne répondit pas.

— Je me disais bien que c'était ce que j'avais vu, pendant la nuit qu'on a passée ensemble. Tu avais l'air ailleurs, ça ne pouvait pas être dû qu'à l'alcool.

Elle ne le nia pas.

— Est-ce que ça va mieux depuis ?

— Ça allait. Jusqu'à…

Il posa le verre et les cachets pour lui caresser la joue.

— Je suis désolé.

Un sanglot lui échappa. Puis un deuxième, et un troisième. Comme si tout son corps tentait d'expulser un poison.

Il la prit dans ses bras. Il s'était douché, changé et sentait l'odeur du savon Dove de Dani.

— Il faut que tu en parles à quelqu'un, dit-il. Tu ne peux pas continuer à garder ça en toi, ou ça s'infectera comme cette blessure au couteau.

Les pleurs d'Ellis redoublèrent.

Il la cala contre son torse pour la bercer. Comme Zane, quand elle était petite.

Elle comprit qu'il était venu lui dire au revoir. Elle ne pouvait pas le retenir alors qu'une longue route l'attendait.

Elle s'écarta et essuya ses larmes.

— Dani va te conduire jusqu'à l'agence de location ?

— Oui. J'ai déjà réservé une voiture.

— J'imagine que tu ferais mieux d'y aller.

— Tu veux bien faire quelque chose pour moi ?

— Quoi ?

— Donne-moi des nouvelles. Réponds à mes messages.

— Je n'aime pas les SMS.

— Un mot. Juste un seul. Promets-moi que tu me répondras ?

— D'accord.

Elle ne pouvait pas le lui refuser, après tout ce qu'il avait fait pour elle.

— Bien. Mais est-ce qu'on peut passer à deux mots ?

— Tu ne peux pas changer les conditions.

— On ne peut pas communiquer avec un seul mot. Mais si on a droit à deux, je peux demander « Ça va ? » et tu peux répondre « Très bien ». Si tu es en vadrouille, je peux te demander « T'es où ? » et tu peux répondre « À Saskatchewan ».

Elle s'esclaffa avec son nez encombré.

— Ça m'a l'air très ennuyeux tout ça.

— Pas du tout. Je veux vraiment savoir comment tu vas.

— Alors j'ajoute une règle : pas de messages multiples. Ça irait à l'encontre de la règle des deux mots.

— D'accord. Pas plus de quatre mots en vingt-quatre heures.

— Pour combien de temps ?

— Je ne sais pas. On verra.

— Que dira ta copine quand elle verra que tu m'envoies des messages ?

— Ça, c'est mon problème.

— Si c'est un problème, peut-être qu'on ne devrait pas le faire.

— J'espère que tu seras aussi bavarde dans tes messages.

— Je n'aurai droit qu'à deux mots.

Il l'embrassa sur la joue.

— Au revoir, Ellis.

Il se leva et quitta rapidement la chambre, sans lui faire prendre ses médicaments.

Sans lui laisser le temps de lui dire au revoir à son tour. Comme Zane. Comme sa mère. Comme Viola.

Elle avait peu de chances de le revoir un jour.

4

DANI LA SUIVIT JUSQU'À LA VOITURE.

— Je t'en prie, réfléchis-y. Ça ne fait qu'une semaine. Tu as besoin de plus de temps pour t'en remettre.

— Je suis remise, protesta Ellis. Je me sens très bien.

— Physiquement, peut-être. Mais ça ne signifie pas que tu t'en es remise. Tu n'arrives toujours pas à en parler.

— Qu'est-ce qui te fait dire ça ?

— Parce que tu ne m'as rien raconté ! Pourquoi quelqu'un t'a tabassée ? Qui était-ce ? Est-ce que la police l'a arrêté ?

— Pourquoi aurais-tu besoin de savoir tout ça ? Pourquoi veux-tu savoir ça ?

— Parce que je tiens à toi ! Je suis ton amie. Et je peux t'aider.

— Je vais bien. Je veux juste reprendre le cours de ma vie.

— Quelle vie ? À bivouaquer toute seule au milieu de nulle part ?

— Oui. J'ai besoin des montagnes. Je vais faire l'ascension des Appalaches.

— Ellis…

— Quoi ?

— Il faut que tu arrêtes de fuir ce qui s'est passé avec Viola. Retourne auprès de tes fils.

— Je dois me mettre en route.

Ellis serra Dani contre elle, mais celle-ci ne lui rendit pas son étreinte.

— Merci de m'avoir accueillie.

— Tu peux rester plus longtemps. On a besoin d'une troisième coloc.

— Et qu'est-ce que je ferais ici ? demanda Ellis.

— Tu pourrais reprendre tes études. Et si tu ne peux pas t'inscrire en master tout de suite, tu peux toujours trouver un job.

— Pourquoi aurais-je envie de faire un master ?

— Parce que c'était le plan depuis le début !

— Les gens changent, Dani. Je ne dis pas ça pour être méchante, mais tu ne connais pas vraiment la personne que je suis devenue. Comme je ne te connais pas vraiment. J'ai été mariée, mère de trois enfants, et divorcée depuis un moment. Tout ça pendant tes études.

— Et alors ? Est-ce que tes rêves sont si différents ?

Ellis ne pouvait pas lui avouer la vérité. Qu'elle n'avait plus de rêves à présent. Elle n'avait aucune idée de ce qu'elle souhaitait pour l'avenir. Elle ne voyait que le vide. Elle ne savait pas pourquoi, ou même si ça changerait un jour. Peut-être finirait-elle comme Caleb, à vadrouiller toute sa vie.

— Je ferais mieux d'y aller, dit-elle. Merci. Et remercie Brad de ma part aussi.

La larme à l'œil, Dani consentit enfin à la serrer dans ses bras en comprenant qu'Ellis ne resterait pas.

— Oh, arrête ! Pourquoi tu pleures ?

— Je m'inquiète pour toi. Et j'ai peur de ne plus jamais te revoir.

— Qu'est-ce qui te fait penser ça ?

— Le fait que personne ne savait où tu étais pendant un an et demi, et que quand tu as enfin réapparu, tu avais l'air à demi-morte !

— Souviens-toi, si Jonah appelle, ne lui dis rien de tout ça. Ne lui raconte pas que j'étais ici. Tu me l'as promis.

— C'est vraiment tout ce qui t'intéresse, là maintenant ?

— Au revoir, Dani.

Ellis démarra sa voiture et abandonna Dani sur la pelouse, bras croisés. Elle voulait mettre la Floride derrière elle. Non pas qu'elle ait détesté sa semaine à Gainesville. Dani et Brad s'étaient montrés très accueillants, la ville était correcte – bien que peuplée d'étudiants – et la météo estivale faisait du bien, pour une fois. Mais tout, à Gainesville, lui rappelait la raison qui l'avait amenée ici. Et c'était précisément ce qu'elle voulait oublier.

Une longue route l'attendait pour rejoindre le camping qu'elle avait repéré dans l'État de Géorgie. Elle regarda l'horloge. Elle n'aurait pas dû laisser Dani la ralentir. Elle n'arriverait pas avant la nuit tombée. Voire en pleine nuit, si la circulation était mauvaise.

Ça n'avait pas d'importance. Ce ne serait pas la première fois qu'elle montait sa tente dans l'obscurité.

Ellis prit une profonde inspiration. Puis une autre. Elle ne comprenait pas d'où venait cette étrange sensation dans sa tête. Comme si son crâne grouillait d'abeilles. Elle avait le tournis. Elle enleva le régulateur de vitesse sur la voiture. Un semi-remorque arrivait à son niveau sur la voie de droite. Tout près. Trop près. Elle ralentit plus encore et serra les doigts sur le volant.

Ses lèvres étaient engourdies. Comme tout son visage. Elle prit une nouvelle inspiration, sans parvenir à acheminer l'air jusqu'à ses poumons. Elle essaya à nouveau, mais eut l'impression que sa poitrine n'était pas capable de gonfler assez. Elle avait besoin d'air.

C'était sûrement une réaction allergique à l'antibiotique. Sa dernière prise remontait à quelques heures. L'immense camion à droite fonça dans un rugissement à côté d'elle. Puis une voiture, dont le conducteur la regardait fixement. Tout le monde la dépassait. Elle se sentit mal. Elle allait tomber dans les pommes.

Tous ces véhicules qui la doublaient. Elle ne pouvait pas se rabattre à droite. Elle freina plus encore. Elle ne roulait plus qu'à cinquante-six kilomètres-heure. Qu'est-ce qu'elle faisait ? C'était dangereux, sur une autoroute de cette envergure. Elle avait envie de pleurer, mais elle avait trop peur de s'abandonner à ses émotions.

Quand un espace apparut enfin entre deux voitures, elle s'inséra sur la voie de droite, appuya sur le frein, et braqua sur la bande d'arrêt d'urgence.

Tremblante, en sueur, certaine qu'elle allait bientôt mourir, elle se mit enfin à sangloter. Sans comprendre pourquoi.

Son SUV tressautait sous l'effet de la vitesse des voitures qui passaient à côté. Elles étaient trop proches. Sa respiration ne suffisait plus. Qu'est-ce qui n'allait pas chez elle ? C'était sûrement un choc anaphylactique dû aux médicaments. Elle saisit son téléphone et composa le numéro de Dani.

— Allô ? dit Dani.

— Dani… Je ne sais pas ce qui m'arrive. Je n'arrive plus à respirer. Ce sont les médicaments. Je vais tomber dans les pommes !

— Ellis ! Tu veux que j'appelle le 911 ?

— Non. Je ne sais pas vraiment ce qui ne va pas. Tu peux venir ? Tu peux venir me chercher ?

— Où es-tu ?

— Sur la 75. Pas loin de la bretelle d'accès, vers chez toi. Sur la bande d'arrêt d'urgence.

— J'arrive. Je me dépêche ! Il faut que je raccroche, mais essaie de rester calme.

Ellis coupa le moteur. Elle recula le siège loin du volant et inclina le dossier vers l'arrière, puis se recroquevilla sur le côté, le dos tourné à la circulation. Elle ferma les yeux et se concentra sur sa respiration.

Elle ne perdit pas conscience, et son état n'empira pas. À présent, elle comprenait ce qui n'allait pas. Elle faisait une crise d'angoisse. Elle en avait déjà subi des petites par le passé, mais jamais de cette ampleur, jamais au point de penser qu'elle allait mourir.

Cette révélation était dévastatrice. Cela signifiait clairement quelque chose qu'elle savait, au fond, mais n'avait pas voulu croire. Elle avait trop peur pour retourner camper seule. Sa seule échappatoire, la seule chose qui pouvait la sauver, lui était désormais inaccessible.

Elle pleurait quand Dani apparut côté passager de la voiture et se mit à frapper frénétiquement à la fenêtre.

— Ouvre-moi ! Ellis, ouvre la voiture !

Ellis se releva et déverrouilla les portes. Dani plongea sur le siège et ferma la portière sur le vacarme de la circulation.

— Comment tu te sens ? Tu es sûre que tu ne veux pas que j'appelle le 911 ?

— Je fais une crise d'angoisse. Une très grosse.

— Ellis !

Elle la prit dans ses bras par-dessus l'accoudoir.

— Tu te sens mieux maintenant ?

— Oui. Enfin, non. Parce que je sais ce qui l'a causée.

— Qu'est-ce que c'était ?

— Ça a commencé quand je pensais à l'arrivée sur le camping, de nuit.

Dani la regarda droit dans les yeux.

— C'est là que tu as été agressée par cet homme ? Sur un camping, la nuit ?

— Deux hommes. En pleine journée. Mais le bivouac était désert, parce qu'on était en semaine et qu'il faisait très froid.

Dani lui prit la main.

— Qu'est-ce qu'ils voulaient ?

— À ton avis ?

— Oh non. Non…

Des larmes s'accumulèrent au bord de ses cils.

— Ils n'ont pas réussi, dit Ellis.

Dani écarquilla les yeux.

— Tu les as repoussés ?

— J'en ai poignardé un. Salement. L'autre a dû le porter jusqu'à leur voiture pour chercher de l'aide.

— Oh, mon Dieu !

— Je crois qu'il est peut-être mort.

— Tu ne sais pas ? La police ne t'a rien dit ?

— Je n'en ai pas parlé à la police.

— Quoi ? Mais pourquoi ?

Ellis enfouit son visage entre ses mains.

— Dani… il y a tant de choses que tu ignores…

Elle écarta les mains et regarda Dani dans les yeux.

— Même de l'époque où nous étions proches, à la fac.

— Je sais.

— Je suis désolée. Ça n'a rien à voir avec toi. C'est moi qui ai du mal à m'ouvrir aux autres.

— Ça aussi, je le sais, confirma-t-elle en serrant la main d'Ellis dans la sienne. Je t'ai toujours admirée. Tu restes toujours si forte, dans toutes les situations. Mais à présent, je vois que ce n'est pas enviable.

Elle afficha son sourire en coin et expliqua :

— J'aurais dû t'apprendre à te montrer vulnérable, à baisser la garde parfois.

— Tu as essayé. J'ai bien vu. Mais j'en étais incapable.

Les larmes lui brûlaient les yeux.

— Je suis complètement détraquée, Dani. Depuis très très longtemps.

Dani la prit à nouveau dans ses bras.

— Je t'aime, Ellis. Fais-moi confiance. Rentrons chez moi, et on pourra en discuter, d'accord ?

Ellis regarda à travers le pare-brise les trois voies de véhicules lancés à toute vitesse.

— J'ai peur.

— De prendre l'autoroute ?

— Oui.

— On peut laisser une des voitures ici.

— Non, réagit aussitôt Ellis en revoyant les deux hommes qui avaient voulu cambrioler sa voiture.

— Et si on allumait toutes les deux nos feux de détresse, et qu'on roulait lentement sur la voie de droite ? La prochaine sortie n'est pas si loin. Tu n'auras qu'à me suivre. Tu peux faire ça ? Regarder ma voiture et rien d'autre ?

— Je vais essayer.

— Tu peux le faire. Pense à toutes ces montagnes que tu as gravies. Dis-toi que l'autoroute est une montagne, et qu'il faut simplement arriver au sommet.

5

Ellis entendit son téléphone carillonner en route vers le travail. Si ce n'était pas de la pub, c'était forcément Keith. Personne d'autre ne lui envoyait de messages. Même Dani savait que c'était inutile.

Elle se gara sur le parking réservé aux employés. Le dernier message de Keith datait de la veille. Il était toujours à l'initiative de la prise de contact, mais envoyait rarement plus d'un message par mois. Ellis supposait qu'il ne voulait pas prendre le risque qu'elle renonce à la communication succincte qu'ils avaient gardée.

Leurs échanges de quatre mots étaient devenus une sorte de plaisanterie entre eux, depuis leurs premiers SMS, plus d'un an et demi plus tôt. Ils s'envoyaient deux mots, pas un, ni trois, et il ne rompait jamais la règle du « un SMS par jour maximum », même lorsque l'une des réponses d'Ellis appelait à d'autres questions. Comme la fois où il lui avait demandé « Ça va ? » et qu'elle avait répondu « Nouveau boulot ». Il avait attendu le lendemain pour lui demander « Quel boulot ? » et elle avait répondu « Jardinerie pépinière ».

Ellis regarda son téléphone et sa poitrine se serra.

Bientôt marié

Elle contempla fixement les deux mots. Keith Gephardt allait bientôt se marier. La veille, il lui avait demandé « Ça va » et elle avait répondu « Très bien ». Une agence immobilière lui avait montré une maison le vendredi, et elle avait passé le reste du week-end dans un état fébrile. Elle était censée la visiter à nouveau après le travail.

La nouvelle était difficile à digérer. Quand elle pensait à Keith, elle ne l'associait à aucune femme. Elle le voyait à leur table du Pink Horses, tout sourire, la regardant droit dans les yeux après leur slow. Elle le voyait boire du cognac sous la neige. Rire de joie en ôtant toutes les couches de vêtements qu'elle portait sous la tente.

Il attendait probablement une réponse.

Ellis pianota deux mots.

Super ! Félicitations !

Elle appuya sur « envoyer ».

Il ne répondrait pas. C'était leur limite pour la journée.

Mais peut-être que leur jeu était fini. Peut-être était-ce la raison pour laquelle il le lui avait dit. Il voulait lui faire comprendre qu'ils devaient cesser de se parler.

Il restait cinq minutes à Ellis avant de se rendre dans la pépinière.

Je suis contente pour toi, Keith, mais on devrait arrêter ce jeu maintenant.

Hé, tu triches !

Sa réaction indignée laissait pourtant penser qu'il n'avait pas envisagé d'arrêter.

On risque d'enfreindre d'autres règles si on continue à se parler.

Sa réponse se fit attendre une minute.

J'imagine que tu as raison
Je te souhaite une belle vie. Vraiment.

Toi aussi. Vraiment.

Elle contempla leurs derniers mots jusqu'à ce que l'écran devienne noir et lui renvoie son reflet. Comme lorsqu'elle avait noyé son téléphone sous une pierre dans la rivière. Le jour où elle avait rencontré le ranger du parc naturel.

Elle fourra son téléphone dans son sac à dos et sortit de la voiture. Elle avait beaucoup à faire. Elle devait préparer des jardinières mixtes pour mettre en valeur les pensées, les mufliers et les autres espèces d'automne. Plus tard dans la journée, une livraison de camélias devait arriver. Le jardinage était un loisir qui durait toute l'année en Floride.

Elle n'eut le temps de préparer qu'une jardinière d'exposition. La fréquentation de la boutique fut étonnamment dense pour un lundi matin. Elle aida une cliente à choisir dix buissons pour créer une barrière végétale et à les charger dans son pick-up. Elle discuta des différentes espèces de bambous avec une autre cliente. Une femme courbée sur sa canne lui demanda de l'aide pour pousser son chariot dans l'espace des plantes annuelles.

À midi, elle prit sa pause déjeuner, car la livraison devait arriver bientôt. Elle s'assit à sa place habituelle sur un banc sous un immense chêne derrière le bâtiment de la jardinerie. Ellis adorait ce coin près d'une petite mare qui clapotait – construite par une des quatre propriétaires pour exposer les plantes aquatiques – dans un jardin bordé d'azalées en fleurs au printemps et de camélias en automne et en hiver. De plus hauts buissons venaient apporter une intimité totale, car ils avaient été plantés trente ans plus tôt par Ruth et Anne, les deux sœurs à qui appartenaient la jardinerie pépinière Southern Roots Garden Shop and Nursery.

Ruth apparut dans le jardin des employés alors qu'Ellis attaquait la deuxième moitié de son sandwich.

— Le camion est déjà là ? demanda Ellis.

— Pas encore.

La femme aux cheveux blancs boitilla jusqu'au banc et s'assit à côté d'elle.

— Je dois t'annoncer quelque chose. On a reçu une offre de rachat.

Ellis posa son sandwich.

— Oui, je sais, dit Ruth.

— Quand se fera le changement de direction ?

— C'est incertain. Mais avant que la vente soit finalisée, je tenais à te poser la question une dernière fois : es-tu sûre de ne pas vouloir trouver une associée pour racheter la jardinerie ?

— Je ne peux pas. Je crois que je vais acheter cette maison à la campagne. Je n'ai pas les moyens d'investir dans les deux.

— C'est celle que tu es allée visiter vendredi ?

Ellis acquiesça.

— Onze hectares de terrain, une vieille maison, et une grange.

— Une sacrée somme.

— La maison est un taudis, et le terrain est situé en partie sur un marécage.

— Et tu veux quand même l'acheter ?

— Il est magnifique. Des immenses chênes sempervirents, des pâturages où poussent les fleurs sauvages, et il y a même un marais où poussent des massettes. Il faut que tu voies ça.

Ruth sourit.

— J'espère pouvoir faire baisser le prix. La petite-fille des anciens propriétaires vit à LA et ça fait quatre ans qu'elle essaie de vendre.

— Méfie-toi. Une propriété sur le marché depuis si longtemps cache forcément des problèmes.

— Oh je vois très bien quel est le problème. La maison est inhabitable.

— Et ça ne te fait pas peur ? s'inquiéta Ruth.

— J'ai besoin d'un endroit où vivre. Mes deux colocataires ont fini leur doctorat et vont bientôt partir. Et puis, je ne veux plus habiter en centre-ville.

— Mais où vivras-tu si la maison est dans un tel état ?

— C'est suffisant pour moi. J'ai l'habitude de faire du bivouac.

— Tu es sûre que ça vaut le coup de rénover la maison ?

— Je vais y aller avec Max après le travail, ce soir, pour voir ce qu'elle en pense.

— Ah, me voilà rassurée, dit Ruth. Elle te le dira franco.

— Si elle pense que ça peut le faire, je lui demanderai si elle veut bien que je l'embauche pour une partie des travaux.

— Excellente idée ! Anne et moi nous faisions du souci à son sujet. Si les nouveaux propriétaires ne la gardent pas, je ne sais pas comment elle va trouver un autre emploi. Ça fait douze ans qu'elle est avec nous.

— Elle peut trouver du travail n'importe où. C'est une menuisière de génie.

— Je sais, mais pourquoi crois-tu qu'elle travaille ici plutôt que sur des chantiers ? Personne ne voulait l'embaucher. La question de la communication est perçue comme un frein majeur.

— Eh bien, tant pis pour eux.

— Oui. Je suis sûre qu'elle va adorer rénover ta maison.

— Tu crois que ça l'intéresserait de gérer une jardinerie ?

Ellis n'avait pas eu l'intention de parler de son idée si vite à Ruth, mais elle lui avait échappée.

— Elle n'a pas les moyens de racheter cet endroit. Son père et elle ont déjà du mal à joindre les deux bouts.

— Non, je ne parlais pas de Southern Roots. Je me disais…

Mais c'était si peu probable. Ce n'était qu'un objectif. Un rêve. Son premier depuis des années.

— J'envisage de monter une pépinière de plantes indigènes sur la propriété.

— Ellis !

— Tu vois bien comme tout le monde ici nous réclame des plantes locales. Elles commencent à monter en popularité.

— Mais notre gagne-pain repose sur le marché des exotiques.

— Je sais. Mais les jardiniers nourrissent de plus en plus une conscience écologique. Même les grandes entreprises paysagistes intègrent des espèces indigènes.

— Tu serais loin, au fond de la campagne. Qui conduira si loin pour acheter des plantes ?

— Les gens qui veulent vraiment des plantes de la région. J'en ai vu. Je leur ai parlé. Je pense qu'ils sont prêts pour consommer local.

Ruth sourit.

— C'est bête. J'aurais vraiment aimé que tu puisses nous racheter. Ça ne fait pas deux ans que tu es parmi nous, et regarde-toi ! Tu pourrais facilement reprendre le commerce.

— C'est grâce à toi et à Anne. Vous m'avez tout appris. Comment va Anne ?

— Pas très bien. Elle va devoir se faire opérer à nouveau.

— Je suis désolée.

Ruth hocha la tête et tapota la main d'Ellis.

— J'aime bien cette idée que tu as là. Je ferai mon possible pour t'aider. À commencer par te libérer plus tôt ce soir pour que tu puisses montrer cette maison à Maxine.

— Et s'il y a du monde à la boutique ?

— Ton projet est plus important.

Trois heures plus tard, Ellis démarra son SUV, et Max la suivit dans son vieux pick-up. La propriété était rurale, mais à seulement trente minutes en voiture de Gainesville. La vieille barrière à bétail qui en délimitait l'entrée était ouverte. L'agente immobilière les attendait.

Ellis roula lentement sur la route de gravier sinueuse qui menait à la maison. Sa réaction fut aussi intense que le vendredi. En progressant sous les immenses chênes drapés de mousse, les palmettos, et les pins taeda, elle se sentit ivre d'excitation. C'était comme la Forêt Sauvage, comme les forêts montagneuses dans lesquelles elle avait campé, et pourtant si différent. Les forêts de Floride lui étaient complètement inédites. Elle n'y rattachait aucun souvenir. Aucun. Même les corbeaux n'avaient pas la même emprise sur elle. Ici, ils avaient un cri bien distinctif, court, nasal, et très différent de celui qu'on entendait ailleurs.

Ellis se gara près de la vieille maison à l'immense porche et à la toiture métallique. Elle pouvait facilement s'imaginer vivre ici. Et elle avait déjà un nom pour sa pépinière. « Les plantes de la Forêt Sauvage ». Elle s'autoriserait ce souvenir de son passé. Rien d'autre que ces deux mots.

Même Keith serait banni de cet endroit. Le hasard faisait bien les choses, puisqu'ils s'étaient envoyés leurs tout derniers messages ce jour. Elle allait effacer leur conversation. Ainsi que son numéro. Très bientôt, elle l'oublierait, parce qu'elle commencerait sa nouvelle vie.

Ellis salua l'agente immobilière sur le porche, évitant soigneusement les planches pourries sous ses pieds. Max ignora l'agente et commença aussitôt à évaluer la maison. Elle lança à Ellis un regard amusé, comme pour lui dire : « Sérieusement ? Tu veux acheter ce taudis ? »

Ellis haussa les épaules.

Maxine sourit, secoua la tête d'un air incrédule, et entra dans la maison.

L'agente suivit la quarantenaire robuste dans la cuisine.

— J'ai cru comprendre que vous faisiez de la menuiserie ? dit-elle.

— Elle ne peut pas vous entendre, précisa Ellis. Elle est sourde. Mais oui, elle est menuisière. Elle s'occupe de toutes les réparations et de la maintenance dans la pépinière où nous travaillons. L'an dernier, elle a construit une nouvelle aile magnifique pour les plantes d'ombre.

— Mais oui, j'ai vu le nouveau pavillon ! J'achète toutes mes plantes chez Southern Roots. Je l'ai déjà croisée au magasin d'ailleurs, mais j'ignorais qu'elle était sourde.

De nombreux clients pensaient que Max était soit malpolie, soit déficiente mentale. Quand ils lui posaient une question, elle les ignorait plutôt que de leur faire comprendre qu'elle ne pouvait pas les entendre. C'était quelque chose qu'Ellis admirait chez elle, son refus de se justifier. Elle avait perdu presque toutes ses facultés auditives et gardait des cicatrices profondes de l'accident qui avait tué sa mère et avait failli lui coûter la vie dans son adolescence. Elle ne parlait jamais de ce qui s'était passé, ni de pourquoi elle refusait d'apprendre la langue des signes. Son père lui avait enseigné la plomberie, l'électricité et la menuiserie, dans l'espoir que ces compétences lui permettraient de subvenir à ses besoins. Mais à part Ruth et Anna, peu d'employeurs étaient prêts à se plier au vœu de silence que respectait Max.

Max passa une heure à inspecter la maison. Elle examina l'intérieur du moindre placard, jeta un œil sous le moindre évier. Elle sortit son échelle de son pick-up et escalada la toiture en métal. Elle grimpa dans le grenier et rampa dans la poussière sous la maison. Elle étudia la pompe à eau et la fosse septique. Puis elle consacra une demi-heure supplémentaire à la grange.

L'agente immobilière commençait à s'impatienter. Ellis haussa les sourcils pour demander son avis à Max.

Max sortit un carnet et un crayon de sa poche.

« J'aime bien, écrivit-elle. Plutôt cool, dans le style Floride d'époque. La toiture et la grange sont en bon état. »

Ellis hocha la tête.

« Mais il va falloir BEAUCOUP de boulot. »

Ellis lui prit le crayon et le carnet pour répondre.

« Je sais. Mais j'ai à peine de quoi l'acheter telle quelle. Et j'adore le terrain qui va avec. Est-ce que la maison peut être rénovée ? »

Max contempla la maison d'un air songeur, puis écrivit :

« Ce serait triste de la détruire. Elle est tellement belle. »

Ellis était bien d'accord, mais elle avait besoin d'un conseil plus avisé. Elle insista d'un regard interrogateur.

Max regarda autour d'elle les chênes sempervirents couverts de mousse et les palmiers, les deux immenses chênes châtaigniers des marais qui se dressaient derrière la maison. Elle fit quelques pas vers le porche, le regard lointain, comme si elle envisageait ce que la demeure deviendrait. Elle écrivit :

« C'est réparable. Mais ça prendra du temps. »

Ellis prit le carnet et répondit :

« À tout hasard, ça te dirait d'assurer les rénovations ? Je paierai ce qu'il faut. »

Un éclair illumina les yeux de Max. L'idée lui plaisait.

« Et après ça… peut-être m'aider à monter la pépinière locale que je veux ouvrir ici ? »

Les yeux de Max s'éclairèrent plus encore. Elle était déprimée depuis que Ruth et Anne avaient décidé de vendre Southern Roots. La pépinière et ses deux propriétaires étaient sa maison et sa famille.

Ellis tourna la page suivante du carnet.

« Les plantes de la Forêt Sauvage, pépinière créée par Ellis Abbey et Maxine Kidd. »

Max fronça les sourcils, s'empara du crayon et raya les mots d'une grande croix.

Ellis se sentit immédiatement mal. Elle s'était trop emballée.

Max tourna une page du carnet pour écrire :

« Ne montre surtout pas à l'agente à quel point l'endroit te plaît ! Tu ne lui as pas parlé de ce projet, j'espère ? »

Ellis secoua la tête.

« Bien. Tiens-t'en au minimum. Dis-lui qu'elle vaut 80 k de moins que le prix demandé. »

Ellis prit le crayon.

« 80 k ! Ils ont déjà baissé le prix de vente. »

Max secoua la tête et tapota du doigt sur ses mots.

Ellis écrivit :

« Si j'achète, tu es partante ? »

Max contempla la vieille maison, un petit sourire flottant sur ses lèvres. C'était une réponse amplement suffisante.

6

Ellis effleura la botte de Max pour lui faire savoir que le dîner était prêt et lui tendit un sandwich qu'elle accepta avec enthousiasme, une fois sortie de sous l'évier. Elles mangèrent assises en tailleur sur le plancher poussiéreux. Quand elle eut terminé, Max fit un signe de tête vers le robinet, puis opina pour signifier qu'elle avait presque fini de le réparer.

— Incroyable, de l'eau courante dans la cuisine, s'émerveilla Ellis. Le grand luxe.

Max sourit.

Ellis avait remarqué que Max était capable de lire sur les lèvres, ou du moins de comprendre le sens global de ce qu'elle disait. Elle désigna la porte d'entrée, leur code pour sonner la fin de la journée. La menuisière secoua la tête et leva l'index pour lui signifier « encore une minute ». Elles avaient gardé leur emploi chez Southern Roots, mais essayaient de caser autant de rénovations que possible le soir et pendant leurs congés.

Ellis se dirigea vers le porche pour regarder le soleil se coucher derrière les arbres. Max en avait réparé le plancher quand Ellis avait récupéré les clés, deux semaines plus tôt. Ellis s'assit sur un des rocking-chairs que Dani et Brad lui avaient offerts comme cadeau de crémaillère.

Au-dessus d'elle, une chouette rayée hulula. Une autre lui répondit depuis le bas de la colline. Ellis avait le sentiment qu'elles s'étaient construit un nid au creux de l'un des chênes châtaigniers derrière la maison, près de la véranda protégée par des moustiquaires. C'était là qu'Ellis avait posé son matelas deux places. Elle aimait s'endormir au son des hiboux, des rainettes et des sauterelles.

Elle se demanda où était Quercus. En général, il venait s'allonger sur le porche avec elle, le soir.

Ellis avait adopté Quercus dans un refuge. Elle avait demandé à l'employée de lui montrer un gros chien déjà là depuis longtemps. Dès qu'elle avait posé les yeux sur ce bâtard à moitié terre-neuve, elle avait su qu'il était parfait pour elle. Peu de gens voulaient d'un animal aussi encombrant, et à quatre ans ou plus, il avait déjà vécu plus de la moitié de l'espérance de vie d'un chien de cette taille.

Quercus aboyait près de la route. Peut-être pour signaler le passage de la cavalière qui empruntait cette route de temps en temps.

Ellis se leva quand les aboiements du chien approchèrent et s'intensifièrent. Quelqu'un avait pénétré sur sa propriété. La panique habituelle s'empara d'elle. C'était toujours la même chose. Elle sentait un poids sur sa poitrine, et aurait pu jurer que sa cicatrice à l'abdomen la brûlait à nouveau.

Elle se rappela que Max était là, et qu'elle avait une arme dans son pick-up. Ellis s'élança à petites foulées vers le bas de la colline pour voir ce qui se passait. Quand elle arriva à mi-chemin de la clôture, Quercus cessa d'aboyer. Quelques pas de plus, et Ellis aperçut le chien à quatre pattes par-dessus un homme renversé sur le dos, dont il léchait le visage.

— Quercus ! l'appela Ellis.

Le chien la regarda quelques secondes, fit frétiller sa queue touffue, puis reporta son attention sur l'inconnu.

Ellis approcha lentement.

— Vous êtes sur une propriété privée, lança-t-elle.

— J'aurais bien besoin d'un coup de main, là, Ellis, dit l'homme. Je me noie sous la bave.

— Keith ?

— Oui, c'est Keith. Enfin c'était, je ne sais pas ce qu'il va advenir de moi dans quelques minutes…

Ellis se précipita vers lui.

— Quercus, au pied ! s'écria-t-elle en tirant sur le collier du chien.

— *Quercus*, le nom latin du chêne, remarqua Keith toujours sous le chien. C'est tout à fait approprié, j'ai l'impression d'être écrasé par un arbre.

Ellis tira le chien pour l'éloigner, et Keith se releva. Mais dès qu'elle lâcha le collier, Quercus bondit et manqua de le renverser à nouveau.

— Non, non ! s'écria Ellis.

— Quercus, *assis* ! ordonna Keith.

Le chien obéit et le regarda, langue pendante.

— Comment as-tu fait ça ? demanda-t-elle.

— La clé, c'est de prendre un ton ferme. Il faut qu'il sache qui détient l'autorité.

— Eh bien, ce n'est pas rassurant si peu importe les intentions, il suffit de savoir lui parler.

Il la regarda en caressant la tête du chien.

— Je me disais bien que c'était pour cette raison que tu l'avais adopté.

Son commentaire l'agaça. Depuis qu'elle avait acheté la propriété, elle avait droit au même genre d'avertissements qu'à l'époque où elle campait seule dans la nature. Ils réveillaient des peurs qu'elle avait dépassées au prix d'une lutte difficile.

— Comment es-tu entré ? demanda-t-elle.

— Le portail était fermé, alors j'ai escaladé la clôture. C'est Dani qui m'a donné ton adresse – mais elle a omis de mentionner le minuscule détail du cerbère qui garde ta propriété.

Cerbère. Comment en vouloir à un homme qui utilisait ce mot ? D'ailleurs lui reprochait-elle vraiment de débarquer à l'improviste ? Que faisait-il ici ? Elle ne savait pas quoi penser de ses sentiments vis-à-vis de la venue de Keith Gephardt.

— Tu es passé à mon ancienne maison ?

— Oui, et en temps normal j'aurais appelé pour te demander la permission de te rendre visite, mais d'après Dani, tu n'allumes plus ton téléphone.

— C'est faux. Je l'allume quand j'en ai besoin.

— Ce qui n'arrive quasiment jamais.

C'était vrai. Depuis qu'ils avaient cessé de correspondre, elle n'avait plus de raison de garder son téléphone allumé. Il était toujours éteint, sauf lorsqu'elle devait passer un appel.

— Pour une surprise… dit-elle.

Il sonda son regard.

— Une mauvaise surprise ? demanda-t-il.

— Non, simplement une surprise.

Elle vit qu'il était blessé.

— Tu veux que je m'en aille ?

— Non, bien sûr que non. Viens voir la maison.

— En parlant de surprises... J'avais du mal à le croire quand Dani m'a dit que tu avais acheté une maison.

— Pourquoi ?

— Tu sais très bien pourquoi. Tu es la reine de la vadrouille.

— Les gens changent.

Son regard empreint de compassion l'irrita. Parce qu'il savait ce qui l'avait changée. Dani la gratifiait souvent de ce même regard.

Alors que la demeure apparaissait en vue, Keith cessa de marcher.

— Je peux te dire quelque chose ?

Elle s'arrêta pour lui faire face.

— Quoi ?

— Tu n'as pas tué ce type.

— Quel type ?

— Inutile de faire semblant avec moi. D'ailleurs, je n'en ai parlé à personne.

Devant son silence, il poursuivit :

— Je sais que tu as poignardé un des deux hommes qui t'ont agressée.

— Comment tu le sais ?

— Je suis ranger, je travaille en lien avec la police. J'ai mené mon enquête.

Cette information la perturba autant que son apparition soudaine.

— Le type s'est pointé à l'hôpital. Il a failli y passer. On l'a opéré en urgence.

— Pourquoi tu me dis tout ça ?

— Pour te rassurer, et pour que tu puisses tourner la page. Ça t'intéressera peut-être aussi de savoir qu'il est en prison maintenant.

— Oh non, est-ce qu'il a agressé une autre femme ?

— Vol de voiture et braquage à main armée. Ce n'était pas son premier délit. Il a écopé d'une peine de vingt ans.

Il aurait pu y avoir des morts lors du braquage. Ellis se sentit coupable – l'idée que son manquement à porter plainte aurait pu mener au décès d'une autre personne. Ou à un viol.

— Son complice est mort, précisa Keith.

— Qu'est-ce qui s'est passé ?

— C'est incertain. Une bagarre qui a mal tourné, de ce que j'ai cru comprendre.

— Pourquoi as-tu mené l'enquête, si tu n'avais pas l'intention de dénoncer un crime ? Pourquoi ça t'intéresse tant ?

Une drôle de lueur traversa ses yeux sombres.

— Tu devrais savoir pourquoi.

— Comment ça ?

— C'est toi qui m'as ensorcelé, au Pink Horses. Tu ne te souviens pas ?

Elle s'en souvenait.

— J'ai beau essayer, le sortilège ne s'estompe pas. Je suis venu te demander en personne de m'en libérer.

— Ta copine sait que tu es là ?

Il pinça légèrement les lèvres.

— Non, Chloe ne sait rien de mes activités depuis que j'ai rompu nos fiançailles.

Ellis tenta de cacher l'émotion que lui apportait cette information – surtout à elle-même.

— Pourquoi as-tu fait ça ?

— Tu écoutes un peu ce que je te raconte ?

— Oh… cette histoire de sorcellerie.

— Oui, le sortilège.

— Tu as roulé jusqu'en Floride pour demander à une sorcière de lever un sortilège ?

— Une très belle sorcière.

— Pour ton information, les flatteries ne t'amèneront nulle part avec une sorcière.

— Alors que faut-il que je fasse ? Je ne peux pas supporter ça plus longtemps. Je t'en prie, libère-m'en.

Elle vit à son regard qu'il ne plaisantait pas. Le ranger s'était épris d'elle. Mais comment aurait-elle pu prétendre l'ignorer ? Il avait accouru à son secours à des kilomètres, au beau milieu de la nuit. Il avait passé une journée entière à la conduire en Floride. Il lui avait envoyé des messages pendant des mois alors qu'il vivait avec une autre femme.

— Euh... Ellis... quelqu'un pointe une arme sur nous.

Elle suivit son regard. C'était Max.

— Elle la pointe sur toi, en réalité, précisa Ellis.

— J'en déduis que tu la connais ?

— C'est Maxine.

— Tu crois que tu pourrais lui demander de baisser son arme ? Être confronté deux fois à ma propre mortalité en l'espace de cinq minutes, ça fait beaucoup pour moi.

Ellis fit un geste vers le bas. Max abaissa son arme, mais la conserva en main, et ne quitta pas Keith des yeux.

Il jeta un coup d'œil à Ellis.

— Tu as quelqu'un maintenant ? Est-ce qu'elle... ?

— Je ne suis pas en couple avec elle.

Il reporta son regard sur Max.

— On rénove ensemble la maison... enfin, le tas de ruines derrière elle. Elle m'apprend les bases de la menuiserie.

— Et ça se passe bien ? Elle a l'air un peu... extrême.

— Ça se passe très bien.

Elle posa la main sur la joue de Keith pour détourner son attention de Max et de son arme.

— Est-ce qu'on peut en revenir à cette histoire de sorcellerie ?

— Oui. Il le faut. Tu veux bien me donner un coup de main avec ça ?

Sa main était toujours sur sa joue, et il se laissa aller contre elle. La caresse lui était si naturelle, et son visage familier. Comme s'ils ne s'étaient séparés que quelques mois plus tôt.

— Avant que je puisse t'aider, il faut que tu saches quelque chose à mon sujet. Je ne suis pas une gentille sorcière.

Il sourit.

— Sérieusement. Je suis la méchante de l'histoire. Il faut que tu en sois conscient.

— Méchante au point de me transformer en crapaud ?

— Je suis de celles qui ont fait des choses qu'elles regrettent et ne veulent pas en parler.

Il sembla mal à l'aise.

— Ça te va ?

— Tu recommences. Comme la nuit où tu m'as attiré dans les bois. Je n'avais aucune idée de ce dans quoi je mettais les pieds.

— *Caveat emptor,* dit-elle.

— Qu'est-ce que ça signifie ?

— « Que l'acheteur soit vigilant. »

— Décidément, tu es la femme la plus mystérieuse que j'aie jamais rencontrée.

Elle lui caressa la joue.

— Ça te plaît ?

— Apparemment, oui. Je n'arrête pas de penser à toi. Qu'est-ce que tu as fait de moi ?

Elle lui fit signe de la suivre.

— Allez, viens.

— Dans le tas de ruines ?

— Lui-même.

— Cette maison ressemble furieusement à celle d'une sorcière.

Il regarda autour de lui les terres à la lumière du crépuscule.

— Et tous ces arbres géants avec cette mousse. Cet endroit te va bien, Ellis.

— Je l'appelle la *Forêt Sauvage.*

Max remontait à bord de son pick-up pour rentrer chez elle. Voyant Ellis toucher la joue de Keith, elle avait compris qu'elle pouvait les laisser seuls. Elle sourit quand Ellis lui fit signe depuis la porte d'entrée. Quercus se vautra sur le porche, haletant sous la chaleur.

Dans le salon spartiate, Keith repéra aussitôt Gep sur le manteau de la cheminée. Le poney bleu était l'une des rares possessions d'Ellis.

Il récupéra le jouet.

— C'est la raison pour laquelle je suis là, tu sais.

— Je croyais que tu venais pour être libéré d'un sortilège.

— Absolument. Mais j'ai décidé de prendre le risque de pénétrer dans le royaume de la sorcière à cause de ce poney. Quand j'ai vu que tu l'avais gardé, j'ai supposé qu'il y avait une raison cela.

— Je te l'ai donnée : c'est mon porte-bonheur.

— Pourquoi une puissante sorcière aurait-elle besoin d'un porte-bonheur ?

— J'utilise tout ce qui s'offre à moi pour canaliser ma magie.

— Si je le reprends, je serai libéré du sortilège ?

Elle lui prit le poney des mains et le reposa sur la cheminée.

— Je ne divulguerai aucun de mes secrets.

Dehors, une chouette rayée hulula.

Keith sourit en regarda la forêt par la fenêtre.

— La chouette est ton animal familier ?

— C'est un couple, je pense qu'ils ont construit leur nid à l'arrière. Viens voir.

Elle le conduisit sur la véranda de moustiquaires.

— Je soupçonne leur nid d'être caché dans le creux de l'énorme chêne châtaignier par là-bas. Je dors ici pour être près des chouettes et des autres bruits de la nuit. Quand les nuées de dendrocygnes à ventre noir survolent la maison la nuit, c'est magique.

Il regarda son matelas, sa lampe et les quelques sacs de vêtements posés à même le sol.

— En gros, tu campes de nouveau dans les bois.

— Mais avec un accès à des sanitaires, une douche et une cuisine. Et un ventilateur.

Elle tira sur la chaîne au plafond pour actionner l'hélice.

— Très civilisé. Pas de climatiseur ?

— Il est cassé. Et je n'ai pas les moyens d'installer un nouveau système de ventilation. Pour l'instant, je me contente de me balader nue.

Il sourit.

— Vraiment ?

— Il n'y a aucun vis-à-vis. Et si quelqu'un s'introduit sur la propriété, Quercus ne le laissera pas approcher assez pour me voir. Il entend tout ce qui bouge dans le coin.

— J'ai bien remarqué.

Même à la faible lueur du crépuscule, elle le voyait suer sous l'effet cumulé de la chaleur et de l'humidité locale. Il était habillé comme pour l'automne en Ohio, avec un pantalon beige, une chemise à manches longues, un T-shirt et des chaussures fermées. Elle était pieds nus, en short et débardeur à même la peau. Quand Max était dans les parages, elle était obligée de porter des vêtements, mais elle gardait une tenue aussi légère que possible pour survivre à la touffeur moite qui ne se dissiperait pas avant décembre.

— En parlant de vêtements, dit-elle, il faut que tu en enlèves quelques-uns.

Il haussa les sourcils.

— Ah, vraiment ?

— Tu as l'air d'avoir chaud.

Elle désigna le matelas et ajouta :

— Assieds-toi. Ceci est mon canapé, ma table, ma chaise longue et mon lit. Choisis ta fonction.

— Est-ce que je suis obligé de te dire laquelle je prends ?

— Ce sera ton secret.

Il s'assit. Elle s'installa à côté de lui tandis qu'il ôtait ses chaussures et ses chaussettes. Elle le débarrassa de sa chemise et de son T-shirt.

— C'est mieux ? demanda-t-elle.

— Beaucoup mieux. Est-ce qu'on commence la libération du sortilège ?

Elle passa sa main sur son torse.

— Tu sais, tu es bien trop confiant.

— Vraiment ?

— Tu es ici, dans l'antre d'une sorcière, la nuit, et tu pars du principe que je vais lever ce sortilège ?

— J'ai tort ?

Elle se releva sur ses genoux, effleurant presque ses lèvres au passage.

— Peut-être que je vais le renforcer, au contraire.

— Ce serait terrible, dit-il en la prenant dans ses bras.

— Je t'ai prévenu que j'étais mauvaise.

Il l'attira sur le matelas, la serrant contre son torse.

— Les mauvaises sorcières préfèrent être au-dessus, si je me souviens bien.

— Tu as bonne mémoire.

— Douloureusement précise.

— Je peux arranger ça.

Elle ôta son débardeur.

— Je me sens déjà mieux. Ta magie est efficace.

— Tu n'as pas idée. Prêt pour la suite ?

— Pourquoi poser la question alors que ton sortilège m'a déjà fait capituler ?

— Je crois me souvenir que tu as quelques tours diablement efficaces dans ton chapeau, toi aussi.

— Comment tu as deviné ?

— Je l'ai tout de suite su. Ce n'était pas un simple poney en plastique que tu as glissé dans ma poche.

Elle l'emprisonna sous le poids de son corps.

— On verra quelle magie est la plus forte.

QUATRIÈME PARTIE

LA FILLE DU CORBEAU

1

RAVEN SE TENAIT À UN MÈTRE de la clôture en bois. Elle faisait toujours bien attention quand elle se rendait à la frontière. Elle prenait garde à ce que ses pieds n'entrent pas en contact avec une touffe d'herbe qui pencherait du côté des terres de Jackie.

La famille de Jackie s'affairait, en allers-retours pressés de la voiture à la maison. Personne ne l'avait remarquée. Ils chargeaient le coffre pour un long périple en camping jusqu'au Colorado – dans le parc national de Rocky Mountain –, c'était ce qu'avait dit la maman de Jackie à Raven lors du dernier jour d'école.

Raven regarda le nouveau père de Jackie, Mr Danner, arranger la disposition des valises à l'arrière du SUV. C'était le professeur de sport de Raven depuis trois ans, depuis qu'elle était en CE2. Ms Taft et lui étaient tout de suite tombés amoureux et s'étaient mariés l'été où Jackie venait de terminer la primaire.

Jackie sortit de la maison et donna quelque chose à Mr Danner. Celui-ci s'esclaffa et le gratifia d'une tape sur l'épaule. Raven était contente que Jackie et Huck aient un homme gentil comme Mr Danner pour père. Et Ms Taft était très heureuse. Elle s'appelait Ms Danner maintenant – parce qu'elle n'avait pas voulu conserver le nom de son ex-mari, d'après Jackie. Jackie lui-même se faisait appeler *Jack Danner*. Il demandait à ses amis de le surnommer *Jack* depuis le CM2, mais sa famille gardait *Jackie*. Raven aussi. S'il avait beaucoup grandi, il resterait toujours *Jackie* à ses yeux.

Raven approcha de la clôture quand Reece émergea de la maison en compagnie de Huck. Il avait dû y passer la nuit, et les Danner le déposeraient chez lui en partant.

Reece la repéra aussitôt. Il dit quelque chose à Huck, puis les deux garçons traversèrent le terrain en courant pour la rejoindre.

— Alors, tu regardes si l'herbe est plus verte de l'autre côté de la barrière ? demanda Reece.

— J'imagine, répondit-elle.

Huck semblait triste et énervé, comme chaque fois qu'on mentionnait la clôture. Reece, bien sûr, en avait fait une blague depuis le jour où elle leur avait annoncé qu'elle ne pouvait plus poser un pied de leur côté.

— Tu pars quand pour le Montana ? s'enquit Huck.

— Demain.

— Je ne comprends pas pourquoi tout le monde va s'enterrer au milieu de nulle part. Vous ne trouvez pas qu'on a assez d'arbres chiants ici ? dit Reece en désignant les prés et les bois. Moi, si je pouvais partir en vacances, j'irais à New York.

— Je viendrais avec toi, dit Huck.

Reece leva la main.

— Road trip. Le premier de nous deux qui aura une voiture emmène l'autre.

Ils topèrent et Huck jeta un coup d'œil par-dessus son épaule.

— En parlant de voiture… il faut que j'aille chercher mes affaires avant que Jackie ne prenne toute la place.

— Avec son gel pour les cheveux ? se moqua Reece.

Huck renâcla.

— Ouais, et avec ses fringues.

— Jackie est dans une phase mode et beauté en ce moment. C'était un sacré tombeur en sixième.

Raven n'avait plus vraiment de nouvelles de Jackie à présent. Elle ne le voyait que brièvement, lors des rares occasions où il accompagnait sa mère à l'école primaire.

— Faut que je file, lança Huck. Bonnes vacances !

— Toi aussi, dit-elle.

Reece resta avec elle tandis que Huck retournait en courant à la maison. Il posa ses bras sur la vieille clôture en bois.

— Tu as conscience que c'est ridicule, pas vrai ?

— De quoi ? demanda-t-elle innocemment.

— Cette histoire de barrière. Allez, passe de l'autre côté. Viens dire bonjour à Jackie.

— J'ai promis. Tu le sais très bien.

— Tu avais sept ans quand Maléfique a fait sa loi. Tu es assez grande maintenant pour comprendre que c'est n'importe quoi.

— Arrête de l'appeler comme ça.

Il soupira et plongea dans l'ouverture entre les planches. Il s'assit dans les herbes hautes, et elle s'installa à côté de lui.

— Comment ça se passe avec elle ?

— Ça va.

Il la regarda droit dans les yeux.

— Tu peux me dire la vérité, tu sais. Je vis avec ma propre version de Maléfique.

— Y a rien à ajouter.

— Je parie qu'il y aurait des tonnes de trucs à raconter.

Elle observa une sauterelle qui grimpait sur un brin d'herbe. Si elle avait encore sept ans, elle aurait pu croire à une espionne pour le compte de Mama. À présent, ces choses-là ne l'inquiétaient plus vraiment. Mais elle n'aurait pas été surprise si Mama l'épiait derrière les arbres.

Reece passa un bras autour d'elle.

— Ne la laisse pas te rendre folle. Je sais ce que ça fait.

Le poids de son bras était si agréable. Ça lui avait manqué. Avant, il passait de temps en temps un bras autour d'elle dans le car scolaire. Ou dans la cour de récré. Il se fichait que les autres garçons se moquent de lui.

Elle se colla contre lui et respira son odeur de grand. Il la serra plus fort contre lui.

— Je suis toujours là pour toi, Bird Girl. N'oublie pas. Toujours.

Elle sourit.

— Je sais. Tu te souviens de mon premier jour dans la cour de récré ?

— C'était ton deuxième.

— Les autres ne m'ont plus jamais appelée *Bird Girl* après ça.

— Ils n'avaient pas le droit. C'est mon surnom. J'ai un copyright. Punition légale de mon poing dans la figure si quelqu'un d'autre l'utilise.

C'était plus ou moins ce qu'il avait dit aux autres enfants qui se moquaient d'elle après avoir entendu Reece l'appeler comme ça. Reece et Huck avaient rapidement mis un terme aux railleries. Les garçons et leurs copains – ainsi que Jackie – avaient été de loyaux protecteurs pendant la période d'adaptation à l'étrange monde de l'école primaire.

Ils observèrent en silence Mr Danner charger la voiture.

— Je ne me suis toujours pas fait à l'idée que Danner soit leur père, dit Reece.

— Moi non plus. Pourquoi les choses ne peuvent-elles pas rester comme avant ?

— Comme avant quoi ?

Elle ne répondit pas, parce qu'elle savait que son souhait était débile.

— Tu veux dire comme l'été où on t'a rencontrée ?

Comme elle se taisait, il resserra sa prise sur ses épaules et tenta de croiser son regard baissé.

— C'est ce que tu veux dire, pas vrai ? Mais tu as tort. Toi et moi, on n'a surtout pas intérêt à ce que le temps se fige. Il faut qu'on se barre d'ici, loin de nos mères.

Elle ne parvenait même pas à imaginer ce genre d'avenir.

— T'es pas contente d'aller au collège à la rentrée ? demanda-t-il. Tu vas pouvoir reparler à Jackie.

— Mais toi et Huck vous n'y serez plus.

— T'aurais préféré qu'on redouble ?

Elle sourit.

— Non. J'aurais juste voulu que vous soyez tous là.

— Rien que pour être avec toi, moi aussi j'aurais voulu y rester.

— T'as envie d'aller au lycée ?

— Ouais. C'est un pas de plus pour partir de ce trou.

Il récupéra son bras et lui demanda :

— Alors, ça ressemble à quoi cette baraque dans le Montana ? Elle est aussi grande que la tienne ici ?

— Comment tu sais que ma maison est grande ?

— Les gens parlent.

C'était aussi ce que lui avait dit Jackie quand elle l'avait rencontré.

— Le chalet dans le Montana n'a rien à voir. Il est tout petit, et il n'y a même pas l'eau courante.

— Sérieusement ?

— Les toilettes sont dans une cabane au fond du jardin, et il faut aller chercher l'eau au puits.

— L'horreur. Tu m'étonnes que tu détestes y aller.

— Je n'ai pas dit ça.

— Non, mais tu tires une tête d'enterrement tous les ans avant les vacances.

— C'est très beau, là-bas. On a vue sur les montagnes.

— Je parie que tu t'ennuies.

C'était le cas. Mais elle ne pouvait pas critiquer le chalet du Montana. Mama adorait y aller.

— Regarde qui voilà, dit Reece, le garçon le mieux coiffé de la région !

Huck avait probablement prévenu Jackie de la présence de Raven. Elle comprenait maintenant ce qu'ils entendaient par « tombeur des sixièmes ». Il était très beau. Mais elle l'avait toujours pensé.

Raven se leva tout en prenant bien garde à ce que ses pieds ne frôlent pas l'herbe de la frontière.

— Salut, Raven, dit Jackie.

— Salut. Prêt à partir ?

— Ouais, on ne va pas tarder. Si Huck veut bien arrêter de mettre des trucs dans la voiture.

Raven et Reece échangèrent un sourire complice.

— Quoi ? demanda Jackie.

— Rien, dit Reece. T'es drôlement bien coiffé aujourd'hui, Jacko.

— La ferme.

— Pff et moi qui croyais faire ma bonne action avec ce compliment, dit Reece.

Même Jackie sourit.

— Ma mère m'a raconté pour Petite, dit Jackie. Tu penses vraiment qu'elle est morte ?

— Je sais qu'elle est morte, rectifia Raven. Ça fait trois mois qu'elle n'est pas venue réclamer de cacahuètes.

— Peut-être qu'elle s'est envolée ailleurs.

— D'habitude elle revient toujours. Même quand on part dans le Montana.

Quand elle y pensait, Raven était incapable de retenir ses larmes. Ou de se faire à l'idée qu'elle ne reverrait plus jamais Petite. L'idée qu'elle se soit fait plumer et dévorer par un faucon la hantait. Elle avait vu ce genre de choses arriver assez souvent pour avoir une image très nette des moindres détails.

Reece la prit dans ses bras.

— Bravo, Jackie.

— Quoi ? Je l'ai appris hier.

— T'étais pas obligé de le mentionner.

Reece la serra plus fort dans ses bras.

— Pff.

— Quoi ? demanda Reece.

— Rien. Tu ferais mieux de venir. On s'en va. Salut, Raven.

Elle se détacha de l'étreinte de Reece et essuya ses larmes.

— Salut, Jackie. Amuse-toi bien.

— Merci.

Il jeta un drôle de regard à Reece et partit en courant vers la maison.

— C'est trop drôle.

— De quoi ?

— Il est jaloux.

— De quoi ?

Reece sourit.

— Tu sais très bien de quoi.

Raven regarda au loin la silhouette élancée de Jackie. Si seulement Reece disait vrai.

— J'hallucine. Toi aussi ?

— Mais quoi ?

— Maintenant je regrette clairement de ne plus être au collège.

— Pourquoi ?

— Parce que je veux voir ce que cette histoire va donner.

— Tu ferais mieux d'y aller. Mr Danner a l'air de te chercher.

— Est-ce que Jackie nous regarde ? demanda-t-il.

— Oui.

Il la prit dans ses bras et déposa un très long baiser sur sa joue.

2

UNE SEULE CHOSE SEMBLAIT ACCAPARER les pensées des lycéens : le sexe. Ça valait pour les discussions, aussi. Le sujet était au cœur de toutes les railleries et plaisanteries. Les adolescents pariaient sans cesse sur qui le faisait avec qui. Raven ne voyait vraiment pas l'intérêt. Elle supposait que ces choses lui échappaient, car elle était Fille du Corbeau. Dans le monde des corbeaux, l'acte de procréation était un mécanisme de survie de l'espèce, rien de plus. Si un organisme ne parvenait pas à transmettre ses gènes à la génération suivante avant sa mort, les gènes étaient perdus à jamais sur Terre. La reproduction était un sujet très sérieux dans les prés, les forêts et les rivières.

En grandissant, il lui était parfois arrivé de remettre en question sa filiation. Elle n'avait pas rencontré une seule personne pratiquant les arts ancestraux de la terre comme Mama – même si, bien sûr, elle n'aurait pas su comment reconnaître leurs adeptes, puisqu'ils cachaient eux aussi leur véritable nature. Mais Raven ne pouvait douter de ses origines trop longtemps, tant elle se distinguait des autres. À l'école, loin de l'espace familier des prés et des forêts de Mama, elle avait cruellement conscience de sa différence. Son propre esprit de corbeau restait perché à l'écart, et regardait les adolescents et les professeurs de loin avec une méfiance et un cynisme grandissant – au croisement de son âme de corbeau et de son âme d'humaine.

Les autres élèves la considéraient avec une défiance similaire. Elle s'était sentie scrutée depuis la première semaine de CE1. Les enfants s'étaient montrés curieux, presque envieux, de son groupe de copains protecteurs, et rien que ça avait suffi à la démarquer du lot. La mère de Jackie aussi la couvait, et avait probablement parlé de son histoire aux professeurs. Raven savait que certains enseignants lui prêtaient particulièrement attention par charité : la pauvre enfant qui n'avait pas le droit à l'ordinateur, au téléphone ou à la télévision, et qui pouvait aller sur Internet pour ses devoirs uniquement en cas d'absolue nécessité. Mama avait été très ferme à ce sujet quand elle avait amené Raven au bureau d'inscription pour le CE1. Prise en pitié par la directrice et les secrétaires dès ses premières minutes dans l'enceinte de l'école, elle avait été immédiatement mal à l'aise.

Raven mangea son sandwich et s'efforça d'ignorer les chuchotements qui la visaient. Ou plus précisément, qui les visaient, Chris et elle. Depuis quelque temps, il s'asseyait à sa table et lui parlait de plus en plus. Raven sentait les regards peser sur leurs moindres faits et gestes.

Le fait qu'elle soit en première année de lycée était la source principale de leur intérêt. Chris était en dernière année. Huck, Reece et Jackie estimaient qu'un quatrième année ne devrait pas draguer une fille en première année. Et plus précisément, ils ne voulaient pas que Chris lui fasse du gringue. Ils la trouvaient trop innocente pour les garçons de leur âge.

Elle leur était reconnaissante « d'assurer ses arrières », comme ils disaient, mais elle leur reprochait de la voir encore comme la petite fille naïve élevée par sa folle de mère. Cette vision d'elle la dérangeait de plus en plus. Elle aurait voulu que les garçons la traitent comme ils traitaient leurs autres amis.

Quand Raven termina son sandwich, Chris se pencha vers elle et chuchota :

— Joyeux anniversaire.

Il posa devant elle un cupcake qu'il lui avait caché jusque-là.

— Désolé, il est un peu écrabouillé.

Raven masqua sa surprise. Elle avait oublié que le douze mars était la date inscrite par Mama sur son extrait de naissance. Mama et elle fêtaient toujours son anniversaire au moment de l'équinoxe de printemps.

Le gâteau fit jaser autour de la table.

— J'espère que tu en as apporté un pour tout le monde, lança Reece à Chris.

— C'est son anniversaire, justifia Chris.

Tout le monde à table lança :

— Joyeux anniversaire, Raven !

Jackie marmonna des excuses pour avoir oublié. Sa mère avait été la première à fêter cette date quand Raven était en CE1, après l'avoir cherchée dans le formulaire d'inscription. Elle lui avait donné des friandises à distribuer à ses camarades de classe à l'heure du déjeuner – un rituel important à l'école primaire. C'était ainsi que les autres avaient eu connaissance de sa fausse date d'anniversaire.

— Comment peux-tu te souvenir de ça ? dit Huck à Chris.

— Facile, je suis né le douze, moi aussi.

— Aujourd'hui ? releva quelqu'un à table.

— Non, le douze août. J'espère que tu aimes le gâteau au chocolat ? demanda-t-il à Raven.

— J'adore ça.

Elle avait des scrupules à dévorer le cupcake devant eux tous, mais le mangea tout de même pour faire plaisir à Chris.

— Tu en veux ? lui proposa-t-elle.

— Peut-être une bouchée.

Il mordit juste à côté de sa marque de dents, et lui rendit la pâtisserie.

Chris défia du regard leurs airs ébahis. Cela plut à Raven. Suivant sa provocation, elle essuya une trace de chocolat sur le coin des lèvres de Chris avec sa serviette en papier.

Reece s'éventa avec son T-shirt.

— C'est moi où ça devient torride par ici ? railla-t-il.

Plusieurs rires moqueurs s'élevèrent autour de la table.

— Clairement, dit Chris en regardant Raven.

— On y va, dit Jackie à Raven. Ça ne va pas tarder à sonner.

Il l'accompagnait toujours devant la salle de maths, parce que la sienne était dans le même couloir.

Quand Jackie se leva, Sadie, sa petite copine depuis décembre, l'embrassa langoureusement devant tout le monde. Raven trouvait la scène amusante. C'était comme observer les colonies de marmottes dans les montagnes du Montana.

Jackie était étonnamment taciturne en sortant du réfectoire. À l'approche de sa salle, il lui demanda :

— Tu l'aimes bien, Chris ?

— Évidemment que j'aime bien Chris.

— Comme un ami ?

— On est amis.

— Tu sais très bien ce que je veux dire.

— Pourquoi tu me demandes ça ?

— Parce que… Je veux juste m'assurer que tu sais ce que tu fais. Chris a beaucoup plus d'expérience que toi.

— Tu ne lui fais pas confiance ?

— Si. C'est un mec bien.

Elle s'arrêta pour lui faire face.

— Alors quel est le problème ?

Il la sonda, comme pour tenter de percer ses sentiments à l'égard de Chris.

— Il n'y a pas de problème. On se voit dans le car.

— Tu ne rentres pas en voiture avec Huck ?

— Il a base-ball.

Raven s'assit à son pupitre et ouvrit son sac à dos. Elle passa ses doigts sur la couverture abîmée des *Grandes Espérances* qu'elle avait récupéré à la bibliothèque avant le déjeuner. Elle ne pourrait pas entamer le roman dans le car, parce que Jackie allait vouloir bavarder, rendrait Sadie jalouse, qui à son tour se mettrait à jacasser pour attirer son attention. C'était ce qui se passait à chaque fois que Jackie faisait le trajet en sa compagnie. Raven aimait bien passer du temps avec lui, mais elle regrettait presque qu'il prenne le car ce soir-là.

Raven lisait des livres de la bibliothèque dans le car scolaire depuis le CM2, la première année où elle avait commencé à s'y asseoir seule, car ses amis étaient entrés au collège. Elle savourait cette immersion dans les romans, surtout dans les histoires d'amour qu'elle cachait à Mama. D'après sa mère, les romances futiles représentaient une perte de temps. Mais elle se trompait forcément. En cours de littérature, elle avait étudié *Roméo et Juliette* et *Orgueil et Préjugés*… deux romans d'amour. Les romans enseignaient à Raven des choses sur les gens et les relations qu'elle n'aurait jamais pu apprendre de Mama ou des esprits de la terre.

Chris l'attendait devant la porte du parking des cars. Et grâce à ce qu'elle avait appris dans les romans, Raven savait pourquoi il était là. Elle sentait qu'il la considérait plus que comme une simple amie, et qu'il avait décidé de prendre les choses en main. C'était toujours un développement intéressant dans les histoires d'amour. Allait-il tenter de l'embrasser ? Son cœur s'emballa à cette pensée.

— Salut, dit Chris.

— Salut, répondit-elle.

— Je me demandais si tu voulais que je te dépose en voiture, au lieu de prendre le car, proposa-t-il. On pourrait passer chez Bear's et manger un truc pour fêter ton anniversaire. C'est moi qui invite.

— Tu m'as déjà offert un cadeau.

— C'était rien du tout.

— C'était gentil.

— Alors laisse-moi être plus gentil encore.

— Chris… tu connais la situation… chez moi.

Une pointe d'un ressentiment familier perça dans ses yeux. Chris, Jackie, Huck et Reece étaient les quatre seules personnes à qui Raven avait raconté sa promesse de ne jamais mettre les pieds sur la propriété des Taft. Elle les avait prévenus essentiellement pour qu'ils ne viennent pas sur la sienne – car sa mère avait mentionné son arme. Des années plus tard, les garçons fulminaient encore.

— Tu as peur des caméras devant le portail ? demanda Chris.

Elle acquiesça.

— Je te déposerai hors champ. Au même horaire que le car. Il fait plein de détours.

Mais dans ce cas, les caméras enregistreraient le passage du car devant chez elle sans qu'elle en descende. Raven ignorait si Mama regardait ou non ces vidéos. Mais si elle le faisait, et qu'elle découvrait que Raven était rentrée à la maison avec un garçon… sa réaction était imprévisible.

— Tu n'as jamais envie d'envoyer balader tout ça, parfois ? demanda Chris.

Elle n'avait jamais eu de raison de le vouloir, mais peut-être qu'à présent si.

— Tente le coup, insista-t-il. Tu dis qu'elle ne t'a jamais frappée. Alors quel est le pire qui puisse arriver ?

La colère de Mama, voilà ce qu'elle risquait. Cette colère qui la terrifiait plus que tout quand elle était petite. Mais elle avait grandi depuis. Elle était assez mûre pour savoir qu'un beau garçon en dernière année avait envie de l'embrasser.

— OK, dit-elle.

— Vraiment ?

Elle acquiesça, satisfaite de le voir si heureux.

Ils s'éloignaient dehors quand Jackie arriva à son niveau.

— Tu ne prends pas le car ?

— Chris va me ramener à la maison, dit-elle.

— Et ta mère ?

C'était comme si les garçons voyaient double quand ils la regardaient : Raven, et l'ombre de sa mère. Elle en avait marre de ne jamais être juste Raven à leurs yeux.

— J'imagine que ma mère va devoir s'y faire, répondit-elle.

Jackie était stupéfait. Chris sourit.

— À demain ! lança-t-elle à Jackie.

— Une rebelle est née ! s'enthousiasma Chris. Ça me plaît !

Sa voiture était garée sur le parking réservé aux élèves de dernière année. Nombre d'entre eux posèrent sur les deux adolescents un regard insistant. Plusieurs saluèrent Chris, et quelques-uns Raven.

Elle se sentit différente. Moins à l'écart. Et peut-être plus jolie que d'habitude. Chris était un garçon populaire, il faisait partie de l'équipe de football américain.

Elle fut soudain très consciente de ce qu'elle portait. Heureusement, elle avait mis son jean préféré, un pull et ses bottines. Depuis qu'elle était entrée à l'école, l'objectif de Raven avait été de ressembler à ses camarades, et à cette même fin, Mama la laissait commander presque tous les vêtements qu'elle voulait.

— On va chez Bear's ? proposa Chris en prenant le volant.

— Il paraît qu'ils font de très bons milk-shakes, dit-elle.

— Les meilleurs. Mon préféré, c'est celui parfum *cookie and cream.*

— Je vais prendre ça, alors.

— Tu y es déjà allée ? demanda-t-il.

— Oui, j'y vais tout le temps. C'est le restau préféré de ma mère.

Il s'esclaffa en comprenant son second degré, et lui jeta un coup d'œil.

— Tu as l'air différente, aujourd'hui.

Bien. Il avait remarqué. Elle s'enfonça dans le siège de la voiture et contempla ce paysage qu'elle n'avait pas l'habitude de voir.

Quand ils entrèrent sur le parking de Bear's Burgers, elle repéra d'autres lycéens qui les regardaient bizarrement.

— Mince, c'est blindé aujourd'hui, pesta Chris. Tu veux rester sur place ou prendre à emporter ? On pourrait aller se poser ailleurs pour manger.

— Oui, faisons ça.

Elle n'avait pas très envie que ses moindres gestes soient scrutés.

Au niveau de la petite fenêtre du drive-in, il réclama deux milk-shakes. Raven observa attentivement l'interaction. Elle n'avait jamais commandé depuis une voiture. Mama préparait elle-même leurs sandwichs quand elles partaient dans le Montana l'été.

Il lui tendit une boisson, et elle en aspira une gorgée.

— Il est bon ? demanda-t-il.

— Très. On va où ?

— Tu verras. C'est une surprise.

Elle regarda la ville défiler. Elle en connaissait très mal les rues, et n'en gardait qu'un lointain souvenir de l'époque où Mama l'emmenait à la bibliothèque municipale parce que tante Sondra avait dit que Raven avait besoin d'éducation et de socialisation. Mais depuis que Raven allait à l'école, Mama avait cessé de sortir.

Chris sortit de la ville. Un peu avant l'autoroute, il bifurqua sur une piste de terre. Un très vieux panneau annonçait « Starlite Cinema Drive-In ». Il s'engagea sur un terrain vague où étaient plantés des poteaux en fer rouillé et se gara en plein milieu, face à un grand rectangle blanc délabré.

— Je crois qu'ils passent quelque chose de cool aujourd'hui, dit-il en coupant le moteur.

— C'est quoi ce truc ? demanda-telle.

— Un écran de cinéma. C'est un ancien drive-in.

Elle savait ce qu'était une salle de cinéma, mais elle n'avait jamais entendu parler d'un cinéma en extérieur. Aucun de ses livres n'avait jamais mentionné ça.

Raven regarda le terrain vague jonché de détritus. Elle ne sentait pas la présence des esprits de la terre, ici. Peut-être étaient-ils partis.

— J'aurais bien voulu t'emmener dans un coin plus joli, dit-il, mais on n'a pas assez de temps pour aller plus loin.

— Pas de problème, dit-elle.

Elle était ravie que les esprits de la terre ne soient pas là pour l'espionner et rapporter sa conduite à Mama.

— Tu as trop froid avec le milk-shake pour sortir de la voiture ? J'ai un plaid qu'on peut étaler par terre.

— Je préfère m'asseoir à l'extérieur.

— C'est bien ce que je me disais.

Il déterra une couverture du coffre et la déplia un peu plus loin, pour qu'ils puissent siroter leur boisson devant l'écran.

— Alors, qu'est-ce qu'on regarde ? demanda-t-il.

Elle contempla l'écran en lambeaux.

— Visiblement, rien.

— Allez, fais fonctionner un peu ton imagination. Quel type de film ? Science-fiction ? Horreur ?

Elle n'avait pas l'habitude de jouer à ce genre de jeux, mais elle était partante.

— Romance.

— Vraiment ? Tu as réussi à me traîner devant un film à l'eau de rose ? Tu dois être très convaincante.

— Je le suis.

— Et le film te plaît ?

— C'est le meilleur que j'aie jamais vu.

Il sourit. Le plus drôle, c'était qu'elle disait vrai. Elle préférait de loin cet écran neutre aux films qu'elle avait vus avec les garçons lors de leur premier été. À chaque fois qu'ils allumaient la télévision, ils arrêtaient de parler. Elle préférait jouer à des jeux, discuter ou plaisanter avec eux.

Chris leva son milk-shake pour trinquer.

— Quinze ans. Joyeux anniversaire.

Il fit s'entrechoquer leurs gobelets en carton. Ses yeux sombres ne la quittaient pas.

— Je peux t'avouer quelque chose ?

— Vas-y.

— Starlite, c'est l'endroit où tout le monde vient pour se rouler des pelles.

— Ah, vraiment ?

Elle ne savait pas quoi répondre d'autre.

— Ce n'est pas pour ça que je t'y ai emmenée. C'était juste tout près, et je me doutais qu'il n'y aurait personne. Les gens viennent surtout la nuit.

Il ne cessait de la regarder. Frissonnant sous l'effet d'autre chose que du milk-shake glacé et de la fraîcheur de l'air, elle posa son gobelet et croisa les bras.

— Tu as froid.

Il se rapprocha et, passant un bras autour d'elle, lui demanda :

— Je peux ?

Elle songea à Reece, qui faisait souvent ça. Et à la nuit où Jackie l'avait accueillie sous sa couette pour qu'elle arrête de trembler.

— Je ne mentais pas quand je te disais que je ne t'ai pas amenée là pour qu'on se roule des pelles, dit-il. Mais est-ce que je peux t'embrasser ?

Elle n'arrivait pas à croire que ce moment allait enfin se produire. Elle n'avait aucune idée de comment faire. Et elle était trop terrifiée pour répondre.

Il rapprocha son visage du sien.

— Tu as déjà embrassé quelqu'un pendant toutes ces vacances dans le Montana ?

Elle secoua la tête.

— Alors je suppose que tu n'as jamais embrassé personne ? J'en aurais entendu parler si tu étais sortie avec quelqu'un ici.

Il sourit devant son silence.

— J'imagine que j'ai vu juste.

Il regarda fixement ses lèvres.

— Je veux être ton premier. Plus que tout.

— Vraiment ?

Elle se sentit bizarre. Son corps était aussi léger que l'air. Presque comme si elle volait. Comme si son esprit de corbeau avait supplanté sa part humaine.

Il plongea son regard dans ses yeux.

— Je peux te donner un baiser d'anniversaire ?

— Oui.

Il posa ses lèvres sur les siennes.

Au début, elle trouva ce contact étrange. Seule Mama avait déjà fait ça. Mais la façon qu'il avait de le faire était différente. Plus longue. Et il ouvrait un peu la bouche. Il avait le goût du milk-shake *cookies and cream.*

Il recula et la regarda à nouveau dans les yeux. Ses iris luisaient comme du verre noir.

— C'était bien ?

— Oui.

Il prit son visage entre ses mains chaudes.

— Tu es tellement belle. Tu le sais, au moins ?

Elle l'ignorait, mais à présent elle le croyait.

Il l'embrassa encore. Cette fois plus langoureusement. C'était plus facile qu'elle l'avait imaginé. Son corps était parcouru d'agréables sensations, comme pour les baisers de deux amants décrits dans les livres. Sauf que c'était bien meilleur, car ça arrivait pour de vrai. À elle.

Après le baiser, ils restèrent dans les bras l'un de l'autre. Elle était bien, mais trop vite, il relâcha son étreinte.

— Je pense qu'il vaut mieux que je te ramène chez toi. J'espère que tu ne vas pas avoir des ennuis.

Elle se rendit compte qu'il fallait qu'elle parte tout de suite. Le car n'allait pas tarder à passer devant sa maison. L'arrêt de Jackie était le suivant après le sien. Elle l'imagina regarder par la vitre son portail alors que le car poursuivait sa route et se demanda ce à quoi il pensait, s'il était un peu jaloux.

Ils replièrent la couverture et la rangèrent dans le coffre. Raven observa une dernière fois ce drôle d'endroit pour leur premier baiser.

— Ta mère regarde les caméras pour savoir quand tu rentres ?

— Je ne sais pas.

— Alors croisons les doigts.

Il jeta un coup d'œil vers elle en conduisant, et lui proposa :

— Si ça se passe bien avec elle ce soir, tu veux sortir avec moi ?

— Oui, répondit-elle, même si elle n'arrivait pas à imaginer comment ce moment pourrait se reproduire.

Alors qu'ils approchaient de sa maison, elle le fit stationner en amont du portail, assez loin pour que les caméras ne les voient pas. Ils s'embrassèrent une dernière fois.

— Bonne chance, dit-il. À demain.

Il démarra et fila tout droit au lieu de faire demi-tour. Ç'aurait été mieux s'il avait attendu qu'elle rentre avant de passer devant les caméras, mais il était impossible de revenir en arrière.

Elle composa le code sur le pavé numérique qui déverrouillait le portail, et remonta l'allée qui serpentait jusqu'à la maison en rondins. Une fois passée la protection du portail, elle se sentait en général de nouveau elle-même, Fille du Corbeau. Mais après ce moment en compagnie de Chris, quelque chose avait changé. Elle était plus joyeuse, différente – en mieux.

Mama n'ouvrit pas la porte quand elle frappa. Elle était sortie rendre visite aux esprits de la terre. Ça arrivait souvent. Raven éteignit les alarmes que son retour avait déclenchées.

Le silence de la maison la réconforta. Mama ne savait pas qu'elle était en retard.

Raven décida de préparer quelque chose de spécial pour le dîner. Aujourd'hui, c'était son anniversaire dans le monde des humains. Aujourd'hui, elle avait reçu son premier baiser. Elle se sentit plus humaine que d'habitude, comme si le corbeau en elle s'était assoupi.

3

RAVEN ET CHRIS « sortaient ensemble », comme disaient les autres au lycée. Ils s'asseyaient côte à côte au réfectoire, et Raven prenait le risque qu'il la reconduise à la maison. Ils allaient se promener au parc. Un jour, ils allèrent au restaurant mexicain, car il pleuvait. Et puisque Mama n'avait toujours rien dit à ce sujet, ils sortirent une quatrième fois, et retournèrent au Starlite avec des milk-shakes.

Reece la prit à part au lycée pour la mettre en garde, comme l'avait fait Jackie. Il l'avertit que Chris avait bien plus d'expérience qu'elle. Elle lui demanda s'il faisait confiance à Chris.

— Ce n'est pas que je ne lui fais pas confiance, dit Reece, c'est plutôt que je ne sais pas si je peux te faire confiance à toi.

Quand il vit sa colère, il précisa :

— Tu sais, tu vis d'une manière… vraiment différente des gens de notre âge. Ce qui est normal pour toi et pour lui… ce n'est pas la même chose. Tu vois où je veux en venir ?

Elle ne vit aucune raison de lui répondre. Il ne faisait qu'énoncer un fait évident.

— Il a déjà été avec pas mal de filles, et tu n'as jamais eu de copain avant.

— Et alors ? Il y a une première fois pour tout le monde, non ?

— Je sais. Mais il pourrait se faire des idées et aller trop vite. Tu te croiras obligée de…

— Je ne suis pas idiote, Reece !

— Je sais, je sais. Désolé. Je m'inquiétais juste pour toi. Chris est… disons que ça fait un moment qu'il est un peu obsédé par toi. Il fallait que je te prévienne.

— Obsédé ?

— Ouais. Ça fait un bout de temps. Tu n'avais pas remarqué ?

— Non.

— Ben nous, si. Tout le monde. Il savait qu'on le trouvait tous trop vieux pour toi, alors tu sais ce qu'il a fait ? Il a attendu ton anniversaire pour t'inviter à sortir. Tu as quinze ans – ça fait déjà plus âgée que quatorze – et il n'aura dix-huit ans qu'en août. Donc techniquement, c'est pile le moment où vous n'avez que deux ans d'écart. Tu te rends compte à quel point c'est tordu ? Il pensait sérieusement que ça allait changer quelque chose.

— Ce n'est pas tordu.

— Il a tout manigancé à l'avance !

— Pourquoi ce serait si mal ?

— Parce que ça montre qu'il ferait n'importe quoi pour t'avoir.

— Et je suis censée préférer un garçon qui ne ferait rien du tout pour moi ?

Elle pensait à Jackie. De tous les garçons qu'elle connaissait, c'était de lui qu'elle aurait voulu un premier baiser, mais lui n'était certainement pas prêt à se bouger pour elle.

— Vas-y doucement, d'accord ? insista Reece.

— OK…

Il lui prit la main.

— Tu ne m'en veux pas, Bird Girl ?

— Bien sûr que non.

Ils topèrent.

La mise en garde de Reece eut l'effet opposé de celui recherché. Elle accorda d'autant plus sa confiance à Chris. La fois suivante où ils sortirent après les cours, il l'emmena dans une maison abandonnée qu'il trouvait cool. Ils s'embrassèrent langoureusement, longtemps. Elle le laissa passer ses mains sous son T-shirt.

Quand les vacances de printemps arrivèrent, ils durent cesser de se voir pour une semaine. Raven regrettait l'excitation de leurs sorties. Sa vie avec Mama lui semblait abominablement morne en comparaison. Elle repassait dans sa tête ses meilleurs moments avec Chris, mais étonnamment, ses pensées dérivaient alors souvent vers Jackie. Elle était un peu contrariée de ne pas pouvoir empêcher les intrusions de Jackie dans ses rêveries.

Le lundi suivant, au déjeuner, Chris chuchota :

— Tu m'as manqué.

— Toi aussi.

— Ta mère a dit quelque chose au sujet des caméras pendant les vacances ?

— Non.

— Elle ne doit pas les regarder du tout.

Raven en était arrivée à la même conclusion. Les cinq fois où elle était rentrée avec Chris après les cours, les caméras auraient dû montrer qu'elle n'avait pas pris le car. Mais Mama n'avait rien dit, même en voyant Raven rentrer plus tard que d'habitude.

— On a qu'à faire un truc aujourd'hui, dit Chris.

— OK.

— Où est-ce que tu veux aller ?

À l'autre bout de la table, Jackie ne la quittait pas des yeux.

— J'ai bien aimé la vieille maison abandonnée, chuchota-t-elle.

— Ah oui ?

— J'ai vraiment beaucoup aimé.

Par cette après-midi froide et pluvieuse, après les cours, ils retournèrent à la maison abandonnée. Chris étala une couverture sur le vieux plancher et se servit de son sweat-shirt et de son manteau comme oreillers. Il s'allongea sur elle en l'embrassant. Puis il passa sa main sous son T-shirt, et appuya son bassin contre le sien. Elle savait qu'il voulait coucher avec elle. Plus il la caressait, plus elle en avait envie aussi. Mais les cours de prévention sexuelle avaient fait naître une appréhension. Le risque était de tomber enceinte ou d'attraper le sida.

Ce jour-là, elle rentra plus tard que jamais. Mama l'attendait. Un drôle de sourire flottait sur ses lèvres quand Raven passa la porte. Le cœur de Raven se mit à battre la chamade. Elle connaissait ce regard. Il signifiait que sa mère s'apprêtait à faire quelque chose qui n'allait probablement pas lui plaire.

— Tu as passé une bonne journée à l'école ? demanda Mama.

— Oui.

— Comment ça se passe en biologie ?

— Bien, dit Raven en suspendant son manteau à la patère.

— C'est surtout de la biologie humaine en ce moment ?

— Non. On fait des dissections.

— Est-ce que tu as déjà eu le cours sur l'isolement reproductif ?

Raven ne se souvenait pas d'avoir déjà entendu ce terme.

— C'est le mécanisme qui empêche l'hybridation de deux espèces différentes, expliqua Mama. Par exemple, un chien ne peut pas faire de bébé avec un chat.

— Je ne crois pas qu'on ait appris ça encore.

Mama hocha la tête et retourna aux fourneaux.

Durant le dîner, elles ne parlèrent pas beaucoup. Raven était nerveuse. Mama l'observait plus que d'habitude. Peut-être était-elle assez lucide pour pressentir ce qu'avait fait Raven dans la maison abandonnée. Peut-être pouvait-elle sentir l'odeur de Chris sur elle.

Quand Raven se leva pour faire la vaisselle, Mama lui ordonna :

— Reste assise, ma Fille.

Elle obéit.

— Ce garçon te plaît ?

Raven tenta de masquer sa panique.

— Quel garçon ?

Mama avait un sourire en coin.

— Celui qui t'a ramenée à la maison aujourd'hui, et cinq autres fois avant ça.

Raven ne savait pas quoi dire. L'attitude détachée de sa mère la perturbait.

— Comment s'appelle-t-il ?

— Chris. Chris Williams.

— Est-ce que tu as des rapports sexuels avec lui ?

— Non !

— Est-ce que tu l'as embrassé ?

Elle avait envie de pleurer. En parler avec Mama allait tout gâcher.

— J'imagine que c'est un oui, constata Mama.

Raven regarda son assiette vide.

— Je ne suis pas en colère, dit Mama. C'est une étape naturelle de la maturité. Corbeau ou humain, le besoin de créer la vie nouvelle est une pulsion indéniable.

— Ce n'est pas pour cette raison que je suis avec lui.

— Si, mais les conventions sociales te font dire le contraire. Du temps où les humains ne faisaient qu'un avec les autres créatures de la terre, une fille de ton âge aurait déjà un bébé. Elle serait vraisemblablement tombée enceinte après ses premières menstrues.

— Je ne vais pas tomber enceinte, protesta Raven.

— Je sais, dit Mama. C'est pour cette raison que nous avons cette discussion. Je veux ne veux pas que tu t'inquiètes au sujet de ce garçon. Couche avec lui si l'envie t'en prend. Ton corps ne peut pas concevoir de bébé avec lui.

Raven était trop choquée pour répondre.

— Isolement reproductif, décréta Mama. Chris et toi n'êtes pas de la même espèce. Il ne peut pas y avoir de progéniture.

— J'ai mes règles tous les mois.

— Ça n'a pas d'importance. Son sperme ne peut pas féconder la fille d'un esprit de la terre. C'est impossible. Tu n'as qu'à te renseigner dans les livres de biologie.

Se renseigner dans les livres de biologie ? Où était-elle censée trouver un chapitre sur les esprits de la terre copulant avec les humains dans un livre de biologie ?

— C'est un besoin tout à fait naturel à ton âge, insista Mama. Ne laisse pas cette société oppressive te gâcher ton plaisir.

— Tu es sûre ? demanda Raven.

— Certaine, confirma Mama. D'ailleurs c'est dommage, j'aurais adoré avoir un autre bébé à la maison. Ça fait des années que j'en fais le Vœu.

— Tu as demandé un autre bébé ?

Elle acquiesça.

— Les esprits doivent estimer que j'ai déjà eu mon miracle.

Elle se pencha sur la table.

— Mais toi, ma Fille, tu devrais le demander. Je pense que ton Vœu serait exaucé. J'aimerais que tu pratiques un Vœu dès maintenant. Ce soir.

— Tu veux que je demande un bébé ?

— Oui, ce soir et tous les jours. Jusqu'à ce que nous recevions un enfant.

— Je suis au lycée. Comment pourrais-je avoir un bébé ?

— Je m'occuperai de lui.

Elle se leva et conclut :

— Va faire le Vœu. Je me charge de la vaisselle.

— Mais j'ai des devoirs.

— Les devoirs peuvent attendre un peu.

Mama lui apporta son manteau. Raven enfila ses bottes.

Avant qu'elle ne passe la porte, Mama déclara :

— Tu peux sortir avec ce Chris Williams autant que tu voudras. Je te laisserai faire. Je souhaite que tu explores les plaisirs naturels de la part humaine en toi.

4

Raven ne demanda pas un bébé à la terre. Elle n'en voulait pas, et Mama lui avait dit que le désir devait provenir du plus profond de son cœur et de son âme afin de pratiquer un Vœu. Mama n'avait qu'à faire son propre Vœu si elle l'espérait si fort.

Elle se contenta de marcher dans la forêt en se demandant pourquoi Mama l'autorisait soudain à sortir avec un garçon, elle qui s'était si farouchement opposée à ses amitiés des années plus tôt. Elle réfléchit à cette histoire d'isolement reproductif. C'était tout de même très étrange.

Étrange, mais rassurant. Pourquoi remettre en question la liberté qui s'offrait d'un coup à elle ?

Le lendemain, Raven raconta à Chris que sa mère était au courant de leur relation. Elle lui dit qu'elle ne semblait pas avoir de problème avec l'idée, et qu'ils pouvaient passer tout le temps qu'ils voulaient ensemble. Chris proposa de fêter la nouvelle en organisant une véritable soirée romantique. Le vendredi soir, ils sortirent au restaurant et au cinéma.

Mama était très curieuse de son rendez-vous lorsqu'elle rentra à la maison. À nouveau, elle lui demanda si Chris et elle avaient eu un rapport. Raven lui répondit que non, s'efforçant de ne pas s'agacer de son indiscrétion. Mama était très différente des autres gens. Sa fascination pour l'attirance que ressentait Raven pour Chris devait provenir de sa profonde connexion avec les cycles reproductifs de la nature.

Quand le lundi arriva, Chris proposa à Raven de venir faire ses devoirs chez lui. Ses deux parents travaillaient, et son frère aîné était à l'université, si bien qu'ils auraient la maison pour eux seuls.

Il lui fit visiter la maison, qui était petite et très bien rangée. Puis il lui prit la main et l'entraîna dans sa chambre. Elle ressemblait à celle de Jackie et de Huck, mais avec plus de posters de sport et de trophées. Raven s'installa à son bureau pour résoudre ses problèmes de maths tandis qu'il s'allongeait sur son lit pour terminer un livre pour le cours de littérature.

Raven avait à peine commencé son exercice que Chris se levait déjà pour fermer la porte à clé.

— Viens par là, beauté, dit-il en l'attirant sur le lit.

Ils s'embrassèrent et chahutèrent. Raven aimait presque autant jouer à se battre et se chatouiller que l'embrasser. Cela lui rappelait son été avec les garçons. Il la laissait toujours remporter leurs fausses luttes. Raven s'assit à califourchon sur lui et le regarda dans les yeux. Il aimait bien quand elle faisait ça.

— Tu te souviens du jour où on s'est rencontrés ? demanda-t-il. On jouait au softball, et ton oiseau s'est posé sur ton épaule. Je ne comprenais pas ce qui se passait. Je croyais que tu avais des pouvoirs magiques.

Elle sourit et redessina le contour de son nombril du bout du doigt.

— Reece t'appelait *Cendrillon*, mais pour moi tu avais plutôt l'air de sortir d'une école de sorciers. Je te jure que je n'aurais pas été surpris si tu t'étais métamorphosée en oiseau et que tu t'étais envolée dans la forêt avec le petit que tu as élevé.

Il avait vu sa vraie nature – son esprit de corbeau. Elle eut peur de lui répondre.

Abruptement, mais en douceur, il l'allongea sur le lit. En se penchant au-dessus d'elle, il déclara :

— Tu sais que je t'aime, ma magicienne ?

« Je t'aime. » Des mots qu'on ne prononçait pas à la légère. Elle le tenait des livres qu'elle avait lus. Ces mots, et ce qu'il avait dit de sa nature d'oiseau, la rendirent muette.

— Je veux te faire l'amour, dit-il. Pour de vrai.

— Là, tout de suite ?

— Oui, si tu es prête.

Était-elle prête ? Une part d'elle le voulait ; l'autre non. Ce devait être l'humaine et l'esprit de corbeau en elle qui entraient en conflit.

— Je ne veux pas casser l'ambiance, mais j'ai des capotes, dit-il.

Il sembla interpréter son silence comme un consentement et souleva son T-shirt. C'était la première fois qu'il faisait ça. Elle aimait la façon qu'il avait de contempler son soutien-gorge en dentelle rose. Elle avait commandé une culotte assortie en pensant à lui. Mama l'avait laissée acheter de jolis sous-vêtements quand elle avait découvert qu'elle avait un petit copain.

Il posa ses mains et ses lèvres sur sa poitrine.

— Raven, j'ai envie de toi. Tu es si belle.

Sa voix et ses yeux semblaient différents. Quel étrange pouvoir que celui que son corps exerçait sur lui. Ou était-ce son esprit de corbeau ?

Il déboutonna le jean de Raven et le fit glisser sur ses jambes pour la caresser à des endroits où il n'avait jusqu'alors jamais posé la main. Elle le toucha aussi. Oui, elle voulait faire l'amour.

Et pourtant, une moitié d'elle restait détachée, créant chez elle une frustration. Comme un corbeau perché sur une branche au loin, qui ne ressentait rien de ce qui se passait dans son corps.

Chris interrompit ses caresses. Il se pencha et la regarda dans les yeux.

— Ça va ?

Non, ça n'allait pas. Elle ne savait pas pourquoi, mais elle avait envie de s'enfuir, de s'envoler. Elle regrettait de ne pas pouvoir s'élever au-dessus de ce lit et disparaître dans le ciel.

— Tu as peur ? demanda-t-il.

— Oui.

Elle avait peur, sans savoir de quoi.

— Peur que ça fasse mal ? demanda-t-il. Je ferai doucement.

Le besoin de s'échapper se fit plus pressant. Qu'essayait de lui dire son esprit de corbeau ?

Elle se tortilla pour échapper à son étreinte et enfila son T-shirt.

— Je suis désolé, dit-il.

— De quoi ?

— Je crois que je t'ai mis la pression.

— Pas grave.

Il lui rendit son jean et lui-même se rhabilla.

— Tu veux toujours faire tes devoirs ? demanda-t-il.

— Je ne suis pas d'humeur. Tu peux me ramener chez moi ?

— D'accord.

Ils étaient à mi-chemin de chez elle quand il lui demanda :

— Est-ce que tout va bien entre nous ?

— Oui. C'est juste que je ne suis pas prête.

— Certains sont au taquet à treize ans. D'autres attendent après le lycée. Il n'y a pas d'obligation.

Il la regarda avec un sourire, et ajouta :

— Mais je sens que tu vas vouloir le faire bientôt.

Il semblait parler d'expérience. Jackie et Reece l'avaient prévenue à ce sujet.

— Tu l'as déjà fait ? demanda-t-elle.

— Oui.

— Beaucoup de fois ?

— Dis donc. Ça ne se pose pas, ce genre de questions.

Elle se demanda pourquoi.

Il se gara à l'endroit habituel, hors du champ des caméras. Ils s'embrassèrent, et tout sembla normal à nouveau.

Il lui dit :

— Je sais que ce n'est peut-être pas le bon moment, mais tu veux aller au bal de fin d'année avec moi ?

Le bal des terminales était un événement très attendu au lycée. Évidemment qu'il allait l'y inviter. Il lui avait dit qu'il l'aimait.

— Ça a l'air chouette, dit-elle.

— Tu crois que ta mère te laissera y aller ? C'est le soir, ça va durer toute la nuit. Et il te faudra une robe et tout.

— Je pense qu'elle acceptera.

— Super. Tu me diras la couleur de ta robe, pour que je puisse assortir la fleur à ma boutonnière.

— D'accord, dit-elle sans comprendre de quoi il parlait.

Mama était à la maison quand elle rentra.

— Tu es sortie avec Chris aujourd'hui ?

— Il m'a invitée au bal des terminales.

— Et que lui as-tu répondu ?

— J'ai dit oui. Mais je vais avoir besoin d'une robe.

— Et de chaussures. On peut trouver ça sur Internet.

— D'après lui, ça va durer toute la nuit.

Mama lui caressa les cheveux.

— Évidemment, ma jolie. Et je parie que ce ne sera pas ton dernier bal. On t'y invitera tous les ans.

Ce changement d'attitude radical chez Mama perturbait Raven. Ou était-ce la perspective de passer toute une soirée dehors avec un groupe d'adolescents ? Elle se sentait souvent épuisée de ses efforts pour s'intégrer à la fin d'une journée de cours qui ne durait que sept heures. Comment sa part spirituelle de corbeau allait-elle tenir toute une nuit ? Elle pensa à comment elle s'était sentie dans le lit de Chris, ce besoin urgent de s'échapper d'un battement d'ailes. Elle regrettait presque que Mama l'autorise à aller au bal.

5

RAVEN RESTA LONGTEMPS ALLONGÉE dans son lit à ressasser ce qui s'était passé avec Chris et ses doutes à l'idée de passer toute une nuit avec lui. Elle en arriva à la conclusion que son esprit de corbeau devait avoir pris peur.

Il ne fallait pas qu'elle le laisse prendre le contrôle. Elle avait le droit de se sentir humaine avec les hommes. Mama disait qu'elle devait faire l'expérience de cette joie.

Le lendemain matin, elle porta un pull qu'aimait bien Chris. Elle avait hâte de lui dire qu'elle avait commandé trois robes de soirée à essayer.

Le car était plus calme que d'habitude. Sadie, la petite copine de Jackie, monta à bord, les yeux rougis. Elle se dirigea droit vers Raven.

— Tu es au courant ? demanda-t-elle.

Raven secoua la tête.

— Le papa de Jackie est mort dans un accident de voiture la nuit dernière.

— Mr Danner… est mort ?

— Oui, confirma Sadie d'une voix enrouée.

Sadie et d'autres filles fondirent en larmes. Elles avaient eu Mr Danner comme prof de sport en primaire, elles aussi. Raven aurait voulu se joindre à elles, pleurer pour Jackie, Huck et leur mère. Mais elle en était incapable. Encore une fois, son esprit de corbeau l'en empêchait. Il était posé sur sa branche, loin de sa tristesse.

Tout le monde, à l'école, parlait de Mr Danner. Jackie et Huck n'étaient pas là. Au réfectoire, le silence régnait à leur table habituelle et n'était perturbé que par les chuchotements qui rapportaient les détails de l'accident de voiture. Mr Danner était entré en collision de plein fouet avec un véhicule qui avait fait une embardée sur sa voie. Il rentrait des courses ; Chris restait mutique. Il ne proposa pas à Raven de sortir. Elle n'en avait de toute façon pas envie. Elle était bien trop triste.

Ce soir-là, alors que le soleil se couchait, Raven traversa la propriété de Hooper, jusqu'à la barrière. Elle s'assit sur l'herbe et regarda les fenêtres illuminées de la petite maison jaune de Jackie. Ici, le corbeau l'autorisa enfin à pleurer. Elle pleura jusqu'à la nuit tombée, et rentra à la maison sous le clair de lune.

Jackie et Huck ne vinrent pas en cours de toute la semaine. Chris proposa à Raven de la conduire à la cérémonie commémorative et aux obsèques. Les deux auraient lieu le samedi, car tant de monde souhaitait dire au revoir à Mr Danner.

Chris s'était rendu chez les Danner et disait que Jackie, Huck et leur mère avaient le cœur brisé. Il avait utilisé cette expression, « le cœur brisé ». Raven en éprouvait la douleur rien qu'à l'entendre. Elle pratiqua des Vœux le mercredi, jeudi, vendredi, implorant les esprits de la terre pour qu'ils réparent les cœurs brisés de ces trois personnes qu'elle aimait. Elle plaça un dernier Vœu devant la Vierge à l'aconit, en utilisant deux éléments, les plus forts : des galets et des mèches de ses cheveux. Elle demanda aux esprits de donner à Jackie la force de son propre esprit pour l'aider à guérir. Elle pria la Vierge, aussi, parce qu'elle comprenait sûrement mieux le monde de Jackie que les esprits.

Il y avait tant de monde à la messe de commémoration que les gens s'entassaient dans les allées. Le corbeau qui vivait en Raven se sentait mal à l'aise parmi cette foule, dans cet espace clos. Chris et Reece lui avaient réservé une place à l'avant. Une fois que le pasteur eut déclamé quelques mots pour les fidèles de sa religion, de nombreuses personnes se succédèrent au micro pour raconter des histoires drôles ou attendrissantes au sujet de Mr Danner.

Jackie pleurait beaucoup, alors Raven demanda aux esprits de la terre de l'aider. Mama lui aurait peut-être dit qu'on ne faisait pas ça à l'église, car les dévots des esprits chrétiens étaient en croisade contre les esprits de la terre. Mais Raven choisit de croire que les forces en puissance sauraient faire preuve de compassion, sans discriminer ceux qui ne croyaient pas en eux.

Jackie et Huck portaient le cercueil avec quatre autres hommes. Le cœur de Raven faillit s'arrêter devant leur beauté stupéfiante, en costume noir et gants blancs.

Le pasteur prononça quelques mots près de la tombe. Mr Danner, dit-il, allait rejoindre le paradis. Raven se demanda si les gens poursuivaient après la mort la vie en laquelle ils avaient cru. Si Jackie montait au paradis, se reverraient-ils après leur mort ? Les esprits du paradis se mêlaient-ils à ceux de la terre ?

Raven avait apporté un bouquet de fleurs sauvages à déposer sur la tombe, composé surtout de feuillages persistants et de hautes herbes séchées, car le temps était encore froid. Après la cérémonie, Jackie vint la trouver et lui dit :

— Merci pour les fleurs. Et d'être venue.

Il avait l'air différent. Son visage avait perdu de sa couleur, sauf sous les yeux, où sa peau avait pris une teinte violacée. Elle sentit vivement sa douleur, et comprit pourquoi : elle avait demandé aux esprits de la terre de lui donner une partie de son propre esprit pour l'aider à guérir. L'esprit alourdi de Jackie écrasait le sien, son deuil était trop puissant pour la part d'esprit qu'elle lui avait donné. Il fallait qu'elle donne plus.

Elle pressa sa main sur le cœur de Jackie.

— Je te donne la force de mon esprit, chuchota-t-elle.

— Quoi ?

— Je t'aime, Jackie, dit-elle.

Quand elle recula, elle sentit l'obscurité l'engloutir, comme un orage fulgurant. Les adolescents qui l'avaient entendue la regardaient de travers. Même Reece semblait contrarié. Pire que tout, Jackie la dévisageait comme s'il ne la connaissait pas.

Aurait-elle dû s'abstenir de mentionner les esprits devant des chrétiens ? Mais elle avait seulement dit qu'elle lui donnait la force de son esprit. Elle n'avait rien dévoilé de précis sur les esprits de la terre.

Sadie prit la main de Jackie, jetant un regard noir à Raven. Chris avait dans les yeux une indignation similaire. Soudain, Raven comprit. Ils étaient en colère, car elle avait dit « je t'aime ». Les mots lui étaient venus aussi naturellement que l'air. Elle refusa de s'en sentir coupable. Elle avait parlé avec toute la sincérité de son cœur et de son âme. C'était une forme insolite de Vœu, et les Vœux étaient purs, bien supérieurs la mesquinerie des adolescents humains.

La mère de Jackie perçut le trouble de Raven. Elle lui prit la main et lui dit :

— Comment vas-tu, ma chérie ? Ça fait une éternité que je ne t'ai pas vue. Tu m'as manqué.

— Vous aussi, vous m'avez manqué, dit Raven en laissant Ms Danner la guider loin de la tombe. Je suis désolée pour Mr Danner.

— Merci, dit-elle en lui tapotant la main.

En arrivant au parking, Chris déclara d'un ton renfrogné :

— On bouge.

Chris faisait la tête, muet, en prenant le volant pour partir du cimetière.

— C'était quoi, ça ? demanda-t-il enfin.

— De quoi ?

— La main sur le cœur. Le « je t'aime. »

Elle refusa de se justifier.

— Dis-moi la vérité. Est-ce que tu es amoureuse de lui ?

Évidemment qu'elle aimait Jackie. Elle l'aimait depuis ses sept ans.

Chris la regarda en conduisant.

— Tu sais, Reece n'arrête pas de répéter que c'est le cas. Et que c'est réciproque. Ça fait des années qu'il blague là-dessus.

— Reece passe son temps à faire des blagues sur tout, dit-elle.

— Je sais. C'est ce que j'ai pensé aussi. Mais j'ai vu la façon dont tu t'es comportée avec lui. Tout le monde l'a vu.

— J'essayais juste de l'aider.

— C'était méga gênant, Raven. On sort ensemble, toi et moi. Tout le monde le sait.

— Ça veut dire que je ne peux pas être moi-même ?

— Ça veut dire que tu ne témoignes pas d'affection en public à d'autres mecs.

— Il a le cœur brisé. Il a besoin d'aide.

— J'hallucine. T'es sérieuse, là ? Moi je crois que tu te sers de l'enterrement comme excuse pour le draguer.

Elle ne se souvenait que d'une fois dans sa vie où elle s'était sentie aussi mal qu'en cet instant. Le jour où Mama lui avait dit qu'elle n'était plus autorisée à remettre les pieds sur la propriété de Jackie. Ce jour où elle avait maudit l'esprit corbeau qui l'avait conçue.

À présent, elle ne pouvait maudire que Chris et les autres adolescents. Ils étaient superficiels et ne comprenaient pas son monde d'esprits. Elle ne voulait rien tant qu'être débarrassée de sa présence.

— Où on est ? demanda-t-elle. Pourquoi tu ne me ramènes pas à la maison ?

— On est invités au repas en l'honneur de Mr Danner, au restaurant. Je te l'ai dit.

— Ramène-moi à la maison.

— Merde alors, Raven !

— Ramène-moi à la maison !

Il fit une embardée sur la route, les pneus crissèrent. Il conduisit avec brutalité jusque chez elle. Malgré sa peur, Raven ne pipa mot. Il n'était même pas encore arrêté qu'elle ouvrait déjà la portière.

— Reviens ! cria-t-il.

— Pour quoi faire ? Pour que tu continues à m'insulter ? Va-t'en !

Il roula lentement à côté d'elle.

— J'ai compris ! C'est pour ça que tu ne veux pas coucher avec moi. C'est à cause de lui. C'est ça ? J'ai raison ?

— J'ai dit, va-t'en !

Il s'arrêta devant le portail alors qu'elle composait le code.

— On va toujours au bal ensemble ?

— Non ! cria-t-elle.

Il bondit de la voiture et la suivit, passant le portail. La première alarme retentissait dans la maison. Si Mama regardait les écrans de surveillance, elle verrait qu'il s'était engagé dans l'allée. C'était strictement interdit.

— Tu ne peux pas rester là ! protesta-t-elle.

— Je me fous de ces conneries.

— Sors !

— Je veux juste qu'on en discute.

— Pas moi. Maintenant que je vois comment tu es, je ne veux pas rester avec toi.

— Sérieusement ? Cinq minutes de dispute et tu me largues ?

— Oui. Maintenant va-t'en. Je vais fermer le portail.

— Alors ferme-le, ton portail de merde !

Elle jeta un coup d'œil derrière elle, craignant de voir surgir Mama.

— Raven…

Il passa sa main dans ses cheveux.

— C'est juste que… ce que je t'ai dit l'autre jour était vrai. Je suis amoureux de toi. Et le truc, c'est que ça m'a rendu dingue de te voir le regarder comme ça. Devant tout le monde en plus !

— Je vois bien que ça t'a rendu dingue. C'est précisément pour ça que je ne peux plus être avec toi.

Il avança vers elle.

— Il faut qu'on en parle.

— De quoi veux-tu qu'on parle qui n'ait pas déjà été dit ? Tu m'as accusée de me servir de la mort de Mr Danner pour manipuler Jackie. Tu as dit que je n'avais pas le droit de dire « je t'aime » à Jackie au moment où il a le plus besoin de se sentir aimé.

— Alors tu l'aimes ?

Elle remonta l'allée à pas vifs, priant pour qu'il retourne à sa voiture, mais il la suivit. Il courut pour la rattraper et lui bloqua le passage.

— Qu'est-ce que tu fais ? demanda-t-elle.

Il lui saisit le bras.

— Remonte dans la voiture.

— Va-t'en.

— Reviens dans la voiture, bordel !

— Ôte tes mains de ma fille ! lança Mama.

Elle accourait dans l'allée, son fusil braqué sur lui. En approchant, elle lui dit :

— Il me semble que ma fille t'a demandé de partir.

Il recula.

— Vous avez conscience que vous êtes tarée, la vieille ?

La mère de Raven inclina son fusil.

— Tout à fait. Et on ne peut jamais savoir de quoi est capable une vieille folle.

Elle s'avança encore.

— Tu es sur ma propriété et les pancartes indiquent clairement qu'il est interdit d'y pénétrer.

Il détala en pestant. Raven ferma le portail, et Chris partit dans un crissement de pneus.

Mama abaissa son fusil.

— Quel enfant puéril !

— Oui, dit Raven. Je viens de m'en rendre compte.

Mama tint le fusil dans un bras, et passa l'autre autour de la taille de Raven pour la ramener à la maison.

— Qu'est-ce qui t'a attirée chez ce garçon ? demanda-t-elle.

— Je ne sais pas. Peut-être le fait que je lui plaisais. Mon esprit de corbeau restait toujours à l'écart quand j'étais avec lui. Comme s'il avait bizarrement peur de lui.

— C'est parce qu'il voulait te posséder, te mettre en cage, dit Mama.

C'était vrai, comprit Raven. C'était ce que son esprit de corbeau essayait de lui dire depuis le début.

— Les robes de bal sont arrivées en ton absence.

— Allons chercher deux grosses paires de ciseaux, proposa Raven.

6

RAVEN ÉTEIGNIT SON RÉVEIL, se réfugia sous la couette, et se rendormit.

Mama la réveilla plusieurs heures plus tard, la main sur le front de Raven pour prendre sa température.

— Tu es malade ? demanda-t-elle.

— Pas vraiment.

— Depuis le CE1, tu n'as manqué que deux jours d'école. Qu'est-ce qui s'est passé ?

— Je ne veux pas en parler.

Les yeux pâles de Mama luisirent de rancœur.

— Je sais ce qui s'est passé. C'est ce garçon, ce Chris Williams, qui t'a causé des ennuis. J'ai raison ?

Raven détourna le regard.

— J'aurais dû lui tirer une balle entre les jambes, marmonna-t-elle.

— Mama !

— Qu'est-ce qu'il a fait ?

— Il ne raconte aux autres que sa version de l'histoire. Et il a dit à tout le monde que tu l'avais agressé avec un fusil.

Mama sourit.

— Ce n'est pas drôle.

— Tout le monde me traite différemment, maintenant.

— Tu es différente des autres. Tu es un miracle. Souviens-toi de ça et garde la tête haute.

Miracle ou non, elle détestait aller à l'école à présent. Reece était le seul qui n'avait pas pris ses distances. Chris était amer, à tel point qu'il ne s'asseyait même plus à leur table. Jackie et Huck avaient changé. Mais ça n'avait rien à voir avec elle. La mort de leur père les avait changés. Ils affichaient une mine grave perpétuelle, et quand ils riaient à une blague, Raven voyait qu'ils faisaient semblant.

Une journée au lycée revenait maintenant à sept heures de morosité. Elle se souvenait de la mise en garde de Mama quand elle était petite : « Et une fois là-bas, tu seras piégée. Tu seras l'enfant du corbeau emprisonnée dans une cage. Tu te sentiras comme l'oiseau qui se débat, piégé derrière une vitre, désespérant de s'échapper. »

— J'ai pas envie d'y retourner, dit Raven.

— L'État de Washington t'oblige à y aller jusqu'à tes dix-huit ans. Ensuite, tu pourras laisser tomber si ça te chante.

— J'aurai presque fini le lycée, d'ici là.

Mama haussa les épaules.

Raven se redressa sur le lit.

— Est-ce que je vais aller à l'université ?

— Pour quoi faire ? Tu peux tout apprendre dans les livres, dit Mama en se levant. Allons manger et passer la journée dehors. Les esprits te feront du bien.

Raven en doutait. Dans leurs trente-six hectares, elle se sentait parfois aussi enfermée qu'à l'école.

— Allons demander un bébé aux esprits, proposa Mama. Nous n'avons pas encore essayé ensemble. Un bébé à la maison sera la réponse à tout.

Elle caressa la joue de Raven.

— Je sais que tu n'imagines pas encore la joie qu'il nous apportera. Mais tu le comprendras le moment venu.

La manière dont Mama lui parlait d'avoir un bébé la perturbait toujours. Raven n'en avait aucune envie, et avait l'impression de trahir Mama qui le voulait tant. Demander un bébé avec Mama serait aussi difficile que de demander d'aller à l'école. En cet instant, son cœur et son âme ne voulaient aucun des deux.

***

Pour la fin de l'année scolaire, Raven resta dans son coin. Elle trouvait des endroits discrets où manger au calme, loin des autres. Reece la traquait parfois pour la forcer à revenir à la table du réfectoire avec eux tous. Elle le suivait sans protester, essentiellement parce qu'elle aimait voir Jackie. Il allait de mieux en mieux, et au fur et à mesure qu'il se rétablissait, il se montrait plus attentif envers Raven lorsqu'ils étaient ensemble, sans se soucier de la contrariété de Sadie. Raven se demandait si son Vœu ne l'avait pas un peu trop lié à elle. Elle se sentait un peu coupable.

En juin, Huck et Reece furent diplômés. Huck avait décidé d'étudier l'ingénierie environnementale à l'université de Washington à l'automne. Reece devait d'abord trouver un job pour gagner de quoi payer des frais de scolarité à l'université et aider sa mère. Comme toujours, la vie de Raven avec les garçons avançait trop vite. Elle ne pouvait pas imaginer le lycée sans Reece l'année suivante. Mais elle était heureuse que sa première année au lycée soit terminée. Pour la première fois, elle était soulagée de passer l'été dans le Montana.

Les vacances dans le minuscule chalet étaient les mêmes depuis sept ans. Mais en cette huitième année, leur vie changea pour le pire – comme tout, ces derniers temps. Mama avait du mal à grimper sur les sentiers montagneux qu'elle connaissait depuis son enfance. À bout de souffle, contrainte de ralentir, elle assurait pourtant à Raven qu'elle était en pleine forme, quand elle lui posait la question.

La fin de l'été approchant, Mama finit par reconnaître qu'elle se sentait amoindrie, mais elle refusa de voir un médecin ou d'en parler à tante Sondra. Les esprits de la terre allaient la guérir. Raven fit plusieurs Vœux, suppliant les esprits de réparer ce qui n'allait pas dans le cœur de Mama. Elle savait que c'était le cœur, car Mama portait parfois sa main à sa poitrine. Dans ses Vœux, Raven avait recours à tout ce qu'elle pouvait trouver ayant la forme d'un cœur humain – un caillou, une feuille, un morceau de coquille de mollusque. Et elle plaçait sa demande avec tout son cœur et toute son âme.

Mama était toujours malade en rentrant à Washington. Elle se laissait souvent piéger dans le monde des esprits, et c'était alors Raven qui devait l'alimenter et l'habiller comme un bébé. Mama se retranchait de plus en plus dans l'autre monde, et Raven avait l'impression qu'elle y laissait un peu plus de son propre esprit, à chaque fois.

Elle redoutait la rentrée et aurait préféré garder un œil sur Mama, parcourir les bois et les prés pour demander de l'aide aux siens. Mais tous les jours, elle monta dans le car, parce que Mama lui avait dit qu'elle y était obligée.

Pour le déjeuner, elle s'asseyait à la table de Jackie et de ses amis. Depuis que Chris Williams avait quitté le lycée, les autres la traitaient normalement à nouveau. Ce qui s'était passé à l'enterrement semblait oublié. Mais Raven ne leur prêtait guère attention. En général, elle lisait un livre pour distraire ses pensées de Mama.

Que ferait-elle si Mama rejoignait définitivement le monde des esprits ? Comment allait-elle survivre ? Les mauvaises personnes contre qui Mama la mettait en garde depuis toujours ne manqueraient pas de la retrouver sans la protection de l'esprit puissant de Mama.

Raven s'efforça de se concentrer sur son livre. Le rugissement de ses pensées agitées et le chaos du réfectoire s'estompèrent au fil de sa lecture.

— Qu'est-ce que tu lis ?

Elle leva la tête et se retrouva face aux yeux multicolores magnifiques de Jackie. Parfois, elle avait du mal à soutenir son regard. D'une certaine manière, Jackie était sa maladie du cœur, une douleur bien réelle qui lui donnait envie de presser sa paume sur sa poitrine comme le faisait Mama.

Elle lui montra la couverture du livre.

— *Cent Ans de solitude*, lut-il. L'histoire de ta vie.

C'était le genre de blague qu'aurait fait Reece. Mais Jackie n'assumait pas cet humour, et il sembla aussitôt regretter ses paroles.

— Je suis désolé. Je n'aurais pas dû dire ça.

— Pourquoi ? C'était drôle.

Il jeta un coup d'œil autour de la table pour s'assurer que personne ne les écoutait.

— Ça va ? demanda-t-il.

— Oui, dit-elle.

Il chuchota :

— Tu sais, tout le monde se fiche de ce qu'a dit Chris l'an dernier. C'est de l'histoire ancienne.

— Je sais.

— Alors pourquoi tu ne parles plus maintenant ?

Elle aurait voulu pouvoir lui dire. Retrouver le sentiment de sécurité de la nuit où elle s'était introduite chez lui. La chaleur de son corps sous la couette. Ses bras autour d'elle.

— Raven ?

— C'est rien.

Elle lut dans ses yeux qu'il ne la croyait pas.

Après les cours, il vint la trouver avant qu'elle ne monte dans le car.

— Je te ramène chez toi, dit-il d'un ton sans appel.

La mort de son père l'avait changé. Il n'aurait jamais montré autant d'assurance l'année d'avant. Peut-être était-ce simplement la maturité. Et le célibat. Durant l'été, il avait rompu avec Sadie.

— Ça ne devrait pas poser problème, si ? Ta mère te laissait rentrer avec Chris l'an dernier.

— Tu as probablement entendu parler de ce qui s'est passé la dernière fois qu'il m'a ramenée chez moi.

— Oui, oui, le fusil.

— Et ça ne te fait pas peur ?

Il sembla soudain inquiet.

— Tu crois qu'elle…

— Je plaisante. Allons-y.

Les lycéens présents sur le parking la regardèrent monter dans la vieille voiture de Huck que Jackie avait récupérée, mais elle refusa de se laisser intimider. Elle connaissait à présent les conséquences des « rumeurs de la ruche », comme disait Reece. Elle ne se laisserait plus piquer.

— Alors, comment tu vas ? demanda-t-il. Ça fait un moment qu'on ne s'est pas retrouvés tous les deux, je n'ai jamais l'occasion de te poser la question.

— On ne s'est jamais vraiment retrouvés seuls depuis l'époque où j'avais sept ans et toi huit.

— Pas faux.

— Comment va ta mère ? demanda-t-elle.

— Mieux. Mais elle cache bien sa tristesse.

— Et toi ?

— Il me manque vraiment beaucoup, mais ça va mieux aussi.

Il lui jeta un coup d'œil en conduisant

— Je t'ai demandé comment tu allais. Pourquoi tu ne me dis pas ce qui se passe ?

— Je te l'ai déjà dit, je…

— On se connaît depuis très longtemps. Je sais quand quelque chose ne va pas.

— Je ne veux pas en parler.

— Pourquoi ? Ta mère te l'a interdit ?

— Si c'est ce que tu crois, pourquoi insister ?

— C'est vrai. Tu ne me diras rien. Elle t'a demandé de ne jamais remettre un pied sur notre terrain, et tu ne l'as jamais fait. Tu prends tes promesses envers elle trop au sérieux.

— Qu'est-ce que tu me chantes ? Tu es le nouveau Reece maintenant ?

— J'ai pas la bonne couleur de cheveux.

— Il me manque, dit-elle.

— Je sais. Il ne passe quasiment plus à la maison maintenant que Huck est parti.

— Au moins toi tu le croises de temps en temps. Et Huck n'est pas si loin, tu peux lui rendre visite.

— Oui, mais la maison est vraiment vide avec juste Maman et moi. Enfin, j'imagine que tu as l'habitude de ça.

Oui, elle avait l'habitude. Qu'allait-elle faire, si Mama rejoignait le monde des esprits ? Elle regarda par la fenêtre pour cacher ses larmes. Quand elle estima qu'il ne remarquerait pas, elle passa rapidement une main sur ses joues.

— Tu pleures ?

— Non.

— Raven…

— Est-ce qu'on est obligés de parler tout le temps ?

Le reste du trajet se fit en silence. Raven se concentra pour absorber le plus de lumière de Jackie possible. Y avait-il toujours des étoiles phosphorescentes au plafond de sa chambre ?

Il gara la voiture devant le portail, sans se cacher des caméras.

— Tu veux que je te ramène tous les soirs ? proposa-t-il. Ça te fera rentrer à la maison plus vite qu'en prenant le car.

Ce qui signifierait qu'elle arriverait plus tôt pour voir comment allait Mama.

— D'accord.

— Très bien.

Il regarda à travers le pare-brise en direction de sa maison, environ un kilomètre plus loin sur la route de campagne.

— Je proposerais bien de venir te chercher le matin, mais je n'aurais aucun moyen de te prévenir si un jour je ne vais pas au lycée, et ça te ferait rater le car.

Le premier semestre avait à peine commencé, et il avait déjà manqué deux jours de cours. À chaque fois qu'il revenait après une absence, il disait qu'il était malade.

— Parfois, je ne peux pas aller en cours, précisa-t-il.

Raven se souvint du jour où elle avait été trop déprimée pour aller au lycée.

— Parce que tu es trop triste ? demanda-t-elle.

Il se détourna.

— Un truc du genre. Cet été, j'ai fait quelques crises d'angoisse. Je vois une psychologue de temps en temps.

Elle avait entendu d'autres élèves parler de crises d'angoisse.

— C'est grave quand ça arrive ?

Il hocha la tête.

— Il m'a fallu un moment avant de pouvoir conduire. Parce que mon père…

— Je comprends.

— J'aime bien avoir quelqu'un dans la voiture avec moi. Ça m'aide.

— Je peux t'accompagner en voiture quand tu voudras.

Il sembla nerveux.

— Je te l'ai proposé aujourd'hui parce que je voulais te parler. Pas juste à cause de ça.

— Je sais.

Il regarda l'allée par la fenêtre.

— Est-ce que ta mère est en train de nous surveiller ? On a le droit de rester là ?

— T'inquiète pas. Mais je ferais quand même bien d'y aller.

— On se voit demain.

Il attendit qu'elle passe le portail pour s'en aller.

Après ce jour-là, ils se mirent à rentrer ensemble trois ou quatre fois par semaine. Parfois, il sortait avec ses amis après les cours, mais de ce que savait Raven, il ne semblait pas intéressé par une fille en particulier.

Il lui avait proposé plusieurs fois de passer chez Bear's, ou de prendre autre chose à emporter. Elle avait toujours décliné. L'état de Mama s'aggravait, et son comportement était de plus en plus étrange. Raven devait passer le plus de temps possible à la maison.

Jackie avait compris que quelque chose clochait, mais il cessa de l'interroger à ce sujet. Ensemble, ils parlaient des cours, de ce qui se passait aux informations, ou d'un film qu'il avait aimé. Elle lui décrivait sa lecture du moment. Parfois, ils ne disaient rien. Elle n'avait plus de scrupules à se taire en sa présence. D'ailleurs, elle trouvait du réconfort dans leur silence. Et elle sentait que lui aussi.

Après les vacances de Thanksgiving, au lendemain de la rentrée, Raven trouva Mama gisant par terre à son réveil. Son regard était fixe, mais elle respirait encore. Elle avait pénétré le monde des esprits.

Mama avait perdu beaucoup de poids, mais Raven dut tout de même mobiliser toutes ses forces pour la relever et la conduire jusqu'à son lit. Elle tira la couverture sur elle.

— Mama… est-ce que ça va ? Tu veux que je te prépare une infusion ?

Mama regardait droit devant elle, comme si Raven n'était pas là. Depuis qu'elle était petite, Raven l'avait vue entrer de nombreuses fois dans le monde des esprits, mais cette fois, elle craignait que son corps ne soit trop faible pour en revenir. Elle décida de ne pas aller en cours.

Elle releva Mama en position assise et porta une tasse refroidie à ses lèvres.

— Bois, Mama. C'est ta préférée. Il y a de la réglisse dedans.

Elle fut soulagée de voir Mama siroter l'infusion et retrouver un regard graduellement plus présent.

— Ma Fille…, murmura-t-elle.

— Oui, Mama ?

— Les esprits ne m'ont pas guérie. Je ne comprends pas… je ne comprends pas…

Des larmes coulaient de ses yeux pâles.

— Il est temps de voir un médecin, décréta Raven. Appelons tante Sondra pour qu'elle amène le Dr Pat.

Dicte-moi son numéro et explique-moi comment allumer ton téléphone. Je vais l'appeler tout de suite.

— Non !

Un vestige de volonté brillait dans ses yeux.

— Tu vas me promettre de ne pas appeler de médecin ! Promets-le-moi !

Raven songea à ce que lui avait dit Jackie. « Tu prends les promesses faites à ta mère trop au sérieux. »

Mama vit qu'elle ne voulait pas promettre.

— C'est mon corps et mon esprit, ma Fille, déclara-t-elle avec une véhémence insoupçonnée. Je refuse de laisser qui que ce soit jouer avec ! Je refuse d'être attachée à leurs machines et percée par leurs aiguilles. Je ne les laisserai pas me faire ce qu'ils ont fait à ma mère !

— Que lui ont-ils fait ?

— Ils lui ont ôté toute sa dignité et sa combativité. Elle voulait mourir sur nos terres du Montana, et ils l'en ont empêchée.

Le visage de Mama se brouilla de larmes.

— Est-ce que tu me dis ça parce que tu crois que tu vas mourir ?

Mama lui prit la main. Elle avait la peau froide.

— Je combats cette maladie, Raven. Je n'ai pas perdu le contact avec les esprits. Si tu m'emmènes dans un de ces hôpitaux, je vais certainement y dépérir comme ma mère. Promets-moi, pas de médecin. Jamais.

— Mais et si…

— Promets-le !

— Je te le promets, Mama, céda-t-elle, le visage baigné de larmes.

— Ma Fille… je n'ai pas peur de rejoindre les esprits. Ils se sont toujours montrés bienveillants envers moi. Ils m'ont fait le cadeau de ton arrivée. Et c'est pour toi qu'il faut que je reste dans ce monde. Les esprits peuvent le comprendre. Tu n'es pas encore prête à poursuivre seule.

— Je sais. J'ai si peur.

Mama serra sa main.

— Ne crains rien. Je suis là. Tu es en sécurité auprès de moi.

Mais pour combien de temps ? Si les esprits ne l'avaient pas aidée jusqu'ici, allaient-ils le faire un jour ?

Les yeux de Mama se voilèrent à nouveau. Elle semblait regarder quelque chose derrière Raven. Raven fit volte-face, mais ne vit rien. Ce devait être un esprit que seule Mama pouvait voir. Sauf que les esprits de la terre n'entraient d'ordinaire pas dans les maisons. Ils s'y sentaient piégés.

— Il faut que je la protège, souffla Mama à l'esprit. Laissez-moi la protéger.

Après un silence, elle protesta avec inquiétude :

— Je n'ai rien fait de mal ! Elle m'a été donnée. Ne me punissez pas ! Je n'ai rien fait de mal !

Raven serra plus fort sa main.

— Personne ne va te punir, Mama.

Mama tourna les yeux vers elle, mais son regard sembla la traverser.

— C'est peut-être leur châtiment. Je n'en suis pas sûre. Je ne me souviens pas de ce que j'ai fait… de comment je t'ai trouvée. Ils pourraient être en colère pour ça. Ça pourrait être la raison de ma maladie.

— De quoi tu parles ? Ce sont eux qui m'ont offerte à toi.

— Oui… Ils m'ont fait cadeau de toi. Un bébé parfait. Un miracle.

Elle serra la main de Raven si fort qu'elle lui fit mal.

— Ne laisse jamais cet homme te réclamer ! Il est malveillant ! Il tue les esprits ! Il est comme mon père, avec ses sociétés et ses produits chimiques qui empoisonnent la terre ! Tu n'étais pas destinée à être des leurs !

— Qui ça ? Quel homme ?

— Ce sénateur. Bauhammer !

Mama pressa sa main contre son front.

— Il est mort. Je m'en souviens à présent. Il ne viendra jamais ici. Il ne peut pas t'enlever.

Raven ne comprenait pas de quoi il retournait avec cette histoire de sénateur. Mais Mama confondait souvent ses souvenirs lorsqu'elle était à mi-chemin entre le monde tangible et celui des esprits. Ça semblait logique.

Le corps de Mama s'affaissa soudain, et elle ferma les yeux. Raven pressa aussitôt sa main sur son cœur. Elle ne le sentait plus battre. Elle posa la tête sur sa poitrine, pour mieux l'écouter.

Elle l'entendit. Son pouls. Mama n'était pas morte. Pourtant, elle semblait si pâle et inerte.

Une fois certaine que Mama continuerait de respirer, Raven quitta la pièce pour aller préparer le petit déjeuner.

Et plus tard, le déjeuner. Puis le dîner. À la nuit tombée, Mama ne s'était toujours pas réveillée pour manger. Raven dormit dans le lit de Mama, un bras passé autour d'elle pour sentir la chaleur de son corps.

Raven n'avait jamais manqué l'école à cause des voyages de Mama dans le monde des esprits. Les fois où les épisodes s'étaient produits en semaine, elle avait eu confiance dans la santé de Mama pour tenir quelques heures sans elle. Il lui arrivait de rester dans le monde des esprits pendant une journée entière, parfois deux. Cet épisode-ci avait commencé un mardi, et Raven était encore à la maison à prendre soin d'elle le jeudi. Elle avait manqué trois jours de cours, mais l'état de Mama prévalait.

Elle essayait de lui faire boire du bouillon à la petite cuillère quand l'alarme retentit. Une intrusion dans l'allée. Probablement une biche ou un coyote. C'était déjà arrivé. Son cœur battait toujours autant la chamade que lorsqu'elle était petite.

Peut-être était-ce sa tante. La seule personne qui connaisse le code du portail – pour qu'elle puisse entrer lors de ses visites avec le Dr Pat.

Raven posa le bouillon et se précipita sur les écrans de surveillance. La seconde alarme s'ajouta à la première, ce qui signifiait que ce qui avait pénétré l'enceinte de la propriété approchait. Il y avait trois alarmes en tout.

Elle regarda fixement l'écran de la troisième caméra. Un homme. Elle approcha de l'image granuleuse. C'était Jackie, qui avançait vite.

Elle ouvrit la porte à la volée. Les autres avaient l'interdiction absolue d'approcher de sa maison. La règle était tellement imprimée en elle qu'elle courut et dans la panique oublia d'enfiler des chaussures. Elle sentait à peine le froid et les cailloux de l'allée lui abîmer les pieds.

Elle arriva au niveau de Jackie au moment où se déclenchait la troisième alarme. À présent, les trois sonneries retentissaient dans la maison. Elle aurait dû penser à les éteindre. Mais elle doutait que Mama soit assez consciente pour en être contrariée.

— Jackie ! s'écria-t-elle à bout de souffle.

Il avait cessé d'avancer à dix mètres d'elle.

— Tu m'as vu arriver grâce aux caméras ?

— Oui.

Il observa la maison, désormais visible après le virage de l'allée.

— C'est quoi ce bruit ?

Elle avait laissé la porte grande ouverte. Chacune des trois alarmes produisait un son différent pour informer sur la position de l'intrus. Il en restait deux autres, à l'arrière de la maison, qu'elles n'activaient qu'après s'être couchées.

Elle n'essaya même pas de se lancer dans des explications.

— Tu as escaladé le portail ?

— Oui. Je suis désolé, mais j'étais vraiment inquiet. Tu n'as jamais manqué trois jours de cours. Je voulais m'assurer que tu allais bien.

— Je vais bien.

Il regarda à nouveau la maison.

— Ce sont des sonneries d'alarmes ?

— Oui.

— Pas des alarmes à incendie, j'espère ?

— Non.

Il approcha pour regarder attentivement son visage. Elle avait sans doute très mauvaise mine.

— Tu es malade ?

— Je vais bien.

— Dans ce cas pourquoi…

— Ma mère est malade.

En temps normal, elle ne donnait aucune information sur sa mère. Mais elle espérait que cette information le ferait partir plus vite.

— Elle a la grippe ? Il y a une épidémie au lycée.

— Oui, c'est ça. La grippe, dit-elle. Tu ferais mieux de ne pas approcher.

Il la regarda d'un air méfiant, voyant clair dans son mensonge.

— Je vais t'ouvrir le portail pour que tu puisses sortir.

Ils ne s'étaient éloignés de la maison que de cinq pas quand la mère de Raven cria faiblement :

— Qui êtes-vous ? Où croyez-vous partir avec ma fille ?

Ils firent volte-face. Le cœur de Raven manqua de s'arrêter à la vue de Mama, titubant dans les marches du porche en chemise de nuit, le revolver qu'elle rangeait dans sa table de nuit pointé sur Jackie.

— Vous ne me la prendrez pas ! dit Mama en approchant d'un pas vacillant. Vous n'avez aucun droit sur elle ! Rendez-la-moi, ou je tire !

Raven bondit devant Jackie, les bras grands ouverts.

— Mama, arrête ! C'est un ami ! Un ami du lycée !

— Non, c'est ce qu'il veut te faire croire ! dit Mama. Ne pars pas avec lui ! Je le reconnais ! Il vient de l'État de New York ! Je le reconnais !

— Mama, s'il te plaît ! C'est notre voisin. Il ne vient pas de New York.

Mama trébucha et Raven craignit qu'en tentant de se relever, un tir parte par accident.

— Il s'appelle Jack Danner, insista-t-elle. Je suis allée aux obsèques de son père. Tu t'en souviens ? Sa mère est institutrice à l'école primaire.

Mama se redressa tant bien que mal et regarda fixement Jackie. Ses cheveux blonds méchés de blanc étaient ébouriffés, et son visage pâle et amaigri. La lumière du soleil couchant illuminait son corps squelettique à travers le fin tissu de sa chemise de nuit. On aurait dit un fantôme.

Raven s'avança doucement vers elle.

— Laisse-moi prendre le revolver.

— J'ai entendu les alarmes, dit-elle doucement. Je me suis réveillée. Tu n'étais plus là.

— Je sais. Il y a de quoi être perdue.

Elle détacha délicatement l'arme de la prise de Mama et actionna le cran de sécurité.

Raven se tourna vers Jackie, qui restait figé sur place.

— Ma mère a une forte fièvre. Je suis désolée.

— C'est rien.

— Que fais-tu sur ma propriété ? demanda Mama.

Sa voix était redevenue normale. Elle avait complètement quitté le monde des esprits.

— J'étais inquiet au sujet de Raven. Elle a manqué trois jours de cours.

— Si tu vas en cours, tu dois savoir ce que signifie « défense d'entrer ».

— Oui. Excusez-moi, Ms Lind.

Mama continua de poser sur lui un regard impérieux.

— Mama, il s'est excusé, intervint Raven. Il fait froid et tu es malade. Tu devrais rentrer dans la maison.

— Je ne suis pas malade.

— S'il te plaît, retourne dans la maison. Je vais le raccompagner au portail.

Mama pointa son index en direction de Jackie.

— Ne t'avise pas de revenir ici.

— Je ne reviendrai pas, dit-il.

Raven put enfin respirer à nouveau quand Mama se tourna vers la maison. Jackie et elle marchèrent jusqu'à la route extérieure en silence. Elle avait toujours l'arme à la main, contre son flanc. Elle composa le code pour ouvrir le portail.

— Elle peut nous entendre ? demanda-t-il en regardant la caméra la plus proche.

— Non.

Il ouvrit la bouche pour parler, puis se ravisa. Au lieu de ça, il enlaça Raven et la serra contre lui. C'était une première. Elle ne pouvait pas lui rendre son étreinte, car elle avait une arme à la main. Elle supposa qu'il s'agissait d'un câlin empreint de pitié, mais il lui fit tout de même du bien.

Il la lâcha et dit :

— J'espère que tu reviendras bientôt au lycée. Tu me manques.

Il monta dans sa voiture et s'éloigna alors que le portail se refermait.

Aussi terribles qu'aient été les dix dernières minutes, Raven était heureuse que Mama soit revenue dans le monde des humains. C'était grâce à Jackie. Peut-être que les esprits l'avaient guidé pour qu'il s'introduise sur leur propriété. S'il existait une chose capable de tirer Mama du monde des esprits, c'était bien la peur d'une menace pour la sécurité de sa fille.

Les alarmes étaient désactivées quand elle rentra à la maison.

— C'est ton nouveau petit ami ? demanda Mama.

— C'est un ami.

Elle sourit malicieusement.

— Je l'ai vu te prendre dans ses bras.

— Pourquoi tu nous surveillais ? demanda Raven.

Elle prit le visage de Raven entre ses mains amaigries.

— Parce que tu es mon trésor. Je continuerai à te surveiller dans cette vie, et au-delà.

7

LA DERNIÈRE SONNERIE RETENTIT, marquant le début des vacances de Noël. Des rugissements de joie s'élevèrent dans les couloirs.

Chaque année, Raven se demandait ce que ça faisait de vivre dans leur monde, celui des célébrations qu'on attendait avec impatience. Toute la journée, elle avait entendu les autres parler des cadeaux qu'ils espéraient recevoir, de la famille éloignée qui viendrait les voir, de leurs séjours au ski ou à la mer, et de ce qu'ils allaient offrir à leur petit copain ou copine.

Raven ne partageait pas leur enthousiasme. Les vacances ne lui apportaient aucune joie. Les premiers jours, elle trouvait agréable de faire une pause dans les devoirs. Mais la monotonie s'installait vite. Et cette année serait plus difficile encore, car Mama était malade. Plutôt que d'échapper à l'inquiétude permanente pendant quelques heures par jour, elle y serait confrontée sans répit.

Et elle ne verrait pas Jackie. Pendant presque deux semaines.

Elle le retrouva devant sa voiture.

— Tu n'as pas du tout l'air joyeuse, remarqua-t-il en démarrant le moteur.

— Je n'aime pas les vacances de Noël.

— Tu n'aimes pas la grasse mat ?

— C'est surfait.

— Et le père Noël ?

— Il ne s'est jamais arrêté par chez moi.

— Tu ne reçois jamais de cadeaux ?

— Ma tante va m'en envoyer un.

— Rien de la part de ta mère ?

— Non.

Il s'inséra dans la file de voitures qui attendaient pour sortir du parking du lycée.

— J'ai une proposition qui pourrait te faire aimer les vacances.

— Laquelle ?

— Une petite soirée de Noël chez moi avec toute la bande du bon vieux temps : Reece, Huck, ma mère et moi. Ce vendredi.

— Reece sera là ?

Il sourit.

— Je savais que ça serait un bon argument. Il dort à la maison. Le dîner commence à dix-huit heures.

Pourquoi la torturait-il avec ces détails ?

— Allez ! Ne va pas me dire que tu ne peux pas. Ta mère te laissait aller où tu voulais avec Chris au printemps dernier.

— C'était Chris. Là…

— Je sais. Les terres interdites. Pas un pied de l'autre côté de la barrière, blablabla.

— C'est pas drôle. J'ai vraiment envie de venir.

— Alors viens. Je passe te chercher. Je t'attendrai devant ton portail à six heures moins le quart.

— Je n'ai pas encore demandé la permission.

— Il faut qu'on s'organise à l'avance parce que tu n'as pas de téléphone.

— Je n'ai pas besoin que tu viennes me chercher.

— Ça fait loin, à pied. Et le ruisseau sera trop froid pour y patauger. Laisse-moi venir te chercher.

— Tu sais que je ne peux pas te dire oui tout de suite.

Il se tut. Le silence dans l'habitacle n'apportait pas la même paix que d'habitude. Raven continua de détourner la tête, regardant par la vitre les bois et les prés couverts de neige.

Il se gara devant son portail. Elle souleva son sac à dos.

— Tu demanderas, pour la soirée ?

— Il faut d'abord que je voie dans quel état elle est.

— Est-ce qu'elle est… ?

— Est-ce qu'elle est quoi ?

— Est-ce qu'elle est toujours comme la fois où je l'ai vue ?

Il n'avait jamais refait allusion à ce jour-là. Et elle était certaine qu'il n'avait raconté à personne que Mama l'avait menacé avec une arme – contrairement à Chris.

— Elle n'allait pas bien, dit-elle.

Elle ouvrit la portière pour mettre un terme à toute discussion sur sa mère.

— S'il te plaît, pose-lui la question, au moins.

Elle sortit de la voiture.

— Je ne comprends pas pourquoi tu me proposes ça alors que tu connais ma situation depuis des années. C'est cruel, Jackie.

— Cruel ? Huck et moi voulons juste que Reece et toi vous puissiez avoir un beau Noël. Sa mère non plus ne fait rien pour les fêtes. En quoi ce serait cruel ?

— Est-ce que Reece est au courant que c'est une soirée de charité ?

— J'hallucine, comment tu peux dire une chose pareille ?

— Alors ?

— Tu sais quoi ? Oui, il sait qu'on l'invite depuis toutes ces années pour lui permettre de souffler loin de sa mère. Et ça ne le dérange pas, parce qu'il comprend. Il sait qu'on tient vraiment à lui. Et il tient vraiment à nous. Si tu as un problème avec ça, je suis désolé.

Il se pencha sur le siège passager et ferma la portière.

Elle recula, et il passa la première pour s'en aller. Raven avait les pieds presque trop lourds pour marcher.

Mama n'était pas à la maison. Elle sortait tous les jours, ces derniers temps. Probablement pour demander aux esprits de la guérir.

Raven prépara à dîner. Quand Mama rentra à la maison, elle était à bout de souffle et se tenait la poitrine. Silencieuse, elle ne mangea presque rien. Raven ne lui parla pas de l'invitation à la soirée. Elle ne voulait pas prendre le risque de la mettre en colère et de provoquer son agitation.

Les jours qui suivirent, Raven passa de nombreuses heures à arpenter les hectares de terrain. Elle fit des Vœux, non pas pour aller à la soirée, mais pour guérir Mama. Elle pensa beaucoup à Jackie et regretta d'avoir qualifié son invitation de soirée de charité. C'était elle, la plus cruelle dans l'histoire. Le poison qui affaiblissait Mama s'infiltrait en elle aussi.

Quand le vendredi arriva, le jour de la soirée, Raven décida de demander la permission à Mama. Elle voulait voir Jackie. Elle voulait voir la petite maison jaune, Reece, Huck et Ms Danner. Elle voulait retrouver son plus bel été.

Mama se réveilla d'humeur agitée, marmonnant des choses à des esprits que Raven ne pouvait pas voir. Elle faisait ça parfois, avant de s'effondrer, avant d'entrer dans le monde des esprits. Raven devait attendre avant de lui poser la question.

Mais Mama quitta la maison, toujours en chuchotant. Raven resta à l'attendre. Elle voulait l'intercepter à son retour, espérant que son humeur serait améliorée après sa discussion avec les esprits.

Alors qu'elle lisait un roman imposé pour son cours de littérature, la neige se mit à tomber en flocons épais, vers la fin d'après-midi. Elle s'inquiétait pour Mama, dans la neige froide et glissante. Elle prépara une soupe pour qu'elle puisse manger quelque chose de chaud à son retour.

Au moins cinq centimètres de neige étaient tombés lorsque Mama rentra enfin, à bout de souffle comme toujours, pâle et luisante de sueur malgré le froid. Mais elle ne chuchotait plus.

— J'ai préparé un bouillon d'orge et de bœuf, dit Raven. Je vais mettre du pain à cuire.

— Pas de pain. Je prendrai juste la soupe.

Raven posa un bol de bouillon sur la table. Elle ne voulait pas manger, car Jackie n'avait pas parlé d'une simple soirée, mais d'un dîner.

— Tu ne manges rien ? demanda Mama.

— J'en ai déjà goûté en le préparant. Je n'ai plus faim.

La main de Mama tremblait légèrement quand elle portait des cuillères de soupe à ses lèvres.

— La neige est jolie, non ? demanda Raven.

— Oui.

Elle regarda Raven avec des yeux brillants.

— J'ai vu un esprit que je n'avais jamais croisé auparavant. Il ressemblait à ma mère, en volutes de blanc. Il m'appelait.

Raven sentit comme une boule de neige peser dans son ventre.

— Tu ne m'as jamais dit que l'esprit de ta mère était là. Pourquoi est-elle venue jusqu'à ces terres ?

La fervente lueur des yeux de Mama se ternit.

— Je ne sais pas si c'était elle. Peut-être était-ce un rêve. Je crois que je dormais. Non, mais… non. Je ne m'en souviens pas.

Mama repoussa sa chaise et se leva, fébrile.

— J'ai besoin de repos. Ne me dérange pas.

Elle se réfugia dans sa chambre et ferma la porte.

Raven débarrassa la soupe et nettoya la cuisine. Elle épousseta les meubles, même si elle l'avait déjà fait deux jours plus tôt. Son regard était sans cesse attiré par la neige, dehors, qui l'appelait. Mais pas comme l'esprit d'une morte. C'était l'appel de la vie qui l'invitait à sortir.

Elle enfila ses bottes et son manteau, puis rédigea un mot pour Mama : « Partie me promener dans la neige. Je rentrerai tard. » Elle placarda le mot à l'endroit habituel sur le frigo avec un aimant.

L'obscurité tombait vite avec la neige. Elle trouva une lampe torche et s'arma de son bonnet et ses gants les plus chauds.

Elle avança à grands pas dans la neige craquante en direction du ruisseau. Elle n'avait pas encore décidé d'aller ou non chez Jackie. L'appel de la neige lui suffirait peut-être. Les flocons cristallins filaient comme des étoiles sous le faisceau doré de sa torche.

Il lui fallut un long moment pour atteindre le ruisseau. Elle errait sous les étoiles, et à deux reprises l'obscurité blanche l'induisit en erreur.

Son faisceau se posa enfin sur les clapotis du ruisseau. Sa profondeur allait noyer ses bottes. Ses pieds seraient trempés, glacés, lourds. Elle pouvait soit s'enfoncer dans l'eau et aller directement chez Jackie, en rompant sa promesse, soit faire demi-tour.

Les gargouillis de l'eau l'appelaient vers Jackie. Mais c'était ce que faisait toujours l'eau : aller où elle voulait sans accorder une seule pensée aux conséquences.

Mais quelles seraient les conséquences ? Elle n'en voyait aucune. Mama était épuisée. Elle allait dormir longtemps. Si elle se réveillait, elle verrait le mot et serait heureuse de savoir que sa fille profitait de la neige. Dans tous les cas, elle était bien trop malade pour venir la chercher.

Raven descendit dans le ruisseau, et ses bottes se remplirent d'eau. Il y eut d'abord la brûlure du froid, puis l'engourdissement. Elle marcha aussi vite qu'elle put. Elle éclaira l'Aconit. Après toutes ces années, il tenait toujours le loup-garou à distance.

Elle se dépêcha d'atteindre la terre ferme, se fraya un passage entre les aulnes, traversa le pré. Elle vit la clôture. Au loin, la petite maison jaune avec ses fenêtres illuminées était un rêve sous les flocons.

Elle avança jusqu'à la barrière. Elle n'aurait su dire si ses bottes frôlaient l'herbe qui dépassait de la frontière. La neige recouvrait tout. Elle se baissa pour se glisser entre les lattes. Elle fit quelques pas, puis se retourna, éclairant la barrière et ses empreintes fraîches dans la neige. C'était si facile, finalement.

Elle rejoignit au pas de course la maison, riant aux éclats lorsqu'elle trébucha et tomba à plat ventre. Elle se précipita vers la porte d'entrée, appuya sur la sonnette. Son souffle s'échappait en nuages rapides et blancs.

— J'y vais ! lança Reece à l'intérieur.

La porte s'ouvrit.

— Je n'arrive pas à y croire, dit Reece. Tu as rompu le sortilège de la barrière !

— Oui.

— Et tu es arrivée en un seul morceau !

— Je crois que j'ai perdu mes orteils. Je ne les sens plus.

— Viens par là, sacrée Bird Girl !

Il la prit dans ses bras et la fit tournoyer.

Jackie l'étreignit ensuite, puis Huck, puis Ms Danner. Ils la débarrassèrent de son bonnet et de son manteau, et l'aidèrent à ôter ses bottes.

La maison sentait si bon, enveloppée des parfums de pommes cuites, d'épices, de pin et de feu de bois. Raven ne laissa pas Ms Danner l'emmener pour se changer avant d'avoir pu observer attentivement le sapin et ses guirlandes, ses lumières et ses ornements scintillants. Elle se sentait mal de voir cet arbre mourir à l'intérieur d'une maison humaine, alors même que sa beauté étincelante lui réchauffait le cœur.

— On a commencé à faire un sapin tous les ans quand Maman s'est mariée, expliqua Jackie. Papa les adorait.

— Je ne suis toujours pas une adepte, dit Ms Danner, mais les garçons ont insisté pour perpétuer le rituel.

— Va mettre des vêtements secs, dit Reece. On allait justement passer à table.

— Et on ne plaisante pas avec Reece quand il a l'estomac vide, renchérit Huck.

— Je fais une exception pour Bird Girl, dit Reece en lui ébouriffant les cheveux.

Quand Raven se fut changée, Ms Danner lui servit une tasse de cidre chaud. À la demande de Reece, le menu était composé de tacos vegan et de burritos, comme la dernière fois que Raven avait dîné chez eux.

Après le dessert, Reece fourra un troisième cookie dans sa bouche et enfila son manteau.

— Tu vas où ? demanda Ms Danner.

— Base-ball dans la neige, répondit-il la bouche pleine de miettes de cookie.

— C'est la tradition, expliqua Huck.

Une tradition à laquelle Raven voulait être initiée. Elle attrapa son manteau et ses bottes. Reece alluma des projecteurs extérieurs, illuminant les flocons qui voletaient dans l'air du jardin.

La partie de base-ball évolua rapidement en bataille de boules de neige. D'abord chacun pour soi, puis en équipe : Jackie et Raven contre Huck et Reece. Puis vinrent les assauts. Raven avait de la neige dans les cheveux, sur le visage, elle en sentait la morsure sur la peau, mais elle s'en fichait. Elle s'amusait comme une folle. Reece commença à fourrer de la neige par pelletées dans les manteaux des autres, si bien que Raven, Jackie et Huck s'allièrent pour le plaquer dans la neige.

— Attaque de câlins ! lança Raven.

Ils s'empilèrent tous sur lui. C'était un de ses jeux préférés avec les garçons quand elle était petite.

Alors qu'ils étaient à terre, Raven glissa une boule de neige dans le dos de Jackie.

— Tu vas payer pour ça ! s'écria-t-il.

Elle courut à travers le jardin en riant. Il la plaqua au sol, et elle cria sous la morsure du froid quand il lui rendit la pareille. Elle roula sur le côté et tenta de lui écraser de la neige sur le visage, mais il immobilisa ses bras. Ils respiraient fort, le visage proche. Son parfum chaud, humide, était enivrant.

— On est conviés à cette attaque de câlins, Jackie ? lança Reece.

— Non, rétorqua Jackie.

Reece et Huck éclatèrent de rire.

— Si tu as besoin de conseils, on est à l'intérieur, lança Reece.

Ils se réfugièrent dans la maison en gloussant. Les projecteurs s'éteignirent.

L'obscurité soudaine la surprit. Mais pas la caresse des lèvres de Jackie sur les siennes. Elle savait qu'ils allaient s'embrasser.

— Je peux ? demanda-t-il.

— Si tu ne pouvais pas, je te l'aurais fait comprendre, dit-elle.

— Je me serais retrouvé avec la lèvre éclatée.

— Pire.

Il immobilisait toujours ses bras.

— J'aimerais essayer autrement.

Elle roula sur lui, lui immobilisa les bras, et l'embrassa.

— Qu'est-ce que tu as préféré ? demanda-t-il.

— Comme ça.

— Je crois que moi aussi. Mais j'ai besoin de recommencer pour être sûr.

Elle obtempéra.

— Désolée d'avoir dit que tu étais cruel.

— Je savais que c'était la frustration qui parlait.

Il s'assit et la prit dans ses bras.

— C'est fou comme c'est naturel, dit-il.

— Oui. Enfin, peut-être pas si étonnant.

Il la garda dans ses bras pour la regarder. Les fenêtres de la maison projetaient suffisamment de lumière pour qu'elle puisse voir l'ombre de ses traits et la lueur dans ses yeux. Il souriait.

— Tu n'es pas étonnée du tout ? demanda-t-il.

— J'ai envie de t'embrasser depuis mes sept ans, je crois.

— Je crois que moi aussi.

Elle l'embrassa encore. Il avait raison. Être avec lui était si facile. Comme franchir la barrière l'avait été.

Il retira ses gants pour enlever la neige des cheveux de Raven.

— Je peux enfin toucher tes cheveux.

— Tu aimes mes cheveux ?

— Je les adore. Ils m'ont toujours fait penser à des plumes de corbeau brillantes – sûrement à cause de ton prénom.

Chris avait vu son côté corbeau, lui aussi. Peut-être était-ce la proximité des esprits qui rendait ça possible. Mais avec Chris, elle n'avait pas ressenti un centième du lien qui la connectait à l'âme de Jackie.

— Tu veux rentrer ? demanda-t-il.

— Je pourrais rester là toute la nuit.

Il sourit, lui caressa les cheveux.

— Ça, je n'en doute pas. C'est toujours comme ça que je t'imagine : en pleine nature. Même à l'école. Tu es comme un bout de forêt qui s'invite à l'intérieur pour quelques heures.

— C'est comme ça que je me sens, le plus souvent.

Elle l'embrassa doucement.

— C'est pour toi que je suis allée à l'école, tu sais. Et pour Reece et Huck.

— Je sais. On en était tous conscients. Tu en as payé un prix bien trop élevé. C'est pour ça qu'on est en colère depuis tant d'années. Et qu'on se sent coupables.

— Coupables de quoi ?

— C'est Huck qui en parle le mieux. Il dit qu'on t'a attirée à l'école, et que c'était un piège. La porte s'est refermée, et on ne pouvait plus te voir que là-bas, comme te rendre visite en cage. Tu as perdu ta liberté à cause de nous.

— Ne parlons pas de ça. Je suis là, à présent.

— Est-ce qu'elle sait ?

— Non. Elle dort.

— Quand est-ce que tu reviens ?

— Je ne veux pas parler de ça non plus. Je veux que tu m'embrasses.

Il effleura ses lèvres des siennes, et répondit :

— C'est d'accord. Je ne ferai que ça jusqu'à ce que tu t'en ailles.

Ils restèrent dehors pour quelques minutes. Mais ils étaient trempés et commençaient à avoir froid. Alors qu'ils rentraient par la porte arrière, Jackie la prévint :

— Reece va nous charrier pour l'éternité.

— Je m'en fiche.

— Moi aussi.

Ms Danner arriva alors qu'ils enlevaient leurs bottes et leur manteau.

— Je me suis dit que vous seriez aussi trempés que Huck et Reece. J'ai préparé des vêtements secs pour toi dans la salle d'eau, Raven.

— Merci. Je suis désolée de générer autant de linge sale. Je peux lancer une machine si vous voulez.

— C'est mignon, mais va plutôt t'amuser. À quelle heure dois-tu rentrer à la maison ?

— Je n'ai pas d'heure.

Ms Danner fronça les sourcils.

— Ta mère sait que tu es là ?

Raven fit non de la tête.

— Elle doit se ronger les sangs !

— Elle dort. Et si elle se réveille, j'ai laissé un mot pour dire que je suis sortie marcher.

— La nuit, en pleine tempête de neige ?

— On fait ça souvent.

— Quoi donc ?

— Sortir dans la nature.

Ms Danner se tourna vers Jackie.

— Je n'aime pas ça. Ramène-la bientôt chez elle, d'accord ?

Il opina. Mais quand sa mère se détourna, son regard malicieux confirma à Raven que *bientôt* n'était pas ce qu'il avait en tête.

Raven et Jackie se retrouvèrent dans le séjour après s'être changés. Huck et Reece y regardaient un film. Le salon était joli, à la lumière tamisée des bougeoirs et des petites ampoules colorées du sapin.

— Vous vous êtes perdus dans la neige ? demanda Huck.

— C'est ça, répondit Jackie.

— J'espère que vous aviez votre boussole morale avec vous, jeune homme, dit Reece en imitant une voix professorale.

Jackie attira Raven près de lui sur le canapé en forme de L.

— Où est Maman ? demanda-t-il à Huck.

— Elle bouquine dans sa chambre.

Jackie déplia un plaid sur Raven et lui. Il se rapprocha et la nicha dans ses bras.

— Oula, qu'est-ce que c'est que ça ? s'indigna Reece. Vous ne trouvez pas que ça va un peu trop vite tous les deux ?

— Pas vraiment, commenta Huck. Ils ont déjà dormi ensemble.

Reece fit mine de s'étouffer avec un pop-corn.

— Et tu ne m'as pas prévenu ?

— On m'a dit que je n'avais pas le droit de le raconter, dit Huck en regardant Jackie.

— Et pourtant, tu viens de le faire, fit remarquer Jackie.

— Ça remonte à quand ? demanda Reece.

— À un moment, dit Jackie.

Reece regarda Raven.

— Tu ne vas même pas essayer de défendre ton honneur ?

— Quel honneur ? J'avais sept ans.

— Je suis bien placé pour savoir que Cendrillon partait bien avant minuit cet été-là, dit-il.

— Elle s'est glissée en douce dans le lit de Jackie au beau milieu de la nuit, expliqua Huck.

— La friponne !

Tous éclatèrent de rire.

— Non, mais, vraiment ? demanda-t-il à Raven.

— Oui. Ma mère était en colère ce soir-là, alors j'ai fugué.

— Et tu es allée directement dans son lit ?

— Oui, oui, confirma Jackie en la serrant plus fort. Elle était toute mouillée et glacée.

— C'est parce que je me suis d'abord endormie dans le pré de Hooper.

— Tu ne me l'avais jamais dit.

— J'étais trop occupée à trembler de froid.

— C'est une sacrée histoire, commenta Reece. Je peux avoir les droits quand je deviendrai un écrivain célèbre ?

— On va y réfléchir, répondit Jackie.

— Tu écris toujours ? demanda Raven à Reece.

— J'écris quand je ne suis pas achevé après le travail, après avoir couru partout, fait la lessive et m'être assuré que ma mère s'est nourrie d'autre chose que de whisky. Donc non, je n'écris plus.

— Ça craint, dit Jackie.

— Je sais, mais le calvaire me réussit, pas vrai ? dit Reece.

— Admirablement, affirma Huck. Bon, on le regarde ce film ou quoi ?

— Rembobine à l'endroit où l'on était avant que les bébés tourtereaux ne débarquent, proposa Reece.

Jackie et Raven ne restèrent pas longtemps. Au bout de quelques minutes, il chuchota :

— Tu veux aller dans ma chambre ?

Elle acquiesça.

— On prévient Maman que vous êtes partis faire vos devoirs ? lança Huck quand ils se dirigèrent vers l'escalier.

— C'est ça, je suis sûr qu'elle trouvera ça crédible.

— Soyez sages, les enfants, dit Reece avant de ricaner avec Huck.

Jackie alluma la lumière et ferma la porte. Il avait repeint les murs d'un bleu-gris orageux pour remplacer le bleu pastel. Le lit était plus grand, et la pièce en semblait rétrécie. Sur son bureau et sur la commode, on trouvait des photos de famille où figurait son père, prises pendant leurs vacances en camping. Les seules décorations aux murs étaient un miroir au-dessus de sa commode et un tableau en liège tapissé de photos de ses amis et autres souvenirs datant de l'école primaire. Raven apparaissait sur quelques-unes des photos datant de leurs sorties scolaires. Au-dessus du tableau, étaient placardés çà et là des autocollants de lieux touristiques – le mont Rainier, le parc naturel de Yellowstone, le Grand Canyon – et des messages politiques : « Économie

Verte » ; « Plantons l'avenir » ; « Recyclez ». Jackie voulait étudier l'écologie de la conservation à l'université.

— Tu as encore les étoiles, remarqua-t-elle en levant le nez vers le plafond blanc et ses étoiles en plastique.

— Je voulais les enlever au collège, mais elles abîmaient le plâtre quand on a essayé d'en décoller quelques-unes. Alors on a décidé de les laisser plutôt que de refaire le plafond.

— Je les aime bien.

— Dans ce cas, je suis content qu'elles soient encore là, dit-il en la prenant dans ses bras. Qu'est-ce que tu veux faire ?

— On pourrait jouer à Serpents et Échelles.

— Je ne crois pas qu'on ait encore ce jeu.

— Docteur Maboul ?

Il sourit malicieusement.

— On dirait un nom de code pour autre chose.

— C'est vrai. Alors commençons la partie !

Elle souleva le bas du sweat-shirt de Jackie.

— C'est vrai que tu vas très vite.

— Je veux seulement regarder.

— Ah oui ? J'ai hâte que ce soit mon tour, alors.

Elle observa longuement son torse nu. Elle songea au jour où elle l'avait rencontré, quand Huck, Reece et lui nageaient dans le bassin profond du ruisseau. Son corps lisse et bronzé. À présent, il avait des poils sur le torse et une musculature d'homme aux contours harmonieux.

Il était aussi à l'aise sous son regard que lors de leurs baisers. Peut-être parce qu'il avait connu d'autres filles.

— T'en penses quoi ? demanda-t-il.

— Tu as bien changé depuis nos sept ans.

— Je prends ça pour un compliment, j'imagine ?

— C'en est un.

Elle fit courir son doigt sur la ligne de duvet sous son nombril.

— C'est là depuis combien de temps, ça ?

Il rit doucement.

— Je ne me souviens pas de la date exacte.

— J'aime bien.

— Si tu continues à me toucher ici, c'est moi qui vais beaucoup trop aimer.

Il ôta sa main et l'attira pour l'embrasser.

— C'est à mon tour maintenant ?

— Tu vas enlever mon pull ?

— J'en ai très envie, mais si ma mère monte, elle va péter un câble.

— Tu crois qu'elle va venir ?

— Je ne sais pas.

— Je veux voir les étoiles.

Elle éteignit le plafonnier. Une constellation d'un blanc verdâtre s'illumina au-dessus d'eux. Elle s'allongea sur le dos pour la regarder.

— J'ai toujours voulu revenir voir ces étoiles.

Il s'étendit à côté d'elle.

— Juste les étoiles ?

— Et toi aussi.

Il se pencha sur elle pour l'embrasser.

— Est-ce qu'on va pouvoir se revoir pendant les vacances ? demanda-t-il.

— J'en ai envie.

— Je sais. Il faut qu'on trouve un moyen.

Elle imagina demander à Mama si elle pouvait sortir avec lui. S'il avait été n'importe qui d'autre que le garçon dont elle lui avait interdit la maison, ç'aurait été bien plus facile. Mais peut-être que Mama s'en fichait à présent. Elle n'avait pas l'énergie pour s'intéresser à grand-chose.

Jackie lui caressa le visage.

— Raven… ?

— Oui ?

— Tu veux bien me confier ce qui se passe ? Je sais que quelque chose cloche depuis que tu es rentrée du Montana.

— Ma mère est malade.

— Physiquement ?

— Oui. Du cœur.

Tous les mots interdits s'étaient déversés. Elle ne savait pas pourquoi.

— Je crois qu'elle va mourir, Jackie.

— Raven, je suis désolé. C'est ce qu'a dit le médecin ?

— Elle refuse d'aller chez le médecin.

— Il le faut ! Peut-être qu'ils pourront l'opérer.

— Elle ne veut pas. J'ai déjà essayé.

— Pourquoi ?

— Je crois que c'est à cause de sa mère. Elle est morte à l'hôpital, et ma mère dit qu'on l'a privée de sa dignité.

— Mais peut-être qu'ils pourraient soigner ce qui ne va pas, et empêcher qu'elle meure.

— Je sais. J'ai essayé… mais elle m'a fait promettre…

Tout le poids qui pesait sur elle éclata. La douleur se déversa sous forme de sanglots.

Jackie la prit dans ses bras.

— Je suis désolé. Je suis vraiment désolé.

— Où est-ce que je vais aller si elle meurt ? Qu'est-ce que je vais devenir ?

— Tout va bien se passer. Peut-être qu'elle ne mourra pas.

— Son état ne fait qu'empirer.

— Tu m'as parlé d'une tante. Est-ce qu'elle pourrait t'aider ?

— Je n'ai pas le droit de la prévenir.

— Peut-être que tu devrais rompre cette promesse.

— Non ! Ma tante va la mettre à l'hôpital. Ils vont l'attacher à des machines. Ce n'est pas ce qu'elle veut. Elle a le droit de garder le contrôle sur ce qui arrive à son corps, tu ne crois pas ?

— Je ne sais pas. Elle te met dans une situation impossible.

Les pleurs de Raven redoublèrent.

— Jackie ? appela Ms Danner. Qu'est-ce qui se passe ? Pourquoi j'entends Raven pleurer ?

— Merde, chuchota Jackie.

Il enfila son sweat-shirt et alluma la lampe de bureau avant d'ouvrir la porte.

Sa mère regarda Raven qui essuyait ses larmes.

— Je ne veux pas me montrer indiscrète, mais je suis un peu inquiète.

— Raven vient de me dire…

Raven secoua la tête. Ms Danner le vit.

— C'est privé, se ravisa-t-il.

— Je comprends, dit-elle. Je suis juste montée pour vous prévenir qu'il est l'heure pour Raven de rentrer. Puis je l'ai entendue pleurer… ce n'était pas mon intention d'écouter à la porte.

— C'est pas grave, dit Raven.

— Est-ce que je peux faire quelque chose pour t'aider ? demanda-t-elle.

— Non, merci.

— Ma puce, ça m'inquiète que ta mère ne sache pas où tu es par cette tempête. Je pense vraiment que tu devrais rentrer chez toi.

— D'accord, dit Raven.

Ms Taft étreignit Raven.

— On sera toujours là pour toi, Raven. Si tu as besoin de quoi que ce soit, tu peux venir nous trouver.

En lui rendant son étreinte, Raven pensa à cette soirée, il y a si longtemps, ou elle lui avait dit qu'elle regrettait de ne pas habiter avec eux. Cet aveu l'avait rongée de culpabilité au point qu'elle s'était sentie obligée de fuir. D'une certaine manière, elle avait encore l'impression d'être cette même petite fille traversant le pré de Hooper à toute allure.

Voyant que Raven avait pleuré, Huck et Reece lui épargnèrent les blagues attendues sur ce qui s'était passé à l'étage. Ils la serrèrent contre eux pour lui dire au revoir.

— Est-ce que ça va ? lui chuchota Reece à l'oreille.

— Oui.

— Ouh, la menteuse, elle est amoureuse, chuchota-t-il.

Elle renifla, le nez encombré.

Dehors, la neige formait maintenant une couche de quinze centimètres.

— Ne me dépose pas devant le portail, prévint Raven lorsque Jackie démarra le moteur.

— Alors où ?

— Je vais te montrer. Un peu avant.

— Pourquoi ?

— Je vais escalader la clôture. Les alarmes vont la réveiller si je passe par l'allée.

Il lui lança un regard interrogateur et elle comprit qu'il voulait qu'elle lui explique la raison des alarmes.

— On ferait mieux de partir. Et surtout, fais demi-tour sur la route pour ne pas passer devant mon portail.

Il roula lentement sur la route de campagne pour que Raven puisse repérer le bon endroit où escalader la clôture. Elle le fit s'arrêter à un endroit où les broussailles étaient plus éparses.

— Tu vas devoir beaucoup marcher, dit-il.

— Ce n'est pas un problème.

Il sortit de la voiture pour lui dire au revoir, et ils s'embrassèrent sous les flocons, à la lumière des phares.

— On se revoit quand ? demanda-t-il.

— Je ne sais pas.

— Tu ne peux pas me dire ça. Je n'ai aucun moyen de te contacter. Il faut qu'on s'organise dès maintenant.

— Je vais lui demander si je peux sortir avec toi. Mais je ne peux pas prévoir sa réponse.

— Alors on a qu'à convenir qu'on se retrouve ici, après-demain. Quelle heure t'arrange ?

— Je vais lui dire que tu veux m'inviter à dîner.

— Je veux effectivement t'inviter à dîner.

— À quelle heure ?

— Dix-sept heures trente.

— Mais ne te fais pas trop d'espoirs.

Il l'embrassa.

— Je ne vais faire que ça, espérer. À chaque instant. Attends, je vais te faire la courte échelle.

— Pas besoin.

— C'était une excuse pour te peloter les fesses.

— D'accord, tu peux me faire la courte échelle.

8

Mama ne s'était pas rendu compte qu'elle avait quitté la maison.

Trop fébrile pour s'endormir, Raven alluma un feu dans l'âtre et se pelotonna avec des couvertures et un oreiller à côté des flammes dansantes. Tout ce qui s'était passé avec Jackie se rejouait encore et encore dans ses pensées. Était-elle vraiment avec lui ? Enfin ?

Elle se réveilla à l'aube à côté des cendres tièdes. Mama était plantée devant les grandes fenêtres du salon qui donnaient sur un pré bordé de deux bosquets. La tempête s'était calmée, et elle semblait subjuguée par le paysage paré de blanc.

Raven approcha.

— Je suis sortie dans la tempête, hier. C'était magnifique.

— Je regrette de ne plus avoir assez de forces pour marcher dans la neige toute la journée, comme avant.

— Je peux marcher avec toi, si tu veux.

— Je n'ai pas besoin de ton aide, ma Fille. Mais allons prendre l'air après le petit déjeuner.

La marche dans la neige craquante et l'air vif et froid revigorèrent Mama. Elle semblait presque en forme. Raven décida de profiter de sa bonne humeur pour lui demander la permission de voir Jackie.

— Tu te souviens du garçon qui venait sur notre terrain ?

— Oui, je me souviens de Jack Danner, le garçon qui te raccompagne de l'école presque tous les jours.

Elle continuait donc de regarder les vidéos de surveillance.

— Je peux sortir avec lui demain ? Il m'a invitée à dîner.

— À dîner ! s'exclama Mama. Je pensais que vous aviez largement dépassé ce stade depuis le temps.

— Comment ça ?

— Tu le vois depuis des mois. Je pensais que vous aviez des rapports sexuels réguliers.

— Quand est-ce qu'on aurait pu ? Tu vois bien à quelle heure il me dépose. On revient directement du lycée.

— Alors tu n'as pas eu de rapports avec lui ?

— Non. Ce serait notre premier rendez-vous. Si tu m'autorises à y aller.

— Il était bien plus poli que l'autre garçon. Il te plaît ?

— Oui, beaucoup.

— Il habite sur la même route que nous, n'est-ce pas ?

— Oui.

— Sa mère est celle qui s'est mêlée de ton éducation.

— C'était il y a des années. Et elle ne s'en est pas mêlée. Elle m'a seulement dit que j'étais intelligente et que j'avais ma place à l'école. Évidemment qu'une institutrice dirait ça.

Mama continua de marcher en silence. Raven avait peur que cette conversation sur la mère de Jackie ait gâché ses chances.

Mama s'arrêta enfin et lui fit face. Elle était déjà à bout de souffle.

— D'accord, sors avec lui. Mais assez de ces absurdités de dîners et de rituels amoureux imposés par la société. Libère la créature en toi et savoure les plaisirs charnels avec lui. Crois-moi, ça l'intéressera davantage qu'un dîner ridicule.

Raven renâcla.

— Je parie que tu es la seule mère de mon lycée qui conseille à sa fille de coucher avec un garçon plutôt que de sortir avec lui.

— Tu es différente des autres, Raven. Les jeux de séduction des humains ne parleront pas à la fougue de ton esprit de corbeau.

— Ce n'est pas vrai. Les corbeaux entreprennent de nombreux rituels avant de copuler. Ils volent dans le ciel ensemble, dansent et lissent leurs plumes. Ils font ces petits bruits qui ressemblent à des mots d'amour. Et j'ai déjà vu des mâles faire offrande de nourriture à des femelles. C'est l'équivalent d'un dîner avec Jackie.

Mama éclata d'un rire qui évolua en toux.

— Tu m'as eue, ma Fille. Je crois qu'en effet, ce garçon a tout à fait conquis ton âme de corbeau.

Elle craignait de lui avouer combien c'était vrai. Mama risquait d'être jalouse, comme lorsqu'elle avait découvert ses visites chez la mère de Jackie.

— Va donc à ton rendez-vous galant, dit Mama. Lustre tes plumes et danse autant qu'il plaira à ton esprit de corbeau.

Elles se remirent en marche.

Alors que la joie à la perspective du lendemain l'envahissait, Raven se rendit compte que l'étrange approbation de Mama vis-à-vis des relations sexuelles lui permettait de demander davantage.

— Si on veut le faire, on aura besoin d'un endroit où aller. Est-ce que je peux aller chez lui ensuite, s'il m'y invite ?

— Ha ! Tu veux donc coucher avec lui, dit Mama.

— Peut-être.

— En tout cas, ne le ramène pas ici.

— Je sais. Et chez lui ?

— Est-ce que sa mère l'y autoriserait ?

— On irait en douce.

Elle culpabilisait terriblement de dire ça. Mais la permission de Mama d'aller chez Jackie valait bien ce mensonge.

À nouveau, Mama s'esclaffa et toussa.

— Quoi ? insista Raven.

— Oui, va donc chez lui, dit Mama avec un sourire narquois. Tu as toujours aimé faire les choses en douce. C'est bien l'espièglerie d'un esprit corbeau que je vois là.

— Quand ai-je fait les choses en douce ?

— Cet été-là, quand tu étais petite. Et avec Chris Williams.

Elle regarda Raven droit dans les yeux, puis ajouta :

— Et cette nuit.

Elle avait trop peur pour ajouter quoi que ce soit, et Mama s'en amusa à nouveau. Elle ne l'avait pas vue de si bonne humeur depuis des semaines, voire des mois.

— Oui, oui, je m'en suis doutée, dit Mama. Je sais que tu t'es absentée de longues heures hier soir, et à présent tu me parles de ce rendez-vous. Tu l'as retrouvé pendant la tempête, n'est-ce pas ?

— Oui.

— Vous avez dû bien vous amuser.

Raven perçut l'envie dans son ton.

— Oui.

Pouffant, Mama tapota le bras de Raven.

— Fille du Corbeau chérie, va t'amuser, profite de ta jeunesse. C'est ce que voudrait ton père.

Ça avait été si facile. Comme avec Jackie la nuit passée. Et quel soulagement, que Mama ait bien pris la nouvelle ! Peut-être était-ce l'esprit de son père qui influençait la situation. C'était lui, après tout, qui l'avait menée vers Jackie. Le corbeau avait laissé un oisillon dans le nid des geais et l'avait donné à Mama pour qu'elle le lui confie. Petite avait conduit Raven auprès de Jackie, au ruisseau, ce jour-là, et Raven avait ressenti une profonde émotion dès l'instant où elle avait plongé son regard dans les yeux noisette de Jackie. Peut-être une prémonition.

Le jour suivant, Raven retrouva Jackie sur la route à dix-sept heures trente. Il fut tout aussi stupéfait qu'elle de la réaction de Mama.

Raven passa les plus belles vacances d'hiver de sa vie. Elle se rendit chez Jackie au matin de Noël pour le déballage des cadeaux. Pour le réveillon du Nouvel An, ils furent invités à une fête chez un ami de Huck. Raven but de l'alcool pour la première fois ce soir-là, mais Reece la fit s'arrêter quand elle commença à trop glousser. Elle se fichait d'être ivre, mais elle savait qu'il n'aimait pas l'abus, à cause de sa mère alcoolique. Jackie était joyeux aussi, ils dansèrent et s'amusèrent.

Quand les cours reprirent, la rumeur de leur relation nouvelle se propagea, et tout le monde commença à les inviter ensemble. Ils allaient au ciné, en soirée, au restaurant. Mama lui donna sa carte de crédit pour payer ses sorties. Les élèves la surnommaient « l'héritière » sur le ton de la plaisanterie quand elle sortait sa carte de crédit. Raven apprit comment réagir à la manière de Jackie dans ces situations : elle les taquinait en retour.

Mais tout cet amusement était teinté d'une ombre sournoise et menaçante. Mama était de plus en plus malade, et elle refusait que Raven s'occupe d'elle. « Je ne veux pas que tu me voies dans cet état », disait-elle. « Va, sors avec Jackie. Profite de la joie de la jeunesse. » Raven protestait, mais Mama s'énervait alors, et son état empirait avec sa contrariété. Raven n'avait pas d'autre choix que de lui obéir et sortir.

Quand Raven rentra tard le soir de la Saint-Valentin, elle trouva Mama gisant au sol. Cette fois, elle n'était pas dans le monde des esprits ; elle était très malade. Raven voulut appeler une ambulance, mais Mama l'en empêcha en lui rappelant sa promesse. Alors Raven passa la nuit à son chevet, pour surveiller son souffle fébrile. Elle n'alla pas en cours le lendemain. Elle manqua un autre jour de cours la semaine suivante, et deux jours à la fin du mois de février.

Par un froid matin de mars, Mama se réveilla plus tôt qu'à son habitude. Elle s'assit sur son lit et lui caressa le visage.

— Je t'aime, Fille du Corbeau. Tu es mon miracle. Tu m'as apporté les seize plus belles années de ma vie.

— Je n'ai pas encore seize ans, protesta Raven d'une voix ensommeillée.

— Tu existais déjà sous forme de rêve merveilleux avant de venir à moi. Cela fait bien plus de seize ans.

— Tu te sens mieux aujourd'hui ?

— Oui. Je me sens très bien. As-tu prévu de retrouver Jack ce soir après l'école ?

— Je ne sais pas.

— Vas-y. Sors, amuse-toi. Maintenant que je suis vieille, je comprends que c'est ce que j'aurais dû faire à ton âge. J'ai toujours été beaucoup trop sérieuse. Je suis heureuse que tu aies hérité de la fougue de l'esprit de ton père et non du mien.

— J'ai les deux. J'adore ton esprit.

Les larmes s'accumulèrent comme la rosée dans les yeux clairs de Mama. Elle posa une main sur la joue de Raven.

— Mon esprit sera toujours avec toi, ma tendre enfant. Tu n'auras qu'à contempler la beauté de la nature, et je serai avec toi.

Cette promesse ne plaisait pas du tout à Raven. Elle se redressa et prit les mains de Mama entre les siennes.

— Pour quoi faire, quand je peux te regarder aujourd'hui, devant moi. Ton état s'améliore. Je le sens.

— Tu as raison. J'ai parlé aux esprits. Ils vont me donner ce dont j'ai besoin. Maintenant debout, et file à l'école. Va t'amuser avec Jack.

Toute la journée, Raven ne cessa de penser à Mama. Après les cours, Jackie voulait qu'ils retrouvent leurs amis chez Bear's. Raven l'accompagna, parce que c'était ce que souhaitait Mama, mais elle-même ne voulait qu'une chose : rentrer à la maison. Pendant qu'elle buvait son Coca à une table en extérieur, un corbeau se percha sur un arbre du parking. Il resta là à croasser encore et encore. Un pressentiment sinistre lui tordit le ventre. Elle craignait de vomir.

— Il faut que je rentre à la maison, chuchota-t-elle à Jack.

— Qu'est-ce qui ne va pas ?

— Je ne me sens pas bien.

Il la raccompagna jusqu'à la voiture.

— Probablement un coup des frites trop grasses, dit-il en actionnant la marche arrière.

Elle entendait encore le croassement inquiétant et onirique du corbeau, qui lui parvenait comme le souvenir d'un rêve d'enfance.

— Ça va ? lui demanda-t-il.

— Tu peux rouler plus vite ? Il faut vraiment que je rentre à la maison.

Elle lui dit au revoir et, sans prendre le temps de l'embrasser, ouvrit le portail et se précipita dans l'allée. Elle déverrouilla la porte d'entrée, désactiva les alarmes. Si Mama ne les avait pas désamorcées elle-même, c'est qu'elle ne se trouvait pas à la maison. Ou était trop malade pour se lever.

Raven fit le tour des pièces d'un pas vif. Mama n'était pas là. Un petit bout de papier blanc sur le frigo attira son attention :

« Raven, souviens-toi de notre discussion de ce matin. Je m'absente pour un moment. On se reverra bientôt. Je t'aime, Mama. »

Raven en pleura presque de soulagement. Mama s'était sentie suffisamment en forme pour sortir et aller faire un Vœu. Elle reviendrait bientôt à la maison.

Mais le crépuscule arriva, et Mama n'était toujours pas rentrée. Heureusement, les températures n'avoisinaient plus un niveau dangereusement glacial, et Mama avait l'habitude de rentrer tard… quand elle était en bonne santé.

Vers vingt et une heures, Raven avait la certitude que quelque chose n'allait pas. Elle emporta une lampe torche et fouilla les alentours de la maison en décrivant des cercles de plus en plus larges. La température avait chuté. Si Mama avait perdu conscience dehors, elle risquait l'hypothermie. Raven marcha durant de longues heures avant de baisser les bras et de rentrer à la maison.

L'épuisement la fit sombrer rapidement dans le sommeil, mais elle ne dormit que quelques heures. Aux aurores, elle reprit ses recherches de manière plus méthodique. Elle allait manquer les cours, mais tant pis. Pourquoi avait-elle cru l'école si importante quand elle était petite ? Pourquoi avait-elle passé tous ces jours loin de la personne qui comptait le plus ? Tout ce qu'elle voulait, c'était être auprès de Mama. Elle était prête à abandonner le lycée, si seulement elle pouvait la retrouver en vie. Elle renoncerait même à Jackie si les esprits l'exigeaient pour lui rendre Mama.

Mais elle ne vit aucun signe des esprits ni de trace de Mama. À la nuit tombée, affaiblie par la fatigue et la faim, elle rentra à la maison et se força à grignoter quelque chose avant de s'effondrer sur son lit.

Au lever du soleil, elle recommença sa quête. Cette fois, elle avait prévu un sandwich pour garder son énergie. Elle fouilla tous les recoins préférés de Mama dans leurs trente-six hectares en appelant « Mama ! Mama ! Mama ! ».

Et même lorsqu'elle ne le criait pas, son nom était une constante supplication dans son esprit. *Mama. Mama. Mama. J'ai besoin de toi, Mama ! S'il te plaît, reviens !*

Alors que le soleil plongeait dans le ciel, elle fouilla les alentours du ruisseau et du bassin une deuxième fois. Mama adorait cet endroit. Elle inspecta les hautes herbes et les buissons. Elle pataugea dans l'eau pour avoir vue sur les deux rives. Quand elle arriva à la décharge sauvage, elle regarda partout, même dans la vieille Invicta. Elle doutait que Mama se soit déjà rendue là – elle aurait qualifié cette vision de fléau de la nature –, mais Raven était désespérée. En deux jours et demi, elle avait arpenté toute la propriété sans trouver un seul signe de la présence de Mama.

L'obscurité commença doucement à l'engloutir. Complètement vidée, elle se laissa choir dans le ruisseau, devant l'Aconit. Elle regarda l'étrange tour d'objets, furieuse de sa pérennité alors que Mama n'était plus là.

— Ce n'est pas toi qui as tenu le loup-garou à distance, reprocha-t-elle à la Vierge. C'est Mama qui nous a protégés. Mama, qui a tué le loup-garou. Toi, tu n'as jamais rien fait !

Elle laissa tomber sa tête entre ses genoux couverts de boue et éclata en sanglots.

Il n'y avait pas de lune ni d'étoiles pour la guider, et elle était trop fatiguée pour rentrer à la maison. Elle ne voulait de toute façon pas y être sans Mama. Peut-être pouvait-elle s'allonger sur le lit du ruisseau et laisser les esprits l'emporter. C'était sûrement ce qu'avait fait Mama. Elle était passée dans le monde des esprits. C'était pour cette raison qu'il n'y avait pas de trace d'elle sur leurs terres.

Évidemment ! Mama possédait une connaissance de la nature que peu de personnes pouvaient atteindre. Elle était puissante. Elle avait fait naître un bébé, de chair et d'âme, du monde des esprits. Et à présent, elle avait enfin découvert comment faire passer son corps dans leur monde.

Raven songea à sa dernière conversation avec Mama.

Tu es mon miracle. Tu m'as apporté les seize plus belles années de ma vie. Mon esprit sera toujours avec toi, ma tendre enfant. Tu n'auras qu'à contempler la beauté de la nature, et je serai avec toi.

C'était un adieu. Raven le comprenait à présent.

Quand elle avait dit : « J'ai parlé aux esprits. Ils vont me donner ce dont j'ai besoin », elle voulait dire qu'elle avait découvert comment passer dans leur monde. C'était pour cette raison qu'elle semblait si heureuse et enjouée. Raven comprenait pourquoi elle avait voulu les rejoindre. Vivre dans un corps malade au milieu du monde humain était une souffrance pour Mama. Et elle ne voulait pas que Raven la voie dans cet état.

La note qu'elle avait laissée dans la cuisine. Il s'agissait des derniers mots de Mama pour elle : « Je m'absente pour quelque temps. On se reverra bientôt. Je t'aime, Mama. »

Raven se demanda ce qu'elle voulait dire par là. Pourquoi prétendre qu'elle reviendrait si ce n'était pas vrai ? Elle était donc certaine de pouvoir revenir. Peut-être savait-elle qu'il lui faudrait du temps pour guérir et parcourir le chemin inverse. C'était pour ça qu'elle avait dit « quelque temps ».

Son cœur se remit à battre. Mama reviendrait. C'était pour ça qu'elle n'avait pas dit au revoir, qu'elle n'avait pas donné d'instructions concernant l'entretien de la maison sans elle.

En se levant, Raven fut saisie d'un vertige. Elle avait à peine mangé pendant ses recherches intenses. L'obscurité allait rendre le retour à la maison difficile. La part d'esprit en elle était tentée de s'étendre au sol et de ne faire plus qu'un avec le monde de Mama. La part d'humaine en elle voulait Jackie.

Le manque de Jackie enfla en elle comme les esprits de chaque animal affamé de la forêt. Elle était plus proche de chez lui que de chez elle. Mais s'y rendre sans lune et sans étoiles serait difficile. Elle allait presque devoir se repérer à tâtons.

Elle pouvait le faire. Même aveugle, elle saurait comment retrouver la jolie petite maison jaune.

Elle finit par atteindre la barrière, couverte de bleus, d'égratignures et de boue. Elle s'arrêta du côté Hooper et contempla la lumière des fenêtres illuminées comme un phare dans la nuit.

Qu'allait-elle leur dire ? Elle ne pouvait pas leur expliquer ce qui s'était passé. Pas même à Jackie.

Elle se baissa pour se glisser entre les lattes, tituba jusqu'à la porte d'entrée et sonna. Ms Danner lui ouvrit.

— Raven ! Entre !

Jackie et sa mère la regardaient, hébétés.

— Qu'est-ce qui t'est arrivé ? demanda Jackie.

— Je me suis perdue. Je marchais, et j'ai oublié de prendre une torche. Il n'y avait pas de lune ni d'étoiles ce soir.

Il savait qu'elle mentait. Elle le voyait à ses yeux.

Ms Danner semblait contrariée, elle aussi.

— Allons te chercher des vêtements propres, dit-elle.

Raven la suivit. Elle s'assit maladroitement sur une chaise et manqua de tomber, mais Jackie la rattrapa.

Elle emporta une pile de vêtements propres appartenant à Jackie dans la salle de bains, et quand elle se retrouva face au miroir, elle comprit pourquoi son apparence les inquiétait. Des feuilles et des brindilles se mêlaient à ses cheveux en bataille. Son visage était maculé de boue, et sa joue éraflée par les ronces. Ses vêtements étaient trempés et crasseux.

Elle ouvrit le robinet et but dans sa main en coupe. Puis elle frotta son visage sous l'eau. Elle eut à peine assez d'énergie pour se changer. Le jogging tout doux au bon parfum de lessive de Jackie lui fit l'effet d'une étreinte tiède.

— Tu as faim ? demanda Ms Danner.

— Un peu, répondit-elle.

Il fallait qu'elle mange, même si elle n'avait aucun appétit. Ms Danner réchauffa une assiette des restes de leur dîner.

— Tu peux rester un peu ? demanda Jackie.

— Oui.

— Allons dans ma chambre.

Il comptait lui demander ce qui n'allait pas. Il fallait qu'elle se retienne de pleurer, pour ne pas reproduire la scène du soir de Noël.

Jackie ferma la porte derrière eux. Raven s'assit sur le côté du lit, près de ses devoirs.

— J'étais tellement inquiet ! dit-il. Tu t'es enfuie sans rien dire, et ensuite tu as manqué deux jours de cours. Tu as loupé ton anniversaire hier.

Le douze mars, son faux anniversaire. Cela signifiait qu'on était vendredi.

— Qu'est-ce que tu fais chez toi un vendredi soir ? demanda-t-elle.

— C'est quoi cette question ? rétorqua-t-il d'une voix agacée. Tu sais très bien ce que je fais là. Ça fait deux jours que tu ne donnes plus de nouvelles. Tu crois vraiment que j'avais envie de sortir m'amuser sans toi ? J'ai failli venir te voir aujourd'hui.

— Mais tu as eu peur du revolver.

— Évidemment que j'ai eu peur. J'ai cru que ta mère allait me tuer, ce jour-là !

Les larmes montaient. Il fallait qu'elle résiste. Elle se recroquevilla de son côté du lit et ferma les yeux.

— Qu'est-ce qui se passe ? Est-ce qu'elle t'a encore virée de la maison ?

— Non, répondit-elle, les yeux fermés.

— Alors on dirait que ça fait deux jours que tu dors dans les bois ? Et je jurerais que tu as maigri.

— Arrête. Je suis fatiguée. Je veux juste du calme.

— Ma mère va me demander ce qui se passe. Elle sait que c'est pour te poser cette question que je t'ai emmenée dans ma chambre.

— Je me suis perdue.

— Comme si j'allais croire que toi, Raven, pouvais te perdre dans ta forêt. Tu t'y balades seule depuis tes six ans.

Raven se mordit l'intérieur de la lèvre inférieure, espérant se servir de la douleur comme diversion pour arrêter ses larmes.

Jackie s'assit sur le lit à côté d'elle. Il passa ses doigts dans ses cheveux.

— Je suis désolé, j'ai l'air en colère. Ce n'est pas le cas. Je suis juste inquiet.

Elle n'osait pas ajouter un mot au risque de pleurer.

— Joyeux anniversaire, dit-il. J'ai un cadeau pour toi. Tu veux le déballer ?

— Pas maintenant, parvint-elle à articuler.

Il soupira.

— Je ne comprends pas pourquoi tu ne me fais pas assez confiance pour me dire ce qui se passe.

Il cessa de lui caresser les cheveux.

— Raven… est-ce que ta mère… est-ce qu'elle est… partie ?

Oui, elle était *partie*, comme on disait. Elle était partie du monde des humains pour rejoindre celui des esprits. Et si elle ne parvenait pas à trouver le chemin pour rentrer, Raven ne la reverrait plus jamais.

Mais elle trouverait. Elle avait dit qu'elle y arriverait.

— Raven ?

Elle garda les yeux fermés.

— Non.

— Est-ce qu'elle est très malade ?

— Elle reprend des forces.

— Si c'est vrai, alors pourquoi es-tu partie de chez Bear's d'un coup sans explications ?

— J'avais oublié de faire quelque chose que m'avait demandé ma mère.

Lui mentir la faisait souffrir, mais elle n'avait pas d'autre choix. À seize ans, elle n'avait probablement pas le droit de vivre seule. La police l'arracherait à ses terres. Mama ne parviendrait pas à la retrouver à son retour.

— Tu veux bien éteindre la lumière ? demanda-t-elle. Je voudrais me reposer un peu.

Il éteignit la lampe de bureau et tira l'édredon sous elle. Puis il s'installa dans le lit à côté d'elle, les enveloppa tous les deux de la couette, et passa un bras autour d'elle.

— Quoi qu'il se passe, je suis content que tu sois là, dit-il.

— Moi aussi.

Il la serra plus fort.

Elle essaya de faire le vide dans ses pensées. De ne s'autoriser à penser qu'à la chaleur de son corps et au doux rythme de son souffle. Elle s'endormit sans regarder une seule fois en direction des étoiles phosphorescentes.

9

À FORCE, mentir devint plus facile. Et s'occuper de la maison seule n'était pas si compliqué. Elle économisa la bombonne de gaz en restreignant son usage du chauffage. À la place, elle accumulait les couches de vêtements et n'allumait la chaudière que lorsqu'elle craignait que les tuyauteries ne gèlent. Elle faisait attention à ne pas entamer les stocks de nourriture du grand congélateur. Elle sortait souvent manger avec Jackie après l'école, et en profitait pour lui demander de la conduire à l'épicerie où elle achetait des produits frais. La carte de crédit de Mama fonctionnait toujours.

Elle allait en cours tous les jours, faisait ses devoirs, obtenait de bonnes notes. Elle sortait avec Jackie et leurs amis autant qu'avant, s'assurant que personne n'ait de raison de suspecter le moindre changement dans sa vie.

Au début des vacances de printemps, l'eau cessa d'arriver dans la maison. Quelque chose clochait avec la pompe du puits. C'était déjà arrivé, mais Raven ne se souvenait pas de la manipulation à effectuer. Elle savait réparer beaucoup de choses – les siphons bouchés, le broyeur à ordures, les fuites de chasse d'eau –, mais la pompe échappait à ses compétences.

Mama recourait toujours au même plombier, mais elle n'était pas sûre qu'il s'occupe des puits. Et elle n'avait pas de téléphone, car estimant qu'il s'agissait d'un appareil strictement utilitaire, Mama n'utilisait le sien que pour commander des provisions ou appeler des réparateurs. Le reste du temps, il demeurait éteint et verrouillé, et Raven n'en connaissait pas les codes.

Elle demanderait à Jackie d'appeler le plombier. Il devait la récupérer au portail avec Huck et Reece pour le déjeuner. Les vacances de Huck coïncidaient avec celles du lycée, et Reece avait une journée de repos.

Raven se prépara sans prendre de douche, puis se fit une infusion et se lava les dents avec l'eau minérale en bouteille que Mama gardait en cas de besoin dans le garde-manger.

En se dirigeant vers le portail, elle réfléchit à une excuse pour demander à Jackie d'utiliser son portable.

Les garçons arrivèrent un peu en retard. Reece passa la tête hors de sa fenêtre alors que la voiture ralentissait.

— Salut bébé, on t'emmène quelque part ?

Raven lui ébouriffa les cheveux.

— Hééé ! Il m'a fallu une heure pour me coiffer !

Elle s'assit à l'arrière, à côté de Jackie. Alors que Huck redémarrait, elle demanda :

— Est-ce que l'un de vous sait qui appeler quand la pompe d'un puits ne fonctionne plus ?

— Quel est le problème ? demanda Reece.

— Je ne sais pas. Tout ce que je sais, c'est que je n'avais plus d'eau pour prendre ma douche.

— C'est donc *ça,* l'odeur ? demanda Huck.

— Je croyais qu'on avait roulé à côté d'une fosse septique ouverte, dit Reece.

Jackie lui embrassa la joue.

— Tu sens très bon.

— Ta mère ne sait pas qui appeler ? demanda Reece.

— Elle n'est pas là.

Ils lui adressèrent tous un regard stupéfait.

— Elle est où ? demanda Jackie.

— Elle est partie chez ma tante pour quelque temps.

— Où ça ?

— À Chicago.

— Et elle t'a laissée ici toute seule ? demanda Reece.

— Je suis assez grande.

Le silence se fit dans l'habitacle. Jackie la sonda du regard. Il avait promis qu'il ne dirait à personne que sa mère était malade. Avec Huck et Reece à portée d'oreille, il ne pouvait pas lui demander comment sa mère avait pu entreprendre un voyage dans son état.

— Tu l'as prévenue que la pompe était en panne ? demanda Reece.

— Impossible. Elle se fait soigner.

Jackie ne put retenir sa question.

— Elle est enfin allée chez le médecin ?

— J'ai fini par la convaincre. Elle a appelé ma tante, qui connaît un bon médecin à Chicago.

— Qu'est-ce qu'elle a ? demanda Huck.

— On ne sait toujours pas. Elle passe des examens.

— C'est super ! dit Jackie.

— Oui.

— Pourquoi tu ne l'as pas accompagnée ? demanda Reece.

— J'avais cours. Elle est partie avant les vacances.

— Et tu vis seule depuis ? s'étonna Jackie. Pourquoi tu ne m'as rien dit ?

— Tu sais pourquoi. Ma mère n'aime pas que je parle de nos affaires aux autres.

Elle était fière de son histoire. C'était crédible. Mais mentir à ceux qu'elle aimait lui faisait du mal.

Elle se rassura en se disant que ce n'était pas un si gros mensonge. Mama était bel et bien partie pour se soigner. Raven devait y croire. De tout son cœur et de toute son âme. C'était la seule manière de supporter la douleur de son absence.

— Demi-tour, ordonna Reece à Huck.

— Pourquoi ?

— Parce que je vais jeter un coup d'œil à cette pompe.

— Tu t'y connais en puits ? demanda Raven.

— Reece sait comment réparer les trucs, dit Jackie.

— Je peux tout réparer, sauf ma mère, rétorqua Reece.

Raven se sentait plus proche de lui à présent. Elle comprenait la douleur et l'impuissance de voir son seul parent lutter contre la maladie.

Huck opéra un demi-tour.

— Est-ce qu'on peut mettre les pieds sur ta propriété ? demanda-t-il. Ta mère ne va pas être en colère quand elle verra les vidéos ?

— Je pense que ça ira, dit-elle.

Elle tapa le code pour ouvrir le portail, et Huck engagea la voiture dans l'allée.

— Je n'arrive pas à y croire. Je viens de passer les portes du Royaume interdit, déclara Reece.

La maison en rondins apparut au virage.

— Elle est géniale, cette maison ! s'émerveilla Reece. On peut voir à l'intérieur ?

Elle ouvrit la porte et les fit entrer. Elle avait désactivé les alarmes en partant.

C'était si étrange de les voir évoluer dans sa maison, observer avec une immense curiosité les espaces privés de sa vie sous cloche. Elle s'efforça de masquer la gêne qu'elle ressentait devant la collision entre ses deux mondes.

— J'adore cette pièce ! s'écria Reece depuis le séjour.

Les grandes baies vitrées donnaient sur les bois, les prés et les montagnes au loin. C'était également la pièce préférée de Raven, avec ses colonnes et ses poutres en rondins, sa cheminée en pierre naturelle, son parquet recouvert de tapis, son canapé et ses fauteuils moelleux. Le salon était accolé à la bibliothèque, où l'on pénétrait en faisant coulisser des portes en verre.

Dans la bibliothèque, Jackie et Huck examinaient les nombreux livres de sciences naturelles.

Reece les rejoignit, s'arrêtant pour observer les crânes sur la table à ossements.

— Ce sont les têtes réduites des derniers types qui ont essayé de pénétrer le Royaume interdit ?

— C'est ça, alors attention où tu mets les pieds, rétorqua Raven.

Huck souleva le crâne de castor.

— C'est à ça que tu ressembleras quand Raven en aura fini avec toi, dit-il à Reece.

— Sacrée amélioration, commenta Jackie.

— Vraiment ? demanda Reece en sortant ses incisives. Je trouve que c'est déjà très ressemblant.

Raven commença à se sentir plus à l'aise avec leur présence. Leurs plaisanteries remplissaient le vide terrible qui la hantait depuis le départ de Mama.

Une idée lui vint. L'anniversaire de Reece arrivait dans deux jours. À la fin de sa journée de travail, ils avaient prévu de se retrouver chez Jackie.

— Je te propose un deal, dit-elle à Reece. Si tu peux réparer la pompe du puits, on organise ta soirée d'anniversaire ici.

— Trop cool ! Envoie les invitations groupées, lança-t-il à Huck. On l'appellera « la rave party chez Raven ».

— Très bon nom, valida Huck en sortant son téléphone de sa poche.

— Non ! s'écria Raven en lui arrachant son téléphone.

— C'est une blague, précisa Jackie.

— J'espère bien. J'ai vu ce que donnent ce genre de soirées.

— Allons jeter un coup d'œil à cette pompe pour que la fête commence, dit Reece.

Raven l'entraîna dehors. En quelques minutes, à l'aide des quelques outils stockés à la maison, il arriva à un diagnostic. D'après lui, il s'agissait d'un simple problème d'interrupteur – facile à réparer.

— C'est un tout petit truc pas cher, et je ne te ferai pas payer une fortune la main-d'œuvre, dit Reece. Mon tarif : un dîner d'anniversaire dans la maison en rondins de mes rêves.

— Quel est ton plat préféré ? demanda-t-elle.

Il adressa un regard penaud à Huck et Jackie.

— Des *ribs*.

Jackie et Huck se renfrognèrent.

— Moi aussi, j'aime bien ça, dit Raven.

— Super, on pourra envoyer les vegan brouter dans le pré et pendant ce temps on se fera notre festin.

— Tu aimes les pommes de terre au four ? demanda Raven.

— J'adore ça. Avec du beurre *et* de la crème. Salade en accompagnement. Avec une sauce au bleu. Et du cheese-cake en dessert.

— Oula, commenta Huck. Tu as l'intention de vivre longtemps après tes dix-neuf ans ?

— Encore un jour ou deux, oui.

— Tu pourras m'emmener faire des courses ? demanda Raven à Jackie. On prévoira un menu vegan pour toi et Huck.

— On est bien d'accord, tu sais cuisiner ? vérifia Huck.

— Évidemment.

— Vu la cuisine haut de gamme de cette maison, j'aurais tendance à dire que oui, renchérit Reece. Il va falloir qu'on mette à jour la vision qu'on a d'elle. Impossible de l'imaginer en train de faire rôtir un écureuil sur un bâton au-dessus d'un feu de camp, désormais.

— Ça aussi, je sais faire, assura-t-elle.

Les garçons s'esclaffèrent.

— C'est une bonne technique de survie dans la nature, précisa Raven.

— Tenons-nous-en à un menu non survivaliste, d'accord ? proposa Reece.

Cela faisait des semaines qu'elle n'avait pas été si heureuse. La perspective de cuisiner la remplissait de joie aussi.

Quand la soirée d'anniversaire arriva, Raven déverrouilla le portail. C'était un peu étrange et effrayant de le laisser ouvert ainsi, sans surveillance. Jackie et Huck arrivèrent en premier. Ms Danner avait prévu des bougies ainsi qu'un petit gâteau vegan sur lequel on pouvait lire « Joyeux anniversaire, Reece ». Huck brancha une enceinte pour mettre de la musique, et Jackie apporta un sac de cadeaux.

Reece arriva vers dix-huit heures. La route était longue depuis son travail, et il était passé chez lui pour se doucher. Il franchit la porte d'entrée en brandissant une bouteille de champagne et annonça : « C'est mon anniversaire ! » L'alcool était une surprise ; Reece en buvait rarement.

— Où as-tu trouvé ça ? demanda Huck.

— Dans la réserve de ma mère, évidemment.

Il avait aussi un sac en papier kraft dont il refusait de leur montrer le contenu.

— C'est ma surprise d'anniversaire, dit-il.

— Des feux d'artifice ? devina Jackie.

— Non.

— De la musique ? proposa Raven.

— Raté.

— Un furet sur un mini-vélo ? tenta Huck.

— Tu chauffes.

Raven était pressée de se mettre aux fourneaux.

— Comment tu aimes la cuisson de ta viande ? demanda-t-elle à Reece.

— Crue.

— Répugnant, commenta Jackie.

Raven les fit s'installer dans le séjour, au coin du feu, pendant qu'elle cuisinait. Elle adorait entendre leur musique, leurs voix et leurs rires dans la maison. Pas une seule fois elle n'avait imaginé ses amis ici. Elle se demanda ce que penserait Mama de cette soirée. Une des dernières choses qu'elle avait dites à Raven était de profiter de sa jeunesse. Peut-être que l'esprit de Mama était encore avec elle, sous une autre forme. Peut-être avait-elle provoqué la panne de la pompe pour la mener à ce moment.

— Jackie, il est temps de voir ce que vaut ta chère et tendre en cuisine, dit Reece quand le dîner fut prêt.

Les bouquets de feuillages persistants, de baies et d'herbes disposés sur la table firent sensation. Huck ouvrit le champagne et en servit quatre verres. Il leva le sien vers Reece.

— Joyeux anniversaire à mon trouduc préféré.

— Mon cul te remercie, dit Reece en dévoilant son postérieur l'espace d'une seconde. Tu as vu comme il te sourit ?

Tous éclatèrent de rire, et Jackie déclara :

— C'est bon, j'ai perdu mon appétit.

Après le dîner, ils plantèrent les bougies sur le gâteau et chantèrent « Happy Birthday ». Raven crut voir des larmes briller dans les yeux bleu ciel de Reece, mais après la chanson, il lança :

— Vous pouvez recommencer, mais cette fois en chantant juste ? Vous avez vraiment des voix de chats ébouillantés.

Reece resta stupéfait en découvrant que Raven avait entièrement préparé le cheese-cake, au lieu d'en acheter un industriel.

— Évidemment que c'est moi qui l'ai fait, s'indigna-t-elle. Et j'ai même de la confiture de mûre faite maison avec ma mère pour accompagner.

— J'hallucine, tu veux bien m'épouser ? répondit-il.

Sa plaisanterie tomba à point nommé, car penser à la confiture préparée avec sa mère lui avait donné envie pleurer.

Ils passèrent au salon, où Reece ouvrit deux cadeaux destinés à le faire rire, puis deux vrais. Raven lui offrit un collier qu'elle avait fabriqué avec pour pendentif une petite pierre beige trouée au milieu. Elle l'avait attachée à un lacet en cuir fabriqué à partir de la peau de la biche dépecée quand elle était petite.

— Les pierres trouées sont rares, expliqua-t-elle. Elles sont très puissantes, si on les utilise correctement.

— Elle est magnifique, dit Reece en passant le cordon autour de son cou. Je sens déjà la magie opérer.

— Bien, dit Raven. Fais-en bon usage.

— *Un grand pouvoir du caillou implique de grandes responsabilités !* déclara-t-il d'une voix profonde et théâtrale.

— Tais-toi et libère plutôt le furet, dit Hugh en lui tendant le sac mystère.

— Ah oui, dit Reece.

Il en sortit des jeux de cartes.

Il s'agissait de jeux de société pour adultes, aussi amusants que ceux auxquels ils jouaient petits. Plusieurs fois, Raven en pleura presque de rire.

Vers vingt-deux heures, Reece et Huck demandèrent à Raven et Jackie s'ils voulaient sortir voir l'ancienne bande, revenue de la fac pour les vacances. Raven fut soulagée quand Jackie déclara qu'il préférait rester à la maison avec elle. Elle voulait passer du temps seule avec lui.

Reece l'embrassa sur la joue.

— Merci. C'était le meilleur anniversaire de toute ma vie.

— Désolé pour la vaisselle, dit Hugh en enfilant son manteau. Jackie, au boulot !

— Ouais, tout de suite, dit Jackie.

— Je te suggère un tablier et rien en dessous, le taquina Reece.

— Raven, toi tu as déjà assez bossé, prévint Huck. Tu n'as qu'à le regarder.

— De derrière, renchérit Reece.

— Merci pour vos suggestions, dit Jackie en poussant gentiment Reece vers la porte.

Dès que la vieille voiture de Reece disparut dans l'allée, Jackie prit Raven dans ses bras pour un long baiser délicieux.

— Ça t'ennuie si l'on baisse un peu la température ? demanda-t-elle.

— Comment ça ? dit-il en l'attirant contre lui.

— Le chauffage. J'essaie d'économiser le gaz en l'absence de ma mère.

— Elle ne t'a pas laissé assez d'argent ?

— J'ai un budget limité.

— Bien sûr, éteins le thermostat. On trouvera un autre moyen de se réchauffer.

Elle éteignit le chauffage et le mena dans sa chambre.

— Tu l'as gardée, dit Jackie.

Il avait dans la main le caillou noir au R blanc qu'il lui avait donné quand ils étaient petits.

— C'est mon plus beau cadeau.

Il sourit et la regarda arracher l'édredon du lit.

— Pourquoi tu l'enlèves ? Ce lit avait l'air plutôt confortable.

— Je vais te montrer comment je dormais quand ma mère allumait un feu. Prends un oreiller.

Ils apportèrent les couvertures et les oreillers dans le salon. Elle forma un couchage avec l'édredon à côté de la cheminée.

— D'après ma mère, j'étais encore bébé quand j'ai commencé à m'allonger sur les pierres chaudes pour dormir.

Elle ajouta du bois dans l'âtre et éteignit les lumières.

— L'ambiance romantique, c'est intentionnel ? demanda-t-il.

— Évidemment.

— Cool.

Sur l'édredon plié, ils se couvrirent d'un plaid et se recroquevillèrent en cuillère, visage tourné vers les flammes.

— C'était une super soirée, dit-il. Ça faisait longtemps que je n'avais pas vu Reece si heureux.

— Je sais. C'était comme revoir le Reece d'avant.

— Il avait tellement hâte d'en terminer avec le lycée, mais maintenant que c'est fini, il est plus malheureux que jamais. Il déteste son boulot, et il passe l'essentiel de son temps libre à s'occuper de sa mère.

Ils regardèrent l'écorce d'une bûche prendre feu.

— C'est bizarre, d'être chez toi, dit-il.

— Pour moi aussi.

— Est-ce que tu sais quand ta mère va rentrer ?

— Non.

— Tu lui parles souvent ?

— Pas vraiment.

Elle se tourna et l'embrassa pour mettre fin à ses questions.

L'accès à une maison sans supervision parentale était nouveau pour eux. Ils s'étaient souvent roulé des pelles dans la chambre de Jackie, ou dans les bois derrière sa maison, mais ils ne pouvaient pas explorer leurs corps comme ils l'auraient voulu dans ces lieux. Au soir de la Saint-Valentin, dans la voiture de Jackie, ils avaient parlé de sexe, mais avaient décidé qu'ils ne voulaient pas que leur première fois ait lieu dans une voiture. Ce soir-là, Jackie lui avait confié qu'il ne l'avait jamais fait. Elle était la seule fille avec qui il avait voulu partager ça.

La liberté que permettait la solitude changeait tout. Jackie lui enleva son T-shirt et son pantalon. Elle fit de même. Seuls leurs sous-vêtements restaient. Elle sentait l'édredon moelleux sous eux, sa peau chaude contre la sienne, et la chaleur du feu qui les enveloppait.

Jackie se pencha sur elle, et ses mèches brunes tombèrent sur son front. Il était si beau, avec ses yeux noisette qui reflétaient les flammes.

— Tu en as envie ? demanda-t-il.

— Oui, dit-elle.

— Moi aussi. Mais il faut que je retourne à ma voiture.

— Pour chercher un préservatif ?
— Huck en a laissé plein dans la boîte à gants.
— On n'en a pas besoin.
Il sembla surpris.
— Tu prends la pilule ?
— Mon corps ne peut pas concevoir de bébé.
— Pourquoi ?
Après quelques secondes de réflexion, elle répondit :
— Parce que je ne suis pas née comme tout le monde.
— Raven, je suis désolé !
Elle lisait la tristesse sincère dans ses yeux. Elle aurait voulu lui dire la vérité, qu'elle pourrait avoir un bébé un jour, si elle en faisait le Vœu avec tout son cœur et toute son âme.
— Je m'en fiche, dit-elle. Ce n'est pas si grave.
Elle avait gâché l'ambiance. Il la regardait maintenant avec plus d'inquiétude et de compassion que de désir.
— Est-ce que ça change la façon dont tu me vois ? demanda-t-elle.
— Non. Non, pas du tout. Je t'aime tout autant.
— Ça nous simplifie seulement la vie, non ?
— Clairement.
Elle s'assit et enleva son soutien-gorge.
Il se concentra sur ce qu'il avait sous les yeux, puis la rallongea et l'embrassa.
— Qui va au-dessus ? demanda-t-il.
— Nous deux, dit-elle.
— Est-ce que c'est physiquement possible ?
— Tu ne pensais tout de même pas qu'on allait le faire qu'une fois ?

10

Mama avait raison, au sujet de la joie animale du sexe. C'était comme étancher sa soif avec l'eau glacée d'un ruisseau des montagnes du Montana. La plus divine des satiétés.

Mais faire l'amour avec Jackie était bien plus qu'un simple assouvissement, car elle avait des sentiments pour lui. Avec Chris, son esprit de corbeau s'était tenu à distance. Avec Jackie, son esprit et son corps ne formaient plus qu'un. Le corbeau en elle faisait complètement confiance à l'âme sensible de Jackie. Et sa part humaine, évidemment, l'aimait de tout son corps et de toute son âme.

Ils passaient tout leur temps libre ensemble et auraient voulu que les vacances de printemps ne se terminent jamais. Ms Danner savait que la mère de Raven n'était pas là, mais elle ignorait le nombre d'heures que passait Jackie dans la maison de Raven, ou à arpenter le domaine avec elle. Elle ne l'aurait pas laissé venir si longtemps. Elle avait consenti avec réticence à la soirée d'anniversaire de Reece.

Le dernier dimanche des vacances était tiède et ensoleillé, et un délicieux parfum de printemps flottait dans l'air. Jackie était arrivé à midi, après avoir accompli quelques corvées pour sa mère. Ils avaient préparé un pique-nique, avant de se rendre au ruisseau. Jackie avait envie de faire l'amour à l'endroit où ils s'étaient rencontrés.

— Quel romantique, avait-elle commenté suite à sa suggestion.

— Oui, mais ne le dis à personne.

En arrivant au ruisseau, Raven étala une couverture par terre.

— Voilà, c'est exactement là que j'étais quand on s'est vus pour la première fois.

Ils mangèrent. Ils firent l'amour. Ils restèrent enlacés sous les volutes des nuages.

— C'est l'anniversaire de l'accident de mon père, la semaine prochaine, dit-il. Peut-être que tu pourrais venir chez nous, ce jour-là ?

— Bien sûr. Qu'est-ce que tu veux faire ?

— Il faudrait qu'on soit présents pour ma mère. Huck sera à l'université, et je me dis qu'à trois, ça fera moins vide qu'à deux. Ça t'irait ?

— Oui, bien sûr.

Elle écarta les cheveux sur son front pour y déposer un baiser.

— Un an, depuis la dernière fois que je lui ai parlé. Parfois j'ai l'impression que ça fait plus longtemps. Parfois c'est comme si l'accident avait eu lieu hier.

— Tout le monde l'adorait. C'était quelqu'un de bien.

Jackie se pencha sur elle, les yeux pleins de larmes.

— Tu te souviens de ce que tu m'as dit à l'enterrement ?

Elle s'en souvenait parfaitement.

— Tu as posé la main sur mon cœur, et tu m'as dit quelque chose du genre « Je te donne la force de mon esprit » et tu m'as dit que tu m'aimais.

— Tu m'en as voulu ?

— Quoi ? Non ! C'était n'importe quoi, comme tout le monde s'est énervé après toi ! Au contraire, c'est ce qui m'a fait comprendre combien la plupart de mes amitiés étaient superficielles. Tu étais la seule personne avec ma mère à réussir à me faire me sentir mieux.

Il semblait plus sérieux que jamais.

— C'est ce que tu m'as dit qui m'a fait changer. J'ai rompu avec Sadie parce qu'elle n'arrêtait pas de te casser du sucre sur le dos. Et j'ai arrêté de traîner avec tous ceux qui te critiquaient. Ce jour-là, j'ai compris que tu étais la seule fille avec qui j'avais envie d'être.

— Vraiment ?

— Tu n'as pas remarqué toute l'attention que je t'accordais ensuite ? Mais c'est vrai que tu es revenue si différente du Montana. J'ai cru que je n'arriverais jamais à être avec toi.

— Moi aussi.

Il la prit dans ses bras. Le ruisseau murmurait des paroles incompréhensibles dans sa précipitation. Le vent soufflait à travers les cèdres. Mais Raven et Jackie se serraient fort l'un contre l'autre.

Elle tenta d'alléger son humeur sur le chemin du retour en l'embrassant, en coinçant des herbes folles dans ses cheveux pour le faire rire. Quand la maison apparut en vue, elle cria :

— Premier qui arrive en haut des marches !

Un défi qu'ils se lançaient chez lui, petits.

— C'est pas juste, j'ai la glacière ! protesta-t-il en s'élançant dans un sprint.

Elle portait les deux couvertures. C'était un encombrement équivalent.

Elle atteignit les marches à l'arrière de la maison en premier et fonça dans la maison.

— J'ai gagné !

— Tu avais de l'avance, protesta-t-il à bout de souffle.

Elle jeta les couvertures dans la buanderie et lui prit la glacière des mains pour l'emporter dans la cuisine, mais sursauta quand une silhouette se leva d'une chaise à table. Une femme aux cheveux blancs, à la peau pâle.

Ce n'était pas Mama qui revenait du monde des esprits. C'était tante Sondra.

— Raven… dit sa tante. J'étais inquiète. J'ai trouvé le portail grand ouvert et la porte n'était pas fermée à clé.

Raven avait été trop distraite par l'arrivée de Jackie pour penser à fermer.

Tante Sondra avança vers Jackie et lui tendit la main.

— Sondra Lind Young, je suis la tante de Raven.

— Jack Danner, répondit-il nerveusement en lui serrant la main.

— Ravie de faire ta connaissance, Jack, dit-elle.

Jackie croyait la mère de Raven avec sa tante à Chicago pour se faire soigner. La venue de Sondra sans sa mère ne pouvait signifier qu'une issue à ses yeux, confirmée par la tristesse sur son visage.

Sa tante déclara :

— Raven, il faut qu'on parle.

Jackie regarda Raven.

— Tu veux que je vous laisse ?

— Ce serait mieux, répondit tante Sondra.

Ce serait mieux. C'était forcément une mauvaise nouvelle. Elle tenait à la main une grande enveloppe en papier kraft, adressée à sa tante, portant l'écriture de Mama.

— Je veux que tu t'en ailles, dit Raven à sa tante.

— Raven…

— Va-t'en !

Les larmes lui brûlaient les yeux et roulaient comme de la glace sur ses joues.

Jackie la prit dans ses bras et la serra contre lui.

— Depuis combien de temps ta mère a disparu ? demanda calmement tante Sondra.

Raven pleurait contre le T-shirt de Jackie.

Face au silence de Raven, sa tante insista :

— Jack, est-ce que tu sais ?

— Raven m'a dit qu'elle était avec vous. À Chicago.

Raven s'écarta de Jackie.

— Elle va revenir ! Vous êtes trop aveugles pour le voir !

Des larmes brillèrent dans les yeux de sa tante.

— Tu sais qu'elle ne reviendra pas. Elle m'a envoyé ses dernières volontés et son testament.

— Je me fiche de ce qu'elle t'a envoyé, dit Raven. Elle va revenir !

— Elle a demandé à son avocat de conserver cette enveloppe et de ne me l'envoyer qu'à une date fixée au préalable. Je crois qu'elle voulait se laisser le temps… de mettre son plan à exécution. Mais j'étais en voyage avec mon mari lorsqu'elle est arrivée dans ma boîte aux lettres. Je ne l'ai ouverte qu'hier soir, en rentrant de vacances.

Jackie dévisageait Raven. À présent, il savait qu'elle lui avait menti.

Sauf que ce n'était pas un mensonge. Pas vraiment. Mama allait revenir.

— S'il te plaît, raconte-moi ce qui s'est passé, dit tante Sondra. C'est ma sœur. J'ai besoin de savoir.

Jackie la prit dans ses bras et la regarda droit dans les yeux.

— C'est ça, ce qui s'est passé la nuit où tu as débarqué chez moi trempée et couverte de boue ? Est-ce qu'elle est morte ce soir-là ?

— Non. Je ne sais pas. Je ne sais pas ! cria-t-elle.

— Tu n'as pas retrouvé son corps ? demanda tante Sondra.

— J'ai regardé. Je l'ai cherchée partout. Mais je n'ai pas réussi à la trouver. C'est pour ça que je sais qu'elle va revenir. Elle ne serait pas partie sans dire au revoir si elle n'avait pas l'intention de revenir !

Elle sentit les reflux du pique-nique lui remonter dans la gorge et se précipita à la salle de bains, juste à temps. Jackie lui essuya le visage avec une serviette humide.

— Ça va aller, lui dit-il. Tout va bien se passer.

Jackie et sa tante l'accompagnèrent jusqu'au canapé et l'installèrent entre eux.

— Raven, je suis désolée. Mais s'il te plaît, raconte-moi ce qui s'est passé. Est-ce que tu penses que c'était un suicide ?

— Elle ne s'est pas tuée, protesta Raven. Elle ne m'aurait jamais abandonnée comme ça.

— Elle était malade, précisa Jackie. Peut-être un problème cardiaque. Depuis l'an dernier. Elle a fait jurer à Raven de ne pas vous prévenir ni d'appeler un médecin.

Tante Sondra plaqua une main sur son front.

— Audrey ! Pourquoi ? Pourquoi as-tu fait une chose pareille ?

— Tu sais pourquoi, dit Raven en jetant un coup d'œil à Jackie de peur d'en dire trop. Elle essayait d'obtenir de l'aide ailleurs.

— Auprès de qui ? De ses satanés farfadets de la terre ?

— Ne les appelle pas comme ça ! Elle savait ce qu'elle faisait !

— Raven…
— Tu ne peux pas me forcer à partir d'ici ! Elle veut que j'attende son retour !
Sa tante soupira. Elle ouvrit l'enveloppe et en sortit une lettre rédigée à la main.
— Je ne sais pas si tu es censée voir ça, mais je pense que tu ferais mieux de la lire.
Raven ne voulait pas, mais sa tante lui mit la feuille entre les mains. Jackie se leva et se planta devant la fenêtre pour lui laisser de l'intimité.
C'était bien l'écriture de Mama, plus irrégulière que d'habitude.

Sondra,
Dans cette enveloppe, tu trouveras mes dernières volontés et mon testament, validés par mon avocat. Je lègue tout ce que je possède à ma fille chérie, Raven. Je veux qu'elle continue d'habiter dans la maison de l'État de Washington jusqu'à ce qu'elle atteigne l'âge légal pour y vivre seule. Je sais que tu trouveras un moyen de rendre ça possible. Si tu ne souhaites pas être sa tutrice jusqu'à sa majorité, merci de trouver une personne de confiance qui pourra prendre soin d'elle. Le salaire de cette personne pourra être puisé dans l'héritage de Raven.

Elle ne voulait pas en lire davantage. Pourquoi Mama écrivait-elle toutes ces choses ? Peut-être que la lettre n'était qu'un plan B, au cas où elle aurait dû mal à revenir du monde des esprits.

Si Raven a des enfants, ils hériteront de ce que possède Raven. Si elle est actuellement enceinte, tu n'essaieras pas de lui prendre cet enfant. J'insiste, Sondra. Même si elle est considérée comme « mineure » au sein de votre société, elle est parfaitement capable d'élever un enfant à la manière dont elle et moi préférons vivre. Une fois encore, je sais que tes avocats et toi saurez comment lui obtenir, ainsi qu'à l'enfant, de quoi subvenir à leurs besoins et assurer leur indépendance jusqu'à sa majorité.

« Si elle est actuellement enceinte ? » Pourquoi Mama préciserait-elle ça alors que le corps de Raven n'était pas capable de concevoir un bébé ?

Ma dernière requête sera difficile à accepter pour toi, Sondra, mais tu dois comprendre qu'il s'agit de ma décision, et que tu n'as pas ton mot à dire. Notre mère souhaitait mourir dans les montagnes du Montana. Elle voulait y pousser son dernier souffle, et qu'on l'y laisse pour que le cycle de la terre se renouvelle. Au lieu de ça, Père et toi l'avez enfermée de force dans un hôpital, où elle est morte droguée et attachée à des machines. Vous l'avez enterrée dans une tombe à New York à côté de ses parents en sachant pertinemment que pas une seule fois dans sa vie elle ne l'avait demandé. Je ne vous ai jamais pardonné ce crime. C'est une blessure profonde en moi qui n'a jamais guéri.

J'y ai également vu un avertissement. Ces derniers mois, j'ai préparé mon lieu de repos final sur mes terres dans l'État de Washington. J'ai soigneusement choisi le lieu, j'ai creusé et sanctifié cette terre d'accueil en accord avec mes pratiques spirituelles. Si mon avocat t'a transmis cette lettre, c'est que j'y repose, de ma propre volonté, depuis une semaine ou plus. Tu ne dois pas tenter de me retrouver.

— Non ! s'écria Raven.
— Je suis désolée, dit sa tante.
Raven poursuivit sa lecture brouillée par les larmes.

Ma fille ne doit jamais poser les yeux sur mon corps sans vie. Je veux qu'elle me voie sous ma forme véritable, sur ces terres qu'elle et moi aimons et connaissons si bien. Nous resterons ensemble sur ces terres éternellement. Dis-lui que rien n'a changé, que je reste auprès d'elle pour toujours.

La lettre était signée Audrey E. Lind.
— Je suis désolée, répéta sa tante alors que Raven détachait son regard de la lettre.
— C'est faux.
Elle lui jeta la feuille au visage et s'écria :
— Ma mère ne voulait pas que je lise cette lettre. C'est très clair dans le dernier paragraphe ! Tu n'aurais pas dû me la montrer ! Pourquoi n'as-tu jamais respecté sa volonté ? Pourquoi as-tu infligé ça à sa mère ? Je ne veux rien avoir à faire avec toi ! Sors de chez moi !
Sa tante se leva du canapé.
— Il fallait que je te la montre. Tu refusais de croire qu'elle ne reviendrait pas.
Raven croyait encore à son retour. Mama avait envoyé le courrier pour énoncer ses volontés au cas où elle ne parviendrait pas à retrouver Raven. Elle savait qu'il fallait prendre ses précautions et être claire sur ce qu'elle voulait, à cause de ce que sa sœur avait fait à leur mère.
— Raven… dit Jackie. Tu veux que je m'en aille ?
Ses yeux reflétaient un profond chagrin. L'approche de l'anniversaire de la mort de son père prenait une plus grande ampleur encore à la lumière des quinze

dernières minutes. Et à présent, il savait que Raven lui avait menti.

Elle alla vers lui et il referma ses bras sur elle.

— Je suis désolée de t'avoir menti, chuchota-t-elle.

— C'est pas grave. Je comprends.

Il ne pouvait pas réellement comprendre, mais elle était heureuse d'avoir son pardon.

— Pourquoi Audrey mentionne-t-elle un enfant ? demanda sa tante.

Raven bondit hors des bras de Jackie.

— Ce ne sont pas tes affaires !

— Apparemment si, puisqu'elle l'a inclus dans une lettre qui m'était adressée.

Elle regarda Jackie, puis Raven, et insista :

— C'est vrai cette histoire ?

— Non !

— Bien, voilà au moins un soulagement.

Elle récupéra la lettre et la rangea dans l'enveloppe.

— J'ai parlé à son avocat. Tout est en ordre. Elle t'a légué la totalité de sa fortune qui est… colossale.

— Je n'ai pas besoin d'un tuteur, dit Raven. Mais si c'est le seul moyen pour que je puisse continuer à vivre ici, j'accepte de m'y soumettre. Maintenant, pars. J'ai besoin d'être seule.

Sa tante prit une profonde inspiration, puis souffla. Raven savait ce que cela signifiait. Elle se préparait au conflit, comme elle l'avait souvent fait avec Mama.

— Ce n'est pas si simple, Raven. Ta mère ne peut pas simplement disparaître comme ça. Les gens vont poser des questions. Il faudra que la police s'en mêle.

— Laisse-la tranquille ! hurla Raven.

— Je ne peux pas ! J'ai besoin d'un certificat de décès pour que tu puisses hériter. Comment ta mère a-t-elle pu négliger ce problème ?

— Tu sais tirer les bonnes ficelles dans ton monde. Tu vas trouver.

— Mon Dieu, tu parles vraiment comme elle.

— Va-t'en !

— Non ! Ma sœur m'a confié la responsabilité d'arranger ce chaos qu'elle a laissé, comme elle l'a fait toute sa vie. C'est ce que je compte faire.

— Ma mère peut aider, proposa Jackie. Je suis sûr qu'elle serait d'accord pour devenir la tutrice de Raven. Elle peut vivre avec nous si elle n'a pas le droit de vivre ici.

Ms Danner. La solution parfaite !

— C'est ce que je veux, dit Raven à sa tante. Ms Danner habite un peu plus loin sur la route.

Sa tante hocha la tête.

— Et ton père ?

— Quoi, mon père ?

Sa tante la regarda avec curiosité.

— Il faut le prévenir de ce qui s'est passé. Tu sais où il est ?

— Non.

— Aucun indice sur son identité après toutes ces années ?

Raven secoua la tête. Elle n'aimait pas la façon qu'avait sa tante de plonger son regard dans le sien, comme si elle savait qu'elle mentait.

Tante Sondra approcha.

— Quand tu étais bébé, Audrey m'a un jour appelée à l'aide parce que tu avais une forte fièvre. C'était la première fois que je te voyais. Je n'étais même pas au courant qu'elle était enceinte.

Elle regarda Jackie pendant quelques secondes.

— Elle a eu une de ses crises quand j'étais là… tu vois de quoi je parle ?

— Oui, dit Raven.

— Alors elle m'a dit quelque chose de très étrange. Au sujet de ton père.

Le cœur de Raven se mit à battre à tout rompre. Elle imaginait très bien Mama parler de son père le corbeau alors qu'elle était plongée dans le monde des esprits. Elle perdait parfois le contrôle de ses pensées quand elle était à mi-chemin entre les deux mondes.

— Est-ce que c'est ce qu'elle t'a raconté ? Cette histoire de corbeau ? demanda sa tante.

Raven tenta de masquer sa panique. Si sa tante découvrait les croyances de Raven au sujet de son père, elle la placerait dans une institution pour les gens avec une maladie de l'esprit. Mama disait que tante Sondra et leur père avaient essayé de l'enfermer dans un de ces endroits – parce qu'elle pratiquait les arts de la terre qu'ils ne comprenaient pas. Aussi loin que Raven s'en souvienne, Mama lui avait interdit de raconter à d'autres que son père était un esprit. Elle l'avait prévenue maintes fois des conséquences que cette révélation engendrerait. Raven était terrifiée à l'idée qu'on l'arrache à sa maison si elle avouait la vérité à quiconque. Sa tante la déclarerait malade et incapable de s'occuper d'elle-même.

Il fallait qu'elle dise quelque chose que sa tante croirait. Elle se souvint d'un homme que Mama avait mentionné récemment.

— Ma mère m'a dit que mon père était quelqu'un qu'elle ne voulait pas que je rencontre. Un homme mauvais. Un sénateur.

— Un sénateur ! s'indigna tante Sondra. Permets-moi d'en douter, Raven !

Quel était le nom que sa mère avait prononcé le jour où elle était à mi-chemin vers le monde des esprits ? Si Raven le retrouvait, sa tante pourrait croire qu'elle lui avait parlé d'un père humain. Le sénateur avait un lien, lui semblait-il, avec le propre père de Mama… sa tante croirait à leur lien. Et l'homme ne représentait plus aucune menace pour Raven, car Mama lui avait dit qu'il était mort.

— Bonhammer, je crois que c'était son nom, dit Raven.

— Bauhammer ? Le sénateur Bauhammer ? demanda sa tante.

— Oui, c'est lui.

Tante Sondra sembla trop stupéfaite pour parler.

— Il est mort, précisa Raven. Je n'ai pas de père.

— Je sais qu'il est mort. Mon père – ton grand-père – a assisté à ses obsèques.

Raven fut soulagée d'entendre cette validation.

— Il était marié, Raven, dit tante Sondra. Et beaucoup plus âgé que ta mère.

— Est-ce que ça a une importance ?

— Ma sœur n'aurait jamais…

Tante Sondra se tut d'un coup. Elle eut l'air bizarre. Horrifiée, sans raison apparente.

— Mon Dieu… chuchota tante Sondra.

Elle sortit son téléphone et pianota quelque chose. Alors qu'elle faisait glisser son doigt sur l'écran, Raven et Jackie échangèrent un regard. Il était aussi perdu qu'elle devant les actions de sa tante.

Sa tante cessa de faire glisser son doigt et regarda fixement son téléphone. Elle plaqua une main sur sa bouche.

— Quoi ? demanda Raven. Qu'est-ce que tu lis ?

— Mon Dieu… Audrey. Qu'as-tu fait ?

Des larmes ruisselèrent de ses yeux. La personne la plus effrontée que connaisse Raven était en train de pleurer.

— Pourquoi tu pleures ?

Elle brandit son téléphone pour que Raven puisse le lire. C'était un article de journal.

La petite-fille du sénateur Bauhammer enlevée. Les recherches s'étendent hors de l'État de New York.

— C'était il y a seize ans. Elle t'a enlevée, Raven.

— Tu te trompes ! Ça n'a rien à voir avec moi !

Sa tante tapa autre chose sur son téléphone, et fit défiler encore des pages.

— Mon Dieu, chuchota-t-elle avant de donner son téléphone à Raven. Est-ce que cette femme te rappelle quelqu'un ?

D'après la légende sous la photo, la femme en question était Ellis Bauhammer.

Raven regarda fixement le visage de la femme. C'était presque comme regarder dans un miroir.

CINQUIÈME PARTIE

LA FILLE DE L'UNIVERS MIRACULEUX

1

Raven

La limousine s'arrêta devant un édifice en pierre grise dont les lettres dorées indiquaient « Cabinet d'Avocats, York, Bauhammer & Schiff ». Le chauffeur ouvrit la portière.

— Je ne sais pas combien de temps ça va nous prendre, l'informa tante Sondra.

— Je vous attends, dit-il.

Raven suivit sa tante dans le bâtiment. Elles entrèrent dans une minuscule pièce qui mit aussitôt Raven mal à l'aise – sa première fois dans un ascenseur.

— Sondra Lind Young pour Mr Bauhammer, annonça tante Sondra à la réceptionniste derrière le bureau.

La femme les mena vers une porte en bois au bout du couloir. Sur la plaque, on pouvait lire, « Maître Jonah M. Bauhammer III, Avocat ». La réceptionniste frappa un coup léger à la porte avant d'ouvrir.

— Mrs Lind Young est arrivée.

— Faites-la entrer, dit l'homme à l'intérieur.

Tante Sondra passa devant Raven. L'homme était planté à côté d'un grand bureau. Des mèches de cheveux blancs parsemaient son épaisse chevelure brune, et il avait l'air d'une version plus âgée de Jackie, sauf pour ses yeux bleus. Il portait un costume gris, une chemise blanche, et une cravate violette à motifs. Derrière lui, de grandes fenêtres dévoilaient le ciel et les tours de la ville.

— Merci d'avoir accepté de me recevoir si rapidement, dit tante Sondra en tendant la main. Mon père a eu l'occasion de rencontrer le vôtre à plusieurs occasions. Il le portait en haute estime.

L'homme lui serra la main, jeta un premier coup d'œil à Raven, puis la dévisagea plus attentivement.

Tante Sondra s'écarta pour observer sa réaction.

L'homme ne détachait pas son regard, et le cœur de Raven battait comme les ailes d'un oiseau coincé dans sa poitrine.

Tante Sondra soupira.

— C'est bien ce qu'il me semblait.

— De quoi parlez-vous ? Qui est cette jeune fille ?

— Elle vous fait penser à quelqu'un ?

— Elle ressemble à…

Il regarda Raven sans terminer sa phrase.

— Votre ex-femme ?

Ex ? Raven ignorait qu'ils avaient divorcé. On ne lui avait presque rien dit. Et elle n'avait pas posé de questions. Elle ne voulait rien savoir de ces gens. Elle voulait seulement rentrer à la maison, revoir Jackie et aller au lycée.

— Qui est-elle ? demanda l'homme.

— Je pense qu'il pourrait s'agir de votre fille.

À nouveau, l'inconnu la dévisagea.

— Bien entendu, nous devrons procéder à un test de paternité.

— Viola… dit l'homme en avançant vers elle.

Elle recula. S'il avait en tête de la prendre dans ses bras, il allait être déçu.

— Je m'appelle Raven, dit-elle.

— Raven ?

— C'est ainsi qu'on l'appelle depuis bébé, expliqua tante Sondra.

— Où l'avez-vous trouvée ? Êtes-vous allée voir la police ?

— Je tenais d'abord à vous parler avant d'impliquer la police. J'aimerais faire un test génétique avant ça. S'il s'agit bel et bien de votre fille, j'espérais que nous pourrions régler ça aussi discrètement que possible. Elle a déjà subi un traumatisme considérable. Elle ignorait complètement qu'elle avait été enlevée. Elle vivait dans l'État de Washington.

— Si loin ! Savez-vous qui l'a enlevée ?

— La femme qu'elle prend pour sa mère est morte.

— *C'est* ma mère ! protesta Raven.

— Vous voyez ? dit tante Sondra à l'homme. Il faut à tout prix que nous évitions un scandale médiatique afin qu'elle puisse accepter la situation dans une atmosphère sereine.

Raven n'aimait pas la manière dont on parlait d'elle – comme d'une enfant qui ne comprenait rien à rien.

— Mais qui l'a enlevée ? demanda l'homme. Était-ce la femme qui l'a élevée ?

Tante Sondra baissa les yeux pendant quelques secondes. Quand elle releva la tête, elle déclara :

— Il me peine de reconnaître que ma sœur, qui a souffert de troubles mentaux toute sa vie, est probablement responsable de cet enlèvement.

— Elle n'a pas de troubles mentaux ! s'écria Raven.

— S'il te plaît, baisse d'un ton, lui ordonna sa tante.

— Je veux rentrer à la maison !

L'homme porta sa paume à son front, et chuchota :

— Mon Dieu.

— Oui, la situation promet d'être délicate, dit tante Sondra. C'est la raison pour laquelle je suis venue m'entretenir avec vous en privé. J'espère que nous pourrons établir ensemble une stratégie pour la protéger. Et je dois admettre que je souhaiterais protéger le nom de mon entreprise autant que possible.

L'homme lui jeta un regard critique.

— Je suis certaine que vous n'avez aucune envie de déterrer ce scandale, poursuivit tante Sondra. Il ne pourra qu'attirer une attention néfaste sur votre famille et votre cabinet.

— Je ne vois pas en quoi, retorqua sèchement l'homme. Je suis un père à qui l'on a enlevé son enfant.

— Souhaitez-vous vraiment infliger ça à vos fils et à votre mère à nouveau ?

— C'est inévitable.

— Vous pouvez en minimiser les répercussions. Vous êtes l'avocat de célébrités. Vous connaissez les ficelles.

L'homme sembla en colère à nouveau.

— Ma sœur a légué tout ce qu'elle possède à Raven – un patrimoine et des investissements considérables, dont deux grandes propriétés. J'accepte de la laisser hériter sans contester le testament, même si elle s'avère n'être pas ma nièce.

— Est-ce que vous essayez de m'acheter pour garder cette histoire secrète ?

— Je suis pragmatique. C'est dans l'intérêt de tout le monde que cette transition se fasse le plus sereinement possible.

— Votre sœur doit être tenue pour responsable pour ses actes.

— Ma sœur est décédée.

— En êtes-vous sûre ?

— C'est un autre problème.

— Plaît-il ?

— Je suis certaine qu'elle est morte – j'ai en ma possession ses dernières volontés et son testament –, mais il n'y a pas de dépouille pour le prouver. J'ai toutes les raisons de croire qu'elle a mis fin à ses jours quelque part sur ses terres dans l'État de Washington, mais nous n'avons pas encore retrouvé son corps. Je vais devoir faire appel à la police et à la brigade canine.

— Hors de question ! hurla Raven. Tu as lu ses dernières volontés. Elle veut qu'on la laisse tranquille ! Et tu mens, ce n'est pas un suicide !

Un homme aux cheveux blancs ouvrit la porte et passa la tête dans l'entrebâillement.

— Tout va bien, Jonah ?

— Oui, merci.

Quand la porte se referma, tante Sondra déclara :

— J'essaie de minimiser le stress de cette situation, principalement dans l'intérêt de Raven. J'espère que vous et moi pourrons trouver une solution ensemble. Si toutefois vous préférez impliquer sa mère, cette décision vous revient.

— Ce n'est pas ma mère, protesta Raven.

— Ellis et moi n'avons plus de contacts, dit-il.

— Pourquoi ne commencerions-nous pas par un test de paternité, avant toute chose ? proposa tante Sondra.

L'homme contourna son bureau et s'effondra presque sur son fauteuil.

— Vous commencez enfin à comprendre ? dit tante Sondra.

Il ne répondit pas, le regard toujours fixé sur Raven.

— Dites-moi où vous souhaitez voir son échantillon prélevé. Connaissez-vous un laboratoire avec des résultats rapides ?

— Oui.

Il inscrivit quelque chose sur un bout de papier et le lui tendit.

Elle lui remit en échange une carte avec son numéro de téléphone portable, et écrivit le nom de leur hôtel au verso.

— Appelez-moi si vous avez la moindre question.

Il hocha la tête sans cesser de regarder Raven, comme si elle était un animal étrange.

Raven savait qu'il n'était pas son père. Elle ne ressentait absolument aucun lien avec lui et sa ville hideuse. Son ex-femme lui ressemblait ? La belle affaire ! C'était le cas de beaucoup de gens ; on appelait ça avoir un sosie. Mais Raven avait tout de même peur que Sondra et Jonah ne la laissent jamais rentrer à la maison. Toutes les mises en garde de Mama étaient en train de se réaliser.

Elles retournèrent à la limousine. Raven avait craint le prélèvement, mais la femme ne fit rien d'autre que de frotter un Coton-Tige contre l'intérieur de sa joue.

— Qu'est-ce que tu veux faire ces prochains jours, en attendant les résultats ? demanda sa tante. Nous ne sommes pas loin de New York, est-ce que tu as envie d'y aller ?

Raven se souvint que Reece voulait y aller, mais elle détestait ce qu'elle avait vu de cette région jusqu'à présent.

— On peut faire tout ce que tu voudras, dit tante Sondra.

— Je veux rentrer à la maison. Je dois aller en cours.

— J'ai appelé à ton lycée. Ton absence ne sera pas un problème.

Raven alla se réfugier dans son lit d'hôtel, alors qu'on était au beau milieu de la journée, et refusa de se lever quand sa tante essaya de la tirer de sous la couette. Cette dernière passa l'essentiel de sa journée au téléphone, à donner des ordres à des employés de sa société. Parfois, elle parlait d'une voix plus douce, probablement à son mari ou à son fils.

Le jour suivant se déroula de la même manière, Raven au lit, tante Sondra au téléphone. Raven était incapable de manger. Sa tante commanda toutes sortes de plats, mais Raven pensait que son appétit ne reviendrait jamais. Elle voulait que Mama ne soit pas morte. Elle voulait les bras de Jackie.

Le lendemain, tante Sondra s'assit au bord de son lit.

— Raven, regarde-moi, s'il te plaît. J'ai du nouveau.

L'estomac vide de Raven se mit à couiner. Toutes ces peurs et ces doutes qui tournaient sans relâche dans sa tête depuis une semaine – allaient-ils se réaliser ?

— Raven…

Raven ne bougea pas.

— Je ne veux rien savoir.

— Je sais. C'est normal, dit-elle en posant sa paume à plat sur le dos de Raven. Les résultats des tests sont arrivés. Jonah Bauhammer est ton père.

Le bruit assourdi de la ville remplit la pièce. Les larmes de Raven trempèrent l'oreiller.

— Raven, parle-moi.

— Il n'y a rien à dire. Ce n'est pas mon père.

— La moitié de ton ADN vient de celui de Jonah Bauhammer. Et je sais que tu comprends le principe de l'ADN. Tu me l'as expliqué quand tu n'avais que sept ans.

Raven n'avait vraiment compris le principe de l'ADN qu'au collège. C'était à ce moment qu'elle avait demandé à Mama si elle avait de l'ADN corbeau dans ses cellules. La question avait rendu Mama furieuse. Elle était un miracle, disait Mama, alors comment pouvait-on connaître la composition de ses cellules ? C'était pour cette raison qu'elle l'avait toujours tenue à l'écart des médecins autres que le Dr Pat. Percer le mystère de son existence pouvait s'avérer dangereux pour elle. Pour elles deux.

Raven n'avait plus jamais posé de questions sur son ADN. Elle était simplement curieuse de savoir ce qui était différent dans son corps – parce qu'elle se savait différente des autres, même de Mama. Elle sentait son esprit divisé en deux depuis toujours.

Mais à présent les tests affirmaient que Jonah était son père. La nouvelle eut l'effet en cascade d'une tempête déracinant les arbres dans les bois. Un arbre tombe et percute un deuxième, qui provoque la chute d'un troisième. Si Jonah était son père, cela signifiait que Mama l'avait volée à lui et à sa femme. Et cette réflexion menait à la pire qu'il soit : Mama lui avait menti à propos de tout. Absolument tout.

C'était trop douloureux d'y croire. Raven se recroquevilla pour pleurer de plus belle.

Tante Sondra soupira et pressa sa main plus fermement contre le dos de Raven.

— Je suis désolée, Raven. Mais les résultats scientifiques d'un test ADN sont irréfutables.

Raven aurait voulu s'enfuir loin. Loin de tante Sondra, de cet hôtel et de cette ville, de tout ce qui s'était passé depuis le jour où Mama s'était assise sur son lit pour lui dire qu'elle lui avait donné les seize meilleures années de sa vie.

Elle ne voulait pas que Mama soit une personne nocive. Elle voulait rester le miracle de Mama, l'enfant d'un puissant esprit de la terre.

Elle se sentait éviscérée de tout esprit, corbeau comme humain. Elle n'avait plus de larmes. Allongée sous les couvertures, elle pria pour que son corps se désintègre comme son esprit.

Quelques heures plus tard, sa tante revint dans sa chambre.

— Il faut se lever, dit-elle. Un inspecteur de police veut te parler. Ton père nous y retrouve. Après ça, tu es invitée à dîner dans ta famille.

— Ne l'appelle pas mon père, dit Raven, le visage enfoui dans l'oreiller.

— D'accord, on peut l'appeler Jonah. Maintenant lève-toi, Raven.

— Non.

— Tu vas surmonter ça. Tu es forte. Tu as des résultats excellents à l'école, tu as réussi à te faire des amis, et tu es devenue une jeune fille épanouie, tout ça en dépit de…

Raven se redressa.

— En dépit de quoi ?

Sa tante avait l'air triste et épuisée.

— Je sais ce que c'est que de vivre avec elle. Les crises. Le dialogue avec les esprits. Les disparitions dans les bois. Ça a dû être très effrayant pour toi.

— Non.

— S'il te plaît, accepte au moins de rencontrer ta famille. Tu verras si tu les apprécies ou non.

— Et si je ne les aime pas, est-ce que Ms Danner peut devenir ma tutrice ?

— J'imagine que c'est une possibilité.

— Vraiment ?

— Maintenant, file te doucher et t'habiller.

Malgré l'étourdissement de tout ce temps passé au lit et de son jeûne de deux jours, Raven puisa un regain de forces dans la perspective d'avoir la mère de Jackie comme tutrice. Elle ferait tout ce que lui demandait sa tante, même boire ce verre de bouillie verte qui était censé lui donner de l'énergie.

Une limousine vint les chercher pour les amener jusqu'à la police. Jonah était déjà sur place. Les deux inspecteurs, un homme et une femme, souhaitaient s'entretenir avec Raven, seule. Ils lui posèrent beaucoup de questions au sujet de Mama. Raven sentait qu'ils la détestaient. La boisson verte pesait, épaisse et froide dans son ventre, et elle craignait de vomir. Quand ils lui demandèrent ce qu'elle savait de la mort d'Audrey Lind, Raven fondit en larmes et ne parvint pas à s'arrêter.

Ils la ramenèrent auprès de sa tante et de Jonah. Mais ils invitèrent immédiatement tante Sondra à les suivre, laissant Raven seule avec Jonah.

— J'ai cru comprendre que tu vivais dans une grande maison à la campagne, dit-il. Ça devait être super.

— Je vis *toujours* dans une grande maison, rectifia-t-elle. Elle m'appartient, et je vais y retourner dès que je pourrai.

Quelques minutes plus tard, il reprit la parole.

— Tes frères ont hâte de te revoir. Ils s'appellent River et Jasper. Ils sont jumeaux, et ils ont quatre ans de plus que toi.

Raven détourna le regard pour lui faire comprendre que ses fils ne l'intéressaient absolument pas. Jonah se tut.

Tante Sondra revint presque aussi bouleversée que Raven. Elle lui demanda :

— Est-ce que tu veux que je t'accompagne chez Jonah, ou préfères-tu y aller seule ?

— Je veux que tu viennes.

— Je pense que c'est mieux, moi aussi.

Tante Sondra demanda au chauffeur de la limousine de suivre la voiture de Jonah. La route était longue. « Dans la banlieue résidentielle », avait dit Jonah.

La maison de Jonah était grande, plantée au milieu d'un grand gazon. Les quelques arbres et buissons étaient taillés en des formes sorties tout droit d'un manuel de géométrie. Alors qu'ils approchaient de la porte d'entrée, Jonah sembla sur les nerfs, comme Raven.

Deux jeunes hommes et une vieille femme attendaient derrière la porte. Les garçons ressemblaient à leur père, l'un plus que l'autre – celui qui avait les yeux bleus. Il s'appelait Jasper. L'autre, River, avait des yeux plus gris et sa peau était un peu plus foncée, comme celle de Raven.

La femme âgée était très mince, son regard bleu était aussi acéré que celui d'un faucon en chasse. Elle avait les cheveux châtains artificiellement striés de blond. Son visage perturbait Raven : il était trop lisse pour son âge. Probablement le résultat de chirurgies. Jonah la présenta comme sa grand-mère, Gram Bauhammer. Tante Sondra l'appela Mary Carol et lui serra la main, comme si elles s'étaient déjà rencontrées.

— Voici Raven. C'est le prénom qu'elle préfère qu'on utilise, précisa Jonah.

River ricana. Raven le détesta aussitôt, lui et son expression moqueuse.

— Foutaises, déclara Gram Bauhammer en avançant vers Raven à bras grands ouverts. C'est notre Viola chérie qui revient à nous. Elle se fera bien vite à son prénom.

Raven recula.

— Si vous m'appelez *Viola*, je ne répondrai pas.

River ricana à nouveau. Jasper semblait amusé, lui aussi, mais le cachait mieux.

— Et je ne suis pas revenue à vous, rectifia Raven. Je viens seulement vous rendre visite. Je vais continuer de vivre dans l'État de Washington, dans ma maison.

— Raven… intervint tante Sondra.

— Ce n'est pas un sujet pour tout de suite, interrompit Jonah. J'aimerais faire découvrir la maison à Raven.

Jonah lui montra toutes les pièces. Jasper se joignit à la visite, tandis que les autres s'installaient dans le salon. À l'étage, Jonah la mena dans une salle où une immense télévision était accrochée à un mur.

— C'était la nursery. D'abord pour les garçons, puis pour toi.

— Avant, elle était bleu ciel, précisa Jasper. Notre mère avait peint des oiseaux et des fleurs des champs sur les murs, et des nuages au plafond.

Raven n'arrivait pas à concevoir sa présence antérieure dans cette pièce. Ni même dans cette maison. Elle n'en aimait pas le style, trop stérile, trop chic, si différent des espaces en bois brut de la maison en rondins. Par les fenêtres, on ne voyait que du gazon, des pavillons et une route. Elle ne voulait pas vivre dans une maison qui ne donnait ni sur les bois ni sur les prés.

Ils retournèrent au salon, et Raven s'assit sur un canapé avec sa tante. Tous les autres leur faisaient face.

— Il paraît que tu t'en sors très bien à l'école, dit Jonah dans une tentative de meubler le silence gênant.

— Ça risque de se détériorer si je ne retourne pas en cours rapidement, rétorqua Raven.

À nouveau, les deux garçons sourirent, River plus largement que son frère.

— On s'arrangera, dit tante Sondra. Ne t'inquiète pas pour ça.

— Tu es en quelle année ? demanda Jasper.

— J'en ai encore pour deux ans.

— Quelle est ta matière préférée ?

Est-ce que ça l'intéressait vraiment, où était-ce un moyen de parler pour ne rien dire ?

— La littérature et la biologie, dit-elle.

Il hocha la tête.

— Je suis à l'université de Cornell, où nos parents se sont rencontrés. Je prépare l'école de médecine, et j'ai pris biologie en spécialité.

Raven n'avait rien à répondre à cela, et le silence gênant revint.

— J'imagine que c'est à mon tour de déballer le CV, dit River. J'ai abandonné la fac du coin, et je me spécialise en alc…

Il leva son verre en adressant un clin d'œil à Raven.

— River ! le rabroua sèchement son père.

— Quoi ?

— Tu sais très bien ce qu'il y a.

— C'est une grande occasion qui nécessite un verre. Sérieusement, combien de fois dans une vie rencontre-t-on sa sœur enlevée au berceau ?

Il était ivre. Raven était quasiment certaine qu'il avait aussi fumé de l'herbe ou pris des cachets. Elle avait déjà vu ce regard chez certains lycéens.

— Tu vas à l'église ? demanda Gram Bauhammer à Raven.

Raven secoua la tête.

— Est-ce que la femme qui t'a enlevée…

— Audrey n'avait pas de religion particulière, intervint tante Sondra.

— Je me souviens que vos parents ont eu cette lubie aussi, lui dit Gram Bauhammer. Ils ont abandonné la foi, et c'est ce qui a conduit à leur divorce.

Tante Sondra sembla scandalisée par cette critique flagrante de ses parents, mais elle s'efforça de garder une contenance.

— C'est faux. Seule ma mère a cessé d'aller à l'église.

— Elle s'est laissé embarquer dans ces espèces de croyances orientales, n'est-ce pas ? Ça a dû beaucoup vous perturber, vous et votre sœur.

— Pas moi, mais ça a pu avoir une influence sur Audrey, concéda tante Sondra.

— Ça explique tout, dit River. Après on s'étonne qu'elle ait kidnappé un bébé.

— Je n'ai pas été *kidnappée*, dit Raven.

Il semblait à la fois amusé et en colère.

— Tu n'étais pas son bébé, elle t'a pris et elle s'est enfuie avec toi. Je pense qu'on peut officiellement appeler ça un *kidnapping*.

— Si, j'étais son bébé, protesta Raven.

River vida son verre d'une traite.

— C'est un sacré syndrome de Stockholm que tu as là, frangine.

— Toutes mes excuses, dit Jonah à tante Sondra et Raven. Mon fils rencontre quelques difficultés...

River se leva en titubant.

— Effectivement. La première étant que mon verre est désormais vide.

— Jasper... dit Jonah en désignant River du menton.

Jasper prit son frère par le bras.

— Et direction la sortie, dit River alors que son jumeau le conduisait hors de la pièce.

— Il me semble que le dîner est prêt, dit Jonah. Veuillez me suivre dans la salle à manger.

Deux femmes en uniforme sortirent de la cuisine pour les servir à table. Au menu : filets de bœuf, écrasé de pommes de terre et haricots verts. Gram Bauhammer récita une prière, principalement pour exprimer sa gratitude envers Dieu d'avoir « guidé Viola vers l'amour et la foi de sa véritable famille ».

Raven avait envie de balancer le contenu de son assiette au visage de cette bonne femme.

River et Jasper revinrent.

— Pardon pour mon grossier comportement, dit-il à Raven.

Les deux frères s'assirent en face d'elle et de tante Sondra. On apporta à Jasper un plat complètement différent. De ce que voyait Raven, il était vegan. Il ressemblait même un peu à Jackie. Raven baissa les yeux sur son assiette pour réprimer son envie de pleurer.

Jonah et Jasper tentèrent de faire la conversation, l'orientant vers ce qu'étudiait Jasper à l'université. Gram Bauhammer ponctuait le tout de ses opinions arrêtées. Elle expliqua à tante Sondra :

— River aurait dû aller à Cornell avec son frère, mais figurez-vous que de nos jours, on attribue des bourses à des jeunes gens qui n'ont pas leur place dans une université aussi prestigieuse, au détriment des meilleurs éléments.

— Je n'ai ni le niveau ni l'envie d'aller à Cornell, répliqua River. Tu te souviendras que je n'ai pas candidaté.

— Seulement parce que tu savais qu'ils donneraient la préférence à tous ces…

— Maman, s'il te plaît, garde ton opinion pour toi, dit sèchement Jonah.

Gram Bauhammer lui lança un regard amer, mais se tut.

Raven n'appréciait ni les plats ni la compagnie de cette étrange famille autour de la table. Elle grignota juste assez par politesse, et resta silencieuse.

Alors qu'on servait le dessert, Jonah lui demanda :

— Raven, est-ce qu'il y a quoi que ce soit que tu aimerais nous demander ?

Elle aurait voulu leur demander pourquoi ils lui imposaient leur existence. Elle aurait voulu leur demander si elle pouvait partir et ne jamais les revoir. Mais elle était curieuse d'en savoir plus sur un sujet que tous sauf Jasper évitaient : la femme qui lui ressemblait, celle qui avait peint des oiseaux et des fleurs sur les murs de la nursery.

— J'aimerais en savoir plus sur Ellis, dit-elle.

— Aussi connue comme *ta mère*, marmonna River.

— Nous avons perdu contact avec elle depuis des années, expliqua Jonah.

— Peu de temps après ton kidnapping, précisa River.

Il la regarda fixement, attendant qu'elle se rebelle devant l'usage du mot *kidnapping*.

Mais Raven n'avait aucune intention d'entrer dans le petit jeu d'un jeune ivrogne avide d'attention.

— Où vit-elle ?

Jonah sembla mal à l'aise.

— Je l'ignore.

River ricana, et son père lui adressa un regard sombre. Cet échange sous-entendait que Jonah avait bel et bien une réponse. Elle se demanda quelles raisons le poussaient à mentir.

Raven fut soulagée quand le dîner prit fin. Elle chuchota à sa tante qu'elle souhaitait partir. Sondra inspira profondément, puis souffla lentement, signe familier d'une dispute imminente.

— Viens t'asseoir avec nous dans le salon, dit sa tante.

Raven les suivit, mais refusa de s'asseoir.

— La situation est telle que… je dois retourner auprès de ma famille et reprendre le travail à Chicago, et tu n'as nulle part ailleurs où vivre qu'ici. Tout du moins, pour le moment.

— J'ai une maison ! Hors de question que je reste ici !

— Tu n'es pas encore propriétaire de cette maison. Elle appartient à ma sœur jusqu'à preuve de son décès.

— Ms Danner sera ma tutrice. Je vivrai chez elle.

— Ni elle ni le juge n'accepteront cet arrangement dans la mesure où tu as déjà un tuteur légal. Ton père est là pour toi, Raven. Il est là pour t'aider et te guider à travers cette transition.

Raven regarda Jonah. Son sourire était trop hésitant pour lui inspirer confiance.

— C'est ta famille. Tu as simplement besoin de temps pour apprendre à les connaître.

Raven avait le sentiment désespéré qu'elle les connaissait déjà trop, et son esprit de corbeau ne voulait que s'enfuir. Puis elle se souvint qu'elle n'avait pas d'esprit de corbeau. Elle se sentit aussi mal que dans son lit d'hôtel, froide, nauséeuse, et vide à l'intérieur.

— Jonah a contacté une psychologue qui t'aidera à t'habituer à ta nouvelle maison, dit tante Sondra.

— Tu m'abandonnes ici ? s'indigna Raven. Tu m'as menti à l'hôtel ?

— Tu as une famille qui te cherche depuis seize ans, et tu n'as nulle part ailleurs où aller. C'est la réalité, je ne peux pas la changer.

— Alors je ne vais jamais rentrer dans l'État de Washington ?

— Tu y retourneras, mais j'ignore quand. Je te ferai envoyer toutes les affaires que tu voudras. Je te promets que les déménageurs feront très attention avec tes cartons.

Elle ne voulait pas pleurer devant eux, mais elle ne parvint pas à retenir ses larmes.

— C'est pour ça qu'elle ne t'aimait pas, pas vrai ? Tu lui mentais, tu la forçais à faire des choses qu'elle ne voulait pas, et tu ne l'écoutais jamais. Je comprends pourquoi elle ne te faisait pas confiance !

Elle lut la culpabilité dans les yeux de sa tante.

— Je parie que tu mens encore, et que tu ne vas pas laisser son corps là où elle le voulait. Je parie que tu as déjà demandé à la police de le chercher !

— C'est faux.

— Alors tu vas le faire dès que tu y retourneras. Tu vas me laisser ici et ignorer toutes ses dernières volontés. Elle voulait que je continue à vivre sur nos terres. Auprès de son esprit. Elle voulait que tu me trouves un tuteur pour que je reste chez nous.

Sa tante jeta un regard suppliant à Jonah.

— Raven, dit-il. Ce qu'Audrey Lind souhaitait pour toi était basé sur un mensonge. Elle t'a enlevé à notre famille. Toutes ces années, tu étais censée grandir ici.

— Je suis heureuse de ne pas avoir été là ! Qui voudrait vivre au sein de cette famille ?

— Bien dit ! approuva River en lui levant son verre.

Tout le monde l'ignora.

— Je suis désolé que notre maison ne te plaise pas, dit Jonah. C'est tout à fait compréhensible dans la mesure où tu es habituée à un autre mode de vie. Mais je suis persuadé que tu es une jeune fille forte qui saura surmonter cette période difficile. Ta tante le pense aussi. Je t'ai trouvé une excellente psychologue spécialisée dans ce que tu as traversé.

— *Ce que j'ai traversé ?* Ce que j'ai traversé est *ma vie.* Vous êtes en train de m'enlever toute ma vie !

Jonah et tante Sondra n'avaient rien à répondre à ça. Raven voyait bien à leurs visages sombres qu'ils ne la laisseraient pas retourner chez elle. Mais elle ne pouvait pas vivre avec ces gens tordus dans cette maison hideuse de banlieue pavillonnaire.

Elle se tourna vers River.

— Où est Ellis ?

Il regarda son père, mais ne dit rien.

— Vous savez où elle est. Dites-le-moi.

Jonah répondit :

— Quand elle est partie, elle m'a fait signer un document stipulant que je n'essaierai jamais de la retrouver ou de la contacter.

— Pourquoi ? demanda Raven.

— Parce que c'était une personne très dérangée, intervint Gram Bauhammer. Elle t'a abandonnée sur un parking – c'est pour cette raison que cette femme t'a volée. Personne ne te l'a encore raconté ? Ensuite elle a abandonné ses fils et ne leur a plus jamais donné de nouvelles. Crois-moi quand je te dis que tu ne veux rien avoir à faire avec cette femme.

Jasper et River semblèrent contrariés par ses mots durs.

— Ellis Rosa Abbey vit en Floride, lâcha River. Elle est à la tête d'une société qui s'appelle « Les plantes de la Forêt Sauvage. »

— Comment tu sais ça ? demanda Jonah.

— Eh bien, Papa, figure-toi qu'il existe cette chose qu'on appelle Internet.

Il s'esclaffa devant la fureur de son père.

— Quoi ? Tu es contrarié que je l'aie retrouvée gratuitement ? Combien as-tu dépensé en honoraires de détectives privés pour la retrouver ?

— Tu savais où était Maman et tu ne me l'as jamais dit ? releva Jasper.

— Mec, ouvre un moteur de recherche.

— Je n'avais pas son nom complet.

— Et à ton avis pourquoi ? demanda River. Pourquoi on ne nous a jamais donné son nom ? Pourquoi a-t-il fallu que je fouille dans les papiers de Papa pour le trouver ? Quel genre de famille tordue fait ça ?

— Elle a bien spécifié qu'elle ne voulait pas que je la recontacte, dit Jonah. Je n'ai fait que respecter sa volonté.

— Mais tu savais ? demanda Jasper à son père. Toutes ces fois où je t'ai posé la question ?

Jonah semblait exténué.

— Au début, non. Elle a complètement disparu pendant très longtemps. Comme le dit River, j'ai embauché un détective privé pour la retrouver. Parce que je m'inquiétais pour elle. Vous ne vous souvenez peut-être pas de son état quand elle est partie…

— Moi si, et bon débarras ! marmonna Gram Bauhammer.

— Ça suffit, Maman !

Jonah se tourna vers Jasper :

— Quand elle a acheté une propriété et monté une société, elle a réapparu dans les documents administratifs publics.

Raven n'aimait pas la tension permanente et la colère qu'elle percevait chez ces gens. Elle ne pouvait pas vivre avec eux. Et elle n'avait aucune envie de suivre tante Sondra, qui avait causé tant de souffrances dans la vie de Mama. Ellis était son seul espoir d'une situation de vie tolérable. Un mince espoir, mais tout de même mieux que rien.

— Je veux parler à Ellis, décréta Raven.

— Je ne peux pas la contacter pour organiser cette rencontre, dit Jonah. Malgré l'accord qui m'oblige à la laisser tranquille, j'ai tenté de reprendre contact ces dernières années. J'avais une question d'ordre financier à régler avec elle. Mais elle n'a pas d'adresse mail et ne répond pas au téléphone de son entreprise. J'ai essayé de lui envoyer un courrier par voie postale, mais il est resté sans réponse.

— Comment peut-elle gérer une entreprise sans répondre au téléphone ? demanda River.

— Elle doit filtrer les appels, ou ne répondre qu'aux numéros qu'elle connaît.

— Elle risquerait de perdre beaucoup de clients en suivant cette méthode, fit remarquer River.

— Ta mère n'a jamais suivi les règles qui régissent d'ordinaire notre société.

Raven était intriguée par cette femme qui avait divorcé de sa famille et de la société, tout comme Mama.

— Vous avez son adresse ? demanda-t-elle.

— J'ai l'adresse d'une pépinière, dit Jonah.

— On n'a qu'à aller voir, suggéra Raven à sa tante.

— Ça ne me semble pas être une piste viable, objecta tante Sondra. Elle souhaite visiblement n'avoir aucun contact avec sa famille.

— Je m'en fiche. Je veux y aller.

— Et tu t'attends à ce que je t'y conduise ?

— Si tu ne le fais pas, j'irai toute seule. Je ne reste pas là.

— Je peux t'y emmener en voiture, si tu veux, proposa River.

— Hors de question ! s'opposa son père.

Raven sentit que c'était une simple provocation de la part de River. Mais tante Sondra sembla mal à l'aise.

— Je vais t'y emmener, céda-t-elle. Mais seulement à condition que tu me promettes de rester avec ta famille après l'avoir rencontrée.

Une autre promesse qui lui donnait l'impression d'être prise au piège dans une cage. Comme avec Mama. Peut-être avait-elle appris à arracher des promesses aux autres auprès de sa sœur.

— J'ai ta parole ? insista tante Sondra.

— Oui.

2

Ellis

Ellis aida Tom à charger le dernier pot d'herbes de Fakahatchee dans son camion. Elle recula pour avoir une vue d'ensemble sur la cargaison de plantes indigènes dans l'antre sombre du camion. Il était prévu qu'elle vende plus encore d'arbrisseaux, de buissons, d'herbes et de fleurs sauvages à Tom et son équipe de paysagistes dans les mois à venir. Les plants allaient servir à l'aménagement des espaces verts d'un nouveau lotissement en construction – la plus grande commande jamais passée à la pépinière.

— Merci pour le coup de main, dit Tom.

— Je t'en prie, répondit Ellis.

— Bon sang, ce qu'il fait chaud. On se croirait en août, pas en avril.

Il souleva le bas de son T-shirt pour s'essuyer le visage, dévoilant un torse aux pectoraux et abdominaux saillants.

Ellis se détourna, remplit un verre à partir de sa grande Thermos d'eau glacée. Elle avala si vite qu'une gorgée ruissela sur son T-shirt humide de sueur.

— Une femme qui sait boire, ça me plaît.

— Visiblement j'ai du mal, rétorqua-t-elle en s'essuyant le menton.

Il fit un geste derrière elle.

— Et voilà le ranger, qui arrive pile au bon moment.

Keith sortait de la maison, encore en uniforme. Quercus III se traînait derrière lui, la langue pendante.

— Vous avez besoin d'un coup de main ? proposa Keith.

— Trop tard, fit remarquer Tom. Ellis fait le boulot de deux de mes employés en moitié moins de temps qu'eux.

Keith l'enlaça et l'embrassa.

Tom ferma le camion et démarra.

— Je t'avoue que je suis surtout venu pour qu'il bouge ses fesses de là, confessa Keith en regardant le camion partir de la pépinière.

Ellis pouffa.

— Ne va pas me dire que je me fais des idées. Sa drague était bien trop évidente.

Il ne se faisait pas des idées. Mais Ellis n'avait pas besoin de son aide pour gérer Tom.

— Il est amical, c'est tout.

— Beaucoup trop amical, dit Keith en la serrant contre lui. Et je comprends pourquoi. Tu es beaucoup trop sexy quand tu es couverte de terre et de sueur.

Elle se colla plus encore contre lui.

— Je crois que tu devrais rentrer tôt du boulot plus souvent.

— On a du temps devant nous ?

— On a toujours le temps pour ça.

Elle le conduisit vers le bosquet le plus proche, fit glisser son short et sa culotte le long de ses jambes, et se plaqua contre un immense chêne sempervirent.

— Bon sang, Ellis. Comment tu peux encore me faire ça ?

— Faire quoi ?

Elle l'entendit détacher rapidement sa ceinture derrière elle.

— Ce maudit sortilège.

Elle sourit. Même après toutes ces années, il l'appelait encore parfois *son ensorceleuse.*

Quercus leur tournait autour en aboyant, prenant sûrement leurs ébats pour un jeu.

— Rappelle-moi d'enfermer le chien dans la maison la prochaine fois qu'on fait ça, lui dit Keith après coup.

— Ça risque de gâcher un peu la spontanéité du moment, fit-elle remarquer.

Ils marchèrent vers la maison main dans la main. À l'intérieur, Keith lui remit le courrier. Il y avait une carte de Dani accompagnée de photos de son bébé.

Keith récupéra les clichés.

— Oh, elle est adorable, tu ne trouves pas ?

— Si, confirma Ellis.

Il accrocha les photos sur le réfrigérateur à côté de celles des dix premiers mois du bébé de Dani, de son neveu et de ses deux nièces à tous âges, ainsi que des cartes de vœux actualisées chaque année avec les photos des enfants de leurs amis. Ellis aurait préféré un réfrigérateur neutre et minimaliste, mais elle ne voulait pas lui gâcher son plaisir.

Pendant qu'elle se douchait, Keith enfila un short et un T-shirt.

Ils enfermèrent Quercus dans la maison, puis s'installèrent à bord du SUV qu'ils avaient l'intention de troquer contre un pick-up plus grand. Elle espérait que la vieille voiture tiendrait jusqu'au garage. Keith l'avait entretenue pour qu'elle dépasse de loin le kilométrage habituel, mais elle était définitivement sur le point de rendre l'âme.

— Heureuse ? demanda-t-il.

— Tu sais que je ne suis pas du genre à m'enthousiasmer pour des voitures.

— Tu as du mal à t'en séparer, pas vrai ?

Elle passa les mains sur le volant légèrement collant et décoloré.

— Oui, elle a traversé toutes les montagnes avec moi.

— Et puis tu la tiens de ton mari. Ça doit compter pour quelque chose.

— Ça faisait partie du jugement du divorce. On ne peut pas vraiment parler de circonstances sentimentales.

Elle démarra le moteur et s'engagea dans l'allée pour couper court à la conversation.

Keith avait laissé le portail ouvert. Ils faisaient moins attention à ces choses-là, car Quercus III ne vadrouillait pas, contrairement à ses prédécesseurs. Alors qu'ils atteignaient le portail, une autre voiture s'engagea dans l'allée.

— Probablement quelqu'un qui ne connaît pas les horaires de la pépinière, dit Ellis.

Elle abaissa sa vitre. La femme au volant de l'autre voiture ouvrit la sienne.

— La pépinière n'est ouverte au public que du mercredi au samedi, l'informa Ellis.

— Nous ne sommes pas là pour la jardinerie, dit la femme. Vous êtes Ellis Abbey ?

— Oui.

— Nous sommes venues vous parler.

Ellis aperçut quelqu'un sur le siège passager. Une jeune fille.

— On était sur le point de partir, s'excusa Ellis.

— Je vous en serais très reconnaissante si vous acceptiez de nous recevoir. Nous avons fait un long chemin.

Sa plaque était immatriculée dans le New Jersey. Mais ça ne signifiait rien. C'était probablement une voiture de location.

— Bizarre, commenta Keith.

— Oui. Elles n'ont pas intérêt à essayer de nous vendre quelque chose.

Elle fit demi-tour et se gara à côté de la maison. Keith et elle se plantèrent dans l'allée de gravier pour regarder la femme se garer. Les deux portières s'ouvrirent. La femme avait la peau claire, les cheveux blonds, et elle était bien habillée. Ellis ne l'avait jamais vue de sa vie. La jeune fille n'était en réalité qu'une adolescente mince, avec de longs cheveux noirs ondulés, et la peau mate. De ses yeux sombres, elle dévisageait intensément Ellis et Keith.

Elle lui faisait penser à…

Non, c'était impossible. Une simple coïncidence. Jonah l'aurait prévenue si l'on avait retrouvé sa fille. Il savait où vivait Ellis. Il avait tenté de la contacter quelques années plus tôt pour une histoire d'assurance-vie qu'elle avait ignorée.

La femme et l'adolescente se plantèrent devant Ellis. Pourquoi la dévisageaient-elles ainsi ?

— Plutôt cool, votre maison, commenta l'adolescente. Et les bois. C'est de la mousse, sur les arbres ?

— On appelle ça de la mousse espagnole, ou des filles de l'air, de la famille des *Tillandsia,* si ça te dit quelque chose.

— Il y a beaucoup de mousse sur les arbres là où je vis.

— Où ça ?

— Dans l'État de Washington.

— C'est vrai que la mousse est magnifique là-bas.

La femme plus âgée tendit sa main à Ellis.

— Je m'appelle Sondra Lind Young.

Ellis lui serra la main. Elle regarda la jeune fille, attendant qu'on la lui présente.

— Et voici Raven Lind, ajouta Sondra. Elle… peut-être ferions-nous mieux d'entrer pour en discuter.

— Pourquoi ? demanda Ellis.

— Parce que avant je m'appelais Viola, dit l'adolescente.

Ellis eut l'impression de mettre les pieds dans un brasier. Son visage était brûlant.

Raven. Elles avaient dû obtenir ce détail de Jonah. Lui seul savait qu'un corbeau croassait le jour de l'enlèvement de Viola.

— C'est répugnant, dit Ellis à Sondra.

Elle sembla stupéfaite.

— Comment osez-vous commettre une ignominie pareille ? demanda Ellis.

— Quoi donc ?

— Tenter de la faire passer pour ma fille. Qu'est-ce que vous voulez ?

— C'est bel et bien votre fille, répondit-elle. Nous avons des résultats de test ADN pour le prouver. Nous arrivons directement de chez Jonah.

Ellis éprouva la même sensation de vide que ce jour où elle avait regardé fixement le sol du parking désert, où elle avait vu pour la dernière fois son bébé. Comme si son corps et son âme avaient disparu avec son enfant. À présent le vortex s'était rouvert, recrachant son enfant, désormais grande, dans son monde. Alors que tant de choses étaient perdues à jamais.

Sondra sortit son téléphone.

— Souhaitez-vous parler à Jonah pour qu'il vous confirme cette information ? Je peux l'appeler dès maintenant.

Le visage de l'adolescente était identique au sien, plus jeune. Ellis y voyait même une douleur similaire dans le regard. Qu'avait-elle traversé durant toutes ces années ?

— Ce n'est pas la peine, dit Ellis. Je vois bien que c'est Viola.

La jeune fille leva le menton avec un air de défi.

— Raven. C'est comme ça qu'on m'appelle depuis que je suis bébé.

— Qui t'a donné ce nom ?

— Ma sœur, répondit Sondra. Je suis navrée de vous annoncer que c'est elle qui a enlevé votre fille.

Le corbeau. Elle avait nommé l'enfant après ce maudit corbeau. C'était forcément la raison de ce prénom. Ellis craignit de tomber dans les pommes.

— Où est-elle ? Où est votre sœur ? La police l'a arrêtée ?

— Elle est décédée, dit Sondra.

— Ellis…

Elle se tourna vers Keith. Comment avait-elle pu oublier sa présence ? En parlant de regard blessé…

— Qu'est-ce que c'est que cette histoire ? Tu as une fille ?

— Je… oui. Elle a été kidnappée. Il y a seize ans.

— Comment as-tu pu me cacher ça ?

— Je ne peux pas t'expliquer…

Elle regarda la jeune fille. Sa fille.

— … pas maintenant.

— Dans ce cas je vais vous laisser, dit-il d'une voix tremblante. À l'évidence, tu as besoin de temps seule avec elle.

Il entra dans la maison et en ressortit avec ses clés.

Ellis le suivit jusqu'à sa voiture.

— Je suis désolée, dit-elle doucement.

— Ça me semble un peu léger comme excuses, Ellis.

Il ouvrit la portière.

Elle ne le reverrait jamais. Elle en était certaine. Elle s'y attendait depuis longtemps.

— Avant que tu partes… je tiens à te raconter comment ça s'est passé. Quand elle était bébé, je l'ai oubliée sur un parking. J'étais contrariée parce que… bref, la raison importe peu. Je l'ai oubliée, et je suis partie. Quand je m'en suis rendu compte, elle avait déjà disparu.

— Tu étais défoncée ?

— Mes problèmes d'addiction n'ont commencé qu'après son enlèvement. C'était l'élément déclencheur.

— Bon sang, Ellis, ce n'est pas un petit secret que tu m'as caché.

Les larmes lui brûlaient les yeux. Elle ajouta :

— Il y a pire.

— Comment ça pourrait être pire ?

— J'ai deux fils. J'ai coupé les ponts avec eux. Je ne sais pas pourquoi. Je ne sais pas ce qui n'allait pas chez moi. Et ensuite, quand j'allais mieux, il était trop tard pour revenir en arrière. Ou pour t'en parler. Quelque chose ne va pas chez moi, depuis toujours. Je savais depuis le début que tu finirais par t'en rendre compte. Je ne voyais pas l'intérêt de te raconter ça alors que tu finirais par me quitter, de toute façon.

— Tu as trois enfants ?

Elle hocha la tête et s'essuya les joues avec les mains.

— Depuis tout ce temps… C'est pour cette raison que tu ne voulais pas faire d'enfant avec moi ?

— Oui.

— Et que tu as refusé de m'épouser ?

Les larmes redoublèrent.

— Ça fait dix ans que j'ai emménagé chez toi, Ellis. Dix ans. Et on est ensemble depuis plus longtemps que ça.

— J'ai essayé de te prévenir, la première nuit que tu as passée ici.

— J'étais censé en déduire tout ça de blagues que tu as faites ce soir-là ? *Caveat emptor* ?

— Ce n'était pas une blague.

— C'est moi, la seule blague dans cette histoire. Comment ai-je pu te faire confiance ?

— Je suis désolée.

— Ne vois-tu pas combien c'est ridicule de me dire ça maintenant ? J'ai gâché des années entières avec tes mensonges !

Il s'engouffra dans la voiture et claqua la portière. Il s'éloigna et disparut au milieu des arbres.

Des pas crissèrent sur le gravier derrière elle. Sa fille et Sondra. Ellis ignorait ce qu'elles avaient entendu de la conversation.

— Je suis désolée, dit Sondra.

Je suis désolée. Keith avait raison – quels mots dérisoires. Cette femme était la sœur de celle qui avait foutu toute sa vie en l'air, et c'était tout ce qu'elle avait à lui dire ?

Ellis regarda sa fille.

— Tu vis chez Jonah à présent ?

— Je veux vivre avec vous.

— Elle est sérieuse ? demanda Ellis à Sondra.

— Elle refuse de vivre avec son père. Elle n'a pas aimé l'environnement.

— Laissez-moi vivre avec vous, insista sa fille.

— Tu dois aller chez ton père.

À nouveau, ce petit mouvement de menton volontaire.

— Non.

— Tu n'as donc rien entendu de cette conversation ? Je t'ai oubliée sur un parking et je suis partie.

— Je sais.

— J'ai abandonné mes fils.

— Je sais.

— Alors pourquoi voudrais-tu rester auprès de moi ? Je n'ai aucune compétence pour être mère.

— Je ne veux pas d'une mère. J'en ai déjà une.

Heureusement que son cœur lui avait déjà été arraché des années plus tôt. Ces mots auraient achevé Ellis s'il lui était resté la moindre pulsion maternelle.

— Je croyais que cette femme qui t'a élevée était morte ?

Un drôle de regard anima ses yeux.

— Son esprit est toujours avec moi.

Sondra posa sur la jeune fille un regard gêné.

— Je veux juste vivre ici pendant quelque temps, dit la gamine. Quand ils me laisseront rentrer chez moi, je partirai.

Ellis se tourna vers Sondra pour obtenir une explication.

— Ma sœur lui a légué sa maison, dit Sondra. Mais elle ne lui appartiendra légalement que lorsque de nombreux points auront été résolus. Et Jonah, en tant que tuteur légal, ne veut pas qu'elle y habite seule à seize ans.

— Elle va hériter de la maison alors qu'elle n'a pas de lien de parenté avec votre sœur ?

— Je n'ai pas l'intention de contester le testament. Ma sœur a brisé de nombreuses vies. Je l'ai vu chez Jonah, et je le constate ici. Je sais que l'héritage que ma sœur a laissé à votre fille ne pourra pas réparer vos traumatismes, mais c'est un début.

La gamine ouvrit le coffre de la voiture de location. Elle passa un sac à dos sur son épaule, et tira une grande valise.

— Vous plaisantez, dit Ellis.

— Elle n'a nulle part où aller, insista Sondra.

— Et pour l'école ?

— J'ai parlé à son lycée. L'administration est au courant de la situation, et les professeurs la laisseront terminer l'année à distance. Elle pourra valider tout le lycée ainsi.

Ellis désigna les bois autour d'elles.

— J'habite au milieu de nulle part. Aucune adolescente ne voudrait vivre ici.

Un léger sourire flotta sur les lèvres de Sondra.

— Celle-là, si. Et c'est l'endroit idéal, au cas où sa réapparition déclencherait un scandale médiatique.

— Vous avez des raisons de penser que ce sera le cas ?

— J'ignore ce qu'il adviendra. Jonah et moi avons l'intention de régler cette affaire le plus discrètement possible.

— La police est au courant ?

— Raven, Jonah et moi avons été entendus par des inspecteurs à New York.

— Je peux visiter la maison ? demanda la gamine.

— Pourquoi n'entrerions-nous pas toutes ensemble ? proposa Sondra à Ellis. Je suis certaine que vous avez de nombreuses questions.

Une peur surtout naissait dans son esprit : *Ellis, tu ne peux pas faire ça. Tu vas traumatiser cette gamine plus encore qu'elle ne l'est déjà.*

3

Raven

Ellis Abbey se révélait une bien meilleure option que Raven ne l'avait espéré. L'adolescente n'était pas la bienvenue chez elle – c'était très clair. Mais ça ne posait aucun problème, car Raven n'avait aucune envie de rester là non plus.

Malgré tout, elle aimait cette maison en bois et la forêt qui l'entourait avec ses immenses arbres drapés de longs feuillages ondulants. Elle fut grandement soulagée de découvrir que les chênes centenaires réveillaient chez elle le même lien à la terre qu'elle avait connu dans les bois de Mama. Elle n'avait perçu aucune présence des esprits chez Jonah, ni ailleurs depuis son départ de l'État de Washington, au point qu'elle avait craint de ne jamais plus ressentir leur présence. Peut-être que Mama avait tort au sujet des arts ancestraux de la terre, comme elle s'était trompée sur la manière dont Raven lui était apparue. Mais les terres qui entouraient la maison d'Ellis étaient peuplées d'esprits. Raven avait senti leur présence avant même de sortir de la voiture.

Elles remontèrent une allée de pierres plates menant à un grand porche sur lequel étaient installés deux rocking-chairs qui faisaient face aux arbres.

Quand Ellis ouvrit la porte, un immense chien sortit et aboya sur Raven et sa tante.

— Silence, Quercus ! ordonna Ellis. Il est très gentil. Vous n'avez pas peur des chiens ?

Raven ne savait pas quoi répondre. Le seul chien qu'elle ait connu – de réputation – était le loup-garou.

Le chien lui léchouilla la main.

— C'est un nom qui lui va bien, dit-elle.

— Tu sais ce que ça signifie ? demanda Ellis.

— Oui, c'est le genre auquel appartiennent les chênes.

Ellis sembla surprise.

Raven découvrit avec joie des murs et des planchers en bois brut, identiques à ceux de sa propre maison en rondins. Le mobilier était simple et minimaliste, comme l'aimait Mama. La maison était plus petite, mais on s'y sentait bien. Il y avait même une cheminée en pierre dans le séjour.

Ellis fit visiter les lieux à Raven et sa tante. Il y avait une chambre d'amis, où Ellis posa la valise de Raven. La courtepointe en patchwork coloré et le cadre de lit à colonnes en bois étaient magnifiques. Tante Sondra déclara :

— J'aime beaucoup l'esprit « maison de campagne » chez vous. Le mobilier vintage la met particulièrement en valeur.

— La plupart des meubles tenaient plus de la déchetterie que du vintage quand je les ai trouvés, nuança Ellis.

Mais mon associée est une menuisière de génie capable de transformer en œuvre d'art le moindre débris que je rapporte.

Raven adorait la véranda protégée par une moustiquaire à l'arrière de la maison. Depuis le sommet de la colline, on voyait en plongée un immense jardin – de plantes indigènes, avait précisé Ellis – et au loin des bois et des prés.

— Est-ce que ces prés vous appartiennent ? demanda-t-elle à Ellis.

— Oui. Sur les vieux pâturages, j'ai semé des fleurs sauvages et des herbes de la région. Plus loin, il y a la forêt alluviale, avec de grands chênes et un marais.

— Combien d'hectares comporte le domaine ? demanda tante Sondra.

— Onze. Dont deux alloués à la pépinière.

— Cet endroit est parfait pour toi, dit tante Sondra à Raven.

Seules les terres de Mama dans l'État de Washington lui correspondaient parfaitement. Mais la propriété de Floride lui suffirait, en attendant d'être autorisée à rentrer à la maison.

— Tu vivais à la campagne ? s'enquit Ellis.

— Notre maison est entourée de trente-six hectares de forêts et de prés, dit Raven.

— Un domaine magnifique, approuva tante Sondra.

Avec un regard glacial, Ellis fit remarquer :

— Et isolé, je suppose ?

Tante Sondra hocha la tête.

— Est-ce qu'elle y a emmené le bébé directement depuis l'État de New York ?

— C'est mon hypothèse. Elle a acheté les terres à peu près à cette époque. Elle a vécu dans une caravane sur la propriété le temps de faire construire la maison.

— Et vous n'avez rien soupçonné quand un bébé est arrivé de nulle part ?

Tante Sondra se tourna vers Raven :

— Raven, tu veux bien aller défaire ta valise pendant que je discute avec Ellis ?

Raven envisagea de refuser catégoriquement de les laisser parler de Mama dans son dos, mais elle était curieuse de savoir ce qu'elles avaient à en dire. Elle fit mine de quitter la véranda, et resta cachée à l'angle, à portée d'oreille.

— Je vis à Chicago, expliqua sa tante. Je ne voyais pas souvent ma sœur. Je ne peux que supposer qu'elle se recueillait sur la tombe de notre mère le jour où elle a pris le bébé. Notre cimetière est très proche des bois où vous avez laissé le bébé.

Un silence suivit ses mots.

— Je suis désolée. Je n'aurais pas dû formuler ça comme ça, s'excusa tante Sondra.

— Pourquoi ? Puisque c'est la vérité, répondit froidement Ellis.

— Quand j'ai appris qu'elle avait eu un bébé, Raven était déjà âgée d'environ sept mois. Audrey m'a appelée, complètement paniquée, parce que le bébé souffrait d'une forte fièvre. J'ai pris le premier avion avec un médecin pour l'aider.

— Elle avait peur d'amener un bébé kidnappé chez le médecin. Cela aurait dû éveiller vos soupçons.

— Non, cette peur n'était pas anormale, chez elle. Dès le plus jeune âge, elle a développé une phobie des médecins. Notre père l'envoyait voir toutes sortes de spécialistes pour l'aider avec son trouble psychique. Ces peurs irrationnelles sont devenues incontrôlables après le décès de notre mère. Audrey était très proche d'elle, et traumatisée par sa mort. Elle croyait que les médecins, les médicaments et l'hôpital avaient tué notre mère.

— N'avez-vous pas trouvé étrange qu'elle n'ait ni acte de naissance ni père ?

— Encore une fois, c'était cohérent avec le mode de vie d'Audrey. C'était une solitaire qui préférait la nature à la société. Un jour, quand elle avait trente-deux ans, je crois, elle m'a dit qu'elle essayait de tomber enceinte. C'était une obsession soudaine. Elle voulait un enfant.

— Était-elle dans une relation amoureuse ?

— Non. De ce que j'avais cru comprendre, elle rencontrait des hommes un peu au hasard et tentait de tomber enceinte. J'étais un peu inquiète à ce sujet, mais surtout parce que j'ignorais si elle avait les capacités de s'occuper d'un enfant. Quand j'ai appris pour le bébé, elle m'a raconté qu'elle ne connaissait pas le nom du père, et qu'elle avait accouché seule dans la forêt. C'était pour cette raison qu'elle n'avait pas d'acte de naissance.

— L'école a accepté de l'inscrire sans papiers ?

— J'ai demandé au médecin qui a vacciné Raven et qui assurait son suivi médical d'en générer un pour elle.

— Vous et ce médecin, vous alliez souvent là-bas ?

— Une ou deux fois par an.

— Et vous n'avez jamais rien remarqué d'inhabituel ?

— La première fois que j'y suis allée, je dois admettre que si. La maison était protégée par des caméras de surveillance, des alarmes et des cadenas. Mais comme je le disais, Audrey avait de nombreuses peurs irrationnelles, ça ne m'a donc pas semblé trop inhabituel pour elle. Et de nos jours, beaucoup de gens placent leur propriété sous vidéo-surveillance.

— Mais si vous ne vous y rendiez qu'une à deux fois par an, vous ne pouviez pas réellement savoir ce qui se passait.

— Je sais ce que c'est que de vivre avec ma sœur. Elle souffre de troubles émotionnels depuis son plus jeune âge. Alors oui, j'étais inquiète. J'ai fait tout ce que j'ai pu pour rendre la vie de Raven plus normale. Quand elle a eu cinq ans, j'ai insisté auprès d'Audrey pendant plusieurs années jusqu'à ce qu'elle abandonne enfin l'école à la maison et laisse Raven entrer en CE1. C'était important. La socialisation au sein de l'école publique a fait des miracles pour Raven.

Après un long silence, Raven était sur le point de quitter sa cachette pour rejoindre la chambre d'amis quand Ellis ajouta :

— Toutes ces années durant, j'étais torturée par l'idée que quelqu'un lui ait fait du mal.

— Ni moi ni le médecin n'avons jamais constaté de signes de maltraitance. Je n'irais pas jusqu'à dire qu'elle a eu une enfance normale, mais je peux vous assurer qu'elle a été aimée.

Raven pressa sa main sur sa bouche pour retenir un sanglot. Peu importe toutes ces choses horribles qu'on racontait au sujet de Mama, elle l'avait aimée. Et Raven lui avait rendu cet amour.

Sentant que la conversation arrivait à son terme, elle se précipita vers la chambre d'amis, essuyant ses larmes. Elle sortit des piles de vêtements pliés de sa valise et les posa sur le lit. Dans la penderie, elle trouva un ceintre pour son pull préféré.

— Je doute que tu en aies besoin de sitôt, fit remarquer tante Sondra depuis le seuil de la pièce. C'est déjà l'été ici.

— J'imagine.

— Raven, je vais devoir partir, dit sa tante en entrant dans la chambre. Tu as mon numéro, et Ellis a un téléphone portable. Appelle-moi si tu as besoin de quoi que ce soit.

Raven se tut. Parce que Jonah et elle la privaient justement de tout ce dont elle avait *besoin.*

— On s'arrangera plus tard pour te faire envoyer tes affaires. D'abord, on va voir comment les choses se passent ici.

Raven regarda les arbres par la fenêtre pour s'empêcher de pleurer à nouveau.

— Ça ira de mieux en mieux, affirma tante Sondra.

Non, pas tant qu'elle ne serait pas de retour à la maison. Jackie lui manquait tant qu'elle en éprouvait une douleur dans la poitrine.

Sa tante la prit dans ses bras. Raven lui rendit son étreinte, malgré sa colère.

— Ça me rassure de te savoir ici plutôt qu'avec ton père, dit Sondra. Ta grand-mère est une langue de vipère, et Jonah a complètement perdu toute autorité sur River. Ce ne serait pas un environnement favorable à la guérison.

Ellis vint à la porte.

— Je vais prendre l'avion à Orlando, annonça tante Sondra.

— Vous partez déjà ?

— Il le faut. Mon entreprise a besoin de moi.

Ellis jeta un coup d'œil à Raven. Raven sentit qu'elles éprouvaient la même chose : la peur du tête-à-tête.

Tante Sondra réserva un billet d'avion et partit en coup de vent pour l'aéroport. Enfermée dans la chambre d'amis, Raven déballa le reste de ses vêtements avant de glisser la valise sous le lit. Au creux de sa paume, elle serrait la petite pierre aux nervures en forme de R.

Aujourd'hui marquait un an depuis la mort du père de Jackie, et elle n'était pas auprès de lui pour le soutenir. Pire encore, l'absence de Raven rendait cette date plus bouleversante encore pour lui.

Elle se roula en boule sur le lit, autour du galet niché dans son poing. Contre le vide de sa poitrine, la petite pierre froide que Jackie lui avait offerte semblait remplacer son cœur.

À son réveil, la chambre était baignée de la lumière grise du crépuscule. Le reste de la maison était plongé dans l'obscurité, à part pour la lueur d'une lampe dans le séjour.

Ellis ne se trouvait pas à l'intérieur. Raven regarda par la fenêtre qui donnait sur le porche, et l'aperçut installée dans un rocking-chair, face aux arbres. Quercus était étalé à ses pieds. Au loin, derrière les bois, le ciel était rose, rouge et orange.

Ellis ne dit pas un mot quand Raven s'assit dans le rocking-chair voisin. Elle savait être présente en silence. Comme Mama. Et Jackie.

Le ciel vira au lavande, puis une couleur triste et sans nom l'envahit pour signer la fin de la journée.

— Cet homme qui était là… commença Raven.

— Keith Gephardt.

— Va-t-il revenir ?

Après quelques secondes, Ellis répondit :

— Je l'ignore.

Il était parti à cause de son arrivée. Et Raven avait été séparée de Jackie, car elle avait jadis appartenu à Ellis. Elles étaient quittes.

Toute trace de la lumière du jour disparut, et seule la lueur émanant des fenêtres du séjour persista.

— Il commence à y avoir beaucoup de moustiques, prévint Ellis. On ferait mieux de rentrer.

Elle alluma la lumière du porche en entrant dans la maison. Probablement pour Keith.

— J'ai préparé à dîner, annonça Ellis. Il est au chaud, sur la cuisinière.

Raven la suivit dans la cuisine.

Ellis servit deux assiettes et les posa sur la table, sans attendre que Raven lui réclame quoi que ce soit. C'était une sorte de ragoût de légumes verts, accompagné d'une salade de haricots.

— Je mange vegan, annonça Ellis. J'espère que ça te va.

— J'ai un ami vegan, répondit Raven.

Elle s'assit et pensa à Jackie. Il serait content.

Malgré son manque d'appétit, Raven finit presque son assiette et complimenta Ellis sur son plat, puis elle l'aida à faire la vaisselle. La cuisine était équipée d'un lave-vaisselle, mais Ellis préférait laver les quelques couverts du quotidien à la main. Comme Mama.

Quand la dernière assiette fut rangée, Ellis s'adossa contre le plan de travail et fit face à Raven.

— Bon… j'ai un problème dont il faut que l'on discute.

— Quel problème ?

— Ton prénom.

Raven s'arma pour le combat.

Ellis plongea son regard dans le sien.

— Je sais. C'est le seul prénom que tu aies connu. Mais je ne peux pas t'appeler comme ça.

— Pourquoi ? Je t'appelle bien *Ellis.*

— Le jour de ton enlèvement…

Ellis s'interrompit pour regarder par la fenêtre sombre pendant quelques secondes. Peut-être pour réprimer des larmes. Puis elle se tourna à nouveau vers Raven.

— Lorsqu'on subit un choc traumatique, on se souvient de multiples petits détails étranges qui nous renvoient sans cesse à l'événement. Ils deviennent des associations négatives – perpétuelles, dans mon cas. Parmi celles formées ce jour-là pour moi, il y avait la présence d'un corbeau qui ne cessait de croasser quand je t'ai laissée dans la forêt.

Le choc sembla se répercuter dans tout le corps de Raven.

— J'ai presque cru… je sais que ça peut sembler insensé, mais plus tard, j'ai eu l'impression que c'était le corbeau qui avait détourné mon attention, à cause de tout son tapage. Je l'ai en partie tenu responsable de ce qui s'est passé.

Après une pause, elle ajouta :

— J'imagine que c'était une forme d'instinct de préservation. La culpabilité me rendait malade, et j'avais besoin de reporter la responsabilité sur quelqu'un ou quelque chose qui me soit extérieur.

Mama avait donc dit vrai ! C'était bien un corbeau qui la lui avait apportée ! L'esprit du corbeau avait senti qu'Ellis et Jonah n'étaient pas les bons parents pour ce bébé qu'ils appelaient *Viola*. Il avait détourné l'attention d'Ellis pour la donner à Mama. Raven aurait pu pleurer de soulagement.

— Aujourd'hui encore, je ne supporte pas le cri des corbeaux, dit Ellis. Mais ici au moins, je n'ai plus à les entendre. En Floride, il ne s'agit pas de la même espèce ni du même cri.

Dommage. Ils allaient manquer à Raven. Surtout maintenant qu'elle savait qu'un esprit corbeau l'avait réellement confiée à Mama. Mama avait cru que le bébé était né dans le monde des esprits, mais c'était normal qu'elle l'ait déduit, puisqu'un corbeau l'avait appelée et l'avait guidée jusqu'à un bébé seul dans la forêt. Raven pouvait donc encore considérer que l'esprit du corbeau était son père.

— Tu comprends mon problème ? demanda Ellis.

— Oui.

— Est-ce que l'on pourrait envisager une solution ?

— Tu veux dire, m'appeler autrement ?

— Tu pourrais me laisser t'appeler *Viola.* Si tu sais que *Quercus* est le genre biologique du chêne, peut-être sais-tu alors que *Viola* est le genre…

— Des violettes. Je le sais depuis toute petite. Ma mère et moi ramassions des violettes pour les manger à chaque printemps.

Ellis tressaillit légèrement aux mots « ma mère ».

— Dans ce cas, peut-être aurait-elle aimé l'idée que tu sois nommée d'après cette fleur.

— Peut-être, mais elle préférerait que je garde le prénom qu'elle m'a donné.

Le regard d'Ellis se durcit.

— Elle n'avait aucun droit de rebaptiser le bébé d'une autre femme.

— Je n'étais plus ton bébé quand elle m'a donné mon prénom. J'étais le sien. Je lui ai été confiée.

— Comment ça, « confiée » ? Elle t'a volée !

— Pas « volée ». Tu m'as laissée toute seule, et elle m'a trouvée. Elle rêvait d'avoir un bébé depuis longtemps, et j'étais là, sur son chemin. Ce n'était pas un hasard. Il y avait forcément une raison à ça.

— Comment oses-tu dire une chose pareille ? cria Ellis. As-tu la moindre idée de la douleur que cette femme que tu appelles « Mère » m'a causé, à moi et à ma famille ? Regarde les choses en face. Tu as été kidnappée. Elle a commis un crime. Elle serait en prison à l'heure qu'il est si l'on avait retrouvé sa trace.

— Mais on ne l'a pas retrouvée. Pourquoi, à ton avis ?

Ellis se mit à trembler.

— Tu voudrais essayer de me faire croire qu'une sorte d'intervention divine l'a aidée à s'échapper avec toi ?

— Je pense qu'il y a forcément une raison.

— Quelle raison ?

Raven ne pouvait pas lui dire qu'elle croyait que les esprits de la terre l'avaient aidée. C'était un sujet de discussion interdit avec les autres.

— Est-ce qu'elle t'a expliqué pourquoi elle t'a appelée Raven, et ce que ce mot signifiait ?

— Oui.

— Qu'est-ce qu'elle t'a dit ?

Tout le monde savait à présent que Raven n'était pas née du corps d'Audrey Lind. Elle pouvait dire la vérité à Ellis.

— Elle avait entendu un corbeau l'appeler dans la forêt. Quand elle est allée voir ce qu'il voulait, elle m'a trouvée, un bébé avec des yeux et des cheveux noir corbeau – exactement ce dont elle rêvait. Elle m'a donné pour prénom Raven, en hommage au corbeau qui nous a réunies.

— C'est pas vrai, souffla Ellis. Tu savais depuis le début qu'elle ne t'avait pas donné naissance ? Et tu n'as rien dit à personne ?

— Quelle importance, que je ne sois pas née de son corps ? Je suis née pour vivre avec elle.

— Tu étais née pour vivre avec moi ! cria Ellis. Et avec ton père et tes frères !

— C'est faux. Je les ai rencontrés, ainsi que cette abominable grand-mère. Je n'étais pas destinée à vivre auprès d'eux, dans leur horrible maison. Mon esprit serait tombé malade, et j'en serais peut-être morte. Je crois que c'est pour cette raison que tu es partie, toi aussi.

Ellis la contempla, bouche bée.

— Si tu aimes un joli endroit comme celui-ci, c'est que cette maison et ces gens tuaient ton esprit. Tu n'étais pas censée faire partie des leurs non plus. Je suis désolée qu'il ait fallu qu'on m'enlève à toi pour que tu puisses le voir.

Ellis s'agrippa au plan de travail, puis se laissa glisser au sol. Raven avait dû viser juste.

— Es-tu bien réelle ? Ou suis-je en train d'imaginer ta présence ? demanda Ellis.

Raven sourit pour la première fois depuis des jours.

— Je suis réelle.

Elle s'assit sur le parquet en bois, à côté d'Ellis. Elle prit sa main dans les siennes.

— Je n'avais pas l'intention de te rendre triste. Je ne voulais pas venir ici non plus. Mais je suis contente d'avoir rencontré la personne qui m'a donné naissance.

— C'est au-dessus de mes forces, déclara Ellis. Il faut que tu ailles vivre avec ton père.

— Je te l'ai dit. Je ne peux pas vivre là-bas.

— Alors retournes dans l'État de Washington.

— Tu peux m'obtenir l'autorisation d'y retourner ?

— Non. Je n'ai pas mon mot à dire sur cette question.

Raven baissa les yeux sur leurs mains entrelacées. La peau de Raven était légèrement plus claire que celle d'Ellis.

— Alors est-ce que je peux habiter ici quelque temps ? Peut-être que tu pourrais juste m'appeler *R* au lieu de *Raven* ?

— Il ne s'agit pas que d'une question de prénom. C'est juste que… tu as besoin de bien plus que ce que j'ai à t'apporter.

— Je n'ai besoin de rien. S'il te plaît, laisse-moi rester ici, puisque je ne peux pas rentrer chez moi.

Des larmes roulèrent sur les joues d'Ellis.

— Je suis sérieuse. Je ne peux pas être là pour toi.

— Ce n'est pas grave, dit Raven. J'ai l'habitude.

4

Ellis

PLUS DE TRENTE DEGRÉS au coucher du soleil, un premier juin. Elle allait encore devoir arroser les plants qui n'avaient pas été irrigués. Quand elle arriva au niveau de la pépinière, elle aperçut Max qui finissait tout juste l'arrosage.

Son amie lui adressa deux signes familiers, celui imitant des ailes, et un point d'interrogation. Les ailes étaient sa manière de désigner Raven. Elle voulait savoir où se trouvait Raven. En général, l'adolescente l'aidait à arroser à l'aide du second tuyau.

Quand Ellis lui exprima son ignorance, Max hocha la tête en enroulant le tuyau, visiblement déçue. Max et Raven s'étaient entendues dès l'instant où elles s'étaient rencontrées. Max n'était pas du genre amical, mais elle se montrait bien plus attentive avec Raven qu'avec quiconque, même Ellis.

Ellis poursuivit la conversation dans un langage des signes que Max et elle avaient élaboré au fil des années. Elle lui raconta qu'elle avait bouclé la compta et que tout était au beau fixe, l'informa que Tom viendrait chercher une nouvelle cargaison de plantes d'ici trois jours, et lui demanda comment se passaient les travaux chez elle.

Max lui répondit que la rénovation avançait bien, et demanda à Ellis de transmettre le bonjour à Raven.

Quand Ellis rentra à la maison, la gamine n'y était pas. Elle était aussi indépendante qu'Ellis, à l'époque où elle errait dans la Forêt Sauvage derrière le parc à mobil-homes. Mais Ellis s'inquiéta tout de même légèrement ; elle ne l'avait pas vue depuis le petit déjeuner.

Elle appela Quercus. Le chien bondit, la queue frétillante, sentant qu'ils partaient se promener. Ils se dirigèrent vers l'est. Le terrain descendait en pente douce à partir de la maison sur la colline boisée, à travers les vieux pâturages, une clairière marécageuse, et la forêt alluviale, jusqu'au marais tout au bout de la propriété. Le marais avait augmenté en largeur et en profondeur après les fortes chutes de pluie. Quand ils arrivèrent au bord de l'eau, Quercus trotta vers une forme blanche et la renifla.

Le T-shirt de Raven, posé sur son pantalon de randonnée et ses chaussures.

Ellis observa la surface lisse du marais. S'était-elle noyée ? L'abysse qui s'était ouvert lorsqu'elle avait découvert que son bébé avait disparu l'engloutit de nouveau. Pourquoi lui avait-on confié cette gamine ? Ellis n'avait-elle pas déjà prouvé qu'elle n'était pas une bonne mère ?

Un plongeon.

— Raven ?

Les insectes bourdonnaient. Au loin, les grues chantaient.

— Raven ! Tu es là ? cria Ellis.

Raven émergea des profondeurs de l'eau et regarda Ellis.

— Je t'ai dit de ne pas te baigner ici ! s'écria Ellis.

— Non, c'est faux. Tu as dit que Quercus n'avait pas le droit de s'y baigner.

— Je t'ai expliqué que j'entraîne mes chiens à ne pas y nager à cause des alligators. Sors de là tout de suite !

— Tu as dit que les alligators aimaient manger les chiens.

— Il leur arrive parfois de manger les humains aussi.

Raven barbotait sur place sans la quitter du regard.

— Raven, sors. C'est au crépuscule que les alligators sont le plus actifs.

Raven se fendit de quelques brasses, puis se redressa quand elle commença à avoir pied. Elle ne portait qu'un soutien-gorge et une culotte et dans cette tenue, sa maigreur était flagrante. L'adolescente était déjà mince en arrivant, mais elle avait perdu plus de poids qu'Ellis ne l'imaginait.

Les pieds de Raven étaient piégés dans la boue, jusqu'aux mollets. Au pas suivant, elle s'enfonça jusqu'au genou.

— Encore un danger des marais. Tu peux t'embourber et rester coincée là.

Ellis pataugea jusqu'à elle, les mollets dans la boue. Elle attrapa la main de sa fille et tira. Mais la main glissante de Raven lui échappa, et perdant sa prise, Ellis tomba à la renverse dans l'eau trouble du marais.

Raven s'esclaffa.

— Hilarant, commenta Ellis.

Raven rit de plus belle en la voyant lutter pour s'extirper de la boue.

— J'aurais dû te laisser avec les alligators.

Raven traîna ses pieds hors du bourbier et saisit la main d'Ellis, mais ses pieds étaient trop coincés pour faire contrepoids, et elle tomba dans la boue putride en riant aux éclats.

— Comment tu as réussi à entrer là-dedans ? demanda Ellis.

— Quand j'ai senti que je m'enfonçais dans la boue, je me suis allongée et j'ai nagé sur la surface jusqu'à l'eau profonde.

Ellis cessa toute tentative de se lever et rampa d'une manière dépourvue de dignité jusqu'au bord du marais. Raven l'imita. Elles s'esclaffèrent de leur allure ridicule.

Les moustiques s'en donnaient à cœur joie sous le soleil couchant. Ellis n'avait pas apporté de lampe torche.

— On ferait mieux de rentrer, dit-elle.

Raven remit son T-shirt, mais ne tenta pas de passer ses jambes mouillées dans son pantalon. Elle enfila ses chaussettes, imperturbable devant les insectes qui bourdonnaient autour de ses mollets nus.

Ellis félicita Quercus :

— Tu es un bon chien d'être resté hors de l'eau.

Elle lui frotta le dessus de la tête, y étalant de la boue.

— Maintenant, il ne nous reste plus qu'à apprendre la même chose à Raven.

— Je crois que je n'y retournerai pas.

— Je te remercie.

Raven tituba, en équilibre sur un pied le temps d'enfoncer l'autre dans sa chaussure de randonnée.

— Il y a un autre point d'eau dans le coin ? J'aime bien me baigner quand il fait chaud comme ça.

— Oui, moi aussi ça me manque. Mais il n'y a nulle part où se baigner sur la propriété.

Il faisait encore assez jour pour rentrer. Elles n'avaient parcouru qu'une courte distance quand Raven s'écria :

— Non ! Quercus, non !

Elle tenta désespérément de retenir le chien pour protéger quelque chose. Ellis se pencha vers un drôle d'assemblage de feuilles et de cailloux. Au milieu était posé un crâne de raton laveur.

— Qu'est-ce que c'est que ça ? demanda Ellis.

— Rien.

Quercus voulait le crâne.

— Non ! hurla Raven.

— Quercus, assis ! ordonna Ellis de sa voix la plus ferme.

Le chien obéit. Keith lui avait montré comment faire.

— Au pied ! appela Ellis pour éloigner le chien des ossements.

Raven se calma lorsqu'ils s'éloignèrent du *rien* qu'elle avait construit. L'arrangement des objets naturels avait l'air religieusement ritualisé. Comme une sorte d'offrande. Ellis se souvint du discours étrange de Raven concernant son kidnapping, comme si elle y voyait une intervention divine. À l'évidence, c'était l'influence d'Audrey Lind.

— Tu allais à l'église quand tu vivais dans l'État de Washington ? demanda Ellis.

— Pourquoi tout le monde me pose cette question ?

— Qui d'autre te l'a posée ?

— Gram Bauhammer.

Évidemment. Ellis n'avait jamais rencontré plus prosélyte que Mary Carol.

— Je n'allais pas à l'église, répondit Raven.

— Est-ce que tu pratiquais une religion ?

Après un temps, elle répondit :

— Non.

Ellis perçut une tension qui l'intrigua.

Quercus se mit à aboyer et galopa jusqu'en haut de la colline. Il continuait d'aboyer. Quelqu'un était là. Forcément Keith. Le portail était fermé.

Elle avait beau s'interdire tout espoir, son cœur battait la chamade sans écouter sa raison. Un mois et demi plus tôt, au lendemain de l'arrivée de Raven, Keith était revenu chercher ses affaires, expliquant à Ellis qu'elle avait besoin de temps seule avec sa fille. Il avait refusé d'en discuter davantage.

À présent, il était de retour. Sa colère avait dû retomber, et il était prêt au dialogue.

À moins qu'il ne soit venu lui faire ses adieux ? Pour toujours ?

Ellis s'immobilisa. Dans l'allée, deux hommes cajolaient Quercus. Elle les discernait à peine dans la pénombre du crépuscule, mais ils avaient forcément escaladé la clôture pour entrer. Ellis attrapa Raven par le bras et la tira en arrière.

— N'avance pas plus, chuchota-t-elle.

— Pourquoi ? C'est qui ?

— Ça pourrait être des journalistes.

Raven regarda fixement les deux hommes.

— La semaine dernière, Sondra m'a prévenue que des reporters voulaient te parler.

— Et alors ?

Elle ne mesurait absolument pas les implications. Elle n'avait jamais eu accès à un téléphone ni à un ordinateur, et sa ravisseuse l'avait tenue à l'écart d'Internet pour s'assurer qu'elle ne découvrirait jamais sa véritable identité. Cette gamine n'avait aucune idée de l'enfer que pouvait devenir son quotidien à cause de la presse.

— Reste ici, ordonna Ellis. Tu n'as même pas de pantalon.

— Et alors ? répéta Raven.

— Ne bouge pas, je t'ai dit.

Ellis gravit les marches que Max avait construites pour faciliter l'ascension de la pente. Les deux hommes firent volte-face en entendant ses pas. Ils étaient jeunes, tout juste vingt ans.

Ellis se figea. Ils la dévisagèrent.

— Maman ? appela Jasper.

Maman. Il l'avait appelée *Maman.* Après toutes ces années.

Elle n'était qu'à quelques mètres des garçons. La ressemblance avec Jonah était frappante, surtout chez Jasper.

Tout lui revint d'un coup. Ces femmes qu'elle avait été, l'étudiante décontenancée par ses nausées matinales en passant ses examens ; la jeune épouse – Jonah qui caressait son ventre en parlant à ses fils – ; la femme qui hurlait de douleur en salle de travail ; la mère qui berçait ses bébés, pansait leurs plaies, leur promettait que les monstres n'existaient pas ; l'alcoolique droguée aux médicaments qui avait abandonné ses fils – ses derniers mots, un mensonge sur l'amour maternel qui dure *pour toujours.* Toutes ces images affluèrent d'un coup, toutes ces femmes qui l'écrasaient sous leur poids.

La réapparition de Viola ne lui avait pas fait le même effet. Le choc de revoir sa fille par surprise avait heureusement anesthésié ses sensations. Comme le départ de Keith. Le peu de choses qu'elle avait ressenties à travers l'engourdissement du choc avait surtout à voir avec le traumatisme de l'enlèvement. Mais ce moment était bien pire, peut-être parce que ses fils ne lui avaient pas été volés, contrairement à Viola. Ellis s'était elle-même infligé ce mal en se privant de ses garçons.

En les privant de leur mère. Que faisaient-ils là, à la regarder avec la même douleur dans les yeux qu'ils avaient déjà le jour où elle était partie ?

Il fallait qu'elle se calme. Qu'elle comprenne la raison de leur venue. Peut-être que Jonah les avait envoyés lui porter un message.

— Jonah sait que vous êtes ici ? demanda-t-elle.

Elle le regretta aussitôt. Ces mots n'auraient pas dû être ses premiers.

— Non, dit Jasper.

— Où vous croit-il ?

— En vacances dans les îles des Outer Banks, dit-il.

Raven arriva au niveau d'Ellis. Trempée de boue, en T-shirt crasseux qui ne couvrait pas sa culotte et dévoilait ses longues jambes maigrichonnes dans ses grosses chaussures de randonnée, elle avait une drôle d'allure. Ellis réalisa que sa propre apparence boueuse devait sembler étrange à ses fils, et que ce n'était pas ainsi qu'elle aurait voulu qu'ils la voient. La dernière impression qu'elle leur avait laissée était suffisamment atroce.

— Salut Raven, lança River, à moins que ce ne soit *Viola*, maintenant ?

— C'est Raven, répondit-elle.

River posa sur Ellis un regard sarcastique. Peu de choses avaient changé depuis qu'elle l'avait vu pour la dernière fois.

— Ça ne te dérange pas de l'appeler comme ça ?

Si, ça la dérangeait. Ellis détestait ce prénom. Mais la jeune femme revenue après seize ans n'était pas Viola Bauhammer. Ellis n'avait aucun droit de lui imposer son prénom. Elle l'avait concédé après le premier jour.

— J'imagine que c'est un non, déduisit River de son silence.

— Est-ce que tout va bien ? demanda Jasper.

Ellis baissa les yeux sur ses vêtements maculés de boue.

— Oui. On est vraiment dans un sale état.

— Tu veux dire que tous les habitants de Floride n'ont pas l'air de bouseux ? rétorqua River.

Jasper lui jeta un regard d'avertissement.

— On était dans le marais, expliqua Raven.

— Pardon ? releva River sur un ton incrédule. C'est quoi cette histoire, le vendredi c'est soirée lutte avec les alligators ? Une tradition locale ?

— Juste de la randonnée, dit Ellis.

River ricana. À raison. Pourquoi Raven serait-elle partie randonner sans pantalon ?

— Il faut qu'on se débarbouille, dit Ellis. Vous voulez entrer ?

Qu'est-ce qui lui prenait de les inviter comme des nouveaux voisins venus se présenter ? Toutes ces politesses semblaient si incongrues. Mais que pouvait-elle faire d'autre ?

— Notre voiture est en plein milieu de l'allée, devant le portail, dit Jasper.

— Ce n'est pas un problème.

Elle n'avait aucune raison de penser que Keith allait revenir, ni ce jour-là ni un autre.

Les garçons refusèrent un verre d'eau ou de thé glacé et patientèrent dans le salon pendant qu'Ellis et Raven se douchaient. Ellis se dépêcha, trop fébrile pour prendre le temps de se ressaisir.

Quand elle revint dans le séjour, Raven n'y était pas – et rien n'indiquait qu'elle l'y rejoindrait. L'adolescente restait beaucoup dans son coin, surtout le soir, et elle avait prévenu qu'elle n'aimait pas cette famille.

— Je suis désolée pour l'accueil, s'excusa-t-elle. Vous êtes tombés à un drôle de moment.

— Pas de problème, dit River. Qui a gagné, vous deux ou l'alligator ?

— Par chance, nous. Raven ne savait pas qu'il ne fallait pas se baigner dans les marais. J'ai plus ou moins dû la repêcher.

— C'est une blague ?

— Elle vient de l'État de Washington, il n'y a pas de marais là-bas. Elle n'avait pas mesuré le danger… ni l'inconfort.

Les garçons sourirent.

Ellis se surprit à ouvrir grand les bras pour les enlacer.

— Je peux ? demanda-t-elle.

Jasper l'étreignit de toutes ses forces – une étreinte d'homme. Elle eut aussitôt les larmes aux yeux en songeant à tous les câlins de petits garçons qu'elle avait manqués.

Lui-même avait les yeux humides lorsqu'ils se séparèrent.

Elle regarda River. La dernière fois qu'elle l'avait vu, il avait refusé de lui dire au revoir.

— Pas envie, déclara-t-il.

— River, sérieusement ? s'indigna Jasper.

— Pas de problème. Je comprends, dit Ellis.

— Sympa la baraque, commenta River. Je te demanderais bien si tu t'y plais, mais visiblement oui puisque tu n'es jamais revenue.

— Oui, je m'y plais, mais à vrai dire j'ai atterri ici par hasard.

Elle songea à son agression, à Keith la conduisant jusqu'en Floride pendant son sommeil, à ses crises d'angoisse qui l'avaient paralysée à Gainesville pendant plus d'un an. Leur violence s'était émoussée au fil des années.

— Tu t'es remariée ? demanda River.

— Non. Et votre père ?

— Non plus.

Le silence s'éternisa.

— Il y a un truc à boire par ici ? demanda River.

Jasper lui jeta un regard lourd de reproches.

— Tu veux dire de l'alcool ?

— Oui.

— Il reste peut-être quelques bières dans le frigo de la grange.

— Pour les vaches ?

— Elles appartiennent à mon compagnon.

— Il ne nous en voudra pas si on entame sa réserve ?

— Il ne vit plus ici.

C'était la première fois qu'elle le disait à voix haute. La phase de résignation.

Elle sortit une lampe torche et les guida sur le sentier qui menait à la grange.

— Mon associée est menuisière, expliqua Ellis en poussant la lourde porte. Elle a transformé la grange en annexe dotée de sa propre cuisine et salle de bains.

— C'est génial ! s'enthousiasma Jasper.

— Il y a une autre chambre en mezzanine, continua-t-elle, mais l'unique salle de bains est au rez-de-chaussée.

— Ça vous sert à quoi ? demanda River.

— La sœur de mon copain, son mari et leurs trois enfants viennent nous voir au moins une fois par an. Ils s'en servent comme point de chute et en profitent pour visiter les plages de Floride ou les parcs d'attractions d'Orlando.

— Ça fait combien de temps que tu es avec lui ? demanda Jasper.

— Il a habité ici pendant dix ans.

— Et ça fait combien de temps que vous avez rompu ?

— Environ six semaines.

River fit aussitôt le lien.

— Depuis l'arrivée de Raven.

— Oui.

— Comment peut-on quitter quelqu'un dans un moment pareil ? s'indigna Jasper.

Elle aurait voulu éviter cette question et sa vérité trop brutale. Mais elle savait que la fuite causait ses propres blessures. À chaque fois qu'elle les regardait dans les yeux, elle en voyait la trace.

— Je ne lui ai jamais dit que j'avais des enfants.

Oui, ça faisait mal. Une douleur nouvelle traversa leur regard.

— Donc en gros… tu nous as simplement supprimés de ta vie comme des fichiers sur ton ordinateur, constata River.

— Je comprends mieux pourquoi il est parti, dit Jasper.

— Moi aussi, je comprends.

Elle ouvrit le réfrigérateur et fit signe à River de choisir parmi un pack de six, et trois bouteilles d'une autre marque. Il récupéra le pack de six.

— Tu ne peux pas boire tout ça si tu as l'intention de prendre le volant ce soir, prévint-elle.

— C'est moi qui conduis, précisa Jasper.

— Mais pourquoi reprendre la route ? protesta River. On n'a qu'à dormir ici.

— River… dit Jasper.

— Quoi ?

— Elle ne nous a pas invités à rester.

— Mais on peut, non ? dit River. On comptait trouver un hôtel à Gainesville de toute façon.

— Asseyez-vous, dit-elle. Il faut qu'on parle.

River décapsula une bière et rangea les autres au réfrigérateur. Les garçons s'installèrent sur le canapé, et Ellis prit place face à eux sur le fauteuil de Keith – celui qui lui servait à regarder le football américain à la télé et qu'il avait acheté en prétendant que c'était un cadeau pour elle.

— Tu veux savoir ce qu'on fait ici, devina River.

— Oui. Et je veux aussi savoir pourquoi vous avez menti à votre père.

— La deuxième question est la plus simple, dit River avant de prendre une longue gorgée. On ne lui a rien dit parce qu'on savait qu'il nous aurait interdit de venir.

— Alors pourquoi êtes-vous venus ?

River regarda Jasper.

— C'était ton idée ? demanda-t-elle à Jasper.

— Oui. Papa m'a toujours dit qu'il ignorait où tu étais. Quand Viola a débarqué, j'ai découvert qu'il mentait depuis tout ce temps. River aussi était au courant.

— Internet, expliqua River avant de prendre une longue gorgée.

Jasper lui adressa un regard dur.

— Comment peux-tu nous demander ce qu'on fait là ? Tu es notre mère.

Même si elle n'avait pas bu une goutte d'alcool depuis son sevrage dans les montagnes, Ellis fut soudain tentée de prendre une de ces bières.

Jasper poursuivit :

— Je suis là parce que j'estime que c'est n'importe quoi que Viola ait le droit de te voir et pas nous. Papa dit qu'elle est ici pour se cacher des journalistes – encore un mensonge. Elle vit avec toi maintenant, c'est ça ?

— Oui, mais ce n'est pas par choix. Tout ce qu'elle veut, c'est rentrer dans l'État de Washington.

— Et toi, tu veux qu'elle reste ?

— Je ne peux pas répondre à ça. C'est une question bien trop complexe.

— Essaie.

— D'accord. Alors tout d'abord, je dirais que je suis soulagée de savoir qu'elle va bien. Pendant toutes ces années, j'ai imaginé les pires scénarios. Mais ce ne sont pas exactement des retrouvailles auréolées de joie. Je ne l'intéresse pas. À ses yeux, elle est ici en prison jusqu'à ce qu'on l'autorise à rentrer dans sa maison à l'autre bout du pays. Alors… est-ce que je veux qu'elle reste ? Je n'en sais rien.

— Je me demande à quoi ressemble sa maison, dit River. D'après Papa, elle sera très riche quand elle va hériter.

— Vraiment ? s'étonna Ellis.

— Tu ne savais pas ? La femme qui l'a enlevée appartient à une famille de milliardaires de Chicago.

Avec des ressources illimitées, pas étonnant qu'Audrey Lind ait réussi à cacher Viola toutes ces années. Et à présent Ellis comprenait mieux pourquoi sa sœur avait été si empressée de larguer Raven dans une obscure forêt de Floride. Elle craignait les répercussions dans sa sphère sociale et ne voulait pas que l'élite de Chicago ait vent des actes de sa sœur.

River termina rapidement sa bière et en sortit une autre du réfrigérateur.

— Je peux poser une question à mon tour ? demanda-t-il.

— Vas-y.

— Est-ce que tu es toujours toxico ?

— Qui t'a dit ça ?

— Gram, évidemment. Avec le recul, c'est assez limpide.

— J'ai arrêté tout ça il y a bien longtemps.

— Dommage. J'espérais te taxer de la bonne.

Ellis se leva.

— Si tu es venu jusqu'ici pour me mettre tous tes problèmes sur le dos, tu peux repartir.

— Par contre, je peux rester si c'est pour faire la paix comme Jasper ? Ou si je suis une pauvre enfant kidnappée qui ne sait pas faire la différence entre ses fesses et un alligator ?

— Tu sais, j'ai déjà pas mal de pain sur la planche en ce moment.

Rien qu'en prononçant ces mots, le dégoût d'elle-même la saisit.

— Tu as du pain sur la planche, et moi j'ai faim. Ça te va si on t'en pique quelques miettes avant que tu ne nous mettes dehors ?

Il était venu la punir et essayait de la pousser à bout avec son attitude exécrable. Peut-être espérait-il qu'elle lui claquerait la porte au nez pour justifier la haine qu'il lui vouait. On devenait vite accro à la haine ; cette émotion s'entretenait à coups d'injections régulières, et River attendait sa deuxième dose depuis l'enfance. Il ne voulait pas qu'Ellis lui donne un cachet pour anesthésier sa douleur. Il voulait une gifle pour la raviver. Et le plus triste, c'était qu'il croyait profondément mériter cette gifle.

Non, elle n'entrerait pas dans son jeu d'auto-détestation.

— Tu peux te servir à ta guise dans ma cuisine. Et vous êtes les bienvenus dans cette annexe aussi longtemps que vous le souhaiterez. À condition de prévenir Jonah. Il doit pouvoir vous joindre en cas d'urgence.

— Il peut toujours nous appeler, fit remarquer River.

— Il a le droit de savoir où vous êtes.

— Il n'en a rien à battre de là où je suis, tant que ce n'est pas sous son toit.

— Pourquoi tu dis une chose pareille ? protesta Jasper.

— Je ne sais pas. Parfois j'ai juste des éclairs de lucidité.

— Allons vous chercher quelque chose à manger.

River rassembla les bières restantes pour les emporter. Ellis confia à Jasper la télécommande du portail et lui indiqua où se garer pour décharger le coffre.

Dans la cuisine, Raven grignotait un wrap de légumes et de seitan qu'elle s'était préparé. Elle regarda River fourrer ses bières au frigo.

— River et Jasper vont dormir dans l'annexe ce soir, annonça Ellis.

Raven ne répondit pas. Elle se contenta de faire glisser son assiette vers le milieu de la table.

— Quelqu'un en veut ? proposa-t-elle.

— Tu devrais le finir, tu as à peine mangé aujourd'hui.

— J'ai envie de vomir.

Elle disait ça souvent. Elle perdait du poids trop rapidement. À la lumière vive des spots de la cuisine, elle semblait émaciée et fatiguée. L'éloignement de Washington lui coûtait. Ellis se demanda s'il fallait qu'elle intervienne, qu'elle essaie de l'aider à y retourner. Mais pour ça, il aurait fallu qu'elle en parle à son tuteur légal. Et Ellis ne voulait entrer en contact avec Jonah sous aucun prétexte.

Jasper entra dans la cuisine.

— J'ai déposé ton sac dans l'annexe, informa-t-il River.

Elle ne voulait plus de contacts avec Jonah, et pourtant voilà que se trouvaient devant elle les trois enfants qu'elle avait faits avec lui. Dans sa cuisine. La pièce s'en trouvait soudain réduite, avec ces trois jeunes adultes. La maison lui semblait si peu familière, comme dans un univers parallèle où elle n'aurait pas abandonné Viola dans la forêt.

— Vous voulez la même chose que Raven ? proposa Ellis aux garçons.

Jasper étudia le bout de sandwich sur l'assiette.

— C'est de la viande ?

— Du seitan, je suis passée de végétarienne à vegan.

— Moi aussi, je suis vegan, dit Jasper.

River vida sa deuxième bouteille.

— Ton lavage de cerveau a fonctionné, dit-il à Ellis en décapsulant une troisième bière. Il ne s'est jamais remis de tes sermons culpabilisateurs sur le jambon.

— Fous-lui la paix ! la défendit Jasper. C'était mon choix. Je n'ai jamais aimé la viande.

— C'est le principe de l'endoctrinement, pointa River. Te faire croire que c'était ton idée depuis le début.

— T'as vraiment décidé de jouer au con, lui reprocha Jasper.

— Qui te dit que c'est un jeu ? rétorqua River avec un sourire avant de se tourner vers Raven. Je suppose que toi aussi tu es vegan ?

— Non.

— Tu manges de la viande ?

Elle hocha la tête.

— Eh ben, tu m'étonnes que leur merde au soja te donne envie de vomir. Allez viens, j'ai repéré un restau-grill pas loin.

— Hors de question que tu prennes le volant, lui dit Ellis. C'est ta troisième bière en vingt minutes.

— Sérieusement ? Tu ne crois pas que c'est un peu tard pour jouer à la maman ?

— Tu n'as pas l'âge légal pour boire, et ces bières proviennent de mon frigo. Ça pourrait m'attirer de gros ennuis en cas d'accident.

— Ah voilà, je reconnais mieux ma mère. C'est pour ta pomme que tu t'inquiètes.

— Je t'ai dit d'arrêter, menaça Jasper en le poussant par l'épaule.

Le contact fit reculer River de plusieurs pas. Il retrouva son équilibre et balança un coup de poing que Jasper esquiva de justesse avant de l'attraper par les bras et de hurler :

— Arrête ! Pourquoi tu fais ça ?

— Et toi alors ? lui cria River en le repoussant. Pourquoi as-tu insisté pour venir ici alors qu'on aurait pu se la couler douce à la plage ?

Ils s'effondrèrent sur le meuble à étagères, et firent basculer l'une des rares possessions auxquelles Ellis tenait – un pot d'apothicaire ancien que Keith lui avait offert pour fêter leur première année de relation. Au fil des ans, Ellis avait rempli le bocal en verre des petites fleurs sauvages que Keith lui rapportait de ses balades sur le domaine.

Le pot explosa au sol. Les fleurs séchées se dispersèrent sur un champ d'éclats de verre.

5

Raven

RAVEN S'ENTAILLA LE PIED EN VOULANT AIDER.
Ellis lui reprocha de marcher pieds nus.
Jasper se coupa la main.

Le sang se mêla aux bris de verre et aux fleurs mortes.

Adossé contre le réfrigérateur, River sirotait sa bière.

Ellis tendit à Jasper une boîte de pansements et lui conseilla de passer sa plaie sous l'eau de l'évier. Elle emmena Raven dans la salle de bains pour examiner la plante de son pied.

— C'est une coupure profonde.

— Je peux m'en occuper toute seule, protesta Raven.

— Ne bouge pas.

Ellis nettoya et banda la plaie, puis força Raven à s'asseoir sur le canapé avec le pied surélevé par un coussin.

Elle retourna ensuite dans la cuisine, où Raven l'entendit remercier Jasper d'avoir nettoyé le verre brisé.

— J'espère que ça ne t'embête pas, j'ai jeté les fleurs aussi. Elles étaient trop mélangées au verre pour les trier.

— Ce n'est pas grave.

Ça l'était. Raven discutait rarement avec Ellis, mais elle s'était habituée à ses humeurs et voyait qu'Ellis était terriblement stressée par l'arrivée de ses fils. Raven ne sautait pas de joie non plus. Ellis et elle avaient trouvé un équilibre fragile. Elles savaient toutes les deux que Raven partirait bientôt, et qu'il ne servait à rien de faire ami-ami. L'absence de conflit et d'émotions entre elles était nécessaire pour permettre à Raven de se confronter à ce qu'elle avait découvert de Mama. Tout ce que Raven attendait de la part d'Ellis, c'était un toit en attendant de rentrer chez elle. Ses compagnons les plus proches étaient les chênes centenaires qui déployaient leurs membres géants pour la protéger, les clairières qui la laissaient dormir sur leurs jupons fleuris, et les grues qui lui chantaient leur douce musique au fil de la journée.

Mais voilà que ces garçons belliqueux avaient débarqué pour tout gâcher. Ils avaient brisé bien plus que le bocal en verre. Raven l'avait senti dès qu'elle les avait vus, tout dans sa vie s'effondrait à nouveau, et elle ne savait pas comment elle allait pouvoir supporter encore plus de dégâts.

Elle entendit les portes de placard qu'on fermait sans ménagement, et River qui réclamait quelque chose de plus fort que la bière. Ellis lui répondit qu'elle n'avait que ça et leur demanda d'aller dans le séjour pendant qu'elle préparait à manger.

En entrant dans la pièce avec son frère, Jasper s'enquit auprès de Raven de l'état de son pied.

— C'est rien, dit-elle en soulevant son pied du coussin pour se redresser.

— Rien ? releva River en jaugeant la taille du bandage. Fascinant. J'imagine que tu es déjà guérie grâce aux super-pouvoirs de ton esprit de la terre.

Raven s'imagina bondir du canapé et le cogner plus fort que ne l'avait fait Jasper. Mais elle s'efforça de ne montrer aucune réaction. La personne qui méritait les coups était sa pipelette de tante.

River décela sa contrariété.

— Eh oui, on est au courant, confirma-t-il. Notre père nous a parlé de ta religion de tarés.

— La ferme, dit Jasper.

— J'ai le droit de dire ce que je veux, ducon. Alors, qu'est-ce qu'ils font exactement ces esprits de la terre ?

— Rien qu'une personne aussi paumée que toi puisse comprendre, rétorqua-t-elle.

— Bonne réponse, la félicita Jasper.

River était visiblement énervé que son frère se soit rangé du côté de Raven. Il siffla le reste de sa bière et ouvrit une nouvelle bouteille.

— Au fait, tu as fini par te rendre compte que la femme qui t'a embarquée était complètement folle ? demanda River. Ils ont essayé de la faire enfermer plus d'une fois, tu sais.

— C'est toi qu'on devrait enfermer.

— Peut-être. Et tu serais dans la chambre capitonnée juste à côté de la mienne. Et tu sais pourquoi ? Parce que cette petite merde t'a volée à notre famille. Elle a foutu en l'air toutes nos vies ! Et le fait que tu la fasses passer pour une sainte fout vraiment en rogne tout le monde. Atterris, un peu ! Elle était complètement détraquée !

Raven bondit et le poussa vivement.

— Ne parle pas d'elle comme ça !

Ellis attira Raven à l'écart tandis que Jasper attrapait River par le bras. Les garçons étaient sur le point d'en venir aux mains à nouveau.

— Arrêtez ! cria Ellis. Tous, arrêtez !

— Tous ? s'indigna Jasper. C'est River !

— River, va t'asseoir sur ce fauteuil, cria Ellis.

— J'hallucine, dit-il dans un rire. Je suis mis au coin ? Tu as oublié que je n'ai plus quatre ans ?

— J'ai dit va t'asseoir ! hurla-t-elle.

Ses yeux brillaient de la même lueur que ceux de Mama quand les orages frappaient, et sa main tremblait quand elle désigna le fauteuil.

River obtempéra.

— Qu'est-ce qui vous prend ? demanda Ellis en les regardant à tour de rôle. Pourquoi vous déchirer au lieu de vous soutenir mutuellement ?

— C'est River, dit Jasper. Il a toujours fait ça.

— Oui, c'est moi tout craché, approuva River. Et devine qui m'a montré l'exemple, *Maman* ?

— Je ne me suis jamais comportée ainsi !

— Mais tu as fait un super boulot pour ce qui est de briser la famille.

Ellis se tourna vers les fenêtres obscurcies, avec l'air d'un animal pris au piège.

Raven savait ce qu'elle ressentait. Elle rêvait sûrement de s'enfuir là-bas, dans les bois, et n'allait pas tarder à quitter la maison.

Mais Ellis se tourna à nouveau vers River.

— D'accord, parlons-en. C'est ce que tu veux ?

— Oui, *parlons-en*, singea River.

— Qu'est-ce que tu veux savoir ?

— Tu le sais très bien ! Je veux savoir pourquoi tu as abandonné deux enfants déjà traumatisés par l'enlèvement de leur petite sœur ?

Sa voix, son regard. Et celui d'Ellis et Jasper. Raven lut dans leurs yeux la douleur que Mama leur avait infligée. Sa nausée s'intensifia plus encore.

— Je... J'estimais que je vous faisais plus de mal que de bien en restant. Au début, votre père a dû insister pour que j'accepte les médicaments. Pour soigner ma dépression et ma culpabilité. À chaque seconde, dès l'instant où je me réveillais, je ne pensais qu'à ça. J'avais oublié mon bébé dans les bois. Les infos me rappelaient constamment ce que j'avais fait. Tous mes amis, tous nos voisins savaient. Votre grand-mère me le reprochait constamment. Votre père m'en voulait terriblement...

Elle passa ses doigts sous ses yeux.

— Au bout de quelques semaines, les anti-dépresseurs et les anxiolytiques ne suffisaient plus. Alors j'ai commencé à boire. Puis j'ai ajouté les analgésiques à base de morphine qu'on me prescrivait pour mon mal de dos. Je n'arrivais pas à arrêter. Plus j'en prenais, plus j'avais besoin d'en prendre. J'avais l'impression de devenir comme ma mère. Je croyais que j'allais devenir accro toute ma vie – et il était hors de question que je vous fasse subir ce que j'avais moi-même vécu enfant.

— Je ne savais pas que ta mère était toxicomane, dit Jasper.

Ellis fut surprise d'apprendre que Mary Carol et Jonah II ne leur avaient pas raconté. Peut-être que Jonah avait enfin posé une limite quelque part.

— Qu'est-ce qu'elle prenait ? demanda River.

— Tout, mais ça a vraiment dégénéré quand elle s'est mise à l'héroïne.

— Ouah, dit River.

— Et ton père ? demanda Jasper.

— Je ne l'ai jamais connu, et ma mère refusait d'en parler.

— Pas de beau-père, rien ?

— Pendant un temps, il y a eu un homme dans les parages. Zane Waycott. Il était comme un père pour moi. Un chef cuistot dans le restaurant où travaillait ma mère. J'étais vraiment proche de lui – du moins c'était ce que je croyais. Puis un jour, il a disparu.

— Tiens, ça me fait penser à quelqu'un, commenta River.

— Il ne m'a même pas dit au revoir, précisa Ellis.

— Si tu penses que ce jour où tu nous as dit au revoir nous a aidés, tu te trompes, rétorqua River. D'ailleurs, ça m'a sacrément traumatisé.

— Si ça peut te consoler un peu, je regrette de vous avoir laissés.

— Alors pourquoi n'es-tu jamais revenue ?

— Tant de raisons. Le divorce, Irene…

— Irene n'a pas tenu plus de trois mois, dit River.

— Il y avait bien plus qu'elle et le divorce. Même après mon sevrage, j'étais malade de culpabilité d'avoir perdu le bébé. Et quand j'ai réussi à arrêter l'alcool et les cachets, j'étais partie depuis trop longtemps. J'avais peur que revenir dans vos vies vous fasse plus de mal que de bien.

— Tu aurais pu rentrer, l'accusa River.

— Peut-être, mais il s'est passé quelque chose…

— Quoi ? demanda Jasper.

Ellis semblait trop fragile pour tenir debout. Elle s'assit sur le canapé à côté de Raven.

— J'ai été… agressée par deux hommes dans un camping en pleine nature. Ils m'ont poignardée au niveau de l'abdomen.

— Putain… souffla River.

Les larmes roulaient sur ses joues.

— Je me suis laissée dépérir des suites de l'infection de la plaie. Je refusais d'aller à l'hôpital. D'une part parce j'étais convaincue que je méritais de mourir. Mais aussi parce que j'avais peur que vous et votre père n'appreniez l'agression.

— Qu'est-ce que ça aurait changé ? demanda Jasper.

— Je ne sais pas ! J'étais dans un sale état. Ne voyez-vous pas pourquoi je suis partie ? Même sobre, je ne prends que des mauvaises décisions. J'étais à peine capable de rester en vie, alors comment m'occuper de deux enfants en bas âge ? Je vous aimais trop pour m'approcher de vous. Alors pour vous protéger de moi et m'empêcher de revenir, je me forçais à revivre le jour où j'ai laissé Viola dans les bois. Encore, et encore. C'était un cycle infernal.

Tout revenait toujours à ça. Au jour où Mama avait trouvé un bébé aux cheveux et yeux noir corbeau. Le bébé de ses rêves. Son miracle.

Jasper avait les larmes aux yeux. River regardait intensément Raven, comme pour lui dire : « Tu vois ce que cette folle qui t'a enlevée nous a fait ? »

Ellis poursuivit son récit.

— Après l'agression, j'ai souffert d'un trouble anxieux sévère. Pendant une longue période, je n'ai pas réussi à reprendre le volant. J'avais des crises d'angoisse.

Comme Jackie après la mort de son père.

— C'est comme ça que j'ai atterri à Gainesville, dit-elle. Une amie de l'université y vivait. J'ai habité avec elle pendant deux ans. C'est elle qui m'a encouragée à travailler avec les plantes.

— Et à ce moment-là, clairement tu n'allais pas revenir, dit River.

— Voilà. Je me sentais mieux. J'avais l'impression de guérir et j'imaginais que vous aussi. Rentrer auprès de vous, affronter tout ça à nouveau, c'était risquer le désastre pour nous tous. Du moins c'était ce que je me disais.

Elle baissa les yeux sur ses mains jointes.

— Mais ça n'a rien à voir avec ce que tu as dit plus tôt... Je n'ai pas supprimé mes enfants de ma vie comme des fichiers d'un ordinateur.

— Tu pensais quand même à nous ? demanda Jasper.

Elle contempla ses mains entrelacées.

— Vous savez, les arbres sont capables d'une chose miraculeuse : la compartimentation de la pourriture. En cas de blessure, les cellules autour de la plaie évoluent pour créer une barrière qui limite le processus de moisissure. Autour de cette barrière s'en forme une autre, avec différentes mutations de cellules, puis une troisième, et une quatrième.

Elle regarda Jasper et River.

— En bas de la colline, il y a un immense chêne sempervirent au tronc creux. Pourtant l'arbre prospère. Les barrières de protection permettent au bois de continuer de pousser autour de la plaie.

— Tu es en train de te comparer à du bois pourri ? demanda River.

— J'essaie de trouver une meilleure métaphore pour ce qui s'est passé. Je ne vous ai pas supprimés de ma vie. Vous avez toujours été là, en plein cœur. Mais contenus par des barrières qui me permettaient de survivre à la douleur.

— Merde, maintenant c'est moi le bois pourri, commenta River.

— Non, il n'est pas pourri. Tu iras voir demain comme ce chêne est magnifique.

Il n'y avait pas de blague à répondre à ça.

— Je ne prétends pas que ces barrières que j'ai érigées sont une bonne chose ni une mauvaise. C'est simplement la manière qu'ont certaines personnes de survivre à un traumatisme. Peut-être est-ce ainsi que cette famille se retrouve réunie aujourd'hui.

— Ça me parle, dit River avant de siffler sa bière. Une famille de troncs creux. Cela dit, à cette heure, mon estomac est tellement vide que je pourrais avaler cette merde au soja.

— Je peux retourner en cuisine si vous autres arrêtez de vous disputer pendant cinq minutes.

— *Vous autres* ? J'hallucine, tu parles le patois de Floride maintenant ? releva River.

— Reste encore quelques jours et tu vas t'y mettre aussi.

— Il faut qu'on se tire d'ici, dit-il à Jasper.

— Pas avant d'avoir testé la soirée lutte avec un alligator, répondit Jasper.

Raven ne comprenait rien à ce qu'ils racontaient, mais cette paix temporaire lui suffisait.

6

Ellis

— TA FILLE EST UNE BOSSEUSE comme toi, la complimenta Tom.

C'était vrai. Raven lui ressemblait sur ce point. Elle appréciait le travail manuel et les efforts physiques, notamment comme manière de gérer le stress. Raven était toujours en mouvement – elle se baladait, donnait un coup de main à la pépinière ou pour le ménage, la lessive ou la cuisine. Lorsqu'elle ne bougeait pas, c'était qu'elle faisait ses devoirs ou lisait un roman. Ellis sentait que son besoin perpétuel d'activité l'aidait à gérer ce catapultage dans une nouvelle vie dont elle ne voulait pas.

Quand elles finirent de charger les pots dans le camion, Max leva sa paume et elles topèrent. Elles partirent ensuite à la serre pour fertiliser les plantes.

— C'est une chouette gosse que tu as là, commenta Tom.

— Oui.

— Ça fait longtemps que j'ai pas vu Keith dans les parages.

— Il a déménagé.

Tom scruta son expression.

— C'est une bonne ou une mauvaise nouvelle ?

— C'est comme ça.

— Tu veux en parler autour d'une bière ?

— Non.

— J'en déduis que c'est une mauvaise nouvelle. Si c'est lui qui est parti, c'est un con.

— Je n'ai vraiment pas envie d'en parler, dit Ellis.

Il regarda en bas de la colline où une silhouette approchait.

— Si c'est lui le remplaçant, je prends d'un coup un sacré coup de vieux.

River arrivait depuis la grange. Il semblait étonnamment vif pour la mi-matinée. Jasper et lui ne s'étaient pas levés avant midi ces deux derniers jours. Ellis soupçonnait River d'avoir trouvé un moyen de se fournir en drogue et en alcool dans la ville étudiante non loin. Jasper et lui pouvaient utiliser comme bon leur semblait les cartes de crédit qu'alimentait Jonah.

— Tom, je te présente mon fils, River, dit Ellis.

Ils se serrèrent la main.

— Tu passes l'été ici ? demanda Tom.

— Impossible. Je n'ai pas encore appris comment trier l'eau et l'oxygène dans mes poumons.

Tom éclata de rire.

— Tu viens du Nord ?

— État de New York, précisa River. Je soupçonne les gens du coin d'avoir développé des branchies pour survivre à l'été en Floride.

— C'est clair qu'il faut un petit temps d'adaptation à toute cette humidité, dit Tom. Si jamais tu décidais de rester dans la région et que tu cherchais du boulot, mon équipe de paysagistes a besoin de main-d'œuvre.

— Tu m'étonnes.

Tom sembla s'agacer de ce sarcasme sans fin.

— Bon, je ferais mieux de filer. À la semaine prochaine, Ellis. Content d'avoir fait ta connaissance, River.

— Comme si j'avais envie de creuser des trous dans la terre toute la journée, se moqua River après le départ de Tom.

— Pourquoi pas ? Ça pourrait te faire du bien.

— Plutôt nager avec les alligators.

— Qu'est-ce qui t'amène de bon matin ? demanda-t-elle.

— Il n'est pas si tôt. Je me demandais où tu étais passée.

Ellis sentit la tension qui émanait de lui.

— Tu as besoin de quelque chose ?

— Ouais. Un petit déj, pour commencer. Ce serait pas mal.

Depuis son arrivée, River conduisait jusqu'à Gainesville ou Ocala pour se nourrir dans des fast-foods à presque tous les repas. Jasper se joignait parfois à lui, mais il mangeait presque toujours avec Ellis et Raven.

— Ce sera sans œufs ni viande, prévint-elle.

— Je sais.

Il avait définitivement un comportement étrange. Elle se demanda ce qui se tramait.

Alors qu'elle cuisinait, Jasper arriva dans la cuisine.

— Qu'est-ce que tu fais déjà debout ? demanda-t-il à son frère.

— J'attends la brouillade de tofu aux légumes, bien sûr.

— C'est ça, dit Jasper.

— Tu en veux ? lui proposa Ellis.

— Oui, merci.

Il s'assit à la table de la cuisine avec River.

Ellis en prépara davantage quand Raven arriva. Elle avait juste assez d'ingrédients pour trois assiettes, alors elle réchauffa des restes pour elle-même.

Puis elle posa les quatre assiettes sur la table et s'assit. Les garçons mangeaient vite ; Raven picorait comme d'habitude.

— Tu veux aller à la source faire du tubing ? demanda Jasper.

— Peut-être plus tard, répondit River.

— Tu veux venir avec nous ? proposa Jasper à Raven.

— Qu'est-ce que c'est que le tubing ?

— On loue une espèce de bouée pour flotter sur la rivière Ichetucknee. Apparemment, c'est une des grandes attractions de la région.

— Mais ne t'emballe pas trop, la deuxième mieux notée était l'observation des oiseaux du parc naturel régional de Paynes Prairie.

— Paynes Prairie a des paysages magnifiques, approuva Ellis.

— Je te crois sur parole, rétorqua River.

Son téléphone sonna. Il le consulta, puis jeta un coup d'œil à Ellis.

— Quoi ? demanda-t-elle.

— Rien.

— River… menaça Jasper. Qu'est-ce que tu trafiques ? Tu as vraiment un drôle de comportement.

— Ce qui est plutôt normal pour moi, non ?

River se leva et posa son assiette vide dans l'évier.

Dehors, Quercus se mit à aboyer.

Ellis approcha des fenêtres du séjour pour voir une voiture remonter lentement l'allée de gravier.

— Est-ce que quelqu'un a laissé le portail ouvert cette nuit ? demanda Ellis.

Ils la rejoignirent à la fenêtre et observèrent la voiture.

— C'est moi qui l'ai ouvert, précisa River. Ce matin.

Maintenant elle comprenait mieux sa tension.

— Qui est-ce ? Jonah ? Est-ce que tu lui as dit de venir ici ?

River renâcla.

— Si tu crois que Papa accepterait de conduire une bagnole pareille, tu ne te souviens vraiment plus de lui.

Il avait raison. C'était une vieille berline.

Elle sortit sur le porche, les enfants sur les talons. L'homme hésitait à sortir de sa voiture à cause du chien, qui aboyait de l'autre côté de la portière.

Ellis rappela Quercus. Il était bien plus obéissant que ses deux prédécesseurs.

L'homme sortit du véhicule. Il devait avoir dans les soixante ans, la calvitie bien engagée, et un léger surpoids. Son visage lui était familier. Il regarda intensément Ellis.

— Impossible, souffla Ellis.

— Qui est-ce ? demanda Jasper.

— C'est Zane.

— Qu'est-ce que tu as fichu ? chuchota Jasper à River.

— Je lui ai dit qu'Ellis Abbey voulait le voir.

— Comment l'as-tu retrouvé ? demanda Ellis.

— Facebook. Il n'existe qu'un seul Zane Waycott. Il ne vit pas très loin, en Caroline du Nord. Et il est toujours chef cuistot.

— Pourquoi as-tu fait une chose pareille ?

— Un truc dans la manière dont tu parlais de lui. Je me suis dit que tu avais besoin de tirer un trait sur cette histoire.

Avec un sourire rancunier, il ajouta :

— Ça fait bizarre de revoir quelqu'un qui t'a abandonnée sans donner de nouvelles, pas vrai ?

— Espèce de connard ! pesta Jasper.

— Si tu le dis…

River recula sur le porche, un grand sourire aux lèvres, et croisa les bras en regardant Zane approcher.

Zane semblait souffrir de douleurs infligées par une longue route. Les années avaient durci les traits de son visage. Dans le souvenir d'Ellis, il était plus doux.

Il regarda fixement Raven en remontant les dalles du sentier, y retrouvant sans nul doute les traits d'Ellis.

— Ellis… dit-il, visiblement confus. On m'a dit…

Il regarda River.

— … ton fils m'a dit que tu étais mourante et que tu voulais me revoir.

— Zane… dit Ellis en avançant vers lui. Ça me fait plaisir de te voir.

— Moi aussi, répondit-il distraitement.

— Je ne suis pas mourante, précisa-t-elle.

— C'est ce que je vois.

Il jeta un regard noir à River.

— On m'a dit que tu n'avais plus que quelques heures à vivre, et que tu voulais désespérément me voir.

— Je suis désolée, dit Ellis. Mon fils… est un peu perturbé en ce moment.

Zane avança vers River, son boitillement en partie atténué.

— Qu'est-ce qui ne va pas chez toi, gamin ? J'ai conduit toute la nuit !

— Tu vois, lança River à Ellis. Maintenant tu sais qu'il n'en a pas rien à faire de toi.

Zane serra le poing.

— Si tu n'étais pas son fils…

River semblait prêt à la bagarre.

— Zane, intervint Ellis. Entre, s'il te plaît.

Zane et River continuèrent à échanger des regards noirs.

— Viens, j'ai la clim à l'intérieur, ajouta Ellis. Je te sers un thé glacé ?

— Oui, merci, dit-il en détournant enfin le regard de River.

Raven se joignit à eux, mais Jasper attrapa River par le bras pour le retenir en arrière.

Ellis servit du thé glacé à Zane dans le salon.

— Je suis vraiment désolée pour ce qu'a fait mon fils, dit Ellis. J'ignorais complètement qu'il t'avait contacté.

— Je vois ça, dit-il.

— Notre famille a quelques problèmes à résoudre.

— Ton mari est là ?

— Nous sommes divorcés.

Il jeta un coup d'œil autour de lui.

— C'est joli. Je t'imaginais bien vivre dans un endroit comme celui-là. Tu passais ton temps dans la forêt derrière chez ta mère.

— Tu l'appelais *la Forêt Sauvage*, dit-elle.

— Je m'en souviens, confirma-t-il avec un sourire.

— C'est le nom que j'ai donné à ma pépinière : la Forêt Sauvage.

Il s'assit dans le fauteuil et observa attentivement Ellis.

— Toi et moi, on peut aller droit au but, pas vrai ? Qu'est-ce qui se passe ? Pourquoi ton fils a fait ça ? Il y a forcément une raison.

— La version longue serait bien trop personnelle. La version courte, c'est que je t'ai mentionné au cours d'une conversation il y a quelques jours.

— Et… ?

— Il a l'air de penser que j'ai besoin de tourner la page. Ou de tirer un trait sur cette histoire, d'après ce qu'il a dit.

Il jeta un coup d'œil à Raven, indiquant qu'il préférerait ne pas parler devant elle. Mais Raven ne bougea pas.

— Je suis désolé de n'être jamais revenu, dit-il à Ellis. J'ai toujours cru que je finirais par craquer. Ta mère était comme une addiction. Nocive pour moi, mais je ne pouvais pas y renoncer.

— Je sais.

— Quand je l'ai enfin quittée, cette dernière fois, j'ai compris que je ne pouvais pas y retourner, au risque d'être aspiré à nouveau. Je ne sais pas comment j'ai trouvé la force de rester à l'écart.

Ses mots rouvrirent toutes les anciennes blessures. À aucun moment il ne disait qu'elle lui avait manqué.

— Pour être sûr de ne pas céder à la tentation, j'ai déménagé, expliqua-t-il.

— Je sais. Quelqu'un l'a dit à Maman.

— J'ai appris qu'elle était morte quelques années plus tard, d'une overdose.

Ellis hocha la tête.

— Qu'est-ce que tu es devenue, après ça ?

Il ne savait donc pas ? Il ne tenait même pas assez à elle pour s'assurer qu'elle avait un toit ?

— Je suis allée vivre chez son père à Youngstown.

— Vraiment ? Chez lui ?

— Il n'avait rien du monstre qu'elle décrivait. Elle le détestait parce qu'il lui avait coupé les vivres quand elle était devenue ingérable. Mais c'était vraiment un homme bien.

— Ça ne m'étonne pas. Elle avait une tendance à l'exagération.

— Tu es marié ? demanda Ellis.

— Ça va faire dix-neuf ans.

— Des enfants ?

— Ma femme avait déjà deux enfants quand je l'ai rencontrée, et elle n'en voulait pas d'autres. Ça m'allait.

Il récupéra son thé glacé et en but une gorgée.

— L'autre garçon, c'est le tien aussi ?

— Oui.

Il dévisagea Raven.

— Et je n'ai pas besoin de te demander si cette jolie demoiselle est ta fille. Tu es le portrait craché de ta maman. Comment tu t'appelles, ma belle ?

— Raven, répondit-elle.

— Et tu as quoi, dix-sept ans ?

— Seize.

— Tu vis ici ou avec ton papa ?

— C'est compliqué, trancha Ellis.

Il hocha la tête et se pencha comme pour partager un secret, alors que Raven pouvait très bien les entendre.

— Ton garçon, là, River. Celui-là, il tient de ta mère, et pas qu'un peu.

Comment pouvait-il dire une chose pareille ? Comment pouvait-il ignorer à quel point cette remarque lui ferait du mal. Avait-elle fantasmé sa gentillesse pendant toutes ces années ?

Il se renfonça dans le fauteuil.

— Maintenant que je suis là, il y a bien quelque chose qu'il faut que tu saches. J'aurais dû t'en parler avant de partir. Je me suis senti mal, après coup.

Ellis n'arrivait pas à y croire. Elle allait enfin entendre les mots dont elle avait désespérément besoin depuis toutes ces années.

La porte d'entrée s'ouvrit. Jasper entra, suivi de River.

— Je m'excuse pour ce que j'ai fait, dit River.

Il ne semblait absolument pas sincère, et regardait même Jasper avec un petit rictus. Son frère avait obtenu de lui qu'il s'excuse.

Jasper dit à Zane :

— Quand vous partirez, nous vous suivrons jusqu'à la station-service pour vous payer le plein.

Ce qui signifiait plutôt que Jonah lui paierait l'essence en réglant la facture de la carte de crédit de Jasper.

— Merci, mais c'est pas la peine, dit Zane.

— Vous pouvez aussi vous reposer dans l'annexe pour reprendre des forces, ajouta Jasper.

Zane sourit à Ellis.

— J'ai l'air si vieux ?

— Tu as l'air en forme, dit-elle. Qu'est-ce que tu t'apprêtais à dire ? Tu parlais de te sentir mal de ne pas m'avoir révélé quelque chose.

— Ah oui, c'est vrai. Ton père.

Elle ne s'attendait certainement pas à ce que ce sujet soit abordé. Petite, le sujet avait été si tabou que son père aurait aussi bien pu ne jamais avoir existé.

— Tu sais qui est mon père ?

Son regard changea. Il ressembla davantage à l'homme bon des souvenirs d'Ellis.

— Oui, je le connaissais bien, dit-il doucement. Est-ce qu'on peut parler devant tes enfants ?

— Je suis sûre qu'ils aimeraient savoir quelque chose de leur grand-père.

— À moins qu'il ne soit un tueur de masse, intervint River. Dans ce cas, je préfère ne pas savoir.

Zane l'ignora.

— Je le connaissais depuis des années avant qu'il ne rencontre ta mère. Je bossais avec lui. À ce jour, il reste mon meilleur ami.

— Ton meilleur ami ? Pourquoi tu ne m'as rien dit ?

— Ta mère me l'a interdit. C'était vraiment un type bien, Ellis. C'est ce que j'ai toujours voulu te dire.

— Maman me jurait qu'elle ne savait pas qui était mon père.

Zane s'assombrit.

— C'était sa manière de l'insulter. Ton père s'appelait Lucas Rosa. Mais tout le monde l'appelait *Luke.*

Ainsi le nom inscrit sur son acte de naissance était bien réel.

— Alors pourquoi mon nom de famille n'est pas *Rosa* ?

— Parce que ta mère trouvait ça mieux en deuxième prénom – et elle obtenait tout ce qu'elle voulait de Luke. Du moins au début.

— C'est un nom italien ?

— Portugais. Ton père vient d'une famille de pêcheurs du Massachusetts.

— Intéressant, commenta River. Pas étonnant que Papa n'ait pas réussi à me convaincre de faire du droit. Mes gènes m'appelaient sur un bateau vaseux au milieu de l'Atlantique.

Zane jeta un regard sévère à River.

— C'est une profession honorable. Et dangereuse avec ça, même pour un marin expérimenté. Le père et le frère de Luke sont morts en mer pendant une tempête.

— Quel âge avait mon père quand c'est arrivé ? demanda Ellis.

— Seize ans. Ça a fait de lui un orphelin, parce que sa mère est morte quand il était petit. Il a vécu avec sa grand-mère pendant quelques années, puis dans les terres, chez un ami. On s'est rencontrés dans un restaurant de Pittsburgh quand on était encore commis de cuisine.

Zane sourit et poursuivit :

— On n'aurait jamais pu deviner qu'il n'avait pas eu la vie facile. Il savait vraiment comment s'amuser.

Il la dévisagea.

— Tu sais, je crois que tu lui ressembles encore plus que quand tu étais petite.

C'était donc pour ça qu'Ellis ressemblait si peu à sa mère. Elle tenait de son père. À présent, elle pouvait imaginer son visage.

— Est-ce que le prénom Ellis a un rapport avec sa famille ? demanda-t-elle.

Il secoua la tête.

— Ta mère était déjà enceinte de plusieurs mois quand Luke l'a emmenée voir la région où il avait grandi. Ils sont partis camper dans tous le nord-est du pays et…

— Quoi ? Ma mère, en randonnée ?

— Elle faisait plein de trucs dont tu n'as pas idée. Luke aimait le bivouac en pleine nature, et l'y a convertie. C'est assez drôle que tu aies appelé un de tes enfants *River* – parce que c'est aussi de là que vient ton prénom, d'une rivière des Appalaches où ils campaient.

— Je tiens mon nom d'une rivière de montagne ?

Il sourit.

— Je savais que ça te plairait. Ça me rendait fou de ne pas pouvoir te raconter tout ça quand tu étais môme.

— Qu'est-ce qui est arrivé à mon père ? Pourquoi tous ces secrets ?

— Pour s'assurer que tu ne poserais jamais de questions, j'imagine. Elle nous avait interdit d'en parler.

— Elle avait interdit à qui de dire quoi ?

— Tu vois ? C'est précisément ce que voulait éviter ta mère.

— Elle n'est plus là. Dis-moi ce que je n'étais pas censée savoir.

— J'imagine que tu sais que son père l'a mise à la porte.

— Oui.

— Quand c'est arrivé, elle a suivi un type dans l'ouest de l'Ohio, mais ça n'a pas marché entre eux. Alors elle a emménagé chez une amie qui lui a dégotté un travail de serveuse. Dans une petite ville comme la nôtre, tout le monde se connaissait dans le milieu de la restauration. Ta mère est entrée comme un ouragan dans notre cercle. Elle était délurée, savait s'amuser et avait toujours des idées folles. Tous les types qui la rencontraient en tombaient amoureux.

Ellis avait dû mal à l'imaginer.

Zane devina ses pensées.

— C'était avant l'alcool et la drogue. Mais ta mère, c'était vraiment quelque chose. Fascinante, c'est ce que j'aurais dit. Mais elle n'avait d'yeux que pour un seul d'entre nous, et c'était Lucas Rosa.

— Ils avaient quel âge ?

— Elle vingt et un, et lui vingt-six ans. Ils étaient totalement fous l'un de l'autre. Mais ils dérapaient sérieusement quand ils se disputaient… Ils se sont un peu calmés quand ta mère est tombée enceinte. Ils ont loué une maison, et ils avaient vraiment l'air heureux.

— La grossesse était voulue ?

— Oui. C'était leur délire de fonder une famille. On était tous très contents pour eux. Tu avais une vingtaine de tatas et de tontons à ta naissance. Tu étais la petite princesse de toutes nos fiestas – et on en faisait un paquet.

Ellis se souvenait d'être passée de genoux en genoux. « Viens voir Tata, ma chérie. » Des bras qui la soulevaient. Quelqu'un qui la faisait voler comme un avion. Une pièce enfumée. Un homme qui la laissait boire dans son verre. « Ne va pas nous saouler ce bébé, imbécile ! »

— J'avais quel âge quand ils ont rompu ?

— Trois ans.

— Qu'est-ce qui s'est passé ?

Il inspira longuement, puis soupira.

— Luke a rencontré quelqu'un. Il a commencé à sortir dans le dos de ta mère. Un soir, alors qu'on était plusieurs chez eux, ta mère a trop bu et l'a accusé de la tromper. Il s'est énervé, mais il a avoué. Elle lui a dit de ficher le camp et de ne jamais revenir. Luke était vraiment furieux qu'elle lui ait crié dessus devant tout le monde…

Zane regarda le verre de thé glacé entre ses mains.

— Quoi ? Que s'est-il passé ? l'encouragea Ellis.

— Il a sauté sur sa moto, et il est parti à fond la caisse. Au bout de la rue, il a grillé un stop et il s'est fait renverser.

Il s'interrompit, le regard toujours fixé sur le verre.

— On a entendu le crissement des pneus. C'était bizarre. On a tout de suite su ce qui s'était passé, et on est sortis en vitesse. On l'a vu mourir.

Il la regarda dans les yeux.

— Toi aussi. Tu étais dans mes bras.

Ellis tenta de se souvenir, sans y parvenir. Mais elle revoyait les visages de ses nombreux baby-sitters, ses « tatas et tontons », comme Zane les avait appelés. Elle comprit qu'ils étaient là pour aider sa mère après la mort de Lucas.

— Ta mère n'a plus jamais été la même, dit-il. Elle croyait l'avoir tué. Mais elle ne l'a jamais dit à voix haute. Elle ne faisait que répéter combien elle le détestait d'être parti avec cette autre femme. Et tout l'amour qu'elle éprouvait pour Luke s'est transformé en haine. Ça l'a démolie.

— Je comprends mieux pourquoi elle ne m'a jamais parlé de lui.

— C'était vraiment difficile pour elle… tu ressemblais tellement à ton père. Alors elle était trop dure avec toi. Et quand tu as grandi, elle a commencé à faire comme si tu n'existais pas. Mais j'imagine que ce n'est pas moi qui vais te l'apprendre.

En effet. Ellis avait toujours supposé que c'était sa faute si sa mère la détestait. Alors que depuis le début, ça n'avait rien à voir avec elle, mais avec son père.

— Quand j'ai commencé à la fréquenter, j'ai essayé d'être présent pour toi, Ellis. J'ai vraiment essayé. Je devais bien ça à ton père. C'était mon meilleur ami.

Enfin, la vérité. Zane était entré dans sa vie à cause de sa mère, comme il l'avait dit plus tôt : elle était une drogue pour lui. Et il était devenu *plus ou moins son père*, par amitié pour son père, pas pour elle. Pire encore, il s'était probablement occupé d'elle pour apaiser cette femme fascinante qui lui avait d'abord préféré son meilleur ami.

Ellis jeta un coup d'œil à River. Son expression était insondable. Il avait l'air d'essayer de la lire, elle aussi. Comme s'ils jouaient tous les deux une partie de poker émotionnel. Si elle le laissait voir que Zane avait créé un tout nouveau niveau de souffrance pour elle, serait-il satisfait d'en être l'instigateur ?

« Tout cet amour s'est transformé en haine », avait expliqué Zane. Était-il arrivé la même chose à River quand Ellis était partie ?

Zane étira ses jambes et frotta ses mains sur ses cuisses.

— Bon ben… je suis content d'avoir finalement pu te dire tout ça. Ça me gênait un peu que tu ne sois pas au courant.

« Ça le gênait un peu. » Ellis faillit éclater de rire devant l'ironie de la situation.

Il sourit, et ses yeux bleus pétillèrent de cette manière qu'Ellis aimait tant quand elle était petite.

— Je suis content que tu ne sois pas mourante, Ellis.

— Moi aussi.

— Tu as toujours été une drôle de môme, dit-il en se levant du fauteuil. Je ferais mieux d'y aller.

Elle se leva à son tour.

— Tu peux te reposer un peu avant de reprendre la route.

— Merci, mais je suis attendu. Tu te souviens de cet ami de ta mère et moi, Rocky ?

— Bien sûr.

— Il s'est dégotté une petite maison du côté de Dayton Beach. Quand je lui ai dit que je descendais en Floride, il m'a invité à le voir. On va aller pêcher dans l'océan et passer un peu de temps entre hommes.

— Alors c'est une bonne chose que ma lente agonie ne te retienne pas plus longtemps, dit-elle.

Il s'esclaffa.

— Rocky sera content d'apprendre que ce n'était pas vrai. Il m'a dit de te passer le bonjour.

— Dis-lui bonjour de ma part aussi.

— Ça marche.

Il avança jusqu'à la porte et fit volte-face.

— Allez, viens là. Je veux un câlin de la jolie gosse de Luke.

Avec soulagement, elle se rendit compte qu'elle avait aussi envie de le prendre dans ses bras. Elle ne ressentait aucune amertume. Zane lui avait appris à aimer, quand sa mère en avait été incapable. Alors quelle importance, qu'il l'ait ou non aimée en retour ?

— Au revoir, Zane.

— Au revoir, Ellis. Prends soin de toi.

Il lui avait fallu plus de trente ans, mais elle avait enfin obtenu ses adieux.

7

Raven

SEPT IBIS TRAVERSÈRENT LE CIEL au-dessus d'elle, et elle s'arrêta pour les écouter. Raven ne se lassait jamais du bruit des bourrasques que soulevaient les ailes des oiseaux des marais. C'était un son nouveau à ses oreilles. Les hérons, les aigrettes, les ibis, les grues. Ils survolaient les terres d'Ellis toute la journée. La présence des grands oiseaux était une des choses qu'elle adorait dans sa vie ici.

Mais ce qu'elle préférait, c'était la présence rassurante, presque maternelle, des *Quercus virginiana*, ces immenses chênes qui gardaient leurs feuilles qu'importe la saison. Les arbres centenaires régnaient comme des matriarches sur les bois, et elle attribuait à chacun une personnalité différente. Raven se dirigea vers celle qu'elle aimait le plus, une immense plante au tronc couvert d'une fougère ancienne, et dont les membres noueux serpentaient comme les lianes épaisses des cheveux de Méduse.

Raven baissa les yeux sur un des deux Vœux qu'elle avait placés à la base de l'arbre. Le premier devait la ramener dans l'État de Washington. Le second devait porter le message de ses sentiments dans l'univers. « Je t'aime, Jackie. »

Elle s'assit entre deux bosses des racines couvertes de mousse du chêne et s'adossa contre le puissant tronc protecteur. Elle ferma les yeux et tenta d'imaginer ce que faisait Jackie.

— Je ne comprends pas comment tu fais pour supporter tous ces moustiques.

Elle ouvrit les yeux. River l'observait à travers de jeunes pousses de palmettos.

— Tu m'as suivie jusqu'ici ?

— On peut dire ça.

— Alors pourquoi ne pas juste dire oui ?

— Parce que ça me ferait passer pour un mec chelou, ce que je ne suis pas. J'avais juste besoin de me barrer quelque part parce qu'ils sont tous en rogne contre moi, là-bas.

Il se fraya un passage entre les palmettos pour approcher.

— Je t'ai vue, et ça m'a semblé être une bonne idée de marcher un peu… jusqu'à ce que je me mette à cuire dans mon propre jus. Comment font les gens pour vivre dans cette étuve ?

— On s'y habitue.

— On dirait un de tes esprits de la terre, assise comme ça.

Elle était venue jusqu'à l'arbre parce qu'elle se sentait mal et avait besoin de repos, mais maintenant c'était raté.

River remarqua un de ses Vœux et approcha.

— Qu'est-ce que c'est ? Une offrande à la déesse Arbre ?

Devant son silence, il insista :

— Bah alors, les esprits t'ont volé ta langue ?

— Pourquoi tu aimes autant énerver les gens ?

— Parce que c'est bien plus intéressant que de les voir contents de moi.

Ça pouvait se comprendre. Satisfaire les autres, c'était élever la barre de leurs attentes.

— Tu veux sortir faire un truc ? Ils me font tous la gueule parce que j'ai fait venir Zane. Même Mme Cicatrice me regarde mal.

— Elle s'appelle Maxine. Et elle n'est pas au courant pour Zane.

— Maman lui a probablement raconté.

— Ça m'étonnerait. Maxine est sourde.

— Ah. Ceci explique cela.

— Quoi ?

— Son comportement bizarre.

Raven se leva.

— Tu vas la fermer ?

— Oula. C'est quoi le problème ?

— Maxine est une belle personne.

Peu de temps après son arrivée en Floride, Maxine l'avait vue vomir dans les bois. Comprenant sûrement que Raven avait le mal du pays, Max s'était assise à côté d'elle et lui avait délicatement essuyé la bouche à l'aide d'un bandana qu'elle gardait dans sa poche. Puis elle avait passé un bras autour de ses épaules, comme Reece, et était restée là, à la serrer contre elle pendant un moment.

— Ça te dit d'aller quelque part ? demanda-t-il. Il est dix-sept heures, presque l'heure de manger.

Elle avait pitié de lui. Il ne supportait visiblement pas la solitude, et pourtant il provoquait compulsivement les autres pour les pousser à le fuir.

— Pourquoi as-tu menti à Zane pour le faire venir ici ? demanda-t-elle.

— Tu veux la vérité ?

Elle hocha la tête.

— J'avais bu un peu de whisky. Quand il a répondu ce matin en disant qu'il était presque arrivé, j'ai totalement paniqué. Mais il était trop tard pour faire quoi que ce soit.

— Tu regrettes ?

— Je ne sais pas. En fin de compte, il n'avait pas l'air mécontent d'aller pêcher. Et ma mère a découvert qui était son père. Peut-être que je leur ai rendu service à tous les deux.

— Moi aussi, je crois que c'était une bonne chose qu'Ellis sache qui était son père.

Il sourit.

— Ah ouais ? Super, enfin une personne dans cette famille qui ne me déteste pas.

— Sauf que le mensonge dont tu t'es servi pour l'amener ici ne me plaît pas du tout. C'était cruel.

— Je sais. Tu as raison. Mon moi bourré est une personne encore plus abominable que mon moi sobre. Mais ce n'est pas lui qui t'invite à dîner. C'est moi. Un steak, ça te dit ?

— J'adore le steak.

Les souvenirs de l'anniversaire de Reece lui revinrent.

— Et tu manges quand même la nourriture pour lapin de ma mère depuis tout ce temps ? Il faut vraiment qu'on te nourrisse avec des vraies protéines de qualité. Je ne dis pas ça pour être méchant, et je t'assure que ce n'est pas mon alter ego bourré qui parle, mais en arrivant ici je t'ai trouvé une petite mine. Tu as perdu du poids ?

— Je ne sais pas.

— Je pense qu'un steak te fera du bien.

Peut-être avait-il raison. Elle avait l'habitude de manger de la viande avec Mama. Et à présent elle se sentait malade et fatiguée en permanence.

— C'est moi qui régale, évidemment, dit-il pour la convaincre. J'hallucine, on dirait que je te propose un rencart, alors que tu es ma sœur.

Il porta la main à son cou et fit mine de vomir.

Comme Reece. Il masquait son manque de confiance en lui derrière des blagues.

— OK, allons manger un steak.

Il sembla sincèrement heureux, et elle se sentit mieux pour la première fois depuis longtemps.

Il contempla l'arbre.

— Comment prend-on congé de la déesse-mère sacrée ? Il faut que je m'incline ? Que je lui fasse un baise-racine ?

Elle lui frappa le bras.

— Aïe. C'est toi qui es cruelle.

Ils retournèrent à la maison pour se changer. River lui avait dit de le retrouver à la voiture, et de ne pas parler à Jasper ou à Ellis de leur projet.

— J'ai reçu assez de leçons de morale pour aujourd'hui.

Raven ne comprenait pas pourquoi sortir dîner lui vaudrait une leçon de morale, mais elle accepta. Par chance, Ellis n'était pas à la maison. Elle se trouvait probablement à la pépinière avec Maxine.

Raven enfila une robe qu'elle avait portée au lycée, et pour quelques sorties avec Jackie. Elle était trop épaisse pour la Floride en juin, mais elle enfila des sandales pour la rendre plus estivale.

River portait un pantalon ajusté, une chemise à manches courtes, et des Vans.

— Qu'est-ce que tu as dit à Jasper ? demanda-t-elle dans la voiture.

— Rien, il était sous la douche. Ce qui implique que je n'ai pas pu y aller. Vive le déodorant.

Il semblait déjà savoir se repérer dans les environs et s'engagea sur la petite autoroute qui coupait les marais du parc de Paynes Prairie, une des rares attractions touristiques qu'avait aperçue Raven en allant quelques fois à Gainesville avec Ellis.

Ils roulèrent jusqu'à un restaurant dont la spécialisé semblait être les steaks. L'endroit était plus chic qu'elle ne l'imaginait. Des hommes et des femmes en uniforme blanc amidonné les placèrent et prirent leur commande.

River demanda un whisky avec des glaçons en présentant sa carte d'identité.

Après le départ du serveur, Raven demanda :

— Est-ce que l'âge légal pour boire est en dessous de vingt et un ans ici ?

— J'ai des faux papiers, expliqua-t-il à voix basse. Ça fait des années. Mais ne le répète pas à Maman… à ma mère… à Ellis, bref.

Il s'illumina en la voyant rire.

Quand son verre arriva, il le leva pour porter un toast.

— À ma petite sœur, qui une fois encore nous a propulsés en pleine tempête. Puissions-nous retrouver la terre ferme.

Elle fit tinter son verre d'eau contre le sien, et but. Il vida plus de la moitié du whisky.

— La terre ferme n'est pas la même pour ta famille et pour moi, dit-elle.

— Tu fais partie de la famille.
— Non.
— C'est ce que tu penses, mais tu finiras par changer d'avis. Comme Luke et Leia ont dû se battre avec leurs propres origines troubles.
— Qui ça ?
— Les Skywalker. *Star Wars.*
Jackie avait un poster de *Star Wars* dans sa chambre quand il était petit. Mais elle ne comprenait toujours pas la référence.
— Tu n'as jamais vu *Star Wars* ?
— Non.
— Ah ouais.
Il termina son whisky et en commanda un autre au serveur qui passait par là.
— Je ne me rends pas bien compte à quel point tu étais isolée. Tu avais la télé ?
— Non.
— Un smartphone ?
Elle secoua la tête.
— Sérieusement ? Comment tu as fait pour survivre ? Est-ce que tu avais au moins accès à Internet ?
— Ma mère se servait d'un téléphone et d'un ordinateur avec Internet pour commander en ligne ce dont on avait besoin. Je n'avais le droit d'utiliser l'ordinateur que pour les devoirs.
— Tu n'as jamais traîné sur Internet en douce ?
— Elle vérifiait l'historique.
— C'est tellement tordu.
— C'est avisé. Les téléphones, Internet et les jeux vidéo rendent les enfants accros. Comme une drogue.
— Bof, tu sais, certains consomment les deux.
— Le père d'un ami a été tué par quelqu'un qui lisait ses SMS au volant.

— Ça craint. Alors comme ça tu avais des amis là-bas ?

— J'ai *toujours* des amis là-bas.

— Tu sais quand tu pourras y retourner ?

Elle secoua la tête.

— Ça dépend de ma tante et de ton père. Personne ne m'informe de rien. Tout ce que ma tante dit à Ellis, c'est que les papiers ne sont pas encore en ordre, et qu'il faut me mettre à l'abri des journalistes.

— Elle te cache pour préserver ses propres intérêts.

— Je sais. Mais je suis d'accord avec ce qu'elle fait. Je ne veux pas que ma mère devienne un sujet pour la presse et que les gens disent du mal d'elle. C'est pour ça que j'accepte de rester un peu ici.

Il mordit dans un bout de pain beurré.

— C'est la seule raison ? Est-ce que tu n'es pas un tout petit peu contente d'avoir rencontré ta famille ?

— Il y a un mois et demi, je ne savais même pas que vous existiez.

— Certes, mais maintenant tu le sais. On ne représente vraiment rien à tes yeux ?

Elle tenta de réfléchir à une réponse qui ne serait pas trop cruelle.

— On ne peut pas tout d'un coup se sentir proche de quelqu'un qu'on ne connaît pas. Et aucun de vous n'a rendu la situation plus facile pour moi.

Elle ne pouvait pas lui dire que Maxine, qui ne partageait aucun lien de parenté avec elle, était la personne dont elle se sentait la plus proche depuis qu'elle avait quitté l'État de Washington.

Il fit son drôle de sourire.

— On n'est peut-être pas la famille la plus attachante.

Soudain grave, il ajouta :

— Mais il y a une raison à ça.

— Je refuse de me sentir coupable pour tout ce qui ne va pas dans ta famille.

— Évidemment que tu n'es pas coupable. Mais tu sais qui l'est.

— Tu ne peux pas tout mettre sur le dos de ma mère non plus. Tu as entendu ce que Zane a dit aujourd'hui. La famille d'Ellis avait des problèmes bien avant sa naissance. Je parie que c'est la même chose du côté de Jonah. J'ai vu sa mère.

— Oui, Gram est un sacré numéro. À ses yeux, ma mère est à peine moins mauvaise que le Diable en personne. Mon grand-père détestait ma mère, aussi.

— Et ça date de bien avant que je ne sorte de votre famille.

— Certes, mais quand même. Audrey Lind a déterré les squelettes du placard familial, et les a transformés en zombies cannibales.

Il lui faisait de plus en plus penser à Reece. Peut-être seulement parce qu'il lui manquait tant, car son ami n'avait pas la moindre once de cruauté en lui, alors que River en avait à revendre.

— Dommage que tu n'aies jamais vu le moindre film, dit-il, parce que c'était une métaphore assez cool.

— Je sais ce qu'est un zombie, répondit-elle. Et ils ne peuvent pas être en même temps des squelettes.

— Si tu as des esprits de la terre dans ton monde, je peux bien avoir des zombies-squelettes dans le mien.

Son deuxième whisky arriva. Il le but vite alors qu'ils mangeaient leur salade, puis en commanda un troisième.

— Je croyais que ce n'était pas le River bourré qui m'invitait à dîner ? fit-elle remarquer.

— Je suis grand. Il me faut plus d'un petit whisky pour être bourré.

— Tu vas réussir à conduire pour le retour ?

— Je vais manger un repas entier. Ça va absorber l'alcool. Ça ira très bien.

Du moins l'espérait-elle. Il semblait déjà affecté par ses verres. En mangeant, il lui exposa avec animation les raisons pour lesquelles il ne voyait pas l'intérêt de payer une fortune pour aller à l'université comme son frère. Son regard amer sur la société moderne lui rappelait Mama. Comme elle, il utilisa le mot « machine » pour la décrire.

Quand ils quittèrent l'ambiance feutrée du restaurant, River se plaignit qu'il faisait encore jour. Il voulait poursuivre la soirée dans un bar, mais regrettait qu'il soit encore trop tôt.

— J'ai seize ans. Je ne pourrais pas y entrer de toute façon, fit-elle remarquer.

— Ah oui, c'est vrai.

Elle trouva inquiétant qu'il ne se souvienne pas qu'elle était mineure. Il avait bu trois whiskys et un cognac.

— Trouvons autre chose, proposa-t-il. Je ne veux pas rentrer.

— Pourtant il va bien falloir. Ils vont se demander où on est passés.

— Ils savent où on est. Jasper n'arrête pas de m'envoyer des messages pour me demander pourquoi je suis sorti dîner sans lui.

— Tu lui as répondu ?

— Non.

— Pourquoi ?

— Parce que Jasper est un rabat-joie.

Raven n'imaginait pas Jackie et Huck se comporter ainsi l'un envers l'autre.

Dans la voiture, River ouvrit une petite enveloppe.

— Tu veux essayer ? proposa-t-il.

— Qu'est-ce que c'est ?

— De la coke. Enfin, de la cocaïne.

Son repas lui remonta dans la gorge. Elle n'avait jamais vu personne prendre de cocaïne.

— Tu en veux ?

— Non. Et je ne pense pas que tu devrais en prendre avant de conduire.

— Il faut bien compenser le whisky.

— Tu disais que ça ne t'avait pas rendu ivre.

— Je ne suis pas ivre. J'ai juste besoin d'un petit remontant.

Il avait un petit tube à la main.

— River… Ça ne me plaît pas.

— Du calme. C'est rien du tout. Tout le monde le fait.

Il inhala deux rails de la poudre blanche, et ses yeux brillèrent aussitôt.

— Tu es sûre que tu ne veux pas essayer ? Ça fait vraiment du bien.

— J'ai dit non. Tu es sûr que tu peux conduire ?

— Oui, oui. Il me faut juste la bonne chanson.

Il prit son temps pour choisir un morceau sur son téléphone et monta le son des enceintes de la voiture beaucoup trop fort, mais elle ne dit rien.

Raven se concentra sur la route et sur sa conduite pendant qu'il lui expliquait de manière de plus en plus agitée pourquoi il détestait le monde. Alors que la voiture accélérait sur la route qui traversait les marais du parc de Paynes Prairie, il baissa la tête sur son téléphone pour changer la musique. Il jeta un coup d'œil aux voitures garées le long de l'autoroute.

— Qu'est-ce qui se passe ? demanda-t-il.

— Les gens viennent voir le coucher de soleil. Apparemment, c'est la tradition dans le coin.

— Faisons ça. Tu veux faire ça ?

— Je pense qu'on devrait rentrer…

— Il y a un ponton par ici, dit River. Je vais me garer.

Il changea brusquement de voie pour traverser le terre-plein central et rejoindre le ponton. Son téléphone était toujours dans sa main quand leur voiture entra en collision avec une autre. De sa main gauche, il braqua le volant vers la droite pour échapper au rouleau compresseur du métal.

Le monde se renversa. Raven ferma les yeux très fort. Quand elle les rouvrit, ils étaient dans l'eau. La voiture avait basculé par-dessus le rebord en béton qui délimitait le marais. Ils étaient de nouveau dans le bon sens, mais s'enfonçaient dans l'eau, le côté de River plus vite que le sien.

— River ! Il faut qu'on sorte de là ! On s'enfonce sous l'eau !

Sa tête dégoulinait de sang, et il avait les yeux fermés. Elle voyait bien qu'il était inconscient.

Il fallait qu'elle le sorte de là avant que la voiture ne plonge. L'eau n'arrivait pas encore au niveau de sa vitre, mais elle craignait de ne pas pouvoir actionner la commande quand l'eau aurait infiltré les parties électroniques. Elle appuya sur le bouton, et à son grand soulagement, la vitre descendit. Raven détacha sa ceinture de sécurité, tentant de ne pas paniquer à la vue de l'eau qui montait derrière la vitre fermée du côté de River. Elle le détacha à son tour et tira. Son corps était un poids mort.

— River ! hurla-t-elle alors que l'eau s'engouffrait par sa fenêtre. River !

L'eau souleva le corps de River, aidant Raven à le porter. Mais la voiture plongeait. Il fallait qu'elle parvienne à le pousser par la fenêtre. Une vague chaude et sulfureuse l'arrosa. La tête de River serait bientôt submergée.

Tout disparut autour d'elle. Une seule idée l'obsédait : le maintenir en vie. Elle parvint à pousser la moitié de son corps par la fenêtre. Mais le niveau montait maintenant au-dessus de sa propre tête, et le visage de River était sous l'eau depuis plus longtemps. Il n'avait plus d'air. Il fallait qu'elle le ramène à la surface. Elle passa ses bras autour de son torse et tira de toutes ses forces. Il pesait si lourd et l'attirait vers le fond. Elle avait besoin d'oxygène. Mais elle ne pouvait pas le lâcher. Elle s'y refusait. Non, jamais. C'était à cause d'elle qu'il se trouvait en Floride. Il était dans l'eau à cause d'elle. S'il devait mourir, elle voulait mourir avec lui.

Des bras se refermèrent sur elle. Il y avait quelqu'un d'autre dans l'eau. Craignant qu'on ne la force à laisser couler River, elle s'accrocha plus fort encore à lui. Elle sentit qu'on l'entraînait vers la surface, et elle inspira soudain de l'air.

— Mon frère ! cria-t-elle. Il faut l'aider ! Il est blessé !

— Je l'ai ! dit un homme. Tu peux lâcher !

Trois hommes avaient plongé dans le marais. Un autre s'enfonça dans l'eau et porta River jusqu'à la foule rassemblée contre le rebord en béton. Son corps était complètement amorphe, son visage presque bleu et maculé de sang.

Il semblait mort. Elle ne l'avait pas sorti à temps.

Les hommes aidaient Raven à sortir de l'eau quand quelqu'un cria :

— Il ne respire plus ! Quelqu'un sait faire un massage cardiaque ?

Un homme et une femme fendirent la foule. Ils s'agenouillèrent de part et d'autre de River. L'homme écouta la poitrine de River et déclara qu'il entendait un pouls. Raven sanglota de soulagement. Mais quand la femme ouvrit la mâchoire de River pour lui faire du bouche-à-bouche, rien ne se passa. Il ne se réveilla pas. Il ne respirait plus.

Au loin, derrière l'attroupement de voitures et de visages horrifiés, la prairie et le marais étaient d'une beauté spectaculaire. Une nuée d'aigrettes blanches volaient lentement devant les nuages roses et le ciel bleu.

Pourquoi les esprits de ces puissantes terres avaient-ils infligé ça à l'une des leurs ?

S'il vous plaît, faites qu'il survive. Venez à lui et aidez-le à respirer.

Elle implora les esprits pour qu'ils l'aident, mais River ne respirait pas.

8

Ellis

JASPER REFUSA DE DÎNER, préférant bouder dans l'annexe en grignotant des snacks devant la télé. Il en voulait à son frère d'avoir pris la voiture alors qu'il était sous la douche.

Elle fut surprise de découvrir que Raven était partie avec River. Ils n'avaient pas laissé de mot, et River ne répondait pas aux messages de Jasper. Alors que le soleil descendait sur l'horizon, Ellis commença à s'inquiéter. Mais Jasper était certain qu'ils étaient juste sortis dîner sans le prévenir. D'après lui, c'était le genre de comportement égoïste qui caractérisait River.

Qu'est-ce qui n'allait pas chez ses enfants ?

Elle. C'était elle, leur problème. Tout avait commencé avec sa propre mère. Et son père, si impulsif qu'il s'était tué dans un accident après une dispute. Les parents d'Ellis avaient voulu un bébé alors qu'ils n'auraient jamais dû être responsables d'un autre être humain.

Certaines personnes ne devraient jamais faire d'enfants. Ellis n'avait jamais pensé qu'elle était faite pour en avoir, et n'avait jamais cru que cela arriverait. Puis Jonah avait débarqué dans sa vie et balayé ses plans pour l'avenir comme un tas de feuilles mortes.

Quercus posa les pattes sur les genoux d'Ellis et lui lécha le menton. C'était le plus adorable et le plus intuitif des trois chiens qu'elle avait eus au fil des années. Peut-être parce que c'était Keith qui l'avait choisi.

Elle ébouriffa la fourrure épaisse de l'animal.

— Il te manque, pas vrai ?

Voyant qu'il avait toute son attention, Quercus alla chercher sa balle. Elle jouait rarement avec lui – c'était le rôle de Keith. Elle se leva du rocking-chair et lança la balle dans les arbres. Quercus la rapporta. Elle la jeta à nouveau. Au quatrième lancer, la balle se coinça dans le tronc piquant d'un palmetto. Quercus la contempla avec un air de regret.

Keith serait allé chercher une échelle pour récupérer la balle, mais elle était trop épuisée pour le faire.

Elle rentra dans la maison pour récupérer son téléphone et s'installa de nouveau dans son rocking-chair. L'autre était celui de Keith.

Elle appuya sur son nom, sans savoir pourquoi, ni ce qu'elle comptait dire. Exactement comme cette nuit dans l'Ohio, après avoir enterré son téléphone et ses photos de famille dans la rivière de la Forêt Sauvage.

— Salut, dit-il en décrochant.

— Salut, répondit-elle.

— Comment ça va ?

— La balle du chien est coincée dans un arbre. Tout en haut.

C'était vraiment une réponse absurde.

— Dommage.

— Oui.

Un terrible silence suivit. Elle avait peur qu'il lui dise au revoir, et que ce silence perdure pour toujours.

— Quelque chose me souffle que ce n'est pas la raison de ton appel, dit-il enfin.

— En effet.

— Alors pourquoi m'as-tu appelé ?

— Tu me manques. Je me demandais si tu me pardonnerais un jour.

— C'est déjà le cas. Plus ou moins.

— Vraiment ?

— Plus ou moins. Je comprends pourquoi tu ne m'as pas parlé de tes enfants. Il ne doit rien y avoir de pire pour un parent que de se sentir responsable de l'enlèvement de son bébé. Maintenant je comprends pourquoi tu vivais en nomade dans les bois quand je t'ai rencontrée. Tu souffrais de bien plus qu'un divorce.

Après une pause, il ajouta :

— Mais ça reste douloureux pour moi, Ellis. Je n'arrête pas de me demander pourquoi tu ne m'as pas fait confiance. Alors que moi je te faisais assez confiance pour t'épouser et avoir un bébé avec toi.

Des larmes ruisselèrent sur les joues d'Ellis.

— Ne vois-tu pas combien c'est blessant ? demanda-t-il.

— Si.

Après un silence, il devina :

— Tu pleures.

Elle tenta de confirmer, mais seul un sanglot passa ses lèvres.

— Est-ce que tout se passe bien de ton côté ? demanda-t-il.

— Il s'est passé quelque chose aujourd'hui.

— Quoi ?
— C'est difficile à expliquer.
— Essaie.
— Il y avait cet homme, qui était comme mon père, quand j'étais petite. Il est venu me voir aujourd'hui.
— Qu'est-ce qui s'est passé ?
— J'ai découvert la vérité sur des choses de mon passé que je n'avais jamais comprises.
Il attendit, mais elle ne savait pas quoi ajouter.
— Une douloureuse vérité ? sonda-t-il.
— Plus que je ne l'aurais cru, après toutes ces années.
— Mais est-ce que tu ne préfères pas savoir ?
Elle était contente de connaître l'identité de son père, mais la découverte que Zane ne l'avait jamais vraiment aimée, et qu'elle ne lui avait pas manqué, la faisait encore souffrir.
— Il y a des vérités qu'il vaut mieux taire.
— Pas entre deux personnes qui s'aiment, dit-il.
Ellis avait aimé ; d'un amour unilatéral. Zane ne l'avait pas suffisamment aimée pour lui parler de son père. Ni même pour lui dire adieu en partant. Il n'y avait pas eu de vérité entre eux, et c'était ce qui lui faisait le plus mal, plus encore que le secret lui-même.
Elle comprit la véritable raison de son appel.
— Je t'aime, Keith.
Elle n'entendit rien dans le téléphone, mais elle savait qu'il pleurait.
— Tu crois que tu pourrais venir me voir ? demanda-t-elle. J'aimerais te raconter ce qui s'est passé aujourd'hui.
— C'est une bonne nouvelle, Ellis.
— Quoi ?
— Que tu veuilles partager ta douleur.
— J'en ai pas mal en réserve, si tu as les épaules pour.

— J'aurais pu t'aider à la porter, tu sais. En totalité.
— Je sais.
— J'arrive dans vingt minutes.
— Où es-tu ?
— Je squatte la chambre d'amis de Ben.

Ben était un autre ranger qui vivait à Ocala, une ville des environs.

— Tu ferais mieux de te dépêcher si tu veux voir le coucher de soleil. J'ai l'impression qu'il va être beau ce soir.

— J'arrive.

Il arriva avant le crépuscule. Il n'avait pas encore fermé la portière de sa voiture qu'ils tombèrent dans les bras l'un de l'autre. Quercus leur tourna autour des jambes et essaya de grimper sur Keith, jusqu'à parvenir à détourner son attention d'Ellis. Il s'agenouilla pour serrer le chien contre lui.

— Toi aussi tu m'as manqué, mon gros chêne plein de poils.

— Comment va ta mère ? demanda Ellis.

Sa mère était déprimée depuis la mort du père de Keith un an plus tôt.

— Elle va mieux. Elle a rejoint un club de seniors et s'est fait de nouveaux amis. Je suis passé la voir la semaine dernière.

— Tu es remonté en Pennsylvanie ? Tu as vu ta sœur et les enfants ?

— Évidemment.

— Tu leur as raconté, pour nous ?

Il acquiesça.

Elle s'en était doutée. Keith était proche de sa sœur et de sa mère, comme il l'avait été de son père. Et le mari de sa sœur était comme un frère pour lui. Ellis n'avait jamais vu de famille si harmonieuse. Avant de les rencontrer, elle n'imaginait même pas qu'une telle chose existât.

— Les enfants sont au courant ? demanda-t-elle.

— Je pense que l'histoire de l'enlèvement aurait été un peu trop difficile pour eux.

— Qu'en a pensé le reste de la famille ?

— Ils se souvenaient du sénateur Bauhammer. Ils étaient tout aussi choqués que moi d'apprendre que tu avais appartenu à cette famille.

— J'imagine qu'ils me détestent maintenant ?

— Comment peux-tu dire une chose pareille ?

— Je t'ai menti pendant toutes ces années. Évidemment qu'ils me détestent.

— Ellis, ma sœur a fondu en larmes quand elle a appris ce que tu as traversé.

Elle imaginait parfaitement cette réaction venant de sa sœur. Elle incarnait à la fois le genre de femme empathique et sincère qu'Ellis avait toujours voulu être, et la mère forte et tendre qu'Ellis aurait rêvé d'avoir.

— À son avis, je n'aurais pas dû partir, dit-il. Que la douleur de la perte d'un enfant était inimaginable, et qu'il fallait que je te laisse une deuxième chance.

Ellis cligna des yeux pour retenir ses larmes.

— Et tu sais ce qu'a dit ma mère ?

— Quoi ?

— Elle a dit que j'étais un imbécile de tourner le dos à l'amour.

Maintenant, c'était lui qui refoulait ses larmes.

— Ma famille m'a dit tout ce que j'avais besoin d'entendre. Tout ce que je voulais entendre. Alors me voilà.

Fallait-il comprendre qu'il revenait pour de bon ? La peur l'empêchait de le lui demander.

Ils marchèrent main dans la main jusqu'aux rocking-chairs, et s'assirent chacun à sa place attitrée. Quercus s'étala sur les pieds de Keith pour s'assurer qu'il ne s'en irait pas.

Ils regardèrent le ciel se colorer derrière les arbres verts de mousse, et elle lui raconta comment ses fils avaient débarqué à l'improviste, les disputes entre les enfants, et le mensonge de River pour faire venir Zane. Elle lui répéta les mots de Zane. L'histoire de la mort de son père. La raison de la haine de sa mère à son égard.

— Tu crois vraiment qu'elle te haïssait ? demanda-t-il.

— En tout cas, elle était incapable de m'aimer. Zane me l'a confirmé.

Il l'attira hors de son rocking-chair pour la serrer contre lui.

— Et malgré ça, tu as cette immense capacité à aimer. C'est une preuve de ta force, Ellis.

Elle recula et le regarda dans les yeux.

— Pourquoi dis-tu que j'ai cette immense capacité à aimer alors qu'à l'évidence, j'ai échoué ?

Il sourit.

— Tu aimes profondément, Ellis. Ton problème, c'est que tu n'as pas confiance en l'amour.

— Je peux faire confiance au nôtre ? Tu vas rester ?

— Oui. J'ai cru devenir fou tant tu me manquais.

— Moi aussi. Enfin, plus folle que d'habitude.

Ils s'embrassèrent longuement dans l'obscurité. En temps normal, ils seraient rentrés pour faire l'amour, mais son retour signait un renouveau, et leurs baisers interminables marquaient l'atmosphère de ce nouveau départ. Cette fois elle n'était pas une sorcière l'attirant dans ses bois sombres. Il savait tout d'elle, et pourtant il voulait rester. Elle n'avait plus besoin de l'ensorceler.

Un faisceau lumineux les éblouit. Ils rompirent leur étreinte et regardèrent Jasper accourir depuis la grange.

— Maman ! lança-t-il.

Il s'arrêta une seconde en remarquant la présence de Keith, mais n'attendit pas qu'elle fasse les présentations.

— C'est River… River et Raven ont eu un accident. Il faut qu'on aille à l'hôpital !

— Qui t'a dit ça ?

— Papa. Apparemment, Raven a demandé à le contacter.

— Est-ce que River va bien ?

— Je crois que c'est grave. Il est aux urgences.

Keith insista pour conduire. Quand ils arrivèrent au niveau de la route 441 qui s'étirait à travers le marais, ils aperçurent les gyrophares sur la route – des voitures de police et une dépanneuse, des agents qui déviaient les véhicules de la scène de l'accident.

— C'est là qu'a eu lieu l'accident ? demanda Ellis.

— Je ne sais pas, dit Jasper. Je ne vois pas notre voiture.

Keith les déposa devant l'entrée des urgences et alla se garer.

Un médecin vint chercher Ellis et Jasper au bureau d'accueil des urgences.

— Vous êtes la mère de River Bauhammer et Raven Lind ? demanda-t-elle.

— Oui. Et voici leur frère, Jasper. Est-ce qu'ils ont tous les deux survécu à l'accident ?

— Pour le moment, oui. La situation de River est critique, mais son état est stable.

— Je veux le voir ! exigea Jasper.

— Je sais. Mais on s'occupe de lui.

— À faire quoi ? demanda Ellis.

— Sous le choc de la collision, la voiture a fait des tonneaux et a atterri dans une eau assez profonde pour la submerger.

Paynes Prairie. L'accident devant lequel ils étaient passés. Depuis la tempête la plus récente, l'eau des marais de la prairie était profonde.

— Quelle horreur, dit Jasper alors que les larmes roulaient sur ses joues.

— Deux témoins ont pu le réanimer sur place, dit le médecin. C'est une bonne chose. Nous pensons qu'il n'a pas été privé d'oxygène pendant plus de quelques minutes.

— Est-il conscient ? demanda Ellis.

— Il est dans le coma. On essaie de déterminer l'étendue de son trauma crânien.

— Est-ce qu'il respire ?

— Oui. À votre connaissance, a-t-il un problème d'addiction ?

Ellis le soupçonnait, et Jasper le confirma.

— Ses prises de sang indiquent un taux d'alcoolémie élevé, ainsi que la présence de stupéfiants. Raven a confirmé qu'il conduisait ivre sous l'emprise du whisky et de la cocaïne.

— Où est-elle ? demanda Ellis. Est-ce qu'elle va bien ?

— Impossible à déterminer. Elle est un peu sonnée, mais elle refuse de nous laisser l'approcher. Littéralement. Elle prétend que l'on va lui administrer des médicaments et l'attacher à des machines qui vont la tuer. Étiez-vous consciente de cette phobie chez elle ?

— Non, mais je peux en déterminer l'origine, dit Ellis.

— Une partie de cette réaction est certainement due au choc, tempéra le médecin. Peut-être pourriez-vous tous les deux la convaincre de nous laisser lui administrer un sédatif afin d'examiner ses blessures.

Ellis en doutait. Raven était du genre à s'accrocher à ses convictions. Elle avait eu droit à une double dose de ce trait de caractère, innée, et acquise.

Le médecin les entraîna vers une chambre au bout du couloir. Ellis ne s'attendait pas à trouver sa fille en si piètre état, roulée en boule par terre, dans un coin. Pieds nus, les cheveux mouillés, la robe maculée de boue et couverte d'algues des marais, elle avait l'air d'une créature aquatique pathétique, prise dans un filet et rejetée sur le rivage.

Raven ôta ses bras de sa tête quand elle les entendit entrer. Elle pleura presque de soulagement en voyant apparaître Ellis, mais se renferma aussitôt avec une méfiance flagrante en remarquant le médecin qui l'accompagnait.

— Est-ce que vous pouvez nous laisser un peu d'intimité ? demanda Ellis au médecin.

Le médecin acquiesça, et ferma la porte en partant.

Ellis ne put se retenir. Une pulsion profonde d'amour maternel qu'elle n'avait pas ressenti jusqu'alors la poussa vers cette fille qui ne l'appellerait jamais *Mère*. Elle prit Raven dans ses bras et la serra contre sa poitrine. Raven sanglota contre elle.

Jasper enlaça sa sœur par-dessus leur étreinte.

— Merci d'avoir sauvé River, dit-il. Merci.

Les larmes de Jasper déclenchèrent celles d'Ellis. Quelle étrange famille de pleureurs formaient-ils. Aucune expérience partagée pendant seize ans, et soudain rassemblée par la douleur plus que par le sang.

— Je veux voir River, sanglota Raven, mais ils ne veulent pas me laisser y aller.

Ellis la prit par les épaules pour la regarder en face.

— Il faut d'abord qu'ils terminent leurs examens médicaux.

— Mais il faut qu'on les surveille. Ils risquent de le tuer.

— Nous devons leur faire confiance. Je sais que tu as été élevée dans la peur des hôpitaux, mais River a besoin d'être soigné. Nous le verrons très vite.

— J'ai tellement peur qu'il meure ! s'écria-t-elle. J'ai essayé de maintenir sa tête hors de l'eau. Vraiment. Mais il a coulé. Il ne respirait plus quand ils l'ont sorti de l'eau.

— Tu lui as sauvé la vie, dit Jasper. C'est ce qu'a dit le médecin.

— Les gens qui l'ont réanimé lui ont sauvé la vie, rectifia-t-elle.

— Ils n'auraient pas pu le faire, s'il avait coulé avec la voiture, dit Jasper.

— Je n'aurais jamais dû le laisser prendre le volant, avoua-t-elle entre les larmes. Il avait bu. Il avait pris de la cocaïne. Je sentais bien qu'il n'était pas dans son état normal. Mais je croyais que si je le surveillais pendant qu'il conduisait, il ne pouvait rien se passer de mal.

Ellis songea à toutes les fois où elle avait conduit sous influence. Quel terrible risque elle avait pris, et pas seulement pour sa propre vie.

Elle regarda à nouveau Raven dans les yeux.

— Rien de tout cela n'est ta faute. Rien, tu m'entends ?

Une infirmière entra. Elle voulait relever la tension de Raven et sa température, mais celle-ci refusa. Ellis ne voyait aucun signe indiquant que Raven avait un besoin urgent de soins médicaux. Elle présentait quelques hématomes et égratignures, mais c'était sa détresse émotionnelle qui l'inquiétait davantage. Ne voulant pas la forcer à se soumettre aux examens, elle demanda à l'infirmière des vêtements.

Jasper sortit de la chambre pendant qu'Ellis aidait Raven à enfiler un pyjama d'hôpital. Elle en profita pour chercher sur son corps des signes indiquant la nécessité de passer une radio ou un scanner, comme l'avait suggéré le médecin. Mais elle ne vit rien de flagrant, et quand elle mentionna les examens, Raven secoua la tête avec virulence. Elle jeta un regard paniqué vers la porte, comme pour se préparer à fuir à toute vitesse.

— D'accord, on va attendre de voir comment tu te sens, dit Ellis de sa voix la plus apaisante. Tout va bien. Personne ne te fera de mal.

Ellis humidifia des serviettes en papier pour essuyer la boue qui maculait son visage.

— C'est Keith qui nous a conduits ici, l'informa-t-elle. Tu préfères que je lui dise de rentrer à la maison, ou est-ce que tu aimerais le rencontrer ?

— Il est revenu ?

— Oui, juste avant que l'on apprenne pour l'accident.

— Pour de bon ?

— Je crois.

Elle scruta les yeux d'Ellis.

— Tu dois être contente.

— Je le suis. Ou du moins, je l'étais.

— Où est-il ?

— En salle d'attente. Je dois le tenir au courant.

— Tu vas revenir tout de suite après ?

— Oui.

— Tu n'as pas envie qu'il parte, devina Raven. Tu devrais l'amener ici.

Ellis trouva Keith et le ramena en salle d'examen. Jasper avait passé un bras autour de Raven. Ellis eut à nouveau envie de pleurer en les voyant assis côte à côte.

Raven se leva aussitôt. Elle serra la main de Keith en déclarant :

— Enchantée de faire votre connaissance, Mr Gephardt.

Audrey Lind devait tenir aux bonnes manières.

Ils patientèrent près de deux heures avant d'être autorisés à voir River, toujours inconscient. Le visage couvert d'hématomes et la tête bandée, il était relié à de nombreuses machines, comme le craignait Raven – dont à une canule nasale pour un supplément d'oxygène. Jasper et Raven se remirent à pleurer. Ellis était soulagée de voir qu'il n'était pas sous respiration artificielle. Elle embrassa délicatement la joue de River, pour la première fois depuis qu'il avait quatre ans.

Deux heures plus tard, River fut transféré des urgences vers une chambre plus permanente.

Une heure plus tard, Jonah fit son entrée.

À l'exception de son air épuisé et anxieux, il n'avait pas beaucoup changé. Il était mince et musclé. Les traits de son visage tombaient légèrement avec l'âge, et ses cheveux châtains étaient striés de quelques mèches blanches. Mais la différence la plus notable se trouvait dans ses yeux. Au début, Ellis ne parvint pas à déterminer de quoi il s'agissait. Puis elle comprit. Son regard était voilé. Derrière la confiance vive qui caractérisait ses iris bleus, se trouvait une tristesse profonde qu'elle ne lui avait jamais connue.

— Papa ! s'écria Jasper en se jetant dans ses bras.

Jonah le serra fort contre lui. Ellis le connaissait encore assez bien pour savoir qu'il retenait ses larmes.

Jasper, lui, ne contenait pas les siennes.

— Je suis désolé, c'était mon idée de venir ici. River ne voulait pas. Tout est ma faute !

— Ce n'est pas ta faute, dit Jonah.

— Tu ne savais pas qu'ils étaient en Floride ? s'enquit Ellis.

— Je les croyais sur les îles des Outer Banks, dit-il.

— Je leur ai pourtant demandé de te prévenir. J'ai insisté.

— Je suis désolé, souffla Jasper. On ne voulait pas te mettre en colère.

Jonah avança vers le lit et posa doucement la main sur la joue de River.

— La dernière fois que j'ai parlé au médecin, c'était à l'atterrissage de mon avion à Orlando. Il y a eu du changement depuis ?

— Non, répondit Ellis. Ils s'attendent à ce qu'il sorte du coma rapidement. Le trauma crânien était léger.

— Elle m'a aussi parlé d'eau dans ses poumons.

— Une petite quantité. C'est la raison pour laquelle il est sous oxygène et qu'on lui administre des antibiotiques en intraveineuse.

Jonah se tourna vers Raven, qui portait toujours un pyjama d'hôpital.

— Tu l'as sorti de la voiture qui coulait. Les ambulanciers ont rapporté au médecin que tu lui avais sauvé la vie.

Raven ne répondit rien. Ellis savait qu'elle pensait le contraire.

Jonah posa ses mains sur ses épaules.

— Tu es une jeune fille intelligente et courageuse.

Il la prit dans ses bras et la serra contre son cœur.

— Merci. Tu es un véritable miracle.

Elle pleurait quand il la lâcha.

Jonah et Ellis se firent enfin face. Seize ans de souffrance, de culpabilité, de reproches et de colère affluaient dans leurs regards. Et peut-être aussi un peu d'amour. Jonah l'enlaça, et elle lui rendit son étreinte. La partie la plus étrange, c'était de constater que son corps se souvenait du sien, de la manière dont il la tenait, de son doux souffle dans son oreille. Des milliers de souvenirs parcoururent ses terminaisons nerveuses durant les quelques secondes où leurs corps furent en contact.

— Jonah, je te présente Keith Gephardt.

— Enchanté, Keith, lui dit Jonah en lui serrant la main.

Keith avait eu droit à un déferlement du passé traumatique d'Ellis depuis son retour, six heures plus tôt. Mais il tenait le choc. Il exprima sa compassion à Jonah pour l'accident et lui proposa à manger.

Jonah refusa, allant droit vers River pour lui prendre la main.

Ellis s'assit à côté de Keith.

— Essaie de dormir un peu, lui dit-il en la calant contre lui.

— C'est toi qui en as le plus besoin, protesta-t-elle. Tu vas bientôt devoir partir travailler.

— Non. Je les ai prévenus que j'avais une urgence familiale.

Elle s'écarta de son bras et le regarda dans les yeux.

— C'est toi, ma famille, dit-il doucement. Et ça signifie que tes enfants aussi.

Elle se réfugia à nouveau dans ses bras, et posa la tête près de son cœur pour s'endormir bercée par son doux rythme constant.

D'après l'horloge au mur, elle se réveilla trente-cinq minutes plus tard, revigorée de sa sieste comme d'un repos de plusieurs heures. Elle avait désespérément envie d'un café, comme toujours le matin. Elle demanda à Keith s'il en voulait une tasse, mais il déclina.

Jonah avait quitté la salle. Jasper dormait dans le fauteuil. Raven était penchée sur River.

— Il y a du nouveau ? lui demanda Ellis.

Raven secoua la tête. Elle semblait sur le point de s'effondrer d'épuisement. Quelques heures plus tôt, elle avait tiré un jeune homme grand et musclé hors d'une voiture sous l'eau. Ellis ne comprenait pas comment elle tenait encore debout.

— Tu as besoin de dormir, lui dit Ellis. Est-ce que tu veux que Keith te ramène à la maison ?

— Non.

— Il y a un canapé dans la salle d'attente. On peut te trouver un oreiller et une couverture.

— Je ne pourrai pas dormir tant que River ne sera pas réveillé.

— Tu es en train de te rendre malade, lui dit Ellis. Ce n'est pas ce que voudrait River.

Elle contempla le visage de River.

— Ce que veut River, c'est se réveiller, mais pas ici. C'est cet endroit qui l'en empêche.

— Il ne sait pas où il est, objecta Ellis. Il est inconscient.

Raven pinça les lèvres, comme pour retenir ses pensées paranoïaques en elle.

Ellis partit en quête de café et tomba sur Jonah qui en achetait un gobelet à la cafétéria.

— Keith a l'air d'être un type bien, commenta Jonah alors qu'ils retournaient vers le service de réanimation. Vous êtes ensemble depuis combien de temps ?

— Bientôt dix ans de vie commune.

— Oh, ça fait long.

— Et toi ? Tu as une petite amie ?

Il s'arrêta pour lui faire face.

— Quoi ? demanda-t-elle.

Il continuait de poser sur elle un regard étrange.

— Je n'ai encore rien dit aux garçons…

— Tu vas te marier ?

Il regarda autour de lui dans la salle d'attente pour s'assurer que personne ne l'écoutait. À cette heure si matinale, il n'y avait qu'eux.

— J'ai rencontré quelqu'un il y a sept mois. C'est l'homme de ma vie.

L'épuisement ralentissait la capacité d'Ellis à intégrer ses mots. Elle resta plantée devant lui sans rien dire.

Il sourit tristement et ajouta :

— On dirait que tu as besoin de t'asseoir.

Elle s'assit. Il s'installa de l'autre côté de la table basse sur laquelle il posa leurs gobelets.

— Je suis désolé. Ce n'était pas le bon moment ni le bon endroit pour cette annonce. Je suis fatigué et...

— Bon sang, mais ne t'excuse pas. Je suis contente que tu m'en aies parlé. Je suis vraiment heureuse pour toi.

— Tu as l'air surprise. J'ai toujours cru que tu le soupçonnais...

Une centaine de raisons qui auraient dû lui mettre la puce à l'oreille éclairèrent cette révélation.

— Tu es bi ?

— Non, gay.

— Les garçons sont au courant ?

— Tu es la première personne à qui j'en parle. C'est bizarre, non ?

Il détourna le regard, et s'efforça de retenir ses larmes. Mais quand il la regarda, il avait les yeux humides.

— Comme je te le disais, je suis fatigué. Je ne suis pas tout à fait moi-même.

— Ne dis pas ça ! Je ne t'ai jamais connu si sincère. C'est magnifique, Jonah.

— Ellis, mon Dieu... C'est toi qui es magnifique depuis toujours... quand je pense à ce que je t'ai fait...

Il cacha son visage derrière ses mains.

— Jonah…

Il leva les yeux vers elle.

— Je comprends pourquoi tu as dû réprimer cette partie de toi si longtemps. Ton père. Ta mère. Ça a dû être une torture.

— Un véritable enfer. Mon père était l'un des homophobes les plus virulents de l'histoire de sa circonscription.

— Et tu le sais depuis petit ?

— Tu l'as dit toi-même, je l'ai réprimé. Je croyais que mon attirance pour les garçons au lycée était une forme de rébellion perverse contre les croyances de mes parents. C'était ce que je me disais jusqu'à mes vingt ans. Et pourtant je ne trouvais pas une seule fille avec qui j'avais envie d'être. Jusqu'à cette soirée où je t'ai rencontrée.

La soirée de Halloween. Ellis déguisée en nuage, et Jonah en Zeus.

— Pour la première fois dans ma vie, j'étais attiré par une femme. Tu n'imagines pas le soulagement que ça a été. Mais c'était si tordu. Si tu savais comme je m'en veux.

— Comment ça ?

De nouvelles larmes se mirent à couler.

— Quand je t'ai vue pour la première fois à cette soirée, je t'ai d'abord prise pour un garçon. Le plus beau garçon que j'avais jamais vu.

— Je venais de me couper les cheveux à la garçonne.

— Oui, et tout ton corps était caché par le nuage.

— Et ensuite tu t'es rendu compte que j'étais une fille. La seule fille qui t'avait attiré.

— Pardonne-moi. Je sais que je suis impardonnable. Je sais que je n'aurais jamais dû. Mais je t'ai aimée, Ellis.

De tout mon cœur. Je n'ai jamais ressenti un lien si fort avec quelqu'un d'autre que toi.

Tous ses souvenirs commencèrent à s'aligner. Il lui avait déclaré son amour bien trop tôt dans la relation. Il était sans cesse en demande d'affection, et pourtant elle sentait sa distance émotionnelle. Il avait du mal à lui faire l'amour. C'était la raison même pour laquelle elle était tombée enceinte : un soir, elle avait sacrifié le préservatif pour encourager sa timide réaction.

— Et Irene ? demanda-t-elle. Elle ne t'attirait pas du tout ?

— Irene… quelle histoire. Ellis, comment pourrais-je t'expliquer ça ?

— Dis-moi tout. C'est mieux que de le garder pour toi.

— Il y avait cet homme, un autre avocat du cabinet. Je le soupçonnais d'être gay. Mais je ne pouvais rien tenter. Évidemment que je ne pouvais pas. Toi, les enfants, ma mère, le sénateur Bauhammer… toute la région n'aurait parlé que de ça !

— Alors tu t'es rabattu sur ta prof de tennis pour essayer d'éradiquer ton attirance pour cet homme.

Il acquiesça.

— Et j'imagine que je n'avais plus rien de l'allure d'un beau garçon, avec le lait qui coulait de mes seins énormes…

À nouveau, il acquiesça.

— Je pensais que faire un autre bébé résoudrait mes problèmes, mais ça n'a fait que les empirer. Tu étais une mère resplendissante. Si belle…

— Mais à l'opposé de ce qui t'avait attiré chez moi.

Il souleva son gobelet de café, mais sa main tremblait trop pour qu'il puisse en boire une gorgée. Il dû le reposer.

— Merde, dit-il en fondant en larmes à nouveau.

— Je te pardonne, et ce ne sont pas des paroles en l'air, dit-elle. Crois-le ou non, la vérité m'apaise. J'étais vraiment blessée quand j'ai découvert ta liaison avec Irene. Mais à présent je comprends.

— Tu comprends ? s'insurgea-t-il avec une soudaine véhémence. Tu as laissé Viola dans la forêt à cause de ma liaison avec Irene. C'est moi, la raison de son enlèvement. C'est à cause de moi que tu as plongé dans l'alcool et les médicaments. C'est à cause de moi, si tu as abandonné tes fils, et à cause de moi si River est complètement perdu.

Il désigna l'ascenseur.

— Il est dans ce lit d'hôpital à cause de moi. C'est toi que tout le monde a blâmé, alors que c'est entièrement ma faute.

— Oh, Jonah, ne dis pas ça…

— Tu sais que c'est vrai ! J'ai foutu en l'air toutes vos vies ! Parfois, je me dis que je ne peux pas vivre avec ce poids ! Si je n'avais pas rencontré Ryan au moment où…

Il se leva brusquement et traversa la petite salle.

Ellis le rejoignit de l'autre côté de la pièce.

— Je suis heureuse que tu aies trouvé l'amour. Aimer Keith, et être aimée en retour, m'a fait du bien. J'espère que tu trouveras la même chose avec Ryan.

— Nos fils ne sont pas au courant, avoua-t-il avec amertume. Je ne peux pas le dire à ma mère. Alors je le vois en cachette. Tu crois vraiment que ça me fait du bien ?

— Dis-leur.

— À ma mère ? Tu la connais. Elle habite chez moi maintenant, Ellis.

— Et alors ? Si ça ne lui plaît pas, elle a suffisamment d'argent pour déménager. Tu vis un mensonge depuis toutes ces années, et pour quoi faire ? Pour coller à une vision avilie de la moralité qu'ont tes parents ? Maintenant que je connais la vérité, je peux te dire que ce sont eux, les responsables de l'enlèvement de Viola. On peut remonter jusqu'au moment où ils ont étouffé l'âme de leur enfant.

— Tu ne peux pas leur en vouloir. Ils ont tous les deux étés endoctrinés par leurs propres parents dans ces croyances.

— Et qui a élevé leurs parents ? Jusqu'où on remonte, comme ça ? Il est temps de faire cesser ce cycle de haine. De dire à nos fils que tu es amoureux. Invite Ryan chez toi. Laisser River et Jasper voir qui tu es et qui tu aimes. Et si Mary Carol essaie de tout gâcher, vire-la de la maison !

En un sourire, il rajeunit de dix ans.

— Je suis content de voir que tu as gardé ton tempérament de battante. J'ai toujours aimé ça chez toi.

— Jonah… Je suis tellement désolée de t'avoir laissé élever les garçons seul. Je pensais qu'Irene t'aiderait, et je n'avais aucune idée de comment…

— Aucun de nous deux ne savait comment réparer ça. Je croyais que c'était irréparable à l'époque. Mais à présent, on peut de nouveau essayer, pas vrai ?

— Ça me plairait beaucoup.

Il lui tendit la main.

— Amis ?

— Absolument.

Quand elle lui serra la main, il l'attira vers lui pour l'étreindre.

— Retournons-y, dit-il. Il faut que nous soyons là pour le moment où il se réveillera.

Quand l'ascenseur s'ouvrit à l'étage du service de réanimation, Keith était planté devant les portes.

— Je vous cherchais, dit-il.

— Est-ce que tout va bien ? demanda-t-elle. River s'est réveillé ?

— Non, son état n'a pas évolué. C'est Raven.

— Qu'est-ce qui lui arrive ?

— Elle a un comportement étrange. Les infirmières ne sont pas contentes. Il faut que tu interviennes.

Ellis et Jonah se précipitèrent dans le couloir du service de réanimation. Ils s'arrêtèrent sur le seuil de la chambre, médusés devant la vision étrange du corps de River couvert d'herbes, de fleurs et de branches d'arbres. Une feuille de palmier jaillissait de l'oreiller derrière la tête de River comme un halo de rayons verts.

Sous le trop plein de culpabilité et d'épuisement, Raven avait craqué. Elle disposait soigneusement de l'herbe et des fleurs sur la couverture de River, et de temps en temps s'interrompait pour présenter une feuille ou une fleur écrasée sous son nez encombré par les tubes à oxygène. Jasper la regardait comme si elle avait complètement perdu la boule, et les infirmières de même.

— Elle s'est éclipsée juste après ton départ, expliqua Keith doucement. Elle est revenue avec tout ce bazar caché dans un sac-poubelle.

Les éléments provenaient visiblement du parterre fleuri devant l'hôpital. Ellis l'y avait conduite plus tôt pour la faire respirer et sortir de la chambre minuscule des urgences.

— Dites-lui d'arrêter, demanda l'infirmière la plus jeune. Ces plantes proviennent de l'extérieur. Il ne devrait pas respirer ça. Il a besoin de rester dans un environnement stérile.

— Vous avez tout faux, objecta Raven. C'est trop stérile. Les gens s'épanouissent avec le grand air, la terre et les plantes. Impossible de se sentir bien dans un endroit comme ici. On ne peut qu'y être malade. Il a besoin de sentir la terre sous ses doigts pour avoir une bonne raison de se réveiller.

La beauté de sa vision de la vie arracha presque des larmes à Ellis.

— C'est une très belle idée, Raven, dit-elle en approchant du lit. Mais en général, c'est pour cette raison qu'on apporte des fleurs à l'hôpital.

— C'est ce que je fais.

— Les fleurs sont censées venir d'un endroit propre. De chez le fleuriste. Et il faut les mettre dans un vase, pas sur le malade.

— Il faut qu'elles soient proches. Pour qu'il puisse les sentir et les toucher.

Une minuscule araignée cavala sur la couverture blanche, vers le visage de River. Ellis la captura dans un gobelet en plastique, qu'elle recouvrit aussitôt d'un autre gobelet pour la garder emprisonnée.

— Vous voyez ? argua la jeune infirmière. Elle a apporté des insectes. Si elle n'arrête pas, nous allons devoir lui demander de sortir.

— Non ! s'écria Raven. Allez-vous-en et laissez-nous nous occuper de lui comme nous le voulons. Vos machines n'arrivent pas à le réveiller.

— Ces machines surveillent ses constantes, lui expliqua l'infirmière plus âgée d'un ton bienveillant. Elles ne sont pas censées le réveiller.

Raven froissa une feuille entre ses doigts et la sentit avant de la porter au nez de River.

— River, tu sens ce parfum ? Comment ça sent bon ? River, réveille-toi.

— C'est ridicule, je vais chercher son médecin pour qu'elle mette un terme à ce cirque, décréta l'infirmière la plus jeune en sortant de la pièce à grands pas.

— Raven… intervint Jonah. Le docteur va probablement vouloir que River soit propre. On ferait mieux d'enlever tout ça maintenant.

— Pas tant qu'il ne sera pas réveillé, protesta Raven.

Jonah se tourna vers Ellis. Elle ne savait pas non plus quoi faire.

Le médecin entra. Elle semblait fatiguée et pas d'humeur à négocier avec une ado guérisseuse.

— Il y a des insectes partout dans son lit, rapporta l'infirmière.

— Oh, vous savez très bien que vous exagérez, protesta Ellis.

— On ne peut pas soigner un patient dans ces conditions. Il faut enlever tout ça, trancha le médecin.

— Est-ce qu'on peut laisser les fleurs un tout petit peu plus longtemps ? demanda Ellis. C'est sa manière de gérer l'anxiété.

— Oui, laissez, c'est pas grave, renchérit Jasper.

— Je ne vois vraiment pas en quoi c'est un problème, ajouta Jonah.

Il balaya discrètement une fourmi de la couverture, mais son geste n'échappa pas à l'œil du médecin.

— Vous ne pouvez pas introduire des insectes dans un service de réanimation rempli de malades, dit-elle.

— Les gens amènent des insectes sur leurs chaussures et leurs vêtements, argua Keith.

Raven chatouilla la joue de River avec un brin d'herbe.

— Tu sens ça, River ? lui chuchota-t-elle à l'oreille. Réveille-toi.

— Je suis désolée, mais il va falloir enlever ce bazar, insista la médecin.

— Non ! s'écria Raven. C'est mon frère, et ma famille est d'accord. Partez et laissez-nous tranquilles.

À cet instant, River ouvrit les yeux et toussa. Il souleva sa main et regarda d'un air perdu l'intraveineuse qui y était scotchée. Puis il essaya de tirer sur les canules sous ses narines.

— Je le savais ! exulta Raven.

Elle se pencha sur la barre latérale du lit et lui embrassa la joue.

— Raven ?

— C'est moi. Tu te sens mieux ?

Il contempla la végétation qui le recouvrait.

— Qu'est-ce que tu as fichu ? Tu es en train de m'enterrer ou quoi ?

— Précisément le contraire, dit Jonah.

9

Raven

KEITH LANÇA LE FRISBEE À RAVEN, qui visa haut, forçant River à courir pour l'attraper. Ce dernier le renvoya en lob à Keith, qui fit une passe longue et rase vers Ellis, de retour de la pépinière. Elle courut pour l'atteindre, mais le Frisbee atterrit par terre et elle le rata de peu. Elle le relança à River et se joignit à la partie.

River avait ôté son T-shirt, et Raven remarqua qu'il avait repris des forces. Depuis deux mois, il travaillait pour Tom, le paysagiste, et donnait un coup de main à Ellis et Maxine à la pépinière. Il était sobre depuis trois mois, le jour de l'accident.

Raven consulta la montre que lui avait prêtée Keith.

— On part dans vingt minutes, annonça-t-elle à River.

— On ne peut pas sécher aujourd'hui ?

— Non.

Il lança le Frisbee avec vigueur en direction de sa tête. Il savait viser. Mais elle ne se débrouillait pas mal non plus. Elle attrapa le disque en plastique et lui retourna aussitôt.

— On ferait mieux d'arrêter pour vous laisser le temps de vous préparer, dit Ellis.

— Qui a besoin de se faire beau pour aller voir une bande de toxicos ? rétorqua River.

Ellis et Keith abandonnèrent la partie. Ils ne voulaient pas lui donner une excuse pour être en retard à sa réunion des narcotiques anonymes. Le mercredi, Raven le conduisait à ce rendez-vous, et le samedi à celui des alcooliques anonymes. Elle avait passé son permis précisément pour pouvoir l'amener à ces rencontres qui avaient lieu à Gainesville. Le permis de River lui avait été retiré après l'accident, et Ellis et Keith étaient souvent trop occupés pour lui servir de taxi.

River lui lança le Frisbee, mais elle ne le lui rendit pas.

— À la douche, ordonna-t-elle.

— Quelle bande de rabat-joie, marmonna-t-il en s'allongeant dans l'herbe, les bras croisés sous la tête.

Raven approcha.

— Fourmis rouges, annonça-t-elle.

— Merde !

Il se leva d'un bond.

— C'est une blague.

— Je vais t'en donner, moi, des fourmis rouges !

Il l'attrapa avant qu'elle ne puisse s'enfuir, la porta jusqu'à un nid de fourmis rouges près de l'allée et la souleva, tête à l'envers, au-dessus du monticule de terre. Ses cheveux le frôlaient presque.

— Arrête ! hurla-t-elle de rire.

— Tu t'excuses ?

— Oui !

— Dis que tu es d'accord pour que je sèche la réunion aujourd'hui.

— Non.

— Tu préfères littéralement mettre le nez dans la fourmilière ?

— Oui.

Il la remit sur pieds.

— Ton attachement à ces réunions débiles est vraiment bizarre.

— Ce ne sont pas des réunions débiles. Je me suis engagée à t'aider à aller mieux, et ce n'est pas bizarre. Maintenant va mettre une chemise, je t'attends dans la voiture.

— Est-ce qu'on peut sécher, juste aujourd'hui ? Je ne suis vraiment pas d'humeur.

— Il le faut. Si la tempête arrive, la réunion de samedi risque d'être annulée.

— Apprends-moi à prier l'esprit de la tempête pour qu'elle vienne.

— File !

Il récupéra le Frisbee par terre, lui donna un petit coup sur la tête avec, et entra dans la maison. Il était si puéril parfois. Mais elle aimait ce côté enfantin, comme le reste de sa personnalité. Elle ne l'avait pas connu petit, et s'amusait de découvrir ce qu'elle avait manqué.

Comme toujours, River resta le nez rivé sur l'écran de son téléphone pendant tout le trajet jusqu'à Gainesville. Il était tout autant accro au téléphone qu'il l'avait été à la drogue et à l'alcool. Pour sa part, Raven était contente d'avoir grandi sans.

— Regarde ça, dit-il en brandissant son écran.

— Je t'ai déjà dit de ne pas me montrer ton téléphone quand je conduis.

— Regarde juste une seconde.

— Non. Tu n'as qu'à me dire ce que c'est.

— Jasper vient de m'envoyer une photo de notre maison avec un panneau « à vendre ». Mon père l'a enfin mise sur le marché aujourd'hui.

— Alors ta grand-mère a vraiment déménagé.

— Eh oui. Elle s'est installée dans un village de luxe pour seniors. Et elle dit qu'elle ne léguera pas un centime à mon père à moins qu'il ne lui dise qu'il n'est pas gay.

— C'est ignoble.

— Typique de Gram.

— Jonah ne cédera pas pour de l'argent.

— Certainement pas. Et je suis fier de lui. Il était temps qu'il lui tienne tête.

— Où est-ce qu'il compte vivre quand il aura vendu la maison ?

— Il va s'installer avec Ryan.

— Est-ce que tu es triste de perdre la maison où tu as grandi ?

— Oui et non. Elle va me manquer. Mais j'y associe de mauvais souvenirs.

Raven supposa que nombre d'entre eux avaient un rapport avec son enlèvement et le départ d'Ellis.

Elle s'engagea sur le parking de l'église où avaient lieu les réunions.

— Pourquoi tu ne m'accompagnes pas à l'intérieur ? Tu verras, il y a de quoi rire.

— J'ai un livre à lire pour les cours.

— Tant pis pour toi, dit-il en sortant de la voiture.

Les premières fois, Raven l'avait accompagné. Mais c'était trop de maternage. Pour s'en sortir, il fallait que la démarche vienne de lui. Dans les faits, elle devait encore trop souvent insister pour qu'il s'y rende.

Quand il sortit de l'église, il était d'humeur plus calme. Et quand River était calme, il était difficile de ne pas le remarquer. Il resta silencieux alors qu'elle conduisait jusqu'à un restaurant pour dîner, comme souvent après les réunions.

En attendant leur commande, elle demanda :

— De quoi tu as parlé ce soir ?

— De toi, à vrai dire.

— Comment ça, de moi ?

— De ton enlèvement. Je ne leur avais jamais raconté ça avant.

— Tu t'en souviens encore ?

— Oh oui, je m'en souviens très clairement, dit-il d'un ton amer.

— Tu n'avais que quatre ans.

— Quatre ans et demi.

Il regarda par la fenêtre du restaurant. Quand il se tourna vers elle, il lui avoua :

— Le truc, c'est que personne ne t'a dit à quel point c'est ma faute. Au début, Maman a endossé toute la responsabilité. Genre, vraiment *toute* la responsabilité. C'est ce qui l'a fait vriller. Mais, comme tu le sais, Papa a enfin admis que c'était aussi sa faute. Je dois reconnaître que j'étais vraiment choqué quand il nous a dit que Maman l'avait vu rouler des pelles à Irene ce jour-là.

Ça avait été un choc. La veille du retour de Jonah et Jasper dans l'État de New York, l'été passé, Jonah avait rassemblé ses enfants et leur avait raconté qu'Ellis l'avait surpris avec son amante le jour de l'enlèvement. Que c'était pour cette raison qu'elle avait emmené ses enfants dans les bois. Elle trouvait du réconfort dans la forêt, et elle s'y était rendue pour réfléchir à la situation. Elle avait décidé de demander le divorce à Jonah, mais en état de choc, elle avait oublié le bébé sur le parking.

— Maman sait ce qui s'est vraiment passé, mais elle n'en a jamais parlé, dit River. C'est moi qui l'ai distraite, et c'est à cause de moi qu'elle t'a posé par terre sur le parking. J'ai renversé mon bocal de têtards dans la voiture, et j'en ai fait tout un caprice. Je n'arrêtais pas de hurler parce que je voulais que Maman remette absolument tous les têtards dans le bocal.

Ses yeux bleu-gris se voilèrent de larmes.

— C'est à cause de moi, si elle a oublié qu'elle ne t'avait pas remise dans la voiture.

— Tu n'étais qu'un enfant. C'est normal de pleurer parce que tu as renversé tes têtards. Ce n'était pas ta faute.

— J'étais vraiment un petit merdeux, et j'en suis un plus grand maintenant. Et si tu crois que ces réunions vont y changer quoi que ce soit, tu es aussi aveugle que les autres. Là tout de suite, j'ai tellement envie de boire que je commanderais un verre si j'avais encore ma fausse carte d'identité.

— C'est faux.

— Tu ne peux pas me changer ! Je suis déjà une ruine. Tu ne le vois pas ?

Elle alla de son côté de la banquette et passa ses bras autour de lui.

— Arrête, siffla-t-il. Tu as l'air débile.

Elle maintint son étreinte.

— Lâche-moi, grogna-t-il.

— Non.

— Tu es encore plus détraquée par tout ça que moi ! Tu en as conscience au moins ? Tu es une catastrophe. Complètement folle. Tu t'en rends compte ?

Les clients du restaurant les regardaient. Elle s'en fichait. Elle refusait de le lâcher.

— C'est pas possible ! pesta-t-il. OK, c'est bon, j'ai compris où tu veux en venir. L'amour inconditionnel, c'est génial. Maintenant, bas les pattes.

— Alors retire ce que tu as dit.

— Je ne suis pas une ruine, je suis un chantier, grommela-t-il. Allez, retourne à ta place.

Elle obéit.

— Il faut vraiment que tu te calmes avec ça, dit-il sérieusement.

— Pourquoi ?

— Parce que ça ne fait que réveiller mon instinct de contradiction.

— De quoi ?

— Tu t'investis trop.

— Tu veux vraiment que je m'investisse moins ?

Elle se pencha sur la table.

— Le jour de l'accident, je ne t'ai pas laissé te noyer, et je ne vais pas te laisser te noyer aujourd'hui. Je te connaissais à peine, mais je me suis investie. Parce que ça fait une différence pour moi, que tu sois mort ou vivant. Tu es mon frère, et tu es mon ami. Tu peux me contredire autant que tu veux, et être aussi désagréable que tu veux, mais je vais continuer à m'investir.

— Et si je te jette dans un bassin d'alligators ?

— Tu l'as déjà fait.

Il s'esclaffa.

— Où étaient les alligators dans le marais ce jour-là ? Tu en as vu ?

— J'étais trop occupée à nous sauver la vie pour remarquer quoi que ce soit. Mais d'après Ellis, il y en a plein dans ce coin.

— Tu te battrais contre un alligator pour moi ?

— Oui.
— Et contre Godzilla ?
— Oui.
— Est-ce que tu sais qui est Godzilla ?
— Non.
— Tu vois ? Tu ne sais vraiment pas dans quoi tu mets les pieds avec moi.

Peut-être l'ignorait-elle en effet. Mais qui sait de quoi l'avenir sera fait auprès de ceux que l'on aime ? Et même si l'on vient à apprendre que quelque chose de terrible va advenir, qui laisserait tomber ses proches ? Les laisserait souffrir seuls ? L'amour ne peut pas être ôté comme une écharde d'un pouce.

***

Trois jours plus tard, la tempête arriva et la réunion des alcooliques anonymes fut annulée. Heureusement, car Ellis et Maxine avaient besoin d'un coup de main pour mettre les plantes à l'abri. Durant la nuit, la tempête avait changé de trajectoire. Elle allait contourner la côte est en remontant vers le nord, charriant des vents bien plus puissants que prévus vers les terres. Il y avait une possibilité pour que la partie centrale de la péninsule soit gravement touchée. Ellis craignait que dans ce cas, les bourrasques ne causent des dégâts dans la pépinière.

La pluie et le vent s'abattirent tard dans la matinée. Raven était trempée et exténuée. Elle avait déplacé beaucoup de plantes dans la serre et dans d'autres parties protégées de la pépinière. Pins des marais. Palmiers de Floride. Asclépiades rouges. Elle poussa un buisson au colibri vers River pour récupérer elle-même un pot de l'herbe dont elle adorait le nom : Fakahatchee.

— Regarde ça, dit River.

Elle leva la tête vers les immenses volutes de nuages gris et noirs qui tourbillonnaient à l'est.

— On dirait un entonnoir qui se forme, non ? Maman a dit que les tempêtes pouvaient créer des tornades.

Les nuages noirs agités semblaient enragés. Raven se demanda ce que Mama aurait pensé de ce ciel. Aurait-elle vu des esprits dans les nuages ? Aurait-elle craint leur fureur ? Raven commençait à douter de l'existence des esprits. Elle les avait sentis progressivement la quitter depuis le jour où elle les avait accusés d'avoir failli tuer son frère. Leur disparition la faisait souffrir, et sans eux elle se sentait terriblement seule, même en présence de sa famille. Mama l'avait prévenue que cela arriverait si elle vivait dans le monde des autres.

Une drôle de sensation lui remua le ventre. Elle posa sa main plus bas, bien plus bas que son estomac. Le phénomène recommença. Comme si un poisson nageait en elle.

— Ça va ? demanda River.

La petite créature frétilla à nouveau à l'intérieur. Elle posa ses deux mains dessus. La pluie, portée par le vent, lui cinglait le visage. River ne pouvait pas discerner les gouttes des larmes.

Mais Maxine la regardait fixement. Comme si elle savait. Elle la dévisageait souvent avec intensité, comme ça. Elle leur fit de grands gestes pour signifier qu'ils avaient assez aidé, et qu'ils devaient rentrer à la maison.

Ellis approcha.

— Oui, vous feriez mieux de rentrer. Allez prendre une douche chaude, tant qu'on a encore du courant.

— Tu es sûre que ça va couper ? demanda River.

— Dans ces régions rurales, des arbres tombent sur les lignes au moindre orage. Alors avec une tempête, il pourrait s'écouler des jours, voire des semaines avant que l'électricité ne soit rétablie.

— On n'aura plus d'eau ?

— Si, Maxine a installé un générateur pour faire fonctionner la pompe électrique en cas de longue coupure. En revanche les douches seront froides, car la chaudière sera coupée.

— Des douches froides ? s'insurgea River. Hors de question.

Il courut vers l'annexe.

— Tu peux y aller aussi, dit Ellis à Raven. On a presque fini. Merci pour ton aide.

Raven rentra sous les bourrasques pluvieuses. Une nouvelle bourrasque secoua furieusement la cime des chênes. Ses cheveux trempés lui fouettèrent le visage, mais elle ne les sentait plus. La violence de la nature ne la touchait pas. Elle y était complètement insensible.

Keith était déjà à la maison. Ses supérieurs l'avaient libéré plus tôt, pour qu'il puisse rentrer en voiture en toute sécurité. Raven aimait beaucoup Keith. C'était l'une des personnes les plus gentilles qu'elle avait jamais rencontrées. Mais elle n'avait pas envie de lui parler. Elle ne voulait parler à personne. Elle voulait juste qu'on la laisse tranquille.

L'arbre. Elle voulait s'y réfugier. Pas le chêne géant de la forêt alluviale. Elle n'y trouverait aucune protection de la pluie. Elle irait voir son deuxième arbre préféré, celui dont Ellis avait parlé le jour où River et Jasper étaient arrivés. Le chêne partiellement creux, et pourtant très vivant.

Raven descendit la colline pour rejoindre l'arbre que l'on apercevait à peine depuis la chambre d'Ellis. Il fallait qu'elle se réfugie en son tronc avant que Keith ne la repère. Elle monta sur ses racines et grimpa dans le trou pour s'asseoir sur le doux tapis naturel de la cachette. Ellis disait que l'arbre avait créé quatre sortes de barrières pour empêcher la plaie de s'élargir. Raven aimait l'idée d'être assise dans un minuscule chalet que l'arbre avait construit lui-même.

Une bourrasque s'infiltra dans le trou, mais elle restait au sec. Elle se colla contre la paroi en bois. En se recroquevillant, ses cuisses appuyèrent désagréablement sur son ventre.

Parce qu'il grossissait.

Elle ne voulait pas y penser. Elle ferma les yeux. Elle se concentra sur le battement de la pluie à l'extérieur, les cimes secouées, les branches qui craquaient, le gémissement du vent quand il s'engouffrait dans le creux du tronc.

— Raven !

Elle ouvrit les yeux. Elle s'était endormie. Ellis l'observa depuis l'entrée de la cavité. Elle semblait contrariée.

— Comment m'as-tu retrouvée ?

— Max, expliqua Ellis par-dessus le vent.

— Comment a-t-elle su ?

Ellis lui tendit un bout de papier humide. Il provenait des petits carnets qu'Ellis et Maxine utilisaient pour discuter des choses qui ne pouvaient pas être traduites en gestes.

La première phrase disait :

« Tu sais où est Raven ? »

Maxine avait répondu :

« Elle n'est pas dans la maison ? »

« Non. Ni dans l'annexe. Je suis inquiète. »

« Va voir dans le chêne creux. »

« Quoi ??? »

« Va voir. Il faut que tu lui parles. Parle-lui VRAIMENT. »

Raven froissa la feuille et la laissa tomber.

— Qu'est-ce qu'elle veut dire par là ? demanda Ellis. Est-ce que quelque chose ne va pas ?

Est-ce que quelque chose n'allait pas ? Depuis le début, rien n'allait, dans sa vie.

— Parle-moi, l'encouragea Ellis. Tu peux tout me dire.

Raven s'essuya les joues.

— Pourquoi tu pleures, ma chérie ? S'il te plaît, explique-moi.

Il allait bien falloir qu'elle lui dise. Et mieux valait maintenant, quand personne d'autre ne pouvait les entendre.

— Ma mère... Audrey...

Ellis semblait surprise de l'entendre l'appeler par son prénom. C'était une première.

— Elle m'a piégée, dit Raven. Elle m'a menti.

Ellis ne répondit rien. Car évidemment qu'Audrey lui avait menti. Tout le monde le savait. Même Raven avait fini par comprendre que Mama lui avait raconté des mensonges. Mais elle avait longtemps cru qu'elle avait menti pour son bien. De bons mensonges.

Elle s'assit plus droite dans l'arbre.

— Tu sais ce que je croyais ?

Ellis se pencha à l'intérieur de l'arbre pour l'entendre malgré la pluie et le vent.

— Je croyais que mon père était l'esprit d'un corbeau. Elle me racontait que j'étais un miracle, né d'un esprit de la nature qui incarnait tous les corbeaux ayant un jour vécu sur Terre. Il m'avait créé en fusionnant avec son esprit à elle. J'ai réellement cru que je n'étais qu'à moitié humaine.

Ellis tentait de ne pas pleurer.

— Personne ne connaît mon vrai nom, dit Raven. Je ne m'appelle pas Raven Lind.

— Alors comment tu t'appelles ? demanda Ellis.

— Fille du Corbeau. Je n'avais pas de nom de famille, parce que j'étais l'enfant d'un esprit de la nature. Ma mère m'appelait *Fille.*

— Tu ne veux pas sortir pour qu'on en discute dans l'annexe ? River déjeune avec Keith et Max à la maison.

Raven l'entendit, mais les mots ne s'imprimèrent pas dans son cerveau.

— Tu sais ce qu'elle m'a dit d'autre ? Elle m'a dit qu'une personne qui n'est qu'à moitié humaine ne peut pas avoir de bébé. Tu as déjà entendu parler de l'*isolement reproductif*, quand deux espèces différentes ne peuvent pas concevoir de progéniture ?

— Oui, dit Ellis.

— C'était un piège, avoua Raven. Elle voulait un autre bébé. Elle n'arrêtait pas de m'inciter à coucher avec les garçons, au lycée.

Les larmes roulèrent sur les joues d'Ellis.

— Elle disait que mon père le corbeau voudrait que je savoure l'acte sexuel. Elle disait que je n'avais pas à m'inquiéter de tomber enceinte. Elle m'a enfermée pendant toutes ces années, mais soudain elle me laissait sortir autant de garçons que je voulais.

Raven récupéra le papier froissé et le déplia.

— Maxine sait. Je suis tellement bête.

— De quoi tu parles ? demanda Ellis.

— Tu sais ce qui s'est passé quand on était à la pépinière tout à l'heure ?

— Quoi ?

— J'ai senti un bébé bouger en moi. Un bébé. Il y a un bébé dans mon ventre.

Le crime atroce se trouvait juste devant elle, traduit par la réaction horrifiée d'Ellis.

Un sanglot échappa à Raven. Du plus profond de son âme. Puis un autre. Elle arrivait à peine à parler à travers les larmes.

— Ce n'est pas mon bébé. C'est le sien. C'est le bébé d'Audrey Lind. Elle m'a manipulée depuis que je suis toute petite pour avoir ce bébé. Je grandissais trop vite. Elle le disait toujours. Et elle n'arrêtait pas de dire qu'elle voulait un autre bébé. Et maintenant, il y a le bébé de cette horrible personne en moi !

Raven se cacha le visage et pleura contre l'arbre. L'arbre sentait si bon. Un arbre maternel. De ceux auquel on peut demander des vœux. Du moins c'était ce qu'on lui avait enseigné.

Cher arbre, rends-moi aussi vide que toi. Reprends le bébé de Mama. Enlève-la de mon corps. Fais de l'endroit où elle était un petit creux comme le tien. Je veux vivre ici pour toujours.

Des mains la soulevèrent. Des bras forts. Ellis l'arrachait à la cavité, et Raven ne lutta pas.

Ellis serra Raven contre elle. Raven songea que la douce odeur et les bras de sa mère avaient dû lui rester en mémoire inconsciemment depuis la plus tendre enfance, car c'était exactement le contact avec le corps d'Ellis dont elle avait besoin. Plus encore que l'arbre.

Raven n'avait jamais pleuré si fort.

— Tout va bien se passer, dit Ellis. Pleure autant que tu veux. Tu en as besoin. Il faut que ça sorte. Je t'aime si fort. Je t'aime. Mon bébé. Tout va bien se passer.

La phase calme de la tempête apaisa les bois. Les bourrasques retombèrent, et la pluie se tamisa.

Raven essuya son visage bouffi.

Ellis posa ses mains sur ses joues.

— Ma chérie… tu es sûre ? Est-ce que tu es sûre que tu as senti un bébé ? Est-ce que ça ne pourrait pas être…

— C'est un bébé. Maxine sait. Elle m'a vue vomir une fois. Je croyais que j'étais malade parce que Washington me manquait.

Elle avait vomi le jour où Sondra avait débarqué chez elle avec la lettre de sa sœur. C'était pour cette raison que Raven avait pensé qu'il était normal de vomir de tristesse.

— Tu n'as pas tes règles ?

— Quelques gouttes, une fois. Je croyais que c'était mon corps qui avait changé à cause de tout ce qui se passait. Surtout après l'accident de voiture.

— Est-ce que tu m'autorises à regarder ?

Raven recula contre l'arbre et souleva son T-shirt.

Ellis caressa le renflement. Elle essayait de ne pas pleurer.

— Je croyais que tu reprenais enfin du poids. Mais oui, cela ressemble à un bébé. Si tu l'as senti bouger pour la première fois, tu dois en être à six mois.

— Ça s'est passé fin mars.

Les vacances de printemps. Elle avait fait beaucoup l'amour avec Jackie cette semaine-là. Que dirait-il s'il l'apprenait ? Elle lui avait affirmé qu'elle ne pouvait pas tomber enceinte.

Elle pleurait à nouveau.

— Ce n'est pas grave. Tout va bien se passer. On va y réfléchir ensemble. Qui est le père ?

— Jackie. Jack Danner.

— Est-ce que c'est ton petit copain ? Un ami… ?

— C'est mon petit copain. Mais il m'a peut-être oubliée depuis. Et il va penser que je l'ai piégé comme Mama l'a fait avec moi. Je lui ai dit que je ne pouvais pas tomber enceinte.

— Tu ne crois pas qu'il va comprendre ? Vous étiez ensemble depuis combien de temps ?

— Je le connais depuis que j'ai sept ans. C'est la personne que j'aime le plus au monde.

Ellis semblait stupéfaite.

— Pourquoi tu ne m'as jamais parlé de lui ? Tu ne lui as pas parlé depuis que tu es ici ?

Raven secoua la tête.

— Ma pauvre chérie ! Tu aurais dû me demander mon téléphone. Ou on aurait pu t'en acheter un.

— Je n'ai jamais eu le droit d'utiliser un téléphone. Mama disait toujours qu'ils étaient mauvais. Et River est accro au sien.

Ellis ouvrit la glissière de la poche de son imperméable et en sortit son portable.

— Comme tu le sais, je ne suis pas une adepte non plus. Mais là… c'est sans conteste une situation où le téléphone est utile. Tu vas l'appeler tout de suite.

— Ici ?

— On ne capte bien qu'à l'extérieur, à cause des toits en métal de la maison et de l'annexe. Et la pluie s'est calmée. Tu ferais mieux de te dépêcher avant que ça reprenne.

Elle lui tendit le téléphone.

— Je vais te laisser un peu d'intimité.

— Je ne connais pas son numéro.

— Comment s'appellent ses parents ? Je peux appeler pour obtenir le leur.

— Sa mère s'appelle Rose Danner. Son père est mort.

— Est-ce que sa mère travaille le samedi ?

— Non, elle est institutrice.

— Mince, je viens de me souvenir de quelque chose.

Elle glissa le téléphone dans sa poche.

— Il faut que je te dise quelque chose avant que tu appelles. Je veux que tu l'apprennes de moi, et pas de Jack ou de sa mère.

— Quoi ?

— Il s'est passé beaucoup de choses là-bas. Je ne t'en ai pas parlé, parce que je ne voulais pas te perturber. Mais les mensonges t'ont déjà trop fait souffrir.

— Ils ont retrouvé son corps ?

— Oui. Ils ont procédé à une autopsie pour s'assurer que ce n'était pas un crime déguisé.

Raven imagina les médecins légistes ouvrant le corps de Mama. Elle en eut la nausée. Elle ferma fort les yeux et plaqua ses mains par-dessus pour faire disparaître la vision.

— Il fallait qu'ils vérifient les causes de sa mort, expliqua Ellis. Ils craignaient que Sondra ou quelqu'un d'autre n'ait été impliqué dans sa disparition.

Raven ouvrit les yeux.

— Tante Sondra ?

— Une enquête a été ouverte pour s'assurer qu'elle n'était pas complice du crime de sa sœur.

— Est-ce qu'ils ont trouvé ce qui a tué Audrey ?

— Elle souffrait d'une maladie cardiaque – comme sa mère. Mais elle est probablement morte d'hypothermie. Elle s'est déshabillée, s'est allongée dans un trou qu'elle avait elle-même creusé, et elle a tiré un tas de feuilles mortes par-dessus pour cacher son corps.

Raven l'imaginait bien faire ça. Elle la voyait faire. Des larmes se mêlèrent à nouveau à la pluie.

— Je suis désolée, dit Ellis. Je suis désolée d'avoir eu à te le dire. Mais on a vu ce que les secrets ont fait à notre famille.

— Où est Audrey à présent ? demanda Raven.

— Je l'ignore.

Étonnamment, ne pas savoir où se trouvait son corps ne bouleversa pas Raven comme elle l'aurait cru. Elle ne savait plus ce qu'elle ressentait vis-à-vis d'Audrey Lind. Ce que River lui avait révélé au restaurant le mercredi passé la hantait encore. Dire qu'un petit garçon s'en voulait depuis toutes ces années pour son enlèvement. Pour les actes d'Audrey Lind. Raven en avait le cœur brisé.

Ellis la tint par les épaules.

— Ton petit copain et sa mère seront probablement au courant de ces choses. L'histoire d'Audrey Lind a fait couler beaucoup d'encre dans leur ville. Les chaînes de télévision et tous les journaux en ont parlé. C'est pour cette raison que personne n'évoque ton retour là-bas. Je doute que tu veuilles te confronter à cela en ce moment.

Raven imaginait très bien la situation. Tout le monde ne devait parler que de ça au lycée. Pauvre Jackie. Comme ce devait être étrange pour lui.

— Peut-être qu'on pourrait prendre l'avion pour aller rendre visite à Jack, proposa Ellis. Je n'ai pas beaucoup d'argent, mais je suis certaine que Sondra pourra puiser dans ton héritage.

— Ou alors il pourrait venir ici ?

— Est-ce qu'il est au lycée ?

— Il est en dernière année.

— Alors ça risque d'être compliqué. Mais demande-lui, si on arrive à l'avoir au téléphone.

Raven se blottit contre elle.

— On ferait mieux d'appeler, dit Ellis. La pluie repart.

Ellis pianota un numéro sur son téléphone, et parla enfin à quelqu'un. Elle demanda à Raven la ville et le nom de la rue. Puis, elle dit enfin :

— Oui, mettez-moi en relation.

Elle tendit le téléphone à Raven :

— Ça sonne. Attends qu'elle réponde.

— Allô ? dit Ms Danner.

C'était si étrange d'entendre sa voix à travers le rectangle en métal et en verre dans sa main.

— C'est Raven, dit-elle.

— Raven ! Mon Dieu. Je n'en reviens pas. Attends, laisse-moi une minute pour trouver un mouchoir.

Raven se mit à pleurer elle aussi.

Ellis s'éloigna de quelques pas pour lui laisser de l'intimité.

Après quelques reniflements, Ms Danner lui demanda :

— Comment vas-tu, ma chérie ?

— Je vais bien. Vous me manquez.

— Oh, tu nous manques tellement ! D'où nous appelles-tu ?

— De Floride. Je vis chez ma mère maintenant.

Ma mère. Elle n'arrivait pas à croire qu'elle avait dit ça. Ms Danner pleura de plus belle.

— Je vais chercher Jackie, dit-elle. Il est à l'étage.

Les papillons dans le ventre de Raven n'avaient rien à voir avec le bébé cette fois-ci.

Une bourrasque souffla. Par peur de ne pas entendre la voix de Jackie, elle se réfugia dans l'arbre pendant que Ms Danner l'appelait.

— Raven ? dit Jackie.

— Oui.

Le mot lui échappa comme un sanglot.

— Où es-tu ? dit-il, la gorge serrée.

— En Floride. Chez ma mère.

— Est-ce que ça se passe bien ? Tu te sens bien là-bas ?

— De mieux en mieux. C'était vraiment difficile au début.

— J'imagine.

— Tu me manques tellement.

— Toi aussi.

— Comment ça va, au lycée ? demanda-t-elle.

— C'est horrible sans toi.

— Est-ce que tout le monde en parle ?

— Oui. Et ça rend ton absence encore pire. Un journaliste est même venu me poser des questions sur toi.

— Je suis désolée.

— Ce n'est pas ta faute !

— Jackie... ?

— Quoi ?

— Tu crois que tu pourrais venir me voir en Floride ? Ma mère dit que l'argent que j'ai hérité d'Audrey pourrait payer ton billet d'avion.

— Bien sûr ! Quand ?

— Maintenant.

— Maintenant... aujourd'hui ?

— Non. Mais dès qu'on aura acheté le billet.

— Il faut d'abord que je demande la permission à ma mère pour sécher les cours.

— Il faut que je te parle. J'ai quelque chose à te dire.

— Quoi ?

Elle voulait le voir en personne pour le lui dire. Et le toucher.

— Raven, dis-moi ! Qu'est-ce qui ne va pas ?

Il fallait qu'elle le lui avoue. Peut-être était-ce mieux qu'il soit loin, pour ne pas voir sa colère.

— Audrey Lind, la femme qui m'a volée à ma famille... elle m'a menti. Elle a prétendu que j'étais différente des autres.

— Eh bien, tu l'es, affirma-t-il en prenant un ton enjoué. De la meilleure manière qui soit.

— Elle m'a fait croire que mon corps n'était pas normal. Elle m'a dit que je ne pouvais pas avoir d'enfant.

Un silence s'ensuivit.

Elle s'adossa contre le bois.

— Je suis enceinte.

— C'est pas vrai, chuchota-t-il.

— Je ne le sais vraiment que depuis aujourd'hui. Je l'ai senti bouger. Elle m'a menti. Je suis désolée, Jackie. Je suis sincèrement désolée.

— Ne t'excuse pas ! C'est sa faute.

— Tu es en colère ?

— Je suis surpris, mais je ne te reproche rien, si c'est ce que tu veux dire. Je suis surtout inquiet pour toi, que tu aies à traverser ça… en plus du reste…

Il se tut, submergé par les émotions.

Elle ne pouvait pas parler non plus.

— Je vais venir te voir, dit-il. Je peux louper un peu les cours. Je suis sûr que ma mère sera d'accord.

— Elle peut venir aussi, si elle veut. Et peut-être Huck et Reece, aussi. J'ai de quoi payer les billets de tout le monde.

— Huck est trop occupé avec les cours pour prendre des vacances. Quant à Reece…

— Quoi ?

— J'ai une mauvaise nouvelle. Sa mère est morte en juillet. Il vit avec nous maintenant.

— Reece vit chez vous ?

— Il n'avait nulle part où aller, et il n'a pas assez d'argent pour louer un appartement. Il ne va vraiment pas bien.

— Amène-le, s'il te plaît !

— J'aimerais bien. Mais il cumule deux boulots maintenant. Il essaie d'économiser pour la fac.

Ellis jeta un coup d'œil à l'intérieur de l'arbre.

— Le vent commence vraiment à s'intensifier, l'avertit-elle. Tu dois sortir de cet arbre. Ça me stresse.

— C'est qui ? demanda Jackie.
— Ellis. Ma mère.
— Et c'est quoi cette histoire de vent ?
— Il y a une tempête dans la région.
— J'ai vu ça aux infos. Je ne savais pas que tu y étais.
— Sors de là, s'il te plaît, insista Ellis.

Raven entendit le rugissement du vent qui fit trembler les parois de l'arbre.

— Je dois y aller, dit Raven. Je suis à l'intérieur d'un arbre, et le vent souffle vraiment fort.
— Tu es à l'intérieur d'un arbre ? En pleine tempête ?
— Oui.
— Il faut que je raconte ça à Reece. Il va adorer.
— Fais-lui un câlin de ma part.
— C'est d'accord, mais il va se moquer de moi.
— Je t'aime, Jackie.

Il y eut un silence, peut-être parce qu'il pleurait.

— J'avais peur de ne plus jamais t'entendre prononcer ces mots, dit-il. J'avais peur de rester amoureux de toi, en vain.
— Tu l'es encore ?
— Je t'aime plus que jamais.
— J'ai tellement hâte de te revoir.
— Je sais. Embrasse le bébé pour moi.
— Ça risque d'être difficile.
— C'était une blague. Sors de cet arbre avant qu'il ne tombe.

Elle tendit le téléphone à Ellis et sortit du chêne sous la pluie et le vent.

— Comment a-t-il pris la nouvelle ? demanda Ellis alors qu'elles se dirigeaient vers la maison.
— Il n'est pas en colère. Il a dit qu'il m'aimait.

Ellis lui prit la main et la serra entre ses doigts.

— Je suis contente pour toi. Est-ce que tu lui as demandé s'il voulait te rendre visite ?

— Il va venir. Dès qu'on aura acheté les billets.

Une puissante bourrasque fit craquer des branches au-dessus de leur tête. Elles se précipitèrent en courant à la maison, riant d'être si trempées en atteignant le porche.

— Parler à Jack t'a fait du bien, dit Ellis. Je suis contente de pouvoir le rencontrer bientôt.

— Tu vas l'adorer. Il n'y a pas plus gentil.

— Raven… dit-elle en posant doucement sa main sur sa joue. Je vois combien tu l'aimes. Et de cet amour va naître ce bébé. C'est toi et lui qui l'avez conçu. Vous, et personne d'autre. Tu m'entends ?

— Peut-être.

Elle embrassa Raven sur la joue.

— Ça t'embête si je commence à t'appeler *Maman* ?

— Ça me plairait beaucoup, répondit sa mère.

Elles étaient toutes les deux sur le point de pleurer. Elles regardèrent la Forêt Sauvage. Le vent avait cessé de souffler, et la lumière du jour perçait soudain à travers les canopées des chênes. Les gouttes scintillantes perlaient sur les feuilles, et la mousse semblait parée de paillettes sous les rayons de lumière qui fendaient l'air humide. La nature n'avait jamais paru plus magique aux yeux de Raven.

— Oh, regarde ce paysage, dit sa mère.

— La tempête est déjà passée ?

— Non, nous en avons encore pour des heures. Le centre de la tempête envoie des rafales séparées qui provoquent des changements météorologiques rapides.

Alors qu'elle parlait, des nuages gris affluèrent pour masquer le soleil et plonger à nouveau la Forêt Sauvage dans l'obscurité mystérieuse. Avec une soudaineté qui coupa le souffle de Raven, le vent revint plus déchaîné encore, fouettant branches, mousse et feuilles dans son élan de violence.

— Tu vois ? lui dit sa mère. La tempête est de retour.

— C'est magnifique, affirma Raven.

Sa mère s'esclaffa et passa un bras autour d'elle.

— Tu tiens beaucoup de moi, gamine.

C'était vrai. Elle avait souvent senti quelque chose, une force de cœur et d'âme qui la poussait à avancer quand Audrey était trop malade pour prendre soin d'elle. Quand elle se baladait seule, mi-enfant, mi-esprit, dans les bois. Quand elle s'était juré de ne jamais abandonner Jackie, Huck, Reece, une fois qu'elle les avait trouvés. Elle avait cru que cette puissance lui venait de l'esprit du corbeau. À présent, elle savait qu'elle tenait cette force d'Ellis. De la femme qui regardait la tempête avec elle. Cette mère qui pouvait la prendre dans ses bras. Qui pleurait avec elle, parlait avec elle et la comprenait.

Elle n'était pas à moitié esprit. Elle était à moitié Ellis. Et elle ne s'était jamais sentie aussi forte.

10

Ellis

Le bébé bougea sous ses mains. Un coup tendit la peau sous sa paume. Un coude. Ou un genou.
— Elle est contente, affirma Raven.
Raven parlait toujours d'une fille, même si ce n'était qu'une supposition.
— Elle peut voir les rayons de lumière en transparence, expliqua Ellis. C'est sûrement pour cette raison qu'elle est aussi agitée.
— Ça doit être magnifique.
Elle versa plus d'huile sur son ventre et massa doucement la peau tendue et réchauffée par le soleil. Raven se détendit sur les coussins. Ellis regarda les couleurs atténuées des prés, pensa à la vie nouvelle qui émergerait bientôt des racines des herbes et des fleurs en hibernation. Elle se demanda où serait le bébé aux premières éclosions. Raven et Jackie n'avaient toujours pas décidé

s'ils souhaitaient le garder ou le confier à l'adoption. Ou peut-être n'avaient-ils simplement rien dit à personne. Ellis ne se mêlait pas de leur choix. Raven et Jackie étaient des adolescents remarquablement mûrs. Ils n'avaient pas besoin de conseils, et Ellis voulait que cette démarche leur appartienne.

Ellis tira la douce chemise en flanelle de Keith sur le ventre de Raven. Raven avait refusé qu'on lui achète des tenues de grossesse mais ces dernières semaines, même la plupart des vêtements de Keith étaient devenus trop petits.

Ellis lui enleva ses chaussettes et lui massa les pieds.

— C'est très agréable, dit Raven.

— C'était ce que ton père faisait quand j'étais enceinte des garçons.

— Et pas de moi ?

— Non, les choses n'allaient déjà plus si bien entre nous à l'époque.

— Maman ?

Ellis leva la tête. Raven avait les yeux embués de larmes.

— Qu'est-ce qui ne va pas, ma chérie ? demanda Ellis.

— Je suis vraiment désolée pour le jour où j'ai dit que je n'étais pas censée être à toi et à Papa. C'était la pire chose à dire à une mère. Surtout quand on lui a volé son bébé.

— Tu n'as pas d'excuses à me faire. Audrey t'a conditionnée depuis toute petite pour penser ainsi.

— Ça restait cruel. J'aurais dû m'en rendre compte.

— Tu ne penses ça que parce que ton processus de guérison a été rapide. Le chemin parcouru depuis ce jour témoigne de ton incroyable force d'âme.

— Parfois, j'ai l'impression de ne pas avancer. Tu as remarqué que je ne demande plus à rentrer à Washington ?

Ellis avait remarqué, mais n'avait pas voulu poser de questions à ce sujet.

— Tu sais pourquoi ? C'est parce que j'ai peur que l'esprit d'Audrey habite ses terres. J'ai peur qu'elle soit en colère contre moi à cause de tout ce que j'ai fait depuis. J'ai même peur que les esprits de la nature là-bas se rangent de son côté.

Les larmes roulèrent sur ses joues.

— J'adore ma maison, ces bois et ces prés, mais j'ai peur. Je ne crois pas que j'y retournerai un jour.

Ellis enveloppa Raven dans ses bras.

— Ça ne m'étonne pas que ce soit ce que tu ressentes après tout ce qui s'est passé. Donne-toi plus de temps.

— J'ai laissé Sondra et la police trahir toutes ses dernières volontés. Ils ont exhumé son corps. Ils l'ont autopsiée. Je ne sais même pas où elle est maintenant.

Ellis essuya ses larmes.

— Tu n'avais aucun contrôle sur la situation. Je peux te dire où elle est : son esprit vit dans tes souvenirs. Et il n'y a que toi qui puisses les contrôler. Essaie de te libérer des mauvais, et de garder ce qu'elle avait de bon.

Raven sembla stupéfaite.

— Tu penses qu'elle avait du bon en elle ?

— Tu es une belle personne. C'est qu'elle devait avoir des qualités.

— Je n'arrive pas à croire que tu dises ça.

— Ce n'est pas facile. Mais je comprends qu'elle était malade. Et j'ai vu tout de suite que tu avais été élevée dans la bienveillance. Toutes ces années, je craignais que tu sois maltraitée.

— Elle était cruelle parfois. Rien que de me raconter que j'étais la fille d'un esprit de la terre, c'est tellement méchant.

— Ça ne partait pas d'une mauvaise intention, si elle y croyait vraiment.

— Elle y croyait. Mais je pense qu'il lui arrivait de se rendre compte de ce qu'elle avait fait, et de culpabiliser. C'est dans un de ces moments qu'elle a mentionné le nom de Bauhammer.

— Pauvre femme. Elle devait tant souffrir. Je suis contente qu'elle ait trouvé le soutien de ses esprits de la terre.

— Mais c'est à cause d'eux qu'elle m'a enlevée.

— Sa maladie est la raison pour laquelle elle t'a enlevée. Et qui sait ? Peut-être que le réconfort qu'elle puisait dans la nature l'a aidée à prendre soin de toi.

Raven contempla d'un air songeur les arbres au loin.

— Tu sais ce que je pense des esprits de la terre ? demanda Ellis.

— Quoi ?

— Je pense que sa vision de la nature était altérée, exagérée par sa maladie.

— C'est probablement vrai. Elle me disait qu'elle et sa mère allaient dans les forêts du Montana pour se soigner. Elle disait que c'était là qu'elle avait appris à communiquer avec les esprits de la terre.

— Elle utilisait la nature pour se guérir. Je faisais ça de manière intuitive quand j'étais petite, et plus consciemment après ton enlèvement.

— Qu'est-ce que tu as fait après mon enlèvement ?

— Je suis allée dans les montagnes de l'Ouest pour me rétablir. C'est comme ça que j'ai fini par me sevrer des médicaments et de l'alcool. La nature a un pouvoir réparateur fascinant. Audrey l'a senti, mais elle a cru qu'elle pouvait manipuler ce pouvoir pour l'utiliser à ses fins.

— Oui. C'était exactement ce qu'elle croyait pouvoir faire.

— Tu sais, les montagnes, les arbres, les rivières, ont leur propre forme d'esprit. Je le sens comme Audrey. Mais je laisse ces énergies exister librement. Projeter ma volonté sur elles ne pourrait que les diminuer.

Raven la regarda, intriguée.

— Tu vois les esprits de la nature ?

Ellis cueillit quelques brins d'herbe.

— Cette herbe fabrique elle-même des nutriments à partir de la lumière du soleil. Et ces nutriments nourrissent de nombreuses autres créatures. À mes yeux, la photosynthèse est une forme de miracle. Le poète Walt Whitman disait d'une feuille d'herbe qu'elle est à la mesure du labeur des étoiles.

Ellis posa les brins dans la paume de Raven.

— Je n'ai pas besoin de voir des esprits de la nature dans ce pré pour y trouver un million de choses qui m'inspirent. Quand Audrey prétendait que tu étais née de l'esprit du corbeau, elle a fait de ta naissance un acte magique qui n'arrivait pas à la cheville du véritable miracle de la vie. Imagine tous les incroyables événements qui ont conduit à ce que tu atterrisses ici. Les processus astrophysiques, géologiques et évolutionnaires qui t'ont créée – ainsi que toute la biodiversité – sont les plus grandes merveilles de notre univers.

Ellis embrassa sa fille sur la joue.

— Tu es vraiment un miracle, tu sais.

Elle posa la main sur le ventre de Raven et ajouta :

— Et voilà que tu en fabriques un autre.

— Je pense que c'est un miracle qu'on se soit retrouvées, dit Raven. Tu ne t'es jamais dit ça ?

— C'est le plus merveilleux des miracles.

Raven lui rendit son bisou. Le premier que sa fille lui donnait. Ellis regarda au loin dans le pré pour s'empêcher de pleurer.

Ensemble, elles contemplèrent trois corneilles qui survolaient le pré. Quand l'une cria, Raven commenta :

— C'est vrai que ce n'est pas le même cri que les corbeaux du Nord.

— Oui. J'adore leur chant.

— Moi aussi.

Raven remonta sa manche pour consulter sa montre.

— L'avion de Jackie a atterri à Gainesville il y a une demi-heure.

— On ferait mieux de rentrer à la maison.

— J'ai du mal à croire qu'on y est enfin, dit Raven. Cette semaine va être de la folie.

C'était le moins que l'on puisse dire. Bientôt, sept personnes débarqueraient pour passer les derniers jours de décembre ensemble. L'annexe devait accueillir River, Jasper, Huck et Reece dans la chambre du bas, et Jonah et Ryan dans celle du haut. Tous allaient devoir partager l'unique salle de bains, et plaisantaient sur l'option salvatrice de la proximité des bois pour se soulager.

La maison principale serait un peu plus calme, avec ses cinq occupants pour deux salles de bains : Jackie dormirait avec Raven, la mère de Jackie s'installerait dans la chambre principale, et Keith et Ellis camperaient dans la véranda. Ellis supposait que la plupart des invités seraient dans la grande maison pendant la journée, ou en balade sur les sentiers. La météo promettait d'être douce.

Keith descendit de la colline pour venir les chercher.

— Je me demandais quand vous aviez prévu de remonter. Ils ne vont pas tarder. Venez voir ce qu'on a préparé.

En arrivant à la maison, Ellis comprit pourquoi Keith les avait envoyées passer du temps dans le pré. Avec l'aide de River et Max, il avait apporté des pots de pins des marais, de houx et de magnolias de la pépinière pour les disposer sur le porche, entrelaçant de minuscules ampoules blanches à leurs branchages. Ils avaient décoré le plus grand des pins taeda de la pépinière à l'aide de guirlandes lumineuses et de rubans rouges, et l'avaient placé dans le salon.

— C'est magnifique, dit Ellis. Qui a acheté les ornements ?

— Moi, dit Keith.

— J'aurais dû m'en douter. Tu as toujours voulu qu'on fasse un sapin pour Noël.

— Et maintenant on est tous les deux contents. Non seulement le pin est de la région, mais en plus il ne va pas mourir. Je vais le planter sur la propriété, en souvenir de notre premier Noël avec les enfants.

« Avec les enfants. » Elle l'embrassa et chuchota :

— Tu sais que c'est adorable, toute cette sentimentalité ?

— Je suis très content de porter la culotte de la sentimentalité dans cette famille.

— En parlant de culotte, tu ferais mieux de te changer.

River, Max et lui étaient couverts de terre après avoir bougé les plantes. Ellis posa sa main sur son cœur pour exprimer à Max sa gratitude. Elle serra la main de River entre les siennes en le remerciant et, pour une fois, il ne répondit pas par le sarcasme. Il était de plus en plus à l'aise avec l'amour qu'on lui témoignait.

La voiture de location de Jackie, Huck, leur mère et Reece arriva vingt minutes plus tard. Quand Reece vit Raven, il déclara :

— On dirait un ballon prêt à exploser. Comment as-tu pu lui faire une chose pareille, Jackie ?

— Tu veux que je te fasse un dessin ? proposa Jackie.

— Non, merci. Vos bécotages étaient suffisamment explicites.

— Le bébé a probablement été conçu le jour de ton anniversaire, annonça Raven à Reece. Tu te souviens de cette soirée ?

— Oh que oui, dit-il. Mais c'est beaucoup trop de détails pour moi. Tu vas me faire rougir devant tous ces inconnus.

— C'est ça, ricana Huck. Il t'en faut bien plus pour être gêné.

Ellis et Rose se saluèrent par une embrassade chaleureuse. Ellis avait fait la connaissance de Jackie et de sa mère durant leurs deux visites en automne, et avait aussitôt ressenti un lien, une connivence. Elles avaient beaucoup de choses en commun : le divorce, la vie à la campagne, des garçons du même âge, un mode de vie vegan, le respect de la nature, et bien sûr, Raven et le bébé qui ferait d'elles des grand-mères.

En octobre, au cours de leur première balade toutes les deux, Rose avait brusquement fondu en larmes :

— J'aurais dû m'en douter. Je sentais que quelque chose clochait du côté de Raven et sa mère.

— Vous ne pouvez pas vous reprocher les actes d'Audrey Lind, l'avait rassurée Ellis.

Mais les larmes ne cessaient pas.

— J'aurais dû appeler la police. Plusieurs fois, j'ai hésité.

— Et qu'aurait fait la police, puisque Raven ne présentait aucun signe de maltraitance ?

— Je sais. C'est pour ça que je ne l'ai jamais signalée. Je n'avais aucune preuve qu'elle était en danger, simplement une intuition que quelque chose clochait. Mais quand même... je regrette de n'avoir rien fait pour l'aider.

— C'est faux, dit Ellis. Vous lui avez donné de l'amour. Vous l'avez aidée à se sentir moins seule. Vous lui avez insufflé le courage de demander d'aller à l'école. Elle m'a dit que vous, vos fils et Reece aviez changé sa vie.

Les yeux noisette de Rose avaient brillé à ces mots.

— Elle a dit ça ?

— Dans mes moments d'espoir après l'enlèvement, je rêvais qu'une personne empathique lui apporte son aide. C'est comme si mes espoirs avaient pris leur envol pour la trouver et la guider vers votre famille. Je ne pourrai jamais vous exprimer l'ampleur de ma reconnaissance...

Ellis et Rose étaient tombées dans les bras l'une de l'autre, toutes les deux en larmes, et à partir de cet instant, elles étaient devenues aussi proches que des amies de longue date.

Durant ces vacances de Noël, Ellis apprendrait à connaître les deux autres garçons qui avaient changé la vie de sa fille. Elle sentait déjà que Huck et Reece seraient aussi avenants que Jackie.

Une fois qu'on eut montré leurs chambres aux invités, Raven et Jackie disparurent dans les bois. Personne n'essaya de les retrouver au moment où l'on disposa la table pour un déjeuner tardif. Ils avaient beaucoup de choses à se dire.

Pendant le repas, Rose demanda :

— Est-ce que vous avez réussi à convaincre Raven d'aller à l'hôpital pour l'accouchement ?

— Elle refuse catégoriquement, répondit Ellis. Elle ne veut pas non plus d'une sage-femme. Elle prétend que Jackie et elle ont étudié comment accoucher sur Internet.

— Ils sont sérieux ? s'écria Reece.

— Ça me préoccupe beaucoup, dit Rose.

— Je sais. Mais que puis-je faire ? L'y traîner de force ? Audrey lui a transmis une phobie des hôpitaux.

Keith intervint :

— On espère qu'elle perdra les eaux quand Jonah et Ryan seront là. Ryan est médecin.

— Quel genre de médecin ? demanda Rose.

— Chirurgien. Il ne s'occupe normalement pas des accouchements, mais il a un peu d'expérience.

Ellis ajouta :

— J'ai dit à Jonah de prévenir Ryan qu'il allait peut-être avoir du boulot pendant les vacances.

Tout le monde s'esclaffa. Ellis rit avec eux, malgré son appréhension. Elle ne faisait pas confiance au destin. Le destin ne faisait jamais que ce qu'il voulait. Le destin se fichait qu'une personne soit bonne ou mauvaise, ou qu'un bébé soit innocent, avant de vous l'enlever.

Peu de temps après le retour de Raven et Jackie, Jonah, Jasper et Ryan arrivèrent. Ryan avait quatre ans de plus que Jonah, mais une allure juvénile. Il était grand et musclé, blond, avec des yeux bleus, et portait des lunettes à la monture en acétate bleue. Il serra Ellis dans ses bras et déposa un baiser sur sa joue comme s'ils étaient amis depuis toujours.

Il lui souffla à l'oreille :

— J'ai mis à jour mes connaissances en matière d'obstétrique. Je suis prêt. Mais ça sera notre secret.

— Merci, lui chuchota-t-elle. Elle affirme encore que Jackie va l'aider à accoucher.

Ryan sourit.

— Courageux, ce garçon.

Ils rassemblèrent deux tables dans le salon pour dîner. Keith éteignit le plafonnier pour mettre en valeur les guirlandes du sapin. Il alluma également un feu de cheminée, même s'il faisait bon à l'extérieur. « Pour l'ambiance », d'après lui.

Ellis adorait voir sa maison remplie de sa famille, de nouveaux amis, pleine de rires et de cette atmosphère réparatrice. Elle en pleura presque de joie pendant le dîner.

La vaisselle fut rapide – même Quercus y participa en finissant allègrement les assiettes. Le groupe était d'humeur festive. Tout le monde, sauf River. Ellis repéra la tension dans son regard.

Elle le prit par la main et le conduisit sur le porche.

— Tu as envie d'un verre, n'est-ce pas ?

— C'est si évident ?

— À mes yeux, oui.

— J'en ai envie à en crever. Si j'avais encore mon permis, je serais probablement déjà parti.

— Je suis désolée de l'entendre. Tu t'en sortais si bien jusqu'à présent.

— C'est de voir tout ça, dit-il en désignant les lumières sur le houx. Je n'ai pas passé un Noël sobre depuis l'âge qu'a Raven. Normalement, je traverse toute cette période bourré. Et maintenant que j'ai enfin vingt et un ans, je suis censé rester sobre ? C'est ridicule. Je ne peux pas voir ce que ça fait que de commander un verre légalement, juste pour une fois ?

— Tu t'inventes des excuses.

— J'ai failli demander à Reece ou à Huck de m'emmener dans un bar.

— Raven en serait dévastée.

— Je sais.

— Attends-moi ici.

Elle rentra dans la maison, récupéra une bouteille au réfrigérateur et en fit sauter la capsule pour l'apporter à River.

Il observa la bouteille en verre brun.

— C'est de la bière ?

— C'est un petit secret de sobriété que m'a refilé un homme rencontré sur un site de bivouac.

Caleb lui lisant le « Chant de la grand-route ». Elle repensait toujours à cette nuit quand elle achetait du kombucha. Caleb lui avait recommandé cette boisson pour l'aider à rester sobre. À l'époque, elle était moins facile à trouver en magasin que maintenant.

Elle plaça la bouteille dans la main de River.

Il en contempla l'étiquette.

— Je n'ai jamais testé le kombucha.

— Cet homme que j'ai rencontré m'a expliqué que ça aidait à assouvir l'envie de boire. C'est fermenté et pétillant comme la bière, et tenir une bouteille froide en verre de cette couleur a un effet rassurant.

River essaya une lampée.

— Plutôt bon.

— Il y a un tout petit peu d'alcool à cause du processus de fermentation. Mais pas assez pour rendre qui que ce soit joyeux. J'en ai un bon stock caché tout au fond du réfrigérateur.

— Tu l'as acheté pour moi ?

— Pour nous deux. Ma phase d'alcoolisme n'a pas été si longue, mais après toutes ces années, la période de Noël me donne parfois encore envie de boire.

Il prit une autre gorgée.

— Tu as raison. Raven va péter un câble si je suis bourré ce soir.

— C'est pour toi que tu dois t'abstenir.

— Je sais. Mais elle m'aide. Et toi aussi. C'est pour ça que je reste ici. Je pense que si j'étais rentré chez papa, j'aurais rechuté. Et mon dealer vit là-bas.

— Tu peux guérir, l'encouragea Ellis. Je sais que tu en es capable.

Il avala plus de kombucha.

— Est-ce que je peux dire quelque chose qui ne me ressemble pas ?

— Bien sûr.

— Je suis vraiment content que toi et ma sœur soyez à nouveau dans ma vie.

— Je peux te faire un câlin, tant que tu ne te ressembles pas ?

— D'accord, mais dépêche-toi avant que le vrai moi ne refasse surface.

Elle le serra dans ses bras et déposa un baiser sur sa joue. Cela faisait seize ans qu'il ne l'avait pas laissée faire ça – une journée record pour les bisous.

Jasper passa la tête par l'entrebâillement de la porte d'entrée.

— Raven aimerait faire une annonce.

— On arrive, dit Ellis.

— Elle a probablement décidé de ce qu'elle veut faire du bébé, dit River.

— C'est possible.

— Je veux qu'elle le garde, dit-il.

— J'espère que tu ne lui as pas dit ça.

— Non. Je sais que c'est sa décision. Mais je ne veux pas que ma première nièce ou mon premier neveu vive chez des inconnus.

— Il faut qu'on soit là pour elle, quoi qu'elle fasse.

— Oui, oui.

Ils rentrèrent. Raven était plantée entre le sapin et la cheminée. Face à elle, tout le monde était installé sur des chaises ou sur le canapé. Ryan se décala pour qu'Ellis puisse s'asseoir à côté de Keith.

Raven commença :

— Voir tous les gens que j'aime rassemblés dans une seule pièce, c'est mon plus beau cadeau.

Elle se tut le temps de s'essuyer les yeux.

— Désolée… les hormones, dit-elle en provoquant l'hilarité générale. J'ai deux choses à vous dire, et il faut que je le dise maintenant, parce que Reece n'est là que pour quelques jours. Il a deux boulots, et un de ses patrons menace de le renvoyer s'il ne rentre pas pour le vingt-six.

— Le lendemain de Noël ? s'étonna Jasper.

— Ça craint, commenta River.

— D'abord, je dois vous annoncer une chose à laquelle Jackie va avoir du mal à se faire.

Les deux adolescents échangèrent un regard complice.

— J'ai décidé que dorénavant, je souhaite que l'on m'appelle par mon nom de naissance, Viola Abbey Bauhammer.

Ellis ne s'attendait pas à cela. Keith prit sa main dans la sienne.

Raven – *Viola* – poursuivit :

— Honnêtement, je n'aime pas ce que représente le nom de Bauhammer dans le monde – à cause de mon grand-père –, mais j'espère que les nouvelles générations pourront changer ça.

— C'est prévu, dit Jasper.

Les yeux de Jonah s'illuminèrent.

Viola regarda Ellis.

— Ce sera difficile pour moi de m'habituer à *Viola,* dit-elle. Mais je tiens à le faire pour… pour rendre hommage à ma mère.

Ellis et sa fille échangèrent un regard ému qui transcendait leurs seize ans de séparation. Comme si Viola avait toujours été auprès d'elle.

— Ma mère s'est dévouée à la conservation des plantes depuis ses études de botanique à l'université, expliqua Viola. Elle m'a donné ce prénom, car c'est à ce genre de plantes qu'appartient la violette, sa fleur de printemps préférée. Jackie veut étudier l'écologie, et peut-être la botanique, et il trouve que Viola est un prénom aussi cool que Raven.

— Est-ce que je peux toujours t'appeler Bird Girl ? demanda Reece.

— Tu as intérêt, dit-elle en provoquant l'hilarité générale de nouveau.

— La deuxième chose dont je voulais vous parler, c'est de ma maison à Washington. J'en suis officiellement propriétaire, ainsi que du chalet dans le Montana où je passais mes étés. Vous êtes les bienvenus dans ces deux demeures. Je sais qu'elles ont causé beaucoup de souffrance à beaucoup d'entre vous, et j'espère qu'elles pourront maintenant vous apporter de la joie.

— Merci, dit Jonah. C'est une très belle idée.

À nouveau, Viola se tourna vers Reece.

— Mais si vous voulez séjourner à Washington, il faudra vous arranger avec Reece.

— Avec moi ? Pourquoi ? demanda Reece.

— Parce que je t'embauche comme gardien de la maison.

Elle récupéra une enveloppe sur le manteau de la cheminée et la lui tendit.

— Voici ton salaire pour la première année.

— Pour un an ? releva-t-il.

— Oui, ouvre-la.

Reece sortit un chèque de l'enveloppe.

— Hors de question. Je ne peux pas accepter ça.

— Ce n'est pas un cadeau, précisa-t-elle. C'est un salaire.

— Pour quel job ?

— J'ai décidé de rester en Floride pour le moment, et il faut que quelqu'un entretienne la propriété. Je te fais confiance, et tu es vraiment doué pour réparer des trucs. Tu es la personne idéale pour occuper la maison.

— Pour occuper la maison ?

— Oui, y habiter. Mais seulement le temps que tu parviennes à intégrer une université pour y étudier la création littéraire, comme tu as toujours voulu. Je sais que tu veux aller à la fac de Seattle comme Huck. Quand tu y seras accepté, il te suffira de repasser à la maison une fois par mois pour vérifier que tout est en bon état. Et tu pourras te servir du pick-up d'Audrey pour ça, d'ailleurs. Ce sera comme si c'était ta voiture.

Reece resta bouche bée.

— Vous l'avez déjà vu sans voix ? demanda-t-elle à Jackie.

— Jamais, dit-il.

— Raven… dit Reece.

— Viola, le corrigea-t-elle.

— C'est beaucoup trop d'argent pour un an de gardiennage.

— C'est ce que j'estime être le salaire approprié pour ce poste. Ça couvrira tes frais de scolarité et de logement pendant un an à l'université de Washington.

— Tu ne peux pas me donner une somme pareille.

— Bien sûr que si. Je suis tellement riche maintenant, et c'est ce que font les gens riches.

Tout le monde éclata de rire.

— C'est vrai, Reece, dit Jonah. Certains de mes clients les plus fortunés ont déjà fait bien plus étrange avec leur argent.

— Comme quoi ?

— Comme créer un fonds d'un million de dollars uniquement dédié à l'entretien de la tombe de leur animal de compagnie jusqu'à la fin des temps.

— Mais non !

— Personnellement, j'estime que l'usage que fait Viola de son argent est un peu plus raisonnable que ça, tu ne trouves pas ?

— Oui, mais…

— Tu veux que j'embauche quelqu'un d'autre ? demanda-t-elle.

— Non. Viens par là, dit Reece en prenant Viola dans ses bras.

— Génial ! s'enthousiasma Huck en sautant les bras en l'air. Grosse soirée chez Reece !

— Pas de fêtes ! protesta Viola.

Jackie et Huck rirent et étreignirent Reece. Leur mère fut la suivante. Jonah prit Viola dans ses bras et lui parla doucement.

— C'est une sacrée gosse que vous avez là, dit Ryan à Ellis.

— Je sais, répondit Ellis en s'essuyant les yeux.

Elle se rendit compte que Max n'avait pas conscience de ce qui se passait, alors elle récupéra un bloc-notes et rédigea un résumé des propos de Viola. Max lui écrivit en réponse :

« Cette fille est un cadeau du ciel. »

Ellis hocha la tête.

« Elle n'a rien dit pour le bébé. »

« Peut-être qu'elle n'a toujours pas pris sa décision. »

« Ce bébé va arriver d'un instant à l'autre. Elle ferait mieux de se dépêcher d'y réfléchir. »

C'était vrai, mais Ellis refusait de presser les ados. Leur choix allait changer des vies. Il fallait qu'ils en soient certains.

La soirée dans le salon s'étira encore pendant une heure. Jonah et Ryan furent les premiers à se lever. Ils semblaient vouloir se retrouver à deux. Ellis n'avait jamais vu Jonah si heureux et détendu.

Pour laisser de l'espace au couple, les cinq garçons et Viola lancèrent une partie de cartes dans la grande maison. Max rentra chez elle, et Rose alla se coucher. Ellis et Keith firent l'amour sur leur lit d'appoint dans la véranda, puis s'endormirent bercés par les rires lointains des jeunes. Les bruits du bonheur de sa famille et de ses amis étaient tout aussi satisfaisants que ceux des chouettes et des canards siffleurs.

Au matin de Noël, Viola et Jackie furent les premiers levés. Ils mangèrent et sortirent se promener. Les autres, restés plus tard pour jouer aux cartes, ne se réveillèrent pas avant midi.

Keith et Rose s'occupèrent de préparer le déjeuner, tandis qu'Ellis faisait visiter la pépinière à Ryan, Huck et Reece. Après ça, tout le monde joua au Frisbee, au football américain et à un long tournoi de lancer de fer à cheval sur un petit bac à sable construit par Max et Keith durant l'été. River, qui y jouait depuis des mois, était en tête, plus adroit encore que Max pour envoyer le fer à cheval sur le piquet planté au sol.

Le coucher de soleil était masqué par les nuages. L'obscurité et une odeur de pluie imminente enveloppaient la Forêt Sauvage. Ellis n'avait pas vu Viola ni Jackie de la journée. Elle demanda si quelqu'un d'autre les avait croisés. Rose l'informa que son fils était passé par la cuisine pour récupérer à manger et à boire aux environs de treize heures. Il avait dit que Viola et lui avaient prévu un pique-nique, mais Viola n'était pas avec lui.

Ellis et Keith s'isolèrent pour discuter en privé.

— Tu penses à la même chose que moi ? demanda-t-il.

— Oui. Jamais elle ne louperait le réveillon de Noël avec ses amis et sa famille. Surtout avec Reece, qui doit partir bientôt.

— Il n'est plus obligé de garder ces deux jobs maintenant, dit Keith.

— Il part quand même. Il m'a dit qu'il ne voulait pas laisser ses employeurs sur le carreau pendant les fêtes.

— Un chouette garçon, commenta Keith.

— Oui, et Viola l'adore. Elle ne raterait pas une minute de ce temps précieux avec lui.

Keith regarda les terres qui s'étendaient au loin.

— Alors elle est quelque part dehors en train d'accoucher ?

— Ça lui ressemblerait bien, non ?

— Je le crains.

Jonah et Ryan arrivaient de l'annexe.

— Personne n'a vu Viola de toute la journée, dit Ellis. Jackie est venu à la cuisine chercher à manger sans elle, et il a de nouveau disparu.

— Oh non, dit Ryan.

— Tu crois qu'elle a perdu les eaux ? demanda Jonah.

Ellis hocha la tête.

— Pauvre Jackie, le plaignit Ryan. Je n'aimerais pas aider à mettre au monde un bébé de nuit, dans les bois.

— En plus, il commence à pleuvoir, s'alarma Keith.

— C'est une bonne chose qu'il fasse doux, dit Ryan.

— Nous avons l'impression qu'il fait chaud parce qu'on vient d'une région du Nord, nuança Jonah. Mais il doit faire dix-huit degrés, et le ressenti sera bien plus froid si elle est mouillée.

— On ferait bien d'aller récupérer des lampes torches et de partir à leur recherche, proposa Keith.

— Ça ne va pas lui plaire, prévint Ellis.

— Je crois qu'on devrait en discuter avec Rose et voir ce qu'elle en pense, dit Jonah. Elle connaît mieux Jackie que nous.

Rose était dans la cuisine avec Huck et Reece.

— Vu vos têtes, vous en êtes arrivés à la même conclusion que moi, dit-elle.

— Oui, affirma Jonah. Et on essaie de déterminer s'il faut partir à leur recherche ou non.

— Elle est en train d'accoucher ? s'enquit Reece.

Huck éteignit tous les brûleurs des fourneaux.

— Il faut qu'on les retrouve ! Hors de question de laisser Jackie faire ça tout seul dans le noir.

Jasper et River arrivaient du salon.

— Ça ne va pas plaire à Viola, dit River.

— Je m'en fiche, dit Huck. On ne peut pas la laisser faire n'importe quoi, tout ça parce qu'une personne psychologiquement instable l'a rendue phobique des hôpitaux. S'il y a un problème, mon frère ne se le pardonnera jamais. Raven… Viola n'aurait jamais dû lui demander une chose pareille.

— Je suis d'accord, renchérit Reece. Cette femme, Audrey, forçait Viola à tenir des promesses horribles pour elle. On ne peut pas la laisser prendre l'habitude de reproduire ce schéma avec d'autres.

Ses mots frappèrent Ellis viscéralement. Il avait raison. Sa fille manipulait Jackie sur le même mode d'emprise que la femme qui l'avait enlevée. Jackie n'avait que dix-sept ans. Lui demander de faire procéder à un accouchement seul était absurde.

— Bon, c'est décidé, dit Jonah. Allons récupérer des lampes torches. Ryan, va chercher ta mallette.

Maxine arriva dans la cuisine avec un stock de bâches, de couvertures et de serviettes de toilette. Elle désigna d'un geste insistant du menton la porte, pour les presser à partir.

— Apparemment, Max a trouvé où elle a prévu d'accoucher bien avant nous, traduisit Keith.

Pendant que Ryan courait récupérer sa mallette, ils fouillèrent la demeure en quête de lampes torches. Celle de Viola avait disparu de sa table de nuit, et Max avait emporté celle de son pick-up. Ce qui signifiait qu'il en restait trois pour neuf personnes.

Ils délibéraient dans le salon de la répartition des recherches quand la porte arrière de la maison s'ouvrit.

— Elle est rentrée ! s'écria Jonah.

— Non, dit Jackie à bout de souffle en entrant dans la pièce.

Il était trempé et avait visiblement couru. Il avait l'air désespéré.

— Que s'est-il passé ? demanda Reece.

Jackie essaya de parler tout en reprenant son souffle.

— Le bébé… il arrive. Il fait trop sombre pour voir quoi que ce soit… et maintenant… il pleut. Elle a tellement mal… je panique complètement.

— Oh, Jackie ! dit sa mère.

— Est-ce qu'elle a perdu les eaux ? s'enquit Ryan.

— Oui. Il y n'y a pas longtemps. Elle a eu des contractions toute la journée.

— Où est-elle ? À quelle distance ? demanda Ellis.

— Elle est dans le petit cercle que vous tondez toute l'année pour les pique-niques. À la limite entre le grand pré et les bois.

Là où Ellis l'avait massée la veille.

— Vous êtes médecin, dit Jackie à Ryan. Vous pouvez vérifier que tout est normal ?

— Je peux faire de mon mieux, répondit Ryan.

— Vous voulez bien venir la voir ? demanda Jackie. Elle refuse de rentrer à la maison. Elle veut regarder les étoiles.

— Bien sûr, j'arrive, dit Ryan.

Jackie désigna les couvertures et les bâches que tenait Max.

— C'est une bonne idée. Elle est trempée et j'ai peur qu'elle ait trop froid.

— Allons-y, dit Ellis.

— Il faut que j'y retourne. Je pars avant vous, dit Jackie en détalant.

Ellis mena le groupe. Max ferma les rangs pour éclairer le sentier depuis l'arrière. Ceux qui n'avaient pas de lampe torche portaient le matériel.

La pluie passa d'une bruine à une averse constante. Personne n'échangeait le moindre mot. Un hibou grand-duc hulula doucement depuis les bois.

— Attention aux racines, prévint Ellis en s'engageant sur le chemin de la forêt.

Au loin, elle entendit la voix de Jackie. Quand ils arrivèrent au bord du pré, Viola était à quatre pattes, vêtue seulement d'une chemise d'homme, terrassée par une contraction.

Ellis s'agenouilla à côté d'elle.

— Je suis là, ma chérie.

— Maman ! s'écria-t-elle. J'ai mal ! Je ne pensais pas que ça serait si douloureux.

— Laisse-moi t'aider avec Rose.

Elle demanda à la mère de Jackie de s'asseoir de l'autre côté, et ensemble, elles entreprirent de lui masser le bas du dos.

— Est-ce que ça te fait du bien ?

Viola ferma les yeux et grogna. Ses contractions étaient presque continues, mais elle demeurait anormalement silencieuse.

Max essayait d'inciter le reste du groupe à tenir les coins d'une bâche qu'elle dépliait. Keith comprit. La couverture sur laquelle se tenait Viola était trempée et pleine de boue.

— Soulevez la bâche, pour qu'on puisse lui créer un abri au sec et propre, dit Keith.

River, Jasper, Huck et Reece en prirent chacun un coin pour former une canopée, tandis que Max et Keith étalaient une autre bâche par terre, puis deux couvertures.

— Elle va nous laisser la déplacer ? demanda Keith à Jackie.

— Je ne sais pas.

Max n'entendit rien de tout ça. Elle alla directement vers Viola, plaça ses mains sur ses joues, et la regarda de près dans les yeux. Elle désigna la couverture sèche. Viola ne dit rien, mais Max n'attendit pas sa réponse. Elle passa ses bras autour de la poitrine de Viola, la souleva du sol, et la reposa sur la couverture propre sans poser ses bottes boueuses dessus. Elle débarrassa la jeune fille de sa chemise trempée et l'habilla délicatement d'une nouvelle chemise propre en flanelle. Viola semblait trop souffrir pour remarquer quoi que ce soit.

Ellis, Jackie et Rose ôtèrent leurs chaussures et s'installèrent sur la couverture. Jonah les rejoignit.

— Est-ce qu'elle va accepter que je l'ausculte ? demanda Ryan à Ellis.

— Ryan va s'assurer que tout se passe bien, dit Ellis à Viola. C'est pour rassurer Jackie.

Elle hocha faiblement la tête.

Ils l'allongèrent sur le dos pour permettre à Ryan de mieux voir. Il se déchaussa et se plaça à côté de Jackie. Avant de faire quoi que ce soit, il s'adressa au jeune garçon :

— Tu t'en sors très bien. Dis-moi où elle en est.

— Elle est complètement dilatée et elle ressent le besoin de pousser.

— Est-ce que vous avez parlé de gestion de la douleur ?

— Oui. Elle ne veut pas de médicament.

— Dans ce cas, je ne lui administrerai rien à moins qu'elle le demande.

Il écouta le cœur de Viola avec son stéthoscope, puis le pouls du bébé.

— La maman et le bébé sont en pleine forme, annonça-t-il.

Ellis eut l'impression de pouvoir respirer à nouveau.

Ryan se servit de sa torche pour constater l'avancée du bébé, alors que Viola était saisie d'une nouvelle contraction.

— Jackie, tu vois ici ? C'est sa tête.

Jackie semblait aussi hébété que n'importe quel jeune papa.

— Tout paraît normal, dit Ryan. Il faut juste qu'elle pousse.

Mais Viola restait silencieuse.

— Tu peux crier autant que tu veux, Viola, l'encouragea Ryan.

— Elle ne crie pas, dit Jackie. Elle n'a pas fait un seul bruit depuis le début.

— Tu sais, on s'en fiche si tu as l'air d'un phacochère qu'on égorge, dit River.

— Et on promet de ne pas filmer, ajouta Reece.

— La… ferme ! leur dit Viola en riant presque pendant sa contraction.

Les quatre garçons portant la bâche s'esclaffèrent.

Ellis et Rose aidèrent Viola à prendre une position accroupie. Mais cela signifiait qu'on ne pouvait plus surveiller ce qui se passait du côté du bébé.

— Je dois voir les étoiles, dit Viola. Enlevez cette couverture ou je ne sais quoi au-dessus de ma tête.

— Il pleut, fit remarquer Ellis. Il n'y aura pas d'étoiles.

— En réalité il y en a, rectifia River.

Ils décalèrent un peu la bâche. Une lune gibbeuse croissante était suspendue au-dessus des arbres. Des nuages dérivaient comme une fumée grise devant le globe bancal de lumière blanche. Des étoiles brillaient vivement ici et là, au fil des volutes qui les découvraient.

Jackie embrassa Viola sur la joue.

— Regarde. C'est magnifique, non ?

— Oui. Oui…

Elle pleura, gardant les yeux rivés sur la lune et les nuages en poussant. Elle ne quitta pas du regard ce paysage onirique qui l'apaisait. Ellis perçut sa concentration, le contrôle qu'elle reprenait sur la douleur.

La pluie battait à un doux rythme sur la bâche. Personne ne parlait, sentant qu'il lui fallait du silence.

Viola poussa encore et encore, dans le calme. Le bruit de l'averse s'atténua progressivement. La lune s'éleva au-dessus des arbres, réverbérant une lumière argentée sur les herbes et les fleurs sauvages du pré en hibernation.

Une nuée de canards siffleurs caqueta en survolant les prés. Leur chant nocturne était un des plus beaux sons de ces terres, comme des enfants de Pan jouant une mélodie céleste sur des instruments façonnés à partir de roseaux des marais. Viola ferma les yeux pour écouter les oiseaux tout en poussant son bébé vers la terre.

— Jackie, dit doucement Ryan en orientant le faisceau de sa torche sous Viola. Tiens-toi prêt.

Jackie se prépara à accueillir le bébé dans ses mains. Après encore deux poussées éreintantes, le bébé glissa sur ses paumes.

— Vas-y, dit Ryan. Il lui tendit une petite serviette de toilette et une poire aspirante.

— Est-ce qu'elle va bien ? demanda Viola. Jackie… ?

Jackie posa le nouveau-né sur la couverture et lui essuya délicatement le visage. Il lui libéra habilement les narines. Le bébé poussa un petit cri.

Ellis sentit le soulagement général.

— C'est une fille, annonça Jackie d'une voix tremblante. Elle devient rose. Elle a l'air d'aller bien.

Keith suréleva Viola à l'aide de couvertures pliées pour qu'elle puisse regarder le bébé. La bâche redescendit. River, Jasper et Reece se penchèrent pour mieux voir.

— Elle est aussi calme que notre Bird Girl, dit Reece.

Le rire de Viola se mélangea à ses doux sanglots.

— Elle est trop calme, dit Jackie à Ryan. Est-ce que vous pensez qu'elle va bien ?

— Certains bébés sont très calmes. Je vais regarder.

Ryan l'ausculta et écouta son cœur. Elle se mit à pleurer plus fort.

— Voilà, tu vois ? Elle ne veut pas de moi. Elle réclame son papa et sa maman.

Ellis n'était pas sûre que ce soit la chose à dire. S'ils décidaient de faire adopter l'enfant, encourager le lien pouvait s'avérer douloureux.

Ryan aida Jackie à emmailloter le bébé dans une serviette propre, et Jackie la posa sur la poitrine de Viola. Viola pleura et l'embrassa. Ryan guida Jackie avec bienveillance au moment de couper le cordon ombilical.

— Félicitations Jackie, dit Ryan. Beau boulot.

— Oui, bravo, dit Jonah.

Huck tapota l'épaule de son frère.

— Ouais, bien joué.

— Alors, elle s'appelle comment ? demanda Reece.

Il n'aurait pas dû poser la question, mais Ellis ne voulait pas non plus gâcher ce moment avec des reproches.

— Son nom sera Fille de l'Univers Miraculeux, déclara Viola.

Un silence accueillit son annonce.

— OK... dit River. C'est un prénom... original.

— *Très* original, dit Reece.

— Chut, leur chuchota Huck.

— On peut en faire un acronyme cool, dit Reece. Filumi.

— Ou l'appeler *Fifi*, pour faire plus court, renchérit River.

Jackie souriait, absolument serein face à ce prénom étrange.

— C'est vraiment comme ça que vous allez l'appeler ? demanda Jasper.

Viola pouffa.

— C'était une blague. J'étais sûre que vous alliez tous tomber dans le panneau.

— Ouf ! s'écria Reece.

Tout le monde éclata de rire.

Ellis précisa :

— Avant de la nommer, quel est votre plan ? Est-ce que vous la gardez ?

— Je veux la nommer, dit Viola. Jackie et moi, on a déjà trouvé son deuxième prénom. Dis-leur, Jackie.

Jackie regarda sa mère.

— Son deuxième prénom est pour toi, *Rose.*

— Et c'est aussi proche du deuxième prénom de ma mère, *Rosa,* expliqua Viola. Le nom de famille de mon grand-père.

Les larmes de Rose brillèrent à la lumière des torches.

— Ça me plaît bien. Les deux familles représentées en un prénom.

Jackie effleura la joue du bébé.

— Tu as trouvé le prénom ? demanda-t-il à Viola.

— Oui. Il m'est venu quand la lune éclairait ce pré. Ma mère a planté ces herbes et ces fleurs sauvages il y a bien longtemps, quand j'étais loin d'elle.

Elle regarda le bébé dans ses bras.

— Elle sera nommée d'après le lieu de sa naissance. Elle s'appelle *Meadow,* qui signifie « clairière ». Meadow Rose.

— J'aime beaucoup, dit Jackie.

— C'est un prénom magnifique, dit Ellis. Et *Meadow Rose* est aussi le nom d'une fleur des champs d'Amérique du Nord – une espèce rare car c'est une rose sans épines.

River se pencha et tint le petit poing de l'enfant.

— Je préférerais qu'elle en ait quelques-unes.

— Ça ne m'étonne pas de toi, dit son frère.

— Enfin bon, elle est déjà très jolie sans, concéda River.

— Bravo Bird Girl, dit Reece. C'est un super prénom.

— Merci, répondit Viola en plaçant délicatement le bébé dans les bras d'Ellis. Maman, à toi de choisir si son nom de famille sera Abbey ou Gephardt.

Ellis et Keith se regardèrent, trop stupéfaits pour parler.

— On voudrait que vous l'éleviez tous les deux, expliqua Jackie. Et ne nous demandez pas si l'on est sûrs. On l'est.

— Je peux en témoigner, dit Rose. Ils ont décidé ça il y a des semaines. C'était un secret très difficile à garder.

— Ce ne sera pas trop difficile pour vous de la voir dans la famille ? s'enquit Keith.

— Au contraire, dit Jackie. On ne voulait pas qu'elle quitte la famille.

— On lui dira toute la vérité, affirma Viola. Elle nous appellera *Maman* et *Papa,* et Ellis et Keith seront *Mamie* et *Papi.* On sera simplement une famille moins classique que les autres.

— On espère tous les deux intégrer l'université de Floride, pour rester près d'elle, expliqua Jackie. J'ai déjà envoyé ma candidature.

— Ils vont le prendre, c'est sûr, dit Huck. Il a un très bon dossier.

— Qu'est-ce que tu en penses, Mamie ? demanda Jonah à Ellis.

— Je... honnêtement, je m'inquiète pour Viola et Jackie. Je sais ce que c'est que de perdre son bébé.

— On ne la perd pas, dit Viola. On restera dans sa vie. Mais tu sais très bien que Jackie et moi sommes trop jeunes pour élever un bébé. Il faut qu'on finisse le lycée. On veut aller à l'université. Elle grandira auprès de deux de mes personnes préférées au monde, dans cet endroit merveilleux. Et avec River, Jasper et Huck comme oncles. Et Papa pour grand-père, et Ms Danner comme grand-mère.

— Et moi, je ne peux pas être un oncle ? demanda Reece.

— Tu es officiellement un oncle, décréta Viola.

— Et Ryan est officiellement grand-père, ajouta Jackie.

Jonah s'esclaffa et tapota l'épaule de Ryan.

— Et Maxine sera sa tante, dit Viola. Tu vois, Maman ? On n'aurait pas pu mieux trouver comme famille d'adoption.

Ellis baissa les yeux sur le bébé dans ses bras. Sur son petit visage potelé, elle revoyait celui de Viola bébé.

Viola, qui lui était revenue moins de neuf mois plus tôt. La Fille de l'Univers Miraculeux, c'était bien vrai.

Le silence se fit dans le groupe, alors qu'on attendait la réponse d'Ellis. Elle effleura les joues douces comme un pétale de rose. Une sensation magnifique la traversa. Comme si son cœur, pareil à un bourgeon soudain en éclosion et s'épanouissant si vite, grandissait tant qu'il ne pouvait plus être contenu dans son corps.

Ellis regarda tout le monde. Elle n'était pas la seule à pleurer.

— Oui, je le vois, dit-elle à Viola. Nous formons une belle famille. Tu as fait un bon choix.

— Ellis… dit Keith.

— Oui ?

— Je vais te le demander une dernière fois. Veux-tu m'épouser ?

Elle ne répondit pas tout de suite, mais son silence n'avait rien à voir avec de l'indécision. C'était un moment magique. Parce qu'elle était certaine de sa réponse. Absolument certaine.

— Oui, je veux t'épouser.

Les cris de joie et les rires fusèrent dans la famille et résonnèrent dans les prés, à travers les bois, jusqu'au marais. Ellis imagina le son ricocher plus loin encore. Jusqu'aux forêts de l'État de New York, jusqu'à la rivière Ellis où ses parents avaient été heureux et amoureux, à travers les parcs naturels de l'Ohio, au sommet de chaque mont qu'elle avait gravi, et jusqu'au ruisseau de l'État de Washington, qui avait mené Viola à Jackie. Et sa famille se trouvait réunie autour d'elle, dans sa petite Forêt Sauvage, au cœur de toute cette joie.

REMERCIEMENTS

Tout d'abord, je tiens à remercier mes lecteurs. Ce lien qui nous unit à travers mes personnages et mes histoires a été un des plus beaux cadeaux que la vie m'ait offert.

Merci, Carly Watters, de m'avoir encouragée à écrire cette histoire quand nous en avons discuté pour la première fois. Je te suis reconnaissante pour ton expertise et ton soutien enthousiaste.

Curtis Russel, merci d'avoir assuré la relève pendant que Carly était en congé maternité.

Merci à Alicia Clancy, d'avoir cru en ce livre et de l'avoir enrichi grâce à tes talents éditoriaux. Ta *komorebi* apporte une touche magnifique à ce roman.

Laura Chasen, je te suis profondément reconnaissante pour ta manière compétente, fine, et empathique de travailler le texte. Merci également à Danielle Marshall et à son équipe chez Lake Union Publishing : Gabriella Dumpit, Nicole Bunrs-Ascue, Shasti O'Leay, Stacy Abrams et Rosanna Brockley.

Je remercie particulièrement le Dr Gary Gilette, le Dr Ernestine Lee, le Dr Richard Chasen et l'infirmière Jennifer Tucker, pour leur expertise médicale. Merci aussi à Karen Gilette et Laura Chasen pour votre aide.

Merci, Suzie Byrne, pour ton amitié et ton grand cœur.

Karl Vanderah, merci pour ton aide lorsque je t'appelle avec mes problèmes absurdes d'écriture.

Stephanie Robinson, je suis navrée que la ville de ton enfance ait disparu du livre, mais on n'aura qu'à dire que Keith a grandi à Brockway.

J'éprouve une reconnaissance infinie à l'égard de tous les endroits de cette planète que j'ai un jour aimés – surtout envers le petit royaume de nature sauvage derrière la maison de mon enfance, qui m'a aidée de tant de manières.

Cailley, William et Grant, merci pour l'amour et les rires que vous apportez à mon monde et à ceux que je crée.

Scott, cent fois merci. Tu es toujours là pour me tendre une lampe torche quand le courant saute. Je n'aurais pas pu trouver mon chemin vers cette histoire sans toi.

La communauté Charleston a aimé !

Chez Charleston, nous sommes convaincus que, loin d'être une aventure solitaire, la lecture est une invitation au partage. Nous échangeons constamment avec nos lecteurs et lectrices, et nous sommes fiers de la belle communauté d'amoureux des livres que nous formons tous ensemble. Chaque année, nous choisissons au sein de cette communauté vingt lectrices et lecteurs qui nous accompagnent tout au long de l'année et découvrent nos romans en avant-première. Voici leurs avis !

« Un coup de cœur monumental ! L'amour et la bienveillance qui règnent dans ce livre sont incroyables ! »

@sobookiful

« J'ai eu un coup de cœur pour ce roman : les personnages sont humains et attachants, l'atmosphère de la nature sauvage et l'intrigue émouvante pleine d'espoir et de résilience. »

@coconlitteraire

« La personnalité de chacun des personnages est tellement bien travaillée que l'on ne peut que s'attacher à eux ! »

@uninstantpourlire

« Ce roman est une parenthèse enchantée, un hymne à la nature, au pardon et à la vie. »

@_polyme_books_

« La plume de l'autrice est sublime et les mots sont choisis à la perfection. Une véritable pépite littéraire à découvrir de toute urgence ! »

@emmalectures

« Dès les premières lignes nous sommes happés dans un tourbillon de sentiments et nous tournons les pages la boule au ventre. »

@the_pumpkin_library

« L'autrice parvient à aborder des sujets extrêmement forts et poignants en apportant une lumière dont elle seule a le secret. »

@les_lectures_de_maman_plume

« Un roman époustouflant sur le pouvoir réparateur de la nature, une véritable invitation à la résilience ! »

@book_by_tom_

Cet ouvrage a été imprimé en utilisant des papiers composés de fibres naturelles, renouvelables, recyclables et fabriquées à partir de bois issus de forêts qui adoptent un système d'aménagement durable. En outre, les fournisseurs de papier s'inscrivent dans une démarche de certification environnementale reconnue.

Achevé d'imprimer sur Roto-Page en juillet 2023
par l'Imprimerie Floch
53100 Mayenne
Dépôt légal : août 2023
N° d'impression : 102991
Imprimé en France